国家出版基金项目
NATIONAL PUBLICATION FOUNDATION

新高地军旅文学丛书
傅逸尘 主编

大西迁

何鸿 著

南方出版传媒 花城出版社
中国·广州

图书在版编目（CIP）数据

大西迁 / 何鸿著. -- 广州 : 花城出版社，2021.9
（新高地军旅文学丛书 / 傅逸尘主编）
ISBN 978-7-5360-9432-1

Ⅰ. ①大… Ⅱ. ①何… Ⅲ. ①长篇小说－中国－当代
Ⅳ. ①I247.5

中国版本图书馆CIP数据核字(2021)第123945号

出 版 人：肖延兵
丛书主编：傅逸尘　程士庆
责任编辑：李珊珊　蔡　安
技术编辑：薛伟民　凌春梅
封面设计：李晓玉

书　　名　大西迁
DA XI QIAN
出版发行　花城出版社
（广州市环市东路水荫路 11 号）
经　　销　全国新华书店
印　　刷　佛山市浩文彩色印刷有限公司
（广东省佛山市南海区狮山科技工业园 A 区）
开　　本　787 毫米 ×1092 毫米　16 开
印　　张　15　1 插页
字　　数　232，000 字
版　　次　2021 年 9 月第 1 版　2021 年 9 月第 1 次印刷
定　　价　45.80 元

如发现印装质量问题，请直接与印刷厂联系调换。
购书热线：020-37604658　37602954
花城出版社网站：http：//www.fcph.com.cn

“历史化”大叙事背影里的“个人化”想象

——《新高地军旅文学丛书》总序

傅逸尘　程士庆

一

因为战争本身的极端性与复杂性，以及对政治集团、民族国家甚至人类的生存发展走向起决定性影响，军事题材一直为文学叙事所青睐并不让人惊讶。但在世界文学的谱系里，军事题材始终是一个充满矛盾与魅惑的存在。战争本身可以说是冲突爆发的极端形式，敌对双方的立场与利益几乎无法调合，其目的往往也指向明确；但文学所关注的，或者说要表现的却是极其复杂丰富的存在与形态，它往往超越了战争本身二元对立的政治性诉求，在更为幽微的人性与哲学的向度上进行深入独特的探索与剖析。也因此，军事题材文学经典连绵不绝，既为不同时代的读者所钟爱，亦成为文学史不可或缺的重要一域。

中华人民共和国成立后七十余年的当代文学史中，军旅文学始终是一个巨大的存在，在不同的社会历史阶段，或不同的文学思潮中从未缺席，甚至可以说一直引领时代精神之先与文学思潮之头，亦不为过。从长篇小说的角度论，中国当代军旅文学有两个比较重要的时期，共同建构起当代长篇小说重镇之形象。第一个重要时期便是二十世纪五六十年代的革命历史小说，即“红色经典”中的军事题材作品。这些小说大都以抗日战争和解放战争为背景，以中国共产党领导下的革命武装为主体，书写的是艰苦卓绝、可歌可泣的战斗历程与流血牺牲的英雄人物，直接回应了新中国成立的合法性历史诉求，成为二十世纪五六十年代的

"主旋律"。

然而近年来，学术界尤其是文学史家的质疑和批判之声也不绝于耳，"英雄主义模式的限制，使这类创作只是在数量与篇幅上得以增长，却没有造成艺术上多样化的局面"（陈思和语）。在我看来，"红色经典"中的"红色"并非当下学界对其诟病的根本症结，更重要的问题在于"十七年"的军旅长篇小说始终笼罩着一层深重的"现代性焦虑"，围绕着组织一个现代民族国家的政治诉求而展开的集体想象与国家认同，导致其"非文学"的因素过多：缺乏活跃的感官世界（"身体"的缺席和情爱叙事的稀薄），缺乏超越性的精神维度（二元对立的思维方式及日常道德宣教），缺乏丰满立体的人物形象（概念化、脸谱化的人物塑造方式），缺乏日常生活经验（极端化的生存状态简化了生命的内在矛盾）等。因此，"红色经典"的一枝独秀在创造了一个繁荣神话的同时，也暗伏了随后的文学危机（尤其是近年来，在高校教师主导编写的多种当代文学史中，"红色经典"中的军事题材作品乃至于整个中国当代军旅文学的作家作品都被删除殆尽）。

第二个重要时期开启自二十世纪九十年代，"新历史主义"思潮影响下的"新历史小说"。"新历史小说"颠覆并解构了"红色经典"所描写的正统的、单向度的革命历史以及二元对立的意识形态立场，对战争情境中人性的复杂性与历史的偶然性等因素进行了探索性的开掘，为以往单向度的革命历史增添了某种暧昧与不无吊诡的意味——已经"历史化"了的革命历史遭遇了来自文学的重构或曰重新阐释。随着商品经济大潮席卷中国社会，世俗化、娱乐化成为文化主流，失去了政治的"荫蔽"，军旅文学不但逐渐退出了主流意识形态话语体系的核心，在文学领域也一再被边缘化。"农家军歌"无疑是二十世纪九十年代军旅文学的亮点，也可以说是"新写实小说"的军营别调，长期以来被宏大叙事所遮蔽的个体军人的现实生活与命运遭际开始被作家冷静客观地揭开。

进入二十一世纪，军旅文学没能沿着上述两个时期所建构的"文学传统"继续前行，而是堕入了世俗化与后现代主义混搭的，甚至是无厘头的欲望化叙事的泥淖。首先是"红色经典"在影视剧改编与重拍中"梅开二度"，随后而起的是抗战题材长篇小说热与抗战"神剧"热，这种热潮进而逐渐走向了迎合民族主义情绪与娱乐化消费心理的反智主义的极端。这些作品往往置常识于不顾，将英雄传奇妖魔化、反智化、戏谑化，严重损害和扭曲了革命历史小说的叙事本质与政治合法性诉求。消费时代的来临和大众文化的崛起，早已从根本上改变了当下文学的言说机制，自然也包括军旅文学创作。事实上，军旅影视剧的热播并不能表明军旅文学，尤其是军旅长篇小说的真正繁荣。二十一世纪的第二个十年，“新生代”军旅作家群开始整体崛起，以其独特的审美体验与视角，观照当代军人的生存境遇与情感状态，为和平时期的军旅文学写作开拓了新的空间与向度。然而遗憾的是，这批以中短篇小说出道且成绩优异的七〇后作家，在长篇小说领域还缺乏重量级、有代表性的力作，其社会影响力与前述两个时期的作品尚无法比肩。

在这样的历史坐标系和文学史背景下，军旅文学新的表现方式与叙事空间在哪里？这是一个极其迫切且无法回避的问题，也困扰着许多作家和批评家。花城出版社敏锐地发现了这一现象，并试图改变这一态势，以期重建中国当代军旅文学尤其是长篇小说的文学观念、叙事向度、话语方式以及美学风格。事实上，早在2006年，花城出版社就曾策划推出过“木棉红”长篇小说丛书，囊括了原广州军区十二位专业作家的十二部军旅长篇小说。当年的这套丛书，或以军营生活为中心，再现历史事件，记录时代风云，展示军人的精神世界；或以乡村都市为主题，描摹世道人情，绘写人生百态，凸显对民间的冷暖关怀，显示出一个创作集体自觉的使命感和审美追求，在军内外产生了广泛影响。十五个年头倏忽而逝，现如今，曾经的部队专业文艺创作室已不复存在，军旅专业作家群体也已经风吹云散。改革强军的进程中，军旅文学正在经历低潮和阵痛，期待着换羽重生，重整旗鼓。在这样的情势和背景下，花城出版社又一次站了出来，以一种老牌文艺出版社所特有的使命感和敏感性，策划推出“新高地”军旅文学丛书，试图以此为中国当代军旅文学赋能，进而掀起一轮以长篇文体为标识的文学潮动。花城出版社这一雄心勃勃的想法得到了军队和地方诸多作家的积极响应，并在各自的新作中进行了独特的探索与尝试。“新高地”这个丛书名，寄寓了编者和作者之于新时代军旅文学的新观念与新方法，希冀着新时代军旅文学创作能坚守住这块承载着光荣传统的重要阵地，进而呈现一片新的文学风景，攀上新的文学高度。

二

检视当下的军旅长篇小说创作，无论从数量还是质量上看，战争历史题材仍然占据主流。对此，一个通行的说法是这与长篇小说的文体特征有关，对生活的认知与经验的积累往往会导致创作的相对滞后。从小说叙述的角度论，包括正在发生的现实也已经成为历史，长篇小说从本质上讲就是历史叙事。在这样的逻辑前提下，当下的军旅长篇小说叙述或言说的就是历史本身，作家首先面对的是要对“历史化”进行一番怯魅。因为“历史化”是意识形态窄化的结果，换言之，是秉持某一意识形态立场与观念对历史认知进行的理性建构。也即，历史是由这一观念认知主体所描述和建构出来的，它并不与本真的历史存在严格对应，这其间存在着诸多断裂与缝隙。这些断裂与缝隙恰恰为那些试图探寻历史本相的严肃作家们提供了打捞历史丰富存在、发挥“个人化”想象的叙事空间。

历史当然不限于遗迹与文献的自然状态，很大程度上依赖言说或话语的操纵者，它是现实的折射，即克罗齐所谓“一切历史都是当代史”。福柯的“知识考古学”理论就不相信存在一个外在于历史的客观标准。福柯认为，历史的言说或话语是“权力”运作的结果。由于标准的不同，价值判断常常会变成立场与信仰的选择。批评家陈晓明认为，中国现代以来的文学获得了“历史化”的强大逻辑，革命历史叙事则是这样的历史化的最高体制。问题是，时间往往会消解“历史化”的意识形态，当意识形态的政治空间被打开时，历史便以我们不曾见过的姿态或面貌重新显现在人们的面前。所以，杰姆逊也试图用从第三世界理论去解释中国现代文学的“民族寓言”，个人的力比多终究被“民族寓言”所压抑，而政治显然是这种文学中最活跃的、起决定性的因素。回过头再来看“红色经典”中的军事题材长篇小说，由于作家大都是所叙战争的亲历者，尤其是他们此前都不是专业作家，因而作品所反映的历史还是真实可信的。然而，小说叙事和人物塑造的单向度，以及缺乏对战争复杂存在的形而上哲学思辨等问题，无疑影响了作品的文学性价值，这一点在与世界战争文学名著的比较中是显而易见的。

历史叙事当属宏大叙事，尤其是当代中国革命历史叙事，有如一股巨大的洪流，裹挟着那些最为原初和本真的涓涓细水与沙粒，一路高歌而去。最终留下的是冷硬骨感的巨石，而那些富于生命温度和生活情态的细水与沙粒，则早已消弭无迹。从文学的角度论，宏大叙事当然是历史叙事的主体或主流，主导着社会思想和时代精神，并产生过许多经典的史诗性巨著，如《战争与和平》《静静的顿河》《生存与命运》等等。不过，当我们仔细阅读这些名著的时候会发现，它们之所以成为经典，恰恰在于作品没有忽略那些普通人的个体生命存在，在于以细节的形式保留了大量战争中的日常生活经验，这使得宏阔诡谲的历史叙事有了可触摸、可感知的血肉。而“红色经典”中的军事题材长篇小说，何以至今仍为广大读者所青睐，也是因为作品中大量真实的生活细节。这些细节是历史的源头，丰富而真实；是积土与跬步，后来的高山与千里都来源于它们。也就是说，那些细水与沙粒可能更接近历史本相，或者说就是历史不可或缺的一部分。

中国革命历史尚未成为巨大的洪流时，或者已经成为巨大的洪流时，人的复杂性与历史的偶然性在革命历史的整体中都应该是巨大的存在，构成了革命历史的最初底色，也在某种程度上影响着革命历史的进程与走向。鉴于宏大叙事的某种缺失，“个人化”叙事，或叙事中的“个人化”想象，就尤其需要强调，不是反拨，而是丰富与拓展当下军旅长篇小说的叙事空间。这种“个人化”想象，不同于二十世纪九十年代的“私人化”叙事，强调的是以往英雄与传奇话语的背面，即更多地还原和展现“历史化”大叙事阴影下个体生命的生活与命运。

历史强调的是结果，即便有过程，也是概括性的。小说正相反，它要弥补的恰恰是历史所遗漏，或遮蔽的那些更为鲜活的细节。他们往往是被革命历史大潮裹挟着，或者随波逐流，或者搏击潮头，是多面的人生与故事。他们依照自身的逻辑在“革命”中翻滚，历史的不确定性，以及个体命运遭际的偶然性，构成了“革命历史”讲述中的“革命英雄传奇”的阴影部分，有如一枚硬币的背面。如果我们认可“所有的文学都是作家的自叙传”这句名言的话，那么“个人化”叙事，或叙事中的“个人化”想象，在小说的历史叙事中就具有无可争议的逻辑合法性。

历史与文学在中国文化传统中是截然不同的两个领域，有时甚至是对立的。历史是真实的存在，而文学则是虚构的文本。也因此，历史学家对作家写作的所谓历史小说常常是不屑的，他们诟病作家的时候也是义正而辞严，似一种居高临下的审问与批判。后结构主义历史学家海登·怀特认为：历史事件虽然真实存在，不过它属于过去，对我们来说无法亲历，因此它只能以“经过语言凝聚、置换、象征以及与文本生成有关的两度修改的历史描述”的面目出现。同样的历史事件，通过不同的情节编排，完全可能具有截然不同甚至相反的意义。虽然标榜“客观真实”的历史话语渴望与“科学”联姻，一再拒绝承认它和文学间的亲缘关系，然而在进行叙述建构时，它采用的却是以“虚构”为特征的文学创作中随处可见的“悲剧”“喜剧”“浪漫”“讽刺”这类情节类型；在进行历史解释时，它使用的却是传统诗歌常见的“隐喻”“换喻”“提喻”“反讽”这类语言表述模式。在海登·.怀特的分析下，历史话语的文学性昭然若揭，历史和文学之间的界墙轰然倒塌。

鲁迅说《史记》是“史家之绝唱，无韵之离骚”，而且像《左传》等诸多历史著作中都有大量精彩的文学描写，有的干脆就是小说的虚构笔法。从这个角度论，当年关于余秋雨历史文化散文中小说化叙事过多的批评，似乎也陷入了历史与文学、真实与虚构的对立或暧昧之中了。就文学的本质而言，把真实作为标准，或将真实作为“现实主义”的同义词，显然是虚伪的，批评家没完没了地讨论、争辩作品的“真实性”或许也是虚妄的。进言之，当真实成为小说存在的前提的时候，文学性的意义就是无皮之毛了。

三

站在当今时代的立场，重建虚构叙事与战争历史的关系既是重要的，也是艰难的。事实上，对历史叙事真实性的强调已经在相当大的程度上转化为小说这一虚构文体中的纪实色彩，并在历史叙事中带动了跨文体写作时尚或风潮的兴起。毋庸置疑，在虚构叙事中增强纪实性的确是还原历史真实的一种简单直接且有力有效的手段。在这里，真实感与文学性似乎已成为某种难以超越的悖论。

由此想到了《保卫延安》和《红日》，这两部小说都选取了解放战争时期的著名战役，事件的真实性自不必说，其中的主要人物也都是真实的，但它们都没有受史实的束缚。作家充分发挥了小说的虚构性本质，展开文学性想象，既成功地还原了那两场著名战役，还塑造出诸多令人印象深刻的历史与文学人物形象。还有姚雪垠的历史巨著《李自成》，那不是在读历史，而纯粹是在看小说。人物形象与心理、细节、环境等文学性元素充盈在小说的所有空间，历史的进展似乎不再重要，重要的是人物的成长、命运的跌宕以至于生命的毁灭。不是说姚雪垠不重视史料，恰恰相反，姚雪垠在明史及清史史料的搜集与研究上是下了大气力的，为了增强写作时对环境描写的真实感，他甚至亲自考察了李自成率起义军与明、清官军征战的主要战场。但作者以“深入历史与跳出历史”的原则，成功地刻画了李自成、崇祯皇帝等一系列人物形象，使小说的文学性远远高于历史真实本身。而莫言的《红高粱家族》与“新历史主义”也不是一回事，多少受了点“寻根文学”的影响恐怕是事实。那是关于高密东北乡的一段尘封的历史记忆，莫言以其非凡的文学胆识与艺术想象力将其再现了出来。文学与艺术的本质就是虚构，真实并不是判断其水平高下的唯一标准，文学毕竟不可与历史划等号。真实性是某种前提，是基础，但绝非文学进行历史叙事的全部。不要说《史记》，连《二十四史》在多大程度上记录或曰复现了历史的真相都颇值得怀疑，何况一部以虚构为文体特性的长篇小说？也就是说，小说家首先应当沉入历史现场，最终又必须以文学性和想象力超越历史语法的束缚。在复现与超越这二重叙事伦理中间，文学的超越当然是小说家不须犹疑的唯一选择，亦是衡量战争历史叙事的终极标准。

从这个意义上，展开对新时代军旅长篇小说的某种瞻望与想象，或许包含如下关键词：现代性伦理、人生体验、独一无二的表现方法、一个不寻常的事情正在发生的幻觉、特别的尖锐性或目的论。理解这些关键词并不难，难的是创作主体对散落在“历史化”阴影中的历史碎片进行充分发掘、有效提炼与整体概括；难的是超越线性的历史观，让不同政治阵营中的人物在战争的极端情境和冲突中经受肉体、生活方式、价值判断、思想精神的互见与试炼；难的是创作主体基于现代性的写作伦理传递对历史更加全面的理解和更为深切的体认，进而表呈出新的文学趣味和气象；难的是在虚构叙事与现实真实的混沌关联中，用更加深刻、精准且有力的形而上思考建构起有意味的文学经验，最终以文学的方式超越历史的偏见和局限。

战争历史从来不是泾渭分明、光滑如镜，实则是乱世求生、紊乱繁复的欲望之海。我们往往习惯于关注奔流到海的大河，而选择性地忽视了如毛细血管般从各个来路汇入大河的支流，人心和人性永远是看似平静的水面之下那汹涌起伏的暗流。一个复杂、立体且有深度的人物形象，既可能是力抗历史洪流的自由灵魂，是觉醒的自由人，不断追寻未知的未来，也可能是命运之神所掌控的玩偶。作家们要想象和探寻的正是这种极具魅惑感的可能性。在这种探寻之下，历史本身的“实感”或许不再是叙事的重点，意识形态的藩篱也是需要突破和重新审视的对象。以“现代性”的、个人化的立场重新反思、阐释和建构错综复杂的历史，历史的可能性和人的存在感都将得到极大的释放。

将个人经验、日常生活与大的时代变局交织缠绕在一起，使读者感到历史既是经由人对外在世界变化的自发反应而展开的，又是在一连串重大、公开的事件中呈现出来的。如此，历史将不再被局限于彼时彼地的特定时空，而成为一种可以被当下通约和共享的情境，承载着作家对战争、对历史、对人的省察与思辨。军旅长篇小说对战争历史的虚构将不再单纯强调“逼真”的幻觉和认知的功能，而人的命运和生命存在的诸种可能性会越发受到正视和尊重，进而生成另一重历史的意义。于是乎，军旅长篇小说便不再是单向度的叙事，“个人”将被从历史中拯救、解放出来，重构与“民族国家”的关联也便成为可能。

“‘现代性’不是一个肯定的概念，但也不是一个否定的概念，它是一个反思的概念。”（李杨语）事实上，对于军旅文学而言，无论是大历史还是个人化，终究可以归结为精神的胜利；而政治的、阶级的、党派的差别和裂隙终将被灵魂、信仰、理想、情感的意义消融、弥合、超越，完成“现代性”意义上的对战争历史的反思与重构，进而达至英雄叙事的存在与理想之境。

2021年5月

目录

第一章

1937年夏，上海

1. 绝密指令

上海炼钢厂，公密查：100、250、500公斤及500磅各种弹待用，万急！漏夜赶制以利国防，仰遵办为要。

大维支造

看完第十一道密电，张连科（国民政府军政部兵工署制造司上海炼钢厂厂长，字“重山”）将桌上的绝密文件用蜡密封，锁进保险柜后，方起身下楼。他要如约赶到南市的兵工署办事处招待所去见一个人。

南市的天气又是晴空万里，张连科却思绪纷杂，心里比往常添了些沉重。身着制服的宾馆侍者垂手站在旁边：“张厂长，杨先生在3楼1号套房，我带您上去。”

一身灰色棉布长衫的杨庐逸（国民政府经济部资源委员会工矿处处长）已站在房门外的走廊上迎接。两人第一次在上海南市见面，等不及进屋，杨庐逸开口即问：

“重山，什么状况？”

张连科看那侍者转身下楼了，一边跟着杨庐逸进屋，一边低声说：“兵工署连续催发炸弹壳成品，恐怕马上有大动作。”

杨庐逸愣了愣：“看来，当局在国际上的斡旋又落空了……”虽然这一年发生很多变化，两人疏于见面，但交流起来仍是没有任何障碍。

张连科耸耸肩，说：“卢沟桥事件以来，宣传铺天盖地，每天的新闻报纸，没有一家不以最大篇幅来登载关于救亡运动的消息。”

“似乎国人突然醒来，就要大干一番。不管走到哪个街头巷尾，没有不盯着这个事情的。”杨庐逸笑道。

“这醒来自然值得欣喜，该来的总是会来。”张连科叹道，视线移向窗外。

“庐逸兄此次前来是为迁厂一事？”张连科转开话题问。对空前高涨的救亡运动，他历来不习惯空洞虚张的情绪表达，唯愿尽一己之力，以行动与作为来回击强敌。他的顶头上司杨纪缜（时任兵工署制造司司长）已受兵工署署长俞大维委派，带人到四川、贵州勘查可供兵器工业迁建的地点。

“总得留下一条生路。打起仗来，这些工矿企业怎么活？”杨庐逸说。

张连科把手里的咖啡杯放下，说：“那是必须。真要是亡了，帝国主义可以允许你做官僚、做豪绅，绝不可能让你掌握工业、掌握经济的。”

多年前，张连科初到军政部研究所入职，与国防计划委员会的杨庐逸一起抽调在军事组做基础工业研究。当时国内工业从未有系统规划，工业规模几乎为零，而西方列强早已完成工业革命，紧邻中国的弹丸之地日本工业已发展到了世界先进水平。两人都是海外留学归来，眼见中国的国防工业过于孱弱，都恨不能大干一番，有所作为。

“要打，中国唯有做长期准备。”杨庐逸点头说道，接着又说，“资源委员会已向行政院提交了补助上海各工厂迁移内地工作草案。”

“好！把爱国资本家、技术工程师、技术工人大家动员起来，建立起后方工业，中国就有了复兴的底气！”张连科欣喜地与杨庐逸四目相对，两人都深知稳固的工业体系，对于战争的支撑有多么重要。现在内地多省工业基础薄弱，难以满足抗战之物资需要，从头建设又为时过晚；若将沿海的工厂迁至内地，既可增加物资供给，又能避免沿海地区沦陷后工厂为敌所用。

“翁主任（翁文灏，字咏霓，时任资源委员会主任）带有密令，估计后天船到上海。现在沪上安全吧？”杨庐逸端起咖啡杯，仰头一口饮尽。

“现在难说，岛国方面太嚣张了，《汗血周刊》办公楼放火一事未了，又在白虹机场挑事儿。”张连科敲了敲杯壁说。

“我看都是这些年忍忍忍，忍出来的，”杨庐逸气呼呼地说，“总是怕打、怕亡国，却看不到松花江畔都已是别人的了啊！明天的扬子江，还能是中国人的吗？”

张连科昂头坐在沙发里，低下头沉思着什么。

杨庐逸叹道：“上一辈和这一代留学归来的，哪个不是摩拳擦掌地想着‘科学济世、实业救国’，可多少技术人才报国无门……”

张连科两掌绞握，望着窗外讷讷而语：“可今日之窘迫，还不是对手的强大，甚至不是可能的沦亡……”

“是麻木。中国人再失去血性，这个民族就没有希望了。”杨庐逸摇摇头说。

“‘几日随风北海游，回从扬子大江头。’不过，我们的大众素来爱好和平，有时甚至过于忍受。”张连科振作了一下，侧脸对杨庐逸说，“往往是到了横绝之时，就在绝境中发挥出血性来，拼死也要一战。”

“唉，我们如何才能实现‘为天地立心，为生民立命’啊？”杨庐逸说。

“走好我们实业救国的路。”张连科坚定说道。

杨庐逸推了推眼镜框，说：“翁主任这次带了一群专业精英回来，这些海外学子听说抗战爆发，都踊跃想要回祖国支援抗战。”

“只望此次行政院能够通过你们的迁厂预案，速速行动。”张连科慢慢站起来，说道，“这可是一场决定中国命运的工厂大迁徙。”

杨庐逸顿了一下，说：“上海民营的机械、钢铁、炼气、橡胶、制罐及化工，这六类工厂都要转移。”

“全部统一迁到南京？”张连科问。

“不是，翁、钱（钱昌照，字乙藜，时任资源委员会副主任）两位主任计划分头迁往湘、鄂、川、陕等地。”

“不过，让一个个资本家、小老板放弃上海市场，还要冒这么大风险，也不容易！”张连科说。

“如果行政院议会通过，经费到位，资委会拟给沪厂补助迁移费56万元，还在湖北等地拨建500多亩厂房地皮。”杨庐逸解释说，“厂子在当地重建后，每年还给25万元奖励金。”

“资委会此举，乃大功德也。”张连科抚掌直叹。

“哎，重山，海军司令部准备在江阴采取行动了，现在你们兵工署竟没有一点动静？”杨庐逸说到了压在张连科心窝上那块石头，“眼下局势一触即发，必须保护好炼钢厂的炉机设备，它们可是以一抵十、抵百、抵千的家伙！”

“局势有些看不懂，军事委员会早就说到启动兵工厂内迁，军政部至今未有决议，完全不见反应。”张连科盯着雕花石膏吊顶的天花板，许久没再说一句话。

“周志宏（国内冶金专家，原上海炼钢厂厂长）这次回来，还是留厂？”杨庐逸起身去端了杯热水，在对窗的沙发上坐下，又开口问道。

张连科收回视线，有些茫然地看着他。

“现志宏兄接手办理飞机弹壳钢出厂质检和进厂矿石原料。”张连科说，“庐逸兄，等翁主任回来，抽空来南市看看吧。”

“志宏在欧洲检验我国进口钢材，考察了洛克林、克虏伯、百禄、普达等世界著名钢铁厂，卢沟桥事变后匆匆回国，必有特殊任务。”杨庐逸点头说道，“我们在南京见过两次，他说到回来跟你一同改良合金，研制耐腐蚀的品种钢呢。”

“是的，国际品种钢稀缺，价格太昂贵。兵工署近年从德国、瑞典、捷克购进大批精锐枪炮、弹药，国内兵工厂制造任务也不轻，沪厂为各大兵工厂提供弹壳钢半成品，缺的就是品种钢。”张连科说。

“那铁矿石、废钢原料可曾短供？”杨庐逸不禁问。他一直忧心特种矿石输出交换德国武器之事。

“现铁矿石也吃紧，日方还在湘鄂运输大量的原铁矿；废钢，仍需外币购进。”张连科说。

“今年重新选配澳洲矿石后，钢水含碳磷控制如何？”杨庐逸接着问。

“实验后钢水纯净度很是明显，含碳磷杂质降低了好几个点。”张连科抬头望望窗外，这时江面上慢慢驶过一艘日本海轮，延迟推起的劲浪把停泊在岸边的几条渔船，颠簸得摇摇晃晃，船舷几近水面。上月军事委员会发出执字第870号密令，特别要求交通部及军事委员会后勤部着手如何在非常时期控制船舶。最近停泊在黄浦江中的招商、三北及各家私营轮船公司先后驶出吴淞口，沿江上溯南京以至武汉。

“刚才飞过的黑影，是JAPAN？”身边坐着的杨庐逸惊诧地喊了一声，与张连科四目对视了一下。

“没看错吧？”张连科问。

“应该没错。”杨庐逸表情凝重地站起身来。

张连科一边探身沿江岸往东望了望，一边说：“庐逸兄，先告辞了，我得回厂里去看看。”

杨庐逸点了点头，坚持将张连科送到了招待所大门口，两人方才郑重地揖手道别。

清晨，总算起了些风，空气也透彻凉爽。

上海法租新界一条僻静的马路两旁，人行道上铺着铸有莲花图案的赭色路砖，道旁树高大的树冠在风中摇颤，枝叶挣扎着，一阵卷边的树叶纷飞而出。张辅枢（张连科长子）两只光脚丫套着那双结实浩荡的胶底木板鞋，一下又一下地跳起来，去抓空中起伏的树叶。那叶片眼看快要落地，忽地又敏捷地飞起，好像与什么东西较着劲，在半空嘘嘘地打旋儿。

张铁栋（张连科次子）跟在他身后，手上抓住一把狗尾巴草，脚上湖蓝色凉鞋的塑料网孔里扎着几根带露珠儿的毛毛草。

“哥，让祁生哥也给我做双‘航空母舰’吧。”铁栋盯着辅枢脚上的那双鞋，讨好地说。

前面跳得正欢的辅枢没搭理他，但是听铁栋羡慕自己的好朋友做的“航空母舰”，嘴上不答话，心里挺得意。从家里溜出来没多大一会儿工夫，张辅枢全忘了一早负气把那床日产三角牌毛巾被踢出窗外的“英雄壮举”了。

再没有树叶飘出了，辅枢无所事事地仰起头来，打量着天空，和那些临街的六层高的公寓。还有两周，就是辅枢和铁栋的生日。辅枢比铁栋大一岁，两人却是同一天：8月23日。等到开学，辅枢就在爸爸张连科任职的上海炼钢厂子弟校念四年级。辅枢4岁半就被妈妈陈素琳送进南京市的民国第一小学，开始读一年级。

陈素琳结婚后，接连生了三个男孩，张辅枢是老大，张铁栋老二，还有一个4岁的小儿子张华盛。去年春天，丈夫在上海的工作稳定下来后，陈素琳和孩子们从南京搬来上海，住进了法租新界三官堂路西头的这幢三层洋楼。张连科在上海本地又请了两个佣工。一个是六十来岁、沉默寡言的老李头，是个拉黄包车的，在上海没有家人，就跟着住在家里，帮忙干些杂活。张辅枢叫他李爷爷，喜欢看他闲暇时拉二胡琴。还有一个是帮着做饭洗衣、说话大嗓门的吴阿拉。刚来上海的时候，陈素琳就教育孩子们要有礼貌，不能直接称呼人名儿，要叫她吴婶。

毛巾被掉进楼下小水沟后，被吴婶发现了，立刻向女主人陈素琳报告。陈素琳让辅枢自己做选择，要么去后阳沟捡回被子并亲自洗干净，要么就一个月不能去贫儿院玩。辅枢自然是乖乖下楼去捡被子，铁栋也跟着哥哥跑出来。两人索性到清晨的街道上逛逛，辅枢很想现在就去贫儿院找祁生，又想到今天是星期天，父亲在家，也就不敢造次。

贫儿院属于南市，但在邻近租界的位置。他们的少年乐团远近闻名，法租界的洋货商店开业或有宴请宾客的大型活动，常会邀请贫儿院少年乐团表演助兴。就在几个月前上海市体育场举办的全国儿童绘画展上，张辅枢就认识了乐团的祁生。祁生瘦瘦高高，比辅枢大三岁，或许是受成长环境中严格自律的影响，祁生性情羞怯，看起来比实际年龄小一些。那次规模盛大的儿童画展上，辅枢参展的画作题为《红星照天地》，祁生在那张表现夜空下铁花飞溅的水粉画前站了很久，辅枢才注意到他。两个少年打破初次见面的拘束，一见如故地聊了起来。在开幕式的表演中，辅枢临时邀请祁生与自己组合演出。在舞台中央，辅枢大声背诵了杜甫的长诗《兵车行》，祁生在后面为他伴奏了弗里德里克・肖邦的一首钢琴曲，两个志趣相投的少年配合默契，漂亮地完成了首次合作。

祁生是张辅枢在上海结交的第一个朋友。辅枢隔三岔五就去贫儿院找祁生玩，还给他带一些书籍和糖果作为礼物。去了几次，辅枢发现会拉小提琴、弹钢琴、吹口琴的祁生还有一项特殊“本领”——有次下雨，辅枢去贫儿院玩的时候，脚上穿了一双塑料筒靴，贫儿院的小孩子都来围着看。祁生看到了，第二天就找来木梆和胶皮，给小伙伴们做了几双既耐水又结实的雨鞋，还取了一个响亮的名字：航空母舰。辅枢看到后又惊讶又佩服，很想拿自己的雨靴换“航空母舰”。不料辅枢刚开口说这个想法，就被祁生红着脸拒绝了。可没隔几天，祁生将一双新做的“航空母舰”包好，装在一个纸盒里送到辅枢手上。辅枢回家打开纸盒，发现里面还放着一封信。辅枢第一次收到别人写给自己的信。祁生在信里写了一句话：“辅枢，如果你还想继续做我的朋友，请以后不要再穿日本人做的雨靴，也不要用日本人做的东西。”读完这封信，辅枢悄悄用剪刀把雨靴戳了个洞，以后就经常穿着祁生做的“航空母舰”到处跑。

张连科一直担心会很快打起来，特地在法租新界接邻南市边界一带租下这栋砖瓦结构的小楼。陈素琳喜欢这每层楼里外都带宽阔晒台的尖顶小楼，特别是进门左侧弧线优美的旋梯，有一种巴洛克风格的现代美感。站在三楼阳台往南看去，远处的黄浦江浩荡无声、向东而去，沿岸是鳞次栉比的木材厂、五金厂、铁件厂，再向西还有规模更大的江南造船厂。张连科所在的上海炼钢厂与江南造船厂依江相邻。

张辅枢对造船厂和炼钢厂的样子记得牢牢的。上次四舅到上海，坐着爸爸的汽车去钢厂参观，特地把辅枢叫上了。那是张辅枢第一次走进爸爸工作的地方，里面大得吓人，比一千个学校操场加起来还要大。钢厂高高的围墙上铺有铁丝网，大门口有穿军服、戴袖章的军人站岗；厂里的公路四通八达，距列整齐的厂房像是高大的剧院，还有长得看不到尽头的铁轨、直插云霄的大烟囱。那里面还不时发出咣咣咣咣的金属撞击声，雷鸣一般，几乎要震裂人的耳朵。辅枢经过时，就一直捂着两只耳朵。辅枢听厂里的人都向爸爸尊敬地喊着“张厂长好”，就悄悄拽着爸爸的秘书兼司机黄钧伯伯问：“厂长是什么？”黄伯说：“厂长，就是把很多人团结在一起造大机器的人。”“厂长是官吗？”辅枢又问。“是啊，厂长管着很多机器、很多工人！”黄伯笑说。辅枢听得张大了嘴。黄伯那次还告诉辅枢说，他爸爸是人人羡慕的“国留”（政府公费派去外国留学回来的人），是有真本领的专家。

“哥，吴婶找来了！”辅枢正胡乱想着这些事情，忽然听到铁栋喊了一句，转眼看见吴婶站在街角四处张望着，胳膊肘抱着从楼下捡回的毛巾被。辅枢想躲起来，还没来得及，吴婶竟大步冲了过来，故意把手里的毛巾被扬了扬，用浓厚的上海口音嗔道：“大少爷啊，太太让你出来找被子，你倒好，这一大早的，四处闲逛起来咯？”

张辅枢看吴婶抱着那条毛巾被，就把下巴昂得高高的，不想跟她说话了。

“大少爷快回屋，先生在书房等着你啰！”吴婶口气软下来，提醒说。

这时候又一阵轰鸣声嗡嗡嗡嗡地传来。辅枢对着吴婶扮个鬼脸，吐了下舌头，拔腿就往前跑，像泥鳅似的钻进自家小楼的花园里去了。

辅枢站在葡萄架下仰头往天空望了望，什么都没有看到。他觉得那是发电机的马达声，和家里那台四叶的华生牌电风扇声音不一样，跟爸爸工厂里嗡嗡轰轰的声音倒是很像。回到房间，弟弟华盛不知道什么时候跑进来了，正撅着屁股，趴在辅枢的写字台上抱起收音机拧。

辅枢这会儿没有心思去管华盛这个调皮蛋，他快速地换上自己的短袖衬衣，赶去书房面见“大王”。

二楼东头的书房门微掩着，张辅枢蹑手蹑脚地侧身走了进去。张连科坐在靠近百叶窗的高背山羊皮沙发里，听收音机里播放的时事新闻，脚前掌上搭着一双磨得发黄的皮拖鞋。

辅枢走进那间书房就禁不住有些胆怯，他觉得自己似乎与生俱来就与父亲有一种微妙而强烈的敌对。辅枢在不得已与父亲单独相处的时刻，总会感到浑身不自在。

“今天定要被他教训一番了，又是不该这不该那的。不过那毛巾是他日本同学送的礼物，他自己不用，凭什么一直要我用？祁生说得对，不能用东洋鬼子的货，这次我可不会认错！”辅枢在心底悄悄打定主意。

阳台上的门扇被风吹得一开一合，陈素琳走上前扣上锁链，匆匆走进三楼书房。张连科正跷脚坐在书房百叶窗下的高靠背羊皮沙发里，翻着昨天的《中央日报》和《汗血周刊》，收音机里播放着时事新闻。

陈素琳和张连科都是贵州人。陈素琳出生在贵阳，在家中是最小的女儿；张连科则出生在离贵阳两百里外的水城，是家中长子。说起来，两人的姻缘还有一段啼笑皆非的插曲——

在日本留学多年的张重山回国后来到南京，不久就遇上贵州同乡陈景宁大婚，应邀参加婚礼。陈景宁在北伐时期就参加了国民革命军，时任国民政府机要课长。

不料张重山在参观新房时，却为照片墙中一位穿着浅粉中式短袖旗袍、怀抱琵琶的女子吸引，脱口问道："不知这位美人，是哪家闺秀？"陈景宁察觉了眼前这位归国才俊的心思，便大方介绍道："这是我家小妹妹，尚在贵阳女子师范读书。不过我还有个二妹，也是贵阳女子师范毕业的优才生，与你年龄相当，正准备来南京谋职。"张重山有些腼腆地笑而不语。陈景宁主动说："弟如不嫌弃，我愿做此月下之媒。"而立之年尚未婚娶的张重山自是喜出望外，也没有注意陈景宁说的并非照片上的五妹，而是为二妹陈素岚做媒，兴冲冲地当即约定见面。

陈景宁给贵阳老家的父亲写了一封信。信中，陈景宁详细介绍了张重山的情况，把他的才华和品行一一报与父亲，认为张重山与二妹陈素岚年龄相当，而且二妹正应聘南京一处公职，正好可前来一见。陈父乃贵阳种竹山房房主，在当地颇有威望，曾经也是贵州省官派留日生，这自然增加了一份亲切和放心。陈父即吩咐二女儿整理行装，起程前往南京；与二女儿一同起程的，则是小女儿陈素琳。

陈氏两姐妹千里迢迢到南京之后，陈景宁择日相约张重山来家中相见。面对两位相貌姣好的家乡女子，重山感到亲切又激动。尽管举止彬彬有礼，但他显然对端庄沉稳的姐姐陈素岚不大在意，注意力一直在小妹陈素琳身上，全然把姐姐陈素岚当作了相亲的配角。原来，张重山"相中"的本就是照片中抱琵琶的女子。陈素琳不明就里，羞得满脸通红。

命运的大手无意间拨弄，姻缘的红线就悄然牵向了毕业不久、品学兼优的陈素琳。陈景宁作为媒人呆立着，一时间没有了主意。陈素岚明白了真实状况，豁达地主动消解这场误会，大大方方地帮着小妹素琳应答张重山的问话。等张重山走后，陈素岚态度坚决地对哥哥陈景宁说："这事不能怪人家，张重山本来相中的就是小妹。我们自家误会了本意。"她又诚恳地劝说小妹："好姻缘可遇而不可求，万不可相与谦让！"正是在陈素岚的鼓励与撮合下，素琳和重山很快就谈婚论嫁。

两人结婚不久，张连科事业却几经波折，从南京路政事务处到陆军学校任教，因为性格刚纯不适应环境，又应聘到江西铁矿山任工程师，却被当地土匪劫持，险被灭口，幸得方志敏部队经过当地得救一命。后来，他又回到南京考入军政部做研究员，在职期间撰写了两部研究报告，颇得军政部何部长赏识。不久，国民政府军政部和经济部联合组织出国考察团，选派张连科作为唯一的冶金工业专家参团。考察归国后，张连科很快被派往上海炼钢厂任厂长一职。上海炼钢厂建在南市高昌庙黄浦江畔，是一家拥有现代化设备和数千工人的大工厂，也是当时国内设备最先进、产量规模最大的炼钢企业。此外，兵工署制造司管辖的国字号兵工厂还有金陵兵工厂、汉阳兵工厂、汉阳火药厂、巩县兵工厂几家，各自生产仿造德国的924式步枪、德国马克沁式的重机枪，仿造捷克式的轻机枪，仿造法国勃郎得式的八二迫击炮以及各式枪弹、炮弹、飞机炸弹等。上海炼钢厂主要负责生产飞机炮弹壳钢及军工配套钢管，张连科所学矿产冶炼在此有了施展抱负之地。到任两年间，他重整治厂图略，效果显著，各方赞誉有加，军政部对其评价："厘定法规以明职责，慎选材料以合规矩，促进职员相互精诚合作，治企有方卓有发展。"

一眼看到辅枢脚上笼着一双奇怪的胶木鞋，且愣愣地站在门口也不吭声，张连科不禁皱了皱眉，问道："辅枢，你自己的鞋呢？今天被子又怎么惹你了？"辅枢低头一看：坏了，忘了换鞋进书房，正准备张嘴解释："爸——我——"

"背课文啊，辅枢？"陈素琳穿着米灰色的筒式旗袍上楼来。她擦着手上的水，朝里看了看爷儿俩，揽着辅枢两只肩膀轻盈地走进书房，又把辅枢往丈夫跟前推了推，径自走开去，自言自语地说："哎，这什么天儿啊，热得跟炉烤似的，怎么还不下雨啊？"

张辅枢垂着头，抿嘴一乐：妈是故意站在书房不走，替自己圆场来了。

陈素琳探身左手拨开几片百叶窗的窗页，右手捋捋头发，向街口望了望，又说："哎，重山啊，杨夫人他们是今天到吧？"张连科知道素琳想护着孩子，欲言又止地朝辅枢挥了挥手。辅枢趁爸爸回头看妈妈的当口，调皮地向妈妈眨了眨眼睛，举起双手，做了个单腿旋转溜了出去。

晨曦如缕，秋蝉高鸣，天地间仿佛有一团看不见的火焰在四处奔突，忙碌的人们如集结的蚁群一般默默忍受着一切。

陈素琳两手托一方红木托盘，从厨房出来，脸庞洁净透亮，带着温柔与干练。张连科忙从靠椅里起身接过木盘，放在长方形餐桌上。盘里几碟泛出青草香气的新鲜牛奶、俄式切片烤面包和玫瑰色的草莓果酱。张连科微笑着，眼睛一直看着妻子素琳，心里有说不出的愉悦与怜惜。

到上海后，素琳每天都很早起来帮着吴婶做全家人的早餐。张连科突然盯住素琳左手食指的第二个关节看，那里贴了一小块乳白色的药用胶布。

"不打紧的。"陈素琳见丈夫注意到自己手指，羞赧地笑，"早上到储物间拿箱子，被锈锁边子划了道小口。"吴婶端来两碗黄澄澄的鸡蛋羹。陈素琳轻抬手一起接过，放在了张连科跟前的桌面上。

"华盛，磨磨蹭蹭干吗？快下来和爸爸一起吃早餐了！"陈素琳朝着楼上唤着，同时侧着头，像说一个秘密似的在张连科耳边说，"孩子们就要开学了，辅枢昨晚上很晚了还在用功预习呢。"

厅里一时没其他人，素琳调皮地用鼻尖顶了顶丈夫新理干净的下巴。还不等张连科反应过来，她自己先以捉弄成功的姿态笑起来。虽然婚后陈素琳接连生了三个孩子，但在张连科眼里，素琳还是那样美丽动人。

"记得下午陪杨太太去南京路，给自己也添置些东西。"张连科想到什么，轻声叮嘱妻子。

"放心，昨天已约好夫人，午后到招待所去接她去南京路。"陈素琳手捏着面包片，欢快地抹上一层西红柿酱。

"好！让司机送你们，我也差不多那时候到办事处开会。"张连科说。

愉快的早餐结束，张连科也收拾好准备出门。他又回到餐桌旁，摸了摸小儿子张华盛的后脑勺。

华盛抱着一只特制的小木碗乖乖地吃早餐，看到爸爸要走了，忽闪着一双大眼睛，习惯性地昂头说：“See——you！哦！爸，哦，爸！”

陈素琳从衣帽架上取下薄西装为丈夫披上，不经意地问：“听说昨儿北海宁路居民在街边放了爆竹，说为欢迎进入上海市区的中国军队？重山，这战争，会来吗？”

“咱们只管踏踏实实过好日子，不要担心太多。”张连科边说边走出去，上了停在家门口等他的那辆黑色轿车。他无法正面回答妻子的话，这时局，谁也说不清楚。

黄浦江上，黑黢黢的小木船、小火轮、小拖轮往来穿梭，一片繁忙。上海炼钢厂办公楼里上上下下也在忙碌着，这幢砖混结构的五层建筑里，楼道顶部是水泥圆弧顶，光滑平实，墙顶部每隔几米就是一盏橘黄色路灯。大门右边一间关着的房门，门牌上写着“传达室”三个字，左边一间屋里亮着灯，有两个穿制服的人坐在一排电话机旁。

兵工署下达的飞机炮弹钢生产任务日益繁重，平炉出的钢供应不及。张连科带着钢炉部的职员突击攻关，又增开了一座3吨电炉炼钢。

张连科在办公室埋头查看最新报表中几项关键数据：弹壳钢晚班3炉、白班5炉，钢盂钢晚班2炉、白班3炉，总计5.19吨……看到弹壳钢、钢盂钢大幅增产，整体任务进度目前算是跟上了，不由得舒了口气。

这时，运输股股长黄宪奇兴冲冲地走进办公室：“厂长，这个月出钢量高出四分之一，我们运输股的兄弟天天加班，有点扛不住了哟。”

“人家钢炉股出高产不叫累，你还在这儿搅得凶！”张连科佯作生气，对着黄宪奇说，“我只拿你是问，反正运输股得给我顶起来，把你的人都赶出去找路子、想办法！”

“我就知道，来这里发牢骚不管用！”黄宪奇嘿嘿地笑着说，“厂长，我是来向您汇报的。今天，商务印书馆的黄先生让我跟您引荐一个人哪。”

“黄炎培先生？跟我引荐？什么人？”张连科有些意外，问。

“一个内河航运的，人称四川船王。曾跟黄先生一起做过乡村建设……”

黄宪奇答道。

“我知道有个把嘉陵江三峡乡村建设运动搞得有声有色的人，后来在川江组织了轮船公司……”张连科抬手招呼黄宪奇坐下，想到黄炎培先生一直着力推行乡村建设运动，又听黄股长讲的情况觉得耳熟，不禁缓缓说道。

“是，厂长，就是民生轮船公司，就是卢作孚！”黄宪奇说。

“黄先生何意？”张连科问。

“黄先生说，民生轮船公司卢经理颇有诚意，希望钢厂以后在运输经济上互惠合作，携手发展。”黄宪奇直截了当地对张连科说。

“是啊，我们的厂矿是应该与民族航运携手合作啊！你在运输方面着力部署就是。”张连科一听，很爽快地说道，“你知道吧？卢经理这人，虽然小学毕业，却有一套现代管理方法，将地处内河僻壤的轮船公司越办越大，把川江上的外国轮船都比下去了，轰动了全国……”

“去年，我到四川就乘一次民贵轮，船上服务特别精细，有人宁愿多等两天，也要乘坐民生公司的船哪。”黄宪奇感慨道，“国内罕有卢这样办实业的人，民生职员上岗前都发统一制服，进行统一培训，他也算是在为社会培训人才哦……”

张连科在伦敦考察工业时，曾经陈素琳的九弟陈赫章介绍，与卢作孚的幼弟卢子英有缘相识。他也早听说卢作孚1930年组建民生公司、进入长江船运业，仅用6年时间就开拓了3000多公里的内河航线，有“川江船王”之称。

“现在不是有人还说‘爱国就坐民生船’！”黄宪奇又接了一句。听到这话，张连科想起去年临近中秋时节，江南造船厂制造的民本轮建成首航驶川，起航时在上海外滩码头泊了3天供各界人士参观。当时他与兵工署代表一同前去参观，民本轮停泊的码头上人山人海，鼓角齐鸣，鞭炮不绝。宾客上船参观之时，民生公司船员列队高唱着《义勇军进行曲》，一个个精神抖擞、情绪激昂，旁边的中国人不禁都鼓起掌来。那一幕，实在令国人振奋。

“今天闸北一带已重兵布防，国军开始行动了！”张连科的思绪一下子被黄宪奇这句话给拽了回来。他昨天忙不过来，特地派黄宪奇代表钢厂参加了政府召集的工厂内迁工作会。“昨天会上有消息了？”张连科问。

黄宪奇赶紧郑重地向张连科汇报说：“厂长，会上宣布政府出台鼓励政策，辅助上海实业界企业向内地转移机器，到内地发展生产。

“资委会宣布成立迁厂监督委员会，以政府名义发了公告：对及早迁移者，除拨给装箱费、运费、旅费、生活费之外，还允许申请建筑、复工的低息贷款。政府还协助迁移者征地、用电等承接工作，减少困难，减免苛细杂捐，购储材料原料，使各厂到达指定地点之后，能迅速复工生产。但是拖延不迁移者，则在一定期限后，将酌减其应得津贴。”

张连科激动地站起身来，说：“资委会实在是响当当的资委会，不负清名啊！”

黄宪奇又说：“不过一些厂商不愿迁离上海，几个商会代表还断言上海范围内，绝不可能发生大规模的战事，说什么就是交点火，很快也会偃旗息鼓。”

“他们还是抱着幻想啊。”张连科苦笑着摇了摇头。自“七七事变”起，日军即步步紧逼，侵占平津后，图谋沿津浦、平汉两路向南侵犯。日本首相近卫上周还发布了公开宣言，不可一世地表示要以武力解决中日之冲突，不容许第三国干预。这样的狂言妄辞还真吓住了国民政府的一帮“主和”官员，有公众人士不断发出“亡国论”，要求政府当局赶紧歇战议和，以免不利，高层内部议和之声甚嚣尘上。眼看国民政府外交部长期抱持姑息之态，还不知何时是个尽头。

“所幸还是有些厂主看得明白，像林墉季（资委会工矿调整处专员）就是最积极呼吁厂家内迁的。听说他四处奔波，现已通过上海工商总会带引几家工厂，组织内河船队迁走首批机器材料。”黄宪奇又说。

“林先生这样有见识有魄力的人，再多一些就好了。”张连科心想庐逸兄所言极是，民营迁厂开始动作了，接下来国营兵工厂自当有更大规模的行动吧。

“对了，遵照您的吩咐，杨先生托买的船票已经送到宾馆了！”黄宪奇笑道。

邮轮起锚、汽笛拉响，从上海开往南京的太古邮轮开足马力驶离码头，远处高楼商厦间闪烁的霓虹渐渐模糊。

江风呼呼扑面，一位身着旗袍、气质端庄的中年女子张望着走出贵宾舱，移步来到舱外驾驶室下的甲板上，将臂弯搭着的外套抖了抖，为丈夫轻轻披上。杨庐逸转身一笑，拥着妻子迎风站立，一起打量眼前这座庞大又孱弱的繁华都市渐渐远去。他们乘坐的邮轮船体呈流线型，外壳为乳白色，据说是由民生公司低价买进后重新整修后进行经营。邮轮舱内布置得舒适讲究，设施完善，配有电报机和无线电台同外界联系。

邮船逆流而上，不一会儿就看到江南造船厂码头。船舱顶上的汽笛发出一道长鸣，杨庐逸不由得随着汽笛声仰头眺望，坡岸上一片高高低低的烟囱林立，最高的烟囱顶上翻滚升扬的一股黑烟，在晚霞的映衬下显得有些苍凉与悲壮。目睹眼前的情状，杨庐逸的心绪也随之翻滚起来。他摸出随身带着的那张父亲留下的纪念照。照片上，父亲杨度与张香帅合影的背景也是一片林立的烟囱。那片拔地而起的工业烟囱所在地，正是中国最早的钢铁联合企业，1890年张香帅于万难中创办起来的“亚洲第一雄厂”汉阳铁厂。14年前，汉阳铁厂就因所需巨额运营资金维持不济，不得不停炉熄火直至今日，高炉机器尽皆荒废。这次与张连科在南市见面谈及此事，还不胜唏嘘——如果当局重视，能出手重拯汉阳之炉机复产，或可不至于今日国内钢铁之高昂进价。

“若道中华国果亡，除非中华人尽死。尽掷头颅不足痛，丝毫权利人休取！”望着上海城的万家灯火一点点地消失在视线中，杨庐逸不由得默念起父亲早年写下的《少年歌》来。

2. 沪上云涌

辅枢念了很久想吃法式牛排。陈素琳终于在哥儿俩生日这天，了了他的这份心愿。

看到李爷爷骑着黄包车进了院子，辅枢知道是从犹太人开的面包房取回了生日蛋糕。他飞快跑下楼去，把老李头接进了屋。

“你爸爸还没回家？”老李头摩挲着辅枢的头，怜爱地问。辅枢使劲拉着李爷爷坐在餐桌前，老李头忙不迭地站起来，用衣袖擦了擦坐的地方。

“先生两天都没有回来。”吴婶在旁边摇着头说。

老李头一笑，默不作声地出了门向花园走去。辅枢望着他的背影，那是他的世界，除了出车，他总是待在那里。

吴婶把蛋糕纸盒一层层打开，放在桌子正中间。陈素琳亲自下厨，煎了三块七成熟的澳式雪花牛排。

陈素琳煎好牛排，端上桌去。辅枢和铁栋手牵手地站在生日蛋糕前许愿，华盛在旁边拍着手，开心地唱起英文儿歌Happy Birthday（《生日快乐歌》）。

孩子们争着吹熄了生日蜡烛，蜡烛的轻烟让陈素琳想到钢厂烟囱冒出的烟气，她又担心起张连科这两天在钢厂里的状况来。“妈妈，快来！妈妈！”辅枢的呼唤，把陈素琳拉回眼前的欢乐气氛中。

“肩膀放松，两臂贴着身体，左手拿叉，”陈素琳抱歉地笑了笑，坐在辅枢和铁栋中间，手把手地教两个孩子用刀叉切牛排，“右手拿刀，吃一口，切一块。”

华盛在旁边听着刀具在餐盘上叮叮当当响，觉得很新奇，使劲挤进妈妈怀里抓餐刀。陈素琳赶紧让吴婶抱着华盛，温柔地对他说：“吃饭时不能胡闹，你好好坐着看，一会儿妈妈来教你。”

辅枢切下一小块牛肉，用不锈钢叉子穿起来，轻快地喂到妈妈嘴边。陈素琳抿了抿嘴，逗乐说：“谢谢辅枢，妈妈也要享福了！”

“我也要！我也要！”华盛看到陈素琳表扬了哥哥，马上双脚乱踢着，要挣脱下来。吴婶一脸惶恐，下巴仰得高高的，既怕华盛跌倒又怕华盛抓到她的脸。陈素琳无奈地将他抱过来，又笑又叹：“你呀，除了没猴毛，活脱脱就是个猴三！”

吃完饭，辅枢又带着铁栋帮吴婶收拾好桌上的刀叉盘子。两人擦着汗水从厨房出来，就跟陈素琳说想到对面弄堂玩去。陈素琳帮华盛擦干净嘴巴，直起腰来，对孩子们笑着说：“去吧去吧，你宜章奶奶（唐律衷母亲）就想着你们去！”

夏夜的里弄，房檐下排着各式凉椅板凳，有打牌的、下棋的，男人们凑一块儿议论着郊区的战事，小孩子借着路灯光，穿梭在躺椅、棋盘、牌局间撒欢，发出惊叫、笑声和痱子粉的气味。

宜章奶奶家门口也摆了一张大竹床乘凉，她摇着包布边的蒲扇，远远地看到辅枢就喊：“枢儿，枢儿，快过来，来奶奶这里坐！”辅枢走近竹床，转了转自己的大脚丫，犹豫了一下，还是高兴地爬了上去。“奶奶，夏天真的好长！我每天都盼着我的新学校开学。”辅枢闪着一双大眼睛，跟奶奶说。

“乖！枢儿爱学习，还是个像模像样小男子汉！”奶奶笑得眼睛弯弯的。比辅枢高一年级的宜章偎在奶奶怀里，在旁边说：“我也想上学了，爸爸把我的新书包、新皮鞋都买好了。”辅枢也背靠着宜章奶奶，借着蒲扇的凉风。

轶栋和三个小孩在弄堂口玩起了捉特务，想当兵工厂警卫队长。那几个却说他个子小，不愿意听他指挥，一齐跑来拽着张辅枢去当队长。辅枢乐呵呵地答应了，“指挥”轶栋去扮一名侦察哨兵。轶栋心里老不高兴，嘴里发着狠说：“哼，高有什么了不起，我早晚比你长得高，我早晚也能当队长！”

轶栋不服气，打算自己开战场，自己做指挥官。他回去把李爷爷给他的一柄木剑拿来，还偷偷翻出爸爸的一根旧皮带来扎在衣服外面。他的这一切准备，被李爷爷看在眼里。在轶栋出去时，李爷爷操着东北腔跟轶栋说了一句：“哥儿俩在外面别斗气，遇啥沉得住气的娃，今后才有出息的哪！”“哼！不稀罕！”轶栋嘴上话挺硬，却把手上的东西都放了回去。他远远看到，附近的几个小孩子正围着哥哥辅枢，嚷着要听他讲故事，赶紧往弄堂口跑去。

张辅枢很小就在南京上小学，平日也看了很多书，或许是受父亲张连科的影响，能说很多故事，什么岳母刺字、昆虫传奇、大力水手之类，都讲得头头是道。在家里，张连科得空跟孩子们在一起时，就经常讲一些四书五经里的典故，而且是按自己的理解来讲给孩子们听。比如讲“君子须三思而行”时，张连科就说：“这句话是什么意思呢？你们记住啊，它并不是说要你简单地对一件事情想三遍；‘三思’的意思，是让你以自己、对方以及周围的人，这样三个角度来思考问题，再付诸行动……”

辅枢觉得爸爸说的跟学校老师讲的有点不同，却听着很有趣。每次爸爸讲历史典故，连吴婶也把拣菜的竹篮端着不走，想多听一听。辅枢记忆最深的是爸爸讲喜鹊、乌鸦和猫头鹰的意义，是这样讲的：中国民间一般老百姓都是喜欢喜鹊，嫌弃乌鸦不吉利，出门看到乌鸦赶紧往地头吐口水。还有一些民间传说中把猫头鹰称作“无常大爷”，有的人在路上听到猫头鹰叫，说是无常大爷要来抓魂。其实在自然界中，乌鸦、猫头鹰和喜鹊都是益鸟，应该平等对待。辅枢记住了爸爸的话：“所以，小孩子从小就不能去轻信别人的传言，要学会用科学的知识和方法，来观察和应对自然现象，这样就不会轻易被迷惑，不会产生不必要的担忧和害怕。”

张辅枢给小伙伴们讲故事，也会剑走偏锋，讲出自己对那些故事的分析理解。因此，只要辅枢开始讲故事，宜章、何连这些大大小小的孩子都不自觉地靠过来一起听。

窗外天光亮了些，桌上的台历还留在昨天，张连科伸手翻过新的一页日历。他顺手摁熄了台灯，手指触及发烫的灯座，后背突然一阵酸痛。

张连科家离炼钢厂也不算远，车程也就一个小时，可他连续两天都守在厂里，随时接收电报。炼钢厂办公楼用砖木混凝土筑成，三楼东头是厂长办公室，旁边是专员办公室，西头角是庶务课办公室和设备复杂的机要电报室。

眼下最不可捉摸的是局势变化，兵工署至今按兵不动，除了催交炮弹钢订单，其他没有一点消息，张连科已经向兵工署数次密电呈请批准迁厂方案，可未得任何回复指令，他甚是焦虑。

他缓了一阵才站起身来，走到木格玻璃窗前往外望，天地交际处，几缕朝霞低低地横在空中，那轮可以预想得到的红日还没有冲破云层。近处的黄浦江平缓浩荡，正绵延不绝地向着20多里外的入海口奔扑而去。

办公楼不远处的平炉顶上，熊熊火光直冲云霄，映红了一片天。兵工署下给上海炼钢厂的飞机弹壳钢生产任务接连加大。炼钢厂高炉、平炉、钢炉和轧机日夜轰鸣，铁炉钢炉技术工人和技术人员连班倒，保证全厂高效运转。

完成一万枚飞机弹壳的军令状时时刻刻悬在头上，张连科率领三个炉机部门、轧钢部、装药部、运输部等密切协作，赶着完成任务。

出了办公室，张连科走进对面的庶务课。主任秘书唐律衷正欲出门，抬头见厂长张连科进了屋，赶紧上前问：“厂长您亲自来啊，有何吩咐？”

张连科挥挥手，说：“马上发通知，十点，全体部门负责人到一会议室开会。另通知黄股长会后留下，来我办公室。”唐律衷明白张厂长要见的黄股长，正是他的老乡运输股股长黄宪奇。

通知了各个部门负责人，却唯有同乡黄宪奇找不着人，唐律衷已经电话多处询问，也没有找到人。于是他下了楼，穿过大通廊进了运输股办公室。运输股与警卫队办公区在一起，都在厂部办公楼的副楼一层办公。

进了黄宪奇办公室，唐律衷看到桌上堆满牛皮纸文件夹，放着信纸、毛笔、墨水瓶，屋里却空无一人。

本可以左右问问或者等会儿再打来内线电话通知，但唐律衷今天心情特别烦闷，很想在外面走走，快些找到黄宪奇说说话。

从警卫队门口出去，唐律衷径直往铁路调度室走去。黄宪奇作为运输系统第一负责人，为保证生产加工好的弹壳钢及时发运，经常会守在铁路调度现场指挥发货。

唐律衷两条腿机械般快速走动，心绪慢慢舒展开来。“哎，唐主任，您这是要去哪儿？”一位戴着制服帽的车站职员迎面走来。

“这正要去你们调度室呢！黄股长在那儿吧？”

“黄头儿刚被叫去铁炉部了！那边铸铁块堆存太多，小火车接连运输忙中出错，翻出了铁道，他带人去现场抢修了。”

“是3号铁炉？”唐律衷担心地问。那人已经走远，没有再答话。唐律衷摇摇头又往南边铁炉部办公区走去。

到了厂区核心区域，伴随着蒸汽机车的轰鸣、出钢机清脆的哨声，还有轧钢机沉闷的巨响，唐律衷几乎忘了刚才让自己焦虑的上海北边战势。

嘭！前面一声巨响，火光由小而大，铁花飞溅而出。唐律衷探头一望，此时3号炉正在出铁，铁花绽放，绚丽无比，一瞬间铺满整个开口范围。铁口外两条蜿蜒的铁沟金光灿灿，两旁站着两队出铁工，一个个从头到脚全副武装，娴熟地提起大袋保温灰往铁沟里丢；喷涌而出的铁流，沿着出铁沟迅速进入铁水罐中。

唐律衷听说过，这高炉出铁是个危险活儿，一不小心就会出大事故。打开铁口以后，必须紧密配合，往铁沟里快速投放特殊的耐火材料，防止表层渣铁夹杂物凝结，影响渣铁分离。想到这里，他赶紧退回来，转身往炉机大班控制室里走。

唐律衷刚走进铁炉控制室门廊，就听见里面传来一阵争执声。

“老、老馀头，我、我、我跟你说！现在是我在发、发命令，不、不容你发话！”这是一个带着口吃、有些费力的声音。“必须多、多出钢，每日、每日材料核算填报，是军政部兵工署对兵、兵工厂的统一命、命令！”

“走开去闹！勿拿来糊弄阿拉几十年吃火饭的！如今阿拉可是提着脑袋在炼铁！军政部要想扣我们的成本钱？狼心狗肺的东西！”唐律衷听出这是3号炼钢炉炉长张宽馀的声音，是厂子里几十年的老职工了。唐律衷进厂的时候，他已经在这里干了16年。

那个结巴竟将一只锃亮的皮靴，大大咧咧地踏在摆放手套、镜片的工具台上，自己取出香烟点燃，得意地哼起流行歌曲：“小黄包、包、包车上的小、小姐，穿的花、花、花衣……”

“混账！这铁炉、铸坯什么时候轮到外人来叽歪了？”老炉长张宽馀冷笑着说。

“你！”结巴的语气一下子利索了很多，把脚也从板台上拿了下来。

“我！我就在这，老子进厂、操炉枪那会，你小子还在找娘吃奶！你算哪根葱？”张宽馀眉毛高扬。

眼看气氛不对劲，怕炉前现场闹出摩擦来，唐律衷故意喊一嗓子：“老炉长，您今儿当班啦？”

“嗨！来来来！唐大主任，这是亲自到现场啊？进屋来吹吹风扇，凉快凉快！”唐律衷皱着眉头才看清，刚才跟张炉长争吵的结巴，原来是总务课监工杨林万。这人原来没有结巴症状，怎么突然口吃起来了？

唐律衷正寻思，杨林万弯腰迎出来。杨林万是经上海炼钢厂主管设备的蒋副厂长介绍进厂的，拿了国外一个野鸡大学的毕业证，在工作上却什么也干不了。厂里安排他在总务科做些跑腿协调、没啥技术含量的事情，他就常以总管自封，到下面生产单位走一圈，对基层职员颐指气使。今年兵工署制造司要求辖下兵工厂设立材料成本纠察，杨林万跃身成为执法者，天天跑到各个生产部门去教训工人、干扰生产，已有工人极为愤慨反映到厂部。

唐律衷站在门口，和杨林万打个哈哈招呼过了，然后躬身往里一探，摸出裤兜里常备的纸烟，扬手朝张宽馀抛去，嘴里喊：“老炉长您这身板硬咧，还这样豪情万丈！”

“哈哈哈哈！还是你小子牙口利索！”张宽馀顶着一头花白寸头，抬手接住抛进屋的纸烟，也没给唐律衷半点客气。

“不要说成本核算难！就算不难，不核，我只怕你们这个月是交不出那500支铁弹壳来！”

炉长张宽馀是钢厂老人了，跟几个年轻人较劲起来，一点也不服老。

“师傅，师傅！打起来了，打起来了！”控制室另一头门哐地被撞开，跑进一个提着钢钎的小工，气喘吁吁地跑向3号炉台前。

“大呼小叫的干啥？死了娘了？”张宽馀两眼盯住炉膛，嘴里呵斥。

“有，有，有架鬼子的飞机在炉子上绕圈呢！”另一位刚进屋来的炉前工放下手中的测试筒，也朝屋里人慌里慌张地说。

“嗯？大汉？你亲眼看到的？”一位中年炼钢工问。

“是啊！上面有那个狗日的、狗日的太阳旗！”这个被叫作“大汉”的炉前工眼珠子横着答道。

唐律衷回头一看，“大汉”头顶只到旁边工友的腋窝位置，看上去又瘦又小。

大汉？这绰号和实际身材形成的反差也太大了。唐律衷忍不住为工友间的幽默逗得要喷笑出来，可马上意识到此刻气氛不合适，只得绷紧太阳穴上的青筋强忍着。

“掉温了！吹氧，加煤气！”

张宽馀老炉长盯紧炉温仪表盘，洪亮地命令着操机工，屋子里顿时就肃静下来。

唐律衷猛然记起黄宪奇也不在这里，马上拉开重重的铁门，往控制室楼上的办公室寻去。

远处的铁路线上，一列满载着荷枪实弹的士兵和武器的军列正哐当哐当地驶过。

唐律衷到了楼上的制铁发运所一看，黄宪奇果然坐在一群穿蓝色工装的工人中间。

“我的黄股长！让我找得好苦！”唐律衷笑着把黄宪奇叫了出来，叮嘱了一番张厂长的会议通知，也等不及跟黄宪奇多叙话，摆摆手就下了楼匆匆往回赶。

唐律衷顶着阳光走在路上，迎面遇上警卫队队长吴博青带领警卫队，驾驶着两辆摩托车往厂区火车站方向驶去，士兵背上的枪刺反射出晃眼的白光。

厂部办公楼前，那排二层楼高的梧桐树上，知了躲在密密匝匝的枝叶间任性地嚣叫。楼顶上那片天空亮白得刺眼，几朵云停着，没有一丝风，凝集不动的灼热空气仿佛在发酵。

进了楼，传达室坐着几个职员，正凑在一起紧张地议论着什么。唐律衷从他们夸张的表情和飘来的只言片语中，就知道是谈论刚才飞机在厂区上空转圈的事。

楼道上，有穿着制服、佩戴着军机编号牌的同事们进进出出忙碌着，如陀螺般来回旋转。

唐律衷心里一沉，大步冲上楼去。回到办公室，庶务课新来的文书朱亚芹走进来，递上一封他的私人信函。唐律衷匆匆一瞧，是舅舅从常德乡下寄给母亲的家书，心中一动，却果断地将信原封不动放进自己的提包里。通常他在办公室收到私信都不会马上拆开来看，更何况今天敌机第一次飞至厂区，情况有些特殊，厂长会议还需要做些准备。

机要室里发报机按键发出的金属声嗒嗒嗒嗒此起彼伏，两个哨兵在门口把守，屋内没有人说话，气氛显得有些沉闷。

嘟嘟嘟嘟……新到一道密线电函，唐律衷取出全是数字码的电文，仔细一看，是军政部办公厅传的电令。他立刻翻开一直拿在手里的译码本，用削尖的铅笔飞快地进行标译。

钢厂三楼会议室，张连科、周志宏、王专员等几位少将已在座位上静静等待。离通知的开会时间还有两分钟，未到的还有一位蒋副厂长。后排坐着的几个中层职员交头接耳，一个说日本飞机会不会来轰炸工厂，一个说来就来躲也没用，另一个人说自己计划把全家安排到乡下躲躲。

唐律衷抱着一沓文件走进会议室，将密函送到张连科桌前，回来很自然地坐在老课长查光弼身旁。查光弼是唐律衷进上海炼钢厂的保荐人，查同张连科还是日本东京帝国大学的校友，其夫人陈氏和张连科都是贵州水城人，两家带着远亲，辈分上还比张连科高了一辈儿。

虽然查光弼年近花甲，已从庶务课课长职位上退下，但其老成持重，办事经验丰富，文案工作尤其细致，被上海炼钢厂续聘，仍然留在厂部机关做参谋，厂里上上下下的人都要敬他三分。唐律衷一直感谢查老课长对自己近乎苛刻的严格培养，使他掌握到一般人难以驾驭的机要工作规律和方法。

姗姗来迟的蒋副厂长走到位置边，摸出一盒香烟向面前几位一一抛发。对面的杨林万马上站了起来，用双手捧着接了，又摸出兜里的火柴盒巴巴地望着蒋。蒋看也不看，偏着头点燃了，脸颊瘪进一块，又慢慢弹回，两只鼻孔立刻喷出淡淡游丝。周围的人也纷纷点燃香烟，会议室里很快就烟雾缭绕起来。

“听说正泰、天原、华生几个厂都撤了？”蒋副厂长斜坐在椅子上，朝黄宪奇瞥了一眼，问道。

“嗯。”黄宪奇挺了挺腰，应了一声。

“这打起来了，上海跟北平结局差不多，扛不住几天的哦！”蒋副厂长跷起二郎腿，毫不顾忌地吐出一串空心烟圈，半眯着一只眼说道，“张厂长，我们也该做打算了，否则处境很狼狈啊！”

下面齐刷刷坐着的军官职员都不约而同地朝厂长张连科看去。这时，查光弼老课长把手一推，面前的笔记本往前滑去直接掉在张连科身旁的地上，查课长站起来俯身去拾，镇定地碰了一下张连科的座椅。张连科回头一看，查课长不紧不慢地翻过手里笔记本的另一面拍了拍。

张连科立刻会意查课长的提醒，军政部连发密令，让钢厂平炉不能停工，继续维持生产，可这上面的命令又不能完全告知所有人，这局势一旦恶化，必然会产生一些矛盾和误解。但若今日会上冲突，势必传出钢厂高层内部先乱之类的流言，绝不利于眼下钢厂的人心稳定。

张连科紧抿双唇，从面前的文件袋里取出几份要传达的急件。兵工署制造司属下的上海炼钢厂，中层以上职员都有带衔的军职，里面关系错综复杂，很多职员都与军政部、行政院这些部门有着千丝万缕的联系。这些天蒋副厂长找张连科游说了几次，介绍了几拨想要收购钢厂闲置机器的钢材加工厂老板。张连科早有打算，一旦炼钢厂启动转移，这些闲置设备拿到后方是大有作用的；尽管他知道蒋在上海政府及南京高层都有后台，仍然每次都予以婉拒。

今日厂部召集干部开会，蒋某果然当着大家的面故意挑唆、冷嘲热讽起来。

“我说蒋厂长，厂部开会也得有个样儿，看你开口讲的什么话？”周志宏总工程师打破尴尬，板着脸对蒋训斥说，“你蒋某人从何处得知上海就守不住？还要挟张厂长主动打算？打算什么？”

“日机都到厂区了，还坐着开会，说不准一颗炸弹就小命难保啰！”蒋副厂长又大大咧咧地说，“我是怕上海……”

提到厂区来了日机，大家脸上的肌肉都不由得绷紧了。

“国军主力都在全力保上海，蒋副厂长这就判了上海死刑？”轧机部参会代表贝多芬一贯脾气刚烈，抢着毫不客气地说，“钢厂是阿拉两三辈人一砖一瓦的血汗建起来的！要在厂里打啥主意的，不是造孽？！”贝多芬本名吴音坤，是上海人，算是厂里的老职员了，去年刚从加热炉技术员提升为主管的。因为他喜爱在闲暇时吹小号，还能吹一些当时的电影歌曲，轧机部职员就开玩笑叫他“贝多芬”，没想到这个称呼一下子喊开了，久而久之大家几乎忘了他本名叫吴音坤，而“贝多芬”的大名在钢厂已是无人不知。

“你小子瞎说什么？你懂什么？”蒋副厂长见在座很多人都流露出不满，自觉羞恼，又不好朝周志宏发作，就两眼瞪着贝多芬吼起来。张连科看在眼里，更觉得蒋某行径乖张、不可与语。

“目前，局势未料，”查光弼慢条斯理地开口说，“蒋副厂长所虑，也不无道理。敌机如果大量来袭，后果难料。”

“刚才收到的交通部电令，上海周边的陆路被军官设卡，出入物资手续需警备司令部新发，厂内制品及物资运输安全务请多派军兵、加强警卫。”运输股今天参会的人是一张陌生面孔，他突然发言转移了大家的注意力。

“你是？新来的？”蒋副厂长斜着眼睛傲慢地问。

“运输股技术员，王霖源。”这位20多岁的职员不卑不亢地回答道。

天已经黑了下来，外面传来“哐哐”的巨响，轧机房的压力气锤声伴随着金属尖厉的哨音，炼钢炉炉顶依然烟气腾腾。

会场上出现短暂的空寂，大家看似平静的脸上都表现出某种期待，悄无声息地投向厂长张连科。

“各位同人，今天这个会，有几个事情要传达。第一条，兵工署电令：平炉生产必须维持。具体怎么保证生产，我们接下来议议如何应对当前的形势。”张连科深吸一口气，终于开口说。

“诸位看到了，北平被日寇强占，现在上海也危在旦夕。今日，敌机已经盘旋在我们头顶。”张连科停了一下，看了看蒋副厂长，接着说，“这个时候，我们应该想想，我们能够为国家做些什么？”

会场鸦雀无声，张连科看向大家，问：“大家说说看，国与国交战，拼的是什么？”

“拼军火呗！飞机、炸弹！”第一次参加厂部会议的王霖源双目炯炯地望着张厂长，应答着。

“打，就是打国力！打工业！”贝多芬接着说。

“战争拼的是经济，打的是勇气。”分管炉机的技术主管陈式揖愣愣地说。

唐律衷望了望张厂长，小心地说：“还不是拼谁有更强的基础实力。”

“没错。大家都说得非常好，拼的就是经济，是国力！”张连科环视会场，大家凝神在听，“可为什么刚刚交火就盯住了咱钢厂？”

“军工要塞，首当其冲。”后面有人接着说。

坐在会议室角落的庶务课新职员朱亚芹听到这里，咧了咧嘴：“难怪，日军飞机围着咱厂区转。”她听查课长说，战争一旦来临，钢铁势必成为急需品。前几年，上海炼钢厂重新回归军工生产，主要生产飞机炸弹，归在兵工署制造司管辖。

“我们远离交火地区，附近是工厂密集区和工人居住地，没有军事设施护卫，日军轰炸目标很明显。”警卫队队长吴博青说道。

“是的，当前我厂警卫工作至关重要，所以召集大家来，群策群力，按照兵工署的要求，一方面维持生产，一方面做好全厂生产安全防护及警卫工作。”张连科接下来具体部署警卫队增强防空回击力量，各个部门落实好人员防御安全措施，宣传防护知识，保证工人、职员在厂期间一个都不能少。各部门领导感受到时局的紧张，都埋头认真做好记录。

散会后，黄宪奇默默地跟着张连科走进了厂长办公室。张连科招手示意他坐，从保险柜里将一沓厚厚的文稿拿了出来，郑重交到黄宪奇手里。

黄宪奇翻开纸稿一看：沪厂迁移预案。这厚厚一沓，竟是张连科亲笔写下的预案手稿。张连科低声嘱咐黄宪奇说：“这方案我放心交给你，但辛苦兄凌晨即动身，到兵工署呈报预案。”黄宪奇望着张连科，用力地点着头。

一番叮嘱详谈之后，张连科亲自将黄宪奇送到办公楼下。秘书黄钧早已按照张连科的吩咐，发动好汽车等在大门口。

张连科目送着汽车开走后，方回到办公楼的简易休息室。他用热毛巾痛快地擦了一把脸，简单洗漱完毕，就在里间铺就的木床上躺下。这时候，他才感觉腰背间一阵酸痛，过了一阵，紧缩的骨骼才一根根地舒展开来。两三天没回家了，他都忘了昨天是长子辅枢的生日。

朱亚芹捧着电文夹，向位于三楼北侧那间办公室快步走去。

机关里公务繁忙可想而知，偏偏主任秘书唐律衷是个特别严厉的人，出现一点差错也不可以。朱亚芹才入职不久，她那仅有的一丁点儿经验还无法熟练应付时刻发生着的变化。尽管唐主任要求严苛，但好在查老课长能够对她包容很多，之前出现两次失误，也亏得查老课长出面说情，本来想将她调离庶务课的唐主任终是答应再给她一次机会，但是不允许发文再出错。

张连科办公室门外的卫兵身着制服，肩戴佩章，两眼直视前方。朱亚芹从门前走过，卫兵的眼皮一动不动，仿佛外界是透明的。

“报告！”朱亚芹第一次踏进厂长办公室。身高1.8米，宽额大眼的厂长张连科端坐办公桌前，仪表堂堂，却是勤谨耐劳，处事谨慎，力持和平，职员对他甚是爱戴拥护。

“报告厂长！军政部办公厅发来电报——”朱亚芹喊道。

“请念！”张连科听到报告声，抬了抬头，从朱亚芹头顶掠过看向她身后，似乎对着门外深深地看了一眼，嘴里吐出一个词，继续埋头疾书。

“……现值时届紧张之际，所有各厂库处防务亟应严密注意，该厂于电到之日起妥为戒备，并禁防所属出口。”站在张厂长办公桌前，朱亚芹来不及多想，遵照厂长给出的指令，一个字一个字念完新译出的电文。

“黄股长电函到了吗？”张连科问。他已密派黄宪奇搭军列连夜去南京，向兵工署署长俞大维当面请示搬迁事宜。

“报告张厂长，黄股长刚发来电报，已到华侨路兵工署。”

“请立刻电告黄处长：一定等到兵工署的明确核示，再行赶赴湘赣。”桌上电话急剧响起，张连科抓起话筒，凝神听着，眉头渐渐紧锁。

“你心里应该清楚，我们用什么和日本打？用你的运气？”张连科眼神一凛，向电话那头说道。

朱亚芹抱着记录本，轻轻退出房间，掩上房门，尽可能不发出声音干扰到张厂长。

出来后，朱亚芹又拿着电文送到二楼蒋副厂长办公室，蒋副厂长刚从外面回来，正满头大汗地站在电风扇跟前，手里还摇着折叠纸扇。朱亚芹站在门口，怯怯地向他汇报：“蒋厂长，通知您：下午两点，淞沪警备司令部开会……”

蒋副厂长冲朱亚芹摇摇头，抹了发油的中分短发黑黑亮亮的，前额的几根指着天花板，随手臂的大幅动作而左右摇晃。他对着左手握着的话筒，大声喊道：“你们这群废物！你害怕？难道你害怕就能解决个鸟问题？”

话筒那头的声音也冲出来，通过电波，嘶哑地震动着狭长的空间。朱亚芹迟疑地看着手里的电报，揣测蒋副厂长摇头的含义，不知该马上进去向他报告还是退出去等待。

“听着，给老子通知下去时务必谨慎，不要弄得大家人心惶惶！”蒋副厂长转脸向朱亚芹，冲她点头示意可以进去，顺着抬手把纸扇往藤椅上一丢，狠狠地朝着浸湿汗水的头发上一抹，继续喊，“要你来是干什么的？就是危险中力求维持生产。你霸着这个位置，就得有这个心理准备！给老子叫所有当班炉长注意保护……”蒋副厂长对着话筒一阵咆哮，朱亚芹听着很是窘迫，恨不得立即转身走远去，脸颊涨得通红。

3. 敌机突袭

上海法租新界内，依然一派平和，军政部兵工署办事处所在的吕班路以东，大多为华人经营的店铺，有两三间锁了大门；从吕班路到亚尔培路的霞飞路中段，多是白俄经营的店铺，那些服装店、面包房、咖啡馆通宵闪烁着霓虹灯的，似乎从不歇业。

黄昏时，中国空军与日军飞机展开了激烈的空战。周围的居民区连片地陷入战火，滚滚浓烟从外滩的广袤天际，飘向人群拥挤的沪南租界。

化铁炉正在出铁，上千摄氏度的铁水罐在炉机操控下，缓缓倒出金灿灿的铁水。陈式揖刚进厂房，一股热浪夹杂着粉尘扑面而来，如一支支钢针刺得眼睛和皮肤生疼，他小心翼翼地微眯着眼睛低头穿过，一粒炽热的铁花突然溅落在他手背上，他本能地跳了起来，冲进了炉机控制室。

这时，外面忽地发出一串巨响，大家放下手里的工具，纷纷透过控制室的巨幅玻璃窗张望着，想看个究竟。

陈式揖看着手背上被烫出的一片燎泡，暗叫一声：不好，是炸弹？！

"这狗日的真丢炸弹了！快跑！"工友们全部冲出屋去，陈式揖抓起安全帽也跟着往屋前空地上跑。未料一架敌机呼啸而过，几乎是从他的头顶上擦过。巨响之后，陈式揖看到公路尽头的军械库旁，被丢下的炸弹炸出了一个好几米宽的圆形大坑。

前面一个穿低跟包趾皮凉鞋、学生模样的女职员，抱着一沓公文袋扑倒在地。陈式揖以为她被飞弹击中，跑过去检查这人有没有受伤流血。他蹲在旁边一边扶起她，一边掐她人中喊："醒醒！喂，醒醒！"这近距离的接触，陈式揖注意到这个女职员刘海齐眉，挺直的鼻管，鼻梁中心长着一颗明显的黑痣。陈式揖想到自己已过世的母亲鼻梁中间也有一颗显眼的黑痣，不禁仔细打量起她的模样来。女孩双唇苍白紧闭、微微颤抖，长长的脖子清瘦白皙，两枚锁骨凸出，看上去似乎年龄很小的样子。情急之下，陈式揖也不知道该怎么称呼她了。

女孩终于睁开眼睛，苏醒过来，陈式揖扶她靠在铁门外的三合土废墟边。

"我……你怎么了？！"女孩看着他的手，有些害怕似的，"没事吧？"

陈式揖低头一看，自己两只手满是鲜红的血液，心里也纳闷着："刚才没有感觉哪中弹了呀？"他抬起左手臂想检查血是从哪里流下来的，发现手肘弯曲到手掌背根部一片肌肉向外翻开来，还在不断涌出血来。

"还在喷血！"女孩两手捂着嘴喊了一声。陈式揖顿感一阵皮肉之痛。

"别动！在鼓血！"女孩探身凑过来，手指拢紧，像掐一只螃蟹似的紧张地翘起小拇指，扶着陈式揖受伤的手臂。陈式揖莫名地感到那指尖触及臂膀的那一点肌肤，如小火焰般在发烫。

陈式揖昂头斜看着她埋头侧脸观察伤口，一副努力想要照顾人的认真样，心底不禁咯噔一下，多年沉寂的冰峰开始不动声色地消融瓦解。那一刻，他感觉伤口在迅速愈合，疼痛也消失了似的，甚而愿意手臂上的伤更深一些。它们是那么幸运，能够获得她的青葱柔指如此温柔的抚慰。

机修车间围墙外的那些人，都跑向军械库那块伤亡最惨重的区域，没有人注意到几百米外废墟里的他们。女孩向人群张望着，想叫喊有人来帮助救护陈式揖，可是人们根本听不到她的呼唤。

“他们听不见的。我没事，自己能走。你带好你的卷宗。”陈式揖嚯嚯地咧着嘴，试着想站起来。女孩感激地望着他说：“我扶你去医院。”

“扯淡！这点皮肉伤，去什么医院！”陈式揖鼻孔大张、瞪圆了眼睛做出怒气冲冲的样子，想尽快把她打发走。她真是太美了！陈式揖觉得自己简直太狼狈了，刚才本来想保护她，结果把自己弄受伤。真是蠢到家了！陈式揖心里狠狠骂自己。

“那去医务室吧，包扎一下……”她不明白他为什么突然发火，赔着小心说。

“不用。你快走吧……不是急着把这些卷宗送到厂部去吗？”看到女孩黑亮眼珠以外白得泛蓝的一双眼眸，陈式揖心里仿佛被什么猛地一抓，声音沉下来说。

“不行的呀，你是为了带我跑出来才受伤的，否则你自己早就跑了的呀！”女孩说完咬紧下唇的右半部分，有些话想说又没有再开口。

“厂长！厂长！”女孩陡然站起来，朝铁门外挥手高喊起来。陈式揖抬眼看去，张连科厂长正带着几位专员向军械库现场走去。一行人听到有女声在呼叫，停下来循声张望。

女孩高举着手上的文件袋摇动着，喊道：“在这里！有人受伤了！”

很快，张连科身边的一名背着急救箱的医护人员和一名警卫队员，跨过歪斜的铁门，朝着陈式揖和女孩走来。

在“救兵”面前，女孩急促地说了说刚才的情形，还一个劲儿地把陈式揖描述成了奋不顾身救她于炮火中的大英雄。陈式揖有些发窘，心里几乎要怀疑眼前慷慨陈词的人，还是不是刚才那个吓得发抖、弱不禁风的女孩？

陈式揖故意调侃着打断她："哎，这位同学，你的专业学的是新闻传播吧？"钢厂里人多嘴杂，闲来没事时，厂里多的是喜欢捕风捉影、无事八卦的人，陈式揖不忍这鼻梁上有痣的女孩子传出什么新闻来。他警觉地瞪着旁边的警卫员，感觉人家站得离女孩近了也是不怀好意。

厂医熟练地止住了陈式揖胳膊上的伤口出血，女孩如释重负地抱起那沓厚厚的文件袋，可爱地偏着脑袋，对陈式揖眨了眨眼睛，说："好吧，我可以交差去了。明天来看你！"

陈式揖惊讶地望着她身着制服依然清瘦的背影，面部肌肉似乎僵硬着，心中的冰山却在不可遏制地开始融化。呛人的硝烟中，陈式揖暗自记住了那细长的脖子和工作牌上的名字：朱亚芹。

敌机第一次袭击上海炼钢厂，虽在意料之中，轰炸之猛烈也让大家惊惧不已，四散而去。

日机飞走后，张连科令各个部门进行清查，继续恢复生产。他与警卫队队长吴博青接连巡察了被掷弹的化铁炉区域和军械库周边。

军械库对面的化铁炉烟囱上还冒着烟，中间的道路被炸出几个大坑，地面黢黑，一根电线杆倒在路中间，电缆被炸断垂落地面啪啪炸响，还不时闪出火花。清点之后，所幸关键设备尚未受损，部分厂房墙面和办公场所窗玻璃被震碎。

开战后，周志宏与吴博青都建议在厂内东西南北方位占据制高点挖壕建阵，各架七八挺重机枪，一旦日机临近钢厂上空，即可指挥阵地对空扫射。张连科当即让吴博青带领警卫队着手准备。

见吴博青面色犹豫，张连科又叮嘱说特别要防范敌机此次可能重点打击、再次轰炸炼钢厂，一方面要积极做好自身防空准备，另一方面须向军政部及淞沪警备司令部申请高射炮的支援。

陈式揖跟着警卫队勘察了防空地形，回到技术股办公室，迎面就见昨天那女孩子拎着一袋水果、奶粉，找到他办公室来了。在办公室的众目睽睽下，她还说想看看陈式揖手臂上的伤势。看朱亚芹细长的脖子上，今天竟然戴着一顶灰绿色的钢盔帽，陈式揖急中生智地调侃道：“哟，大小姐，真是‘吃一堑长一智’啊！”办公室其他几个同事听到这话，都忍不住笑了起来。

“昨天手流了那么多的血，这会儿不痛啦？”朱亚芹也不温不火，倒不明白这个陈式揖昨天经历险情手受伤，怎么还笑得很欢的样子。

“没事，没事！”陈式揖唯恐唐突了这位冰清玉洁的女职员，猛地摆开了手臂，却一下子扯开了伤口，疼得咬住了牙，表情甚是狰狞。

朱亚芹见陈式揖疼得额头上渗出汗珠，忙抓住他的手去看，想着怎么才能帮助缓解一下，又突然害羞地丢开他的手。陈式揖被她一拉一拽的，疼得龇牙咧嘴的。两人都愣住了，一时都不说话。

技术股办公室似乎唰地安静下来，尽管几个人进进出出都在忙碌，也好奇地打量一下朱亚芹与陈式揖两人。朱亚芹顿时不敢再说话，吐了吐舌头，指指水果篮，朝陈式揖挥一下手就赶紧溜了出去。

朱亚芹刚转身，办公室里的两个职员就对着陈式揖眨眼睛，准备拿他调侃起来。这时，一名年轻男子站在门口叩了叩门墙，对着里面的人说：“劳驾，请问，技术股何股长可在这里办公？”

陈式揖离门最近，看到这人戴着眼镜，瘦瘦高高、文质彬彬的样子，又见他身着职员制服，想必是哪个部门新来接洽工作的，于是问：“你找何股长？有何公干？”

“我是运输股的王霖源，来与何股长接洽钢坯转运事宜。”陈式揖这才想起他就是前天会议上发言的运输股技术员。

“哦，难怪有些眼熟，咱们前天厂部会上见过了。”陈式揖笑着招呼王霖源进屋来，寒暄道，“你们黄股长呢？这两天没见着他？”

“黄股长函令，他已去南京，现由我临时办理钢坯转运事务。”王霖源大大方方地说。陈式揖热情地将他带进里间何体陞股长办公室。

里间的办公室约20多平方米大小，除带窗的一面墙壁，三面墙上都挂着各种图册表格，何体陞正在办公桌后面专注地阅览电报。让他震惊的是，兵工署一天之中连续发来7道加急电令，都是同样的内容：“军情急需……一方仍应于艰苦之中，设法维持平炉工作，制造弹壳毛坯，以充军实。”

前线激战，兵工厂急需钢铁厂供应飞机弹壳，急电由兵工署署长俞大维亲自发来，严令上海炼钢厂连夜赶制，不得怠懈。张连科让机要秘书将今日的兵工署电文送到各个中层干部进行传阅，希望唤起各部门负责人对当前生产的高度重视。

陈式揖没有出声，用手势招呼王霖源在办公室沙发里一起坐下，等着何股长看完文件再交涉工作。突然办公桌上的电话铃响打破了沉寂。

“啊，对不起两位！”何体陞放下电话就道歉说，“厂部秘书电话，通知马上到张厂长办公室。”何体陞一边收拾文件袋，一边又嘱托陈式揖替自己与王霖源接洽，拿上笔记本匆匆出去。

在公文堆里埋头批阅的张连科听到脚步声，抬起头示意进屋的何体陞将办公室门给关上。

何体陞把门往外推紧，看到张厂长一直看着自己，便走到办公桌对面的椅子前坐下。张连科招手让何体陞靠近，合上手里的文件，说：“体陞，你技术股组织连机生产干得漂亮！炼好这炉钢，就争得了一百炉不改判的最高纪录！”

“厂长您过奖。”何体陞笑了笑，等着厂长继续发话。张连科压低声音接着说：“俞署下令，目前迁厂地址转至湖北武汉。须重拟迁运计划。”

“湖南不是准备已久？改湖北？”何体陞有些不解，在心底琢磨：去武汉肯定就是去汉阳铁厂呗！他又唯恐自己听岔了，追问道：“咋不去湖南了？央铁（**中央钢铁厂**）有变？”兵工署最初下达的命令是迁建衡阳。衡阳市的东阳镇，是资源委员会一直筹建的中央钢铁厂地界。那里资源丰厚，地势平坦，利于大型钢厂的建设生产。

“上面决定借汉阳铁厂厂房重建。”张连科平静地说道。

“到汉阳？好啊！汉阳！”何体陞又惊又喜，直盯着张厂长眼睛。

“别高兴得太早，衡阳动力及厂房设备及防空条件等，都不如武汉……”张连科说，“迁汉，是最新令示。听说军政部已出面收回汉阳铁厂。”从张厂长嘴里，第一次听到迁湖北汉阳的消息，何体陞不免暗自庆幸。在大学毕业后，何体陞第一份工作，就是被汉阳铁厂聘为了实习技术员。他对汉阳铁厂在中国，甚至亚洲的地位和分量，是再熟悉不过了——1890年12月，张之洞一手筹办的汉阳铁厂开工奠基，当时外国媒体的报道将之称为中国“雄狮醒来”的标志，它是亚洲第一座拥有现代化装备、生产链齐全的大型钢铁联合企业，比日本建立的八幡制铁还要早7年……

“体陞，有个大任务，我想交给你来牵头完成。”张连科接下来的话，把何体陞的思路拉了回来。

“我？”何体陞有些疑惑，“我能做什么？”

“这个任务很艰巨，也很紧急。需要你组织技术骨干，在最短的时间里，秘密赶制一份利用汉阳铁厂场地设施的迁建计划。”张连科坚定地说。

“厂、厂长，任务期限是？”何体陞思绪纷乱，说话竟紧张起来。汉阳铁厂因为各种原因，由官督商办改为纯粹商办之后，市场销售不力，巨额资金难以为继，早已停产十余年之久，技术人员尽散各地，炉台荒芜、机器锈蚀，要再利用起来，困难甚巨。

“需要马上开始！由你选定人员，牵头召集专业工程师行动，但一定注意，参与人数不超过4人，越少越好！火速拿出迁厂细则来。”何体陞从没有看到过张厂长脸上有如此严肃的表情，那张弧形的脸庞此刻就像一块炮弹壳钢片。

“路线、人员、经费预算，三部分计划，随时找我，全力以赴！”张连科说。

突然重任落肩，何体陞身体因为紧张而出现痉挛，甚至左手指也不听指挥地上下颤抖着，翻了几次才打开笔记本，飞快地记录起来。

“是兴奋，还是紧张？”张连科问。何体陞有些不好意思地搔搔头，说：“这么重要的计划，我、我还是有些紧张，怕、怕……”

张连科站起身来，双手按着何体陞的两边肩膀，认真地说道：“你尽管自己大胆去做，不用畏首畏尾！有任何麻烦，全部交给我，我负责处理！”

何体陞感动得眼睛一热，又掩饰着埋头做起了笔记。

“拆迁设备的选定、排列、拆卸、装箱，报关、运输，保险、设站，包括目的地的检验、接收，你负责协调，”张连科接着细致地安排，“明天让各个部门主管再次摸底汇总，每一个流程务必计划周全。”

沪战打响第九天，国民政府军事委员会在南京对外宣布，将红军改编为国民革命军第八路军，授命朱德为总指挥，由此形成以国共合作为基础的抗日民族统一战线。

杨庐逸与妻子乘坐邮轮经过苏州河一带，目睹上海民营企业组织的后迁船队络绎不绝，越来越多的人抗战热情被点燃，各个行业的人士团结起来一致抗敌，不由得受其感染，精神为之一振。

回到南京，他仍挂记着在上海与张连科的一席畅谈，总有些许不安。工业部已下令对基础工业严加控制，免于落入敌手，尤其是以战事紧急为由，很快控制了汉冶萍公司属下之汉阳铁厂及大冶矿山等处。军事委员会已下达密令将沿海兵工厂搬迁内地，以应军需。钢铁厂是战时军需中最具基础性的一项，上海炼钢厂的设备迁移必然是重头戏。而军政部刚调周志宏到南京军工研究室任职，张连科又少了一位得力干将，准备内迁钢厂设备人员，同时生产还需维持。

即日，各家报纸大篇幅报道上海开战，上海大街小巷的人紧张地关注着战争走势，收音机里每隔一小时就播送捷报：中国空军以驱逐机与日本海军航空队在空中交火，高志航大队长率先击落日军的领队轰炸机，空军第四大队一举击落敌人5架轰炸机，还炸毁了数艘停泊在吴淞口的日军军舰。

敌机猖狂起来，连续两次袭击钢厂。厂货运站库房和南边厂界围墙先后被炸，办公楼内一些窗玻璃也被震破了许多，所幸机器设备尚无损失，但两名警卫队士兵当场牺牲。

张连科连夜查看了几座钢炉附近区域尚未有损失，钢厂成品发运也很快恢复正常。一早，他又带人赶到厂医务室看望受伤职员，安排尽快转移伤员。

伤员转移还未准备就绪，远处天空出现几个小黑点，并且在直线飞近、快速变大。

“飞机！解散！飞机又来了！”警卫哨兵发出警告，同时警笛拉响，正朝医务室走来的几个职员顿时慌乱四散。

“不要慌！就近隐蔽！”张连科箭步上前，向大家大声疾呼。飞机已经快到头顶，来不及躲藏的几个职员抱头趴在地上，紧张地望着天空。

警卫队队长吴博青冲过来，拽住张连科狠劲地跑向一块建筑遮挡物。

吴博青狠狠地仰头望向天空——青天白日旗！他大喊起来：“是我们的，我们的飞机！”

张连科一把推开盖着的铁皮挡板，与吴博青扶持着站了起来，相互拍了拍身上的灰土，看着对方都忍不住笑了起来。

虚惊一场，四散的职员和工人们仍然在观望。张连科带头回到办公楼，鼓励大家回到各自岗位清理物资，做好防护准备。此刻，张连科心里比谁都焦急大家的安全——兵工署一道道密电让钢厂维持生产，应该是在没有空袭轰炸的前提下，没想到局势恶化得这么快，敌机两次来厂丢掷炸弹。而估计当局也没料到如此疯狂的轰炸，兵工署给钢厂警卫队只配有十余挺科尔沁重机关枪，敌机来袭机关枪射程有限，他找到淞沪警备厅与兵工署申请调拨高射炮数次未果。现在钢厂对空防御相当于赤手空拳，警卫队卫兵们再怎么摩拳擦掌一身豪气，也无可奈何。

4. 冒险生产

“奉委座谕，该厂工作不能停顿，平炉应设法维持……”

沪厂生产目标大，敌机一日两次来厂，生产难以为继，但兵工署署长俞大维接连发电报，密令张连科维持弹壳钢生产。

张连科从现场回来，打开办公室门扑面而来一股呛人的粉尘，一扇窗玻璃给震落在地上。正打算做一下打扫，恢复正常工作，唐律衷手拿公函，匆匆闯了进来报告：“厂长，兵工署急电。”

“署里批复高射炮了没？其他内容不用看也知道了。”张连科一边整理座椅上的木屑和碎玻璃，一边说道。

唐律衷抬起左手食指中指，推了推鼻梁中间的眼镜架说道：“是，厂长料事如神！还是跟上午同样的电文。高射炮的事，没有回复。”

“既是委员长谕令，兵工署当知道炼钢厂生产会有多危险，不停炉，那帮狗崽子咋不来待一天试试？”不知蒋副厂长什么时候站在办公室门口打量着张连科的办公室，冷嘲热讽地发泄了一气。

“不是一句话这么轻松，鬼知道在上海又坚持得了多长时间！看看咱堂堂张中将的办公室，都快成炮灰了！”张连科听着有些莫名其妙，突然心里一动，正准备对蒋应答一声，却见门口已没了他的人影儿。

眼下如此危急的形势，钢厂平炉生产必有火光，目标太大，何况兵工重地本就是敌机轰炸的首要目标，因此频遭偷袭。是苟且偷安，还是舍生取义？上海的工业机器，还有全国最顶尖的工程师、技术工人，都是国之重器，张连科作为全厂指挥官，该怎么面对？如何抉择？炮火紧逼下，守与撤，遵令还是抗命，在生命和生产之间，只能选择其一。张连科感觉那薄薄的一纸电令，就像是一道滚烫的钢坯在烟熏火燎的巨型轧机里来回碾轧。

“通知开会：晚上七点，三楼会议室集合，各部门负责人参加。”接过唐律衷递上的加急电函，张连科面色沉着，对唐律衷轻声嘱咐说，“警卫队和南市救火队还在轧钢区救火，去问问今天几处起火，附近区域目前是否受影响。”

唐律衷领命出去，一下子踩到地上的玻璃碴，神色肃然地向张连科提醒说：“厂长，这窗玻璃都震破了，您还是答应吴队长，到南区防空洞去临时办公吧。”

“先就这样吧，”张连科在靠椅上坐下，左右看看，若无其事地说，“机要室在哪儿，我在哪儿。”

唐律衷听张厂长这话，喉头突有哽咽，说：“厂长您多小心，我叫小朱来帮着收拾一下玻璃。”说完就转身出去。

敌机连续两日轰炸南市，老百姓无不惊慌地向南逃离，或者就是拼命挤进租界去。

沿街掷弹的日机飞走后，街上又慢慢恢复生气。南市车站附近涌入很多难民，有的无处可去，一家老小就找个角落空地打开包裹行装，沿街露宿。

暮色降临，厂办会议室拥来十多个人。厂级负责人和炉机部、轧钢部、机修部、运输部各个部门负责人、领工，密密匝匝地挨个围坐在圆弧形的会议桌前。

蒋副厂长新打开一包外国香烟，散给几个部门负责人，说道：“现在钢厂生产就是拿命拼啊，烟囱一冒烟就是信号。”

“就是啊！完全就是直接暴露在敌机枪口下。”旁边的杨林万马上附和说。张连科大步走了进来，会议室顿时安静下来。张连科坐在正中位置上，左右看了看说：“这两日，我们腹背受敌，大家都辛苦了！今日这么晚召集大家来开个短会，也是跟大家透个底，兵工署正在安排专列让大家统一到内地，人员物资同时转移，各位同人有何高见，尽可畅言。”

蒋副厂长又发话：“我说这个生产搞不下去啰！鬼子机一天来几趟，人都给吓跑了！”

张连科接着淡淡地说：“军政部、兵工署都接连发来急电，还望各部门负责人及领工师傅们能以国防利害为重，尽最大努力组织员工维持生产。”

陈廷纪报告：“我部发现，近日两名职员失踪。”

运输股王霖源也报告一名职员消失不见踪影。查光弼看了看张连科，提醒黄钧：“黄秘书，这些情况要马上报告上去。”黄钧点点头，埋头继续整理会议纪要。

“白天有空袭，可以试试夜间开工啊！”陈式揖年轻气盛，冲口而出。

“有点冒险吧？”唐律衷马上说。

“夜里安全！可以试试！”陈廷纪肯定地说。

“各处宵禁，街头到处是哨卡，员工又散居各地，怎么到厂？”查光弼担忧地问。

“就是！过卡都难！”蒋副厂长很是不屑地说。

“肯定有困难，但总比前线战士轻松些吧！”陈廷纪是炼钢厂的老资格了，对蒋说话毫不客气。

“只要能生产，总有办法的！”张连科开口说道。

警卫队吴博青队长在旁边连连点头，说：“人员到厂时间路径，可以收集统计，报告兵工署，照会军警两方，以后凡遇在厂员工持有厂发证章者准予通行。”

“大家都在，那么各个部门能不能组织起来？”张连科目光炯炯地环视左右在座的部门负责人。

“能！”

"能！"

"能！"

"组织夜里生产，炉机部动力部、运输股？行不行？"张连科又问大家。

"行！"

"行！"

"保证完成任务！"

会议室里各个部门代表做出坚决的表态。蒋副厂长惊讶地打量周围的同人，仿佛这些人都变成了一群陌生人似的。

"那说干就干，开始行动吧！"张连科接着安排说，"请动力股保障，炉机部做好加开夜班准备。"

会议结束后，唐律衷拿出笔墨纸砚，在会议室里铺开宣纸准备手写复工通告。

张连科经过时看到，大步走过来说："唐主任，这复工布告我来写！"

唐律衷两只手举着那沓刚刚裁好的三尺宽五尺长的粗宣纸，低声说："哪敢劳驾厂长亲自写布告啊。"张连科说着就脱下了西装外套放在桌子边上，掀起衣袖抓起了毛笔。

唐律衷只好顺从而恭敬地退在旁边，看着厂长开始忙乎。

张连科将长桌上的元书纸从左到右、从下到上细细抚平，然后不紧不慢地提起中号羊毫毛笔，挥墨走起笔来——

"本厂现定于8月23日下午7时起，恢复工作，仰各部工人一律按时到工，嗣后并须每日于规定时间进厂，所有夜间通行问题，已函请淞沪警备司令部及上海市警察局查照放行。"

张连科此刻旁若无人地用毛笔书写布告，让唐律衷心头的烦躁平息了下来。写完后，唐律衷带人将张厂长手写的《上海炼钢厂第112号布告》张贴在正大门外。

夕阳挣扎着散发出最后的辉煌，静寂的月牙已经挂在天空。

得到钢厂通知的工人们源源不断地从四面八方向南市的炼钢厂赶来。还有一些在轰炸中受到惊吓的钢厂临时工、搬运工得到夜间生产消息，也纷纷赶到厂里来。

穿着工装的人们三五结群地走过堆满沙袋的街角，拿着钢厂证章，通过一道道的关卡，如潮水般涌入钢厂大门。

听说厂长张连科要在钢厂礼堂做复工讲演，刚刚回厂的工人们都不自觉地走向钢厂能够容纳300多人的礼堂。如果不得不面对弥漫的战火，人们希望团结在一起，为挣脱苦难命运，获得一份新的力量。

大家听从警卫队指挥，在木排椅上依次就坐。没有呼朋唤友高声喊叫，也没有惯有的玩笑打闹。人们意识到，钢厂在南市这样的大集合也不会再有，今天厂长说的内容必与他们以及身后的家庭命运息息相关。

“各位同人、兄弟们，请注意了！”通过会场四角的喇叭，一个浑厚的声音通过扬声器在会场响起。原本左右张望着的脑袋，瞬间齐刷刷地望向了主席台。

高于平地的主席台上空空的，并没有像往常开会那样摆放桌椅，台中央放着一支一米多高的麦克风铁架。主席台左侧挂着竖联“钢厂工人多流汗”，右侧贴着“前线战士少流血”，顶上赫然贴着四个大字：“钢铁救国”。

底下的职员和工人一个挨一个紧靠着坐在木条凳上，周围没有座位的人就席地而坐，横向纵向占满了礼堂里的每一处空地。就连礼堂外，也有陆续赶来的工人贴墙聚在一起，不时地有人伸长着脖子往里张望，侧着身子努力想听清楚里面的声音。

天色渐渐陷入绚丽的昏暗，浓重的云层加重了会场内的肃穆，哨兵们警惕地观察着周边的情况，特别是随时可能响起的尖啸声。敌人的飞机什么时候再飞来轰炸，没有人知道，或许，就在下一分钟。

“各位请注意！”厂长张连科的声音通过喇叭向四周扩散开来。

大家默契地纷纷抬起头来，沉重的呼吸声被这空旷的钢架空间数倍放大，以至于在每个人的耳膜颤抖回响。

“钢铁强则国强。”张连科目光巡视了会场一圈，说道，“如果让日本扼制了我们的钢铁厂，也就扼住了中国的工业之命脉。

“没有钢铁，就谈不上任何的机器制造，更何谈产枪、出炮，击退敌人？

“国难当头，诸位该做什么呢？能做什么呢？”

看到大家期待的眼神，张连科说：“一句话：守土有责！我们在座的职责，就是守住我们的阵地。

“我们的阵地在哪儿？就在脚下，就在各自的炉台上、机器旁、岗位中！

“而今我们还有一个任务，应该说，不仅仅是任务，是责任，更是使命！我们身边，这些朝夕相处的机器，赖以生存的机器，这些用宝贵的外汇换回来的、用血汗一点一点地造出来的铁家伙、洋机器，怎么办？”

张连科沉着地望向大家，说：“炸，一个字；守，也是一个字！我们该做的，就是把它们一个不剩地，搬到后方去！建立一个崭新、坚固的基础工矿事业。”

大家都默不作声，齐齐望着张连科。唐律衷不禁想到查课长告诉他的，在七七事变后，张连科厂长就开始着手筹划组织迁移之事。近来张厂长几次密电兵工署，提请着手准备沪厂内迁事宜，忍不住在心里说：“厂长说得好。日本就是仗恃钢铁强，要打进来，偷我们的资源！有了钢铁基础，抗战就有支撑，民族就有了希望！”

“在艰难过去的每一天，我看到各位工作上的顽强与努力，对钢厂下一步需要同舟共济，我充满信心！”张连科一字一顿地说，“非常时期，还望全体同人精诚团结。无论遇到什么阻难，不要忘记我们各自肩上的责任，不要忘记钢铁报国的使命。”

“同舟共济，钢铁报国！厂长放心！”警卫队的几个分队长和周围的职员齐声喊道。

“炼钢救国！复工抗战！”礼堂中间王霖源和身边几个年轻职员慨然举起了拳头，在空中挥动了几下，一齐呼喊起来。个子最矮的那个技术员踮着脚站了起来喊，下巴上还有乌黑的油渍，他的声音很快被礼堂中回荡的呼声热浪淹没。

“复工抗战，生产报国！”主席台上也有人响亮地喊出口号来，人群中越来越多拳头高举起来，上下挥舞着，礼堂外的工人们也加入了呼喊的行列，那气势仿佛要把高高的房顶也掀个底朝天。警卫队的战士列队站在各个地势，警惕地朝四周观察。

“大家安静一下！安静一下！”张连科对着台下和厂房外躁动的工人，双手做出一个示意动作，讲话声从喇叭里传出，口号的浪潮很快平息下来，挥舞着的手也放了下来，角落里升起一串咳嗽声。

“大家知道生产意味着什么、复工意味着什么……”张连科声音浑厚有力，回应他的，是无声的注目。

张连科看着台下熟悉的面孔，抬起臂膀指向窗外的天空：“说不定，下一分钟，敌人的飞机炸弹就会出现在我们头顶，但是我们的命已经和钢厂拴在一起了！”

张连科突然声音嘶哑了：“但，血肉，血肉怎么去和钢铁战斗到最后呢？”

他长呼了一口气：“敌机轰炸的重点，是我们炼钢厂，为啥？”

张连科继续说：“因为他们怕！他们害怕！”

唐律衷感觉张厂长声音里透着一种钢铁般坚韧的力量。

“怕啥？我们？”人群里传来窸窸窣窣的议论，大家全部盯着台上的张连科厂长，等待着听他将要说出的话。

“怕啥？怕中国军队也有了自己的飞机，自己的炸弹，怕中国军队的钢铁之师源源不断！他们怕我们的工业，怕我们的钢炉，怕我们前赴后继、源源不绝、自强自立的火种！”张连科一字一顿地说道，“你们看看，看看身边的人！”工人们各自的目光交错，从旁边人身上找寻答案。

“看看，你就会明白，即使我们遭受敌机轰炸，我们头发乱了，脸上黑了，衣裤破了，胳膊或腿上挂着伤，我们痛苦、愤怒，但没有被吓跑！我们的职员、我们的工人跟抗日前线的战士们是一样勇敢！一样地用身体抵挡着日本军队的飞机和炸弹，捍卫着工厂的尊严！”张连科挺立在主席台正中央，脸上挂着一种无所畏惧的坚定。

“今日子时，1号炉、3号炉同时复工，相关部门全力配合，马上派出各层负责人层层传达，必要的人员立即上门通知到位。”

“复工抗战！炼钢报国！……”人群中一些青年职员又整齐地呼喊起来。

仪式结束后，许多工人余兴未消，聚在一起热烈地讨论着钢厂的去向和战争的局势，很久方才散尽。

沪厂夜间轧制生产热火朝天，星空下，红雾蒸腾、机响当当，源源不断地将各种型号的炸弹钢壳往兵工厂运送。

战火很快蔓延，逃亡的人涌向上海南站，浩浩人流连肩接踵地争相进站。不料，4架日机突然飞至南站上空盘旋，朝人群密集处投掷数枚燃烧弹。车站及站外的郑家桥顿时燃起大火，一时间烟雾弥漫，哭声四起，惨不忍睹。紧邻的车站广场、天桥、月台、铁轨被炸得稀烂，地上横七竖八满是残缺的尸体，上面还压着焦黑的铁皮和木桩。

日寇飞机连续进行猛烈轰炸，连悬有巨幅红十字旗的南翔红十字会办公楼，也没能躲过一劫。

黄钧开车载着张连科从警备厅回南市钢厂，看到街角都堆起了沙袋，路边的商场民房在轰炸中破坏甚多。

过杨树浦时，他们的车万幸躲过日军轰炸机。日机丢下的燃烧弹，让沿街房屋建筑成片地燃起熊熊大火。东百老汇路和公平路的几家住宅中弹，大火接连蔓延，吞噬了兆丰路仓库和培林洋行蛋厂的储存物资。

张连科的车路过，看到怡和纱厂大片的厂房屋顶仍然冒着滚滚黑烟，一个七尺男儿站在路边捶胸顿足大哭起来。张连科认识此人即是纱厂老板，曾在上海各地捐助不少公益事业，如今全部资产被毁，堂堂男儿想必已到绝境之地而崩溃，心中实在不忍，便让黄钧将车停在远处，上前安慰这位老板说：“老哥，走吧。”这老板悲戚不已，抱头蹲在地上，一个劲儿地摇头：“没了！全部没了……”旁边的人解释说：“厂里堆放的全部纤维原料一把火烧没了！还有银行欠债，家里老小……”

“只要人不倒下，怕什么怕？厂房还可以建！机器还可以买！一切还可以重来！”张连科使劲把那人扶起来，大声说道。他几句话劝解，那男子竟听得入耳，肩靠着他站起来叹了口气：“这中国的纱厂，就要给日本人占完了。”前面人车嘈杂，人们忙着救火，黄钧在车上按了几次喇叭催促，张连科只得匆匆离去。

高昌庙一带马达嚣响，在各个隐秘的厂房里，机器一刻不停地旋转忙碌着，工人们似乎毫不畏惧地守在各自的岗位上。周志宏走后，炼品种钢的压力更大，张连科连续守在钢炉部精心生产、发运炮弹壳钢。

机修锻造房里，二三十名技术工人赤着上身，用长长的钳子从烟火缭绕的炉里夹出烧红的铁料，一锤又一锤地连贯锻打赶制钢壳。旁边的工人忙着检验铸钢模块，一件件标记好装进木箱，用稻草塞紧后再进行封盖。他们心里只有一个愿望，一个期待，一个目标，那就是尽微薄之力努力造械，支援前方抗战，为自己的国家赢得尊严与安宁。

张连科与蒋副厂长正一起巡视钢坯质量，炉机部的技术员急急忙忙找来，请蒋副厂长去看看，说是最后一座电炉的平衡系统受近日轰炸震荡，已经出现炉体倾斜。两人听到情况紧急，就一同前去查看，警卫队吴博青立刻增派两名警卫员，跟着护卫安全。

走进炉机部那扇约五六米高的大铁门时，一个年纪较长的师傅远远地朝他们一行人挥手喊道："蒋厂，蒋厂！"

"是新组建的炉机拆迁队队长。"蒋副厂长跟张连科介绍。

那人喘着气迎上前来，满头大汗，拦着蒋副厂长比画说："蒋厂，你答应昨天给我们拨经费，现在木箱、材料、铁钉，处处急需用钱，经费不到工作推动不了的啊！"

大家同时停下脚步，张连科打量了一下对面这名队长，他瘦而精干，头发蓬乱，肩上的工装透着一层汗碱和重物压过的印迹。那人朝张连科看了一眼，似乎不认识他，手指铁门里面堆着等待装箱运走的机器材料，对蒋说："咱人手实在是不够啊！我找来的临工一个星期都没给工钱，人家可是一家老小等着，没钱可不行的啊！"

"你这个许队长啊，开口就只有钱？"蒋指了指厂区远处几排低矮的家属平房，呵斥道，"经费现在没有下来，我能怎么办？不行就通知家属，让家属们来帮忙！"

"您是厂长，但是你这样处理就欠公平！"那汉子急得上前一步，跟蒋论起理来，"你会不会让你家属来帮忙？你说没经费，咋还去花外汇采购进口皮沙发？厂里缺人手，你运你家的花木都专门安排了一个班的人去！"

新提拔的许队长竟当面揭自己老底儿，蒋一下子暴跳起来，二话不说，一脚把毫无防备的许队长踹倒在地。许队长额头磕在一块丢弃的耐火砖上，顿时出了血。张连科大吃一惊，赶紧把蒋拉住，不让他再发飙。唐律衷将许队长扶起来，几个拆迁队员提着钢钎跑了过来。两个警卫员立刻上前挡住他们，张连科大声朝大家喊道："把东西放下，谁也不许动手！"但是工人们都吵吵嚷嚷，不服气地说："这个蒋厂长不仅是先动手，还是动脚踢了，这根本就不把咱们工人当人待啊！"

"厂长！厂长！"这里正乱成一团，一个浓眉大眼、比一米八三的张连科还高半个头的汉子如神兵天降般突然出现在大家面前。

只见他一张英武的宽脸，可惜两只眼睛只能看到左边一只，右眼蒙着厚厚的椭圆形黑布，俨然一副太平洋海盗的模样。

"乱劈柴？"张连科有些惊讶地问，"你咋来了？不修你的车，东逛西逛的想干啥？"

来人以前是钢厂铁炉部的炉前工，大名叫栾弼才，为人豪爽义气，平日却是吊儿郎当、游手好闲，有个四川工友给他取个绰号叫"乱劈柴"，很形象，大家就叫开了。

一次，栾弼才被租界警察局的人带走，原因说是在戏院戏弄洋妞。那时张连科刚到任不久，厂委会一些人提出为了不得罪洋人，应该马上开除他。张连科没有立刻签署同意，让总务科找到铁炉部的人了解他的情况后，给予他警告处分，工作还是给他保留了下来。

没想到后来在一次钢炉大修中，栾弼才为抢修冷却塔发生意外，一根钢筋掉下来竖直地戳到他脸上，直接把眼珠子爆了出来，旁边的人都吓住了。厂里火速把他送到医院抢救，请了最好的医生治疗，捡回了一条命，眼睛却怎么也治不好了。栾弼才出院后，脸上只能戴个蒙布了。后来，他不知道什么原因就不愿意来上班了，厂里就给了他一笔安家费。听说一些原来的工友，还帮着他在外面开了一个修车铺。

栾弼才也不再惹是生非了，自己一门心思学修车技术，不到两年时间，生意就开始风风火火，在南市还开了家分厂。新厂开张，铁炉部好几个操作工人还跟了过去。

"厂长，听说您四处找队伍拆运机器，我好歹和这厂子里的钢炉和烟囱有点感情吧？您不请我，我就自己来了，看——”栾弼才指着身后说，“全是我带来帮忙的！”

张连科望向身高有一米九的栾弼才身后，二三十个穿着短褂的精干壮力小伙正大步朝这边走来。

“栾弼才，你来得太及时了！其他不客套了，来，认识一下，”张连科走过去拍拍许队长的肩膀，说，“这是我们炉机拆迁队许队长！许队长，我没说错吧！”

许队长一只手捂住额头，感激地朝刚刚认识的张厂长点点头。

“快干起来吧！”张连科说着，一边又吩咐警卫员开车送许队长去医务室处理伤口。

“轰，轰隆隆！轰——”

南边突然冒起熊熊大火，火焰冲天，瞬间将厂子照射得亮如白昼。

“狗日的小日本！”许队长朝着南边骂道。

“走！去看看！是货运站起火！”张连科说。蒋副厂长有些犹豫地说：“很危险，要不，我们先到防空洞避避？”

“走！救人要紧！”张连科狠狠地瞪了他一眼，喊。

警卫队吴博青驾车赶到，张连科招呼大家赶到南边的钢厂货运站去帮着救人。

货运站砖墙被炸出几个大的弹坑，站台房屋也被震碎一段。

站台断墙瓦堆中，一座木箱下面还压着一个人，头发面目全是灰土，已经看不到本来的颜色。张连科毫不犹豫地上前靠近，趴在那人身边，想帮他搬开压着他的木箱，木箱上面又被一整块水泥板压住，使劲推也一动不动。吴博青从下面跑上土堆，同时朝走在前面的队员大喊：“快叫担架！发现伤员！”蒋副厂长站在下面朝远处喊：“乱劈柴，快带几个人过来，救人！”

很快，栾弼才和他的几个伙计从四周围拢过来，用手搬开那人身上的杂物泥块。人太多倒不利于搬移整块水泥板，张连科直起身，对匍匐着准备搬木箱的栾弼才说：“弼才，你的人撤下去！这里有吴队长在！”

张连科接着又安排说：“你也算是钢厂的老人，经验丰富。既然来了，我就不跟你客套。货运站台出了这么大的险情，现在你就组织你的人成立一个应急抢修队……想办法尽快把货运站台清理出来，最好不影响晚上货物出运。”

“是！厂长！”栾弼才猛地把背挺了一挺，干脆利落地吼了一嗓。

在货运站台，栾弼才和他的伙计着实手脚利索，十多人三下五除二就把倒塌的砖瓦清理干净。看到站台被震得七零八碎，他又和现场的王霖源商量，建议可以放弃前站，直接货物前移300米，到之前旧的站台装车，一来货箱便于装运，二来线路也安全一点。

王霖源向厂部报告后，张连科立即批准他们的建议，又嘱咐蒋副厂长和查课长，要不计前嫌地放手让栾弼才这样的队伍去干，还要吸引、聚集更多的爱国人士加入到钢厂的拆迁队伍中来。

困难条件下，钢厂钢炉部员工开工到深夜，凌晨两点时，南市电厂忽然断电，不得已停工休息。停电后当班技术员和工人无一返家，都在钢炉旁、操作台前，甚至水泥地上和衣而卧。

铁路沿线一片繁忙，到处都是忙碌的工人、职员。兵工署一道接一道的严令，督促钢厂维持弹壳钢生产，并且警告钢厂职员不能到厂工作者，即停发工资，并处以退职。

消息说日军飞机开始轰炸南京，国军转眼之间就力不能及、节节后退，张连科更感迁守压力。

开战至今，日机已轰炸炼钢厂十余次，投掷燃烧弹、爆炸弹数十枚，同一天内甚至多次入侵空袭，给工厂设备及人员造成了大量伤亡和损失，人心上的伤痛更无法估量。张连科奋不顾身地带领大家加班加点生产，投入撤迁准备。留下是死，无论哪头，都有流血牺牲之危险，走或许还有一条生路！

兵工署催着要炼钢厂将迁移费用，特别是运输计划开支费用，进行预估呈核，张连科连日奔波，与各方商洽，竭力确定方案。但上海南站被炸后，车运受阻，运输面临更多困难。以眼下时局的危急，出沪运输与往常殊不可比，正常运输已是不敢奢望，人工车船费也较平日甚远，迁移材料工具等项也是水涨船高，加之还有若干机件重具不明运费，迁移费随时可能出现变动。

张连科从上海市交通处与胡处长洽商弹壳毛坯运输后刚回办公室，各部负责人鱼贯来报，说了一大堆问题和困难，主要集中在人力难求、费用飞涨方面，张连科耐心地进行梳理，帮助各部门做出决断。直到深夜，张连科等着蒋副厂长几位一起，关在厂办会议室商议炼钢厂下一步的方案。

夜晚尽管没有敌机轰炸的恐惧，电力却成为一个大的制约。敌机在白天连续进行猛烈空袭，南市电厂也各处受损，到了晚上就干脆拉闸进行维修，民用尚是断断续续，更不供工厂用电。电炉无电，工人还能干个啥？钢厂把发电机全部用上，大家尽可能集中用电，然而电炉耗电巨大，实如巧妇难为无米之炊。张连科每天在上海市政府及南市电厂几处协调电力保障，一方面与军政部、淞沪戒严司令部、警卫司令部、上海市交通部等处汇报交涉，确保军品运送及钢厂器材及时后撤。

从南京返回上海炼钢厂，黄宪奇直接就到张连科办公室汇报。张连科兴奋地让他在沙发上坐下，唐律衷端来新沏的热茶就侧身出去了。

黄宪奇从内衣口袋掏出俞大维手令，递到张连科面前。张连科神色严峻地接过看也不看，抬头打量着他，问："回沪后还没得空回家吧？"

黄宪奇摆摆手，说："刚下火车，还没顾上。"

张连科说："黄股长为钢厂此趟奔劳，接下来任务恐怕更是艰巨，还劳亲赴最前线指挥……"

黄宪奇故作轻松地笑说："厂长大人今天这么客气，看来任务艰巨啊。"

"目前战势紧张，黄兄带领运输股各同人责任艰巨，颇多不易，还望严格遵守。"张连科接着说，"前方急需我们维持生产支持，兵工署下达多次电令，运输还须隐蔽进行，尤其是物资动向须警惕敌特趁机窃取。"

黄宪奇注意到张连科严肃的表情，更加感到自己肩上的责任，站起身来认真地应道："厂长放心！运输股全体同人赴汤蹈火在所不辞！"

沪厂迁移已开始行动，转移中隐蔽、保密是自然而然，黄宪奇只恐这再次离沪，也不知几时再与妻儿见面，真想回家看看……

黄宪奇愣神之间，张连科一边用内线电话叫来黄钧，一边说："今晚什么都放下，先回去安顿一下家小。"

等黄钧进办公室来，张连科又当面叮嘱黄钧带黄宪奇去买些营养品，再送他回家一趟。

黄宪奇喉头一哽，说不出话，朝厂长使劲点点头，赶紧起身走出去。

廊道下楼处，黄宪奇迎面撞上陈式揖。陈式揖正叫住一个负责联络小工的阿龙问："喂，装卸工人找到了吗？"阿龙摇摇头："人人都吓得往城外跑，到处都缺人，这个拆卸短工实在找不着人啊！"

黄宪奇坐在副驾驶位一路辨认道路，过了好几个哨卡，车驶进他家的那条巷子。夜深人静，各家都已入睡，路灯也暗着，马达和刹车摩擦地面发出的声响格外刺耳，立刻响起几声激烈的狗吠。

黄宪奇回头低语让黄钧回去，黄钧说关卡太麻烦，就在巷口睡一会儿等早上接他去厂里。黄宪奇没有再坚持，自己在大门口顿了顿，轻轻一推，大门竟没有上锁，他蹑着脚进了屋。

屋里卧室门口还放着婴儿床。孩子现在早没睡婴儿床了，妻子浅贞仍不舍得丢。其实妻子想的是说不定又怀上了，还可以用得着，可两人聚少离多，一直也没再用得上。黄宪奇看到浅贞在他们的大床上睡得很沉。睡梦中，浅贞仍是双眉微蹙，一只手搂着憨态可掬的儿子。

黄宪奇心里忧愁起来——这辈子真是亏欠浅贞太多了，本想着搬进了租界可以好好补偿一下，陪陪浅贞，可形势风云突变，沪厂运输事务繁杂，常常一忙就是一两个月才得空回到家。上一次回家，在门口遇见浅贞抱着儿子，儿子张口就朝他喊"爷爷好"，弄得他好不尴尬。

黄宪奇上前趴在大床沿上，盯着儿子的小脸蛋看。孩子两眼舒坦地闭着，睫毛长长投下两弯弧形的浅影。可能是因为屋里有了光线，浅贞突然醒了，伸手触了触儿子的额头，才睁开了眼睛。猛地看到黄宪奇站在跟前，浅贞睁大眼睛晶亮地闪动，压着嗓子说：

"孩子有点发烧，昨晚用烧酒抹了胸口手心，今儿好些了。"

"怎不去医院？"黄宪奇听了，急问。

"两家儿童诊所都关了门。我买了点保济丸，给喂了点。"尹嫂不知什么时候跟进来，轻声说。尹嫂是黄宪奇老管家的女儿，丈夫抽鸦片死了，她没有去处，从扬州回上海来照顾老管家。去年浅贞临到产期，正缺可靠的人手帮衬，老管家就让她来帮忙了。这可解决了黄宪奇的大问题，钢厂事情一大堆，平时也经常出差，基本上顾不了家里，浅贞娘儿俩在家，有这么一个称心的人帮着照顾，他也安心了。眼下钢厂又开始整体转移，运输股当仁不让打前站、组织运输线路，黄宪奇也每天不停地协调车船、装卸转运，工作千头万绪。

黄宪奇站在床边，里里外外换了衣服。浅贞从立柜顶上取下他那只大皮箱，默默收拾几件贴身换洗衫裤，装进箱底，又取了袜套和丈夫爱穿的外套。黄宪奇在身后看着妻子慢慢收拾，浅贞终于停下来在靠立柜的椅子坐下。看着妻子有些浮肿的脸，他眼底一热，走过去一把揽她进到怀中。顿了一会儿，浅贞挣脱出细如笔柄般的手，把丈夫衬衣领子往左右一下下地捋，仰起头来，温柔地说："大哥他们，已经搬走了。你……不会离开我们吧？"

黄宪奇了解浅贞心里的担忧。浅贞的大哥和他是圣约翰大学的同班同学，现在兴业银行工作，家住闸北那边。开战后他也全家难保，只能离乡背井往内地走。3年前，刚来兵工署上海办事处工作时，在一次中华书局上海纪念活动上，黄宪奇和刚大学毕业的浅贞认识了。兵工署里工作压力大，黄宪奇也没有任何特别的关系，是浅贞陪他走过最孤独迷茫的时期。那个时候，浅贞大哥强烈反对他们在一起，只因黄宪奇出身于农村的穷苦家庭。黄宪奇曾为此负气想离开上海到湖南去，可是浅贞坚定地堵住了他，并且坚定告诉他说："你去哪儿我就跟到哪儿。"就这样，他们悄悄登记结婚，在一起生活。为了居住环境更好一些，在儿子即将出生之际，两人搬进了租界的这套房子。有了孩子后，浅贞辞去了工作，即使黄宪奇时有加班不归，她也很是理解和体贴。

黄宪奇留恋地扫视家里熟悉的陈设，倚墙的八仙桌、案台，两把黑漆太师椅，停在卧室门口吊着儿童铃铛的婴儿床，鼻子酸酸的。这一出去，也不知道以后情形如何，甚至什么时候能回来也没个准。心窝子上像被生生抓了一把似的，他咧咧嘴，费力地将舌底的一点唾液吞咽下去。可是这又有什么办法呢？战争打起来，钢厂的人员和机器运送后方是眼前第一要事，家里的日子也还得继续。

眼前有些模糊，黄宪奇擦了擦眼睛，和浅贞说了几句家里的事，就赶紧让她进屋去。

黄钧在车上静静等在门外，雪白刺眼的车灯照射在路灯昏暗的里弄水泥路面上，飞舞的尘土与蛾子混在一个箱柱体的空间里，像是另一个下着大雪的世界。

"哎——"声音从耳后传来，是浅贞。黄宪奇回过头，浅贞脸色瑟瑟无光，一手扶着门站在那里。他怕她担心，没跟她说钢厂撤迁的事情，只是说有任务到南京出差。浅贞声音如游丝一般："我不放心，来送送你。"

天色已亮，雷声由远处轰隆隆传来，转眼就在头顶上嗒嗒炸响，稀稀拉拉如豆大的雨点开始敲击着各家屋檐。

"我，走了。"黄宪奇转身打开车门，又回头跟浅贞说。

他钻进车里，说："我们走！"车呜呜地发动起来，他忍不住从车头的后视镜里去找，椭圆形镜面上一片水迹，什么也没有看到。

南市的工厂接连遭袭，上海炼钢厂成为重灾区。厂里两名士兵、一位职员被炸死，十余名工人被炸伤。有胆小的职员担心空袭，也悄悄逃走，工人们都在议论日军"要炸平南市"。

午后，陈式揖遇上和兴钢铁厂老伙计，问及才知道对岸和兴厂也经历险情，过江电缆控制箱遭敌机燃烧弹焚损，和兴老板今日花重金周旋，在厂区挂起了德国旗帜避难，期望这样能躲过轰炸。

张连科带队巡看厂区受损情况，走在火车站外面，突然问唐律衷："听说这两天职员和工人中有些说法？"

跟在身后的唐律衷感到有些突然，立刻答道："这，议得最多的，是各处交通阻隔的问题。"犹豫一下，又说，"大家担心现在拿命冒险，生产出来的弹壳钢和物料，不能运到前方去。还有，咱警卫队，都盼着兵工署能配高射炮防空。"

"嗯，我已经对俞署长专电三次，今晚再追！"张连科的脸沉了下来。

"听说，对岸和兴厂老板为了躲轰炸，花了近万大洋，请德商朋友向德国总领事馆疏通，在厂大门处张贴德国总领事菲斯尔签署的'保护和兴钢铁厂'的布告，还在厂内显眼处升上了德国旗。就在昨天，和兴厂老板为了多重保险，又向英国驻沪领事馆疏通，在厂内轧钢马达间的屋顶铺置巨幅英国国旗。他们还在厂大门张贴了英国驻沪领事发给他们的，用英、日、华三国文字书写的《保护和兴厂》的布告，使工厂暂时得到了保护。"唐律衷说。

"是和兴钢铁厂来的人讲的？那个什么揖？"张连科皱了皱眉，问。

"是，就是陈式揖，炉机部的技术主管。他以前在和兴厂任炼钢主任，与和兴厂人员甚熟……”唐律衷赶紧答道。

“我们的人呢？”张连科接着问。“一些人说，挂德国旗自保算什么？简直是瞎说，只有软爬虫才升外国旗！北京大学采冶系毕业的工程师陈廷纪最是气愤，说咱们跟和兴厂不一样，有骨气的中国企业不会在自己家里插上外国旗来避难。”唐律衷又接着说。

“其他呢？”张连科又问。“也有人说，为了活下来，也不是不可以。说不准是咱厂里还没有和兴厂这个能耐！”唐律衷说着，偷偷看厂长一眼。张连科不再说话，径自走上了铁路线上2号炉旁边的小山头。

“但大多数人不同意这种说法。”唐律衷接着讲，“查老就很厉害，他说工厂不生产、不抗日，保护有个鸟用？他还说，保护下来干啥？难道留给日本人来打中国人？”

“难道，不怕？”张连科对唐律衷低低地叹了叹气，像是问他，又像是问自己。

“议论多，但还是那么多人穿半个城来上班。”唐律衷迟疑地回答，“警卫队的年轻卫兵很是可爱，还相互调侃打气，说小日本只知道丢炸弹，有本事下来赤膊单挑，躲那么远抛炸弹算啥本事？”说完，唐律衷见张连科神色凝重，又感觉自己这话有些多余。

战势愈加焦灼，敌机频繁进行惨绝人寰的狂轰滥炸，上海交通秩序大乱。

清晨天色刚亮起来，敌机就飞至钢厂上空，几次掷弹。因为太早，警卫队防空哨卡猝不及防。钢炉部及机修部被炸弹击中，厂里人员不幸受伤，一职员头皮被弹片削伤，一工人双腿被炸断，还有一警卫员腹部中弹，钢厂医护所各个病房挤满了伤者和家属，老的号、小的哭，乱成一团。张连科强忍悲痛，派出车辆将重伤员紧急送往南市红十字医院抢救。

局势紧急，兵工署上海办事处已迁往租界办公，张连科不得不结束夜班的翻砂、模制两部门半成品生产，次第停下150吨炼钢电炉和800毫米轧机及加热炉。他亲自草拟电文，向兵工署请示将炼钢厂临时办公室迁至辣佩德路88号。

将办公桌上那沓电函文件签阅完后，张连科又仔细翻看一遍，抽出汉阳兵工厂厂长郑家俊的函件，刚才何体陞发来的电函中报告其已从南京搭轮赴汉口，将与郑家俊接洽汉阳铁厂一事。

兵工署几次电令催促张连科赶赴武汉，但张连科表示沪厂目前局势复杂，坚持“将在外军令有所不受”，钢厂设备未能安顿周全，自己决不先行离沪到汉口赴任。俞大维知道这个张连科倔脾气上来，十匹马也拉不回来，只好委托郑家俊厂长负责前期联络汉冶萍公司协商借用汉阳铁厂部分废旧厂房一事。张连科得悉郑家俊受命代为协调，心里感到些许宽心，如此沪厂、汉阳借地之事或可两全。

沪厂机关各部都在处理文件、收拾打包，准备迁往租界办公，往来函电频传，也颇受影响。唐律衷累得站不起来，也不愿意闲下来一刻。每次发收电报的空隙，手里无事可做的瞬间，他就不由自主地担心恐惧一家老小如何安顿了。

猛地内线电话铃响，唐律衷一激灵，伸手拿起电话，还没接听就想着是张厂长打来的。

果然，张连科询问发给汉口兵工署办事处密电情况，并让他准备好迁厂通告，通知蒋副厂长和几位生产负责人立刻到他办公室去。

唐律衷放下电话，即发出通知，之后就拿着笔记本先来到张连科办公室，报告张厂长请汉阳兵工厂转汉冶萍公司的电报已转交到郑家俊手里。

很快，蒋副厂长与六个部门负责人陆续到了张连科办公室。唐律衷让朱亚芹端来茶水，招呼大家在沙发上坐下。

张连科沉默着，在中间位置坐下，说：“目前重点，在汉阳铁厂就地建设钢炉复产工作。待汉阳那边一旦具备复工环境条件，我厂设备人员也将如期到达。”

“从时间上来说，正好可以接续。”蒋副厂长面无表情地说。

“机修和轧钢部设备材料全部装毕，等待出发，或许可以最先实现复产！”贝多芬兴奋地说。

“不错，黄股长已经起程，马上将我们的轧钢机配套设备从南京转运武汉，近日即可到岸。”张连科点头道。

陈式揖接着报告说：“随后拆卸下来的各部机器材料，正在分类登记装运。”

“除维持现状生产必需者外，将所有技术工人及职员都组织起来分批转往武汉。”张连科接着说。

“眼下难点是人员。”唐律衷连连点头说。

“唐主任，你把停工安排原则讨论稿发给大家。”张连科吩咐说。

“是。”唐律衷起身将文件袋里的几份文件分发给蒋副厂长等几人，说道，“遵厂长指示，秘书组草拟了几项停工后的安顿原则，供大家讨论。”

5. 内迁伊始

南市街头，一辆接一辆特殊的军用卡车穿过密密垒筑的军事沙袋，穿过张皇逃亡的脸孔和带着血污的躯体，冲锋一般向前疾驰。卡车厢体全部用房顶般大的油布结绳密封着，连哨兵们也不知道这是一支什么运输队伍——每一车上装载的，正是上海炼钢工人们冒着生命危险生产出的最后一批弹壳钢坯。

迫于形势，炼钢厂夜间生产也不得已全部停下。大门处新张贴出来的布告前，一群佩戴钢厂胸牌的工人围着一位年龄五十开外的领工。那领工摇头晃脑逐字逐句地读着布告内容：

“为保持本厂过去历史，开拓将来建设起见，自非另筹妥善办法不可……兹经厂长督同负责人员审慎筹划，拟具四项原则：

“……在暂行停工期间，各职员在租界照常办公，一面担任筹备迁厂工作，薪资暂照归业给。如战事延长，在必要时，除留为新厂遣用之外，其余分别调署或分到各厂任用。

“各部工人，先将临时工给资一月遣散，正工凡技艺较佳而有成绩者，则酌留担任迁厂后工作，其应行裁汰者，酌予给资两月遣散。

“至年老而服务时久者，则照章令以退休。警卫队官兵，因防卫及押运勤务，关系需要，应请一律保留……”

站在尤利特红十字医院大院里，朱亚芹两眼一眨不眨地看着火化厂的车消失在街的尽头。一个人又在悬挂着巨幅红十字旗帜的墙下坐了很久，才慢慢站起来走出这个冰冷的地方。

三天来，她白天黑夜都守在父亲的病榻边，最后眼睁睁看到护士小姐毫无表情地取下父亲身上全部仪器管子，医院的运尸工将父亲还算柔软的身躯放进一具简易的木板棺材里，还帮着牵了一下翻开的衣角，就利索地把棺木装上了那辆火葬场的专用车。

昔日熟悉的街道，所经之处楼塌房损，硝烟焦土，满眼悲惨之状，成千上万无辜的人正在经历这个冷酷的夏天。尽管上海开战这些天来，朱亚芹见到那些在日机轰炸后家破人亡的可怜人，早已数不过来；可她怎么也没想过，这世上剩下唯一的亲人——自己的父亲，会突然在眼前倒下。

朱亚芹的父亲，在江南造船厂船坞顶上检查雷达线时，被日机丢下的炸弹弹片击中脑顶，送到尤利特医院重症室抢救，却一直没有醒来。朱亚芹眼看着精疲力竭的医生、护士将连接在父亲身上的设备诊线一一取下，她没说一个字，也没有哭一声，所有的眼泪都在心底无声无息地奔涌。

现在，这满上海纷纷扰扰的战火与她无关了。哪怕看着街上那些家人被炸得找不到尸骨、呼天抢地的凄厉哀号，朱亚芹也能保持一种隔岸观火般虚无的“镇静”。

空气中飘浮的每一颗尘埃都包裹着熟悉的陌生、热闹的孤独，深沉的忧愁仿佛氧气稀薄的大雾，扼住朱亚芹的咽喉，甚至令她的呼吸也时难正常。哀伤是那么顽固，无论她怎么地想要摆脱也挥之不去。

朱亚芹呆坐在船坞外的铁轨上。不知道过了多久，远远看见越来越多的工人走向码头，他们扛起绑着粗草绳的大木箱往江边，隐约传来整齐的吆喝声。

“喂，是你吗？”一个有些熟悉的声音在头顶响起，朱亚芹缓缓抬起头，空中的日晕光线刺得她眼睛发疼。“我说朱亚芹同学，到处找不着你，原来躲在这里？”她半眯着眼，模糊看到一个胳膊上包扎厚厚一层的人走近身来。这世上还会有人为自己担心？朱亚芹无力地想。“嗯……”她鼻翼发酸，颤动的喉咙发出一点声音。

“嗨！我说，你在这儿干啥呢？现在厂里多缺人啊！”陈式揖站在一米开外的地方，似乎想走近，又停住了。

“个人生活的沉重别人无法想象，只有我们自己知道，但是，生命的永恒在于生生不息的传递，所谓‘野火烧不尽，春风吹又生’。你父亲一定希望你，好好活着！”陈式揖对朱亚芹说。

一只灰色的江鸥突然从天上俯飞过来掉在朱亚芹面前的石岸上，她有些迟疑，伸出双手颤抖着捉住那只鸥的翅膀，眼泪终于滚落了下来。

“一切都会好起来的……大家都担心你，还是喝口水吧！”陈式揖走近她，递来一只熟悉的军用水壶。朱亚芹努力在想陈式揖说的意思是让她喝还是让那只鸥鸟喝水，但认出水壶就是她办公桌上常用的那只。她努力撅起唇，向外重重呼出了一口气来。很奇怪，她感觉到一股暖暖的活力回到身体里，迷茫的天地间又有了一线生机。

“亚芹同学，你来吧，和大家一起，去南……”突然发现陈式揖声音里的那种小心翼翼，像极了父亲以前哄她开心时的样子。“不好，飞机来了！”陈式揖突然喊道，“快，跟我走！”

奔涌不止的江面扯开了一片蒙蒙晨光，朱亚芹站了起来，呆呆地跟在陈式揖身后。陈式揖的裤腿挽至膝盖，迈步走在前面，头也不回地说：

“钢厂都停了。”

“停了？”朱亚芹心里一惊，不禁问，“厂里，停工了？”

“是。今天贴出公告，全线开始向后转移。”陈式揖继续说，“职员在租界照常办公，筹备工作。”

朱亚芹努力迈开步子，一步一步跟着往前走去：“张厂长带着大家拼死守厂，这样执着……想不到，还是要离开这里。”

“我们一起走，把机器都拆走，所有的钢、铁、砖头、枕木！”陈式揖接着说。

“对！一颗铁钉也不要留给丧心病狂的日寇！”朱亚芹想到父亲的面孔，愤恨地说。

“张厂长部署的，我们分为三批转移，钢炉部、修理部、轧钢部是第一批军列，每批都会派训练有素的职员带队，负责组织联络。”

“第一批联络组人员，定了？”朱亚芹心中一动，自己或许能够帮得上忙。

“各个部门要派代表，厂部也要派。”陈式揖在前面答道，“大家都在忙啊，第二批是砂模部、木工部，车制部、零件部在最后，第三批！”

“那忙得过来吗？”朱亚芹冲口而出。

“就是人手很紧张啊，所以来找你啦！”陈式揖笑着说，“你来我们组吧，我们运送炉机和发电机缺人手，正需要可靠的事务人员帮忙负责联络！”望着陈式揖脊骨凸出的坚硬后背，朱亚芹眼中又涌出滚烫的泪水。

上海炼钢厂停工拆迁的消息不胫而走，各个老板厂商也相拥前来打秋风，想要收购一些废铁材料；南市附近一些外地流亡至此的人，也主动找上门来，希望得到一份零工。一时间，炼钢厂与船厂一带的江岸上，卡车、火轮、划子、挑工来来往往，川流不息。

南市青帮分会头子也亲自找来，提出帮助炼钢厂组织人手进行机器拆运。王霖源很忐忑地向蒋副厂长请示，蒋让他去找张连科厂长请示。结果，张连科非常肯定地告诉王霖源和运输股的职员：“这个危急时刻，只要是真正抗日的行动者，管他青帮白帮还是红帮，一律打开大门欢迎！”南市青帮果然先后派来两批有经验的工人参与钢厂拆卸和运输队伍。

王霖源大喜过望，炼钢厂运输股很快组建了8支拆卸搬运队伍，分别对应钢炉部、修理部、轧钢部等8个专业部门，投入机器拆卸。

半个上海都卷入了战事，炮火在改变着一切，再周密的计划也只是暂时的。张连科也遇到了几位不速之客——

东京帝国大学校友会的程士齐带着一个当年的学妹，径自找到炼钢厂来登门造访张连科。两人在张连科办公室，拿出了军政部某官员推荐信，劝说张连科出售上海炼钢厂一部分工具机器。

前不久也有两名多年不见的留日同学来南市钢厂拜访过。其中一名同学也是开门见山、直言相告，想趁中日开战混乱之际，把炼钢厂里的几台德国进口的电机和英式刨床钻床折价转让给他，到租界去发展发展。张连科当面郑重而客气地告诉他说，自己没有愿望也没有权力进行这样的合作。那人仍觍着脸纠缠不休，劝说他身为帝国大学高才生不要浪费资格，为了前途得慎重考虑，伺机而动。旁边那位转做商业的校友还私下劝说张连科多留后路，还说人立于世哪怕不为自己，也得为自己妻儿打算一下。

“恕不相陪！”张连科听了此言，立即拉下脸来，冷冷地扔下一句，即起身大步离去。

这两天，炼钢厂对空防御仍然薄弱，状况很是危急，钢厂职员和工人们连日连夜地组织拆卸与转移，每个人都几乎是筋疲力尽，但每一天干起工作仍然精神昂扬。

兵工署发来一千只麻袋和十挺德制伯格曼MP-18冲锋枪（大家俗称的"花机关枪"），警卫队加强准备，在炼钢厂大门口外竖立起"军事重地，严禁通行"的警戒牌；配置给炼钢厂的运输工具突然被军方征用，拆卸下来的机器物资一时堆积起来，难以运输出去，进进出出车辆和人员一下子少了很多。

"这群败家子！在这节骨眼，还撺掇着偷机器！想发'国难财'呀？"张连科刚刚走出办公楼，听到远处传来一阵骂声，抬眼看到一群穿制服和工装的人围在一起，为首的一个个子矮小、戴深度眼镜的职员大喊着朝前面几个人追去。

张连科认出那穿制服的是一位上海籍电气技师，绰号"天不亮"。他虽然叫不上这人的名字，但也算比较熟悉的了。在上海话里，"天不亮"的意思是一个人老是贪睡、总是睡不醒，可能因为他眼睛细小不大睁得开，所以工友们给他取了这么一个绰号。

借着路灯昏暗的光晕，张连科定睛细看，蒋副厂长身着西装，领着赵秋添等一群职员前呼后拥地向这边走来。

"应该有个说法！拆下的机座件、微型发电机，哪儿去了？""天不亮"大声喊道，"你们是不是背着大家把机器卖了？"

蒋副厂长被一阵斥责，竟装作什么也没听到似的埋着头继续走路。张连科有些惊讶，这个"天不亮"平日里温吞吞睡不醒的模样儿，今天挥舞着胳膊怒发冲冠，像变了一个人似的，敢当众接连质问蒋。

"放肆！"这时，警卫队副队长刘罡冲上前去将"天不亮"拦住，手朝腰间一掏，那架势像是准备拔枪。不料，这时候蒋转过头去，倒很克制地摆一摆手，示意刘罡和身后的人退后，又停下来站在"天不亮"和他身边的工友们面前，慢吞吞地说："你们反映的这个事情，这个嘛，这个事情我还不知情。等我掌握了情况，马上进行调查。"

"不要空口讲白话。大伙儿等着行动！等着公布调查结果呢！"这时候听到吵闹声，又有许多工人从车站走近围观，吵吵嚷嚷乱作一团。

“没错！昨天和今天凌晨都有人运了几卡车的钢板、电机材料出去！”“天不亮”身后的工人越来越多，警卫队的人拦也拦不住，眼看双方要发生肢体摩擦。

“咱们工人，没日没夜地在厂里提着脑袋搞生产，他妈的狗汉奸没日没夜地中饱私囊、倒卖机器废钢！”

“对，警卫队怎么守门的？肯定是内外勾结，警卫队有内奸！”几个工人七嘴八舌，愤愤不平地说起来。

“你再胡说！老子今天毙了你！”后面两个提着枪的警卫队员哗地把枪对准了刚刚说话的几个领头的工人。

“这是要干什么？”

张连科大步上前把那几个工人挡在身后，厉声喊道：

“警卫队，给我全部退后！”

大家听到张连科厂长站出来发出命令，不由得放开扭打在一起的胳膊，各自退后一步，散了站开。

“自家人，有话好说，大家都是为了保护钢厂操心！”唐律衷走到张连科身边劝说道。

“都一个厂子的，气头上话糙了些，都不要较真嘛！”另一名运输股的搬运工人也劝解说。

“对，自家人嘛，有话好说，我蒋某人敢对天发誓，我不知道昨晚卡车运什么出去了……”蒋副厂长气焰收敛了一些，躲在张连科身后低声说。

“都像什么话？！”张连科严肃地斥责刚才举枪的警卫队官兵，又对“天不亮”及身后的工人说，“安静，请大家安静一下！”

“张厂长，你可得管管！”“天不亮”不依不饶、直截了当。

“请放心，这不是小事！不仅仅是厂部，兵工署也一定会严查严办，一旦查明，必予严惩！”张连科两眼直视大家，声音洪亮地继续说，“各位同人监督，只要我在钢厂一天，这里一块砖、一块钢，都不能流失，更不会留给残暴的日军！”

“好！”听完张连科这番话，“天不亮”痛快地带头鼓起掌来。

工人们群情激昂，“天不亮”和几个领工向张连科提出，要求厂里在几个门岗处增设工人代表监督出厂物资。

张连科当即答应下来，并嘱咐唐律衷马上跟吴博青对接，即刻落实工人代表参与门卫值守的事情。

一番处理后，“天不亮”身后的工人情绪得以安抚，大家欢呼而去。

看工人们散去，张连科转身找蒋副厂长说话，蒋已拔腿开溜，慌慌张张往侧面的小道上跑。

张连科正准备追上去问明情况，胸口部位一股刺痛感突然袭来，他赶忙弯腰抬手捂住胸前。

“怎么了？厂长！”吴博青跑过来扶住张连科，着急地责怪说，“一定是这连续几天熬夜，给累的！我送你回去休息！”

“不要紧！今晚还有一大堆兵工署机要文件等着处理。”张连科缓了缓，揉揉心窝位置，摆手说，“走！回办公室。”

午后，张连科想到尤利特红十字医院探望钢厂转送过去的一批受伤员工，特地叫来蒋副厂长、查光弼一起去。王霖源在办公楼里听到，鼓起勇气跟张连科说自己也想去看看受伤的同乡赵秋添。张连科听王霖源说起赵秋添这个名字，把手一招，就让他跟着一起搭车出发了。

赵秋添是炼钢厂耐火材料专业工程师，更是张连科留日归国时在南京市政工程建设时一起合作修筑市政道路的同事。查光弼在车上向张连科报告说，昨日听人讲，赵秋添左腿因伤势严重被截断。王霖源坐在后排右边位置上，眼睛望着窗外满目疮痍的街市，愈发沉默起来。

查老课长让王霖源拎着早已准备好的奶粉等慰问品，跟着张厂长大步走进受伤职员所在的大病房。病房里左右拥挤地对放着8个床位，进门第一个伤员头部缠满了绷带，只剩眼睛和鼻孔，卷曲着身体在床上望着天花板；旁边床位上的男子两眼呆呆地望着自己身下的白色床单——他裤腿以下的被单空空的，是一片平展。

“贝多芬！”走在最前面的蒋副厂长惊讶地朝缠着纱布的伤员喊道。

走进病房目睹眼前的情形，张连科也毫无防备地眼角湿润。这些勇敢的人为了保卫钢厂、坚守岗位生产遭受的伤亡损失，他感到一种难以抑制的痛惜与自豪。他两手绞握，站在大家面前迟迟语不成声。

查光弼站在张连科身旁察觉到他情绪的异常，开口道："今天，张厂长、蒋副厂长于万忙之中，抽空来看大家！"

病床上的伤员挣扎着抬起头来，病床边护理的人也朝着张连科站立的方向看了过来。

张连科走到病房中间，双手抱拳，对着大家说："对不住大家！是在下失职，没能保护好大家，让各位受苦！"

大家听到张连科这话，情绪都激动起来，躺着的赵秋添用左手肘努力斜撑起身子，真切地对张连科说："重山，切莫说这话，为了造枪炮打鬼子，流血流汗，我们心甘情愿！"

"厂长，为了能多杀一个小鬼子，我们值了。"屋角的那位伤员也喊起来。

"秋添兄，您，受苦了！"张连科走到赵秋添床前，双手握紧他伸出的右手。

"是命啊！腿没了还能活，如果国没了，要当亡国奴，我是没脸活！"赵秋添斜靠在床头，脸上带着微笑，还反过来安慰张连科说。

"不用担心，做事用右手，不会耽误事。"赵秋添还催促张连科旁边的王霖源说，"兄弟，车皮落实怎么样？我们拆装好的那一批耐材炉机设备，只等你联系好车皮运往后方啊！"

那蒋副厂长看到赵秋添空空的裤管，还着急问王霖源耐火砖撤运的进展，眼睛也红了。蒋与赵秋添法国留学时就认识。那时候身在异乡，看见同胞总是显得亲切些。赵比蒋先到里昂半年，在很多方面很是照顾他，日子久了也就熟络了起来。难得两人一起留学，回国后又在一个钢厂工作，自是亲如兄弟。

朱亚芹跟着陈式揖回到厂办大楼，看到每个办公室的职员都在收拾打包。几个年纪大些的员工，一边把不要的物件往烧文件的火盆里丢，一边不舍地抹起了眼泪。进到办公室，唐律衷主任和查老课长看到她，既是意外又是高兴。唐律衷一边收拾东西一边关切地问："你这小姑娘胆子越来越大了！几天不来单位！我们正准备登报！"她轻轻地摇头。

“亚芹，我们还以为你失踪了，你看现在要到租界去办公，大家正担心你呢。”查课长关心地说，“是遇到什么事了？家里被轰炸？”朱亚芹嘴角一瘪，强撑着笑了笑又摇头。

“很抱歉。”朱亚芹愣了一会儿，把父亲遇难身亡的事情说了个大概。查课长叹着气，又自己忙开了。唐律衷把手里一包吃的东西交给她：“你去吧，张厂长办公室，交给张厂长就回来，这里还有很多事情！”

走进厂长办公室，朱亚芹发现门口的卫兵没有了，里面一切依旧，沙发文件柜都纹丝不动，她有些惊讶，整栋办公楼和外面的世界都在喧哗骚动，只有张厂长办公室安安静静的，没有翻箱倒柜收拾物品的动静。

“报告，厂长。”朱亚芹轻声喊道。

“朱亚芹，进来吧！”张连科应声抬起头，招呼朱亚芹说。

“这是唐主任让我送来的，厂长。”

“好！放那儿！”张连科眼光看向沙发前的红木茶几。朱亚芹走过去轻轻放下。

“厂长，我……”朱亚芹犹豫着，想说什么。

“有什么事情吗？你说吧！”张连科说道，“对了，这几天没看到你来厂里？”

“厂长，让我去后方参加新钢厂的建设吧。”朱亚芹听到厂长关切的问话，第一次大胆地说，“战争，让我失去了所有的亲人。这个伤心地，我待不下去。”

张连科放下手里的文件，看着她。朱亚芹低着头，轻声请求说：“厂长，我想参与第一批队伍出发！”

“首批出发的队伍任务最重，应该是困难最多的……”张连科有些犹豫，但看到朱亚芹难过得不敢抬头，又问，“你想跟第一批队伍过去？”

“是，厂长，我不怕，我能吃苦！”朱亚芹坚决地说。

“行。你回去跟唐主任说，就说我同意了。这次转移也是一次检验，就让你去锻炼锻炼。”张连科点头说。看朱亚芹态度坚决，张连科想到查光弼提过这女孩在上海孤苦一人，也马上同意了她跟上第一批队伍的请求，让她去跑外勤事务锻炼锻炼。

天色完全暗了下来，炼钢厂铁路沿线每隔100米就站着一个严阵以待的持枪军警。张连科终于得到消息说，军政部特批的一部军列已经调发。

根据对敌机飞行规律的判断，张连科部署各个分部抓紧时机依次将大型设备运到铁路边上，等待运输专列的到来。通往内部火车站的路上，卡车、推车和步行的人络绎不绝，里里外外热火朝天。

站台上四处都堆放着包着麻黑色油布、铁钉封死的松木箱子，比人还高。庶务课、运输股和工务股的十多位专员分头带队，指挥将所有装好机器、材料的箱子进行登记、贴上封标；搬运工通过滚木和绳索，蚂蚁搬家一般来回忙碌奔跑，忙得浑身湿透，将机具箱子一点点地往站台上抬挪。

车站旁边临时搭建的木棚前，陈式揖和炉机部、轧钢部技术员凑在一起讨论到达目的地的接洽细节。大家都在等待第一趟军列的到来，因为战势焦灼，军政部承诺调拨给沪厂运输物资的军列延迟了9个小时还没有进站，而每一分钟的延迟都多加了一分的危险。

听到陈式揖在外面大声说话，朱亚芹疲惫地靠在刚刚接通线路的电话机边坐下。这两天，她两头兼顾，在庶务课搬办公室之余，又跟着陈式揖小组跑上跑下。长这么大，朱亚芹从没有这样劳累过，但心里感到特别踏实。

“零零……”电话机猛地跳动起来，朱亚芹惊了一哆嗦，顾不上考虑，一把抓起电话柄，听到对方叫道：“喂？新站台吗？喂！我是铁路调度……陈式揖主任在吗？请陈主任亲自接电话！”

朱亚芹大喊：“是的！在的，他在！请等一下！”放下电话，她一边跑向陈式揖，一边大声喊：“有电话！陈主任，电话！”

陈式揖听完电话，一手抓起桌上的帆布手套和手电筒，直奔厂部办公楼而去，一边跑，一边自言自语：“有车了！有车了！有车了！”朱亚芹抓起身上搭着的陈式揖的制服，跟在他后面追去。

朱亚芹刚跑进办公楼，查老课长正迎面出来，一把将她拦住，眼睛一翻，问道：“朱亚芹你去哪儿了？”

“去市政厅办理车辆通行证，这盖章手续刚办好跑回来。”朱亚芹提起公文箱朝查课长面前推了推。

“接张厂长家里，安排好了吧？”查老课长问。

朱亚芹有些蒙了，头嗡的一下脱口而出：“天啦！差一点就耽误了！昨天我特地通知车队今天留一辆卡车的，查课长，谢谢您提醒！我现在马上去！”

“你能行吗？小妮子，长点心！”查课长眼睛连翻几下，着急地训道。

“是是！查课长，知道了！”朱亚芹边说，边转身往车队跑去。心里埋怨自己：实在该死，该死！接张厂长家属多重要啊！厂长为大家操心完全顾不上家里，专列已经到了，无论如何得马上去接他们！

昨天一早她就按唐主任的吩咐赶去厂长家里一趟，专门跟厂长太太陈素琳见了面，讲好让太太和孩子们准备好，今日去接他们来钢厂火车站上车，跟首班专列先行转往南京。

“车来了，妈妈，车来了！”

张辅枢背着挎包趴在阳台上，趁着街灯昏暗的光晕，看到一辆卡车从路口进来，很慢地驶向自家楼下。

朱亚芹跳下车，看到陈素琳已经站在大门口等，赶紧迎上去说：“姐，您带着孩子，行李放着，我们来！”

“谢谢，谢谢，辛苦你们了！”陈素琳牵着张华盛，连说。

朱亚芹招呼着跟车前来的几名警卫队员，将大大小小的行李箱干净利落地一件件往车厢里放。

“妈妈，爸爸怎么不来接我们呢？”小儿子华盛天真地问。陈素琳牵着华盛，眼睛看着他，把食指竖在嘴巴中间，示意他不要多说话。

“辅枢！轶栋！快上车！”张辅枢听到一个熟悉的声音，仰起头朝前面望去，蓄着男花式头发的唐宜章正和奶奶在卡车车厢上，一起探出上半身来，朝辅枢一家人挥手。

“好嘞，奶奶，马上来！”张辅枢看到宜章奶奶，高兴地对妈妈说，“咦，宜章奶奶一家跟我们一起走呢！”

辅枢仔细地检查自己的新书包，里边装着新课本、笔和祁生做的“航空母舰”。“准备就绪！走！”辅枢拉起身后的轶栋，大步走出了大门。

陈素琳回头看了看辅枢，辅枢满脸郑重地对妈妈说：“妈，我不怕，你牵好华盛，我会牵好轶栋跟着你！”陈素琳心里暖暖的，握紧了华盛的手，对辅枢大大地点了下头。

张辅枢围着接他们的卡车观察了一圈，他对汽车很感兴趣，在爸爸的司机黄钧那里听到很多汽车知识。“这是一辆Comer牌卡车，方向盘在左边。”辅枢像大人一样，煞有介事地对弟弟轶栋说道，“爸爸坐的是美国福特轿车，驾驶室也是左侧位，但是法国雪铁龙和莱纳脱牌汽车的驾驶位就位于右侧。”

辅枢看到卫兵们在卡车后面搭了两块三十厘米宽的跳板，这样人员上下卡车就不用攀爬，方便多了。他放开轶栋，自己先试着踩了踩跳板，又招手让轶栋在后面跟着，两人蹦跳着几步就踏上了车厢。

“姐，来，我扶您上！”朱亚芹站在车尾跳板旁边，双手来扶陈素琳上车。

“孩子先上去。”陈素琳站在车厢下，把华盛举起来送到车厢边缘站着，辅枢和轶栋两人马上一齐伸手把华盛拽了进去，华盛哇哇直叫，三个孩子顿时又打闹在一起，卡车厢壁给踢得咚咚直响。

朱亚芹满心佩服地对陈素琳说：“姐，三个男孩儿可真够您操心的！”

陈素琳低头盯着摇摇晃晃的跳板，一口气走上货车厢才缓过神来，说：“还好，习惯了就好。”

“妈妈！妈妈！”华盛看到陈素琳从跳板上走下，猛地扑了过来。

“哎呀！”宜章吓得尖叫了一声。

“猴三，危险！你给我坐下！”幸亏辅枢在边上拽住了华盛，否则那一扑突然过去，显然会让陈素琳站不住跌下车去。

“这孩子一刻也静不下来。”陈素琳严肃地拉住华盛，嗔怪说，“浑身上下除了没猴毛以外，真就跟个猴子一模一样。”华盛天性爱动，陈素琳给他取了个小名“猴三”。

陈素琳被惊了一下，赶紧往里面小心地跨了一步，跟宜章奶奶打过招呼，站稳拉住旁边的铁栏杆。

看到宜章奶奶、唐太太和几个人坐在里面，刚搬上车的行李箱也在正中间码得整整齐齐，陈素琳拉过华盛，让他靠着自己在车厢壁的简易排凳坐下。辅枢和铁栋也挨着妈妈安静地坐了下来。

朱亚芹最后上了车，卫兵把两块跳板收起来卡在车厢侧边铁栅栏里面扣紧。

卡车发动起来，发出突突突突一阵响声，雪白的远光灯把前面的路照得一清二楚，往前走了没一会儿就停了下来。“过哨卡检查。”坐在最外面的朱亚芹探出头来，看了看前面的情况，跟大家解释说。

这一路上往钢厂走，哪怕是没有顶的货车，孩子们出了门也是欢喜的。辅枢和铁栋随身背着水壶，还带着吃的糕点，感觉像学校组织去郊游。可是到了租界路口看到很多人往租界里涌进，还听到枪炮声像过大年的鞭炮响一样接连不断，陈素琳紧张得心跳加速。

路上逃难的队伍越来越长，人们大多数是步行，也有推独轮车的，上面堆满了包裹，包裹里还“埋着”小孩。

卡车出了租界驶向江边，张辅枢看到宜章一直抱着那只布娃娃，孤单地缩坐在角落里。辅枢知道，宜章的爸爸也在上海炼钢厂工作，他们住的地方与辅枢家那幢楼仅隔着一条马路，只是他们家接连有了三个女儿，而辅枢家是三个男孩。宜章奶奶喜欢男孩，常常做了什么好吃的都给辅枢留一份。而宜章的爸爸给三个女儿取的名字，都是男孩用的名字：宜章、宜男、宜卿；对女儿们的教育，从小就以男孩子的标准来要求；甚至是她们的衣着、发型，也从来都是中性朴素的，从不以女孩儿的花样来打扮的。

南市的路被炸得乱七八糟、坑坑洼洼的，好不容易清理出来。路过半淞园的时候，卡车突然一个大转弯，狠狠地颠簸了一下，宜章身体腾起来，一个抛物线倒在辅枢身边来了。她想抓住什么稳住身体，左手伸出去滑稽地朝空中白白挥舞了几下都失败了。宜章仰头对着辅枢笑了一下，那个大眼睛的布娃娃好像也笑了一下。

那一刻，辅枢本觉得宜章的样子很可笑，自己却也坐不稳，屁股不时地腾来腾去。他只好紧紧抱住妈妈的膝盖头，眼睛盯着前方。

因为小华盛太顽皮好动，自接到重山电话到准备出门，一直到卡车疾驰进了南市，加之刚才上车时的险情，陈素琳更是两眼不离地看护好华盛。张连科没有什么详细的交代，只是打来一个简单电话，嘱咐她和孩子做好搬回南京的准备，专门派人来接她和孩子们。打来电话不过一天多的时间，就要打好包裹，带着孩子离开家，虽然很仓促，陈素琳却很平静，不管是去哪儿，她相信丈夫会做出最恰当的安排。

趁着月色，卡车装载大小包裹行李和老老少少家眷十余人，驶进钢厂层层防守的大门，沿着水泥道路往前行进，驶进一个低矮的火车站。

这是一个离黄浦江仅两三百米远的简易小站，露天的铁道边一排三间砖房就是车站的标记了。站台上大部分空地被满是铁钉与封条的木箱霸占了。守在车尾的朱亚芹第一个跳下车来，又让警卫员将宜章的奶奶背下车，大家都没怎么讲话，默默地收好行李包裹，跟着一起走了进去。

“嗨！火车！妈妈，有一列火车！”华盛在前面欢天喜地地大叫着。陈素琳抬眼一望，月台前的轨道上停着一列长长的火车，每一节列车厢都大大打开，里面空空荡荡的，一个座位也没有。

一队钢厂职员齐声呼喊着：“一二三，起！”巨幅油布哗地掀开，搬运工人立刻上前联手配合着把那些大箱子一个个抬上车厢。

“重山真是的，几天不回家，一个电话我和孩子全部到厂里了，竟不来跟我和孩子见面？”陈素琳心里嗔怪道，站着往左右打量着。她这才注意到，周围都是钢厂职员家属，全身大包小包地推着拉着举着，还带上了家里养的鸡、鸭、鸽子和羊。不一会儿，三五成堆、老老少少的人群把剩余的空间塞得水泄不通。

陈素琳看了看辅枢和铁栋，手里抓紧了华盛的胳膊，心里又想，重山怎么会不管我们呢？小朱还说的重山安排我们第一批转移呢！通知上车前，他一定会来的。她带着孩子们退到离车厢远一点的木棚边，放下随身包裹等着。华盛趴在妈妈耳朵边，问：“妈妈，这里好多人啊！他们是干什么的？”陈素琳抱起华盛，嘴巴轻触孩子耳后柔软的头发，慢慢说道：“跟我们家一样，都搭这个大火车呀，咱们去南京，去看四舅，好不好呀？”

辅枢背脊挺得直直的，紧跟在妈妈身边站着。在他们周围人流如织，呼喊声、跑步声、军哨声此起彼伏、响成一片。

昏暗嘈杂中，辅枢在人流中忽然看到爸爸穿着戴徽章的制服边走边四处张望。他一下子撇开铁栋挽着的胳膊，猛地蹦起来，想在人群中再找到爸爸的面孔。

“妈妈，看！爸爸，爸爸在那儿！”辅枢指着刚才看到的方向扭头大喊。陈素琳仰起头，两眼向远处搜寻着，却怎么也找不到那个盼望的身影。

“爸爸，爸爸！”华盛哇地大哭起来，“爸爸呢？我要爸爸！”辅枢踮着脚在人群中搜索着，却再也看不到爸爸熟悉的高高身形了，心里沮丧透了。

“我们希望和平，而不求苟安，准备应战而不求战争。”这时，站台上前后两支广播里同时播放出一个声音，“但如果战端一起，就是地无分南北，年无分老幼，无论任何人皆有守土抗战之责，皆应抱定牺牲一切之决心……”

陈素琳攥紧了辅枢和华盛的手，朝广播眯缝着眼睛张望了一下，说道：“辅枢，别动，你爸爸能找到我们。”陈素琳怎么也难以相信自己带着孩子到了钢厂火车站，丈夫真的会一面不见、一句话都不说，就这样让她和孩子们离开上海……她心里默默期待着。

第一批专列发走后，陈式揖带着炉机股和机修部的一帮技术员，将货车上几十只打上铅封的机器箱子有序卸下，指挥着一个个搬往铁路边的一块水泥地上。

这时候警报乍响，东北方向的空中出现好几架敌机。一架领头，后面各三架分成两排，朝着钢厂方向越飞越近。

“该死的！你小日本这么有本事，下来跟咱们打啊。天天炸，怎么炸也炸不平咱大中国吧！”陈式揖骂了几句出气，呼喊大家用准备好的灰色油布将汽车头部和车身全部遮盖起来。刺耳的轰鸣之后，敌机接连投下一串串炸弹和燃烧弹，搬运工人受到惊吓，四散而逃。敌机突然来袭，工人们来不及去防空洞，只能抱着脑袋听天由命。

敌机掷弹后马上飞走，附近厂房公路受损严重，陈式揖带着大家进行简单清理打扫后，又继续忙碌起来。

到午饭时间，朱亚芹带着送饭的伙计们挑着担子轻盈地走了过来，招呼大家说：“快来吃饭啰！香喷喷的红烧肉哦！”陈式揖听到她的吆喝，直起腰来，望着她直笑。

“吃饭啰，大家都来，都来！”陈式揖招呼着附近的人，帮着朱亚芹从竹筐里拿出碗筷分发给大家。工人们闻到饭菜的香味，各自放下手里的工具，兴奋地围了过来。

陈式揖吃完，就跟贝多芬两个人凑一块儿抽烟聊天，贝多芬不时地发牢骚说蒋副厂长偷卖废钢的事。陈式揖听完，对贝多芬说："那些衙门当官的，只有你想不到，没有他们办不到！"

朱亚芹在旁边听着他们说话，担心地看着陈式揖，又看看周围人的表情，唯恐陈式揖嘴巴说漏了话，会惹什么麻烦。最近她听查课长说，军政部派来暗哨在沪厂专门监视打听情况呢。陈式揖浑然不觉，继续说："蒋某人这样的人在体制里掌握了权力，就是祸国殃民。军政部早就该查处清除！"

"哎，天要下雨，干卿何事？尽已之责，做好眼前，才是正事。"朱亚芹着急地站起来打断陈式揖说道。陈式揖没料到平日里羞羞怯怯的小姑娘会教训起自己来，两眼直直地看着她。

贝多芬好奇地看着陈式揖和朱亚芹两人，咧嘴笑起来，自己踱着脚走开去，把陈式揖和朱亚芹晾在原地，等两人回过神来，朱亚芹顿时羞红了脸，不再理会陈式揖。

黄宪奇再赴南京，落实沪厂大件机器迁运事宜。临走，他将组织钢厂人员转移的新任务，交派王霖源具体负责。二十出头的王霖源临危受命，一方面因为上级信任陡生自豪，另一方面也由于时局危急感到如履薄冰。

回去路上，王霖源向张连科厂长细细报告了近日运输的难题和各个机关部门如何推诿应付，讲着讲着，就愤愤不平地埋怨起来："南京那边对咱们钢厂防空不管不顾，说配置高射炮却迟迟批不下来，非要见咱们厂门口多摆一些死人才好！"

张连科拍了拍王霖源肩膀，说："霖源老弟，我看你是有能力的！埋头做好自己的事，怨谁也不管用。要成功就须以绝大的忍耐力，全力去做。"王霖源信任地看着张厂长，连连点头。

这个月困于战火，上海各条运线一下子紧张起来，铁路尚能保证军需，钢厂器材带着"军"字号，条件还算理想；然而任务繁杂压在王霖源肩上，很多时候需要独自面对解决，王霖源跑来跑去地受了不少苦，却也逼着自己不断去创造条件，完成任务。他脑子里总是想着黄股长临去武汉时告诉他的话：一定要多动脑子勤跑腿，大胆地跟着张厂长办好撤迁运输任务，不用害怕出错，任何失败由运输股来承担！

见王霖源发愣，张连科又耐心地对他说："你肩上担负起的任务，关系着钢厂明天成千上万的人的命运。内迁为的是救亡图存，必然会遇到千难万险，我相信你的智慧和能力，一定不会让大家失望！"有张厂长的信任和鼓励，王霖源一下子扫开原来的迷茫与困惑，甚至感觉浑身是劲，睁大了双眼望着张连科说："厂长放心，我会努力的！"

王霖源目送着张厂长的车走远，心里又是感激又是崇敬，呆站了好一会儿，才转身走向临近的招商局码头。

码头上，大小船只停泊在岸边，桅杆高低林立，王霖源挨着寻找民元轮。前天晚上，王霖源的发小施祖炜托人带信来，说自己跟着民元轮已经在招商局码头靠岸，约他近日前去见面。施祖炜从吴淞商船专科学校毕业分配到民生公司，在民元轮工作不久即担任二副一职。

王霖源吹着口哨，兴奋地边走边看，不小心迎面撞上一个人。"哎哟！"对方叫了一声。王霖源转头一看，竟是交通部开会见过的资源委员会工矿调整处迁厂专员林墉季。

"抱歉抱歉，林先生！"王霖源见林先生捂着膝盖弯下腰，连忙扶着他，嘴里连声赔着不是。

"林先生怎么一个人到码头来？"王霖源扶着林先生移到旁边一块条石上坐下，问，"您膝盖受伤了吗？"

林墉季皱着眉瞪着他："你这个年轻人怎么脚下走路，眼睛在天上！"

王霖源难为情地堆着笑，一个劲儿地赔礼道歉，又急切地说："林先生，您不认识我了？"

"你是谁？我们见过面？"林墉季怀疑地打量他说。

"是，交通部会议，您的发言特别精彩！我还特地发言支持您！"

"哦？哦！"林墉季扬起下巴，大笑起来："你是那个自命不凡的林拥趸！"

王霖源使劲点头说道："是是，我就是特别佩服您，他们在会上讨论时给我取了个名字叫林拥趸！”王霖源听人讲到主持上海民营工厂迁移工作的林墉季先生是广东香山人，王霖源老家也在香山，由此对林先生尤其关注。林先生早年赴美国纽约攻读化学，归国后受聘为复旦大学理学院院长兼化学系主任。1932年“一·二八”淞沪抗战爆发时，曾给奋起抵御日寇的十九路军当技术顾问，与上海工业界尤其是机器制造业交往甚深。

林墉季对眼前这位满脸疲惫却意气风发的年轻人也颇有印象，知道他是自己的小老乡，还新挑梁上海炼钢厂的迁运大任，当场就和王霖源侃侃而谈起来。

“林先生你们内迁水路很畅通吧？”王霖源趁此机会向林墉季讨教。之前他听说林先生先行抢拆了闸北、虹口、杨树浦一带的工厂物资，一车一车地运至租界装箱，由苏州河或南市水路起运；还将南市一带的工厂机件，集中在闵行、北新泾或南市组织起运；凡机件、材料、半成品、工具等，经审查准许迁移者，发给装箱费每立方尺0.35元，运费至武昌则53元，成品运费发至镇江，每吨12元；各厂抢运机件如在危险地带，可不待检验径自装船运出。

“天上要躲轰炸，陆上要躲军抢，水上要躲暗涌，都得咬紧牙关想办法呀！”林墉季平静地说。

“军抢？”王霖源纳闷了。

“你还没听说？”林墉季直视着他，问道。

“没。”王霖源老实回答。

“那你算幸运，路还长着呢！”林墉季严肃地说。

“是我们的军队？抢？抢人？”王霖源难以置信地问。

“抢船，抢钱，这些只知道欺负弱小老百姓的军匪！”林墉季气愤地说。

“那日机来袭，船在水上怎么躲？”王霖源追问道。

“出发前就用树枝及茅草等将木船伪装起来，可以在船周加上薄钢板。开出去后，最好是每艘人力木船相距半里左右，互相照应。如有敌机来袭，则泊于江边芦苇丛中暂避……”林墉季仔细描述运输过程。

“林先生，你们的线路如何走的？”王霖源又问。

“器材走水路最为经济，我们木船抵苏州河后，乃雇用小火轮拖原船至镇江，再换装江轮直驶汉口。”林墉季爽快地回道。

“这一路，还顺利？”王霖源问。

“还算行！我们在苏州、镇江两处设有运输站，与当地军运及政府机关取得联络，并与上海时通情报。那时因江阴已被封锁，铁路又侧重军运，我们商船只得由苏州河一条路运至苏州，或取道南市由松江转苏州……”林先生毫不避讳地说。

“我们首次运输方法尝试成功后，影响很大，之后中国建设工程公司、中国窑业公司、中华铁工厂、益丰搪瓷厂、汇明电池厂、中国机器厂、美艺钢铁厂、达昌机器厂、三北造船厂等十余个厂的物资，各由本会职员分别率领，均按照此法急剧陆续运出。”林墉季说起来颇有些自豪。

“此后，顺利吗？”王霖源还是有些不放心。

“不料9月8日起，驻防苏州河的军队突将乌镇路至北新泾一段航路封锁。在此段内船上各厂的物资漂泊河中，进退不得……”林墉季继续讲道。

“那不糟了？”王霖源也着急起来。

“可不是！我们着急忙慌，白白浪费了两天时间。逼得我与工厂联合会主席颜耀秋先生驰往闸北，找遍了驻军主管人员去交涉。”林墉季接着说。

“结果如何？”王霖源巴巴地望着林墉季先生。

“所遇各方均为推托……”林墉季叹息说。

“唉！”王霖源想安慰，又觉得不合适，闭了嘴。

“其时很是危急，江上敌舰炮火直对着闸北一带乱射，弹片横飞，距鼻咫尺，中弹的房屋，随着脚跟倒下来，屡屡就差点葬身瓦砾堆中。”林墉季说。

“南市钢厂这片亦然，遭敌机轰炸，损失很大！”王霖源附和说。

“一直到傍晚时分，始交涉得有些头绪。”林墉季说到这里，神情有些伤感。

“林先生，苏州、无锡、常州一带的纱厂甚多，战时尚未波及，这些地方的工厂打算怎么办？”王霖源故意岔开话题问。

“亦在发动拆迁！资源委员会已经派人前往苏州、无锡一带劝导。只是各纱厂一时赢利甚厚，大家都抱着宁可现在多赚钱，等待事到临头再算计的观念，所以……”林墉季介绍道。

“根本不动？”王霖源小心问道。之前他听说，上海有些大企业家执意不同意内迁，有的甚至嘲笑别人不要过分紧张，还说记得“一·二八”大战那时上海的工厂总共停工还不足10天呢。这样的话，让人又气又无可奈何。

“唉！内迁确实难度很大，工厂主犹豫难决也在情理中。何况战事遽变条件有限，很多方面顾不过来。”林墉季认真分析道，又满怀信心地说，“不过，有些人知道敌人穷凶极恶，均积极投入西迁，不愿意留给敌军斤铜片铁。我们华成、华生两家电器厂，中国、中华两家无线电厂，已将机件拆装完毕，都在抓紧时间用船装运划走。”

“电器厂、无线电厂都是后方最最渴望要的，你们民营厂矿要组织起来迁走，也实在不易……”王霖源感叹道。他听张厂长说过，上海的条件比内地好很多，但还是有大批工厂老板与技术工人内迁行动积极；一些老板还重金包下船队，载着车床物件，沿着长江溯江而上。很多东北和河北流亡过来的技术员，也参与到内迁队伍中，他们不甘沦为亡国奴，更不愿工厂落入敌伪之手，尽自己的力量去帮助把工厂迁去后方建设。

“厂矿转移牵涉方方面面，困难颇巨。上次孙越崎、陈良辅等在抢运物资中遇到军事转移，就只运出材料一批，大量厂矿机器未能迁出，甚是可惜！”林墉季沉吟片刻，又说，“不过，上海文化界的意念与纱业中人的恰是相反，商务印书馆王云五先生预料明年春季后方各省将感觉教科书缺乏，尤为焦心，我们工矿处这里虽然极端困难，仍然抽出吨位来，帮着将商务、中华、正中、开明、大东等书局的500吨中小学教科书先行运出。上海多家印刷厂，还有中国铅笔厂，机件物料迁出很多。”林墉季的介绍，让王霖源马上想到上海炼钢厂的档案与图书迁运问题，需要提醒安排专门的车厢运送。

“是。要做好抗战准备，以后大后方的学子才有书可读，学业不至于中断啊。四川那边工业基本上不像样。等这些工厂搬过去次第开工生产，教科书已不虞匮乏了。”林墉季说。

“晚辈佩服！”王霖源大声说道。

“霖源老弟，你就不要来跟我客套了。我想起了，上次在南京开会，宪奇兄提到你受杨虎城特派赴日本留学，刚回到上海炼钢厂，没想到这么快就担负钢厂内迁大任！”林墉季更加欣赏这个谦逊有礼的年轻专员，又介绍说，“上海有些小厂家平常靠着较大的工厂分接工作。这些工厂虽小，但是他们急公好义的决心倒甚大，其精神很让人鼓舞。”

“呜——呜——”两人谈话间，两声汽笛长鸣，一艘船头用新白漆刷写着“江汉”二字的大马力轮减速向码头徐徐靠近。“这是中国海军截获日清公司的大贞丸，日轮。”林墉季看着那艘船头，对王霖源说。

“哦？就是报上说的那两艘战利品？”王霖源惊讶得张大了嘴。

“是。还有一艘岳阳丸，比这个大一倍，可以载重3000多吨。经交通部船舶科长王洗率领中国船长接收改造后，改名为‘江汉’‘江襄’，由招商局沈先生组织营运，参加抗日支前与后撤运输。”林墉季很乐意将知道的与这个诚实勇敢的年轻人分享。

聊了这么一会儿，两人像多年老友一般握着手相互道别。

目送着林墉季先生身影消失在层层叠叠的货箱背后，王霖源在码头上飞快地跑起来，很快看到远处停泊的民元轮，旁边还有几只驳轮。他兴奋地东张西望，大叫着施祖炜的名字踩过浮船，从悬梯攀到民元轮船舷的过道上。

施祖炜正在狭窄的船员休息室整理物品，猛听外面有人叫自己名字。“王霖源！”他扔下手里物品，就冲上甲板。老友重逢，甚为欣喜。王霖源与施祖炜两人又拉又抱，互相激动地朝对方身上一番拍打，方才进舱坐下闲聊。施祖炜说这次从镇江到上海，颇费了些周折。

数年未见，王霖源执意拉他到新法租界辣裴德路出名的白玫瑰西餐馆吃法餐。施祖炜一阵犹豫，也终是应下，跑去找到船长和大副破例请假后，两人匆匆下船登岸，往街上奔去。

听王霖源说到炼钢厂也开展搬运，施祖炜叮嘱王霖源船运机器难点在于上下船起卸颇为不易，又讲起目前内河航运的局势。王霖源听得饶有兴趣，还请餐厅服务员找来纸笔，边听边做笔记。

6. 泪别南市

满载着铁器物资的列车，穿越烟囱林立的南市，向前疾驰。车厢里，张辅枢睁大眼睛警惕地打量着周围。

陈素琳摸了摸华盛前额上柔软的头发，看看辅枢，突然自言自语道：“孩子们遇上战争，就会很快长大了。”辅枢不解地望了望妈妈，很快把视线转向车厢门口站着的那个士兵身上。

嘈杂的车厢里，穿军服扎皮带的士兵盘腿席地坐下，把斜靠着的钢枪紧紧地握在手里。辅枢觉得，他更像是一名比自己大不了多少的发育不良的少年，面容与好朋友祁生有几分相似。想到祁生，辅枢注意力集中了一些。外面忽闪后退的建筑，车厢内弥漫着焦躁不安的气息，似乎都不能调动他一丝情绪的变化，士兵呆呆地望着窗外火车驶离的方向。

城市中错落的楼房商厦，渐渐远去，直至消失。车窗外已经看不到楼顶上冒烟的情景了，列车向着广袤的田野奔腾，阳光突破厚积的层云，为沉闷的车厢打上了一片耀眼的明亮。光束透过车窗印在士兵额前的头发上，两行泪水滑过的痕迹，在他蒙灰的脸庞上清晰地显了出来。

“哥哥，你好！”辅枢友好地对士兵打着招呼。士兵的眼神还是盯着车窗外，仿佛周围的一切都不复存在。

“长大了我也要像你一样，我也会拿枪保护我的妈妈和弟弟！”辅枢昂着头坚决地说。

士兵的脸颊忽然抽搐了一下，眼眶睁得更大，在落日余晖下竟然显现出金色，但他咬着嘴唇一言不发。

火车在坚硬的钢轨上奋勇向前，伴着轰隆隆的声响，汽笛发出呜咽，划破寂静的田野上空，犹如身负重担的汉子发出愤怒的哀叹。日军试图用一种恐怖而强悍的方式，摧毁上海这座全中国唯一现代化城市的尊严和力量。然而，祖祖辈辈生长在这片土地上的人们不会轻易放弃，更多的人团结起来，行动起来，把家和工厂、学校一起转移，哪怕是手无寸铁的老人和孩子，也在参与和帮助转移，拧成一股坚决抗击侵略者的决心和力量。

在车轮与铁轨均匀的撞击声中，周围许多人闭着眼睛沉沉入睡，孩子们也没了精神吵闹，陈素琳也在前进的节奏中不知不觉睡去。

不知过了多久，华盛突然在梦里哇哇喊着两脚乱蹬一气，陈素琳轻拍着华盛，说：“宝贝别怕，别怕，妈妈在这里。”

“妈，到哪儿了？”被惊醒的华盛懵懂地揉着眼睛，他头上戴着那顶不合适的超大钢盔帽掉了下来，眼眶中泛起星点的泪光。

“快到了，快到了。”陈素琳把帽子放在旁边，望着车窗外喃喃说道。

“华盛你梦到什么了？”辅枢摇了摇弟弟，好奇地问。

“哥，刚才的那个梦里，我长得和爸爸一样高。”华盛紧张地一口气说下去，唯恐它消失了似的，“我一个人，驾上了飞机，上面还印着青天白日旗，冲向海里！”

陈素琳听着就笑了，说：“难怪刚才你眼睛闭着还在比画什么，牙齿咬得咯吱咯吱的。”辅枢惊讶地说：“啊？妈妈，我也做了和这差不多的梦。”张辅枢说着索性挣脱妈妈环抱着他的胳膊，站起来向车厢连接处那个小士兵走去。

辅枢往车厢两头张望，两只脚却磨磨蹭蹭靠近去，站在士兵旁边，悄悄打量他那身制服，不禁伸手去摸了摸。坐在地上的士兵猛睁开眼睛，压低声音朝他吼了一句：“小孩儿，你干啥？你在找厕所吧？”辅枢听了瞪他一眼，转头不想搭理他了。

“你多大了？”士兵又问。“十岁！”张辅枢带着骄傲地给自己多加了一岁，他可不想让这个看上去也大不了多少的士兵小看了自己，接着说，“在我们家我是老大，我有两个弟弟。”因为辅枢想起爸爸和他告别的时候就是这么跟他说的。

“哦！可惜我没有弟弟。”士兵语气平静地说着，脸上还带着些许微笑，“我有哥哥。”

“你哥呢，在家吗？”辅枢好奇地问。“闸北。”士兵冷冷地说。“是在打仗？”辅枢很是羡慕又有些紧张地说。

“他跑前线去了，却命令我回南京去……”士兵的嘴角瘪了瘪，脸上的笑容消失了，眼睛又望向了窗外那火车飞驰中唰唰往后退去的田野和房舍。

“那，反正，你要听哥哥的。”辅枢发现士兵哥哥的两条腿特别长。

“我，一直听……”士兵的声音越来越低，自言自语着，渐渐地很难听清。他左手抬起来往脸上抹了一把，眼角出现了闪闪的泪光。他把怀里的长枪轻轻地倚靠在车厢侧壁上，小心翼翼地从靠近胸口的口袋里掏出一张泛黄的老照片。辅枢踮起脚从他身后偷偷看着——“呀！”上面是多帅气的两个哥哥啊，身体亲密地靠着，互相搂着肩膀，脸上洋溢着的是满满的依靠和开心。

“这是你吧？”辅枢又忍不住好奇地问了。年轻士兵对辅枢脑袋的出现并不感到惊讶，或许他其实一直就想有人凑近他一起看。

“看，我哥，精神吧？！”士兵轻声问，语气得意。“嗯，帅帅的哦！”看他这么激动，辅枢也开心了起来，脑袋像鼓槌一般快速地点着。

“你哥肯定能找个漂亮媳妇！”张辅枢如大人般的语气一出口，车厢对面的陈素琳和旁边宜章的奶奶都笑起来了。

“肯定的啊！”士兵竟认真地说。

“是吗？是真的吗？”张辅枢听得稀里糊涂，却随口追问着。

“确实是有个好看的姐姐在等他呢！”士兵或许是自己压抑太久，似乎很想倾诉出来，冲着笑着看他的辅枢妈妈陈素琳理直气壮地解释起来。

“我哥跟她青梅竹马，感情特别好。姐姐一直在等他，写了不少信来。姐姐总说等打走日本人，我哥一定会骑着骏马、戴着军功章回来娶她……”他冲着大家继续说，语气里充满着自豪。

不知不觉间，车厢里一直流动着的焦虑和不安消失了，取而代之的是一种亲切无间的气息。士兵低头整理了一下军装、紧了紧皮带，把手里那张泛黄的老照片又小心翼翼地放回了靠近胸口的口袋，轻轻按了按。

“哥哥，你会去前线吗？”辅枢靠过来，又和他聊了起来。

“不……我答应过我哥的。”士兵轻轻说着，攥紧了手里的步枪。

“对，我也希望我爸爸不要去打仗的地方。如果去打仗，我们就可能见不到他了。”辅枢望着窗外有些发呆。

这时候，天色已经亮了许多。伴着几声长长的汽笛声，火车缓缓进站。窗外，已经可以看到远处浮光摇曳的秦淮河。

“万岁！终于到了！”火车驶进站，一群穿着整齐学校制服的年轻学生欢快地呼叫着。

车上的乘客开始各自收拾自己的行李，准备动身下车。

“我以后也要像哥哥一样当军人，穿上军装，把那些扔炸弹的坏蛋飞机全部赶走！”张辅枢挺着胸脯昂着头，再一次念着自己心里的愿望，仿佛自己已经变成了想成为的那个人了。

“你一定行！”士兵一只手按着辅枢的肩膀，微笑着鼓励他，“去吧，现在就可以照顾好你的家人，当个小男子汉。”士兵再次指指正在挪动行李的陈素琳，示意辅枢回去帮忙。

拥挤的人群互相推搡着，朝着车站出口方向移动着。辅枢朝着前面那个背影大声喊道：“嗨，你一定会见到你哥哥！”士兵没有停顿，大步消失在人流之中。

敌人大军压阵，政府经费已趋紧张，资源委员会于艰难中拨款资助民营厂矿转出上海，仍有部分厂主犹豫纠结，担心产品在内地市场没有销路也缺乏原料来源，说工厂要逐利只适于在上海生存。自私人性，林林总总，杨庐逸每日奔走于政府各部门接洽迁厂出沪通行事，从兵工署制造司司长杨纪缜口中得知军政部已下令因战时需要接管汉阳铁厂，湖北省政府与实业部协助督办沪厂迁汉阳铁厂重建之事。

杨庐逸回到三元巷二号资源委员会办公地，即来到翁主任办公室通报上海各家工厂内迁进展情况。翁文灏特地问到张连科的上海炼钢厂迁借汉阳铁厂厂房重建之事。杨庐逸提到兵工署接洽汉阳那边的态度，愤愤不平地说：“刚听制造司的人说，汉阳铁厂韩姓厂长接到军政部和实业部通知，马上声明自己仅负保管铁厂责任，没有出借的权力，让政府直接向上海汉冶萍总公司接洽。现在谁都清楚汉阳铁厂这些厂矿绝不可资敌，湖北政府竟束手无策！”

翁文灏一听也着急起来，立即与兵工署俞大维商榷，意在汉阳铁厂施行军管为要。

从翁主任办公室出来，从早到晚跑了一整天的杨庐逸疲惫地坐在办公桌前，想到还有很多事情尚待处理，又振作起来给张连科回信。杨庐逸提笔写道：“汉冶萍股份已为日方所控，沪厂借地重建必受重点打击，此举多艰险，还望诸多小心。另何体陞三人已抵南京，已安顿于功力桥38号范祖同处接应。”

在范祖同办公室接洽后，何体陞很快接到兵工署通知，令何体陞一人带上沪厂文件，午后到华侨路兵工署办公处面见俞大维署长。

午后，何体陞只身来到华侨路兵工署，经秘书处带引，第一次走进署长办公室，这才有机会看清楚俞大维一张长方脸，大眼大嘴巴。他早有听说俞署长脾气暴烈，于是小心翼翼双手奉上沪厂迁建的绝密文件。俞大维一只手接过去，啪地往办公桌上一拍，声音洪亮地问：“张重山在忙个啥哩？老子给他十几个电报都喊求不动他身哩！”

俞带着浓厚湖南口音，何体陞听起来很有些费力，但是从他口型上大概明白是在问张厂长的动静，连忙汇报说：“张厂长正率众设法维持平炉工作，拟先将车床、电炉、起重机及暂不需用之材料砂箱等，运汉阳铁厂。”

“嗯哼。”俞大维两眼瞪着天花板中央的复古吊灯，似听非听地哼了一声。

何体陞手放两边裤缝低头站着，按照张连科叮嘱的话语，接着汇报：“张厂长托、托我，向署座请示，担心迁厂复工所需原辅材料、电力的供给，还、还有钢厂特种操作工人的转移、安置……”

眼睛上翻地听了一会儿，俞终于盯着何体陞，大大咧咧地说：“让他无须多虑，急速派人去武汉长沙株洲衡阳各地，尽速查清动力厂房设备及防空条件，同时调查落实电厂实际能力及一切可利用制造弹壳之设备。”

何体陞正要答话，俞大维两手交叉横抱于胸前，又问：“高昌庙沿江厂房钢架，张重山如何处置？”

“张厂长吩咐，厂房钢架尽数拆卸，各项陈旧笨重不适用之机件也装箱密封，等候署长亲自指令——”

“那就告诉张重山，交由兵工署驻沪办事处派员负责，留警卫队一部分协助防护。”俞大维又翻上眼珠说。何体陞连连点头应承记下。

“还有啥要叨叨的？”俞又问道。

“现在最难的就是经费，是紧张……原本额定之本厂经费，在迁厂期内，还请署里照常发给。”

俞大维眼珠子一动不动，也不作声。何体陞继续说：“张厂长已用年来之盈余滚存，作为维持费用。”

“嗯哼。”俞大维的鼻子哼出一声。

何体陞更为谨慎地说：“迁厂建设用款，还需另行筹拨一百万元以济需要。”

“嗯哼。你们的人赶快去汉口为要！”俞大维的鼻子又哼了哼，眼珠子落下来手朝他一挥，何体陞知趣地告辞，退出门外。

从兵工署回到上海路163号住地，陈廷纪已等候了一阵子，见何体陞进屋赶紧交给他一份电报，说："张厂长从上海发来的电报。"何体陞拆开一看，张连科嘱咐一旦迁建方案得到兵工署核允批准，让他即先行赴武汉筹备。何体陞方得知离厂之时，张厂长已密函至汉阳兵工厂郑家俊，请郑在他们到汉调查时给予助力，又提前致电函与湖北省与湖南省建设厅，提请分别派员指导，给予考察上的便利……

电报中，张连科特嘱托何体陞为防备日敌破译，兵工署密电本不时须有变换，在南京一切机宜由他全权决策，以最速最重之工作筹划进行。

何体陞遵命找到兵工署机要室领取新版密电本，机要员非常谨慎，郑重要求何体陞保管好电文密码本，必要时毁掉密电本，并将每一条电文密录都熟背于心。

张连科接连收到兵工署数道密电，每一道都是催令张连科速速交托沪厂，赴汉接收汉阳铁厂。得知军政部已决定迁往武汉办公，张连科就明白是最后的时刻了，必须放下沪厂，赴武汉就职汉阳，投入钢厂在武汉复产。然而工厂迁过去能否启运？技术人员怎么安置？冬天天冷怎么过？张连科脑子里一直盘旋着这些问题。

一部分在前线的中国军队开始从阵地上撤退。当日深夜，张连科守在钢炉旁，默默看着老炉长张宽馀有条不紊地做好停炉善后准备，带着工人操作至炉内铁水慢慢放干净，再进行最后的清炉。

"厂长，是时候了。"唐律衷轻声提醒张连科。张连科一步步走出来，看到钢厂铁路线上的铁轨和枕木已经撤得一块不剩，仰头望过江面对岸遥远的地平线上，硝烟仍然持续地在低空升腾飘摇。

这时候，老炉长张宽馀带领最后剩余的十多位炉机部职工，穿戴严整地端立着，面朝十多米高的铁炉。张宽馀带头向高炉深深地鞠躬三下，挥泪告别。

张连科百感交集，心中却着急昨晚的消息，敌兵在杭州湾乍浦登岸，南京告急——时局变化甚快，无奈之下撤迁到武汉的工厂能够复建起来吗？钢厂的前途又将如何？一切都未可知。

陈素琳带着三个孩子到了南京，仍担心留在南市组织拆运最后物资的丈夫，辗转反侧、彻夜难眠。

南京城里很快也进入战时状态。部分城区已经实行灯火管制，夜间全城漆黑，往日街上各种商贩的吆喝，如今也成了一片沉寂。朱亚芹临走时让她不要着急，沪厂工作组安排好转运车辆就来接他们母子。

杨庐逸在南京终于等到翁文灏回国。国民政府进行了一通机构大调整，增加了很多战时管理工作。资源委员会大量招揽专业人员，增设了管理燃料、收购物资及协助民营工厂内迁等部门。

杨庐逸被派往负责汽油和煤炭管制部门，进行统制分配。石油与煤炭均为战略物资，于备战十分重要，统制和分配油料、煤炭，牵涉到方方面面，需要日夜奔波，杨庐逸的工作节奏更加紧张起来。

张连科收到陈素琳来信，告知母子平安，但是他们在南京华侨路的旧房子，被日机丢下的炸弹炸垮了半边屋顶，所幸人员无损，孩子们都好好的。张连科甚为吃惊，连南京也不安全了。他担心妻子只身带着孩子的艰难与惊惶，只叹厂里实在无法脱身顾及，只得去电嘱咐素琳不能在南京等，带孩子们跟随炼钢厂迁移队伍，早早转到武汉为妥……

远处炮声隆隆，上海炼钢厂最后一批器材正在装运准备出发，南市工厂物资转移到了尾声，张连科不知不觉又走到厂区里，沿铁道线巡看一番。

“张厂长！赶紧走吧，再不走就来不及了！”吴博青风急火燎地追了过来，脸上已经被硝药粉糊熏得辨不清鼻嘴。“你的脸怎么回事？”张连科快步跑到吴博青面前。

“没受伤吧？”张连科用焦急的目光上下打量着。

“我没事！我没事！人都已经去了南市火车站，厂长您也赶紧走吧！”吴博青显得很着急。

硝烟如乌云压顶，在钢厂上空牢牢地笼罩着大地。地面上满目疮痍，焦黑的弹坑，炸断的房梁，散落的砖块堆里，甚至路边还有一支完整的满是灰尘的胳膊。可是，现在连这胳膊的主人也来不及寻找它的下落了。张连科也算是从死神手里捡了一条性命，一颗炸弹就在不远处爆炸，巨大的冲击波将他掀出几米开外，脸直直地摔在了满是焦土的地上，所幸没被弹片击中。

“您先走！我再看一下有没有落下的人员。快走！”张连科把张宽馀和吴博青使劲往外推着。

“已经没人啦！厂长！”吴博青和张宽馀几乎是一边喊，一边拽着张厂长往外走，却被张连科用力甩开了。

“我要亲自看一遍，心里才安！”张连科生气地说。

“厂长！求您走吧，走！”吴博青激动地拦住他，说，“我去，让我替您去看！”

“我必须得去！否则我心头过不去啊！”张连科坚决地说。三人在厂区挨个厂房地搜索着，大声呼喊着。爆炸声越来越近，越来越刺耳，硝烟也越发浓烈，甚至夹杂着一丝血腥味儿，直令张连科感觉肚腹间胃酸上涌。

走过机修车床后面被炸垮的乱石堆时，他们看见了一只伸向外面的手。一眼就可以看出，那是一只稚嫩的手，估计是个进厂不久的青工。张连科强力吞咽着喉头的辛辣，愣了愣继续往前走，那只小手的指头似乎轻轻钩了一下。张连科停下来再看时，好像又没有动。估计是自己眼花了吧？他想。

“动了！他还活着！”张宽馀一边喊，一边跌跌撞撞跑过去，用手去一层层搬动塌压的砖木。张连科小心跃上旁边的废墟堆，双手用力地移开石板，突然指尖传来一阵痛感，停住一看，指尖豁开了一个口子，往外流着鲜红的血。

“下去，我来！”张宽馀见状，推开了张连科，继续用双手去移开那些倒塌的墙体石块。那工友的手臂和左肩露了出来，头却在一块木板下面。幸亏一块长石梁支撑起了一块空间，那人发出微弱呻吟，头被垮塌的瓦砾砸伤了。

“来来来，快把木板抬起来！”张连科大喊着，三人一齐抬走大木板，从废墟中一点点地扒出了穿灰布工装的青工。那人的呼吸微弱，面色苍白，张连科想用颤抖的肩背他起来。

“厂长，绝不能让您来背啊！”吴博青二话不说，蹲身将那青工扛在肩上，就匆匆往外走。

张连科和张宽馀赶紧往前走。踩过一段狼藉的厂路，就看到了前面不远处的工厂车站。车站里等待专列的职员和工人看见厂长张连科竟然还留在厂里，都激动地一起围了过来。

张连科和大家一一握手表示鼓励，又低头看着那青工，发现他一双瘦弱的手无力地垂向地面，左胸的衣衫写着什么字。老炉长伸手往青工的鼻尖下面一靠，指尖颤抖着缩了回来。张连科低头看那衣衫上的字，竟是十字血书：祖辈建沪厂，我誓共生死。

张连科猛然仰起头来望着苍天，大颗的泪珠终是夺眶滚下坚硬的脸庞。

第二章

1937 年冬，武汉

1. 汉阳复产

四川省政府主席刘湘亲自率军出川抗战，却在武汉病倒，积劳成疾住进了汉口医院。为内迁工厂入川购地问题，杨庐逸与钱乙藜前往汉口医院拜访，想试探一下刘主席对内迁建厂的意见态度。

没想到两人赶去医院，却见病房过道两边站满了媒体记者。杨庐逸一看大为惊奇，准备前去问询，钱乙藜却笑着拉住他说："记者们蜂拥而至，只因抗战爆发后川人表现突出，一听川省主席在汉口医院治疗都想来采访罢了。"

通过警卫员通报，两人得准在众人注目中进入病房拜会刘湘。刘主席当着大家的面，对钱乙藜与杨庐逸明确表示：大力欢迎实业界人士共同开发四川。

"四川有原料、有人力，但是缺乏资本，缺乏技术人才。"刘湘坐在病床上，对两人说道，"四川不仅宜于各种工业的发展，尤其适于国防工业动力工业的建设。"他还豪爽地表示，自己可以代表四川同胞欢迎全国企业家、民族产业家、华侨资本家及一切技术专家，来四川投资建设……

说完此番话之后，杨庐逸看到刘湘马上叫过一旁陪同的秘书，吩咐立即草拟电文给四川省政府办公厅，还特别嘱咐："务必尽力协助迁川工厂购地，万勿任令地主刁难。"

杨庐逸见此甚为感慨，低声对乙藜说："川人果然豪爽。"钱乙藜听了，当下如释重负。资委会最近接到大批工厂厂主反映，担心入川购地如进鄂寻地建厂一般受阻，钱乙藜此时见刘主席表现出如此诚恳态度，甚感嘉佩，心情大悦。

张连科率领沪厂最后一批职员与工人，从炸弹与炮火间撤离，在一路惊险中赶到武汉。

他放下行李，叮嘱唐律衷安顿好随行职员，都来不及去看看已从南京来汉口的素琳和孩子们，就马不停蹄地赶到汉口兵工署办公地址，向制造司司长杨纪缜报到。

"哎呀！重山你可终于脱身了！来，来，我带你去见俞署长。"等待已久的杨纪缜见到张连科，激动地站起来，二话不说就拉着张连科要去见俞大维。

张连科跟着杨纪缜走进署长办公室。俞大维在宽大的办公桌后面举着雪茄，招呼他们坐下后，自己却埋头手书一纸便笺，交给门口的警卫员送去盛府。

张连科也听杨纪缜说汉冶萍公司经理盛升颐前日从香港到鄂。昨日盛升颐设宴，派人送请柬约请俞大维会面，俞心有顾虑，以公务要紧推辞见面。

俞大维朝杨纪缜看了一眼，杨纪缜则朝张连科点点头，转身出去了。杨纪缜出去后，张连科等着署长训话，不料俞大维只是问了一些上海炼钢厂生铁原料和汉阳铁厂的一些无关紧要的话，即从办公桌后起身，走出来对张连科说了一句："你跟着我！今晚让七公子出点血，也算给你接风！"

"那，杨司长他……"素不惯交际的张连科见自己上级的上级俞大维今日陡然这般亲近，有些不知所措；同时听到盛家七公子不禁心头一愣。盛升颐祖父盛宣怀开创经营的汉冶萍公司涵括张之洞创办的汉阳铁厂与后来的大冶厂矿、萍乡煤矿，是近代中国最大，也是亚洲最早的钢铁联合企业。当年盛宣怀由官督商办转为完全商办的汉阳铁厂虽已停产多年，装备仍在全中国钢铁厂领先，尤其高炉等冶炼装备及相关机器材料之水平实力，国内无一家能比。盛宣怀是继胡雪岩之后的清末首富，办洋务40年，一生亦官亦商，亦中亦洋，势倾朝野，富可敌国，开创了中国洋务史上的十余项“第一”，如中国第一家银行、第一家电报公司、第一家钢铁联合企业汉冶萍公司等。盛宣怀1916年在上海病死时，给子孙们留下了价值高达两千万两白银的遗产，目前主事汉冶萍公司的盛升颐，是盛宣怀的第七子。三年前，身任苏浙皖统税局局长的盛升颐因投机操纵上海纱布交易，被免职扣押，如今因战事紧急，汉冶萍公司下属的汉阳铁厂与大冶矿厂等企业，已被国民政府军政部下令接收。盛升颐此行目的，或为汉阳铁厂和大冶铁厂租借经费而来。

“杨司长随后就来！”张连科正想得出神，俞大维拍了他一下，头也不回地大步往外走。

到了大门口，警卫员将一辆装饰着迷彩帆布篷的美国吉普车停在大门阶梯下。俞把头一歪，示意张连科上车。俞咧着嘴跳上副驾驶位，张连科只好打开后排车门坐进去。俞大维坐下就将盛家公子的请柬丢给警卫员，命令他照着地址去。

一路上，汉口街面商铺林立，行走的路人和吆喝的小贩车水马龙热闹非凡，豁然一番繁华景象。外国媒体一时将武汉称作“东方芝加哥”，因为目前这里是中国内陆城市里工业最发达的城市。

俞大维的警卫员驾驶着挂军字牌号的吉普车，在马路中横冲直撞，张连科透过车窗玻璃看到军车两次都险些把小贩和人力车给挂翻去。

张连科还在提心吊胆中，吉普车就一个拐弯驶入了汉口街闹市的一条高墙壁立的隐秘巷子里。吉普车尚未停稳，夹墙下的一扇门内涌出一群旧式风格的人来。

领首的人戴瓜皮帽、着锦缎长袍，张连科一看便识得是盛升颐。盛家公子不愧是久经沙场的精明商人，嗅觉非常灵敏，刚听到通报，就带着全体手下恭恭敬敬地出来迎接了。

“俞署长驾到，有失远迎了！”盛升颐当着大家的面，向俞大维高高作揖，称自己专程赶回汉口，只为与俞署长一晤。俞大维听着也不作答，仰起下巴哈哈大笑着，昂首阔步走了进去。

张连科打量着这里的环境，不免也暗暗惊讶。这座临街楼院外面看似稀松平常，进得院来，大门一关瞬间就隔了凡尘，变了天地。院顶上用几格大玻璃组成的天棚，日光透射到庭院里各个角落，里面所用材料都是最流行的样式，布局颇具风雅别致。院子正中位置放着一块五米多高的太湖石景观，后面临着一方睡莲小池，池边几株郁郁挺拔的石榴树。石榴树与倚墙的竹丛间铺出一条石板路，微风吹过即是潇潇洒洒一片疏影斑驳。走过几米石板路，抬眼就见两扇数米高的漆黑雕花大门。

进了正门，气势堂皇的厅堂映入眼帘，地上铺着纹理精美的羊毛地毯。迎面的壁龛上设了一副显眼的玉石照壁，壁面下设一张乌木案几，案几上摆放着一座三尺宽的“翡翠白菜（百财）”玉雕工艺品。厅堂屋梁空高约八九米，空中垂挂着一组贯穿三层空间的豪华水晶吊灯，灯光如一万颗星星闪耀，富丽华贵。吊灯经过二楼，护栏旁边搁着一台意大利名牌钢琴，敦厚的钢琴架上放着一具毛色幽亮的灰狐标本。

吊灯正下方、大厅的西北角，由一套高靠背深棕色小牛皮沙发围成一个凹字形，面前是玉石台面的金丝楠木茶几，上面摆放着一大串青翠欲滴的新疆马奶子葡萄，和一大盘刚从东南亚空运而来，新奇鲜见、形态各异的热带水果。

俞大维与盛升颐两人坐在一起，商讨汉阳铁厂与大冶铁厂机器迁运之事。张连科在旁边听，注意到盛升颐全是打哈哈不予明确表态，却热情地邀请俞署长赏光参加当天晚上汉冶萍公司高层职员的酒局，俞大维也一口答应下来。“真是两只老狐狸。”张连科在心里暗暗说道。

坐了半晌，盛升颐笑逐颜开地拥着俞大维从屋里一同出来，穿过一条狭窄的里弄，又走到环球电影院后面的新世纪大酒楼一间贵宾包厢。盛升颐为了显示自己的人脉，特意请了军政部几个部门头目来相陪，还叫来在汉的当红戏班前来献演点唱戏目，俞大维似乎很是满意，连连推杯换盏，喝得痛快。

“如湘鄂亦危，恐将再向川贵撤走，如斯一笔庞然费用，政府又去找哪国支助焉？”盛升颐身着极其轻薄之锦裘长袍，手拿古董式英国烟斗，两边嘴角一齐缓缓喷出两股极透彻的蓝烟来，明目张胆地打听最新战事消息。

军政部那几个不太熟悉的官佐，也是无所顾忌地展开了讨论。张连科偷眼瞧见俞署长端坐席位笑而不语，料想今天来的人必是背景深厚、颇有渊源的。

这盛公早已因为纱厂大罢工，被国民政府开除公职之人，眼下其名下的汉阳铁厂、大冶铁矿等资产正涉及日方暗地占用控制，却和国民政府里的实权派官员打得火热。

受命大维令挟，张连科硬着头皮陪在席上，简直如坐针毡，幸而不久杨纪缜赶来，将张连科从席间叫出，告知迁鄂一辆卡车失踪，需要立即彻查。张连科即刻告辞，总算解脱出来。

汉水之畔，晴川阁外，芳草萋萋，人来车往，显得热闹了许多。

汉阳铁厂靠近码头的一片废旧厂房，迁鄂的上海炼钢厂正在进行恢复重建，张连科的目标是尽快开炉复产。

趁着复产筹备的空当时间，黄钧与唐律衷一同找到张连科请假。唐律衷的妻子，也是黄钧的妹妹收到了长沙老家寄来的书信，说是老母意外病重，急盼回家一见。

张连科了解唐律衷举家探母心切，特批给唐律衷与黄钧一个月假期。唐律衷兴冲冲赶到汉口旅舍与妻子商量回湘探母之事，又去电报局给老家发电报，告知岳母在家勿念，拟与黄钧等人即刻起程回去。

一路辗转，黄钧与唐律衷回到家中，请来医生为母亲诊治肺病，医嘱不要劳累暂得以控制。老太太安慰儿孙说了一句："一切顺应天命。"

考虑到长沙也可能遭到敌机轰炸，唐律衷提议举家迁移，并与黄钧一起张罗着在长沙郊区一座隐秘的机场附近，租下一所大宅子，把家族中人全部集中。妻子带着三个女儿陪着自己母亲在一起，与前妻生的大儿子卓汉在长沙中学读书，也可有照应。

假期转眼结束，沪厂迁建汉阳亦需人手，唐律衷与黄钧辞别老小，马不停蹄地赶回汉口。

沪厂炼钢电炉在汉阳重新点火开炉，800毫米轧机也开始生产，弹壳钢产量比之前还有所增加。

唐律衷工作繁杂，但心里挂念着妻子女儿在长沙那边的情形，总有些忐忑。走过陌生的汉阳铁厂厂区，他匆忙中发现道路旁的一棵行道树身上悬挂了一张牌子，上书此树是从上海炼钢厂的哪个机段搬迁至此，顿时涌过一阵动容和释怀：远在上海炼钢厂办公楼前的那两株蜡梅树想来也在某处获得了新生，不管是在哪个地方，不管是否也曾经历了水土不服，相信它们一定也以顽强的生命力延续着属于它们的历程。

回到办公室，唐律衷振作精神拿出纸笔，给妻子写信。他安慰妻子说，乡下比城里安全，战乱而能守在乡土已是万幸，还望她随遇而安，照顾好母亲与女儿。

武汉的各家报纸都以大篇幅版面报道，中国飞行员徐焕升率领两架美制马丁B-10轰炸机，“光临”日本本土，投下两百万张反战宣传单。与此同时，武汉城内的老百姓也被一股乐观情绪弥漫。传言推理的逻辑很简单：因为苏联空军在武汉领空支援，日本飞机不敢太过放肆；另一个也因为收音机里反复播报前线台儿庄传来的捷报。

上海迁鄂工厂紧锣密鼓开展重建复产，杨庐逸数次跟翁文灏反映，担心工厂建设期间部分技术工人没工做，可能产生人员流散，需要尽快投入正常运转，工人们才能稳定下来。翁文灏也意识到工人集结无事可做是大问题，即托请钱乙藜速派人员出面协商，在汉阳兵工厂等企业为各个机器工厂包下一些工程，以使振华电气厂、合众电池厂以及三北、华生、永丰等厂尽快复工生产。翁文灏、钱乙藜找上海炼钢厂张连科和汉阳兵工厂郑家俊洽谈，争取让迁汉复产的上海各民营小厂，尽快为两家大兵工厂做些机械配套的活儿，以拉动迁鄂的民营工厂开工。张连科与郑家俊均承诺，三日内即考察择选几家工厂，签订配套加工合同。得知消息，杨庐逸亦去落实几家有实力的上海迁汉机械工厂主，皆大欢喜。

“战争”这个词，张辅枢还没在课本里学到时，就亲眼看到了它的样子。他跟着妈妈、牵着弟弟一路从上海坐专列转移到南京，又坐船沿江而上到了武汉。辅枢知道，这都是因为“战争”。可想到自己也到了武汉，辅枢心里却是欢喜的，他盼望着能够见到离开贫儿院来武汉的好朋友祁生。

陈素琳在汉口街剧场附近租了一处房子，带着孩子们住下不久，就与九弟陈赫章意外重逢。从小到大，陈素琳与九弟常在一起，感情最深。

因国民政府机关部门都迁来武汉办公，陈赫章带着订婚不久的未婚妻陆贞瑛一起到了汉口。

陈赫章没想到回国为了支援抗战，竟这么快与一个陌生女孩一见钟情、坠入爱河。第一次见到陆贞瑛，是在南京街头突遇日机空袭，陈赫章随着人流就近跑入长江支路的防空洞暂时躲避。他看到拥挤的避难人潮中，一高一矮、两个学生模样的女孩儿被推搡在角落，也不愠不恼、恬淡安静。

陈赫章很绅士地让出自己靠壁的空间，用微笑的眼神示意两位小姐坐下。高个子女孩儿彬彬有礼地向他轻声道谢。陈赫章一下子就迷上了女孩说话间那种蓄而不发的气韵。这女孩就是拿着录取通知书来南京、准备入读金陵女子师范大学的陆贞瑛。两人竟一见如故，很快双双坠入爱河。

彼此熟悉后，陈赫章才知道可巧的是陆贞瑛父亲与陈赫章二哥陈景宁是多年的至交。贞瑛父亲在7月初将女儿带到南京准备入学，还找陈景宁帮忙照应一下贞瑛呢，不巧陈景宁已回了贵州赴任教育部职务，一时断了联系。陈赫章于是电报告诉二哥旧友来寻这事后，陈景宁再三叮嘱七弟替自己尽力照顾旧识。既是如此，陈赫章与陆贞瑛在父母的支持下，闪电般地订了婚。

到了汉口，陈赫章遇上一位在美国留学时交好的同窗，托他的关系在汉口大学校园里找到一处可以暂借的教师宿舍。宿舍楼前有个小花园，绿草坪上的秋千上，常有陆贞瑛独倚看书的身影。

在汉口大学的图书馆里，贞瑛想办法办理了一个借阅证，借了《福尔摩斯侦探小说集》，还有《怎么办》《静静的顿河》等俄国小说回来消遣读；晚上得空，陈赫章也带贞瑛去汉口街上的中山礼堂看话剧、歌剧以及《出水芙蓉》黑白电影。

陈素琳爱屋及乌，对陆贞瑛也特别喜爱。在汉口住下后，陈赫章打算在长江旅店与贞瑛举行正式婚礼。陈素琳热心地张罗着，为每天西装革履的九弟接连做了三件中式长衫，布色分别是一件安安蓝、一件学生蓝和一件大明蓝。学生蓝最深，安安蓝要浅一些，大明蓝最好看。陈赫章穿着长衫戴着毡帽，与一身旗袍、肤白皓齿的陆贞瑛出双入对，如一对璧人颇为吸引路人的眼球。辅枢、铁栋也常跟着九舅舅、九舅妈到各处玩耍。有一天出门时，铁栋还对两人说："九舅舅、九舅妈你们穿得这么标致，就像是一对'广告人'（意思是广告上的人才这样穿）了。"逗得陈素琳、陈赫章哈哈大笑起来，陆贞瑛羞得红晕上脸，越发好看得像画里的明星了。

汉口的秋天似乎每天都在下雨。张辅枢捧着课本，愣愣地看着窗外——昨天树上还是绿黄相间的枝叶，一夜风雨，早上就只看到光秃秃的枝丫。零星掉落的残叶飘下来，低低地在空中打起旋儿来。这情景让他想起上海街道上的路砖和不告而别的祁生，心里又难过起来。

辅枢在借住的旅店悄悄问过店里的伙计，估计自己的好朋友也在这里，怎么才能再见到他。那个小伙计指了指旅店门口的一个木板，那上面写着很多人的留言。辅枢还去认真地找了找，抱着一线希望——或许在留言板上，能看到祁生写给自己的字条。结果，自然是一无所获，辅枢回到房间，就拿起笔给祁生写了一张字条，小伙计帮着用饭粒和着口水把字条紧紧地贴在木板的空白处。辅枢希望奇迹能够出现，某一天祁生会看到字条，知道他没有忘记他们的友谊，在武汉还一直找他。

辅枢觉得中国实在是太大了，住在汉口的人，感觉比在上海还要多。

暮色降临，唐律衷还在办公室成堆的电报公文中忙碌着，黄钧突然冲进来，直直瞪着他，大张着嘴巴。

“卓汉、卓汉，在长沙被日机炸到。”黄钧终于喘出气来，哑声说，“他在敞篷车上，炸弹击中了……一声巨响，当场尸骨无存。”

“天啊！卓汉！卓汉啊！”唐律衷嘴角嚅动，眼前的一切仿佛在旋转，五脏六腑如刀绞一般。他两手使劲掐住虎口，想到身后还有一大家人巴巴地指望着自己，心底默记着，此刻绝不能倒下。

唐律衷上月回去与卓汉见面时，儿子长高了很多。卓汉是唐律衷与亡妻所生的长子，唐律衷到上海工作后就疏于看顾。在他跟前，卓汉从来是话语极少。哪怕他在家的时候，进进出出办理家中事务，卓汉始终默默跟在身后帮忙。一路上，唐律衷还问了卓汉在学校学习有什么心得。卓汉也头一次对父亲敞开心扉，说他以后也要跟父亲一样从文。卓汉兴奋地告诉父亲，自己加入了学校的剧社，在新排练的剧目中担任了一个重要角色，还小心翼翼地邀请父亲下次要去看看他编排演出的话剧；他还说，长大了要像林语堂先生那样，做一个知识丰富的作家……

办公桌上的电话铃急促地响起，眼前的电报、文件、案牍堆积成小山。唐律衷昂着头，不愿意让眼里滚涌的眼泪流出来。

黄钧一直在对面低着头，再没说一句话。电话铃的刺耳让唐律衷心里更加伤痛——钢厂在汉阳铁厂厂房中紧张复产，他不可能在这时候再回家去……

外面的走廊上有人在高声叫："唐秘书！唐秘书！"唐律衷握拳往桌上猛捶了一下，电话摇晃了一下，黄钧摇摇头转身出去，悄悄关紧了他办公室那扇破漆斑驳的木门。

硝烟战火掩盖了无数的家破人亡，刀光剑影冲淡了多少生离死别。战火纷飞中死去的人，可能还少很多痛苦折磨，而活着的人却是伤痕累累。此后，宜章再不去田野的墓碑上玩，恐惧和仇恨的情感在心中埋下了小小的种子。

遭遇白发人送黑发人的大悲痛，唐律衷与黄钧却分身乏术，家里老的老小的小，卓汉丧事也一切无从下手，只有求助住在长沙城里、黄钧的二妹操持安排。

黄钧又与唐律衷商量，看情形长沙也很快会被日本人占领，家里老小应迁离长沙方才稳妥，于是两人筹划着举家迁往四川内地。要全部搬走，家里很多东西需要寄出去，又得靠黄钧的二妹主持操办。等把家里整理好的几大包物件张罗着寄出去后，没想到黄钧二妹竟因为劳累突患中风，遽然离世。

黄钧的儿子从小到大，与二姑姑感情最深，身患肺病从出版社退职回家休养的他，听到噩耗夜不能寐，连夜为二姑姑写祭文；又拖着病体强撑起来，帮助二姑姑家料理了后事。经此重创，他身体更为虚弱，再度卧床不起，不久就抱憾离世。

战火至湘几个月里，家中三位亲人接连离世，黄钧与唐律衷两人连遭失去儿子的惨痛，原本幸福安宁的大家庭，就再也没有了往日的说笑。一个个不幸落下来，重重地挫伤到一家老少每个人心窝里。

很长一段时间里，唐律衷不管在哪听到电话铃响，都不由自主地全身颤抖。那金属响铃碰撞的声音，总会让他想起敌机在空中俯冲掷弹和用机关枪扫射卡车的可怕情景。

张连科专程赶来经济部汉口办事处，拜会翁先生。行政机关改组后，资委会合并组建为经济部，翁文灏任经济部部长。

刚坐下，翁文灏指了指案头堆得如小山般的刊物和书籍，说："重山风华正茂、满腹才华，不愧为军政部的青年才俊啊！"张连科赶紧站起来对翁文灏敬谢："先生过誉，重山惶恐。"

"这次从南京搬来的书丢了大半，还好这两天略作整理，翻出你前些年写的《我国西南钢铁工业之蠡测》再读了一遍，很有见地，老夫颇受启发！"翁文灏笑着招手让张连科坐下，"技术事业方面切勿过分谦让。你们现在借用汉阳铁厂复产情形怎样？"

"现在修缮了选用的部分破旧厂房，原有电气发动机业修竣开动，两座铸钢电炉装置完竣，刚复产；轧钢机加热炉投产，弹壳成品开始向前线运送。"

"好，干得不错！"翁文灏接着问，"重山，根据目前的时局趋势，你跟我说说，你自己对建立后方钢铁工业基地是怎样一个看法？"

"之前先生赠予沪厂八个字——'国之桢干，厥在钢铁'，重山一直铭记在心。"张连科诚恳地说。

"战争的背后考验的是一个国家的经济实力与工业水平，中国急需发展基础性的重工业建设。钢铁工业实为全国经济之根本，亦为工业化必需之基础，如不确为重点保护撤运，则中国政治、军事、经济都不易独立自存。"张连科说。

"华北、沿海一带相继沦陷，国民政府准备西迁重庆，伴之而来的是经济上的大转移，战时军民急需钢铁，而新建钢厂周期也得数年时光，且目前几乎不可能新购大型设备，要短时间树立抗战之长期支撑，必然需要特定的执行机构来聚集大量冶金人才，有组织、有规划地将迁至武汉的钢厂、武汉周边的钢厂，还有汉冶萍下面的厂矿，全部西迁至重庆大后方……"

"这或是世界战争史上一次了不起的大西迁。"翁文灏看到张连科两眼炯炯发光地说出这番话来，心中又是宽慰，又是振奋。

张连科继续说："汉冶萍在中国现代工业历史上举足轻重，对于盛家，或因维持经营，一直在中日两方游移，若能持以忠义之道推心结盟，共襄民族工业救亡图存之举，或可速成汉冶萍此事。"

“重山，你的想法正合吾之心愿也！”实际上，翁文灏近来频频向当局呼吁以最大规模组织内迁，听重山一番讲述，更是唏嘘，仰头长叹道，“可对于盛家，怎能掌握他们现在打的什么算盘？”

“商人眼里不外乎一个利字。了解了盛家这个底牌，或可如庖丁迎刃，咱们就集中在利弊上与他做笔大买卖。”张连科自觉说得有些忘情，又带着羞涩说道，“重山唐突，让先生见笑。”

“无妨无妨，重山直说便是。”翁文灏对张连科报以鼓励的微笑。张连科又提出一些细致的想法，建议与盛家适当协商，将汉阳铁厂接收后转以商办合营；另外可以雷霆手段，将汉阳铁厂之机器材料进行登记，折价收购部分，再进行拆卸通过水路运到后方去建设一个新的钢铁基地。

翁文灏神情庄重地听着张连科说话。张连科又低头从公文包里小心地取出一份牛皮纸的文件袋，双手送到翁主任面前：“先生，您看这个。”

翁文灏接过一看，文件袋封壳上用毛笔书写着：“湘鄂钢厂联合迁川方案”。

张连科有些腼腆地笑了笑，向翁先生告辞：“先生公务繁忙，就不便再叨扰，我先回去了。”

翁文灏点点头，张连科方才起身走出房门。翁文灏目送张连科的背影在门口消失后，才低头解开文件袋封上的白麻线，取出细看起来。

迁汉工矿业厂家纷纷加速扩大生产，以应需求。汉阳铁厂码头更是一片生机勃勃的忙碌景象。

张连科的办公室就在铁厂码头不远的晴川阁旁边，推窗可见码头全貌。码头上车来车往，江上不断有船离港，也有船靠岸，王霖源正来回跑着指挥搬运队伍卸下松木和砖瓦。陈式揖带着技术工人在进行修缮，逐步清理到厂的一批机器设备。最高的岸堤上，查光弼与朱亚芹带人忙着勘测生活住房的搭建，沪厂职员又满怀希望地准备在这里开始新的生活。

迁鄂转眼已经两个月，上海南市迁来的职员和工人们陆续修整恢复了各部机器装置，装置完竣的两座铸钢电炉日夜不停地生产，轧钢加热炉一片红火，沪厂弹壳钢在汉阳正式出品，源源不断地支援前方抗战。

张连科进了办公室，即让唐律衷请来吴博青、何体陞等人，商量如何将敌机空袭造成的损害减小到最低，保存人力、物力。何体陞建议开展消极防空，在生产现场挖掘壕沟，修筑工人避难地下室。张连科点头表示同意。吴博青说，要大规模地保护人员及办公，需要在有条件的位置，因地制宜凿造山洞，作为防空避难，以更大限度地维护作战力量和正常生活秩序。张连科嘱咐唐律衷按照两位的意见，拟出通告，即刻开始行动。

张连科自是不便说出武汉亦非长久安全之地的话来，只能极力履行保护好人员与机器的责任，一方面主持沪厂复产保供军需，一方面悄悄筹备工厂器材撤迁工作，避免再如沪上因为时机错过耽误迁建，他心中有个强烈的愿望，就是想要组织武汉附近更多的工厂向后方转移。

翁文灏看完“湘鄂钢厂联合迁川方案”后，非常激动，马上拨通兵工署署长俞大维的办公室电话。两人长谈半小时，不约而同地提到像汉阳铁厂、大冶矿厂这样的大厂矿在国内寥寥无几，本就甚为珍贵，战时更是亟须为国防所用，切勿落于敌手。现在东北、华北等地钢铁厂相继陷落，出海口已被封锁，进口困难，钢材、生铁奇缺，严重地制约全国工业特别是军事工业的发展。为此，根据西南煤铁资源分布、储量及交通条件，必须快速做出决定开始在内地建厂。

两人于是约定分别以经济部与兵工署名义上报蒋介石，提请速速对汉阳铁厂、大冶铁厂等整合迁移到大后方重建。

卢作孚从南京飞到武汉时，外事秘书肖林也按照他的计划从上海乘船到达了汉口码头。两人会合后，迫不及待地去了解民生公司走长江上游的川江船运情况。目前战争在长江线上展开，武汉汇集沿海迁来的物资精华，这正在进行的事关国家命运的战略性大迁移，焦点集中在长江船运之组织效率上。

过去国内航运船只，大多设备陈旧，商旅不安全，服务质量也很差，货物丢损事故频发。在一些外轮上，歧视一般乘客，打骂侮辱旅客事件经常发生。民生公司从民生轮投入营运开始就注意了服务态度，提出“一切为了顾客”。凡考进公司的茶房、水手，必须先培训三个月，然后根据成绩技能分配不同的工作，并制定了《茶房须知》《水手须知》。

肖林跟着卢先生登上停靠码头的民元轮。在此之前，卢先生就示意不许招摇显露，当作普通乘客即可。于是乎，肖林便作为一名普通乘客，买了两张客舱船票，跟着卢先生走进乘客人流之中。

这艘轮船不比肖林来武汉所乘坐的民康轮，设施稍显简陋，虽也设特等舱、官舱等舱室，不过皆不可与民康相比。肖林跟着卢先生并没有住在特等舱，而是在一室共有二十人的统舱之内。统舱内全是衣着不甚光鲜的民众，两人在其中，也不太显眼。卢先生今日来往奔波，身上衣服早已破旧，未上船之前，肖林便提出建议，想让卢先生先换身衣服再走，可卢先生摆了摆手。卢作孚望着码头上来往匆匆的行人，长舒了一口气，轻声说道："大事未定，还是穿着我这身旧衣服吧！"说完，卢作孚转过身来，上下打量着肖林，嘴角弯起一个弧度，笑说："你准备得不错，身上的补丁可比我的还多呢。"两人相视一笑，卢先生压低了帽子，走上了舷梯。

二十人的统舱已然满员，扶老携幼者不在少数，婴儿的啼哭声，母亲的安抚声，来往的脚步声充斥着舱室。不仅如此，众多各式各样的行李也挤压着本就不大的空间，乘客来来往往几乎是摩肩接踵，没有一丝退让的余地。每个人都忙于自己的事务，一路走来，压低着帽子的卢作孚和肖林并没有暴露身份。现在，他们只是两个去往川江上游的避难的人而已，和其余人并无二致。

伴随着一声长笛鸣起，轮船缓缓驶离港口。卢先生叫上肖林，来到了甲板上，依稀可见东方的天空上飘浮的阵阵硝烟。甲板上的乘客或东望，或西望，表情各异，却都有一种如释重负的感觉。

"肖林啊，你的薪酬不低，怎么不换身好点的衣服？"卢先生打断了肖林的思绪。其实肖林的大部分积蓄已经通过地下渠道交给了党内的接头人，以做抚恤烈士遗属之用。看着眼前这个民生公司的所有者，肖林笑着说："卢先生尚且如此，肖某自当仿效！"卢先生眺望着江岸，缓缓说："我创立民生公司，就是想要运输救国，什么时候才能够顺流而下，甚至驶向大洋彼岸啊？"肖林顺着卢先生的视线向江岸望去，一片郁郁葱葱，欣欣向荣。

回到统舱，见船员在分发茶水，态度和蔼，各层的旅客都点头称赞。卢先生终于露出久违的微笑，享受着这片刻的温馨。

1938年2月7日，在经济部翁文灏与兵工署俞大维联合呈报的《汉阳铁厂迁厂方案》和后方钢铁厂设立地点事项后，蒋委员长亲自签署了手令：

“汉阳钢铁厂应择要迁移，并限三月底迁移完毕为要。”

“二七”手令下达后，翁文灏决心以汉阳铁厂为中心，向鄂湘附近查勘有实力的钢铁厂统一西迁进川。翁文灏叫来杨庐逸，说了说想法，杨庐逸很是拥护赞成，马上提出组建钢铁西迁的机构来。翁文灏即刻列出名单，让人通知兵工署制造司司长杨纪缜、上海炼钢厂厂长张连科等人前来，并亲自给俞大维打电话，请其前来一起听取专业人士对于汉阳铁厂搬迁的意见和想法，共襄盛举。

张连科匆匆走进翁部长办公室隔壁的小会议室，看到熟悉的电气专家恽震也受邀参与此次迁厂决议，高兴地上前握手，两人都激动地互为问候。

俞大维姗姗来迟，等翁文灏说明要义之后，张连科首先开口道：“我先来抛砖引玉，遵照翁俞两位推进汉阳铁厂西迁的盛举，咱们何妨组建一个联合组织，将汉阳铁厂、上海炼钢厂及附近设备优良的钢铁厂一齐清理迁至后方？”

俞大维沉吟不语，杨纪缜却是热情地当即表示赞同，提出组建队伍很有必要，应有部门牵头尽快开始。

“以杨司长高见，组建须具备何等要素？”翁文灏考虑到杨纪缜之前受命赴渝黔一带勘查数月，而张重山的上海炼钢厂毕竟受兵工署制造司管辖，于是直接向杨纪缜问道。

见德高望重的翁部长问及，杨纪缜看了看俞大维，认认真真地说道：“现在不仅仅是汉阳铁厂一家，当然它是分量最重的一家。整个钢厂撤迁的策动、运输工具的准备；安置的复工地址、技术员工的征集、购备材料等亦应齐头并进。”

见大家都凝神在听，杨纪缜接下去说：“受俞署长派遣，上月在下实地走访重庆及周边地区，确实颇具备条件，不仅拥有丰厚的煤铁储量，还有便利的水上运输。主要的煤层，位于重庆地区沿江两岸，并已开始进行规模化开采，仅天府煤矿的年产量约可达到40万吨。重要的是在贵州西北角、长江上游的南岸，还发现蕴藏量非常丰富的原铁矿山。”

“有了煤铁，高炉平炉就有了口粮！”张连科边听边说，恨不得马上腋下生出翅膀来，到漫山藏着宝藏的矿山中翱翔一番。

翁文灏点头说道："这就提供了建设另一个钢铁工业中心的可能性。"

"这下子有干的了！"恽震看着张连科兴奋地说。

杨纪缜犹豫地望了望俞大维。今天俞大维看起来有些过于沉默，平日里基本上他在他就是主讲全场，今天却一直沉默。翁文灏也看了看俞大维，笑说："我看俞署长是有大手笔了，一直在思考酝酿啊！"

俞大维尴尬地笑了笑，只好开口说："什么大手笔，也得等你经济部翁部长来裁决。"

翁文灏笑着摇摇头，说："不过，这可是系统的大工程，非一月两月的事情，恐怕三五年也完成不了。"

"在西南建立钢铁工业基础，这个事情非同寻常，很值得去做个开始，再一步步发展。"张连科眼睛发亮地盯着大家，坚定地说，"但重要的是，须有个高执行力的专门组织，来推动实现这次大规模、高水准的钢铁迁建。"杨庐逸、恽震都兴奋得摩拳擦掌，纷纷表示赞成。

随后，翁文灏提出共同组建钢铁厂迁建委员会，在大后方建设新的钢铁工业中心。此刻，俞大维倒是积极地表示支持，当场商议经济部与兵工署联合组建钢铁厂迁建机构，并指定由张连科主笔，以《湘鄂钢厂联合迁川方案》为基础，拟就《钢铁厂迁建委员会机构组建草案》，向国民政府行政院军事委员会报告，筹备成立钢铁厂迁建委员会。

2. 组建钢迁会

"……予以照办，即日组建钢铁厂迁建委员会（简称'钢迁会'）。"蒋介石代表军事委员会签署钢迁会批复。

1938年3月1日，钢铁厂迁建委员会正式组建，其任务主要是拆卸汉阳及武汉附近其他各钢铁厂的机器设备，以备迁川建厂，"俾为后方钢铁事业树一基础"。

3月4日，由经济部与兵工署会同组建钢铁厂迁建委员会，暂借移地汉阳的上海炼钢厂办公，并在汉口小西路设钢迁会办事处。杨纪缜以兵工署制造司司长之职兼任为主任委员，张连科以上海炼钢厂厂长身份，任钢迁会副主任委员，督领日常事务；杨庐逸、恽震、程义法、胡尉等为副主任委员。

钢迁会工作正式启动，第一步就是全面摸清撤迁工厂的真实情况、锁定迁运目标设备、核定迁建费用。委员会下设技术、会计室及总务、铁炉、钢炉、轧机、动力、建筑、运输等股，组织指导汉阳铁厂等设备拆卸工作。

杨纪缜身在兵工署，日常事务由张连科悉数张罗。第一周，张连科召集各专业委员专题讨论，广发英雄帖，组织在鄂、湘、沪、港各地之工程技术人员参加。

半个月后，钢迁会在汉口小西路办事处召开第一次委员（扩大）会议。一项新的事业开始了，大家群情激昂，久未谋面的工程师们聚在一起相互问候寒暄着，会场气氛很是热烈。

杨纪缜敲敲桌面，对全体委员代表说："大家终于聚在一起了，有说不完的话，以后慢慢说！"会场里瞬即安静下来，视线集中在他身上。

杨纪缜从公文包拿出一份政府文件，看着上面说："现在传达经济部与兵工署关于工业器材迁运的最新通令，大家注意一下，有哪些物资器材属于这个范畴：凡资财在五千元以上者、设备较新者、后方有需要者、设备工具与其他工业有关系者、该项技术工人为后方所缺乏者，均应一律拆迁；所有原动力设备尽量拆迁。凡不拟迁移之机器工厂，其优良之技术工人则协助其迁往后方给予工作。各厂所有生铁废料尽量迁往后方备用，以免资敌。"

"除了汉阳铁厂，当局已决定拆迁大冶铁厂、六河沟铁厂、上海炼钢厂等全部运往后方重建。"杨纪缜接着说，"上面已决定拆迁所有大型钢铁厂，另在后方创办新厂，以树立国防重工业之基础。"

"对，我们的任务绝不仅仅是一个汉阳铁厂。"杨庐逸点头说。大家兴奋地用眼光交汇，心里清楚：这下子学子们的实业救国理想可以有一番作为了。

杨纪缜望向张连科，说道："好，进入今天的主题吧！"

张连科明白杨是催促通报摸底情况，于是说："大家时间宝贵，就直接进入主题，请恽震委员说说摸底情况。"

恽震紧接着说："经过前期各委员实地调查，目前汉阳钢铁厂、大冶铁厂、六河沟铁厂、上海炼钢厂初步情况在这里简单通报一下：汉阳钢铁厂是清末两广总督张之洞以自制钢轨修筑芦汉铁路为由，从英国购买高炉、平炉和轧机，于1890年开始建设，1894年建成投产。甲午战争后，因清政府停止对其拨款，于1896年，由盛宣怀积商股银100万两接办，并开采江西萍乡煤矿，与日本订约每年为日本提供铁矿百万吨和大量生铁作为代价，取得日本300万元预支价款。1908年，汉阳铁厂与萍乡煤矿合组为'汉冶萍煤铁厂矿公司'，成为我国第一座现代化钢铁联合企业。盛宣怀接办后，对汉阳铁厂进行了一系列的改建和扩建，当时共有250至477立方米高炉4座，每天出铁6至8次，日产达400至450吨。装入量35吨碱性平炉6座，附有煤气发生炉18座，每8小时可炼一炉钢；有6400与8000匹马力蒸汽轧钢机各一座，5台直流发电机等各项设备。由于经营借债过甚，受日方操纵，经营不善，于1924年停产至今。"

"大冶铁厂是汉冶萍煤铁厂矿公司的重要组成部分，始建于1913年，设有两座450吨高炉，分别于1922年和1923年投产。1925年10月因焦炭供应断绝，市场铁价猛跌，经济困难而停产。"恽震停顿了一下，接着说，"这个六河沟铁厂，原系汉阳扬子江机器厂，系民营资本创办的实业。当时为了发展造船和机械，于1911年建设一座100吨高炉，所需焦炭来自河南六河沟煤矿，因偿还债务被六河沟煤矿接收改称'六河沟铁厂'。有化铁、机械、翻砂、桥梁、造船等部分设备，但规模不大，负债很多，被迫停产，又将该厂抵押给中南银行。'七七事变'后，恢复生产，所产生铁供上海炼钢厂、汉阳兵工厂生产炮弹壳。"

张连科正襟危坐，在笔记本上流利地记着重点，这时抬起头来看了看。

恽震说道："张主任委员所在的上海炼钢厂，我一并向大家介绍：该厂与前面三家钢铁厂有所不同，是由兵工署独办的官办钢铁工业，直接为国民政府提供军火生产原料，实行军事管制体制，任务由政府指令下达，经费由国库直拨。原有2.5吨电炉炼钢、320至400毫米蒸汽机、轧钢机各一套，配有翻砂、机件加工等车间，有职工500余人。目前除生产小型兵工钢材外，以生产500磅炸弹壳为主。上海沦陷前，张主任委员主持将上海炼钢厂设备材料全部迁至汉阳。"

大家不由得交口称赞一番，张连科作拱手之状答谢。

杨纪缜点点头，向张连科问："四家钢厂为主的待迁器材总量预估规模是？”

“可拆运机器设备规模上大数有2.5万吨。”张连科回复。

“迁、建总体经费，可有核算统计出啊？”杨纪缜追问道。

“统计完毕。机器设备迁运所需经费在300万元；安装建设费用需200万元以上；铁矿扩产建设需150万元；煤矿扩容费用需150万元；綦江水道之松坎河、蒲河需100万元；另周转资金应备100万元。”张连科毫不迟疑地一项一项作以具体的阐述。

杨纪缜问：“汉阳铁厂拆迁，所需时间？”

“所需经费到位，需时6～7个月。”张连科答道。

杨纪缜看着张连科，说：“时间估计还来得及。但如此一来，迁川费用大数应该在1000万元以上。”杨纪缜继续说，“这在战时来说，确实是一笔庞大的开支。”

杨庐逸也心事重重地说：“提交行政院审查，很可能引起非议……新任的孔院长那里，恐最棘手。”

恽震听杨庐逸语气如此顾虑颓然，脸色一沉，气恼地说：“非常时期要到内地重建一个钢铁厂，经费岂是一个千万就能解决啊！孔某人自己还留过洋，在外见识过西方工业经济之发达水平，不会不懂得钢厂迁建的紧迫吧？”

程义法、胡尉不约而同地望向杨纪缜和张连科。杨纪缜身体往后一仰，两手交叉横抱在胸前，说：“经费的事情，诸位勿虑，有翁部长与俞署长担保，各个款项保证次第到钢迁会银行账号上。”张连科仍然充满信心地微笑着，内心也不由得直觉到钢迁会此项非同寻常的艰巨任务，还仅仅是迈出了第一步，以后的迁与建必少不了荆棘密布、困难险阻。

钢迁会新成立，工作组建千头万绪，急需各种专业类别的人才。下午，张连科在汉口的办公室办公，杨庐逸跟严恩棫一起来找他，说是要推荐几位汉阳铁厂的老职员到钢迁会参加工作。

正坐在里面的主任委员杨纪缜听到似乎有些不悦，板着脸说道：“现在的人员不是哪个人能说了算，需要兵工署和经济部一起来定。”

严恩棫不太了解个中关系，见此情形一时有些发怔，正犹豫着不知是该走还是留。

张连科赶紧招呼两人坐下，热情地说："来来，随便坐啊！正好杨主任在，大家一起说说。"

杨纪缜脸色如此难看，杨庐逸也未曾料到，仍然自顾着对张连科说："第一批人员中必须有吴健。翁主任提过的。"

"嗯，吴健已经进入首批名单。吴工可是我国第一个取代外国工程师、主持高炉冶炼的总工程师。1908年他回国监管过大冶铁厂。1909年受聘汉阳铁厂总工程师。"

严恩棫马上说道："是啊，1913年，吴健接替李维格（字一琴，任汉阳铁厂总办、大冶铁厂厂长、汉冶萍协理总经理等）为汉阳铁厂主办。1916年任汉阳铁厂厂长兼大冶铁厂副厂长。1919年汉铁产量就达16.6万吨。"

杨纪缜听到这里，奇怪地说："失败的路子不能重演，汉阳铁厂的老人会不会与汉冶萍公司瓜葛不清？"

"这话打击面积就太大，在下也算半个老汉阳。"严恩棫有些生气地说，"何况翁先生特地嘱咐过，参加钢迁会的技术人员，宜多利用曾经在汉阳铁厂或大冶铁厂工作过、熟悉环境的人员。"

杨庐逸也解释说："吴健人品非常可靠，今年还随孔祥熙部长和翁先生赴英、德考察。"

严恩棫激动地说："上个月在德国，是他最早号召我们赶快回到祖国。他说，除非不要国家民族的才不要自己的工业。我们要保护自己的工业嫩芽，要来扶持这关系民族前途的钢铁工业！"

杨纪缜沉吟着点点头："除了吴健，还有什么人选？"

"只要钢迁会需要，散落在各地的汉阳技术工人大有人在，他们巴不得回来干一番事业！"严恩棫说起汉阳铁厂的老伙计，就如数家珍一般，"1911年10月辛亥革命后，汉阳铁厂大量启用中国的专业技术人员。我知道的有卢成章，以前是炼钢股股长，宁波人；郭伯良，美国谢菲尔德大学机械专业毕业，曾任汉阳铁厂机械股股长、副厂长；杨卓，父亲是清末民初书画名家杨逸，毕业于北洋大学，曾任制钢股副股长……"

接着他与杨庐逸又推荐了美国里海大学毕业、现任大冶铁矿铁三采区主任赵昌迭，还有曾任大冶厂矿高级工程师的翁德銮、德国矿学专业毕业的金岳祐等。

张连科说服杨纪缜以钢迁会的名义在沿海各地广纳贤才，推进钢厂迁建。张连科还亲自去请吴健参加钢迁会，延请吴健为技术总工程师，率队落实汉阳铁厂和大冶厂矿设备机件的拆运。钢迁会又以吴健为榜样，号召大江南北的技术精英前来加入迁建队伍。一大批曾在汉阳铁厂工作的人员重新回到汉阳，聚集在钢迁会旗下。曾任大冶厂矿高级工程师的翁德銮也回来帮忙。

前线不断传来失守沦陷的消息，眼看日寇很有可能溯江西犯，情势危急。因战事紧逼，组织仓促，沿海仅170余家企业内迁武汉。为保兵工署军用，翁文灏与俞大维几次到钢迁会视察。俞大维听取张连科沪厂迁建复产的管理心得，决议为保密计，将各厂统一改以番号排名。

上海炼钢厂自此改为兵工署第三炼钢所之番号。

一早，黄宪奇将张连科堵在第三炼钢所办公室门口，急冲冲地说："你还是去催催上面，如今物价腾腾往上涨，经费再不到位，拆迁只能瘫痪了！"

张连科忙说："宪奇股长，请你冷静，别急别急，现在你来给我算个待支账，我们一起来商量。"张连科明白，一文钱急坏英雄汉，钢铁厂迁运迫在眉睫，必须兵工署拨款项到位方能全面启动。

"按照所需运费以每吨80元计算，先期需付48万元……只以素乏流动基金，无款可拨……"黄宪奇着急地用浓厚的湖南口音大声说道，"出门开口就是钱，没有经费，工作咋个整嘛！"

"好，好，宪奇你坐下，喝口水，听我说啊，此项材料及机器之运费，等我马上就去兵工署门口守到俞大维署长报请办理，行不行？"共事几年，张连科从来没有见到黄宪奇给急得说出满口家乡话来，极力安慰他说。庞大的拆迁计划，人员、资金、汽车、船只、工具……让张连科焦头烂额，工作计划敲定后，资金却迟迟不解决，实感痛心。

"不中的，不中的！我看现在兵工署俞大维、杨纪缜他们根本顾不到咱钢迁会来，钢厂要迁离武汉啊，恐怕只能自力更生了！我们还是找翁主任吧？"

黄宪奇急得额头满是汗珠。

“对对！找咏霓主任！找咏霓主任！”唐律衷在旁边应和。

张连科面有难色地看着他们。昨天他已去找翁先生报告钢迁会各项事务急等经费的情况。翁先生告诉他，前两天还硬着头皮，找到行政院面陈拆迁汉阳钢铁厂器材的经费问题，现在仍然得不到答复。

黄宪奇走后，张连科对炼钢所生产部门报上来的数据进行核验——沪厂设备每日能炼制含磷多高的矿砂？钢炉部现有条件增产多少吨钢料合适？经费开支多少？增加铁炉班产最少成本要花费多少？这些物料、成本、冶铁、炼钢、拆迁，事无巨细都摆在张连科案头。

看着看着，办公桌上厚厚的一摞公文请示，大部分都是需要支付的款项，张连科拿着数据报表再也看不下去，沉着脸略做准备，匆匆出门，驱车直奔军政部汉口办事处。

时局紧迫，钢迁会振臂而呼，京沪流亡西来的工人纷纷投奔而来。一时间，参加钢迁会拆运物资的工匠已近千名。

张连科正在钢迁会机要室发电报告延请工匠以充军差，接到卫兵报告说，交通部常务次长卢作孚与民生轮船公司汉口分公司经理李肇基的车已到大门口。

卢先生带着李肇基突然造访，张连科料定为商榷兵工器材运输办法一事，于是吩咐唐律衷立刻去汉口找杨纪缜汇报，如能前来与卢先生一晤甚佳。随后他用电话通知黄宪奇速到会议室来。

张连科亲自出门迎接，将卢先生与李经理请到会议室就座。

黄宪奇走进会议室，将交通登记本册交到张连科面前。

“卢先生，您看。”张连科递给卢作孚阅看。卢作孚微微笑着，将文件册交给李肇基。

“一、运输总量最低六万吨，最高八万吨。

“二、用商运办法实装吨数，按低廉运费责成轮船公司负责承运，以提高运输效能。”

李肇基会意地拿着文件，一字一句认真地读出声来。

“三、全部华轮参加运输……”

“这个好！”卢先生看看张连科说。因军事进展情形难以预测，各厂物资即使能久留无恙，亦必影响各厂复工的时期。为准备大规模撤运，张连科、杨庐逸一起走访过汉口航政局进行商洽，粗略估计民生、招商、三北、太古、聚富、怡和等公司轮船的运输能力，在洪水时期共计月达七八千吨；若在枯水时期，则月仅两三千吨而已。

张连科点点头，李肇基继续小声读着。

“四、分汉宜、宜渝两段运输，因川江船只载重盛小，故必须集中行驶宜渝线，至汉宜线则以长江轮船及一部分海轮提往运输……”

“这是与李肇基经理多次交涉后，按照民生公司的力量来计划拟订的。”黄宪奇在旁解释说，“毕竟船只方面，以民生轮船为主。”

“黄股长受累！”卢先生谦和地回了一句，李肇基紧接着往下读：“宜渝军品运输，以现有差轮同心、同德、民苏、民享四轮专运。如军品减少时，亦可加入帮助运输，如军品增多时，亦可加派轮船赶运……”

“这样的条例，卢先生您还有什么需要增加或者标注的没有？”张连科问。

李肇基的眼睛离开纸页，看了卢先生一眼，卢作孚把手一抬，说：“念，听完再说。”

“宜渝其他公物迁厂器材及商品之运输，以宜渝轮载量百分之三十为限……”

“兵工署俞大维署长将此项报上军委办公会上讨论后，在运输价格上有新规，先生意下如何？”张连科望着卢作孚，客气地征询他的意见。

“运输价格无须纠结。民生公司应该主动让利，以成本价格奉献国家、主持抗战。”卢先生斩钉截铁地说，“现阶段，汉宜段商品运价为每公吨25元，拟定为枯水期（11月1日起至4月20日止）每公吨15元，合商品运价百分之六十。洪水期（5月1日起至31日止）每公吨12元5角，合商品运价百分之五十。”

“卢先生真大义之士也！”张连科说道。

“但是在宜渝段，运输颇多不易。此时商品运价为每公吨160元，拟定为枯水期每公吨37元，合商品运价百分之二十三；洪水期则每公吨30元，合商品运价百分之十九……”李肇基补充说。

听到此时，张连科对卢先生和民生公司这家轮船企业愈发产生敬佩。自全面抗战以来，张连科也算身处政府官员之间，见到听到太多利用职务之便、狂揽私财的人和事，而像卢作孚这样不计成本抗战救国的人，才是这个民族的脊梁，才是真正觉醒的中国人。

“中日战事一开，洋人船只多保持中立不肯运送，即或有同意运送的，其运输费用也高得惊人。”卢作孚谈道，“而国内轮船少有装卸机器，装卸颇为艰难。民生轮船自带起重设备的仅有两轮。”

张连科也介绍说：“钢迁会准备拆迁在汉阳铁厂、大冶铁厂和六合沟铁厂的物资，大多是采购于国外的重型机器，最轻的零件也有3吨之重，起卸颇为艰巨。”

“更何况价值连城的八千匹马力机，要进险滩密布的川江激流，仅仅按其拆卸的最小部件单元，也唯有载重量足的洋轮能够装运。”黄宪奇补充道。

杨纪镇迟迟不见身影，卢作孚向张连科详细问询了兵工署器材集中位置以及相关起卸情况后，委婉地建议钢迁会可能需要在社会上聘请专业装卸和运输队伍进行承包，同时提醒了一些船运包装上的注意要点，即起身告辞。

卢作孚此番提醒正与张连科近日思虑的不谋而合，也更加坚定了他主张以专业化方式解决钢铁西迁的大事业。

张连科心怀感激，和黄宪奇一同起身将卢先生送到门前。张连科对卢作孚说：“全国抗战之能否胜利，全视交通之有无力量。先生责任重大，还望多多保重！”

卢作孚用力握着张连科的手拍了拍，转身上了车。张连科目送着卢作孚瘦削的身影上车，直到车身消失在茫茫黑夜里。

次日，黄宪奇应张连科指示，找到吴健、翁德銮等人商量对外延请专业拆运队伍的办法，又到长江航业联合办事处拜访运输专家沈仲毅，想谈谈大型器件批量运输的相关经验。沈仲毅原是招商局副总经理，新出任长江航业联合办事处处长一职，直接指挥数十艘江海巨轮，最近承担起武汉撤退任务。经办事处主任沈仲毅引荐，黄宪奇第一次见到汉口航政局局长王洸。王洸比较年轻，却是睿智多谋、敢于任事。据说，在阻塞田家镇航道、构筑长江封锁线战略中建造了4艘大型钢骨水泥船接替轮船，挽救了16艘大轮留在后方运输。

在王洸推荐下，黄宪奇认识了多年从事水路商运的傅德泰、徐大廷等。初步了解后，黄宪奇向张连科汇报后，约傅、徐二人下午即到钢迁会会议室面谈。

张连科、吴健等人来到会议室，与两人简单交谈一番之后，感觉还算可靠。张连科即拿出一份函件，让黄宪奇给两人交代承揽条件要点——

一、承揽人对于此项拆卸机器及装箱工程，对外应严守秘密；否则，经查出，除由会方另招商承揽及将应得价款一律扣罚外，并以泄漏机密论罪。

二、承揽工程所定项目，由承揽人觅得殷实铺保，其担保之责，为自本承揽双方决定日起，至装箱完工之日止。

三、承揽工程期限，定约后二日开工，自开工之日起，以14天为期限，每越期1天，罚洋5元，如逾期5天或承包人中途罢工，得由会方招商承包。唯会方所受一切损失，概由担保人赔偿。

四、承揽工程签订合同后，付包价定洋三分之一，工程完成三分之二时，再付三分之一，余款候工程全部完毕后，会方检查认为合格时付清。

五、承揽人所雇工人，在拆卸中，绝对服从会方工务人员指挥，并须遵守会方规则。

六、在工程期内如有过失或伤亡，与公无涉。

傅、徐二人看完条件之后，当面进行郑重承诺。张连科没有表态，只说需要将其资质上报兵工署复核，让两人回去等通知。

傅、徐二人走后，张连科叮嘱唐律衷与黄宪奇分别派人暗地多方核查信誉。

陈式揖头戴着一顶草帽，蹲在炉机部耐火砖车间一群技术员中间，正埋头清理耐火砖型号数量。唐律衷匆匆走来，将陈式揖叫到远离人群的角落，从文件袋里取出一份合同书交到陈式揖手里，说："这可不容易，你可保管好。"

陈式揖打开一看——《钢铁厂迁建委员会大冶矿厂拆迁合同》。签订条件如下：

一、乙方对甲方所有在进行中之各项拆卸工程对外须严守秘密，如有泄漏，事情一经查出，甲方除得将合同取消另行招商承包及将未领工款一并扣得，所有损失全归乙方补偿外，并得附以处罚。

二、本工程内之拆下各件均须以白漆注明号码而精细部分及零件则均须装置木箱以免运散。装箱所需材料均由甲方供给工价，得由甲方酌量贴补。

……

"谢谢主任！"陈式揖对唐律衷说了一句。栾弼才带着拆卸队的兄弟们，一路守护炼钢厂设备器材从上海高昌庙到了武汉汉阳，却一时没有活儿可做。陈式揖念在这帮兄弟在沪厂内迁危急之时出手相助的义举上，竭力帮助他们争取一些工程聊以糊口。

"河南、福建几个工程队都在跟他们争！"唐律衷小声告诉陈式揖说。

"这支队伍在南市帮助过我们。我了解他们，这批人懂工序、爱惜机器……"陈式揖急急解释说。

唐律衷点点头，又说："你问问，他们啥时候可以进场？"

陈式揖注意合同尚未盖印章，抬头看到栾弼才新提任的吴工头正望着他们这边，于是招呼道："老吴，过来一下。"

等那人走近，陈式揖马上介绍说："唐主任，这是栾弼才手下的老吴！他可是从大冶出来的起重工。"

老吴想伸手去跟唐律衷握手，又缩回来在衣服上蹭了蹭。唐律衷笑了笑，问道："你以前在大冶？"

"是啊，我最早在铁象山干了10年嘞！"老吴热情地说，"大冶铁厂的设备我闭着眼睛也数得过来！要拆运就让我们进，准没错！”

唐律衷听张厂长说过，大冶铁厂在1925年就全停了产，工人大都自找出路了，算起来已经停产13年，汉冶萍公司不会白养着一两千名钢铁工人。如今除了采矿工、运矿工外，其他人只留下保管人员。

“行！好好干！抓紧进场吧，要注意拆下各件均须遵照技术股的指令啊。”唐律衷说道。

“是！”老吴说。

“您放心！我们拆卸的机件都要求统一木箱标牌，运输出去就不会出多少差错。”老吴又搓了搓手，感激地说。

“当下运输车船太紧张了，你要有个准备，要清理出准备就近堆置的地点，还要让拆卸工人负责将箱子搬装到兵工署安排的车辆上！”唐律衷回头对陈式揖又叮嘱道，“可不能像那些外面的包工队马马虎虎完事！”

“好！好！”陈式揖连连点头。

唐律衷在旁边提醒说：“陈技正你晓得吧？现在不比从前，兵工署已经把汉阳铁厂、大冶铁厂范围内全部军事监管起来。要求出入的人员均须经检查啊，这次你们所雇来的工人在各个厂场中，操作时都要严格遵守新规则。”

“特别是除工作必要之工具外，不得携带或夹带其他物品。”唐律衷又说。

“好嘞，请主任放心！”陈式揖答应着。

“现在不是一个单独的炼钢厂，是整个钢铁联合体了，事务繁杂，责任重大。”唐律衷说，“另外，工程进行中注意不要损及所拆机器厂房……对了，谁为老吴做的担保？”

“担保方是汉阳宁人号药房担保。”陈式揖回答。“月湖街八一号。”唐律衷补充道。

砰砰！两人话音未落，远处响起一阵隆隆砰砰的枪炮声，炮火映亮了整个龟山脚下的钢城夜色。陈式揖扬起头，拍了拍肩上的尘土，对唐律衷说：“走，主任，我送你回去。”

张连科赶到经济部汉口办事处，径自走进翁文灏办公室，钢迁会成立后他已是这里的常客，几乎隔日就来报告进展情况。

他接连将钢迁会几个目标钢厂的摸底情况汇报后，翁文灏尤其关心人员情况，问道："钢迁会几大块任务，人员分派是否充沛？"

张连科就将汉阳铁厂初步的人员分工向先生一一汇报说："吴健、翁德銮为钢迁会技术总负责人，成立焦化、高炉、轧钢、机修等工作组，吴健带队拆卸2座高炉；翁德銮带队负责3座马丁炉；严恩棫负责6座煤气发生炉；陈式揖负责6400匹、8000匹马力机；运输股仍然由黄宪奇负责……"

"好，重山你记住一点：团结人才，方能成就大事。"翁文灏语重心长地说，"汉阳铁厂是钢迁会工作的重中之重，迁建工程更是庞大，所有的大型炉机件怎么拆，哪些留下哪些带走？先拆啥后拆啥？重山啊，杨纪绩毕竟在兵工署担负其他管理杂务，在钢迁会就指望你担当起具体统帅工作，你可不能懈怠，一定要用心统筹部署，在大后方真正建立起现代化的钢铁中心，为抗战同胞们添一份信心来。"

"是的，先生放心，重山资质愚钝，但定赴全力，不辜负先生的器重培养。"张连科听着翁先生这番肺腑之言，想到此项任务之重大、使命之光荣，受先生如此的重托，全身微微地颤抖，强压回泛起的泪光，认真说道："重山不善言语，我只谨记先生今日这番话，千难万险，我也咬碎牙齿一步步走下去。"

"武汉周边钢铁厂拆迁起来工程浩大、非同小可，此前已考察了两家多年从事水路商运的专业公司，但也远远不足以承担……"张连科一一汇报说，"接下来，钢迁会各个专业委员都负起其专业责任来，并希望他们各自扩大影响，聚集更多专业人才。不过，运输上现在是不可控的难点，杨纪绩从兵工署的角度直接对接军政部，我负责对接湖北省交通厅，黄宪奇对应汉阳、大冶与六合沟等处，将运输队伍兵分几路。"

翁文灏欣慰地笑着拍了拍张连科的肩头，又问道："钢迁会厂徽设计稿，准备得怎么样？"

"嗯，我今天也是特地送厂徽设计稿来的。先生您看，这就是汉阳铁厂的厂徽。"张连科从公文包里取出一份纸样，指着上面的手绘图案，详细说道，"您看，这中间……"

“中间是铁钳。”

“是。中间立一把铁钳。”

“左边是矿锤？”

“先生好眼力。”张连科说。

“矿锤，以前在矿质研究所见多了。”翁文灏笑了笑。

“右边是一把钢锤，两个在下方交叉，构成胜利的‘V’字形……我想在中间加一竖，两侧可以多两撇。”

“构成一个‘川’字？”翁文灏说。

“正有此寓意。”张连科答。

“这跟汉阳铁厂的厂徽接近嘛。”翁文灏说。

“就是代表一种传承，让后人记住汉阳铁厂迁川之意。”张连科说，“中国人不能忘记这亚洲醒来的标志。”翁文灏马上表示了欣赏与赞同。

张连科又问：“先生对迁建重庆预定几个厂址，有什么意见？”

翁文灏说：“选定新厂址，两大条件是必要前提：一要有大河，便于运输；二要有山，便于隐蔽。”

张连科汇报说，原定在綦江三溪场重新建钢铁厂，但綦江河水缓慢，河床浅，滩石多，不适宜大型器械运输。后来再派杨庐逸前往，经过勘察，后决定在距重庆水路20公里的巴县与大渡口相接的落中子、黄家湾一带选定厂址。据考证，该处盛产煤铁，可供利用之万一时，另建新厂亦甚相宜。

张连科又将带来的綦江小鱼沱与重庆大渡口的地形图取出，翁文灏看了看提了相关建议。张连科认真做好记录，又请教相关细节后，方才满脸难色地向翁先生提请钢迁会的经费问题。

翁文灏顿时满脸严肃地站起身来，握拳敲了敲桌面说：“重山，你回去，等消息。”

“国民政府军事委员会为阻敌西进，力保九江、武汉安全，在江西马当附近的江心，由德国军事顾问设计，建成一条拦河坝式的阻塞线。并在两岸山峰险要处设有炮台、碉堡等，水面布置3道水雷防线，除集中沉船外，设以人工暗礁、密布水雷，同时配置重兵防守，耗资无数，所谓坚固异常。可惜敌军在飞机的轰炸和舰炮的掩护下，大举反扑，国军顽强守护，仍抵不住敌军新式毒气弹的袭击。守军战士一个个中毒倒地，垂死挣扎。26日中午，马当要塞陷落。在中国军队手中没能有效发挥作用的马当工事，却成了鬼子手中盾牌。中国军队连续反击十几次，大批勇士血洒战场，为国捐躯，却一直没有撼动马当要塞。”读着大公报的战事新闻，杨庐逸不禁跟刚刚回来的张连科叹息道，“前线战士真是牺牲甚巨。”

“是啊，我愈感时间飞逝、分秒必争，身在后方的人啊，我们没有理由不努力的。”张连科感到与杨庐逸一起总能默契地领会对方的心绪。想到翁先生临别说的那句话，他振作了一下，说道：“庐逸兄，今日吴健提议，汉阳铁厂拆迁工作应以日产250吨高炉为起点，然后大范围开拆。”

“是啊，吴工带着一群工程师在厂区走了一个遍，也跟几个委员汇报了情况。”杨庐逸说。

“我还是不放心，长江下游撤回的船只大量损耗，适合川江运输的船舶及引水力量显然有限。”张连科说。

“重山所言极是。现在政府机关和社会单位又集中在武汉，这水运能力确实堪忧。”杨庐逸点头说道，“尤其是钢迁会拆迁的均是大型设备，机器多引自国外，拆卸时相关的国外技术人员已离开，拆卸进展也恐迟缓啊。”

张连科拿出黄宪奇今天报上的迁运计划图表，一边展开给杨庐逸看，一边说：“所以说啊，专业人才是最宝贵的，钢铁厂要保证如期撤迁，真是需要大量懂装卸的技术工人。”

在政府高层某些要员的强烈排斥下，翁文灏经过艰苦的努力，在国民政府行政院第375会议上，最终落实了汉阳铁厂首批迁建费800万元，而同时讨论的黄河筑堤等费用被否决。此外，为了方便钢迁会开展工作，翁文灏特地争取到所有费用之开支由钢迁会自行处理、实报实销。

杨纪缜得到消息，兴奋地驾车赶到钢迁会在汉阳的办事处，立刻把这个消息告诉了张连科。

张连科分外冷静地说：“翁主任打赢了这场经费仗，对钢迁会就立了头功。接下来，检验我们的时刻到了。”

“黄钧！你也胡来？张厂长在组织开会！”门口的警卫队队长吴博青大喊着，张连科从开着的窗户看去，吴博青腰间别着驳壳枪，两手拦着一个人却没有拦住。

门口一个人影闯进来：“出事了，出事了，张厂长，厂长！”张连科一看，嘴里直呼着疾步跑来的正是黄钧。

“厂、厂大门，来了很多人，要闹事！”黄钧大步进来，两手撑在桌子边上换着粗气说。

座位上的蒋副厂长站起来凛然大吼一声：“什么人这么大胆，想干啥？”

“他们把钢迁会的新招牌给拆了！”黄钧喘着气，又重复了一遍。

“来的是什么人？”张连科问。

“领头的有两拨，一是当地士绅，还有一拨老汉阳。”黄钧说。张连科听了，站起来挥了挥手，朝大门方向快步走去。大家纷纷站起身来，跟在张连科身后往外走去。

还未到门口，就听见外面的抗议呼喊声。真是当地人集结队伍来到钢迁会大门前示威，他们齐呼口号，手举横幅上下挥舞着，当头的几个人抬着“汉冶萍公司”的旧招牌，站在大门口以示抗议。

张连科抬头一看，新换上的“钢迁会”的招牌已不见了踪影；低头四顾，新会牌竟在一位乡绅锃亮的牛皮靴下垫着！

见张连科带头走了过来，外面人群抗议的呼声更高了，横幅抖动得更厉害了。张连科快步来到人群面前，直盯着抗议人群最前头的那个人的眼睛。足足有半分钟，张连科一动不动、一言不发地瞪着那个领头的士绅。

“退后！”突然之间，张连科终于从牙齿缝里低吼出来，声波在凝滞的空气中产生了几波回响。

那领头的士绅竟不自觉地后退了两步，露出了被踩踏的钢迁会会牌。抗议声渐渐停歇，横幅也悄悄落了下来。

张连科走向士绅，缓缓蹲下身捡起被践踏的钢迁会招牌，用手掌来回一下一下擦拭干净。张连科起了身，把长条形的会牌举起来，无比坚定地高举过头。

“敌寇将我们逼到国破家亡，现在我们自己还这样糟践自己！”张连科力图让情绪平静，克制着说出来的音调却带着愤怒和战栗，“我们的国家，这残破的山河间，已找不到几个真正像样的、属于自己的‘钢’字……你们却轻易地把它践踏在自己优越的皮靴下！”

现场一片静寂，鸦雀无声。这时，与士绅队伍并列的另一队的领头人、从汉阳铁厂调任大冶铁矿的机械工程师贾祝三走了过来。他穿着一件蓝黑色的棉布，衣领口一边内卷，一侧外翻，两只眼镜片中间一小圈都磨得发花。他语气耿直地说：“什么钢迁会？汉阳铁厂是汉冶萍的根！你们这样草率，拆了炉座，拆了管道，还要拆8000匹马力蒸汽机，你们是在动摇我汉阳的根基，破坏我汉阳的风水！”如果不仔细听，都听不清他喉咙里因为用力而发出的颤抖。

“正是为了汉阳的明天，为了我们这个国家的未来，我们才要抓紧拆迁8000匹马力蒸汽机！”张连科直直地站在最前面，没有一丝犹疑地说道。

“经济部与兵工署正式下令：凡资财在5000元以上者、设备较新者、后方有需要者、设备工具，均应一律拆迁；各厂所有生铁废料尽量迁往后方备用，以免资敌。更何况像8000匹马力蒸汽机这样的国之重器，如果不迁走，你们，你们知道是什么后果吗？”张连科继续说道。

“贾先生，您是最早一批北洋大学工学院矿业系的高才生！您可不能稀里糊涂被人当枪使，您应该最明白拆迁保护马力机的道理啊！”黄钧对贾祝三比较熟悉，站出来大声说道。当年8000匹马力蒸汽机从英国谢菲尔德工厂出发，经大西洋绕过好望角，再进入印度洋穿过马六甲海峡，辗转越过南海来到中国，经内河才到了汉阳铁厂。贾祝三的师傅一路艰辛守护并组织技术工人进行数月的安装调试。当时刚从技术学校毕业的贾祝三，跟着厂里技术员、师傅们一起挖10多米深的坑道安放固定，全程见证直至最后投入运行。因此，他对8000匹马力机的爱惜之情尤其深厚。

“仔细想想就应该清楚：真正在动摇根基、破坏经济的，是那些在背后操控出卖中国矿山与铁厂的人！”在张厂长身后站着的吴博青站出来说。

“哼哼！我只相信我看到的东西！而今我看到的是，前方抗战打得激烈，你们这帮上海人跑到汉阳来，一面是人员大撤退，一面是机器大转移。你们、你们就是一群临阵逃脱的懦夫！”贾祝三的话引起众人一阵附和，旁边几名当地乡绅也提高了声音嚷嚷着。

张连科明白，这群乡绅显然不知道，就在上海抗战爆发后，汉冶萍的盛升颐经理已两次被日铁公司召到日本商议日军占领中国武汉之后，组织恢复汉阳铁厂等厂矿生产事宜。正如一些企业界人士喊出的“商人无国界”，难道这些受过良好教育的士绅眼里真是只有自家蝇头小利，如此没有家国底线吗？真是荒唐之至！

“请你不要妄定是非，误导了民众的判断！”张连科竭力控制了一会儿胸中的火气，顿了一顿，又接着说，“你们的眼睛真的看不见？钢迁会成立以来，所有的人员顶着敌人轰炸的危险，白天黑夜地组织生产，争分夺秒地抓紧拆迁，这一切，撤退也好，转移也罢，这一切是为了什么？这难道是脱逃？是懦夫？正是为了支撑抗战，驱逐日寇，我们才这样不怕流血牺牲，不惜任何代价！

“如果，你认为这样的撤退就是懦夫，我张连科不怕当这个‘懦夫’！我怕的是保不住这最后的钢铁血脉，怕的是列强封锁、后方抗日没有重工业支撑；我还怕数十年前张香帅呕心创立之亚洲雄厂被日本军队侵吞过去，他们将用我们中国的铁机生产出枪炮，再来打死我们自己的同胞兄弟！”说到这，张连科想到从上海到武汉一路来因日机轰炸倒在炉机旁、倒在办公室门前的工人和职员，眼眶里终于迸出大颗大颗的泪珠来，但他飞快地将举起的胳膊，以换手的动作抹去了泪水。蒋副厂长在身边看到这一幕，竟往前走了一步，直直地站在张连科身边。

贾祝三听到张连科的话愣了愣，只盯着张连科一字一句说：“8000匹马力机长有10米、高2米、重达250吨，你们今天把它拆开，但你们是否能够保证它明天完好如初？”贾祝三眼镜片上起了一层雾气，模糊了他的视线，眼前许多老汉阳人眼里也泛起泪光。

这时候，蒋副厂长从张连科手里接过钢迁会招牌，郑重地交到吴队长面前，示意他重新挂起来。

“我张连科来保证！只要我还活着，就一定保护好、用好这些宝贵的机器，它们也是见证历史的鲜活生命！”张连科以坚定的眼神看着贾祝三，大声说道，“请大家多多理解，多多支持我们，有什么建议和意见尽可以提出来，我们一定及时解决！”

来闹事的士绅见此情景，也都为之动容，带头的人悄悄把横幅收起来，跟着贾祝三的一帮当地民众也望着张连科，脸上的神情有了几分敬意与信服。

“我从来不信当官的说什么承诺，只看他们做不做实事的行动！”贾祝三冷冷地说，“但是，今天你张连科说了这番话，我且信你一半，那一半大家拭目以待！”贾祝三说完，带着自己的人大步转身就走。办公楼前，聚集的人群渐渐散去，张连科目送贾祝三等人走远，方才转身看了看重新挂好的钢迁会厂牌，沉思着走回了会议室。

在会议室里坐下，张连科端起水杯又马上放下。他回头对蒋副厂长说：“你要不安排个人，私下去找到贾祝三，摸清8000匹马力机当年的安装情况，再详细问问他知道的原汉阳铁厂的技术人员有多少，家里都有什么困难，能不能参与到钢迁会的拆迁工作中来。”

蒋眼睛转了转，说道：“重山，要不，你就亲自找时间，去见一见贾祝三？”

张连科微微点头，默应了蒋副厂长的提议。

3. 铁骨钢筋

连日以来，武汉民间不知从哪开始四处流传威尔斯的“未来世界”预言，所谓断定日军攻到武昌必遭天灾人祸，敌军必定覆灭。

早餐时，陈素琳跟张连科讲起这个可笑的到处流传的预言，张连科摇摇头说：“民间愿望倒是合乎人情，只叹息国人中这样的精神胜利法实在是那么愚昧顽固。”

“钢厂现在理顺了，工作要轻松些吧？”陈素琳关心地问。

“沪厂机器设备在汉阳铁厂重新恢复生产后，产量质量均能保证炮弹钢火速供应。麻烦的是听闻钢迁会成立，意在拆迁汉阳铁厂及大冶铁厂，当地士绅召来一些老工人屡次阻拦拆卸，反对撤迁。”

陈素琳听着，不由得宽慰他说：“认识上有差异，也很正常，还是别着急，慢慢来吧！”张连科捧着素琳的双手，爱怜地拍了拍，拿起公文包走出家门。

张连科从汉口乘坐轮渡船到汉阳。他习惯性地在钢铁厂码头巡视一圈，天方大亮起来，他走上晴川阁下的钢迁会办公地。楼前的职员们正在忙碌，突然，一组敌机从龟山背后越过，出现在钢铁厂上空。

来不及躲避，敌机的轰鸣声已经压在头顶，警卫队队长吴博青飞快地冲过来，用身体把张连科紧紧地摁在地上。尽管被吴队长身躯覆住，张连科也感到一股强烈的对死亡的恐惧，他恨不得此刻能够带着上面的吴博青一起钻进身下的沙土里去。

两颗炸弹之后有一片短暂的寂静，吴博青示意张连科把双手微微撑在胸前趴着，用于缓冲爆炸气浪所产生的震荡。张连科感激地侧脸对着吴博青笑了笑，他立刻懂得这样可以避免趴在地面的内脏受到炸弹冲击波的伤害。

此刻空中尘土和烟雾充斥在他们四周，横飞的土屑几近要将两人活埋，张连科本能反射性地闭上双眼。

吴博青趴着的肩膀碰了碰张连科肩膀："跟我来！"曾多次参加过战斗的吴博青懂得，不能待在原地不动，为确保安全，他们必须尽快移动身体，凭着记忆向隐蔽的地方靠近。

吴博青两眼飞速地搜索周围，700米外有职员隐蔽所，不可行；办公楼随时可能成为轰炸目标，也不安全。机关食堂后面有一个储藏粮食的小窑洞，与他们的距离不到50米。相对于办公区周围各个区域来说，目前小窑洞所在的位置是最安全的。吴博青毫不犹豫地拽着张厂长往窑洞爬去。

连拖带拽下，张连科跟着吴博青快速进了菜窖，暂时得以安全。张连科喘出一口长气，吐了吐嘴里的沙土，赶忙透过窑口观察着外面的受损情况。

北头的办公室玻璃窗框被震得摇摇欲坠，玻璃全碎在地上，勤务员李汉青脸部被飞弹削破，仰头倒在办公楼前石梯上一片血泊中。机要员刚刚从卡车车底钻出来，正艰难地向职员避难所的方向挪动着，她用自己的身体紧紧包裹着发报机，尽量不让它受到损害；警卫战士李进紧跟在她的后边，想把机要员和发报机一起带到安全的位置。

敌机走后，空气中仍然弥漫着泥土和烟雾呛人的腥味，扬起的尘埃如同沙尘暴席卷了地面，时不时传来一股猪肉焦煳味，那气味令人作呕。

各部门报来的消息说，炉机部铣工叶景春头部及小腹受伤死于打铁炉旁，艺徒马振英左臂压伤，钳工郑金林腰及腿部受伤死于厕所旁边，车工林正祥腰部及腿部炸伤，艺徒周福根头部及左眼炸伤。张连科强忍悲痛安排将受伤工人和职员送汉阳兵工厂医务科治疗，当晚就将李汉青等死难工友收殓。

“军队在前方战线以死相拼，他们不能失去后方的保障。”张连科对留在生产线上继续工作的技术工人说，“我们的使命是保存国家的战斗力量，军队的力量得以支撑，胜利，也有我们的一份功勋。”

简单清理之后，张连科召集轧钢部技术主管，在会议室部署抢产出钢的计划及生产安全措施。大家正讨论炉机安全时，外面传来一阵嘈杂人声。起初大家并没有理会，仍在全神贯注讨论如何躲避敌机安全生产，毕竟时间紧迫，容不得半点拖延。

钢迁会的招牌风波平息之后，附近的士绅和民众渐渐地开始支持钢迁会的工作了。蒋副厂长暗地里让查光弼出面，将张连科与贾祝三见面的地方选在了历史悠久的晴川阁内，刚好也离办公地点不远。

张连科特地脱了制服，换了一身长衫，顺便让查光弼将贝多芬也叫上一同前去。

见张连科进来，贾祝三老先生首先向张连科拱手长揖致歉。

“贾先生折煞晚辈了！”张连科连连拱手回礼，“请进！泡茶！”两人在临江的茶桌旁坐下，张连科真诚地请教汉阳铁厂机器材料的情况。贾祝三也客气地一一讲起汉阳铁厂的大型机件状况。

“这么个新式的庞然大物，从哪来？又是怎么运行的？”张连科直接问到8000匹马力蒸汽机的历史情况。

“这台双缸卧式蒸汽动力机器，是1905年由英国谢菲尔德市迪赛特戴维兄弟公司制造，它代表着当时世界工业的最高水平。”贾祝三充满深情地讲起这台机器的故事来，“它的工程能力有8000HP，转速最大可达每分钟70转，一小时蒸汽耗量36吨，总重量约250吨，为德国西马克大型轨梁轧钢机的驱动设备……当时机组有15个人，每天3个班轮换。”

“在汉阳铁厂鼎盛时期啊，我们每个班有5人值守，包括2个司机、3个加油工。”贾祝三回忆起当年马力机的情况，“加油工的操作环境高温闷热，冬夏都只穿一件衣服，有广东工人还不穿衣服，打光身子干活呢。”

贾祝三侃侃谈道：“这马力机就是像一座铁山，操作起来比较费力，每次操作机车，需要两个人配合振动，每次力度达70斤左右。”

贝多芬眼睛睁得大大的，说道：“我们上海炼钢厂最大的马力机才400匹，我的个乖乖！这可是它的20倍！那操作起来肯定费劲！”

贾祝三接着说：“可惜一战结束后，钢铁市场不景气，汉阳铁厂走走停停，资金难以为继……咱们的8000匹马力机罩子锈得破破烂烂的，也没钱换个罩子，生产时机油跟着旋转，到处飞溅。加油工下班时，衣裤全都是油迹斑斑。于是大家给它取了个绰号，叫‘油老虎’。”

贾祝三突然想到什么，又生气地瞪着张连科一阵质问：“之前不是说迁湘潭吗？现在到底是去何处落脚啊？这好几吨重的铁物件啊！经不住上下折腾就怕给弄废了啊！”

张连科面带尴尬，又不便直言，只好端起茶碗表示歉意。

贾祝三摇摇头，长叹一声道：“你张厂长不说也罢，昨天我听你一番话，铁骨铮铮，一腔热血，我信你！8000匹马力机交到你手里，我放心！”

张连科马上起身行礼叩谢，贾祝三连忙相扶起来，两人四目相对，心底也都感乱世难得有知音。

大型马力机的拆卸工程开始了，张连科亲自到现场助阵，并令吴博青对轧钢部及8000匹马力机附近区域进行严密守卫，防止敌特进行破坏。

马力机机房大门安排警卫队站岗巡视，工人、职员进出必须佩戴红黄白布胸章。红布胸章上印有“晚”字样盖有工厂公章，表示晚班工人可以进出；白色印“早”字样，表示早班工人可以进出；黄色印“中”字样，表示中班工人可以进出。相关负责人须进机房，也得佩戴白布做的“特别通行证”。

王霖源听着收音机里播送前方战报，有消息说武汉将迎来一场空前大会战，日军叫嚣“到了最后决战的时机”，中国军队也宣传调集百万军力与之浴血苦战。国军装备水平与敌相比尽管非常悬殊，抗日的火焰在大江南北却是越烧越广，前方英勇杀敌，后方克己支援，中华民族出现了百年未有的全国范围内的统一对外抗战，形成了一股前所未有的团结不屈的伟大力量。王霖源越来越相信，有了这样的精神、这样的力量，一定会迎来最终的胜利。

武汉三镇又开始下雨，陈式揖很早就起床，趁着天色昏暗，出门在街角小吃摊买了一个油炸饼就匆匆赶路去厂里。

“陈先生，这么早！”听到有人招呼，他回头一看，是后街牌九店的张老板撑伞在街巷里走着，后面跟着一个年轻伙计。

陈式揖这一转头，才察觉自己衣服前襟肩上都湿了一片。此时，那伙计马上机灵地递上自己手里的雨伞，望了望站着的张老板，对陈式揖讨好地说：“老板送的伞。”

张老板笑了笑，回身去望那几个冒雨赶路的行人，说：“这雨下得，还大了呐。”

陈式揖愣了愣，也接过雨伞，向他们欠身点点头，说：“晚上回了，我送店里来。”

撑开伞，噼噼啪啪的雨点急迫地打在伞面上，陈式揖不禁在心里称许这小伙计有眼力见。

最近不时有日军飞机向武汉三镇投掷炸弹，但因有了苏联空军志愿队的加入，日军的空袭也不像最初那么频繁了。

五月的武汉空战中，日军空军数架战斗机被中苏联军的战机击落。

随着往四川、贵州、云南等地的撤迁加剧，武汉整座城在某些时候就像一座幽灵之城。白天街上开张的店面少，车辆、行人也少了很多，昔日繁华的街道静悄悄的。到了晚上，市区虽然也很静，但却内藏乾坤，工厂里点着煤油灯连夜生产，码头上举着火把装箱上船；印刷厂也在夜里开工，乘着天亮前的时光把油墨未干的报纸送上街头。

剧烈的空袭打乱了老百姓的生活节奏，终归相比以前是少了些活力，很多人都选择闭门不出，甚至认为到街上走得多了也会招来日本飞机轰炸。从上海迁到武汉的64家工厂大部分已经停工，一些设备较轻的厂家正忙着打包起运，走水路直接入川。

虽然前方战线形势焦灼，炉火熊熊的钢厂生产现场似乎还感受不到紧迫的情形；但近几天汉阳铁厂厂区接连被日军轰炸机投下的炸弹击中。看到眼前如水塘般大的弹坑，陈式揖清晰地感觉这疯狂的日军，就像一群贪婪成性的巨型八爪鱼在远处窥视，随时准备向华夏中原悄无声息地残暴碾压。

听到爆炸声后，陈式揖就从旅舍飞跑过来，看到无大碍，提到嗓子眼儿的心才落下来。过后几天的轰炸也都集中在工厂所在的区域，一些设备还未来得及运走的厂家蒙受了巨大的损失。

中午吃饭时，陈式揖碰到同乡的警卫队队长吴博青。两人坐在一起，吴博青看了看四周，低头跟他说："这炸弹仿佛长了眼，落下的都是钢厂重要区域。"

陈式揖大睁着两眼，连声说道："是啊，电炉已经用绿纱网和松树枝作了伪装掩护……这次幸亏把进口动力电机在几个小时前运走，躲过一劫。"

"上面怀疑钢迁会出了汉奸……可能有人偷偷给日机引目标方位。"

"这？真的？"陈式揖感到事情严重，低声问道。

"有可能是躲在什么地方用碎玻璃片反射，也有用小镜子的。"听出陈式揖的质疑，吴博青生气地白了他一眼，解释说。

"这？不是没有可能！"陈式揖一听，恍然大悟般急急地说，"听说日军攻打南京的时候，就有汉奸用过这种伎俩，城内的军火库就是这样被炸的！"

"我们警卫队在厂区清查了一周，没有发现异常情况。说实话，要在这天南地北形形色色潮拥而来的武汉三镇，抓出一个玩玻璃的汉奸，也好比大海捞针呢！"吴博青嘀咕着。

"对了！博青兄！你这样——"陈式揖扳过他的头，一阵耳语说，"派人在铁厂码头附近、晴川阁一带的牌场茶馆，专管打听最近有没有游手好闲却突然有钱的人……"

吴博青听了哈哈大笑，直说："你小子动起歪脑筋来，有两下子。"

听了这话，陈式揖恼了，抓起吴博青胳膊猛扭到后背上，故意威胁说："有你这样当哥的吗？我好心出主意，倒被你损！"吴博青故意装出满脸痛苦状，配合他赶紧讨饶，陈式揖才笑着放了手。

回到办公室，吴博青向张厂长请示后，张连科立即批准警卫队展开侦查行动，取代号为"捕鼠行动"。吴博青又设了几个暗哨在汉阳厂区几个路口蹲守观察。

这天半夜，吴博青把陈式揖从旅舍房间叫了出来，连拖带拽地穿过两条街巷，两人到了僻静的牌九店门前。

“今晚我跟你混，平时咋玩就咋玩。”吴博青笑着怼陈式揖，“不要跟我说你没来过这！有人可是这里常客！”

看到吴博青胸有成竹的样子，陈式揖懵懵懂懂感觉是与查汉奸的事情有关，张了几下嘴，又觉得此刻说啥也不合适。

“咚、咚、咚……”陈式揖硬着头皮敲了好一阵也不见人来开门，正纳闷着要放弃离开时，听到里面有了响声。“谁啊？”

“是我啊，张老板！”陈式揖接口说。牌九店的半块活动门板被拧了下来，探出一个头来，是店伙计。

“呀，陈先生！好久没来！怎么今儿有空来，不回家么？”小伙计问道。

“今儿来了个老乡，喝了酒无处去，来玩儿几把。”店伙计看到陈式揖身后站出来一个穿西装的中年人，突然愣了一下，瞬间又笑得如大丽菊一般，躬身把他俩迎了进去。

进了屋门，又撩开一层厚厚的黑布棉帘，吴博青看到里里外外几间堂屋里都有人，几只吊在屋顶的电灯泡忽闪忽闪的，屋角还放着木座马灯辅助照明。

果然如陈式揖所说，这里聚集的除了当地人，操着天南地北口音嚷嚷的，至少有七八人；还有附近的码头帮、船业的小头目已凑了两桌。

“嚯，张老板生意兴隆！我算来对啰！没想到这里比前方打得还要激烈呐！”陈式揖朝账房里的老板开玩笑着招呼说。

听到陈式揖这句调侃，张老板额上七弯八拐的皱褶敏感地绷将起来：“陈先生今天雅兴！”

陈式揖见状，笑着朝他两手合拢，深作一揖，以示包涵唐突。

旁边坐着一位个子高挑、披着波浪发型的旗袍女子，两眼斜盯着那支几乎伸到陈式揖鼻子下的左手，那修长的手指骨节突出，指甲上涂着猩红晶亮的甲油，嘴里嚼着美国泡泡口香糖，神色娇媚地说：“瞧陈先生说的，您不也来了么？大家都在家里憋得慌，还得出来透透气儿。”

陈式揖忌惮这种女人，只要你搭上一句，那可就难缠了，于是脸色严肃地朝前点了个头，快步跟上伙计，腾腾腾地上到了二楼。

楼上三间屋，走进正中的大屋，里面五张桌子，围坐的人群头顶上一片烟雾缭绕。这时除了端茶送水的一个伙计，没有谁注意他们进来。

陈式揖朝吴博青比了一下手里兜筹码的丝绒袋，两人就势在一个靠窗的四方小桌前坐下，伙计立刻拉来旁边闲着的三人凑齐玩起了“双升”。吴博青托辞不太会，于是陈式揖与吴博青轮流上阵，两副扑克牌从“3”打到“A”。

玩了十来个回合，陈式揖似乎越来越兴奋。吴博青抓着手里的扑克，心思早飞到九霄云外去了。

“哎，该你出牌了！”旁边的人不耐烦地瞪着吴博青，陈式揖赶紧提醒说。

“急什么急，赢了钱就想回家啦？！”吴博青故意冲着陈式揖急。

“哎哎，这说谁呢？我们是那样的人么？”一桌的赌客把叼着的烟头反转在舌头里一咽，又啪地一口痰吐到地板上。

“只怕你老兄今晚不回去，你家发情的母老虎会让你吃不消啊！”看客和其余三家都裂开嘴打趣坏笑。

吴博青故作要发怒挽起袖子打架，却被陈式揖摁住胳膊，故意放声喝道：“出来玩，钱算个鸟？！图个开心啊！”

“虎啊你！再大声小心日本飞机过来大家都别活命。”旁边码头帮的两个人站起来，朝他们这边夸张地做着手势，引起又一阵放肆的怪笑。

这时候，咬烟头那人挠着头，恶狠狠地丢出一句话：“都他妈的活腻了？瞎说些啥？！”

看到这老牌店里肆无忌惮、纵情玩闹的烟鬼赌客，吴博青不由得暗自摇头，心里感慨这些人根深蒂固的自娱精神。白天才刚见着身边血肉横飞，夜里就可以照样花天酒地。有些人真的不临到生死关头，他是不会放弃“精神胜利”的自我麻痹的。

看到这些似乎与外面的战事完全是两个世界的笑脸，吴博青几乎要怀疑自己是否身处公元1938年初夏的武汉，而外面的炮火硝烟是否只是一场噩梦而已？或许这些人心里就抱着这样的幻想：等明天的太阳升起，汉口街头依然车水马龙，汉阳码头依然百舸争流，俯冲投弹的敌机永远不会出现，山河大地永远都是祥和宁静……

可能是刚才玩得过于“入戏”，吴博青这才觉察到张老板独自在角落里眯着眼睛抽烟，其实是偷偷观察着他和码头上那群人。

想到今天是来这里寻找“捕鼠”线索的特殊任务，吴博青垂着眼睛，悄悄碰了一碰陈式揖的脚。

“汉奸！强盗！”这时，临街的窗下突然响起两声大叫。一瞬间，屋里的人没反应过来，但听到楼下又有人喊“汉奸”两字，也都仰起头四处张望。

咬烟头那人霍地丢下扑克，骂骂咧咧站起身来往外看，似乎想弄清楚外面发生了什么事情。

吴博青和陈式揖眼神一会，都稳坐不动。那张老板从椅子上抬了抬腿，朝楼梯口站着的旗袍女子扬了扬头。吴博青见那女人旗袍下的两腿晃了一晃，就匆忙转身，扶手也不抓就噔噔噔地下了楼。

“是他！”猛然间，陈式揖眼前闪过一道黑影，等他反应过来，吴博青已箭步冲下楼去。陈式揖眉头一紧，也跟着几步跳下楼梯。

“那娘们儿？”这时，一楼房间过道上几个赌客推推嚷嚷乱成一团。

“呸！是个假娘们儿！”陈式揖听到这里，不禁有些恶心，更加快脚步、跨了牌九店的大门出去。

人群在远处簇拥着，嘈杂声越来越大，等陈式揖赶到跟前的时候，“她”低着脑袋，波浪头发遮住了大半个脸，那双猩红指甲的手被现场警员从背后牢牢绑住。陈式揖走上前去，那人整个胸口剧烈地起伏着，重重的呼吸可以明显感到“她”是个男的。

“老兄果然厉害，原来早盯上了哈？”陈式揖凑近人群中的吴博青低声说，“难怪最近有人议论，外地女人也跑来铁厂讨生计，原来是男扮女装的特务！”

“打死汉奸卖国贼！”楼上好几个人摸黑叫喊着，那气势恨不得立刻把人拉去斩首处决一般。周围看热闹的人越聚越多，附近饭店商铺的人听说后街在抓汉奸，也都好奇地围上来。

吴博青拽着陈式揖挤出人群后，失望地长叹道：“老鼠还在洞里。他不是老鼠！”陈式揖愣在原地，狐疑地回头一望。

“他啊，可怜之人必有可恨之处，在戏班里混不下去了，就一直装扮成交际花掩护张老板卖鸦片。也该有这一天！”

“帮张老板？他原来干鸦片？！”陈式揖吃惊地自言自语。夜色中，吴博青昂起头，向铁厂码头大步走去。

被吴博青“逼着”夜闯牌九店后，陈式揖再没听吴博青主动说起“捕鼠行动”，见了面也都不再提及。

听说警卫队的“捕鼠行动”仍然在汉阳一带悄悄进行，而敌机来汉阳轰炸的次数似乎也少了一些……

汉奸风波过后，铁厂这边的麻烦除了码头力夫要求涨工钱闹了一阵，其余情形都有所好转。为了保护铁厂码头堆积起来的物资，苏联空军和中国空军也常在这一带巡航。

考虑到起卸及运输条件限制，张连科决定重新调整拆迁计划，拆六河沟铁厂100吨高炉和汉阳铁厂的两座30吨马丁炉；合计换向阀、ф850钢轨轧机、钢板轧机、中小型轧机和全部机修设备及耐火材料，总重量达3万吨左右。

根据吴博青分析日机袭击的时间规律，张连科又安排汉阳铁厂拆迁队伍避开白天可能轰炸时间段，利用夜幕的掩护，将船只到岸上货的工作调整在夜间进行。

张连科陪着杨纪缜到铁厂码头四处察看。江岸上大小驳轮停靠，船与岸连接着新搭的栈桥，各色人员手提肩扛一派忙碌，军哨声、吆喝声此起彼伏，来回有序地往船舱里抬运着器件材料。远处依稀出来一阵爆炸或是枪炮声，却丝毫没有影响到搬运人群的节奏。滩涂上几堆篝火在临时泥灶下熊熊燃烧，厂里的女工和家属们正在忙着为大家熬菜粥、蒸馒头、煮鸡蛋，以维持大家体力。

4. 生离死别

清晨，热干面的气息弥漫在空中，还夹杂着些许炸油条的哧哧声响。汉口的天空蓝盈盈的，没有日本飞机来轰炸的城市呈现出一片盛大的祥和与繁荣。

昨晚，张连科在厂里忙到深夜才回家。陈素琳下午听说汉阳铁厂被炸，一直提心吊胆，直到张连科安然无恙地回来才放下心来。见丈夫满脸疲惫，她也闭口不问，默默地帮他换了衣服，端来热水洗漱好，让他躺下休息。

做早餐时，陈素琳听到广播里的新闻报道，日军在南京城中实施了灭绝人寰的大屠杀，不禁头皮发凉，阵阵惊骇。她心中忐忑，忍不住悄悄问张连科："厂里安全吗？是不是日军要进攻武汉了？"

张连科缓缓抬起头，似乎很轻松朝她笑了笑，说："不用慌张，日本飞机炸弹也是要花成本的，不会每天来。"他犹豫了一下，接着还是认真地告诉陈素琳说，"武汉已为中国抗战之政治经济及资源之中枢，其得失关系甚巨，国军一定会力保武汉。至于上海炼钢厂现在汉阳复产，情形亦不稳定，昨日遇上在鄂的第一次轰炸，有人员牺牲……看来局势很快恶化，目前也要有所准备，可能再向重庆撤迁。"

两人正说着话，张铁栋从里屋噔噔地朝外跑去，嘴里喊着"九舅，九舅"。陈素琳转头看到陈赫章大步走进屋来，起身问："咦，今天这么早？吃饭没？"

陈赫章举了举手里拎的一大包吃的，说："姐，看看，我买的油茶和热干面，孩子们还没吃吧？"

铁栋拉着陈赫章的衣角抢着说："没呢，九舅！我想吃热干面！"

张连科笑着招呼陈赫章坐下，陈素琳对铁栋说："去叫哥哥和弟弟来，一起吃啊！"

陈赫章跟张连科说："卢子英回来了，刚到汉口，他约我去他大哥新任的交通部办事处去，我来看看您这里有什么吩咐的，需不需要打个招呼？"

张连科拍了拍陈赫章的肩，说："赫章你有心了，我这里还好，暂时不用。"

陈赫章颇感意外地点点头，转身去跟陈素琳说话。寒暄一阵，张连科看了看开开心心吃早餐的孩子们，叮嘱陈赫章在家多坐会儿，陪素琳说说话，自己拿着包先出了门。

傍晚时分，卢作孚回到交通部汉口办事处办公室，趁着等客人的难得空闲，他坐下来拿过一份《大公报》翻看，想速览一下战事情况。

月初，蒋委员长升任卢作孚为交通部常务副次长，同时兼任军事委员会下属的水陆运输委员会主任。虽然他素来志在创办实业、振兴经济，不愿从政，但是这次战时临危授以交通大任，卢作孚自感义不容辞。

他看了看报头，是昨天在武汉出版发行的《大公报》汉口版。第一版是标题和巨幅广告，第二版头条是《万县空袭》，他不由得仔细地读了下去："昨日午刻，敌机6架飞至万县肆虐。当在大桥、西校场一马路二马路三马路等处共投弹20余枚，广济小学被炸。房屋倒塌，死伤学生数十人，其状甚惨云。"

对于开战后每日报道的空袭惨状，他实在不忍细看，翻至第三版，一篇报道标题吸引了他：《辅助工矿业近况》。卢作孚对实业素有关注，也在战事爆发后，与实业家合作开办了采矿等几项实业，其烧碱、漂白粉工厂亦在建筑中，因此对报道特为关注，认真看下去——"关于矿厂战前集中于华北各省，沦为战区后，各大矿厂机器亦设法内迁，现正用以开采。川省煤藏丰富，散布亦广。现有两处已开始用现代化方法开采。因此内地煤的供给可无虞缺乏。铁之供给，除有国营机关举办大炼铁炉外，工矿调整处也辅助民营工厂办小炼铁炉，以应需要……"

看到国营机关举办大炼铁炉，卢作孚想到今日卢子英说好一点来办公室，抬起手腕看了一下时间，12时55分。

砰砰砰。叩门声传来，卢作孚了解留洋学子们回来，一般都很准时地遵守约定。他高兴地坐起身，迎着门的方向喊："进来，子英！"

门开了，是李肇基（**时任民生汉口公司经理**）。

"啊，肇基，是你？"卢作孚一愣，招手让李肇基在沙发上坐下。

"先生，您在等人？会不会打扰？"李肇基犹疑地问。

"肇基有事吗？"卢作孚说。

"军工厂运输价格的事情。"李肇基说。卢作孚到交通部就职前，即令李肇基负责承办经济部与兵工署转运钢迁会器材从武汉撤退事项。

"七七事变"后，日军变本加厉大举入侵中国，卢作孚即在民生公司内部呼吁：国家兴亡，匹夫有责，是民生人发挥作用的时候了。李肇基知道，卢先生心中始终要走的路，就是民族实业救国之路。民生公司从创办现代航运企业着手，以实现孙中山的"民生主义"为目标，靠乡亲、朋友、地方绅士的支持，以8000元资本购买了一条仅70余吨的小客船起步。

那时中国内河航权丧失，洋人的商轮和军舰肆意在江面横行，国人忍气吞声，屡受欺凌。民生轮船以服务安全、技术过硬取胜，慢慢由小到大，相继在上海、南京、武汉、宜昌等地设立分公司，已拥有大小轮船116艘，打破洋轮垄断格局，成为长江上游航道中最大的中国轮船公司，也为国人赢得了民族尊严。“8・13”上海战前，民生公司主要经营业务是在上海与重庆间，实际上主要是在这一线的两端，不在中间。对日作战以后，江阴封锁了，上海割断了，民生公司的业务从中被割断；与此同时，招商局、三北公司等一批江海大轮活跃在南京至武汉、宜昌一线。这个时候，民生公司应该何去何从？一些民生人担忧地认为，国家对外的战争开始了，民生公司的生命就完结了。卢先生的判断却恰相反。他对民生公司的员工说，国家对外的战争开始了，民生公司的任务也就开始了。

目前，长江下游的华北、华中、华南撤退到武汉来的设备和器材，需要继续运往长江上游；成千上万涌到武汉来的难民，需要运进四川；还有许许多多抗日的军队和给养，需要从大后方运到前线。抗击日军入侵，需要大后方工业和人力的支撑。民生公司是长江上游，即川江航运唯一能与外国轮船公司抗衡的中国轮船公司。卢先生认为，民生轮船担当起运输任务责无旁贷，他极力呼吁民生公司职员更加努力投入工作，大家行动起来参加战时运输。

但是目前签署的运输价格，已近乎市场价的一半，李肇基忧心忡忡，想找卢先生提醒提醒，兵工器材的过低运价一旦签署，将会在很大程度上拖累轮船公司正常经营，产生很大的问题。

“大哥，大哥！”卢子英兴冲冲地出现在门口，朝卢作孚喊道。李肇基见先生果然有客人，即站起来，准备告辞。

“肇基，你坐会，子英来拿个东西一会儿就走。”卢作孚朝李肇基说。

西装革履、戴着礼帽的卢子英英姿飒爽地走到卢作孚面前，说：“大哥，刚见面您就要赶我走啊，我可偏不走，我赖这里跟您一起下班去！”

卢作孚看着子英顽皮的样子还跟读书少年似的，哈哈笑起来。他最疼爱的，就是这个比自己小十多岁的小弟，从小跟着走南闯北，是他一手培养成人的。

卢子英说完，就把陈赫章从身后推到卢作孚面前，得意地说：“大哥，我每次给你写信都提到的那个密友就在这里啰！今天让你见见：陈赫章，国民政府军事委员会侍从室的年轻军官。”

李肇基听到“军事委员会”几个字，抬头看了一眼，怕卢先生与家人说话不便，就起身准备悄悄出去。

“肇基，你不用回避，都是自家人！”卢作孚细心地让李肇基留下，又转身问卢子英，“子英你上次从英国来信，提及上海钢铁厂的事，说的就是他的姐夫张连科吧？”

陈赫章彬彬有礼地微笑着，回道：“卢先生记忆力超人，张连科是我姐夫。”

“张连科将上海炼钢厂机器悉数运到武汉复产，现在还要继续拆迁汉阳铁厂，实属不易，殊感嘉佩。钢铁，一切制造之母啊！”卢作孚对张连科颇有印象，连连称道说。他暗暗打量着陈赫章亦是神态俊朗、一表人才，由衷地为子英在国外结识如此青年才俊感到欣慰。

“你们两位难得来，走，今天我这个大哥理应请你们杀馆子！”卢作孚用他的四川官话接着说。

“杀管子？怎么杀？”陈赫章一头雾水地看着卢子英。卢子英笑得前俯后仰，解释道：“就是去饭馆！”

卢作孚忍住笑，对李肇基说：“肇基，你今天沾子英、赫章的光，一起吃完饭，咱俩再回办公室聊工作如何？”李肇基站在门口，笑答：“那属下恭敬不如从命啰。”

在汉口街头送别子英与陈赫章，卢作孚与李肇基并肩往办公室走去。

“眼下就要大规模地从汉口往西撤了。”卢作孚低声说道，“船运压力大。民生把汉口这个位置交给你，是看到你的能力，也是相信你的品质。”李肇基默默点头，看着卢先生，心里添了几分力量。数月之间，北平、上海、南京相继沦陷，政府机关、学校以及沿海工厂的大批人员转移至此。民生公司在长江下游的轮船以镇江为接运的起点，协助很多上海、苏州、无锡、常州的工厂撤退；接着又从南京起，帮助撤退了政府人员和公物，各大学校的师生、仪器和图书，还有金陵兵工厂的人员器材。

“先生，肇基一直感恩您多年培养，但是，但是哪怕先生怪罪，我今天有些心里话不得不说……”李肇基很是憋屈与为难地说道。

“肇基，你只管讲。”卢作孚说。

“谢谢，谢谢先生！”李肇基着急地说，“交战以来，民生做了那么多公益的运输，现在武汉物价今非昔比，兵工署器材太过笨重，耗时耗力，签订大规模迁运合同，恐怕船上难以维持下去。”

听到李肇基说出这番话，卢作孚立刻严肃地打断说：“这个事情没有商量的余地，兵工署的器材迁运，哪怕耗尽民生轮船全部运力，民生人必须承担下来！”

厚厚的云层笼罩着整个武汉长江两岸，码头堤岸上，每个岸口都铺有沙袋、高射炮、弹药箱等军事设施。入汉工厂猛增，码头的人工费与市场物价一路飞涨，租用合同哪怕交了定金，仍然难以保障。

局势凶险，人们无不焦虑。成千上万的流亡人群聚集在武汉街头、车站、码头，想要离开武汉，上重庆寻找一线生机。川江水路，成为最经济快捷的交通方式。

在汉口住了两个月不到，宜章奶奶的病情时好时坏，唐律衷打算把母亲和一大家人早些送到重庆去安顿下来，就跑到汉口码头上，找一位在轮船事务所做事的旧友帮忙，想办法买9张船票。

那人一副很不情愿的腔调，说：“我可不是不愿帮忙，只是人多船少，你要一两张，还能匀一匀，可是你张口要9张就很难办了，一下子要也没法子为你赶造出一条船来。”唐律衷满脸赔着笑，低声下气哀求的样子，被跟在后面的宜章看在眼里又气又恨，心里就对爸爸有很大的意见。

等了一个星期，唐律衷又加了一些好处费，那人总算是没有背信，给他买到了9张船票，给票时却对他说：“你看看，千辛万苦，只有3个床位，其他人都得挤一挤！你看要不要？”

唐律衷心里暗暗叫苦，自己典当所有值钱之物换来的舱位票终于盼到了，却只能在甲板。但他真心感激这位老兄，说道：“不挑剔，要要要，不挑剔，只要不浮着水走就好。”说出来的是带着玩笑的话，也是实在话。

宜章奶奶一家要先离开武汉了，辅枢守在奶奶身边，看着她默默地梳头、慢慢地裹脚，整理衣衫。

“奶奶，我舍不得您走。您走了，就没人跟我挠背了啊。”辅枢说。

“傻孩子，奶奶也舍不得你啊。”宜章奶奶满脸是泪地笑了，一只手抹泪，一只手伸过来摸着辅枢的头。隔了一会儿，奶奶又从身后包裹里找出一根两尺长的细木杆，杆头是个小巧的玉爪子，递到辅枢面前说：“看，奶奶想好了留这个给你。”

“呀，我不要这个！”辅枢赌气推开，天真地说，“奶奶的手挠才好！”

奶奶一怔，眼里毫无征兆地又淌下两行泪来。“奶奶！”辅枢把头埋进奶奶怀里，偷偷蹭掉眼角的泪珠儿。

辅枢执意跟着送宜章奶奶到汉口码头，一直到奶奶一家乘坐的轮船消失在江面上，他才闷闷不乐地跟着黄钧伯伯往回走。走到红十字医院门口时，辅枢看到对面有一支前线运送伤员的卫生队相向走过。突然之间，一张熟悉的面孔出现在队伍中，辅枢难以置信地看到祁生正跟随队伍，快步往码头方向走去。

“祁生、祁生！我是辅枢！祁生！”辅枢大喊着祁生的名字，不顾一切地冲进队伍里去追赶。祁生万分惊讶地转头来看。祁生猛然见到辅枢，激动得脸庞顿时绯红，两手使劲地拽着辅枢的胳膊。

两人站在路边，都感觉此刻似奇迹一般，相互拉着手，很久也不肯松开。

“你要去哪儿？”队伍快要过完了，辅枢想要祁生跟着他们一起走，不再跟去前线卫生队。祁生低着头，用沉默的摇头拒绝了他。辅枢不解地慢慢放开祁生的手，跟着他往前走了一段路。

祁生说：“辅枢，你回去吧，我要去重庆了！”

“是卫生队吗？”辅枢忍不住哭出声来，抢着说道，“祁生，我跟你去卫生队，我也可以参加卫生队！”

“不，辅枢你要跟爸爸妈妈在一起，我在儿童剧团。”祁生一字一句地告诉辅枢说，“辅枢，我改名字了，我现在名叫祁胜，是胜利的胜，不是生。我要去考重庆的抗战剧团！这次在卫生队就是临时慰问任务。”

辅枢看到祁生背包上挂着一排“中华全国文艺抗敌协会”的字样，有些陌生，又有些好奇，他很想留下祁生，哦，是祁胜。

“祁胜，你到底要去哪里，我还能见到你吗？”辅枢生气地朝自己的好朋友大声问道，“那我下次，怎么才能找到你？”

“重庆见！我会去重庆抗战剧团！在那里，你来吧！”祁胜朝辅枢大喊着，很快消失在滚滚向前的人流中。

张连科从码头赶到民生汉口分公司时，正巧看到卢作孚从交通部配给他这位新上任的常务次长的专车上下来。

迎接张连科的是汉口公司经理李肇基，他走出来看到卢作孚赶紧上前问候说：“卢次长，这是钢迁会的张……”

“张重山！”卢作孚抢着说，“我们早认识了！哈哈！”

卢先生看到张连科，立刻朝他挥手招呼，笑着说：“重山啊，别来无恙啊！”

张连科上前与卢作孚握手问好，并客气地说：“卢次长好记性！”卢作孚摆摆手，关切地问：“重山今日亲自来民生，所为何事？”

张连科看了眼李经理，说：“船只，钢铁厂大量机器需要转运，现在缺少船只。”汉口分公司李肇基负责与张连科对接兵工器材迁运事项，连月来无不辛勤维持。听到张连科提及船只，他有些尴尬地连连说：“这、这，张厂长多多包涵。”

“船只，那是大问题！重山，请！”卢先生幽默地做了一个请进的姿势，拉着张连科一同走进大楼。

“重庆方面频来急电，大修船只急切需要一分厚钢板及滚筒机……”卢作孚与李肇基轻声说道。张连科在旁边听到，补充道：“一分厚钢板有数十吨重量，装运到汉口上船，运往重庆！”

“军政部已同意派美式卡车运！放心！”卢先生站在会议室门口，侧身抬臂指着李肇基说，“宋子良派车运来一车15吨钢绳和两车油，晚上即到武昌……”

“另外，告诉少生，宜昌附近驳船可租者租，可买者买，应速解决。请少生派人前往决定，竭力缩短时限。但交款数额及日期之分配，一定要保证安全。最好是派监工人员保证工作效率。”卢作孚接着叮嘱道。

卢作孚看了看旁边的张连科，不由揶揄地叹息一番：“兵工署署长俞先生的风格一贯强悍不拘，对民生公司满负荷运输兵工器材的效率多有不满，竟当场状告至军事委员会。”

李肇基故意接过话头，咬牙说道：“要论科学的组织效率，卢先生对民生公司的管理一直是比较讲究的。”

张连科本来着急来民生公司找李肇基，也是为了催促船运，但听到卢先生刚才的抱怨，心里豁然也明了了民生人的诸多奉献与委屈。昨日，杨君毅从重庆飞回汉口直接批评民生公司配合钢迁会工作进展缓慢。张连科当即将民生公司目前自身的困难，之前卢先生多为义务帮助政府机关、学校、社团等从上海、南京撤迁，拨得款项入不敷出，公司内部资金流转已甚感艰苦等等情况，一一向君毅主任托盘相告。

“卢先生，您不知，我们压力相当的大啊！委员长以3697号电文告兵工署制造司，当此抗战时期……汉冶萍公司之化铁炉等希加雇工人积极拆除，运往后方以供军需之用。现在十万火急的是，我手里一批新拆除的发电机组，急需直接送到重庆。”张连科对卢作孚坦诚相告，也对他说了当下政府高层对于军工厂内迁新建的迫切程度。

“重山，钢迁会器材，我们定当全力支持，刚才肇基已向我电报此事，我也正为此前来。”卢作孚顿时释然，理解地说，“民生安排的两艘轮船被上面强行拉了军差，你这边的情形紧急，我已经想法在今晚调度三北公司的两艘轻型海船前来协助。”

“啊！卢先生！重山在此敬谢！”张连科躬身长揖表示谢意。他真没想到卢作孚是为了他下午向李肇基提出的紧急任务，而亲自到民生公司进行部署调配。

“大家别着急，脚下慢点，注意安全！”朱亚芹眼睛观察着人群流动，不时招呼着大家。一支披挂装备的士兵队伍和涌向码头的人潮逆向擦肩而过。

突然，一名通信兵抽打着一匹马从街中心奔啸而过，马过之处尘土飞扬，呛得叫人直捂鼻子，路人纷纷避让，生怕来不及躲闪被马伤及。

在上海炼钢厂改为兵工署第三炼钢所后，朱亚芹新到钢迁会庶务课，担任家属内迁工作组副组长。她带着三名职员，负责组织联络钢铁厂第一批职员家属撤离武汉。

陈素琳也在撤离队伍中。大家扶老携幼，扛着包裹，拖着行李，朝着汉口码头的方向去。有好几个家属妇女扛着行李拼命往前冲，唯恐晚一步就搭不上那去往安全之地的轮船。

空中传来飞机轰鸣，大家惊慌地四散躲藏，万幸日机向远处飞去，没有丢落炸弹，只是虚惊一场，陈素琳抱紧身边的三个孩子，长长地松了一口气。

到了汉阳码头，不远的一排临时搭建的窝棚前烟雾弥漫，一阵狗吠和孩子的哭声骤起，紧接着是男人狠狠的咒骂声，少许又都归于寂静。

夜幕降临，四处一片漆黑，除了远处工厂里闪烁着点点灯火，附近只听得见哗哗的江水流逝。尽管素琳对丈夫张连科万般不舍，却也没有更好的办法。张连科让她先回贵阳避避，于是她只好先随钢迁会的家属队伍乘船到岳阳，再想办法回贵阳。

陈素琳看到前面一位白发老人突然一个踉跄，跌倒在地，行李撒向别处。陈素琳身后的辅枢看到了，奋力跑上前去搀扶老人。但是不断前进的人流脚步匆匆，很有可能踩踏到辅枢与老人。陈素琳本能地一声惊叫："辅枢，小心！"前面的几位职员家属也警觉地驻足，帮着个子小小的辅枢，聚拢来挡住后面拥挤的人流，扶起跌倒的老人。

"谁家的老人？谁家老人跌倒了？"朱亚芹大步跑了过来，仔细端详，认出老人是蒋副厂长的父亲。辅枢细心地把老人扶在身边的行李包上坐下，后面的两个联络员见状也急忙上前去帮忙。

陈素琳赶紧递上自己带的军用水壶，老人喝了些水，缓了缓，精神振作了一些。

"蒋伯，您没事吧？"朱亚芹一边问，一边轻轻地帮他拍着后背。"唉，没事……没事……这把年纪，身子不行了，这不赶路着急就摔了个跟头！这年头，摔个跟头不算啥！这才刚出门，我这把老骨头还能颠簸几日，到后方去看一看，也算是我的福气了！"蒋爷子无奈地叹息道。

“一定要小心啊！再坚持坚持，咱们就可以坐上去宜昌的轮船了！到那边咱们就安全了！”朱亚芹动情地对大伙儿说，“大家都一起出来的，老的少的，互相帮衬着往前走啊，一个都别落下！”

说话间，联络员将老人缓缓扶起，辅枢将老人的行李捡过来，扛在了自己的肩上。朱亚芹看到了，爱怜地摸了摸辅枢的头，把包裹接过来，加在自己的肩上。

一路走来，大家已经习惯了像家人一样相互照顾。厂里几个年轻人左右搀扶着老人，队伍再次向前，朝着远处停泊的大船走去。

夜色昏暗，码头上灯火闪烁，人头攒动，一派忙碌，如小山一般堆放着的水压机、元钢棒，卸船、装船都没有大型机械起重设备，全靠工人们一点一点地用滚木、扁担绳索搬运。

队伍经过一只正在上货的驳船。连接驳船的栈桥上均匀地插着火把，数十名搬运工人飞快地穿梭在栈桥上。陈素琳几乎看不到他们的脑袋，只看到一个个沉重的肩上，举起一只只密封的木箱往船上搬运。他们几乎都默不作声，步履如飞，来去匆匆。只听到脚步经过栈桥时，浮桥的箱体在水中挤压产生的闷响。此时，几个人合力抬一件沉重的货物踏上栈桥，他们的脚步整齐一致，嘴里发出低低的“哼哧哼哧”的号子声。虽然他们喊号子的声音也听得出是来自南北各地，陈素琳竟然从这依稀光影中看到的一幕里，感受到这群忙忙碌碌的人身上迸发出一种非常鲜明的打不倒的生命气息。她第一次从心底为丈夫张连科感到无比骄傲，这激烈而悲怆的抗争，也是张连科正在扛负的责任和使命。

突然，远处的客运码头上一片骚乱，撤离的人群争先恐后、前呼后拥地踩过浮桥，奔向大轮船。大家已经麻木了这种拥挤，也习惯了这种逃离生活，便不再期望什么，只要能活下去就是最大的愿望。

“不用慌！不用挤！大家一个个上，轮船要等早上才开船！”朱亚芹在岸上向大家喊道。

“是啊！挤什么呀？反正明天才能开船！”旁边的蒋老爷子精神恢复了，朝前面拥挤的人群恨恨地骂了几句。

陈素琳抬头望了望夜空，东方的启明星闪闪发亮地挂在天际。她慢慢跟着队伍，和孩子们都上了船。

迷迷糊糊地睡了一会儿，陈素琳睁开眼睛，发现天已渐亮。联络员来告诉大家，说是要在客船底部加运几只货箱，让大家多等一会儿。

陈素琳见大家都下船去坡岸上的几间临江小吃铺买热食吃，于是也想带孩子们去岸上吃点热食。

辅枢牵着两个弟弟紧紧跟着妈妈，站在小吃铺前选包子点心，旁边忽然传来一声呼喊："灰机灰机，鬼子灰机来了！"

辅枢顺着人群的目光看去，只见远处有几个小黑点直直地向他们靠近，心里顿时一慌。"快跑！"栈桥上突然一片惊乱，人群中尖叫声、哭喊声响成一片。

陈素琳抱起华盛，辅枢紧抓着妈妈的衣角跟前面的人跑起来。从模糊的视线间抬眼望去，黑点在空中已经越来越大。随着巨大的轰鸣声，敌机一齐黑压压地袭来，带着死神的气息。过了一会儿，空中就响起了机关枪嗒嗒嗒嗒的声音，不断有人中枪，发出凄惨的号叫。

张辅枢回头看着天空，发现那些飞机离自己好近，甚至能清楚地看到飞行员的轮廓和他头上的帽徽。那一刻，他似乎已经没有恐惧的感觉了，只知道这下完了。张辅枢觉得所有的子弹都马上要向自己一齐射来！他绝望地僵在那里，脚像被黏在地上一般不能动弹。

"快躲啊！"这个时候，不知道是谁，一把拽了他的衣领就跑。张辅枢不知道是怎么挣扎前行的，只知道恢复意识时，发现自己已经和一些人躲在了一个堆满垃圾的洞口。张辅枢就趴在那一动不敢动，盯着飞机在空中不时盘旋，看着它扔下一枚枚匕首般的炸弹，毁灭掉地面上一个个活生生的生命。在撕心裂肺的惨叫声中，辅枢看到坡上卖馄饨的贩子一只腿被炸不见了影，两间砖房顷刻间散架……

"南无阿弥陀佛，南无阿弥陀佛，菩萨保佑！菩萨保佑！"张辅枢旁边的蒋老爷子双手合在胸前，闭着眼嘴里不停念叨，"人离难，难离身，一切灾难化为零……"

人群冲散，黄钧驾车送张连科赶到码头，张连科站在小吃铺旁边的界碑旁，向四周张望、寻找着什么。

"爸爸！"一瞬间，辅枢高兴极了，正要跑过去。华盛像一道闪电似的，不知道从哪儿蹿了出来，跑上去抱住张连科的腿就不肯松开。

“盛儿，让爸爸好好看看！”张连科蹲下身去，一把抱起华盛。“重山！”转头看到跌跌撞撞迎上来的陈素琳，右手颤抖着来回摩挲着陈素琳的脸庞和头发。

张辅枢也跑近身去，看到妈妈陈素琳一直望着爸爸万分不舍的样子，咬着下嘴皮，强忍住眼泪。那一刻似乎外面喧杂的世界消失了，只剩下他们一家人紧紧相拥着，相拥着……张辅枢多么希望永远这样，一家人永远不要分开多好！

“爸爸，您和我们一起走，好吗？”辅枢站在张连科身后，怯怯地说。华盛听到了，用稚嫩的声音跟着说：“我要爸爸，爸爸要一起！”

张连科回头对辅枢说：“辅枢，爸爸现在走不了。”

“不！”听到这话，华盛放声哭喊起来，“爸爸，你为什么不陪我？爸爸！”

陈素琳看小华盛很是伤心地哭起来，心里一阵酸楚，默默将他搂紧了，替他擦着眼泪。

“盛儿，不是想当一名勇敢的水手吗？别忘了我们的承诺哦。”张连科在旁边劝说，“在船上，要听妈妈的话，爸爸很快就去接你们的。到重庆以后，一家人就再也不分开了。”

“骗人，骗人！”华盛两手乱抓，不依不饶地大叫起来。

“啪！”看到华盛浑劲儿上来，陈素琳猛地打了华盛一记耳光，自己憋气得已是满脸通红。

“看，看，平日里这么疼仨儿，这会儿你又跟孩子较什么真？”张连科赶紧拉住素琳，又抬手指着远处说，“孩子们！看到那些机器了吗？那可都是宝贝！”

“宝贝？爸爸，你的宝贝不是我们吗？”铁栋不服气地说。

“他们也是宝贝，是国家的宝贝。”张连科放下孩子们，走过去帮素琳把她额头上被汗水打湿的刘海，细细地捋了捋，说，“到了重庆，就安定下来了，这一路辛苦你了。”

“重山，我怕……你这次能不能听我一次，你就陪我们，一起回贵阳吧！”陈素琳紧紧抓着张连科的几根手指，泪珠在眼眶里滚动。

“委屈你了，素琳，你这么聪明勇敢美丽，我张连科能够娶你为妻，实在是祖上积福。我，以你为荣。”张连科强忍泪水，对陈素琳说。

“重山，我知道你对我的心，可是你知道自己有多危险吗？”陈素琳擦了擦眼角，神情中甚是焦急，“正因为你是一厂之长，才应该赶快撤离，去后方主持复工啊！”

“现在国家的钢铁，正在风口浪尖之时，我没有退路，也没有选择，岂能因一己祸福自己临阵逃脱呢？”陈素琳看不清张连科的表情，但是听到丈夫的声音里有不容争议的悲壮。

“至少，你也得为孩子们想想啊！”

张连科转过身来看到前面趴在皮箱包裹上闷闷不乐的辅枢，双手抓紧陈素琳的肩膀，说：“唯一放不下的，是苦了你……素琳，一路上你自己千万小心，不要担心我，你带孩子们先走！”

“辅枢，你过来。”张连科喊道。张辅枢仰起下巴，起身走到爸爸跟前。他突然感到爸爸的怀抱今天特别宽大温暖，给自己一种满满的安全感。辅枢看到妈妈也转过身来看着自己，但是她红肿的眼睛让他心里突然一阵难过。

张连科牢牢地握着辅枢左胳膊，看着辅枢的眼睛说：“辅枢，你上到四年级了。你，是家里的老大；你，是家里的什么？”

“男子汉。”张辅枢很不情愿地从牙缝里憋出三个字。

“对。辅枢，什么是男子汉？男子汉代表着永远的责任。永远记住，你是男子汉！”张连科低声鼓励着儿子。张辅枢望着爸爸宽宽的肩膀，特别想鼓足勇气说一声：爸爸抱抱我。他一直很想爸爸可以抱起自己，很想能像华盛那样靠在爸爸的肩头……可这种愿望或许永远不能实现。张辅枢用力咬牙忍住，让自己不说出那句请求的话来。

“照顾好自己，照顾好妈妈，带好弟弟们！”张连科说罢，两只大手掌合在了张辅枢握紧的拳头上。陈素琳忍不住用手捂住嘴，哭泣声却更大了些。

“妈，你想哭就大声哭！”张铁栋踮着脚拉开妈妈捂嘴的手，说，“别担心，怕啥呢？有辅枢哥和我呢！”陈素琳有些吃惊地伸手摸了摸铁栋的脸颊，终于笑了，泪花却还在眼睛里打转。这个时候，轮船拉响起一声汽笛长鸣。

“你们先走，说不定赶上下一艘军舰，我就追上你们呢。”张连科一边对素琳和孩子们挥手，一边挤往人群外。

“重山，照顾好自己！”陈素琳抹了把眼泪，对张连科喊着。

“很快见面的！素琳，辅枢，赶紧上船去，不能再等了！”张辅枢耳旁传来爸爸斩钉截铁的声音，看着爸爸远去的背影，脑子里一片空荡荡的。

“爸爸，再见！爸爸，再见！”孩子们喊道。陈素琳望着张连科背影消失的方向，一直在挥手。华盛又哇哇地哭起来，伸长脖子喊着：“别忘了，早点儿来接我们！”

杨纪缜闻讯赶到钢迁会码头，在界碑不远处找到张连科，叫他一起到几处存放重要机器的堆栈巡查。

“这样，行吗？”杨纪缜问。他得知张连科新招了两百多名流亡至鄂的工程技术人员，码头上有东北口音、湖南口音、上海话、香港话、四川话等，感觉五湖四海都来到钢迁会。

“好像也行，他们很快熟悉起来啰。现在新厂选址和建设准备工作，陆续去了小部分，在大渡口和綦江等地；大部分分布在汉阳铁厂、大冶铁厂、汉阳机械厂等地同时进行。”

“我看，拆卸还好，但凡移动这些庞然大物，也是够呛，上下船这样人力起卸，迟早会……”杨纪缜眉头越拧越紧。

“现在没法考虑行不行，必须行啊，没有条件也要创造条件，想办法运走！”张连科声轻而坚决。

“呃，在沿途的汉口、宜昌等地，已经派人去了吧？”杨纪缜点头问道。

“安排在三斗坪、巴东、巫山、万县几处设置了接待站。”张连科说，“沿途每船、每车均安排押运人员，到站略作休整，再向下一站。”

“好好好，一定要注意物资散失。”看到码头上临时搭起来雨棚，杨纪缜说，“船只有限，只够运送机器和部分工人，职员家属可以采取自愿选择方式，或领取路费自行解决，或跟随各小组临时搭乘……”

张连科听着听着，就陷入了沉默。他心里放不下的是，每名职工只有10元路费，不够坐车，家属们只有背上包袱，牵着儿女，一程一程地跋山涉水往重庆、綦江等地撤离。

“眼下紧急的，还有就是内河沿江至武汉一带的物资抢运了。”张连科喃喃说道。

查光弼指令运输器材的民治号轮刚要靠岸，上空就响起了敌机的呼啸声。船长带领船员操作熄减马力，进行抛锚。轮船慢慢靠稳停泊妥当后，船员们迅速跑出驾驶舱，弃船找地方隐蔽。直到日机销声匿迹，船员们才又一个个慢腾腾地走出来，上船查看船身情形和转运机器。

“宪奇，你看这可怎么办啊？再这么下去可不行啊！”查光弼看到黄宪奇不满地瞪着那些逃命的船员，赶紧摸出裤兜的烟盒，抖出一支递过去说道，“别忘了，张厂长的要求是，生死之际，职员应该舍船自救；保住人的生命才是第一要事。”

黄宪奇气愤地瞪了一眼查光弼，说道：“张厂长说得是！张厂长心疼大家，大家也得心疼一下张厂长的命！”

“他的命？”查光弼被黄宪奇突然大为光火的话头弄糊涂了。

“机器就是他的命！”黄宪奇朝他大吼起来，“难道你还不知道？”

查光弼猛地喉头一哽。他一直对张连科的话深以为然，船员也是同样重要的一条命，人没了，再大的事情也办不了。但是，这民族危亡时，机器也是命啊！他心潮翻涌地看着黄宪奇，眼里着实添了一股豪迈之胆气。

“物资堆积太多，接续的船只再不到，下一步非出乱子不可啊！”黄宪奇眼角布满红血丝，低头把烟点着，心烦意乱地说了一句。

“我知道，大家都在等，你也别太着急！”查光弼安慰道。

“查老，我可不能不着急啊！我都不急了，那不完了吗？”黄宪奇的火又蹿上来，瞪着他说。这些天，一堆堆的急件难件铺天盖地压来，因为船只有限、轮转缓慢，很多设备露天搁置在码头好多天了。大家都心力交瘁。

“行了，行了，知道你急。咱们还是先上船去看看箱子吧。”查光弼摆了摆手，转身往船上大步走去。黄宪奇看着查光弼的背影，猛吸了一口烟，追上前去。

“该死的战争！”黄宪奇忍不住咒骂了一句，陷入苦苦的思索中，“到哪儿去找那么多船呢？”

他满脑子晃悠着一个字：“船。”

“徐济庭！”黄宪奇脑海中冒出了一个名字。徐济庭是汉口码头一带最大驳船运输公司的老板，全武汉可就数他的船多。想到这里，黄宪奇兴奋得一阵手舞足蹈，以自己与徐济庭多年的交情与帮衬，徐怎么也会给几分薄面。

安顿好停泊的船只上的器材警卫，黄宪奇上岸之后匆匆赶回汉口，立即给徐济庭办公室拨电话。

打了几次，电话终于接通了，黄宪奇连忙报上姓名，热情地问候说：“哎呀，济庭老弟，终于找到你了！我是黄宪奇！”

“哈哈！宪奇兄！久未联系了！你这是在哪啊？”

“老哥有难啊，还望济庭贤弟援手！”

“你说说，到底是什么事啊？”

“想跟你借几条船……”

“哎呀，这实在是不好意思，老哥，不是小弟不帮你，这兵荒马乱的，我的船该炸的被炸，该封的被封，该拉差的被拉差，我实在是拿不出来啊！”

刚开口，就被对方打着哈哈推诿回来，黄宪奇的心又坠入谷底，挂了电话后，抓起桌上的烟盒狠狠地揉搓成一团，扔在地下。

“不好了，不好了，股长！”王霖源焦急地冲进了黄宪奇的办公室。“又是什么事？”黄宪奇狠狠地瞪了他一眼，继续低头看手里的运输任务清单。最近已经够焦虑了，不知道还能有什么更闹心的事。

“股长，码头工人们开始闹事了！”

“什么！”黄宪奇噌的一下站了起来。

“因为船只迟迟运不到，他们开不了工，说是一家老小要靠力钱吃饭，就说我们无能，不作为……”王霖源汇报道。

黄宪奇心里气得冒烟，努力冷静下来，沉思片刻，再次拨通了徐济庭的电话。“贤弟，老哥我实在是没有办法了……又硬着头皮来找你啦。”电话里，黄宪奇将近期的困难向徐济庭原原本本讲了一遍，“贤弟，你看在张重山的面子，也一定得帮帮我们！”想到他也是贵州人，说不定和张厂长有交情呢！

听到张重山，徐济庭改变了之前的强硬态度，说道：“原来是这样啊，兄弟你别急，我再帮你们想想办法吧。”黄宪奇激动地说道：“兄弟，老哥先谢了！租金是多少钱，我一分钱也不会少你的。”

“不过，老弟，是这样……我突然想起倒是还有十几条船未发出，但我已和别人签好合同，就等客户的货物到达出航了。现在我先违反合约，得赔对方大笔违约金啊。”徐济庭在电话里拖长音调说。黄宪奇听到这里，心里立刻明白了什么。徐济庭原来就是个“黑心狼”，之前的推诿是想趁机敲诈一笔啊！

黄宪奇又恨又气，可又不能得罪这主子，于是爽口应承着说：“啊，这样啊！徐兄，容我给上面汇报一下，很快给你消息！”

“行，你可要快点啊。时间可不等人啊，人家那么催了，我们就得走了。”徐济庭恹恹地说。

随后，黄宪奇汇报给张连科，得到明确指示，立刻筹集财物进行快速变现。第二天，黄宪奇就让王霖源、陈廷纪带着大笔现金送到了徐济庭家里。徐济庭终于将手里的15艘机动船，集中送至钢铁厂物资堆栈。

黄宪奇又发动起附近农民上百人，找来牛车数十乘，将物资从陆地搬运到徐济庭的15艘船只上，等到全数装齐物资，即连夜启航了。王霖源高兴地对黄宪奇说：“股长，咱们这次物资转运能这样顺利，真是都靠您了！”

“小王，你记住，没有过不去的坎，任何时候都不要灰心丧气。要坚信办法总比困难多！”黄宪奇鼓励他说。

“我记住了！”王霖源响亮地回应道。

黄宪奇组织物资刚发运出去，长江下游防线全部被封锁。

汽笛鸣响，两个水手斜着身子奋力地绞上铁锚，轮船满载人与物资开始缓缓驶离汉阳码头。

岸上送别的人群里，再也找不到张连科的身影了。一定是厂里的事情催着丈夫去处理，都没有时间等待妻儿离别的船离岸，他就先行离开了。陈素琳揽着铁栋和华盛的肩膀，眼泪又悄无声息地模糊了两只眼眶。

每个离别的人儿都忍不住失声痛哭，国破家亡、背井离乡的痛楚交错袭来，船上和岸上道别的职员眷属，有人痛极号啕，有人呼天抢地，其痛无异于锥心。

萧萧易水，夫复能归？

陈素琳努力克制住自己的情绪，深深地叹了一口长气，转身进了船舱坐下。

“卖报卖报，最新新闻……”一个报童跑进船舱，陈素琳见他身上衣服又旧又脏兮兮的，叫住他，掏钱买了一份《大公报》和一份《新华日报》。

陈素琳靠着铁床栏杆，不经意地翻开《新华日报》，第二版上大通栏标题刊着武汉警备司令部和全省防空司令部的《告武汉同胞书》：

“武阳汉三镇各界同胞们！自从抗战开始以来，日本强盗的空军，不顾人道，不顾国际法规，不顾全世界舆论的谴责，对我全国大小城市，甚而至于僻静的村庄滥施轰炸，成千上万的无辜平民，在残酷无情的敌弹之下，一批一批地牺牲了……为着安定后方的秩序，为着减少不必要的死伤，我们急迫地要求所有的老弱妇孺，以及原想逗留在武汉的人民，赶快设法离开武汉地区。乡下有家的，回乡下去；其他地方有亲戚朋友的，就到其他地方去。至于交通方面，已经由各关系机关，对于各路火车轮船，增加班次；同时我们已通饬军警，尽最大的可能，给予疏散民众以便利。

“亲爱的同胞们！在大敌当前的时候，我们疏散人口，并非畏惧敌人的威胁，鼓励民众的逃跑；我们疏散人口，除了减少无谓损害以外，还有重大的意义。因为后方许许多多的工作，需要我们同胞来担负：第一，我们要把城市里过剩的人口，转移到内地去，借此可以繁荣农村，发展后方的生产。第二，疏散到内地的民众，可以把敌人残暴野蛮的行为，报道给每一个角落里的人民，使得每一个人民都能够起来参加杀敌救国的工作。我们希望各界同胞，以最大的热忱，来体认政府的意旨，自动地来完成目前这一迫切而重要的工作。”

这是政府为疏散人口发出的通告。陈素琳听着辅枢一口气读完，精神稍有振作。船舱里十多人，一个挨着一个，一家挤在一起，过道的行李上也铺开了躺着人。

“宜章奶奶！”看到一个满头白发的奶奶从门口走过，张辅枢急急喊道。老人循声回头，原来认错了。“对不起。”老人朝辅枢笑了笑。原来是在同层隔壁舱里的职员家眷。

天色暗了，舱里渐渐安静下来，一天的疲惫让大家困得似乎连说话的力气也没有了。借着微弱的光，陈素琳让辅枢和华盛在身旁安顿下来，自己整理好行李躺下。

短暂的寂静后，过道上传来了几个人的轻声碎语。人们经历着数月的颠沛辗转，都很是疲乏。不知不觉中，陈素琳招架不住煎熬，合上沉重的双眼，趁着这难得的安稳时间稍作歇息。

隔壁船舱时不时传来年迈的老人剧烈的咳嗽，仿佛快接不上气了。角落处传来孩子尖厉的哭声，一阵比一阵强烈，那母亲焦急地拍打着孩子，但眸子上面蒙着一层如烟灰般的东西。

“不知道这仗得打到什么时候啊？”素琳对面一个包着头帕，脸色黑黄的少妇叹息着，低头拧开水壶递给坐在身后的老人。“是啊，这样颠沛流离的，啥时有个头啊！”老人开口，是典型的东北口音。

随即，是一片沉默。过了半晌，过道里又响起一个很有磁性的声音：“你们说，咱们的军队能坚持多久啊？”

“一定能坚持到胜利！”一位戴眼镜的联络员抹了抹鼻梁两边的汗珠，说，“我们的飞机一定能赶跑日本军舰，之前咱们还炸毁了日本人的指挥船呢！”他的语气很坚定，过道里却是一片沉默，一片有了希望似的安静。

“只是，什么时候才能等到这一天啊。”半晌，传出东北老人低低的叹息。之后，过道里就彻底寂静了，再没有人说半句话。

华盛转脸朝后，攀着陈素琳的脖子，凑近耳朵说：“妈妈，我想吃菠菜！”素琳爱抚地揉揉华盛新剪的寸头，“我要赶快长出力气，我要去当飞行员！赶跑那帮鬼子军！”华盛接着说。辅枢听到了，握紧了弟弟的手，华盛安静下来，渐渐熟睡了。

轮船行驶在宽阔的江面上，船上的一天显得特别漫长。

陈素琳抱着华盛走出舱门，站在旋梯旁透气，却看到一个老船员从楼上拽着一只脚，倒着拖下一个人来，想必楼上的船舱又有人得病死掉。她赶紧用手挡住华盛的眼睛，侧身过去，心里很是害怕，仍是极力忍受这恐惧与担忧的煎熬。辅枢拉着轶栋，两人坐在一起不吵不闹，一直懂事地盯着行李包裹，也减轻了陈素琳一些负担。可是这些天华盛变得爱哭爱闹了，陈素琳实在是没有办法，就背着或抱着。

夜深了，长江的水哗哗流淌，素琳哼着摇篮曲哄着华盛入睡。轻盈的摇篮曲让疲惫的身心稍有舒展。

华盛入睡了，陈素琳摸出怀里藏着的袖珍笔记本，临别时张连科将自己随身的小本交与了她。陈素琳轻轻打开，上面有她最喜欢的张连科亲手抄写的小楷字迹。

“努力爱春华，莫忘欢乐时。”她往下细看，竟是苏武的《留别妻》。看到这两句，陈素琳心里被生生撕裂地痛着，大颗大颗的泪珠在眼眶里再也包不住，从脸颊上滚落下来。

此刻，她诧然明白丈夫为什么匆匆离去，这本子上手抄的最后两句是：“生当复归来，死当长相思。”陈素琳明白了他已经在心里与自己和孩子们作了决绝的告别。

“妈妈，别哭。听话，不哭……”华盛的两只小手捧着妈妈的脸庞，一下一下地替妈妈抹着眼泪。张辅枢和铁栋两人配合着，用手熟练地朝不同方向拽着背绳，检查一家人的行李包裹是否套得结实。这一幕，素琳看在眼里，心中又释怀很多。

“孩子们多可爱，多懂事啊！重山啊，你就放心迁运你心爱的钢炉、铁炉吧，你一定会成功的，我们也一定会平平安安到家的。”陈素琳将华盛搂在怀里，心里默默地向丈夫诉说着。

船到了岳阳，陈素琳与朱亚芹等人道别致谢后，带着孩子上岸去。按照张连科的计划，她要在岳阳转船，沿湘江去贵阳。

陈素琳背着行李在岳阳街上寻找住宿的地方，一路问去，旅馆却都是爆满。陈素琳又累又饿，只好先在一家餐馆找来一个空桌坐下，一边点餐，一边打听附近住宿的旅舍。

餐馆面前的街道上，一辆辆军车轰轰地驶过，车厢里面全站着从前线运回的疲惫不堪的伤兵，有的头上缠着纱布，有的没有了一只眼睛，有的吊着空空的腿根。

陈素琳难过地想：“他们都是英雄，这些勇敢的人一批又一批倒下，仍有一拨拨的战士无所畏惧地冲向前线。重山还在汉阳，他会不会……"

想着想着，陈素琳用力摇摇头，不愿这样往下去想。她回过神来，看了一眼身边的孩子们，为自己一直抱怨军队的话，感到有些脸庞发烫；可又对那些人为国捐躯最终却消逝于荒野感到迷惘，甚至在心里生出一份懊恼：如若自己是个男人该多好啊，那就可以时时刻刻跟重山在一起，就可以永不分离地留在他身边。

5. 流亡婚礼

眼下，华北、华东、华中等地迁鄂的机关、学校、工厂企业，大批人员、物资，又集中起来，以更大规模、成建制向西撤退，滔滔人流、物流向四川、贵州、陕西各路撤走。归国投身抗战的严恩棫、刘刚等人加入钢迁会阵营之后，没有一般知识分子的骄矜之气，在工作中勇敢担当，颇具表率，使得钢迁会各项工作如虎添翼，张连科更加充满信心。

查光弼提醒张连科说，最近工人流动损耗较大，来的工人刚做没几天又屡被抓走充军。张连科找到杨纪缜商量，提出要争取特殊的用工政策，保证足够的拆迁劳工人员。

杨纪缜很快呈请兵工署批准，派当地驻军征收工人进厂矿参与拆迁，其间也算作服军役。此举颁布推行以后，果然奏效，有劳力来钢迁会踊跃报名，愿意到各处厂矿做工。

深夜，杨纪缜驱车路过汉口街道，看到钢迁会汉口办事处的一排窗户里都亮着灯，突然兴起想去看看张连科晚上在忙啥。他喝令驾驶员停在街对面，自己跳下车，径自走进办公大门。钢迁会庶务课、物料课、机要室和会计室灯火通明，职员们忙着核对各个物料合同、办理事务。主任委员办公室里，张连科坐在漆木案前埋头疾书。

唐律衷从庶务课办公室出来，差点撞上门口的杨纪缜。杨纪缜探头看了看张连科，又缓缓地摇了摇头，身体凑近唐律衷低声吩咐，让他立刻去请民生公司汉口分公司经理李肇基到办事处来面谈机要。

张连科听到门口的动静，在里面发话问道："谁在门口说话，不进来坐？"

唐律衷赶紧带杨纪缜进屋。杨纪缜大大咧咧地说："让、让律衷去把李肇基给我叫来。"

张连科一听杨纪缜派人去"请"民生公司的李肇基，立刻心领神会——眼下的时局，川江水路成为政府机构及民众撤往大后方重庆的重要通道，而物资日益增多、运输需求猛增，溯江而上走三峡至重庆的轮船运载量严重不足。尤其是面临宜昌之后的长江上游的三峡航道水情凶险，加之兵工器材庞大，其他轮船公司很少有船只能够顺利通过这一天堑。民生公司自然是众所共知的川江运输最主要的轮船公司，各方寄予很大希望。

果然不一会儿，李肇基的车就停在钢迁会大门口了。

唐律衷看到即上前迎接，说道："辛苦李经理，亲自跑一趟！"将李肇基带进办公楼里。张连科出来将李肇基带到小会客厅去。

站在窗边吸烟的杨纪缜看到李肇基进了会客厅，右手往腰间一叉，毫不客气地说："兄台手里诸多大事，应是新立的钢迁会羽翼未丰，入不了兄台法眼！"

"这，这，岂敢岂敢！杨司长，您知道的，上月……"李肇基没想到杨纪缜见面突然责难，连连拱手解释道，"上月以来四川需要赶运4个师、2个独立旅到前线，民生公司放弃了一切商运，保障军运。卢先生再三教导，钢迁会器材西迁，事关重大，是国家战略，须保证运输任务……这不，我们汉口公司与重庆总公司报告——"

杨纪缜猛地两眼一瞪，说道："我不想听你们嘴上的保证！我只认你们卢作孚签下的军令状！"

"是，杨司长，民生公司已经调集所有的川江轮船，在两个星期内，将重庆、万县等地的全部兵丁神速运送到武汉、宜昌集结。现在，我们大部分船只仍被军政部征用。"李肇基郑重地说，"身处这样的时局之下，卢先生已尽了最大的努力，民生人也是在努力去奉献。"

听到李肇基所言，张连科想起内弟陈赫章说起曾搭乘复旦大学实验室撤迁重庆的民生轮船，特别提及其亲眼见证一批试验用的牲畜家禽和部分师生人员，在民生船长徐大海领航下穿越三峡，于惊涛骇浪中，历经艰险，运抵重庆。谁都清楚，这年月运人运机器走川江都难，更何况这些不听话的动物禽兽？抗战后方之川江运输必然面临最艰巨一战，这也确实是需要民生公司的全体职员来做出奉献与牺牲。

"他们几个月前已派出大马力船舶，在中下游接运学校机关撤退器材。民生的船工们主动协作，把一批批四川作战部队运赴下游前线，又把一船船物资器材和人员撤运回四川及周围。"张连科见气氛紧张，就帮着李打了一下圆场。

杨纪缜瞪了张连科一眼，双手背在身后一抖一抖地说："走！"风尘仆仆赶来的李肇基受了一顿训，啥也没来得及说，就愣愣地站在原地看着杨纪缜扬长而去。

张连科无奈地笑了笑，对李肇基安慰了几句，说："李经理，要不你先回去，杨司长今晚喝了酒，你见笑了，多多包涵，多多包涵。"说着，张连科将李肇基劝上了车，让驾驶员送他回去。

回到办公室，张连科感到杨纪缜今晚心情不同寻常，也不想再说运输的事情惹恼这位顶头上司。于是，他谨慎地跟杨纪缜提到今天收到重庆方面的函件，问钢迁会在大渡口征地建厂是否需要加强护厂警力。

杨纪缜反问："为什么加警力？"张连科说："当地闭塞，思想落后，穷山恶水出刁民，肯定存在沟通上的障碍吧。"

"重山这可是多虑了！"杨纪缜拍着张连科的肩膀说，"本人之前与川人没有过多交往，也是感觉四川定属于一个非常保守的农民社会，但是经过频繁接触，实在是发现川人接受新的思想时，他们是绝不保守的！"

张连科听了也大为轻松地说道："那就甚好！政府机关西撤，工厂的西迁，四川重庆大后方必将迎来前所未遇之变革。能够接受新思想，我们才有胜利的出路。"

朱亚芹回到汉阳，陈式揖也从大冶到达铁厂码头。

两人一个月没有碰面，重逢的那天傍晚，皓月初升，陈式揖叫朱亚芹到江边散步。并肩走了一会，两人站在堤岸界碑处，远远地望着月光下奔涌不息、波光粼粼的江水。

"亚芹，你愿意嫁给我吗？"陈式揖终于鼓起勇气，抓住朱亚芹的手，飞快地低头吻了一下。

朱亚芹曾经幻想了无数次的情景出现了，陈式揖终于向自己求婚了。她感觉像做梦一样，傻傻地看着陈式揖的眼睛一直笑。

“亚芹，你答应嫁给我了？”陈式揖激动地问。朱亚芹害羞地点点头，幸福地靠在陈式揖的肩上。

陈式揖竟掏出一把矿井用的手电筒，啪地打开，一道明晃晃的光束，笔直地穿过黑黢黢的夜，在数米开外的空中照亮了江滩丛木上的萤火虫，不一会儿，萤火虫不停翻飞，愈聚愈多，一时竟恍若两颗心形图案。

“哇！你看！”朱亚芹惊喜地拉着陈式揖看。陈式揖也呆呆地看着，说：“天佑此爱。”很快，他收起手电筒，俯身用食指和中指在旁边的沙地上，唰唰地写下几个大大的字来：“朱亚芹，陈式揖之永爱！”

看着月光照耀下的江滩上，陈式揖一笔笔写下自己的名字，朱亚芹眼里奔涌而出两行激动的泪水。

陈式揖轻轻帮她擦干眼泪，看着她的眼睛说：“亚芹，现在战乱纷纷，婚礼条件简陋，你可愿意？”

朱亚芹拼命地点头，泪水流进嘴里似乎也变得甜蜜了。

接到陈式揖与朱亚芹的结婚喜讯，沪厂迁鄂的职员们似乎找回了久违的开怀喜乐。

“厂长！喜事！”唐律衷跑来办公室，坐在张连科办公桌对面。

查课长跟着也走了进来，坐下点烟，默默抽了一会儿，也不说什么事，临走说了一句：“别忘了傍晚在铁厂码头，陈式揖的婚礼！”

码头上人声鼎沸，热闹起来，硝烟刚刚散去，绚丽的晚霞挂在天边，张连科也轻松地探身往外一看，厂总务科为两位新人在铁厂码头的趸船上，用一些红布和糖果布置着简易的婚礼喜台。

没有华丽的宴席，也没有鲜花和礼炮，与陈式揖要好的几位铁炉部职员又搭起了几堆篝火，用柏木围了一圈简易的桌椅，就等着那喜悦而神圣的时刻到来。

忙碌了一天的朱亚芹，简单洗漱之后，在几名女职员的簇拥下打扮起来。

女伴们手忙脚乱为她绾起一支高云髻，云髻上别着一个由红色山茶花编成的鲜花环，身上换了一袭拖地玫瑰色长裙，肩臂上搭着一条暖融融的乳白色大方巾。

朱亚芹出现在喜台上时，大家一下子显得安静了许多。“新娘子真美！”女职员们叽叽喳喳地笑着闹着，“亚芹真好看！”

“上！上啊！”一群男职员推着一身新式白色西装的陈式揖走上喜台。

“咱们钢花不输百花！”查光弼看着这个逐渐成熟起来的小姑娘，欣慰地说。

张连科带头站起身来，为这对流亡中结合的新人鼓起掌来。人群中响起一阵欢呼，还夹着几声口哨。贝多芬怀抱着手风琴边拉边走上舞台，围着两位新人弹唱起来。

看着亚芹羞赧的模样，陈式揖两手不知道怎么放是好，左右手一起摸着后脑勺笑起来。容光焕发的朱亚芹也娇嗔地望着他，甜蜜地笑着。

火光映衬下，陈式揖与朱亚芹面对面笔直地站着，目光缠绕。陈式揖温柔地牵开手心里一根喜庆的麦穗结红绳，环绕伸到亚芹细长光洁的颈后，为她轻轻系上。红绳上串着一枚锃亮的小钢圈，这是一枚被无数次打磨过、通体泛着金属光泽的圆环形装饰品，穿过那个细微的心形顶端，需要仔细观察，才能发现内环壁刻着“YQ”两个字母，多么用心的信物啊！

“大冶拆迁那么多麻烦事情儿，你哪来时间做这个？”亚芹低头看着这个小玩意儿，不住地来回抚摸着，脸颊绯红，嘴里却似有嗔责的意味。

“嘿嘿，这是我利用空暇时间做的，没耽误正经事……”陈式揖不顾眼前大伙儿热辣的目光，大胆地将她揽在怀里，笑眯了眼。

“原来给我做礼物，不是正经事啊？”朱亚芹痴痴地望着几个月里聚少离多的陈式揖，睁大了眼睛装作生气地问。

“不是不是！我……”陈式揖快速摆动的手像极了运行中的马力机，周围的同事们一阵吹哨起哄，就连亚芹自己也忍不住扑哧一笑，陈式揖也摩挲着头顶跟着笑起来。

这相爱的一对人儿是多么让人羡慕啊！钢迁会和第三炼钢所庶务课、会计课、簿记组和成本计算组的职员都来了，医务室、图书室的几个朱亚芹的好友也在夜色中赶来。

举杯的那一刻，朱亚芹眼里噙着光，一字一句地对大伙儿说："哪怕此后就天各一方，我也要在自己的墓志铭里没有遗憾地写上：此为西迁英雄陈式揖之妻。"

作为证婚人的张连科终于明白了朱亚芹匆匆举行婚礼的良苦用心——为了给即将冒险到大冶厂矿组织拆迁的陈式揖以最大的支持，她坚持要在陈式揖船队出征前举行仪式，是想在前途莫测的迁运路上留下自己忠诚的归宿。

陈式揖听着有些发愣。张连科担心影响大家欢乐的气氛，就岔开话题，问陈式揖说："这段时间负责拆迁大冶铁矿的6400马力机，两人也有三个多月没有见面了吧？"

"对呀，不过我们心在一起！"朱亚芹满脸幸福地笑，抢着回应说。

幸福甜蜜的时光，是那么短暂！恍惚间犹如隔世一般。敌机的扫射，俯冲的尖啸，炮火的轰隆，弥漫的硝烟，阻挡不了爱的脚步，也摧毁不了两颗心要在一起的勇气。虽然这一别，可能就将天各一方、生死未知，相爱的人们依然会遥寄思念与祝福，相互信任与鼓励。

篝火燃尽，夜已深，查老课长和唐律衷起身招呼大家回去早些休息，职员工人们相互取乐，开开心心地散去。

张连科走在路上，马路上突然一辆军用吉普车在他身后停下。"重山，上车！"主任委员杨纪缜在副驾驶座上朝他招手。张连科转身挥手，让查课长与唐律衷先回去，自己打开后座车门跳上车去。

"到汉口，快！"杨纪缜吩咐驾驶员。吉普车在夜色中疾驰而去。

汉口办事处值班室的灯还亮着，警卫士兵看到两位长官进门，立刻站起来行军礼。杨纪缜回礼，并严厉吩咐："不许人上楼！"

上了二楼办公室，走廊上一片寂静，张连科正准备打开会议室门，杨纪缜神秘地说："到我办公室说话，就我们俩！"

"委员长急电，我只好赶来找你。"杨纪缜说，接着从公文包拿出一份电文交给张连科，"刚收到，重山你看怎么办。"

张连科低头一看，是蒋委员长亲自签署的密令，要求"汉冶萍公司大冶化铁炉等不便拆除应准备爆破为要，平炉维持赶造弹壳毛坯”，授令时间已是4日前。

张连科懂得这条电令意味着战局出现很大的危机，但是他怎么也不甘心。钢迁会成立以来，张连科主要精力投入钢迁会的迁建组织工作中，也在维持着第三炼钢所的平炉生产，保障前线需要。目前钢迁会可以拆迁到后方的机器材料中大型机件甚为珍贵，尤其是因为运输条件和时间限制，张连科不得不权衡放弃了迁建日产250吨高炉，现在只有一座大冶铁厂的百吨化铁炉的机件炉座，和汉阳铁厂的3座日产30吨马丁炉、煤气发生炉，以及两部高架起重机，还有钢板机、钢轧机，加上车辘厂、钢钉厂等；另外，还有后方急需的配电、供电和机修的大型设备，马力机、交直流发电机、锅炉、汽炉与铁路钢轨、钢枕及车辆等，无一不是后方所奇缺之物，都在拆卸准备迁走。

“这样放弃，我钢迁会绝不能答应。”张连科沉默了一会儿，声音低沉，像是自言自语地说，“大冶铁厂100吨化铁炉是钢迁会西迁名单中唯一的炼铁机器，汉阳铁厂250吨炉已经因为不便运输而爆破毁掉。没有了化铁炉，后方钢铁等于零，一切工业之基础无从谈起……”

杨纪缜搔搔头，望着张连科笑说：“这、这局势陡转直下，你不是一天在我耳边念经，说什么钢迁会里面人是第一位。危在旦夕，人排老几？”

“杨大司长，我不像你，云淡风轻，还笑得来！”张连科不理会杨纪缜的调侃，说，“你说咱们成立钢迁会，经费一拖再拖、军舰一推再推，推到现在，来个命令，说唯一的化铁炉都不要！我看你到重庆去没有高炉、拿不出铁，怎么交差！”

杨纪缜仍旧嘿嘿地笑，说：“哎呀，还是重山关心我的！知道是我交不了差，要灰飞烟灭，自己急得着了火，这这，简直就是皇帝不急、那个太什么急！”

听杨纪缜这番话，张连科急得跺脚：“知道你司长大人神通广大，手板心可以炼铁出来！”

杨纪缜竟哈哈哈哈地大笑起来，说：“这办法不错！我的加上你的，加上杨庐逸、吴健、严恩棫、恽震的五指山、十指山，行不行？”

“说真的，我不管谁下令！我绝不同意炸毁化铁炉！给我期限时间，让我想办法搬走！”张连科没有心思开玩笑，也没有精神故作轻松，郑重其事地问，“答应调两艘军舰给钢迁会运器材，什么时候兑现？”

杨纪缜停了笑声，头似乎是点了点，又似乎是摇了摇。

张连科看不懂他的态度，低着头苦思良策。

第二天，张连科决意调整策略，加快拆装、转运速度，冒险抢拆汉阳铁厂现有250吨化铁炉的部分配件作为代替大冶化铁炉的机件。

张连科走在最前面，吴健、翁德銮等人跟着一起来到250吨化铁炉前。一行人围着炉机查看炉机机壳、煤气发生炉和管道阀门等设施。

顺着锈迹斑斑的铁楼梯，张连科带头爬上250吨高炉炉腰查看，远处这时发出嗡嗡嗡嗡的声音，空中出现几架日机。

“快跑！”底下的年轻警卫大喊一声。翁德銮失神脚底一滑，张连科探身抓他，约2米高的铁架却因年久失修垮塌，两人一齐跌了下来，底下几个人连忙扶他俩起来。所幸，只是张连科左膝盖划开一条大口子出了血，腿脚并无骨折大碍。

警卫队队长吴博青带引大家跑进铁炉部附近的一处防空洞里。大伙儿歇下来检查张厂长伤情，医护队员为厂长消毒处理了一下膝盖伤口。黄钧急急忙忙找来一根木棒想拿给张厂长做拐杖。张连科拍拍身上的灰土，故作轻松地说：“我还不老嘛，这玩意暂时还用不着！裤子讲真得换一条。”吴健和翁德銮也都笑了起来，过来围坐在一起。

“我的心愿就是无论如何，西迁的炉机器件不能断档，一定要保证工艺齐备。”张连科说，“像化铁炉这样构造复杂的核心生产设备，绝不能缺。”

“是，哪怕缺了一块耐火砖，整个炉体都没法用。”吴健点头说道，“重山，你这个组合机件的思路，值得推广，我马上安排下去，设备登记信息更加充实。”

翁德銮对张连科说：“张主任委员，你就放心，不要再来现场了。我们都支持你的决定，组织突击拆运，保证把化铁炉的全部炉座机件运到后方去。”

陈式揖让运输股专员王霖源等赴大冶石灰窑象鼻山筹备拆卸装箱工作，自己与朱亚芹在同一天赶赴湖南长沙等地着手布置接站准备。

王霖源到达大冶后才得知真实情况，大冶矿的工人根本不守纪律，工作很棘手，推进困难。陈式揖即让亚芹留在长沙，自己带警卫队连夜赶去大冶。

到了大冶，连续赴各厂巡视一遍后，很快访悉大冶各厂当局的意见不一致。源华、利华两个矿山的工人不愿意做拆迁工作，天天相约结队，在矿上持枪巡行示威，而矿主一心盘算着如何才能将存煤先运武汉抛售、变换现金。而象鼻山官矿因人财两缺，且值湖北省建设厅新旧厅长交替时期，无从请示处理，连象鼻山矿那位石姓矿长也眼见难关到临，偷偷躲起来不出面。陈式揖就让王霖源召集起厂属员工，解释抗战行动，晓以大义，呼吁大家迅速团结起来，于万难中实施拆卸。

大冶厂矿工人阻迁事件闹得沸沸扬扬之时，郑家俊代表湖北省建设厅来大冶厂矿视事。郑刚从汉阳兵工厂调任省建设厅厅长一职。陈式揖此前听闻郑家俊于极短期间内，将汉阳兵工厂、火药厂两厂设备及钢窗、屋架等悉数拆运至湖南稳妥之地；到新职后，正着手将湖北省官麻局、造纸厂、修船厂及武昌水电厂等机件进行拆迁到后方复工生产。

陈式揖没想到在偏乡僻壤的矿场，见到新建设厅厅长，且都只为一件事情而来：拆迁机件，保住工业建设。于是欣然上前毛遂自荐，介绍大冶目前处境，表示自己拆迁炉机、支援抗战的决心。

郑家俊从陈式揖这里了解到大冶目前的困难状况和钢迁会的意图，马上吩咐省厅工作人员协助陈式揖等人寻回躲避的石矿长，出来一起整理局面。

前方战报传来，敌军前锋行将抵黄石阳新，湖北境内已是风声鹤唳，草木皆兵。

张连科得到陈式揖报告的大冶工人闹事、矿主逃避消息，甚为警惕：大冶铁厂百吨化铁炉，2座1500千瓦透平汽轮发电机，得道湾3座420千瓦柴油发电机和一座150千瓦柴油发电机，可是后方建设之急需，不能出任何差错。张连科立即派出刘刚专员携带款项到大冶矿山之中，会同寻回的石矿长一起组织督饬员工加快拆迁。

敌机往来大冶低飞侦察，每见抬运机件者，即用机枪扫射。象山矿已被炸两次，陈式揖拼力组织人员白昼在场内做拆卸装箱工作，黄昏时将机件抬往河边，晚间运上船。陈式揖与工人们屡屡躲过险情。

大冶矿厂日夜抢运，张连科恨不能亲自前往督守撤离。

郑家俊刚从大冶回到汉口建设厅办公室，杨纪缜即刻到省厅登门拜访。两人秘密协商之后，即对外宣布，一周内由武汉行营大队长带领爆炸队到大冶厂矿，将不能拆运的设备实行爆破。

张连科闻讯大为光火，火速找到杨纪缜质问为什么不提前告知就仓促实施爆破决定。

杨纪缜把他拉在旁边，神秘地说："重山你不要发火，我这出的是激将之计。"张连科疑惑地看着他。

"你就等着瞧腾笼换鸟之戏！我不仅要保电动机，也保证不会炸你的大冶化铁炉！"杨纪缜颇为得意地说。张连科将信将疑地转身离去。

陈式揖带领第七支押运大冶厂矿器材船队，在黄石港上游的三峡洗渔洲遭遇日机空袭。他眼睁睁看着前面两只木驳被炸沉，损失了数十吨精良的器材设备，尤其是费尽周折从矿湾发电所拆出的3台420千瓦发电机组尤其珍贵。

陈式揖把这些亲手拆卸下来的机器设备，看得甚至比自己的生命更珍贵。他自己被气浪掀落江中，万幸抓住一块浮木得以逃生。当他浑身湿透、精疲力竭地趴在岸边，眼巴巴地望着江水无情地翻滚，将全部器材吞没得无影无踪，不禁心痛得号啕大哭起来。

运送的发电机被日机炸沉事件后，陈式揖一下子变得成熟了许多。他更加沉默地忘我投入拆迁工作，迅速将大冶铁厂化铁炉炉座机件进行拆卸、分类登记装箱。直至将剩余的炉机设备和配件器材搬移至江边三号驳船，寻机装运。

这时，陈式揖突然收到杨纪缜发来兵工署的电令，要求即刻停止所有拆卸工程，全力投入抢运。钢迁会派给陈式揖他们负责迁运大冶厂矿器材任务的，是长江联合运输处的两艘轮船，一名凤浦轮，一名三兴轮。陈式揖虽然很不甘心，在军警监督下，也只得遵照杨纪缜的电令进行。

为了保住大冶铁厂的百吨化铁炉，张连科密令查光弼、朱亚芹带领钢迁会劳工组职员，从汉口铸亚、华成两家单位紧急调来上百名技术工人及起重工匠，星夜赶赴大冶铁厂，协同化铁炉拆运。随后，又派出9名动力股专员，依次拆卸大冶铁矿厂里的发动机、打风机、水泵等动力设备。

武汉周边轰炸加剧，大冶这里的利华、源华两矿负责人原本各怀戒备，打算保住身家利益。可是看到湖北省政府派出的爆破队在大冶铁矿的各个矿井隧道内埋置好炸药，以示彻底破坏、不予资敌的决心；看到钢迁会人员悲壮决绝、抗战到底的举措，几名矿主大受激励，态度陡然转变，积极加入了钢迁会的拆迁队伍。张连科这才明白杨纪缜所谓的腾笼换鸟之计，就是做出炸毁矿山架势，逼胆小自私的矿主配合拆迁而已。

此日黄昏，查光弼与朱亚芹在大冶江滩组织发船时，一艘前来偷袭的日机因飞行过低，坠于石灰窑码头江边，机上人员匆匆化装逃去。他们跑去石灰窑码头看时，周围民众在江边围着坠毁敌机，纷纷前去以石掷机，发泄心中的愤恨。不一会儿，飞机机体竟然被砸得一片稀烂。

朱亚芹告诉陈式揖日机坠落石灰窑码头这个消息。陈式揖马上以密电向张连科通报情况。张连科很快回电，嘱咐陈式揖亲自带技术骨干赶去，竭力想办法拆下机上引擎，保护完好，速与王霖源押运回汉。

要完好取出引擎，也不是简单的事情。陈式揖带人到石灰窑码头现场勘察，让老吴找来几个技术高超的工人，用简易起重葫芦吊置岸边乱石之中，又找人伐来大的树枝覆盖隐蔽，连夜燃起火把，费力设法将机内引擎取出，转移到了安全地带。

第二天，敌机果然飞来江边一带巡视，追踪失事飞机，终是四寻不得。一直等到夜深人静时，陈式揖方才组织将隐藏的引擎用木箱封装，亲自押运到王霖源前来接运的驳船上。

所幸一路顺风，隔日即送达武汉。张连科深知此物非同小可，飞机发动机代表着航空工业的核心秘密，与杨庐逸赶到码头亲自迎接，眼见陈式揖意气风发运回一个大木箱，大家都欣喜无比。

张连科对陈式揖一番嘉许鼓励，并让随行的吴博青亲自押送过去保管。原来，他早已物色好汉阳铁厂一处隐秘库房，令警卫队派人化装成工人模样负责昼夜监守。

安排妥当之后，张连科即与杨庐逸赶往经济部向翁主任禀告。翁先生闻此意外消息，尤其兴奋，急速问明详情后，连连称好。

翁文灏特致电行政院，一番通告，飞机引擎的归宿落到国民政府航空委员会。翁文灏嘱咐张连科将敌机引擎送往航空委员会点收。

这一拆迁中的意外收获，让张连科、杨庐逸、陈式揖等钢迁会同人在艰苦中颇以为快，精神更为振奋。

从航空委员会回来还未到达钢迁会办事处，陈式揖又受命协助交通部派来的专员刘孝勤，率粤汉路工务处数十名路工，拆除大冶铁矿山至石灰窑运矿铁路30多公里的钢轨。

路上得到消息，石灰窑矿砂码头的9艘木船，连同船上300余块松木跳板，突然被武汉卫戍总司令部城防工程处河川工程股强行征用。船只猛然减少，陈式揖负责的大冶厂矿拆迁设备器材没有来得及抢运完毕，日本侵略军已逼近石灰窑，并用空军飞机封锁黄石港上游江面，长联处轮驳此时也无法通过。

张连科闻讯，即刻派王霖源赶去协助，又接洽湖北警备厅派出突击分队驰援，联系民生武汉分公司派船配合。

王霖源赶到大冶，与陈式揖配合默契，两人渐渐摸索出一点规律，就指挥工人将机件巧妙地置于船底，煤屑铺船面。初时颇有伤亡，后来敌机来时，各船人员即将舱板揭开，露出铺面之煤炭，表示并无机件在内。敌机就会奇怪地舍之不再掷弹，驳船、木船得以鱼贯运出。

陈式揖将凤浦轮连夜装运各种设备器材945吨，方才离港。同时，他从大冶厂矿配备的51只木驳中，调集17只参加铁厂抢运工作。

经过惊心动魄的抢运，穿越敌人封锁，大冶铁矿采区拆下的4公里轻便铁道和小矿车、大绞车、电高车、压风机、钢丝绳、单滚筒吊矿车、双滚筒吊矿车、水泵等设备器材，还有大冶铁厂拆下的各种机床，运矿铁路拆下的钢轨，大都冒着炮火成功抢运出来。

如此一个多月，从6月底至7月中旬，陈式揖带着各处会集的劳工队伍，先后拆卸了大冶铁厂的高炉机件、渣滓车、汽锤、量矿车、车床、钻床、牛头刨床、龙门刨床、插床和锅炉，以及矿山的大绞车、锅炉、小矿车、空气压缩机等。与此同时，源华厂器材1400吨，利华厂器材900吨，象矿机件共运出900余吨，各厂主自是欣喜万分。

6. 战时春秋

民众担心的花园口终还是被挖开。黄河决口，滔天浊水一倾千里，淹没了成千上万的两岸百姓。而此时的武汉会聚了八方移民，由于生产生活必需，一下子出现铁荒，铁价飞涨。

兵工署第三炼钢所得到兵工署批准经费，随同迁移的职员及工人家属，赴四川全部准免车费。厂里的女工、童工的编组率领及训练，由妇女指导委员会担任，所需交通工具及沿途食宿，由钢迁会总务科办理。经唐律衷举荐，朱亚芹新任妇女指导委员会副主任。

目前钢迁会各部门都忙得热火朝天、不亦乐乎，除了摧枯拉朽组织拆迁以外，还在紧锣密鼓地生产炮弹壳坯。

张连科放心不下8000匹马力机，得空就跑到汉阳铁厂的轧机部去看。门口的警卫员警惕地查看他的通行证，方才放他入内。

进了空间18米高的蒸汽机房，机架宏大，视野开阔，张连科两肋之间不禁荡起一股豪迈之气。

他深吸一口气，抬眼看到厂房中间的马力机保护罩顶上，严恩棫左手提着一罐白油漆，右手挥舞着指挥下面的工人铺设运输轨道。设备部技术员指挥施工队在屋顶正梁上，分别挂了三支铁葫芦，准备对整机壳进行吊装。

“张厂长，您怎么来了？”朱亚芹第一个发现，迎上来招呼。

张连科指指马力机上的严恩棫，问：“严总在做啥？”

“马力机太大，轧钢机商量着准备切割下来装运！”张连科又一看，果然在机房左边有一组人员排成一条流水线，正将拆割下来的炉机机件进行分组标记、装箱，用白漆写上材料名字、类别型号。

“厂长！您来看看，我们用王洸建议的起卸方式，滚木撬动起马力机的基座，借助三组铁葫芦来弄！”

张连科伏下身去看了看，问：“这个地方不适合安装葫芦支架，滚木还有更粗一些的吗？”

朱亚芹不解地摇摇头，张连科补充说：“滚料是楸木？这次查课长他们特地新进了一批大松木，怎么不调用些呢？”

朱亚芹正欲解释，此时大门口跑进两个人，远远地朝张连科挥手大喊。

“陈式揖！”朱亚芹惊喜地喊道。

“张厂长，刚刚得知六河沟铁厂尚有存铁，”陈式揖跑过来向张连科汇报说，“我与工矿调整处林墉季商洽价购生铁1200余吨，让技术员直接押至宜昌转川，可好？”

“很好！另联系警卫队派两名士兵跟随保卫。”张连科吩咐道。

“那，今天有批华成电器工人来拆了一座小型发电机和3座锅炉。”陈式揖不放心地又问了一下。

“知道了！这是翁部长的指令，我们要积极配合。但是，拆卸顺利吗？”

“机器太重了，不好拆！那个领工承诺负责拆运的华成经理周锦水，于如期拆运后，将厂房屋顶的全座铁架赠予华成！”陈式揖说道。

张连科看到陈式揖身后还站着一起回来的恽震。这位电气专家本已一路疲劳，看到张连科、严恩棫都在现场为拆卸马力机想办法，顿时精神焕发，行李都没有放进驻地，就揭下帽子，挽起裤腿，在现场帮着一起琢磨起来。

结果到第二天，朱亚芹来向张连科报告说，马力机冷凝器机组深埋于地下数米的水泥坑中很难吊出，几次压断楸木，现场换作松木也不行，准备放弃拆卸冷凝器，拟将炸毁。

“对了，怎么最近没见贾祝三？”张连科转头问唐律衷。

“贾老走了。”唐律衷回说，“见您忙，没来得及跟您说这事。在仓库里，中了燃烧弹，很惨……”

张连科低下头，沉默良久，对唐律衷说：“你去想办法，把‘小胖子’找回来。”

“小胖子”是贾祝三在汉阳铁厂时带的徒弟，做过一年的马力机加油工，后来厂子停了自己回老家靠打铁维持生活。贾祝三得知汉阳铁厂要拆迁马力机的消息，马上给“小胖子”写了一封信。“小胖子”急急忙忙赶到武汉，找了

20多个以前熟悉铁厂、经验丰富的工人，主动上门找铁厂拆卸的活儿干。性格豪爽的“小胖子”坦言自己孤身一人不为赚钱，只听师傅贾祝三那句说到大家心窝子的话：机器不能留给日本人！

“小胖子”自己垫资在汉阳铁厂废弃的厂区做了半个多月的前期准备，拆卸机具也进场铺设了一半；前不久却因上面突然有人干涉说，汉冶萍拆卸工程标的太大，也颇为敏感，要用指定的队伍，因此“小胖子”再有本事，也没有后台撑腰保障，一气之下发誓再不跟国民政府“军”字号的单位打交道。

张连科派人四处打听“小胖子”去处，无论如何请回来复命。唐律衷见到他，就按照张厂长的吩咐，第一句话就直接告诉“小胖子”实际情况：铁厂的马力机在拆迁中遇到难题，他不来帮忙就只能放弃拆运，实施炸毁。

“好！告诉张厂长，马力机房等我！”“小胖子”听了啥条件不说，甩了一句就扭头大步而去。

不到一个时辰，“小胖子”带着一帮汉子提着各种工具走进马力机房。

这帮其貌不扬的人技术娴熟、配合默契，他们跳进深埋地下的冷凝器坑，靠着微弱的手电筒光，耐心地一点点撬开厚厚的洋灰水泥，用绳索、杠子和铁葫芦协力配合着，不慌不忙地抬出了价值不菲的8000匹马力蒸汽机的机缸。

“来了，来了！鬼子飞机又来了！”穿着黄军服、佩着证章的蒋副厂长，朝人群集中的趸船与轮驳这边挥手大喊，马上就有人扑通就往岸滩上跳。

张连科握着一方标尺，站在专门运输8000匹马力机的民生轮甲板上，顺声音抬眼望向远方的天空，并没有看见敌机的踪影。一只苍鹰从山崖上向空中飞过。他白昼在码头各处不停奔走督察机器拆卸装运工作，夜间则须预备计划及工作报告，铁厂屡遭敌机袭击，张连科两次险在日机轰炸中丧生。

“别慌！是鹰！”张连科喊道。

“妈的！哪个龟儿子，害我打挑瓜（全裸）喙！”一个慌慌张张跳进水里的汉阳工友跷腿脱下打湿的裤子，嘴上骂道。

蒋副厂长脸色发青，埋头脱下自己浸满水的布鞋，光着脚走进货舱，闷闷地坐在木箱角上。

岸上不远处，第三炼钢所厂房里的钢板轧机还在哐当哐当地运转着，没有什么能够阻挡钢铁工人们——只要工厂存在一天，他们就生产一天，只要战火没烧到眼前，他们就坚持工作到底。

此时武汉的形势已非常危急，陈式揖完成大冶迁运任务回到汉阳钢迁会办事处后，朱亚芹已随查老课长率队组奔赴宜昌。

运输日益困难，陈式揖与王霖源受命押送民权轮将8000匹马力蒸汽机机件运到重庆。

出发前，张连科来看望他们，关心两人还有什么困难需要解决。王霖源说："报告厂长，没有困难！尽管每天工作甚忙甚累，精神倒是痛快之至。"

"好，我相信你们！不是没有困难，是困难在勇敢的王专员面前就不是个难事！"张连科笑着，拍了拍王霖源双肩，说，"这一路前去，总会遇到种种意想不到的情形，皆须谦和、敏捷、小心，随机应付，方能完成使命。"

"民生公司的船装运百分之四十器材后，可以装运商货及旅客，"张连科最后叮嘱说，"不要为难船员，一定要保护好设备。"

王霖源与陈式揖领命而去，两人分工合作，一路照应。

尽管每天很忙很累，张连科稍有空隙，眼前总是浮现出素琳背着包裹牵着孩子们站在甲板上，茫然地朝岸上寻找自己、用力挥手的情景。"亲爱的素琳，你到哪儿了？素琳，你受苦了……素，你一切都好吗？"张连科心底常有一个声音这样牵挂着。

他相信，相见的日子不会太远。台儿庄大捷的消息已经传遍了武汉三镇的大街小巷，在铁厂码头、高炉下、轧机旁，钢迁会办公楼里，从上海等地离乡背井而来的职员、工人们都在议论同一个话题：何时能够打败日本军队，赢得胜利？

今日的《新华日报》上刊登了武汉空战中，年仅22岁的飞行员陈怀民在被5架敌机包围的情况下，怀着报仇雪耻的决心和保家卫国的壮志，毅然撞向敌机，与敌人同归于尽。

看到这个消息，张连科眼底猛然呛热。下午杨庐逸才告诉他一个悲伤的消息：翁文灏的次子翁心翰也在对日空战中壮烈牺牲。战火纷飞，前方惨烈的一切很少为后方的人们所知，而牺牲者的家属们依然负重前行，忍痛含泪为国家工业复兴继续做出自己的牺牲。

第二天一早，张连科就约上杨庐逸找汇报工作的借口到翁先生家里去。张连科就想陪翁先生坐一坐，说说话，或许可以这种“工作式”的陪伴，向翁先生表达内心的安慰与敬意。

翁文灏看张连科和杨庐逸一起又来了，高兴地放下正在批阅的文件，招呼两人坐下，开始聊起钢迁会近来运行及人员情况。

听到翁先生嗓子有些嘶哑，杨庐逸从门后拿过热水瓶为先生杯里加了一些热水，然后平静地坐下来。

“现在专业人才从四面八方慕名而来，”张连科跟先生汇报说，“钢迁会会聚了济济人才，炼钢方面挂帅张总工程师，炼铁专业掌门的是交大的苏工程师，轧钢的有邹、潘、马工程师等人，现在是精英云集，大家都说是平生难得一遇的大事业……”

“我了解他们！这些高级知识分子啊，很多是亲眼看到，甚至是经历了——青龙旗降下来，米字旗升上去的情景！”翁先生动情地说，“他们经历了国运动荡的时期，满怀教育救国、实业救国、钢铁兴国的民族情结，却报国无门，今天工业建设有这番大手笔，不容易！”

“重山你不知道啊，鑫渝钢铁厂那个胡子昂曾经跟我讲，在他学生时期，学校组织去招商局在上海的炼钢工厂参观，就是你迁来的那个钢厂啊！”翁文灏接着说，“他说，第一次进去，看到钢铁厂炼钢、出钢的火热场景，就很是黯然神伤啊。为什么呢？因为，他非常思念已经被日本人侵占的自己家乡漫山遍野、丰富的煤矿资源啊！”

“我的家乡也是！我从小就在家乡那漫山遍野、富裕的矿山里跑啊跑，我特别想念那些家乡的矿石资源！”张连科看着翁先生谈及实业理想仍然满怀赤诚、无怨无悔的样子，眼角湿润地抢着表达出自己的情感。

“原来我们都是一样，非常思念家乡的矿山啊。”头顶有斑驳白发的翁文灏说着说着，喉头哽咽起来，“我们看到家乡富饶的煤矿、铁矿，就开始有了钢铁救国、实业兴国的抱负，立志钻研掌握工业技术，学成拯救半沦落的旧中国……”

这连天的战火与硝烟里，沉浮着多少深切的情感。三人相对无言，却笑着泪洒衣襟。

陈赫章接到通知，日军马上攻占武汉三镇，最后驻守的军政机关全部撤离。他听说张连科还在汉阳铁厂主持生产，有些替姐夫着急。

“姐夫还在生产炮弹钢，怕是他自己要成炮灰了！”他对陆贞瑛埋怨着说，“可怜我素琳姐一弱女子带三个孩子跋山涉水，还要顶着炮火连天……”

“那姐夫岂不是很危险？”陆贞瑛一边检查包裹一边说。

“我得找车去一趟，告诉他必须马上撤离！”陈赫章说。陆贞瑛无可奈何，只能让他快去快回。

陈赫章匆匆找到龟山脚下的汉阳铁厂厂房，看到以前西装革履仪表堂堂的张连科此刻一身灰色中山装，衣袖边上沾着斑斑油污，面容疲惫。

“你怎么还没走？都什么时候了跑这里来！”张连科见新婚不久的陈赫章独自跑到遭轰炸频繁的汉阳来，有些生气地责备道。陈赫章鼻腔一酸，差点掉下眼泪。

张连科见他神情，语气缓和道：“你姐带着孩子也该到湘江了，你也赶紧走吧。”

“我知道，我知道，姐夫您……”陈赫章再细细地上下打量张连科，生怕姐夫还有什么不对劲的地方，也好到了重庆向姐姐交差，让她放心。

见张连科急急忙忙的样子，陈赫章索性也跟着张连科到厂里四处巡查。一路上，张连科不停地指挥各处迁运，一边介绍说钢迁会频遭日机轰炸，员工挖掘临时避难所，随炸随修，日夜不停。

“这样的大工厂要拆迁可不容易！”陈赫章边看边感叹，向张连科问道，“哪怕不小心丢损几个小部件，以后想找配件都没地方找去，又怎么安装运转？”

“放心，各个部门物资都是依次序编号装箱的。”张连科一边巡看，一边对陈赫章讲解道，拆迁工作由各股股长负责拆卸、编号、装箱，填写装箱清单及启运清单，总务科负责存转。

“工业建设的重心已由武汉移至重庆，现在大家成了一条心，拼命保全所有的钢铁机件，把铁炉机器及辅助耐火砖等，这些国内难寻的冶金材料，悉数搬到后方！”张连科两眼闪亮地看了看陈赫章，精神抖擞地说，“我们的理想是重建钢铁基地。”

当天傍晚，军事委员会发布消息，敌军已经逼近武汉，在鄂机关全部撤退。

深夜，武汉卫戍总司令部派出爆破队进驻汉阳铁厂，准备在黄昏时分将无法运走的高炉、热风炉全部炸毁。

驻守铁炉部的技术工人得到消息，一下子就“炸”开了锅。那些曾经在汉阳工作又回来准备拆迁的工人都不肯离开，大家背靠着背，手挽着手，围着直径二十多米的化铁炉席地而坐，不让爆破队布置炸药。

张连科只好找到吴健、张宽馀等资深的“老汉阳”，请他们到现场去四处劝说、晓以利弊，让大家冷静下来。

“高炉就是我的儿子！我还不糊涂，这个道理我懂！”张宽馀老炉长难得地表示支持与理解，用粗硬的大手握紧张连科双手，说，“我们几辈人血汗筑成的炉机，绝不留给日寇！”

张连科望着吴健，同样用力地握住老炉长的手说：“留得青山在，不怕没柴烧。只要人在，钢铁抗战就有信心和希望！”

黎明时分，陈廷纪带着铁炉部的人来到巍峨耸立的250吨高炉前，摆上祭拜的香炉和红烛，大家眼里都含着泪水，敬香叩拜。张连科看到这一幕，最后上前朝着高炉深深地鞠了三下躬。

“走！”张宽馀大喝一声，率领大家退出高炉区域。卫戍总司令部爆破队士兵抱着炸药包，迅即鱼贯进驻，开始在事先计划好的高炉各个要害位置放置雷管炸药。

别了张宽馀和一群工友，张连科回到办事处，立刻部署吴博青抽调警卫队员，协助汉阳其他单位将无法搬运的钢轨、钢枕等物资投入江中。

水上运输封锁重重、极为不便，钢迁会的8000匹马力机超大机座最后还是未能搬离汉阳。

张连科迫不得已，密令吴博青亲自带人将马力机超大机座悄悄抬往龟山脚下，找到一个冷僻之处掘了一个深坑，进行伪装掩埋。

当晚11时，卫戍总司令部爆破队还在汉阳铁厂内炸毁了部分厂房、矿区输电线路、下陆至铜鼓地一段7.5公里铁路，还有钢迁会总公事房、俱乐部、厂巡处、卫生股、物料库、邻德里住宅、山边栈房、三码头大铁架。

汉阳铁厂里里外外彻夜通明，最后一批运输工人和职员来回穿梭抢运。远处岸上，一处处厂房在炸药的引爆声中坍塌，爆炸引起大片的红火焰与黑火焰，染红了汉阳的天空。

江涛之上，铁厂码头最后一支满载着人员物资的船队起锚驶离。原堆放三号驳船待运的559吨机件，连同三号驳船，也不得不一起沉入江底。

张连科、吴健、张宽馀等并肩站在领头的明安轮甲板上，远望着厂区燃烧升腾的火光，眼眶里也闪耀着火星。

最后时刻，大家依依惜别这片滚烫的土地，张宽馀终于失声痛哭起来。张连科一动不动地站立着，咬紧牙挺直脊背，久久地凝望着。

数小时后，日军铁蹄踏入了暗火燎原的武汉空城。

第三章

1938年秋，宜昌

1. 扼守三峡

站在宜昌北岸九码头那块清光绪年间的石碑前，张辅枢好奇地读着上面刻的字：

“川船至宜不下行，湘船至宜不上驶，川湘上下船只相互换载。”

“为什么？为什么要换载？”轶栋问。陈素琳摇摇头，牵着华盛四处张望寻找旅馆住下。

陈素琳带着孩子们在岳阳码头，本来买到回贵阳的船票，忙乱中却被担行李的差夫带上了去宜昌的船。阴差阳错间，船已经离岸，才知道坐错了轮船。她没有其他办法，索性又补了票坐到宜昌。陈素琳想，到宜昌也好，说不定能找到张连科，说不定可以一起去重庆。

陈素琳回头看了看平缓东去的江水，说：“辅枢看着行李，快跟上。”趁着天未黑尽，母子四人在临江马路上的一家客栈住下。客栈虽小，也人满为患，陈素琳花了一些小费才住进二楼一个仅有一张床的客房。走进一看，房间的布置很简陋，一床一桌，一把椅子还是破的，四壁还漏风。

张辅枢放下行李，就打开笔记本，在上面工工整整地写下："又是夏天，一个走不完路的夏天。我们到了宜昌，妈妈要去找爸爸。"

"妈妈，我们在哪儿？"小华盛东张西望了一阵，好奇地问。陈素琳轻轻拍了拍华盛的背，没有说话。

张辅枢脑子里是知道目的地的，爸爸要妈妈带他们往姥爷家去。他还记得自己很小的时候去过姥爷家。姥爷家在一个叫贵阳的地方，应该很远很远，因为火车要穿过好多个长长的山洞，不过姥爷家有大大的房子，有大大的花园。

华盛可能是吃了什么不干净的东西，表情夸张地捂着肚子喊："哎哟，妈妈，疼！疼！"陈素琳抱着华盛揉揉肚皮一阵察看，急得满头大汗，却也无可奈何。这兵荒马乱的，到哪去找医生呢？

辅枢帮妈妈从包裹里翻出"小儿安"来，往华盛嘴里喂下半包，华盛仍是哭得厉害，药粉喷得素琳一脸都是白灰。

平日里顽皮的轶栋上去环抱着弟弟，帮他擦嘴，嘴里说："华盛，华盛，不哭不哭，你不是想听《王婆婆卖茶》吗？哥教你！"华盛听着顿了一顿，哭闹声音小多了。

"王婆婆，在卖茶，三个观音来吃茶。后花园，三匹马，两个童儿打一打，王婆婆，骂一骂……"轶栋自顾自念起来，还手脚并用比画着，华盛一下子真被轶栋唱的歌词吸引住了，眨巴着眼睛看轶栋。

"张打铁，李打铁，打把剪刀送姐姐，姐姐留我歇，我不歇，我要回家割燕麦，燕麦里面有条蛇，把我耳朵咬出血。"轶栋趴在华盛面前，指着自己的鼻子尖，扮着鬼脸。华盛睁大了眼睛望着他，嘴里喃喃跟着轶栋的节奏念起来。

"孙悟空跑得快，后面跟了个猪八戒。"轶栋停下来，鼓励华盛，"来，跟哥哥念：猪八戒，鼻子长，后面跟了个沙和尚；沙和尚，挑着箩，后面跟了个老妖婆。"华盛停住了哭闹，妈妈用毛巾被抱紧了他。

华盛不一会儿就累了，渐渐睡去。陈素琳轻轻抹去华盛眼角还挂着的泪珠，侧身在窗下旧蚊帐里轻轻哄拍着华盛，嘴里哼唱着一首很老的儿歌："月光光，照池塘，池塘水深种田难，孤儿无家不能归……"

张辅枢拉了拉铁栋，两人蹑手蹑脚踩着木板梯子来到楼下。

两人往附近四处好奇地张望一番，找到隔壁店铺，买了些热粥和炊饼回来。

陈素琳惊讶地看着辅枢，欣慰地笑着，用手指了指，示意辅枢和铁栋赶紧吃。华盛一下子又醒来，睁着眼睛喊铁栋：“张打铁，李打铁，打把剪刀送姐姐……”

陈素琳看华盛又有精神了，把他抱起来靠墙坐着，给喂了半碗粥，自己却一口也没有吃。

“妈妈，你去吃粥，我来帮猴三揉揉肚子吧？”铁栋把脸贴着妈妈的脸庞说。妈妈爱怜地摇摇头，侧脸对张辅枢说：“快上来，和铁栋睡那头。”

辅枢却摇摇头说：“妈，你累了得好好休息，一会儿我把被卷铺在地板上，和铁栋将就一晚。”

“妈，那是什么声音？”小华盛站起身来，踮着脚探头去趴木窗，想看窗外却不够高，就拉着窗棂侧身问妈妈。

陈素琳侧耳听听，又撩开蚊帐，探头往楼下街上望了望，说：“有两个盲人在吹笛子，他们可能逃到这里没吃的了，沿街吹曲子讨点吃的。”

“妈，把粥给他们吧？”铁栋一双大眼睛忽闪忽闪的，说道。

“好孩子，去吧。”妈妈从贴身兜里掏出一张纸币递给辅枢，脸朝铁栋说。辅枢转身为铁栋打开门。铁栋两手捧着粥，膝盖相触小心站起来，借着水泼般的月光，两人慢慢下楼去。

陈素琳提心吊胆地等着辅枢和铁栋回到楼上房间，那曲声好像就正对在他们的窗下，更加凄清婉转了。

辅枢端来一盆热水，用毛巾浸湿后递给陈素琳先洗，又拿出自己的洗漱小包，将铁栋的卡通水手牙刷取出来给他。

突然，楼下有一个烟花女子开门送客人出来，站在门口大声地打情骂俏，身后屋里掀起一阵声嘶力竭的酒令，还有哗啦啦的麻将声。

“妈，这里太吵了！怎么睡得着？”张铁栋忍不住吼了一句，陈素琳愣了愣，答不上铁栋的话。

一片乌烟瘴气的喧闹中，街头又传来一阵如泣如诉的琴声，恍若浊流中涌出的一股清泉。陈素琳心中突涌起一股飘零途中的酸楚和委屈。

“妈，他们吹的是什么？”曲声在木窗外响了好一会儿，华盛也不哭了，安安静静地偎在妈妈怀里听得出神的样子。

“笛子吧。”陈素琳连忙掩饰自己的难过，故作轻快地说。

“二胡琴！”铁栋抢着说，“那是竹管做的，叫洞箫……”

“嗯，铁栋说得对，是二胡。”陈素琳缓过神来，轻轻说。

“李爷爷就总在花园小屋拉这个！”铁栋接着说。

“这是《二泉映月》。”张辅枢很肯定地说。他想起李爷爷说要去的那个神秘地方叫延安，那里没有乞丐，也没有贪官。这兵荒马乱的，李爷爷他一个人走到哪儿呢？会不会也像湘江边的这两个夜行人一样，没有东西吃的时候就独自拉起二胡琴呢？

“呜呜呜，我的指甲这么长了。”曲弦声渐渐消失，华盛又抽噎起来，“我想爸爸，爸爸回来剪指甲！”

“又哭？怎么又哭！讨厌死了！”铁栋不耐烦地朝着华盛吼起来。

“铁栋，小声说话！”陈素琳责备说。

“妈，如果爸爸不回家，我们也会去要饭吗？”华盛泪珠儿挂在眼睫毛上，天真地问。

陈素琳听了这话，浑身打了一个冷噤，两手却伸去抚揉着华盛略微卷曲的短发，说：“别担心，不会的！爸爸最疼华盛了！睡吧，爸爸在前面等着咱们呢！”

辅枢从包里找出指甲刀来，俯身去拉华盛说：“来，华盛，哥哥给你剪指甲！”陈素琳鼻头一酸，差点掉下泪来。

“爸爸为什么不陪我们一起走？”铁栋也走过去，靠着陈素琳的肩膀问。

“啰里啰唆干吗？爸爸在完成一个大大的任务，你懂吗？”张辅枢对铁栋一板一眼说，“爸爸要把大机器搬到后方去，生产、制造出最厉害的炸弹，炸死日本鬼子。那时候，我们一家就团圆了。”

这都是张连科临走时候说的话，陈素琳没想到辅枢竟记得一字不漏。她眼前仿佛看到张连科在前面的江岸码头上等着他们，不由得翘起嘴角温柔地笑了。

街头远处的二胡和洞箫声似乎又走了回来。在铺好的地铺上，辅枢和轶栋头挨着头躺下。

收好指甲刀，辅枢记起爸爸叮嘱他要每天读报，就在睡觉前翻看当天的《国民日报》。报纸上的新闻还是国军到处“打胜仗”，辅枢看着看着就有些不耐烦。

“哈，小儿安，每包定价七分。救扶急危，能治百病；居家旅行，常备圣药……”轶栋爬起来，盯着报纸上的广告词，像发现什么新大陆似的叫起来。

张辅枢气恼地把轶栋摁进被窝，说：“别出声！快睡觉！”轶栋又来挠辅枢的胳肢窝，两孩子正来来去去扭着，陈素琳温和地下令：“安静睡觉！再出声，看我怎么罚你们！”

辅枢一把捂住轶栋的嘴巴，轶栋挣扎着也伸手来捂辅枢的嘴巴，两人嘻嘻笑着。陈素琳长长叹了一口气，辅枢听到妈妈的叹气，赶紧把轶栋放开，拽着他的手，两人乖乖地闭上眼睛躺好。

“这小小宜昌，扼守三峡，是入川之天然门户，恐怕要热闹起来了。”月光照在篱墙上，隔壁房间突然传来争论声，其中一个说。

“这里是长江上下游分界处。往上，就算上游‘川江’了。”另一个声音响起，“宜昌往上就进了三峡，那水势可不比宜昌及下游，峡谷航路狭窄，落差大……”

难怪码头石碑上写着长江下游的船只到了宜昌就要换船转运。张辅枢听着有趣，伸长了脖子想听下去，可声音断断续续，两个眼皮子越来越重，终是迷迷糊糊地睡去。

陈素琳还睁着眼睛难以入睡，江水粼粼，在不远处呜咽，篱笼的斜影投射在补疤累累的旧蚊帐上，想到张连科也不知现在何处，一家人何时才能再见，心里又是一阵委屈涌过。

陈素琳带着孩子到宜昌的第二天晚上，就看到码头上突然之间就涌来了很多坐船而来的官员、眷属和伤兵。她犹豫着，想到邮电局查找钢迁会在宜昌的办事处地址，不料被告知没有这个单位存在。

这个时候，陈素琳不知道该去找谁，还是决定离开这个地方为好，买高价船票先到重庆。

张连科与吴健、张宽馀一行到达宜昌码头时，查光弼也带着由三北轮船公司运送的六河沟铁厂物资器材，抵达宜昌五龙堆栈码头等待转运。

五龙堆栈码头位于宜昌长江南岸，放置着钢迁会为主的兵工器材。钢迁会在此建立接待站等待转船进川，兵工署安排军人驻守码头。

说着八方口音的人们涌向宜昌水路枢纽，旅舍、民房的大屋小户被租赁一空。张连科经过宜昌，本是稍作休整就直接开往重庆，但看到宜昌挤压器材之严峻已完全超乎想象——前线撤回的厂矿物资络绎于途，在宜昌境内的长江南北两岸堆积如山。由于钢迁会经费遇阻，汉阳、大冶、六合沟等两万多吨器材仍然累积在宜昌码头两岸，绵延数里，甚为壮观。

而因需要换轮，人心恐慌，运输秩序更加混乱，航道阻塞也愈发加重。张连科立即向杨纪缜主任委员去电报，申请留在宜昌驻地亲自办理撤迁事务。杨纪缜亦只好同意下来，嘱其妥善安排后，速往重庆。

张连科一早就赶到交通部宜昌办事处与后勤船舶运输司令部等相关部门一一拜会，了解川江运输及船只分派最新情况。

入川水路，必经三峡。从宜昌溯江而上，三百里水路落差逾百米，途经秭归、巴东、巫山、奉节、云阳、万县、忠县、酆县、涪陵、长寿等10县，沿途滩险密集，须经过獭滩洞、青滩、滚子滩、泄滩、牛口滩、庙基子滩、东洋子滩、兴隆滩、抓滩等，险滩不下75滩之多，各滩又有枯水滩、洪水滩之分，各滩之险以青滩与泄滩为最。

张连科还了解到，自迁都重庆的决定公布之后，长江下游集中在武汉宜昌一带，再难上驶，川江航运以民生公司轮船为主承运者外，三北、招商、富华、协庆等轮船也参与了协助运川。但是到宜物资量甚为庞大，加之国营轮船公司效率低下、管理混乱，起卸机具欠缺，航行于宜昌与重庆段的川江船只运力严重不足。

张连科抱着公文袋出来后，心情沉重地回到五龙堆栈码头办公处。他拒绝把自己的办公地设在宜昌城中心，而坚持每天在钢迁会器材堆栈办公。

“现在船运紧俏，两艘外国轮船趁机提高票价，仍是供不应求。而一些商船害怕日机追击，拒绝运输军用物资，一些急需运转的机器无奈认下了高价包运。”黄宪奇得悉张连科留在了宜昌，赶紧跑来找到他，报告说，“就这样，也是杯水车薪，只能解决少量器材。”

“民生公司呢？”张连科问。

“民生的票价，卢先生倒是压得严苛，几乎只是市场价一半。可惜民生轮船也就二十来艘，船小，单船运载能力小的只有200吨，大的也不超过600来吨。”黄宪奇叹息说。

从武汉一路撤离出来，成千上万老人、孩子和女人们缺衣少食，甚至露宿街头，他们能够支撑下去，找到一个遮风避雨的地方吗？张连科看到眼前连绵不断的难民长龙，禁不住忧心忡忡：素琳带着孩子们可也顺利？该过了长沙吧？等这次把钢厂机器全部运到大渡口，就去接他们母子来一起，以后得好好陪着她和孩子们。

王霖源将器材押送至重庆后，接到黄宪奇股长的电令，又立刻跟着民权轮回到了宜昌。

民权轮船长兼领江徐大海，是一位刚正不阿的爱国人士。王霖源一路跟徐船长同吃同住，听他讲了很多走三峡过险滩、命悬一线又化险为夷的惊险故事。这些故事，让王霖源越发小心谨慎起来。

“滞留宜昌的2.7万吨器材必须尽可能迅速后运，万一来不及就实施破坏，决不能让它们落在日本人手里……”张连科接过朱亚芹送来的电报公函，打开最上面的一封，是国民政府边署（抗战期间的鄂、湘、川、黔四省边区主任公署）的电令。

“尽说废话！”看着这些千篇一律的电文就惹人生气，张连科一边说着，一边愤愤地扔下电函，旁边的电话机被撞起来弹了弹，几封电函哗地滑落在地上。

“厂长，我来念给您听吧。”朱亚芹拾起地上的函件说。

“这一封是船舶运输司令部向各轮船公司和撤迁单位转发交通部航务字491公函……为兼顾商货流通起见，交通部特准各公司轮船以该船载量百分之二十五载运商品。木船除各机关特别雇用者外，完全自由载运商品。”

黄宪奇带着王霖源走到办公室门口，正听到此处，马上发起感慨：“眼下川江船只已是……唉！”看到刚回来的王霖源，张连科点头示意他们在沙发里坐下，又吩咐朱亚芹去沏茶水。

王霖源接过朱亚芹手中的电函，往下读道：

“二、各轮船公司仅有轮船一艘不便兼运商品者，每专运兵工器材三次后，得驶宜专运商品一次。其有轮船多艘者，得照以上比例指定专轮驶宜运输商品，由汉口航政局约集有关各轮船公司与航空委员会及兵工署洽定。

“三、兵工航空器材及其他公物除需要迫切者外，应由秭归、巴东、巫山等处次第扫运……”

“霖源此次川江来回所见情形如何？”张连科签完桌上的批文，起身走近两人问道。

“厂长，这一路上，才发现兵工器材运费为市场最低，各船只争相运输高价商货。”王霖源想站起来回答，张连科两手按着他肩膀让他坐着说。王霖源接着向张厂长与黄股长报告说：“现在一些船只对我们的器材唯恐避运不及，甚至被军士逼押着超重运送，屡屡出现江难险情。”

“外面兵荒马乱，物价飞涨，商船逐利也是防不胜防、万难控制。这样的情形，对于我们完成运输很是不利。”黄宪奇摇摇头说道。

张连科对黄宪奇问道：“我们签订的川江船只有何变动？”

“民生公司的船只管理还算严格。”黄宪奇说。

“据说卢先生下令，不允许民生船多装商货。”王霖源抢着说道，“现在民主、民康、民勤、民苏、民熙、民福与民治7条轮船，运载兵厂之公物，载量共780吨，这些公物运费是最低的。”

“是的，目前民生公司只有民意、民安两轮搭载普通商户，载量仅140吨。”黄宪奇说道。

张连科感叹道：“这……大难之中必有大义之人。”

“是啊！但其他轮船公司不问真相，对他猜诟忌恨，使得一些政府人士也对民生公司产生了很大误解。”黄宪奇接着说道。

张连科沉默着望向窗外的江面，没想到这国难当头，各方利益之争依旧如此复杂。有消息说，日军开始向鄂西进犯，现被中国军队阻击在襄河东岸。战争带给老百姓的是无尽的伤痛。现实的残酷又推着人往前走，谁也无法懈怠。

朱亚芹端着茶水进来，放在黄宪奇和王霖源面前的木条几上。

张连科顺便问了问朱亚芹几个部门要员的转移情况。朱亚芹讲了两件事，让张连科颇为震惊：蒋副厂长上周出重金包租了一条私船，说好价格送一家人去重庆万县，却不想船尚未至三斗坪，即遭遇两名军人拿枪拦下，将全家随身携带的财产搜刮一空。蒋父被上膛的枪口对准脑袋，当即吓破了胆，送到附近诊所，竟然全身发青，一命呜呼。

另一件事是那个绰号“天不亮”的职员一家老小好不容易从宜昌码头挤上一条开往万州的轮船，却遭遇日机疯狂追击，全家被炸沉长江……

“黄股长，你妻小到重庆了吗？”张连科突然想到黄宪奇一直顾不上家人，在武汉时他特地安排查光弼派人好不容易把黄股长妻儿接离上海，跟随厂里家属迁往内地，也不知道现在情形如何。

“厂长，谢谢您！真没想到你默默安排了这一切。”黄宪奇由衷地感谢说，“内人又怀上了，现在我母亲也来了，帮忙照应着。”

“那要恭喜你啰，你在前方辛劳，后勤工作是得跟上啊，还是查老、小朱他们把家眷保障工作做得好！”张连科笑着说道。

朱亚芹张了张嘴，却又一句话都没有说出口。她想到张厂长一路操碎了心，可是素琳姐独自带着三个孩子到了岳阳还不知道情况如何呢，心中不免有些难以平静。

祁胜与张辅枢仓促见面之后，就跟随几位剧团工作人员搭乘拖轮赶去重庆。不料拖轮上驶将近崆岭一带，遇突发山洪，旋流冲击船身剧烈摇晃，船上人员紧急撤离时，祁胜不小心落入水中，瞬间被激流淹没。万幸的是，他在惊恐慌乱中抓住一块浮木，顺水漂向数里之外的骆驼河口，被正在上行的民权轮大副发现，放下救生艇去，捞上船来捡回一命。

大副看祁胜年小无依、很是可怜，让他跟着上船帮忙干活，不给工钱只管饱饭，祁胜嘴上自是感激不已，心中却盼着回到失事地重找剧团联络。

次日清晨船行过崆岭之下出事地点，祁胜跑到甲板上哀求水手向岸边几家木船打听，结果人人摇头，只叹这样的事常有发生，哪里去找剧团人员身影？

祁胜只好作罢留在船上。不过看他做事利索，本分老实，船员们也慢慢接纳了他，空闲时还叫他进舱顶舱底各个操作间玩。祁胜渐渐熟悉了这大轮船上的结构，有驾驶部、轮机部、客房部，职位有船长、大副、二副、一级水手……祁胜开始适应并且喜欢上船上的集体生活，为了留在船上，他起早摸黑拼命干活，讨好船上所有的人。船长、大副们自不用说，就连最底层的水手们他也低眉顺眼地敬着。

船行至秭归庙河，被督察人员发现两名茶房服务生伙同私藏鸦片进行买卖，被立即开除驱逐下船，茶房替补正好有个空缺，12岁的祁胜大胆地虚报了自己的年龄努力争取表现，竟得到船长徐大海的认可，当着大家夸赞祁胜这孩子沉稳又有眼力见，还点名要祁胜负责服侍驾驶舱的高级人员的伙食。

驾驶舱里，徐大海身着全牛皮长褂，嘴里衔着烟斗，两眼紧盯前方，祁胜进来忙完手里的活，不自觉地拿起大副放在椅子上的口琴吹了起来。

驾驶舱里突然琴声悠扬，徐船长回头一看，竟是祁胜，不由笑道："没想到你这孩子还留了一手，在哪学的啊？还会什么乐器？"

祁胜说："贫儿院儿童合唱团，学了钢琴、小提琴、笛子……"

"贫儿合唱团？哪里的？"徐大海惊讶地问。

"上海南市的贫儿院儿童合唱团。"祁胜低着头说出自己的身世，船员们听了都不胜唏嘘，对他更加了几分疼爱。

慢慢地，徐大海见到祁胜进驾驶舱来，就会时不时地教他一些规矩。祁胜把这些都记在心里，也常跟在大副身边，请教各种川江知识和船上的一些注意禁忌。大副也乐于给祁胜讲川江航道各个船员的习惯好恶，对祁胜说："茶房在船上没什么技术含量，就是靠一个眼明手快，要会看人做事。""是！大帅，我记下了！"祁胜嘴上答应着。他总是把大副叫做大帅。

一天，船上的老水手生病起不来床。祁胜知道了，自己没吃，就先给老水手送去一碗热粥。老水手拉着祁胜说："你这孩子心善，有好福气！"祁胜摆摆手，笑着说："你们都是我的恩人，这都是我应该报答的。"老水手大为感动，跟他出主意说："趁现在有机会在徐船长身边，要是能够想办法跟他学学，就够你小子这辈子出人头地了。"

祁胜心中为之一动，趁送夜宵的机会又问了问大副，才知道徐船长果然在川江上技术是响当当的，入行之时，是跟英国船长学习过现代轮船驾驶的。现在他不仅会驾驶船，更是熟悉掌握着川江各个季节变化的水文地理，是川江上少有的几位引水兼船长的人物，没有几个人能比。

祁胜暗自惊讶，羡慕之至，默默记下大副和老水手的话，逮着机会就围着徐船长转。虽然船长有西崽（即船长私人服务员）跟着，不过也有忙不过来的时候，于是祁胜帮着端饭打水洗衣擦鞋，该干的不该干的都抢着干。徐船长的新夫人上船时，祁胜更是费尽心机服侍，还省下饭钱给夫人买来最时新稀罕的沿途特产送去，让新太太很是惊喜开心。

人心也是肉长的，祁胜跟着民权轮从宜昌到万县走了几个来回后，徐船长终是默许祁胜可以在驾驶室随便出入待着了。

“左微。”

“稳。”

“右微——”驾驶舱里麦克风里传出一声声节奏紧凑的问答。

“重庆到宜昌648公里航道，落差达多少公里？任何分段？每公里，甚至每五米的石头大小形状都要记住！”徐大海反复训诫着左右两名舵手。

“青滩，湘溪王昭君故乡，这是书剑峡。”徐大海又在旁边介绍说。祁胜想，这个他们自然知道的。驾驶舱的人干吗留意这个呢？这与驾驶又没有关系呀。

“100米落差1.8米。”

“32米的钢缆，一根15吨拉力……”祁胜帮着清扫船员休息舱时，注意到二副和舵手每天都在悄悄地背这些东西。

到了吃饭时间，祁胜正仰头看着舱壁上挂着的规章制度：“驾驶人员不得冒险航行，不夜航；不得贪快走捷路和随意追越他船；不惧压迫，装运危险军品遵守航章；如应兵差时对方以武力强迫不可抗时的危机……”

突然听到船上的广播开始播放一个声音：“所有船员必须共赴国难，爱护交通工具，防止意外发生，冒险行为必须拒绝或禁止，不听劝告不听指挥者，报公司转报主管机关依法惩处。”

“什么叫共赴国难？”祁胜想弄清楚这个词，就在为大副盛米饭的时候，认认真真地问了一句。大副头也不抬，骂他一句："你一个穷娃仔管那么多？一件件做好你的服务就是共渡难关、共赴国难了！"祁胜挠挠头，向大副吐了下舌头就跑开了。

2. 智借船帮

后方新建的大渡口钢铁厂紧锣密鼓平场开工，各种机器零件都亟待到厂，缺一不可，黄宪奇自知责任重大，难免对运送机器及附属装备的每一个细节都心怀忐忑。

国之重器，一切需要保密进行，张连科与驻守宜昌的杨庐逸、吴健等人，组织运输股各队要员重新梳理了在宜器材，调整运输计划，重点保运800毫米轧机与8000匹、6400匹马力机组，拟即根据重点保运机器调配船只。

尽管兵工署下属各厂撤迁运输得以诸多先利，钢迁会运输船只仍然无比紧缺，而尤其严峻的是川江枯水期就要来临，黄宪奇得到消息说，进入枯水期后，马力较大、吃水较深的元本、元凤等轮船必须中止航行。那钢迁会滞留宜昌的上万吨大型器材怎么办？谁都明白，就算倾尽全力，近期内最多也只能运走四五千吨。那辛辛苦苦搬来的器材如果又进行炸毁，不是前功尽弃、白白牺牲了吗？

"船舶运输司令部也不知道干些什么事！如此下去也不是办法，枯水期一到，想要运到重庆更耗时费力！"黄宪奇到张连科办公室来，倒了一肚子的苦水后，向他求助说，"船，船，船！重山，能不能请军政部调剂给我们多一点船，来应急这个枯水抢运！"

张连科安慰他一定要冷静，并对他说已经通过翁文灏部长向行政院和参谋部反映，不光是争取更多的船只，还希望支援一部分有起卸装备的军方舰船。率性的黄宪奇竟然对着张连科连连鞠躬称谢，张连科甚感突然，有些哭笑不得。

"我们一方面争取上面支援，但也要做好最坏打算，如果确实无船可调，我们运输途中各个环节配合不要疏漏耽误，也是很重要的！"张连科想了想，又叮嘱说。

这时候，对面办公桌上伏案记录的吴健抬起头来，对他们建议道："不知道宜昌附近，有没有木船帮？通行川江水道，大船走不了，是不是可以多组织些柏木船！"

"附近有船帮？"张连科眼前一亮，又转头朝黄宪奇问道。

"宜昌沿岸的渔民基本上都被军方征用，我知道在上游不远的平善坝一带倒是有个较大的船帮。"黄宪奇兴奋地说。

张连科接着追问："木船到重庆，一般情况需多长时间？"

黄宪奇回答："一路上行全程约需30至40天，下行时约需10至15天。"

"机器庞大冗沉，木船装卸恐怕极为不便，怎么解决？"张连科问。

"之前我们征用徐某人的木船队，就要求他们自行准备上下船的竹跳板简易葫芦滑轮……"黄宪奇详细讲道，"木船队安排有我们的人员押运，两人一组，负责安全和联络工作。"

黄宪奇突然想到什么，眼神又黯淡下来。张连科看到他的神情变化，便问："有什么问题？"

"只是而今眼目下，运输都很危险，何况是借渔民吃饭的船，难啊！"黄宪奇只得坦言道，"平善坝只是一个小村落，几十户人家。这里的人，抬头是山，低头是水，祖祖辈辈都靠柏木船打鱼为生。而且那里的人性格顽劣，很是蛮横。"

"难是难啊，想办法也要试试！"张连科仰着头，把手里的令旗拨弄得哗哗作响。

看到张连科态度如此决绝，黄宪奇也不知不觉感到脸上有些发烫。

"这事怕不是一般困难，还得好好谋策谋策。"吴健低声感慨了一句说。

张连科拉着黄宪奇一块儿去找船舶司令部商量，想通过政府渠道调集一批柏木船协助运输钢迁会器材，却被焦头烂额的司令部值守人员当场回绝，让他们自己想办法组织民间木船。

虽然受到政府部门拒绝，黄宪奇却越来越迫切地想要实现这个计划，不由得摸着下巴说道："平善坝全村的木船，加起来，倒是有些规模……"张连科望着他，心里似乎有了主意。

平善坝这个长江边安宁的小渔村，祖祖辈辈的村民要想养家糊口光靠打鱼是不够的，还要上山砍柴，因此家家户户的男人除了有张渔网，每个男人都有一把磨得飞快的镰刀。现在战火波及这里，随着钢迁会建立临时堆栈、器材大量涌入，带着镰刀的村民们为了生活，想出一条大胆的挣钱之法——趁夜暗到钢迁会的物资堆积地偷拿物资。

张连科与黄宪奇将办公地转至平善坝不久，工作队的警卫人员就来报告说，有村民偷拿物资，被钢迁会工作人员现场抓到。

张连科了解到被抓的村民态度非常强硬，就让工作队的职员告诫那些村民说："偷军工器材罪名可不轻，更何况是战时的军需物资，必须把你们送去官办。"

听了这话，偷拿物资的几个村民马上就服了软。

张连科又让人故意放出话风："要想私了，也不是不可能，只要你们把船借给钢迁会，就可将功抵罪，不追究你们的责任。"

被关押的村民悄悄合计了一下，又狡黠地推说："借船我们本是愿意，但必须经过村长点头才行。"

张连科得知这个情况，却是正中下怀。于是让黄宪奇密令工作队放了一个村民回去报信，同时安排吴博青做好准备。果不其然，第二天村长就给钢迁会平善坝接待处的长官发来了邀请，约好午时在村长大宅谈判。

村长是一个68岁的铁匠，在这里打了半辈子铁，村里男人的镰刀差不多都出自他的手。张连科让吴博青带队，将偷拿物资被抓住的几个村民押着一起来到村里。铁匠把村民们召集起来在一座大宅子里，张连科判断，这应该是平日里全村集中开会断案的地方。

宅院中央放了一张宽大的黑漆八仙桌，一名赤脸白须的老者端坐在桌子上方，旁边围着几十个背手站立、脸色黢黑的村民。此时，院子里传话出来，钢迁会的人不能全部进院，只能长官入内谈判。

吴博青上前说："厂长，我跟你进去！"张连科看了看他，说："我一个人无妨。你穿着制服，进去不妥。"唐律衷站在张连科身后，见眼前一幕简直就像是赴鸿门宴，心里不禁有些发虚，额上竟出了层冷汗。

吴博青正欲劝阻，张连科含笑推开他的手臂，腰板挺直地跨步只身进了门去。

里面的人看到门前被警卫人员押着的村民，脸色都阴沉着。张连科一副书生模样，也敢只身进院，这些人倒也暗自惊奇。那老铁匠神情威严，横着眼对张连科从头到脚扫视一遍。

张连科不卑不亢地站直了，坦诚地主动报上了自己的职务与名号。

见张连科不像一般政府官员那样装模作样虚情假意，还主动开口介绍自己，村长果断地将双手向两边一挥，周围充满敌意的村民纷纷将藏在身后的镰刀放在了地上。

张连科磊落地点头致意，转身对门外看着的吴博青抬手一挥，警卫人员即刻给几位犯事村民解绑。

村长微微点头，旁边的人将张连科引到方桌左侧的贵宾位入座。

接下来的交谈竟出奇融洽，那老者倒很欣赏张连科的坦诚，也表示自己见识浅薄，没有理解到钢迁会借船运送器材到后方的意义。

“跟先生您一样，在下也是山野养育、打铁为生，也是在春夏秋冬、风里雨里靠一双手、两条腿跑饭钱、糊口养家……”张连科说，“严格说来，我们并非官员，也是活一门手艺，想要为我们的子孙后代做点像样的事情。”

最后，村长表达了自己的敬意，竟爽快答应将全村的船凑齐了全借给钢迁会，还表示要听从张连科安排，组织村里劳动力装卸搬运物资。

此事的前后反转，让黄宪奇、吴博青等跟钢迁会的职员们津津乐道了好一段时间。

卢作孚从汉口赶到宜昌时，第一件事不是到安福里路的交通部宜昌办事处，而是先到了怀远路1号民生公司宜昌分公司。

车刚驶入路口，卢作孚就看到那栋熟悉的西式建筑风格的办公楼四周空地上，里里外外全是等着购船票入川的人。

黑压压的人群拥挤在办公楼过道和各个办公室，大门口还有两个穿制服的军官气势汹汹地威胁着要优先购票。而各个办公室里的职员都在声嘶力竭地全力办理交涉解释工作，根本没有时间去办运输了。卢作孚眉头紧锁地下了车，扒开人群往里走。

“李经理，立刻停止一切交涉！马上组织安排抢运。”卢作孚满脸严肃，对前来迎接的李肇基说，“看看你们，整个宜昌公司的人，一个个都焦头烂额！”

卢作孚又令警卫员找来快艇，让李肇基一起巡查宜昌境内的航道及堆栈情况。李肇基带着卢先生一行接连视察了好几处码头，发现各处疏运工作确实进展不甚理想。

回到民生老码头，肖林正驾驶军车赶到江边。卢作孚叫上肖林，一起往宜昌码头对岸为堆放兵工器材新建的五龙堆栈去。

到达五龙码头，沿岸大大小小的木箱堆垒皆如小山般高。兵工署转运在宜昌的，主要是钢迁会的重型器材，以及巩县和汉阳两家兵工厂的设备等待发运。

李肇基告诉卢作孚，张连科刚到五龙堆栈值守，卢作孚径自走进钢迁会的临时办公处，找到张连科开始讨论积累器材加快疏运的办法。

“我们的器材是过于庞大，3吨以上的不在少数，难点在于缺少上下船的机械装置。”张连科实实在在地说。

“我们也正在重点解决起卸问题。”肖林忍不住跟张连科诉说，“五龙码头的船舶也是希望都加吊杆，加快运输效率的，可是押运官就是不允许船只停下来有一分钟的耽误。”

正在张连科身边的王霖源立刻站起来抢白道：“不是不让停，是让你们弄清楚装置吊杆完成的时间！”

肖林见这位军官年轻气盛，即低头闭口不语了。李肇基皱了皱眉，直接对张连科说道：“目前运品变化很大，各公司的轮船，多是兵工署、军需署及政府机关统包装运的军需要件……钢迁会器材所占的份额颇重，我们希望掌握下一步是否还有钢迁会的机器运来，大约会有多少，方可决定。”

卢作孚点点头，说道：“如笨重机器今后运宜者绝少，而完成装置需要的时间过长，则无须加制设备；否则，立刻购料、赶工完成。”

“是的，先生，我们民乐船已完成吊杆装置，实施机械装卸，其他船只也要陆续解决。”李肇基说。

此时卢作孚看着被张连科拉到身后的王霖源，向他问道：“年轻人，此次押船到重庆，一路还顺利吧？”

“哼！顺利？”王霖源听到问这次押船就来气，看到张连科温和而严厉的目光，于是压低了嗓门说，“民熙船只烧油搁浅滞留问题，先生知否？”

张连科已经听王霖源报告了民熙船烧油一事，暗暗担心近来市面常用油物料价格上涨数十倍，民生轮船难以维持燃油恐怕影响运输节奏。何况兵工器材按照原合同价肯定是成本难敷，而眼下川江上的客商为了争取一次运送机会，每吨商货黑市运费冲到了360元。

卢作孚正欲细问，张连科想缓和一下气氛，对卢作孚与李肇基感慨说：“兵工器材让民生公司负担加重了啊！”

“按照政府开始的合约，兵工器材从宜昌至重庆运费是每吨30元，政府机关物资每吨42元，也就是目前市场价的十分之一……”李肇基苦笑着摊开双手说道。

肖林点头说道：“现在川江上哪家轮船都在想办法挤出装煤吨位，以沿途加煤、加装商货的办法，偷运高价物资。这些现象看似可恶，也实乃生存所迫。”

“民熙这次器材搁浅也是迫不得已，张主任委员见谅，宜昌这边已重新派船去救济转运。”李肇基趁此机会向张连科解释说。

“民熙轮被杂有桐油损坏内部，可就是在宜昌上的机器油，致其须停修一周以上。此为非常严重之影响。你们必须严查，机油存在何处？何人负责保管？是否因人盗窃而掺杂桐油？”王霖源年轻气盛，连连质问。

“这个事情怎么没有及时上报？”卢作孚听到此处，极为严厉地对李肇基说，“立刻将全部存油彻底检查一遍，好好查一查桐油杂入原因，必须找出原因，拿出详尽的报告，通示全公司各船职员警惕！这种事情决不允许再次发生！”

“好的，我们尽快彻查清楚，先生请放心。”李肇基一边拿着笔在本子上记录，一边答道。

卢作孚又接着吩咐：“民熙机器受损程度若干，须如何补救等，尽快与公司财政部报告并电函给重庆行营备案。”

“卢先生，张厂长，喝口茶，提提神。”朱亚芹为卢先生一行端来几杯新沏的蜀山绿茶。

卢作孚抬眼看看这个瘦削的女孩子，也感到刚才语气过于严厉，就笑着对朱亚芹说："谢谢这位钢铁姑娘！"

朱亚芹有些不好意思，抬头看了看张连科。张连科朝她点了点头，朱亚芹也朝卢作孚礼貌地笑笑转身出去了。

卢作孚转身又叮嘱李肇基说："眼下情形愈发紧张，五龙这边需要抓紧发船节奏，排除一切困难，即日起调整为'各轮当日到，次晨拂晓开'。"

"你跟各站联系，空船一定不能装煤。如仓底有货，则煤只装舱面，最多以30吨为限。"肖林笑道，"目前重庆煤供紧俏、煤价飞涨，与长江以下各地价差颇巨，因此很多偷运贩煤，以获厚利。"

"宜昌分公司当前位置特殊、任务艰巨，务须督促抵宜的各民生轮提高运转效率。办事处首先做好职员责任分工，有一问题即有专人负责解决。你作为负责之人也应照料联系全局，不应自当问题之冲。"李肇基拿出随身的笔记本记下。卢作孚两眼盯着他，继续说，"每日之晨也应有紧张之会议，将重要工作加以整理，将当前问题限时解决，乃不致有延搁之病……"

李肇基一一记下，卢先生接着说："各方函电务须依其要求立刻正确裁答，万不可阅后置之。裁复函电应有专人，其尚待办理之件，亦须先行答以交办情形，直到办完，再以所得结果告之……"

王霖源在旁边看着，暗生敬佩。

李肇基在本子上做好记录后，又谨慎地看着张连科问："张主任委员，如今五龙码头各轮装载发运时间目的地，请指示明确。"

张连科说道："目前情形倒也无妨，只是你们以水道处名义接洽富华、协庆承转兵署器材……我担心你们的人难以操控船只。"

这时候，一位码头上的职员跑来找卢作孚问道："卢次长，五龙堆栈的电话今天能不能通？"

"架设由长江联运处担任，之前配错，现在改为十一号线，今晚或可成功。"卢作孚答应说。

张连科在旁边听了长出一口气，接着说："好，好！之前我们到长江联运处商请报给交通部，令告电话局尽快安设，仍然没有解决，真让人上火！"

卢作孚与李肇基都沉默了一会儿。黄宪奇进屋来，在张连科身旁低声说了几句，张连科即刻起身向卢作孚等人告辞出去。

李肇基看着王霖源，小心地说："之前按贵会人员嘱咐，平善坝南津关一带新到的器材船只，全部停泊在南岸，如果敌机密集来袭，恐有危险。"

王霖源听了着急说道："这你刚才咋不当面向张厂长报告？！"

说话间，卢作孚的警卫员匆匆送来一份电函。卢作孚打开一阅，即叫上肖林，两人起身向几位道别，出门乘坐军车离去。

"七七事变"之后，上月卢作孚当机立断取消了出国访问计划，并用准备的外汇金镑在香港购进了大批柴油、润滑油和钢铁配件材料；同时，他向孔士洋行又追加订购了一对柴油引擎，须付4622镑4先令2便士。刚才接到消息，须立刻赶往北岸美国商业银行找徐堪协调购买此份额的外汇，俾维信用。

王霖源眼见已近黄昏时分，两手合拱，告辞说："李经理为兵工器材转运连日费心，霖源在此深表谢意；今日多有得罪，望请多多包涵，霖源先行告辞。"

李肇基苦着脸解释说："务请转告杨、张两位主任委员，我们民生与你们的目标一致，眼下境况越来越艰难，只需要兵工署与交通部，包括船舶总司令部、航道管理局与我们各部门彼此尽消前嫌，并肩协作，竭力疏通就可一举解决。"

王霖源转身拱手深深长揖。

李肇基提高声音，追着他的背影说道："你们放心去，卢先生说了，军工西迁，民生轮船当鼎力相助！"

听到外面有轮船鸣笛起航，李肇基猛地想起卢先生吩咐下午接到杜重远和邹韬奋的来电，说是叶圣陶先生在宜昌候船，同时有70岁老母及眷属老老少少五人同行，急欲搭船到川，且需民生公司援手相助。另中央研究院气象研究所吕蕴明最近由汉赴宜转川，也需要民生公司帮助搭轮。卢先生叮嘱他说，平日里，民生公司轮船事项多得各界朋友支持帮忙，在此危难时刻，朋友们的情谊亦需要尽力去照顾，不能坐视不管。

李肇基拿起笔来在信函上批注后，递与秘书说："你去跑上一趟，特别是要使叶先生和家人觅得舱位，同时请联系中央饭店的服务人员和他接洽一下。”秘书接过函件搭独木船过江而去。

刚才杨纪缜让人来请张连科到宜昌码头见面，办理钢迁会川江运输经费大事。张连科与黄宪奇一起来到宜昌长江南岸，走向两公里长的宜昌码头上一个军事管制区。

两人都注意到前方有位穿着旗袍和扣袢低跟皮鞋的女子拎着一只竹藤箱子，牵着一个穿儿童西装的男孩，正用广东话跟负责看守码头的警卫人员争执什么事情。

正经过时，张连科听到关于船票的词句，男孩仰头问：“妈，我们今晚还住亭子里啊？”女人没有理会孩子，与警卫人员说的内容不时蹦出几个报纸上常有的政府官员的名字。不知道怎么一个交接，那警卫队的人开始眼珠子盯在女人身上乱转，含沙射影地说着一些下流话，说着说着，瞬间转变态度，连连点头鞠躬敬礼，说着：“实在抱歉，是吴大人家眷啊，小人狗眼小人狗眼，请大人海涵、大人海涵……”张连科听着猛地揪心一痛，素琳她带着孩子走到哪里了？这一路是否顺利啊？这难民潮里有多少高贵的女子为了拿到一张船票，不得不抛头露面去与人周旋、费尽口舌啊。

“闪开！闪开！开水烫背哦！”耳后陡然响起一串川音吆喝。一个看起来精瘦的汉子扛着两个麻袋快步走着，唐律衷忙扶着张厂长往旁边避开，却仍然被呼呼过来的麻袋一角挂了个趔趄。汉子完全没有停下或者减速的意思，也没有停下或者减速的可能，张连科却下意识地朝他的背影说了一声：“对不起。”

唐律衷伸出手臂在张连科身前一挡，趁势拉着他往路边一让。张连科才注意到在那汉子身后，跟着一队精壮力夫合力抬着一只约2米多高的松木箱子过来。这条熙熙攘攘的临江街路上，大木箱后面还有一长串载着物资的小推车，在人群中吆喝着开辟出路来。

“今天又从巫山船帮召来了300名力工到五龙。”唐律衷低声说。

张连科点点头，埋头避开水坑往前走。心里琢磨着有了木船，接下来得好好把握木船运输的安全，一是木船来回时间周期长，另则船小难保机器平安渡过三峡险滩。刚才得到航道管理处的复函，告知拟将三斗坪大件器材转运推迟到水涨以后大轮开航之时。

危急之时，兵工署将钢迁会列至军运之外，航道运输处等部门心照不宣，对钢迁会器材运输安排上立刻有了滞迟的改变。钢迁会物资疏运的压力更大了。

钢迁会一些押运职员迁怒于民生公司，议论说，这就是卢作孚出任交通部次长后，代表民生轮船公司与某些政府力量的博弈，而根源就在于之前兵工署拟定的器材运价太低，目前堆积宜昌市区内的器材，民生公司不可能再贴本派轮运送器材了。民生公司新拟订宜昌器材转运计划，完全不提之前承诺的民元、民本大轮到宜，保障运送大件器材之事。

听到传言，杨纪缜大为光火，并以兵工署名义向民生总公司发出第3278号快邮代电，同时向民生宜昌办事处发去电令：

“现时，本处倾全力抢救者，厥为宜昌大件，似以仍照去年洪水期之办法，以元、本、权、风、俗、贵、俭7轮拨归本署专用，由本处按照实际情形随时指挥调动配运……”

但是民生公司并没有按此办理，黄宪奇百般催促也无济于事。杨纪缜乘机飞至宜昌，当着很多人大骂李肇基负责的宜昌转运计划没有得以施行，并让民生总部派人来与兵工署谈判。

宜昌江面上晨雾渐开，码头上响起一阵鞭炮声，张连科放眼望去，江滩上一大片师生分成5个纵队，有序地走上五艘大木船。每艘木船装载约20余人，浩浩荡荡出发了。

杨庐逸在旁边跟张连科讲，在国立南京戏剧专科学校任教的朋友到了宜昌，由于急要入川的机关、学校、群众团体太多，每天能分配到的轮船票也就3张，学校为了公平，大家抓阄决定谁先谁后。在候船的日子里，他朋友和同事们就拎着一只铜锣，齐唱抗战歌曲，在宜昌街头、长江码头岸上打锣吆喝，招揽观看街头剧《放下你的鞭子》《疯子的母亲》；还装扮成各样角色打场子、呼口号，场面十分热烈。

看着码头上堆积如山的器材，张连科与黄宪奇身着制服，找到了怀远路民生宜昌分公司办公楼前。他们难以置信地看到，一、二层办公室走廊上堵满了争运器材的人，几个门卫拦也拦不住。黄宪奇亮了一下证件，扒开人群大步走了进去，张连科跟着上楼去。

经过楼梯的短短路程中，他们看到这里各个科室的人都在不停地接电话、打电话，几台电报机同时发出啵啵嘶响。

“张主任委员亲自驾到啊！请坐请坐！”李肇基站起身来把一份处理好的电文交给秘书，满脸笑容地打着招呼，又向旁边一位伏案疾书的人招呼说，“来来来，童经理，介绍一下。”

那人从电文堆的顶端取下一份文件，抬头朝张连科一笑：“张主任委员，我早已见过！”原来是之前兼任军委会水运处主任的童少生，半月不见，童少生方正的脸庞上猛地瘦削了下去，两眼却遮掩不住一股子倔强。

“钢迁会过宜器材，承蒙民生公司合作及本会同人辛勤之努力，陆续迁运入川。”张连科拱手客气地说道。

童少生望了望他，埋头匆匆签署文件，心里还想着卢先生说得没错，这张主任委员真是修养好，无论什么时候，始终谦和待人，积极乐观。

黄宪奇从沙发上站起来，顺手抽过来一方木椅，靠在童少生办公桌旁坐下，黑着脸说道：“好！童主任在，你清楚我们各地拆回的这么多器材，拥塞在宜昌码头！童主任说说该怎么办！”

童少生依旧埋头用一支派克钢笔在文件上签完字，抬头对门口站着的一位秘书模样的职员说：“哎？！怎么没给两位贵客上茶呀？”

李肇基有些尴尬地看了看张连科。张连科这时候仰起头，望着童少生说：“之前，童主任与我也讨论到，这些器材装卸不易，堆积地点易受敌机轰炸追击。可是，目前运输焦点唯在宜昌与三斗坪两点，疏散情况可不乐观。”

李肇基放下文件，起身过去坐在张连科对面的沙发里，认真地听着。

“童主任、李经理，我们今天来，是需要民生公司给予一个明确回答，运输期限目前必须缩短。”黄宪奇不耐烦地说，“枯水期前钢迁会剩下的全部转移，三斗坪的大型机器直达大渡口。”

童少生低着头沉吟不语。黄宪奇给了张连科一个催促的眼色，张连科看着童少生和李肇基两人，也沉默着不说话。

“李经理，这样吧，还是不为难你们，我们还是去找卢次长，请他直接说说眼下的器材怎么办吧！”黄宪奇两手交叉抄在胸前，两眼瞪着童少生和李肇基说。

“我的宪奇兄，你还是这个急脾气。”童少生站起身，把批示完的电文抖一抖，递给上前送茶的助理，两手握拳捶了捶后腰，说，“二位兄台也看到了，如今宜昌沿江两岸等待的人员物资差不多要了我和肇基的命啰！”

“大半年间，政府以扬子江中下游及海运轮船的全力，将一切人员和器材集中到了武汉、宜昌；可是扬子江上游运输能力嫌太小，中下游轮船又奈何不了蜀道三峡。”童少生说。

接着李肇基又满脸无奈地说：“我们的船员已经满负荷工作了，他们也是人，也有老小需要看护。”

“我的李大经理，你知不知道，现在是什么时候？”黄宪奇站在屋子中央，夸张地两手抱头，对着李肇基吼道，“这个宜昌，这个五龙！说句不该说的话，全中国的兵工工业、航空工业、重工业、轻工业的前途，都交付在这里了。那些搬不走的大型器材，可是民族工业最后的精华。”

张连科又盯着童少生说：“是啊，童主任，如果这些工业器材不能及时入川，会严重影响大后方军事工业重建；再如果，留在宜昌，被日本人占用、掠走，那么，后果更不堪……”

“这个，张主任委员不用过于焦心。”童少生抬头看着张连科，说，“昨日卢先生已着手新的部署，让滞留在宜昌的机器设备加快转运。”

张连科看了看黄宪奇，两人都缓了口气下来，寒暄了几句告辞。

3. 枯水危机

日军疯狂加速西侵，侦察机飞临宜昌城上空，很快就盯上长江北岸为兵工器材新筑的五龙堆栈。

张连科奋力奔走呼吁，兵工署调集了6门高射炮抗击掩护。前有船只触礁，后有敌机轰炸，川江运输形势空前险峻，张连科日夜督守、组织转运。

这个时候，杨纪缜也从重庆乘机赶到宜昌。到达宜昌后，杨纪缜把张连科从北岸五龙堆栈叫来兵工署办事处碰头商量。

张连科择要报告钢迁会滞留在宜的器材情况，重点报告交通部当日给各部门及轮船公司发出的枯水期警报，说是进入10月之后，长江上游还有40天左右的中水位，较大轮船尚能航行，过后就是漫长的枯水期，大型设备根本无法入川。

“也就是说，我们所有器材必须在40天内运走？”杨纪缜听张连科讲到这里，就按捺不住要马上去交通部找卢作孚，边走边说，“正好你们来得整齐，我们这就会会卢次长去！”

黄宪奇激动地跟着一起上了杨司长的专用吉普车。近日为了加大器材转运量，黄宪奇已向交通部提请数次，也没有定下与卢先生见面的时间。

车驶进交通部宜昌办事处。这是交通部租下的一个木结构的楼院，里面不断有行色匆匆的职员拿着新打印出来的票单、报告进进出出。卢作孚站在二层中间办公室的玻璃窗前，见惯不惊地看到院里又涌进来几辆军车，下来几个穿军制服的人，便叫肖林下楼迎接，又吩咐人准备一壶茶。

眼看敌军逼近，军品运输仍有大量滞留，兵工署俞大维索性呈函给军委办公厅，又奏了卢作孚一本黑状。卢作孚刚接到办公厅电话告知，心有戚戚。

肖林站在大门前，笑着迎接杨纪缜一行。等他们走进办公室后，卢作孚忙站起来，热情招呼杨纪缜他们到旁边一个简易会议室坐下，肖林也忙着递上三杯茶水。张连科注意到，这会议室是卢先生那间40平方米的办公室隔出的一个会客区域，方便又实用。

张连科见杨纪缜风风火火一路杀来，这会儿却在卢先生面前云淡风轻似的。估计这杨司长也不愿在同属军事委员会的部门人员面前乱了阵脚。

杨纪缜与卢作孚寒暄几句，甚至评点了一下重庆人的性格。张连科看到肖林一言不发地捏着手中手套，欲言又止的样子。这时候，杨纪缜却颇有意味地对卢作孚感叹说：“你们重庆人性格耿直，办事效率高……”

“我知道你们急，”卢作孚回头叫上肖林过来一起坐下，方才说，“而我，又何尝不急？”

“当下紧迫得火烧眉毛了，卢先生是怎么急的？”黄宪奇听卢作孚这话，冲动地站起来问。张连科赶紧拉着黄宪奇坐下，大家都非常着急，但没想到他在卢次长面前这么沉不住气。

“只能冷静下来，积极想办法。”卢作孚看了看黄宪奇，依旧缓缓说道，“钢迁会的器材个头大、分量重，重庆运输一趟费时太长。”

肖林坐在角落里望着卢先生，发觉先生脸上的颧骨陡然又凸出了一些，下意识地咬紧下唇，闪过些许担忧。

卢作孚又看着杨纪缜说：“之前经济部组织大鑫钢厂、中华铁工厂、清华大学机器、中央工业实验所机器，均提前数月谋划与民生公司合作，而兵工署协议于后加入，民生公司顾全战时所急，尽量设法先运你们的，引起民营厂矿诸多不满，所言也属合理，大家同是关系吾国防之工业进行，不分孰轻孰重。”

“我卢某人自到交通部，就不再以民生经理一职为任。”卢作孚继续说道，“当前运输问题，是民生公司与其他轮船公司共同的责任。我身处抗战之中，必须把自己的责任担负起来，想尽办法，用尽力量，忠义报国……”

肖林在卢作孚身后，补充道：“卢先生顾全长江运输大局，已经饬令民生公司各只轮船到宜昌或重庆时，平均只停一天整顿，此为业内之先河，没有一家轮船公司能够办到的。”

张连科默契地与杨纪缜眼神交汇，说：“如此，则工作效率可大增加，我们三万余吨，足可如期运完而尚有余力。”刚才来的路上，杨纪缜提到俞大维强势告卢作孚的黑状，军政部最后决议不惜以最高运费给予外轮，请其助运。而卢作孚身为交通部要员，只一味严格管理民生轮船、要求民生人忠义报国的努力，在政府很多人眼里却是作秀表现，四处散播风凉话，甚至于造谣污蔑。张连科早已看透，这国民政府内部之间已是讹诈混乱、贪污腐化、不成体统，正所谓“上梁不正下梁歪”，武汉、宜昌各部军队下的分队及散兵游勇也是敲诈勒索、遇船即抢，而船夫稍有反抗即被毙命；许多船家恐惧船只被抢、搭上性命，木船多逗留三斗坪黄陵庙附近，不肯再往东行运输；而规模大些、人员多些的动力驳船，却因为燃油和煤炭稀缺价格暴涨而难以行船。

“枯水期川江是怎么个情况？”杨纪缜直接问道。

肖林介绍说：“长江上游每年从12月初到次年2月末，就进入枯水期。这期间，长江水位大大下降，以致大一点的轮船都不能开进来，只能停航。”

“可是按照你们现在组织的运力，要把目前器材全部运至重庆，至少需要1年时间。”黄宪奇的手指敲击着桌子，着急地说。

“40天时间内完成这样大的运输量，就是天方夜谭，除非奇迹。”张连科摇摇头说。

“开什么玩笑！这怎么行？兵工署与民生签下合同，要将全部军需物资运出宜昌的，这可不是轻易开玩笑的！”杨纪缜忽地站起来说道。大部分军需物资已征集专船运走，剩下的军工器材不便运输，尤其费时费力，但今天来找卢作孚，就是想再施加压力，让卢再想想办法。

“杨司长，您最是知道的，宜渝川江航线以滩浅、滩险著称，加之日本飞机每天盯着船只数次轰炸，给我们的船员造成了严重的心理负担——他们时刻在水上，最有生命之虞。”肖林给杨纪缜递上一支香烟，杨抬手接过，却并不点燃。

“这种隐蔽的因素，给船舶安全带来诸多不利。”肖林继续说，“其实诸位的压力与焦虑，应该不及临危受命、偏上虎山的卢先生之甚。”

杨纪缜、张连科、黄宪奇皆被肖林一席话给镇住，一时没有言语。卢作孚当即朝肖林摆摆手，开口表示自己将赶在枯水期前夕，亲自笃守全部器材出宜。

见枯水期的抢运一时也没有解决方案，杨纪缜接着说了说在三峡各处加快增设转运码头的事情。卢作孚即提议杨纪缜一起去宜昌两岸码头，看看目前积压堆放的器材保管情形。

杨纪缜欣然同意，叫来警卫员驾驶三轮摩托在前面开路，剩下的人乘轿车随后连续到招商码头、三北堆栈几处实地查看。

卢作孚看到工厂机器实在是堆积过多，有些甚至锈蚀，但是在轰炸中因为掩体伪装，尚未有大的损失，也感到一丝庆幸。

张连科发现码头上装卸的新船存在一个构造上的重要缺陷——它们绝大多数的上下货及燃料船口甚小，装卸费时，延搁时间甚多。他大为惊讶，于是与黄宪奇不断地在各处询问各个船上的人家。船家基本上都是讲，上面公司负责的经理按照旧制下令，并不了解现在运输实际需要，以致有此失误。卢作孚当即下令，让肖林报请重庆总部予以整改。

掌握了船舶情况后，杨纪缜径自回了兵工署宜昌办事处，张连科、黄宪奇一起返回五龙堆栈。卢作孚又与肖林赶去宜昌分公司，召集童少生等人讨论船口的对策。

回到五龙码头，张连科问："咱们的时间太紧，还是要督促他们尽快解决船口问题。"

"目前宜处新定每日转运多少量？"杨庐逸看到他们回来，满怀希望地问。

黄宪奇还在气恼杨纪缜都不到钢迁会五龙堆栈看看大家，直接回兵工署宜昌办事处，摇头叹气地对杨庐逸说："按照民生所拟计划呈报军政部，谓每月可运6000吨……后来民生公司又说那是他们自列之全部运输预算，并不是兵工署器材可以运到此额，民生负责兵署运量不能达到此数。"

"那么以后到底能运多少？至少也得保障我们300吨吧？"杨庐逸追问道。

"川江行船，必须要这种吃水浅、功率大、船壳坚固等特殊构造的船只，"黄宪奇看看张连科，疲惫地解释说，"运输轮船还特别要求船长和引水人员要有相当的经验和技能，这些因素决定民生公司在目前川江运输中的话语权啊。"

正说着话，王霖源气喘吁吁跑进来，对张连科、黄宪奇大喊道："完了完了……"

"什么事？"黄宪奇霍地站起来厉声问。

"船在洗鱼洲，被炸沉两艘……"

"我们新调的50艘木船停泊在那！"黄宪奇大呼。

"到宜的最后一批器材，损失了好多！"王霖源说。听到这儿，张连科与杨庐逸惊愕地对望一眼。

"沉住气，不要惊慌！"张连科马上说。唐律衷一直愣着，忘了自己正在做记录。

接着，张连科把相关事项进行部署，让唐律衷立刻选派卫兵与医护人员，黄宪奇紧急协调船队赶往洗鱼洲组织营救。

军事委员会决议高价商请川江外轮抢运，但还迟迟得不到外轮方面的答复，最后任务又交到交通部常务次长卢作孚手里。

卢作孚忍辱负重，毅然接收下任务，通过民生公司的人员前去打听一番，方了解到这两艘所谓外轮，全为华资挂法旗之船，实际上是重庆聚福轮船公司经营的福源、福同两轮。为了争取福源、福同这两只大轮加入政府撤运，卢作孚决定飞往重庆，找船方经理李泽敷商议。

卢作孚以交通部名义，郑重找到船方经理李泽敷晓以大义，鼓劝福源、福同这两只大轮全力协助国家运输宜昌堆积器材。

默不作声地听卢作孚说了很久，李泽敷勉为其难地说："轮船公司为了保全挂外旗的关系，仍然限于运输非军品器材……在下素以敬仰先生，今日先生亲自出面，也是有心无力，只能够帮忙在运费较普通货价上稍减。"

卢作孚再一番劝说，最终只能忍痛罢矣。肖林跟着卢先生出来后，愤愤不平地说："以中国之财力而不能助中国战时之运输，他们也应该扪心自问良心安是不安乎？"

卢作孚满脸失望，一直缄口不语，两人连夜乘船返回宜昌。

张连科看完军事委员会的专线电令，刚准备联系肖林，却接到肖林电话，通知他马上赶到交通部宜昌办事处参加会议。

卢作孚招集了在宜的各机关部门，兵工署宜昌办事处、钢迁会、长联处负责人与各大轮船公司在宜人员前去开会。不料，会议开始各方就在互相责难，一时争执不休竟难以解决。第一次参加这种会议的杨纪缜逮住机会，就对着航政局和长联处的负责人一阵数落。

"杨司长，你可不能怪我们，现在一天就有数艘船只被军方突然拉差。"长联处负责人大胆地说了一通。

"特别是在应兵工署差遣中，拉差方往往只考虑用船多装器械材料，对船舶的安全不管不顾……"肖林马上附和，但瞥见卢先生脸色一沉，立刻闭口不再发言。

“说具体发生在什么地方？什么时间？”杨纪缜瞪着长联处负责人问。

“比比皆是！那些押运的人在不该抛锚的地方随心所欲地勒令船长抛锚，不敢运输的船也强制运送油料与爆炸品……在差运的货物中，有相当部分属于危险品。您知道，这一旦出现差错、走锚，发生爆炸，后果不堪设想啊！”长联处负责人涨红了脸说，“杨司长不会忘记那年在黄浦江爆炸的军运油船吧？现在川江领水和船员们情绪很大，几度要罢船停工，都被我们的人竭力劝住。”

张连科这次也听到王霖源讲，运输船只几次半途遭遇拉差方的胁迫，屡屡出现险情，都憋屈着表示要停船不走了，王霖源也屡屡向沿途军方反映，但局势太乱，申诉无济于事、没有回应，此种状况甚至愈演愈烈。

卢作孚委婉地提醒杨纪缜，希望通过兵工署向军政部报告，船舶应差时应限制载量，搭乘轮船官兵务必遵守秩序及船方指导。

“眼下宜昌积客积货均多，货运交通应重点倾向五龙转口为中心，多派人员担任工作。”杨纪缜又说道，“尤其在装货方面，须全由轮船公司担任。对富华、协庆同样助之。还有新船闸口一事……”

卢作孚对杨纪缜点点头，埋头在笔记簿上飞快地记录了一下，说：“至今武汉运宜客货有加无减，栈房、码头、驳船、小工，无一不感受到极大困难。上半年肇基他们支持内外用尽全力，而宜昌损失客货赔偿曾达巨万，原因皆在左右无分工之人，以致事前未能有充分之准备，当时复无细密之管理，接下来会着力督促加强细致管理。”

众人又议了一阵，陆续告辞。卢作孚待客人走后，将童少生、李肇基等人叫来办公室询问。

“李经理，新船闸口的问题、民熙机器杂有桐油问题，你们查清没有？”想到最近一连串发生的事情，民生公司内部管理也存在很多问题，卢作孚以少有的严厉语气问道，“现在查证的情况究竟如何？怎么掺进桐油的？是盗窃之人？尤其是掺桐油事件性质恶劣，机务股是否立案上报？”

由于实在是没有新的进展，李肇基愣着不知道如何应答：“这，这，我们的人在准备调查报告……”他脸上带着难堪，说话有些语结。

“外面乘机偷运高价物资的行为，民生的船绝不允许违规操作。”卢先生继续说，“我们只求安全不求厚利。严格按照公司颁布的非常时期注意……”

“《非常时期防止船舶意外事件注意事项》。”肖林提醒道。

“没错！应当加强贯彻海损咨询会议制度，定期组织经验丰富的船长、引水及顾问做出分析总结。”卢作孚又耐着性子说道，“尤其是忙碌紧张的时期，更要强化管理。将航行路段自然条件的变化、船舶技术状况、驾驶操作经验教训做好记载，通告全司各轮以引起注意，避免损失！”

李肇基、童少生和肖林各自拿着笔记簿在竹椅上坐着，不时抬头望着卢先生。卢作孚眼眶凹陷，身形更加瘦削。童少生忍不住在心底叹息一下，与强敌的抗战方才开始，先生如此负重揽责，压力非议已经排山倒海，先生可要挺住啊。庆幸的是，卢先生早些年就让民生公司建立了一条完整的煤炭供应线。从内陆宜宾到上海2500多公里的沿线，差不多设有24个煤炭供应点。卢先生对公司讲究科学管理，尽量把产供销结合起来，使各供应点有充足的煤源供应与储备。这样一来，民生公司的船舶随处可以加煤。

沪战开始时，卢先生从香港购回柴油储存在各站以备船运，避免了民生公司因战时物资紧缺陷入危机。最近民生公司以运输器材为投资成本，合作开发了天府煤矿，还打算在云阳、奉节、万县、涪陵等地开发小煤矿。因为一些特殊用途，肖林也多次向卢先生提议加大抵换投资实业。

看到童少生若有所思的样子，卢作孚提高了音量嘱咐说：“我们工作进行中所发生的问题，要找出症结所在，设法解决，同各方面互谋帮助，能解除别人的麻烦，则自己的麻烦也因而减少嘛。民熙问题，盼将全部存油检查一遍，务要杜绝以后再有此现象发生。”

肖林在旁边望着他们，扬起下巴颇为感慨地说：“卢先生只要能替国家想得出的办法，都是要去做到的。”

“中国抗战到了这个时候，最重要的交通线只有两条，一是粤汉铁路，一则川江。川江运输，民生公司又占大半……我总是希望大家继续为国家努力，为公司努力。”卢作孚眼里泪光一闪，对李肇基说，“在此困难时期，我也看到你终日辛劳，苦无相当助手，故拟派左君克明助兄料理栈房，你意下如何？”

李肇基有些意外，赶紧点头道：“好！好！克明兄来，我正缺人手！”

“交通部部长张嘉璈已接受王洸建议，建设机械绞滩站助轮进川。”卢作孚接着说。

“前年，主管航道的海关设有川江打滩委员会专办此事，可是一直没行动起来。”童少生说。

“抗战全面爆发后，川江打滩委员会炸去了崆岭南漕的礁石，对绞滩工程从未办理。川江原有土法绞滩，普兰田任法国兵舰的川江领江、海关长江上游巡江司时，曾力主以科学方法改良绞滩技术，终以赞助乏人，未能实现。”卢作孚接着说道。

李肇基接着说：“去年也遇上川江水位特枯，我们的轮船一度无法上驶，就于青滩设手摇绞机，想以对绞的方法使轮船顺利上滩。可当地滩民认为我们在青滩抢了他们的饭碗，群起悍然反对，手摇机也被迫撤除。”

“当时的航道管理权在海关手中，怎能靠它来改善航运状况。”肖林摇摇头说。

“现在都支持抗日，为物资和中下游船舶西撤创造更好的航道条件，交通部已派汉口航政局局长王洸兼任绞滩委员会主任委员，请宜昌办事处主任曾白光兼任副主任委员。”卢作孚说。

“现在汉口来的大江轮进川仅凭自身，不可能通过三峡，改善川江航行条件，办机械绞滩势在必行。”卢作孚对童少生和肖林叮嘱说，“中下游船舶无法入川，大批物资西迁必然延缓，抗日大计也将受影响。我们民生人尤其应对建设机械绞滩站，予以鼎力支持。”童少生连连点头答应。

4. 40天抢运

敌人十几架轰炸机黑压压地盘旋在空中，五龙堆栈附近隐藏的高射炮接连发射回击，敌机匆匆丢了几串炸弹在江中，就一溜烟返航了。

敌机空袭一过，人们立刻就从五龙码头各处简陋的防空设施中涌出。转眼间，岸上人头攒动，有的推车，有的扛包，争先恐后地肩担背抬、加快搬运；江上大大小小的船舶樯帆林立，一面面旌旗重新升起，在风中飘舞，俨然一幅慷慨激昂、奋战救亡的画卷。

“迁建厂工作关系抗战前途，不拼死奋即不克有成，多数员工甚喻斯旨，夙勉尽职。”受此感染，张连科端坐在简陋的办公桌前奋笔疾书给兵工署的报告。

下午，张连科接到交通部办公室临时通知赶到宜昌办事处，已经迟到了几分钟。

进了会议室，坐下才发现今天在宜的各个政府部门和单位要员济济一堂，众声喧嚣。

交通部常务次长卢作孚独坐中间位置，低头翻看厚厚一沓运输统计表。肖林站起来张罗着会场，挥手示意大家安静，待议论声渐渐平息后，他开场即说：“想必各单位都接到水情通知了，从今日起，川江航道还剩40天左右的中水位。”

参会的要员又发出一阵交头接耳的低语声。卢作孚抬起头来，目光沉着地环视一遍会场人员。

“卢次长，这可是不行的哦！”汉阳兵工厂新到的厂长坐在后排位置，立刻着急喊起来。

杨纪缜坐在前排中间位置，两手横抄在胸前，鼻孔出气重重地哼了两声。

“卢先生，万万要给我们拿个主意啊！我们建设工地就等机器安装了……”工矿调整处的林墉季满脸愁云，开口说道。

“我们这里也是啊，等米下锅的节奏！”旁边的人又七嘴八舌争相说起自家情况来。

“不要急！不要急！听着。”卢作孚看看大家，开口说道，“今天让大家来，就是要请大家来商议一个解决枯水期前宜昌转运方案。”

张连科嘴巴微微张着，似信非信地望向卢先生。

“近日以来，眼看长江沿岸物资堆积如山，我与诸位一样忧心如焚，感同身受，整日苦思。”卢作孚声音沙哑着，诚恳地说，“要想加快转运，必得缩短回船周期。要实现回船周期缩短，只得将渝宜航道化整为零。”

“化整为零？”林墉季一头雾水地问。

“驳船宜昌至重庆，去时溯江而上，要走4天，返回顺江而下需2天，来回一趟6天。为了缩短运载时间，除大型设备、重要物资用专船直运重庆，再从重庆运送奔赴抗日前线的将士外，其他的轮船则分为三段航行。”

“三段航行？”大家都张大了嘴巴齐刷刷地看着他。只见卢先生抬手哗地拉开身后墙上的布帘，一幅题写着《40天川江抢运运输计划》的水路图展现在大家眼前。

“是！三段航行！”卢先生肯定地点点头。

“怎么个三段划法？”杨纪缜仰起了头，身体前倾，似乎想站起来，又立刻坐稳下来。

“我打算将川江500里行程，划分为三段航行：宜昌至三斗坪为第一段；三斗坪至万县为第二段；万县至重庆为第三段。每艘船以吃水深度、马力大小为基本依据，用一部分船只先运货物至三斗坪，当即返回；再由公司调船运至万县或直运重庆。”

“分段航行？可有调剂胜算？”张连科佩服卢作孚的智慧，但想到如今局势危急时间紧迫，不禁又忧心忡忡。

卢作孚似乎成竹在胸：“我做了沿江巡访，碰到一位在外国轮船上干过的老茶房，他说，过去川路公司和庆余轮船公司，曾经联合试验过分段航行。但是，所有的试验都没有完全成功……”屋里一片寂静，张连科几乎能听到杨纪缜、黄宪奇重重的呼吸声。

此刻唯有肖林心中有数，他跟着卢先生已经召集多名经验丰富的川江轮船船长、领江及航道技术人员进行了反复的研究，才做出这个大胆的决策：将长江上游宜昌至重庆的航线分为三段，每段根据不同的水位、流速、地形来调整马力、船型、速度合适的轮船分段航行运输，以保证枯水期前川江上物资撤迁运输。

“1937年1月重庆水位降到零下0.7米，宜昌达零下0.82米，出现了多年未见的特枯水位。往年，渝、宜两地最低水位一般在零度上下浮动。不得已，中外轮船全部停航，四川通往外省的运输动脉濒于绝断。”卢作孚垂下眼皮，平静地说，“为了减少枯水期停航的损失，民生公司当时也尝试过分段换轮航行。”

“愿闻其详。”素来大嗓门的杨纪缜竟温和地轻声说道。

“当时，川路公司和庆余轮船公司的股东们不甘心，召集了5位经验丰富的川江船长和引水，在新滩、崆岭滩、兴隆滩三个险阻之处换轮航行；但因公路与轮船转换不便，效果不大。后来，又有一艘轮船在泄滩触礁沉没。”

“到底胜数几成？这个办法？”杨纪缜立刻追问道。卢先生犹豫了一下，停住不语。

“今日情形之艰难不比从前，还当更多团结配合，方能抱以希望。”卢作孚坚定地说。

肖林接着说：“当时，民生公司将渝宜线分三段航行。以重庆到万县为上段，万县到庙河为中段，庙河到宜昌为下段……现在情形有所不同。”

卢作孚点点头，从手提包取出一沓手稿，上面密密麻麻、圈圈点点，但尚可以看出条理，“三段航行法”五个字被大写在第一页的右上角。他举起手中的手稿，一字一句地说：“目前局势迫不得已，我决心联合诸君，试试分段航行，一举破除川江枯水期必然停航的陈规，不知各位意下如何？”

张连科惊讶地望着卢先生。他个子瘦小，关键时刻却有一股顶天立地的气势，在举国西撤人心惶惶之际，担负起了一份重要的责任。

杨纪缜倒是听出一点弦外之音，低头与旁边的一位交通部要员问询着什么。

肖林补充道：“数日来，卢先生派人到各处做好准备，征用民间木驳、增加雇工以备抢运。需要向各位通报的是，为了尽快抢送宜昌滞留的人员，明日起，所有轮船客运舱将实行‘坐票制’，所有船只二等舱铺位一律改为坐票，让达官贵人与平民同舱，这样能够增加一倍以上的载客量。”

坐在后面的童少生起身看向大家，郑重说道：“应卢先生指令，自明日凌晨始，民字号轮船全面降低船价运费：对公教人员实行半费，对战区难童免费；对厂矿物资运费再减，价格保持最优……”

听到这儿，杨纪缜、张连科都愣住了，大家目光相对，掺杂着讶异与疑惑。肖林也一时没有回过神来，会议室里却响起一片热烈的掌声，林墉季率先为卢先生鼓起掌来。

卢作孚又继续说道：“临近枯水期航道地形更加复杂，公营厂矿机器、工具、原料及公务人员优先运送。”

听卢先生说话间，张连科两手交叉，十指紧紧拧握着。他努力克制住内心的激动，向卢先生确认五龙堆栈的器材什么时间能够全部撤离。

“据我们掌握的情况，在宜昌五龙码头兵工器材尚有万吨，其中三分之一是正由沙市进入宜昌，这些器材有3000吨以上，即将原驳上拖到黄陵庙，卸货船返；2500吨重件交轮运，1至15吨的小件有1500吨，交木驳上拖；其他15吨以上的大件近百件，约千吨，需由民元、民本轮到宜装运，民元轮新装起重设备可以负载17吨重量货物，或可加快一半效率。”

张连科万未料到，卢先生讲起五龙码头兵工器材竟似信手拈来滔滔不绝。

“卢先生，你不是个军人，但对日本鬼子，你胜过一万颗炸弹！”张连科激动得一下子起身说道。

“炸弹力量小，不足以完全消灭敌人，我们要学微生物的威力哟。”卢作孚不动声色地谈笑了一句。大家一听，竟哄地大笑起来。

卢先生接着认真地说：“炸弹威力有限，微生物悄无声息的力量，影响开来威力才大，才能全面消灭敌人！”

大家都兴奋地笑着，会场顿时热闹起来。肖林还在悄悄琢磨卢先生说学习微生物的话语。

肖林很快缓过神来，招呼大家说：“请参会各机关据此分配吨位，各自选运主要器材，配合成套，先行起运；其余交由木船运输，或待另订计划运输。”

卢先生满脸郑重地对大家说：“为了保证效率，至于何轮装运何机关器材，任何部门不能插手，由我亲自进行分配！”看卢先生态度如此坚决，各单位代表人员也都表示了同意。

大家带着期许各自散去，可是各轮船公司的办事人员仍然围在交通部办事处楼前，等候着关于枯水期的进一步指令，不肯散去。

眼前大渡口钢铁厂新建工程浩繁，由上海、南京、武汉及沿海地区陆续撤往重庆的技术工人已达上万人，投入大渡口钢铁厂及綦江铁矿的建设。

川江航道上，铁驳船、木驳船、拖轮、小木船各显风流，各路人马带领各自的船队穿梭在激流险滩之间。40天抢运的“三段航行”计划开始实施，卢作孚亲自坐镇宜昌进行指挥，民生公司、三北轮船公司、招商轮船公司等接连新开宜奉、宜巫、宜巴等线充实短航，三斗坪、巴东、巫山、奉节等沿途设立了临时办事处。

为了适应各船抢运的需要，卢作孚下令在未设电台的轮船上增设电台，但当时重庆没有无线电公司，有钱也买不到电台设备，民生公司电台职工自行研制电台，竟成功新置10台在新增转运点和参加抢运的船只上投入使用。

山下夜色朦胧，码头上几只船并列靠在岸边，人们忙着吊运货箱。张连科终于接到素琳来信。他拿到信放在内袋中，没舍得马上打开。

回到简易寝室，张连科立刻摸出信来打开。这可是和素琳与孩子们在汉阳铁厂码头分别2个月后才收到的第一封信，信里内页抬头是："亲爱的爸爸……"

张连科一看，是长子辅枢用铅笔写下的字迹，眼底一热，心中甚是波涛汹涌般难以平静，此刻的他感叹素琳随自己十余年，生下三个孩子，含辛茹苦，劳碌奔波，自己真是欠素琳太多。今又于战乱中孤身携幼承受流离颠沛，感念至深。只留一个笔记本予素琳，另予辅枢自来水笔一支，聊作鼓励，匆匆道声珍重即告别而去，自己何曾尽了做丈夫、做父亲的一点点责任?

"厂长！厂长！"几声急促的呼喊打断了张连科难得的缱绻，他赶紧收起信纸。唐律衷疾步送上密电函。张连科打开方知是严恩棫发来代电。严恩棫与刘刚押送的船队刚至南津关时，遇到敌机轰炸，船被炸翻。危急时刻，严与刘等高级职员率先跳进冰冷的河里，组织人员冒险抢回了大部分的物资。

唐律衷又低声说道："钢厂水运处通知，已在三斗坪调配好钢迁会专用码头，以便接纳宜昌上运那两万吨器材。"听此消息，张连科不由得一怔，看来给钢迁会分派的短途运输量还是改变不了。他本希望通过卢先生协调部署，水运处再次能够将亟待建设的钢铁厂机器物资全部送抵重庆，或者是更近一些的万县、巫山，现在的局面实在是顾不过来，加之钢迁会宜昌转运经费迟迟拖欠，想必交通部门也是勉为其难，只能将物资抓紧撤离宜昌即算交差。

而现在让张连科放心不下的还有那台大家伙——8000匹马力蒸汽机。陈式揖、王霖源押送的马力机庞大的汽缸、齿轮和曲柄轴部分，是核心部件，向军政部申请的军舰一推再推，目前水位眼看一点点下落，大型轮船难以上驶，必须抢着最后的中水位运走。

外面突然响起一阵急促的狗吠，停在栈房前的车灯光束刺眼，张连科正准备出去，即看到童少生跳下车匆匆踏进门来。

“重山兄，抱歉深夜打扰！”童少生满脸是汗地站在张连科面前开始讲明情况。原来，童少生是带着民生人员来向钢迁会赔罪，说预定转运三斗坪器材的民意轮突然出现动力故障，须马上停泊，还需进厂修理。

张连科听到又是船只出现意外，连连顿足叹息。民意轮运送的物资，正是国内无法生产的全进口耐火砖，每一块型号尺寸都有所不同，运送不及必然耽误钢铁厂高炉建设。之前水运处接连告知钢迁会，协庆轮目前因水浅不能航行直达至万县，民福轮又被船舶管理所扣用，张连科已经找相关单位和部门呼吁多次。眼下大渡口钢铁厂急用之耐火材料又要被耽搁半月甚至更长时间，其延误后果必将影响整体建设进度，非钢迁会所能负担。

看到张连科受此打击脸色苍白，童少生更急得汗如泉涌。张连科不得已又以紧急密电向杨纪缜报告，希望协商调剂军船予以保障，但迟迟不见其回复。

因卢作孚已飞至重庆参加会议，不在宜昌，张连科连夜找到肖林说情，肖林带着他到水运处提出将民康轮加入运输。对方当着肖林、张连科的面与重庆方面一番协商之后，又解释说民康轮本月两次从小青滩上运迁厂器材共112吨到达万县，而今因江水枯落，恐已不能上下青滩。

张连科回到五龙堆栈后，立刻专线向杨纪缜通报唯一适合转运耐火砖的民康轮困在万县。杨纪缜大为光火，回电必须不计代价地让民康轮下青滩回宜。张连科不得已又催促肖林接连发电至重庆方面，几经辗转找到卢先生，恳请卢先生想办法紧急调配，尽可能在万县组织民康轮冒险试航中低水位，下宜昌五龙接运器材。

刚处理完此事，张连科收到俞大维从重庆发来加急密电，说最高当局限令短期内先行建立一座小型化铁炉，以补救各兵工厂在渝之铁荒。可器材迁运一再受阻，而钢铁厂所需工序复杂、设备配件上万品种规格，工程异常繁复。

张连科派人请来尚在五龙的吴健、张宽馀等人征求意见，均建议集中力量后方建设一座最低限度的化铁炉，可每日出铁20吨以应急需。同时，张连科给严恩棫、刘刚发去电令，让两位将南津关物资暂行托人看管，急速赶往重庆大渡口新址，准备建设20吨化铁炉事宜。

“这马力蒸汽机咱可要小心。”闲下来的陈式揖跟旁边坐着的王霖源小声叮嘱着。

“我知道，太大了它！”王霖源说，“把这一个民权轮甲板几乎占满了。”

“大？这箱是它的汽缸，比一般汽机大十倍！”陈式揖得意地说，“瞧，那边那个最高最大的，知道是什么不？”

“不知道。”王霖源望了一眼那台靠船舷边放着的两层大木箱，摇摇头。

“大齿轮的曲柄轴！”陈式揖神秘而得意地说道，“那是中国最大的齿轮，直径有两层楼高，上次是用军舰押送到重庆折腾了一个多星期才卸完货。整个马力机，就这一个齿轮就价值连城！”

“难怪黄股长再三跟我说，一定要保护好这船机器。”王霖源恍然大悟般说道。一路前行，两人更加小心地观望着水文，观察着天气，守护着机器箱子唯恐丢失。

黄宪奇押送的民康轮终于驶离宜昌，经南津关在三斗坪靠岸停泊。上岸后，受到钢迁会办事处工作人员的热情安顿与接待。走进安排好的休息间后，一位同事特来交给他一封家信。黄宪奇激动地急忙打开。

信是母亲写来的，告诉他女儿出生，母女平安，同时叮嘱他一路保重、安心工作。黄宪奇手里捏着电报直笑，眼泪不住地往外涌，即刻提笔给母亲回信，并为女儿取名三坪，以纪念最后一批钢迁会机器平安离宜，到达了暂时的安全之地三斗坪。

第二天一早，黄宪奇又接到张连科发来的电报。新的任务是要他立刻押送民康轮上运一批砌炉急用的机具设备。

三斗坪此刻堆积了剩下的两万吨兵工器材，平缓的江面上，民康轮即将起锚出港，却因为乘客甚多，行李又重，船身上重下轻，失去平衡，遂有左右倾斜之势；加之岸上搭客又蜂拥而来，声势汹汹，航警也阻拦不住……

眼看情况不妙，民康轮船长要求退客，但轮船经理却执意认为船长不顾公司收入，故意刁难。一些乘客在旁听到船长与经理争吵，纷纷起哄。旁边几名军人叫骂不已，几至拔枪动武，船长不得已只好下令开船。民康轮后面还带引着50艘装载着六合沟厂拆卸的重要物资的木驳船。

民康轮开出约3个小时，行至庙河口遇雾掉头抛锚。突然船身倾斜大幅摇晃，险些不能恢复。一片惊慌中，万幸中船身平稳下来，所有人吓得不敢再争执喧哗。

一路谨慎上驶，快到茅坪时，日军飞机追击而来。此时，跟在民康轮后面的木船帮在哨音指挥下，快速形成几道首尾呼应的长龙，大家呼喊着号子赶紧靠向岸边。

在峡谷中敌机不敢俯冲，这片水面开阔，就对着船队一带疯狂轰炸。船队纷纷靠岸躲避，两只木船因水流过激无法靠岸，突然被冲出船队，随波逐流地暴露在江面，船员只好跳水求生。黄宪奇眼睁睁看着漂走的木船不幸中弹，辛辛苦苦运送至此的数十吨器材沉入江底，咬牙跺脚却也无可奈何。

张连科拿到卢作孚亲手制订的五龙器材抢运计划后，安排黄宪奇值守五龙，自己亲自组织船队赶到南津关，将严恩棫与刘刚留在这里的物资重新装运上行。

短短一周时间，川江水位往下落了近一米。船队进入西陵峡，过庙河绕行崆岭滩，穿越牛肝马肺峡不久，就看到前方驳船还未行一半，便相继搁浅。

“哎，青滩难啊！”领航的船队不得不招呼后面的各船停泊岸边，等待水势起来后，再试图上运。

时间一点点过去，眼看天黑下来，张连科多方问询后，召集起押船的航道运输处技术人员与几名经验丰富的船长进行紧急商议过滩良策。

“他奶奶的，眼下大青滩太凶险了！眼下水势完全不具备，驳船迂回上行，万万不可。”带队的船长抓下头戴的毡帽，狠狠扔进身后的藤椅圈里，直言说道。

“是啊，即使有军令，看看大青滩对岸的白骨塔，这谁敢拿命去赌？”旁边的高级船员也附和说。

“冒险过滩，稍不留神失去控制，船上所有人员就不可挽回！”航道处长官也摇头说道。

“请别误会，现在不是下令，”张连科磊落地解释说，“都为的是抗战大计，川江险滩千古之难，还请各位船长帮忙出主意。”

“主要是水位太浅，船上全是重器。”一位驳船的船长犹豫着说。

“一切尊重专业，安全还是首要前提。”张连科抓住时机问，“咱们组织人力转陆路如何？”

“进川全是山道，靠人力抬运，确实勉为其难。”徐大海担心地说。

旁边的吴博青语气坚决地说：“再没有其他办法，我们就唯有组织人力，靠人力肩膀翻山越岭抬过去！”

驳船船长抬头看了看岸上，对张连科说：“张主任委员，我们之前尝试过将货物起岸盘运，结果人力扛运翻起山来，才知道那山路陡直危险，大箱子根本上不去，稍不小心就连人带货滚下山来。”

“是的，我们小组就因为抬机器上山路，下面的人被机器砸下来……”一名年轻职员在门口小心说道。

“箱件重，抬运上山确实诸多危险，我们再做考虑吧。”张连科长叹一声说道。

“如果只是抬运一段，让空船上行……”那位驳船船长谨慎说道。

张连科眼睛一亮，问：“您请讲。”

几位船长相互望了一望，齐声说道：“这个办法虽然费力，或许还算安全，可以试试。”

大家纷纷建议一番要项之后，张连科果断下令行动转移。大家分头指挥船队中涉及重要物件的船只，小心翼翼地提防着转向浅水处划行，挑选出船队里的起重工匠和当地的精干民夫，通过绞绳拉到浅滩出口之处。

但是几艘重要船只移到特别干涸处，又迫不得已停下，大家十分疲惫，纷纷气馁想要放弃。吴博青也沮丧地叹息道：“罢罢罢，老天爷不赏饭吃也！”

张连科冒险下滩，仔细查看水情，鼓励大家振作起来，并且很有信心地说自己已经找到解决办法。船员们都累得东倒西歪，不可思议地看着他。

原来张连科想到民生轮船公司在青滩一带设立了接待站，专门帮助船只办理客货转运和船只加油修整业务。张连科已通过电报机恳请童少生安排青滩接待站支援，很快岸上赶来了数十名提着铁锹和起重工具的劳工人员。他让吴博青一方面指挥起重工人组成搬运队伍，将笨重器材人力搬提至岸上；一方面竟亲自带领剩余人员，拿起铁锹等工具开滩修路。

大家齐心协力忙碌近两个时辰后，卸空的船队终于在几位船长协力指挥下成功驶过大青滩。到了安全水域，岸上和船上的人群激动不已，一阵欢呼雀跃。一身泥水、两脚水疱的张连科振臂招呼大家再接再厉，将所有器材物资，重新费力装至船上，继续谨慎上行。

驶过秭归，又提心吊胆走完长长的拽滩之后，张连科终于感到浑身轻松，回休息舱躺下一会儿，却听到有人砰砰敲响舱门。

“请进！”张连科大喊一声。

船上的一名年轻的电报员拘谨地拿着电函送来，张连科接过便说：“谢谢！辛苦了！”

电报员竟朝他鞠了一躬，又默不作声地退下。张连科愣愣地望着他关好舱门，才拿出密电码本，开始自己翻译电文。

电报译出，乃兵工署俞大维密电，指令张连科在前方巴东站转船，接受新的重要任务。

5. 巴东重逢

巴东码头，又为官渡口，地处峡江咽喉，水陆交汇，历史悠久。这里上达巫山、奉节、重庆，下通秭归、宜昌、武汉，船只往来，异常热闹，也是进出巫峡船只躲避风浪与停泊休息的地方。抗战后，巴东更是成为川江航道之枢纽，官渡口古镇也成为钢迁会物资器材最大的转运点。

张连科随船队驶近巴东，很远就看见码头上商贩众多，人来人往，一片繁荣。两名钢迁会办事人员在岸上举牌引导，靠岸的区域各有醒目的标记。驳船抵岸，船头哐的一声闷响，底部牢牢地扎进沙土。张连科大步跳上了岸上的石阶，抬头看到本在水边站着的一个长发蓬松的汉子，旁若无人般，急急忙忙大步蹿上湿漉漉的石阶，往高台上的一排栈房里跑去。

“那不是陈式揖？”张连科定睛一看，对吴博青说道。“喂，陈式揖！陈式揖！”吴博青在身后大声喊着。

“张厂长？吴队长！你们怎么在这里？”那船上跳出来的几个人嘴里呼喊着，惊喜地朝张连科与吴博青围了上来。

陈式揖听到喊叫声，转身看了一眼，又漠然地继续往岸堤上走。张连科感觉陈式揖那眼神中有点不对劲，还来不及多想，就被一群叫不上名字的钢迁会职员激动地围了起来。

大家互相握着手，搂着肩膀拍打，七嘴八舌地问候着。吴博青问了问路上的情况，几个人抢着说了一气。张连科大概听明白了，陈式揖带着这个组押运器材，因庙河码头等着上船的伤兵拥塞，岸上一位执勤军官突然下令卸下三箱机器，陈式揖阻拦不已，则愤怒地与对方争执不下，进而扭打起来，船长也来劝说军官一番，不能再上士兵，却遭受对方威胁。船只不得已超载，而上行不久在兴隆滩江面上摇摇晃晃险致倾覆。船上军官令持枪士兵推下两只木箱留在浅滩处，陈式揖气得要跟着跳水，被王霖源死死抱住。

张连科听了，心里也有些难受。他能理解陈式揖，这一路千难万险，眼看过完最后一段水路就可以建设新钢厂，这遇上兵匪抢船竟功亏一篑。不是所有的牺牲和付出都能得到理解，每个人内心都有脆弱的时刻，超出了内心承受的底线，哪怕一次小小的摇摆与触动，也会把七尺硬汉压垮。

望着陈式揖颓败的背影，张连科体谅每一路船队同人都是多么艰险不易，本想去找陈式揖说说话，却不停地有人找来汇报各种需要处理的问题。

第二天一早，杨庐逸、查光弼等几支船队，都先后抵达巴东。战火中，能够在深山峡谷间再次见面，一张张面孔都感到格外亲切。为了庆祝难得的相聚，张连科吩咐集体聚餐，大家虽然疲惫，却个个情绪高涨。查光弼和朱亚芹张罗着在码头上的官渡口古镇买来肉和蔬菜，加上船上钓的鱼，支起几口铜锅，各自摆上瓦锅，放进花椒辣椒姜葱一边烫着吃，一边看着翻腾的江涛之上船只轻摇，如军队阵营般排列，大家彼此相望，开怀畅饮，亲密无间，颇感痛快之至。

吃喝之余，张连科忍不住还是惦记起路上的器材安全来，询问说：“有没有人观察到日机来袭是否存在一定规律？”杨庐逸一愣，正不知道怎么回答。

王霖源抢着说：“当然有！我观察，敌机一般会在上午9、10点钟出现。”

张连科拍了拍他的肩，说：“霖源是有心人！不错！”王霖源更加自信起来，响亮地回道："厂长放心，这是分内之事！"张连科笑着点点头，又在席间劝着大家多吃菜，大家又是一阵说笑，陈式揖仍然默不作声独自埋头喝着闷酒。

"厂长，请斧正。"旁边一直埋头书写的唐律衷，将一张墨迹未干的纸笺递给张连科。张连科笑着接过来问："又新填的词？"

"刚填的《流浪追忆》，请厂长指教。"唐律衷说。

"踏上征途，触目处哀鸿辽阔；曾忆得，平郊客满，赏花情烈。舞袖香怜蝴蝶梦，茜窗影逗蛾眉月。好词！"

大家安静下来，朱亚芹接过纸笺往下念："有谁知，乌履一时消，河山血。思往事，情凄切，神州恨，何时歇？望阳关千里，旅怀凄咽。巫峡啼猿萦客念，故园空晧子规舌，盼奇兵一战复辽东，沉冤雪。"

"盼奇兵一战复辽东，沉冤雪。"查光弼不禁重复念着这一句，说，"好！好啊！"

"来，来，来为了早日复辽东，干一杯！"杨庐逸难得豪爽地端起酒杯一饮而尽。经历过生死攸关的迁运途中相聚，总是让人意外惊喜，大家频频举杯，彼此问候与祝福，同事间的情感更多了一层患难中的真挚。

看着大家重新焕发出的精神活力，张连科也很是振奋。简单而快乐的聚餐之后，大家又开始清理物资、整理船队，各自准备出发。张连科对巴东堆放的器材全部巡查之后，重新调整押运船队之领首。

趁着船队休整的空闲，朱亚芹拉着陈式揖走向江边散步。两人在一处安静的乱石滩坐下，陈式揖望着眼前滚滚流逝的江水，一动不动。朱亚芹用手挽着陈式揖的胳膊，把头斜靠在陈式揖肩上，轻轻诉说自己第一次看到漩流怒涛的惊心动魄，讲到上次押送拖载货物的船只受阻，停留船队竟然绵延两三里水岸，后来赶上起潮，水流湍急，船身摇晃厉害，船上机器险遭翻覆……

相聚的时光如流星一般飞逝，朱亚芹似乎有说不完的话，陈式揖沉默地微笑着，一副若有所思的样子。

江面上，民权轮发动机声音响起，岸上的哨笛也在催促人们上船了。

正忙着寻找船只加运人员的查光弼见民权轮准备出发，跑去找到船上的理货人员，想协商让民权轮带上二十多位工人上行。理货人员连连推辞，不敢答应。张连科即带着查光弼去拜会民权轮领首徐大海船长。

张连科亲自陈情前方青滩新增栈点需交付劳工以增加装卸力量，并夸赞卢作孚提出“三段航运”的妙计，改变了以前颇呈混乱的运输现象，转运效率明显提高，由此各处需要增配劳工人员。徐大海当即表示理解和支持，派人找来船上客房管理员，马上核对了到岸下船人员，恰能容纳20人许。查光弼方舒了一口气，叫来朱亚芹马上确定劳工名单，通知大家立刻上船。

张连科向徐大海道谢之后，即转身向巴东办事处交代接收后续的宜昌发出的器材。王霖源跟着徐大海回到驾驶舱，悄悄向徐大海介绍了张连科身份。徐大海惊讶地回头看了看张连科忙碌的身影，摇摇头说：“这样的将官少见！知书达理又亲力亲为，我第一次见到！”

堤岸上，杨庐逸、查光弼、朱亚芹微笑着向船上的同事们用力挥手。朱亚芹大声喊着：“一路平安！”

船上的汽笛鸣响，徐大海推开驾驶舱的门，低头看向前方的水情，一个瘦小的身影在他的身后放上一盅热腾腾的茶水。

在民权轮带领下，后面的驳船依次跟着向上游而去。起航的长笛响起，朱亚芹望向江心的笑脸上早已爬满了泪水。

离开巴东后，民权号一路向上平稳行驶，祁胜忙前忙后侍候着，为驾驶舱的船员们端上新沏的茶水。

跟随民权轮航行两趟来回，祁胜亲眼看到徐大海船长对各处滩险的河床形式、漕口宽窄及水位深浅谙熟于心。有一天，他忍不住问徐船长：“您说这一路，您最怕的地方是哪儿？”

“要说害怕，只要是进了这三峡，我这把骨头啊，随时都绷紧了。要说最危险的地方是哪儿？那可实在是太多了！”徐大海摇摇头说，“这川江水道有宽有窄、有深有浅，完全没有规律可言，如同一匹桀骜不驯的野马！要想驯服它，全凭记忆和经验，礁石的高度，航道的宽度全都刻在脑海里！”祁胜睁大了眼睛，佩服地望着他。这船长确实是责任重大——只要船开着，他就守在驾驶台，连吃饭都是端到驾驶舱来吃。

祁胜一路上听老水手讲，川江上最具权威的是四大险滩的引水，也称为领江。前两年，宜昌关核定长江上游引水名额为179名，多为资望较深者；后来轮船公司让少数船长学习引水，至考试提升及格给予引水执照，徐大海与另一位民生轮船船长向银寿一起夺得“头等大引水”称号。

徐大海见祁胜记忆力惊人，学习勤奋，也很有悟性，便在沿途空闲时示教于他。祁胜自是感激，对徐船长敬若父亲一般。他也越来越觉得“头等大引水”称号比剧团团长还要厉害，最近也不怎么想着上重庆参加剧团的事情了。

但是这沿途险滩太过密稠，祁胜唯恐自己记不住太久，每次船至平缓顺流处，就佯装上厕所去，把刚才默记的要害处，偷着记在随身小本子上。特别是对行驶某漕口应从哪个方位上下，何处宜于快车，何处慢车安全，都学着大副做笔记的样子予以图示和标志。

其实祁胜在小本上记的这些，似乎也没有什么清晰的目的，也不管它在未来有什么用途；他甚至不知道在抗战胜利后自己还能不能一直留在船上，但他现在就是对川江这些变幻无穷的水文险滩着迷，像以前在贫儿院学习各种乐器一样，没有想太多，就是为了单纯地想要了解它们而学习。

或许，这也是徐大海船长愿意告诉他这些经验的原因。没有功利的学习，才是真的热爱，祁胜虽小，但是他能够专注于当下的状态，卑微却并不苟且地认真活着，就自带着一份福气。

王霖源陪着张连科推门进了驾驶室察看。徐大海看到张连科，大大方方地伸手做了一个欢迎的手势。祁胜正在纸上做记录，抬头看到两位长官，即露出牙齿粲然一笑。

近半个月来，民权轮连续作战，运输钢迁会器材，任务特别繁重。王霖源主要负责衔接船只周转调度工作，这次特地跟船押送，与民权轮船上人员打交道最多、了解也渐深。祁胜一直在旁边观察这个穿制服的职员，虽然年轻气盛，却为人正直、心思甚细。祁胜听老水手说，一路上与这样的官员打交道，算是船员们的福分。、

“左舵外扬，顶住！泡漩！注意扫边迴流！”驾驶舱里大副、二副密切配合，几乎是屏住呼吸，遵照徐大海船长的每一个指令进行操作：“丢右舷，以左舷靠夹堰，上！”

王霖源将张连科带到驾驶舱右侧靠壁的一只高凳上就座，自己紧靠着舱

壁站立，尽量不打扰船员们工作。透过前台一排弧形的大玻璃窗，张连科看到船头劈波斩浪，正前方的江流汹涌激荡，驾驶舱里每个人都屏气望着前方那片水域。

“前面就是兴隆滩老虎梁，向银寿的民风轮在前面，注意跟进。”徐大海说道。

“前面江心有块大石盘挡道，称为老虎梁，水势变化大，水位低的时候航道狭窄，上下水只能一条船通过。”王霖源低声给张连科解释。

张连科抬头望了望山上的航标方向，前面的民风轮小心缓慢地渡滩，民权轮紧跟其后勇敢前行。

“右舵迎流转向，随即以左舵抵迎披头水，露尾后仍挂北岸，扬头上驶。”过滩瞬间，船头陡然上扬，张连科看到轰轰然下泄的江水中央偏北位置果然纵卧一块大石盘，与南岸滩氹间形成窄漕，江流中间呈现连串泡渍鼓涌，另一侧水花时而喷溅上有两米多高。张连科在舱里坐着都不由得汗毛竖立，心想着这可险了，肯定不能过了。

“找夹堰，右舵顺！循镶水，上！顺过南岸，盖过斑鸠滩……”船行险滩，驾驶舱特别安静，只有徐大海一个人发出的清晰号令。祁胜也趁着送茶水的机会，一直站在角落里贪婪地看着、听着。

“船过高点，应及早外扬。一旦过矮、扬迟，即损车舵。”徐大海坐在驾驶台另一侧与张连科并列的高凳上，令道：“扬头顺身后，应速走开。”在紧张的气氛中，张连科竟感到船员与江水惊险搏击之中别有一种水上的韵律与节奏。

过了兴隆滩，张连科走出舱外，手心里竟捏出一层汗来。他抓紧栏杆，站在船舷瞭望前方，呆呆看着前方一大片滩石盘突而起，与北岸三块石鼓交相对峙。

这时一位老水手从身旁走过，淡淡地对他说：“进舱去为好，过滩容易颠簸。”

张连科凝神看去，右前方果然滩水奔涌、退流旺盛激荡，船身竟逆流回旋。他吓得倒吸一口冷气，赶紧退回船舱，推紧舱门。再透过玻璃窗看去，张连科仍觉这450吨位的轮船在水上，亦如落叶般随风飘荡，实在是每一寸破浪前行都令人心惊胆战。

“狮子碛又来了！”张连科紧张中尚未回神，船身已经进至一道弯曲狭窄的航漕，但是水流较之老虎梁、斑鸠滩要平缓许多。

“左舷，靠夹堰上行。达纤台角外独泡时，右舵缓迎，抓牛脑壳斜流为目标，右舵迎流稳向。”徐大海两眼紧盯着前方水情，观察两岸距离，及时将左舵扬顺过南岸，待视线稳定后，与大家说道，“切不可贪行鸡飞梁以下缓流，以防船身内泻。”

十多分钟惊涛骇浪，祁胜简直看得呆住了，觉得眼前的徐船长像是一位娴熟的交响乐团的指挥，高低音阶相得益彰、鼓乐齐天一气呵成。他嘴唇咬着笔挂，喃喃喊道：“船长，您真了不起！刚才就像指挥乐团演奏了一出命运交响！”张连科听到这少年比长子辅枢大不了几岁，不由得多看了两眼，见他衔着的自来水笔有些眼熟，不禁一愣。

王霖源靠近来悄声说道：“因近枯水期，民权轮本不能上青滩，这次就为了抢滩运送急需器材，徐大海才大胆闯滩。”张连科点点头，刚才亲眼看到惊险万状的一幕，殊感民生船员为国冒险之不易。

躺在船舱窄窄的床上，一身疲惫的张连科忍不住摸出家信来再看一遍。信上落款只有一个字：素。日期：1938年11月5日。

这娟秀有力的字体，多么熟悉又可爱啊！张连科眼底阵阵滚热：“素琳，你还好吗？你们现在哪里？”这一年来，张连科眼见西迁路上血肉横飞，身边多少家庭痛失亲人；而自己主持迁建期间，完全无暇顾及素琳和孩子们，全让素琳独自带着三个顽子千里颠沛，一路辗转。

捏着信纸的一角，张连科心里的思念愈如咫尺之间的滔滔江水般难以平息。他甚至强烈地自责起来，想想那时对三个孩子的教育真是过于严格，以至于辅枢对自己或有些拘束甚至敌意。眼前浮现起去年夏天家中的一幕来：那是一天午后，素琳出门办事，嘱咐吴婶照看孩子们，家里自然成了孩子们的天下，邻居家的几个孩子也到家里来玩。一群孩子把家里的客厅摆成了“战场”，客厅的桌椅板凳高高地堆叠起来，当作“战车”和“堡垒”。张辅枢还带头唱着那首不知哪里学来的《义勇军进行曲》。张连科半途回家取文件，孩子们玩得那么专注，以至于车子开进院子的声音都没听见。张连科踏进家门时，辅枢正激动地模拟空军飞行员在天空飞翔的场面和“大刀向鬼子们的头上砍去”，猛然间看到爸爸出现在“战场”上，辅枢真的被吓住了，一把扯下肩上披挂着的妈妈的红色丝巾。刚才还在表演打仗嘶喊的孩子们顿时鸦雀无声，手忙脚乱地从地上和倾倒的椅子中间爬出来。

“爸爸，是我叫他们来的。”辅枢耷拉着脑袋，准备挨一顿疾风骤雨般的严厉训责。看到孩子们一个个沮丧的样子，张连科有点哭笑不得，但是从当前的景象，张连科分明感受到辅枢稚气而纯朴的爱国之心。

他非但没有呵斥批评他，反而蹲下身来笑说：“看来我回来得不是时候啊！嚯，你们这架战车布置得很威武啊！”小华盛将手指含在嘴里，望着张连科半晌才喊出一声：“爸爸！”张连科抱起华盛，解开他额头上绑着的白毛巾。

“我是战车手！爸爸！”轶栋看到爸爸微笑的表情，兴奋地跳起来说。屋子里又恢复了生机。辅枢在旁边重重地出了一口气。“那不错！我猜，你哥一定是司令员吧？我们的小司令员一定要打胜仗哦！”张连科一边小心地绕开“战车”往书房走，一边鼓励他们说。

“放心吧，爸爸！胜利属于中国人！”辅枢握着“战车”把手，满脸勇敢地说。

孩子们天真的话语仿佛又在耳边响起，秋月高悬，往昔一幕幕回忆让张连科心里暖暖的，感到莫大的欣慰。

遵照俞大维的密令，张连科亲自押送民权轮上特殊航空器材从巴东一路上行，还算顺利过万县、丰都，抵达重庆朝天门。

在九龙坡码头与钢迁会及航空委员会人员交代完毕，他又马不停蹄地赶到新华路民生大厦。张连科已经提前通过电报约好卢先生，今日当面商定打捞崆岭滩落水的马力机曲柄轴一事。这是他一路上放不下的心结，而更重要的一件事情，他只能单独向卢作孚当面请教。

找到位于朝天门的民生公司总部办公大楼，张连科走进总经理办公室，不禁为这里简朴的家具陈设甚感惊讶。

一位秘书端来一杯热开水，卢作孚摆摆手笑道：“现在提倡新生活，重山请喝玻璃茶。”张连科会意一笑，两人坐下，刚寒暄几句，谈话还没有进入主题，哐的一声响，办公室门被猛地推开，武汉大学校长王星拱急急忙忙带着学校教务主任直接闯了进来。

王星拱也不顾卢作孚办公室还有客人的尴尬，当着目瞪口呆的张连科，对着卢作孚十万火急地“摊牌”——

“我们说好的本周全部运走！开始现在滞留在宜昌码头的农工学院仪器、机器250箱，怎么办？怎么办？”

“你们宜昌分公司的经理大人现在人都找不着！我不管，有合同在！你们民生总得保障信誉吧?！”

卢先生遭遇眼前这横空出世的突然袭击，只能手指着张连科，又指指王校长，嘴巴大张着无可奈何地摇摇头，不知道说什么好了。

张连科见此情景，虽然愕然，倒也觉得王校长鲁莽中有些行事的赤诚率真。此时，民生公司的负责人急急忙忙跑进来，向王校长连连致歉。

卢作孚说：“王校长，既然合同是这周，你就不用太着急，还有两天时间嘛！你可以先回去。等我们的李肇基经理回来，专门登门向你请教。”

“很对不起，武大校长就是‘武大’，硬生生地耽误了重山的时间。”好不容易将王星拱送走，卢作孚转身对张连科苦笑道，“而现在，我们公司的朝会时间到了，职工们都眼巴巴地等着我……重山，能够屈驾出席一下我们的朝会吗？就30分钟！短会！要不，请重山给咱们民生职员讲几句？”

“恭敬不如从命，卢先生，今天我可不敢把您弄丢了！没有谈妥崆岭打捞合同之前，你去哪儿我去哪儿！”张连科愣了愣，立刻两手一摊，耸耸肩玩笑说，“不过，讲什么我就不敢贸然训话了，您自去开会，我在下面洗耳恭听便是！”

卢作孚所说的朝会，就在他们办公楼底层的过道里召开。张连科跟着过去，只见各个部门科室的数十位职员把椅子凳子排放在过道两旁，安静整齐地坐下。在空间形式上，似乎就形成一个无形的讲堂似的。卢作孚走到过道转角的楼梯处，站上两级台阶就开始讲起来。

“民生公司的朋友们，我今天给你们带来一位新的朋友，他就是咱们大后方信心所在的钢铁基地主要负责人、中国的冶金专家张连科先生！”卢作孚讲话开始就把张连科隆重介绍一番，张连科连忙起身向大家拱手致意。

“民生公司的朋友们，看看张厂长，为了做好自己的事业，可以不辞辛劳，屈尊守在我们民生大厦一个角落里等候。这是为什么？为的是开拓事业的效率！”卢作孚真诚地对着下面的职员们呼吁，“民生公司的朋友们，你们要注意效率与结果啊！对于重要的事，抓住；不重要的，排开。当前严重问题，是国家运输问题！”

张连科瞪大眼睛看着台上振臂而呼的卢先生，看着周围民生工作人员与一般企业不一样的精气神，顿受鼓舞而心生一股澎湃的力量。

“我要求本公司，从主任领组起，彻底检讨一下，是不是每个人的问题排清做清，一直做到完全解决了？”

“我一贯强调的是能够‘无事时胆小，有事时胆大’。还不够！必须‘无事时有事，有事时无事’。”卢作孚说道，“民生公司忠心苦干的朋友们，都要培养出来‘做事绝对紧张’。要想到敌人此时是怎样的紧张，我们至少要超过他的紧张才行……”张连科听到这里心里咯噔一下，更加钦佩地望着卢先生。

“不失败的民族，是不甘心失败的民族，是拼命的民族。”卢作孚沉静地讲，那沉静似有千钧之力，“民生公司的朋友要这样报效国家，这样自负！”张连科越听越吃惊——当今名士也没几个人有卢先生这样的见识和胸襟！

“前天到各办公室去看看，有许多人都觉得不甚紧张，尤其是无专门工作的人，在旁边莫名其妙。我曾经参观上海的申新纱厂，看他们的纺纱工人，紧张到每分每秒要打出若干。还有监查的人，厉害得很，一趟跑过来，一趟跑过去，快得很。绝不像我们愁着时间挨不过。因为这些，感觉到民生公司就不晓得谁做什么工作，谁去清理。单看船账股的事，只要紧张地办，有三分之一的人就可以处理了。别的部分更不必说了。每个人都能把自己的事情弄清，解决问题的方法弄清，就不会有这样尽愁尽慢的现象了。反转来说，每个人能彻底解决问题，自然就紧张了。

“单说我们的敌人，我们二百几十人管理的生意，10年前敌人用5个人（中间有一个中国人）就管理了。请主干人检讨检讨，我们人数超过50倍起来，为什么还弄不清楚？试看太古公司，至少比民生公司大，但仅仅几个董事，在伦敦就把几万里外的事业管理了。有人去过，很诧异，几个董事在一间小屋里，怎么就能管理这样大、这样远的事业呢？他们每年只有一个人到中国来看一下。中国人每到一处，必先拜客，拜完了，主人回拜，又请宴，还席。这是我们的办事方法。

"太古大班到这里来，先关上门把一切看清楚，然后访访海关、民生公司等几个对他们事业有关系的地方。拜访完了，晚上就上船。你想回拜他或请吃饭都来不及。这就是他知道到这里来办什么事，知道有些什么问题，和怎样去解决这些问题！"难怪民生公司在民众中的口碑如此之好。张连科之前对于民生公司的埋怨气愤也烟消云散，倒还新生了几多理解甚或为之抱不平来。卢先生的讲演没有结束，经济部、交通部、粮食部的人员都在会议室里等着找他。

卢作孚开完朝会，即令勤务员叫来各部负责人，张连科赶紧拦下，提出先与他单独协商之后，再叫属下一起办理。卢作孚愣了愣，不知张连科卖什么关子，即带着张连科走进里间的小会客室。两人坐下，张连科单刀直入，开口就问："叨扰先生，为的是夜航一事。"

"这，这……"卢作孚瞪着张连科，万万没有想到张连科今日前来一直耐心等待，原来并非冲着组织打捞马力机一事。

"据线报，敌机即将占领宜昌郊区机场，此必影响川江航运器材和人员安全。"张连科郑重说道。

"夜航，就是命航。"卢作孚向后重重一靠，闭上眼睛说。

沉默，空气凝滞中的沉默，卢作孚突然眼睛大睁，开口说："我同意。但是，给我两天时间准备。"

张连科没有想到这必将民生轮船设备人员推向高危之境的不情之请，竟得到卢作孚的大力支持，而且这么快就当面答应下来。相比卢先生的无私与坦诚，他自己反倒有了一些羞愧与犹豫："这也是迫不得已……敌机追击起来……"

卢作孚摇着头把手一挥："不用解释，重山！这个想法你能跟我当面提出，是对我们的信任！"

说着卢作孚起身出去叫勤务员通知几位负责人过来，很快和张连科一起敲定了借助民享吊机打捞马力机大曲柄轴的具体方案。

张连科走出民生大厦的时候，心中奔涌着信心和希望，浑身充满了能量，他相信中国有卢作孚这样的人管理实业，中国抗战的胜利、中国实业的成功、中国经济的发达都指日可待。

6. 悲壮夜航

宜昌已危，张连科带着卢作孚签署的夜航令与崆岭打捞支援函，从朝天门登船直下巴东而去。一路上密电至各领船职员准备夜航，同时电令钢迁会川江各堆栈办事处加速抢运。

黄宪奇报告说，因宜昌上行的乘客拥塞，以至于到达巫县的船在巴东停靠之后难以当天返回。为加快轮船转运，一天内回到宜昌，张连科致电函与留在宜昌的李肇基："宜昌转货转客均甚困难，弟早知之，但协庆仍直开渝，未照原订计划执行。今后当如何遏止，应请我宜多用力量。弟除已函康心远，并电财部及四川省政府、汉口航局外，尚希两兄于协庆到宜时，注意并严密督促其卖票只卖到万县，货运收费亦只收到万县，免去借口。航局方面亦只结宜、万关，并盼事先切与航局及海关联络，并向各公司及轮船说明，其明大义，决不要重蹈旧辙。"

杨庐逸在万县迎接张连科，听到决定组织轮船实行夜航的消息，不禁摇摇头说："眼下能够冒死夜航的，恐只有民生公司一家船只矣。"

张连科点头低声说道："我看啊，这什么……还算做了个正确的决定，就是把智勇双全的卢作孚放到交通部常务次长这个位置，解决战时水运这个烫手的大麻烦。"抗战后方交通陷入一片混乱，国民政府一些官员眼里只盯住高运价商机，想蛮横插手借机赚取暴利。尤其是看着民生轮船在川江航运游刃有余很是眼红，对卢作孚百般打压排挤。卢作孚为组织运输殚精竭虑，还要承受社会上诸多非难委屈，依然采取各种办法，利用有限船只提高运输能力；在三峡航道沿线指挥建设了十余座码头和转运站，征用民间木船850余只，增加雇工数千人投入西迁，实属不易。

"是啊，不是智勇双全，那孔大人的马、蒋夫人的奶牛、晏教师的钢琴，还有数万吨兵工器材，都要从宜昌转运进川，哪一样都不能掉以轻心啊！"杨庐逸听了，一本正经地说。张连科听了会意一笑，两人默契地对着川江地图，开始讨论夜航堆栈器材和人员分布。

“傍晚和拂晓之间，就是无敌机干扰时段，我们的船队就可以敞亮扬帆、组织航行。”张连科说道，“天亮之后，带领船队寻找有利地形停泊，躲过敌机的轰炸，进行物资清查、机器检修。”

杨庐逸沉吟不语，半晌才说：“川江素不夜航，万不能大意。”

“少生、肇基考虑，先从一头一尾开始尝试，五龙到三斗坪，巫山到万县，加速转运。”张连科讲道。

“嗯，重要的还是人的因素，需胆大心细之引水坐镇。”杨庐逸说。

“夜航难点大概集中在西陵峡段四大险滩：崆岭、青滩、泄滩、叱滩。”张连科说。

“哦，这叱滩就是曲柄轴掉落之处。白居易有一首《开龙门八节石滩》诗曰：‘十里叱滩变河汉，八寒阴狱化阳春。’

“主要是指这里漕口暗礁，水流急速。《清波别志》中记述：蜀江叱滩，俗号‘入鲊瓮’，大石四五，横截江道，夏秋舟行，多罹其害……”

在卢作孚的支持部署下，民生公司很快调集经验丰富的船员队伍组织夜航，川江航道管理处部署沿岸提供一定条件保障。张连科重新调整钢迁会从三斗坪至万县的夜航抢运方案。

天快亮了，陈式揖拖着麻木肿胀的双腿回到巴东堆栈。这是钢迁会在叱滩上游不远处新搭建的临时驻地。

上次民权轮到达万县后，由张厂长接应并继续押送这批重要器材上驶，他与王霖源领民治轮返回三斗坪，接运最后一批马力机器材配件。满载人员与器材的民治轮过叱滩时，遭遇旋流船身摇摆，几欲侧翻，两只松木箱竟冲开护栏在船侧掉入水中。陈式揖奋力扑身拽住缚箱绳索，险被拖入水中。

旁人不知这两只木箱中装有8000匹马力机上独一无二的大曲柄轴，而国内目前无法制作。陈式揖心疼这批器材，为了尽快打捞木箱，他马不停蹄地赶往万县拜访水道运输管理处李主任请求安排队伍实施打捞。没想到反复说明情况紧急后，却被李一再搪塞拖延。陈式揖费尽许多唇舌连连催促，打捞之事迟迟没有回应。陈式揖万般无奈地回到吒滩守望着曲柄轴木箱掉落的区域。

张连科接连向巴东发去急电催促要求马力机机件全部到位，可偏偏最后一批器材掉落关键部件。陈式揖又是心急又是自责，眼睁睁看到机器箱子掉入水中，本可以尽快打捞起来，却因为出事地点一片荒芜，没有资金没有人手，更没有专业机具，打捞机器无能为力；而随着湍急水流的冲刷，笨重木箱自是越陷越深，耽误越久打捞越困难。

陈式揖硬着头皮报告张连科，请以钢迁会名义给交通部去电商请下令打捞。没隔多久，张连科亲自找到卢先生签署了吒滩打捞令函文件。水运处李主任忽又积极起来，派人组织队伍主动找到陈式揖，联系组织打捞行动。

为了抢救马力机曲柄轴承，陈式揖带领打捞队伍昼夜兼程进了吒滩，两岸秋色绚丽无比，大家顾不上两岸美景，开荒搭棚驻扎在吒滩组织打捞。

打捞队先是查勘水情，又雇请当地船家下水打捞。然而激流恶浪奔腾不息，连续换了三拨人马，采用各种办法寻找、潜水打捞。陈式揖每天都抱着希望去，拖着沉重的身子回，心情越来越低落。艰苦而漫长的打捞，一点点地磨光了陈式揖的热情与体力。雇请的渔家之长子大壮在潜水寻找时，被疯狂追击的日机丢掷炸弹伤至头部，送至巴东诊所救治，终是无力回天，在痛苦中死去。岂料15岁的小儿子山根又坚持要接过哥哥的任务，渔家老汉强硬不允，反是亲自下水布网寻找打捞轴承之法，却因暗涌突发瞬间被冲裹下坠不见了踪影。最后经陈式揖派人寻找，在十几里外的峡江上才找到漂浮的尸体。

钢迁会同人冒死忙于夜航，而吒滩打捞工作毫无进展，陈式揖甚是自责，又连受打击，整天地沉默不语、郁郁寡欢。

往吊锅里挖了一碗尚温的饭菜，陈式揖坐在堆栈木门前的土坎上慢慢往嘴里扒。饭菜于他来说已经毫无滋味，与其说他在果腹充饥，不如说是在独自咀嚼内心的绝望和痛苦。信心和希望就如燃烧的蜡烛，光亮越大燃烧越快。事实上，没有人能够逾越希望与绝望之间的距离。当你满怀信心一次又一次地奔向那希望的光亮，它却始终在前方忽隐忽现，飘浮闪烁，直至希望的蜡烛燃烧殆尽，你必然会为幻影消失而被无尽的黑暗所吞没。

夜风飕飕，天地混沌，陈式揖死盯着冰冷翻滚的峡江水流，心里怎么也想不通：战争无疑是最残酷的生灵切割机，家园樯倾楫摧，百姓无家可归。这些在上海南市工业区生产得好好的机器，却偏偏非要从几千里外搬来这蛮荒山林不可？为什么工人们视为生命的机器，政府当局根本就当作废铜烂铁？为什么国家的军舰能够专程去运送达官显贵的猫狗、奶牛，甚至浴缸，却拿不出几尺空地来护送一下国之重器？人生就好比一条漩涡暗涌、变幻莫测的河流，倘若你不安于在得过且过的社会之舟上随波逐流，而要选择在艰难开创的事业逆流中扑腾挣扎，你也难以保证自己能够在一次次劈头巨浪的重击下坚持到最后。

天地之间万籁俱寂，黑黢黢的江水愤怒地向峡谷里挤去。陈式揖摇摇晃晃站起来，茫然地打燃一盏马灯，恍然不知道自己要干什么，然后跌跌撞撞摸到堤岸上堆满打捞绳索和工具的栈棚沉沉睡去。

在叱滩打捞队数十人当中，身为副队长的陈式揖成了最孤单最暴躁的人，要么就是一点就爆，要么就是一整天都不说一句话。工友们在背后戏谑地叫他为“洋钢炮”。这个洋，当然是指有别于其他职员的留学英国身份了。现在这支“洋钢炮”空有一身武艺，却什么也干不了，只能这样白天黑夜地忍受着激流的嘲笑，那沉入峡谷深水的机器恐怕早已深陷泥沼锈迹斑斑，同时也印刻了他满心的惶惑与失落。

朱亚芹与查老课长组织劳工再次回到巴东堆栈，听到议论陈式揖“疯了”的传言，甚为揪心。查光弼特地嘱咐朱亚芹留在官渡口，尽可能陪陈式揖说说话缓解压力。

朱亚芹也帮助叱滩打捞队换了一批有航道整理经验的人员着手用新的方法进行打捞，结果也无济于事。几天过去，朱亚芹无论怎么说怎么做，陈式揖始终似笑非笑地看着她，精神恍恍惚惚。查光弼都看在眼里，心里暗暗着急。

为了夜航抢运，张连科继续奔波在万县与三斗坪之间。每到一地，都要亲自了解各个码头船只到港及航行情况，还常常深夜到江边各个码头去检查装货情况。钢迁会随着资金保障到位，迁运工作日渐显露成效。

眼看中秋节将至，查课长特地在电报中请张连科到巴东巡查，看看叱滩打捞落水机件的钢迁会同人。

夜深山静，皓月当空，为了督查钢迁会船队的抢运进度，张连科一路轻舟下行，经丰都、进夔门，连夜赶到日机追击轰炸中最危险的巴东官渡口。

看到张厂长，朱亚芹如见到救星一般，鼓起勇气把陈式揖的情况、打捞队的情况都说了一遍，恳请张厂长帮帮忙，拉陈式揖一把。

人群中，张连科装作若无其事地与每个同人打招呼，嘘寒问暖说笑着，一边悄悄观察着陈式揖的反应。几个小时中，陈式揖跟所有人都没有眼神交流，也没有说过一句话。

月上中天，张连科见陈式揖又在江边独坐，就走到陈式揖身边默默坐下。张连科擦亮打火机，点燃一支烟递给陈式揖，说："来，你给我讲讲，这个国家是在退步还是进步？"

月光映照下，陈式揖眼珠子转了半圈，嘴唇依然紧闭。

"我说是退步！"张连科仰头望月，认真地说。

"我说国家在大大地退后！"张连科故意从嘴里狠狠地抖出几个字来。

"不。"陈式揖缓缓吐出一个字。

张连科接着"气恼"地抱怨："留学归来的技术工程师，每天扎在这堆破破烂烂的木船里，人都虚度得快生霉了，我看这三峡满山都要长出菌来！"

"不是的！厂长您，不应该这样说！"陈式揖脸上每一块肌肉都被某种痛苦和矛盾拉扯着，喉咙里发出的声音像是激流怒涛一般。

"这是，我们可爱的祖国。"陈式揖低吼，"钢迁会给了我们这些有专长的人报效国家的机会……能够，能够在后方建立新的钢铁基地，一件这样大的事业，哪怕牺牲一个我，一个你，也是值得前赴后继的。"

"我们的国家总之是不会退步的。"陈式揖的眼睛仍然瞪着奔腾不息的江水。

"是啊，国家的进步总不如我们期望的快。"张连科继续说，"但是，去年我们从上海炼钢厂拆迁的，有器材千吨，那时大家都认为是了不得了；谁知四五月从汉阳又有三万多吨，到了宜昌竟又汇集钢厂物资、航空器材、各个兵工厂也八万多吨。因为各方都在进步，这进步的速度，竟为大家预想所不及……现在前方战士，看起来虽在退却，其实仍是在进步。再看后方的各项事业，又哪一样不是在进步呢？"

陈式揖听着这些话，身子渐渐坐起来，躲在远处忧心忡忡的朱亚芹终于长舒了一口气。

"是啊，手把青苗插满田，退步原来是向前。"张连科说，"不管是撤退、放弃，还是留守，相信我们今天选择做的一切……"

陈式揖接过话头说："都是为了我们国家的进步。"张连科一把揽过陈式揖的肩，重重地拍了拍，说道："好好干！不要在失败面前倒下！"

夜色笼罩下的官渡口，汽笛声声，来往船队浩浩荡荡。第二天晚上，张连科又从巴东出发，押乘民权轮逆水而上向巫山而去。

进入巫峡，已经是凌晨时分。船头前方一片黢黑，江流翻涌雷动之声不绝于耳，两岸之间微弱的灯烛若明若暗，摇摇晃晃。两名水手手持三节电池的手电筒，紧扶栏杆各站左右船头观察前方航道情况。

张连科也循着那手电筒有限的光柱，向前方看去，只见崔嵬峭壁就在咫尺之间，几疑无路可行。抬头细看，方见山形之间一线暗蓝苍穹。随船上驶，却又豁然开朗，显出一片波光粼粼的水面来。

趁着月色微亮时，徐大海督令船员谨慎行进。然而巫峡之中水势陡然变化，突显一处约长三五丈的礁滩，滩前、滩后各长约四分之一里。徐大海不由得暗自一惊。

见此情状，张连科更是冒出一身冷汗。他听徐大海说过，平常每过一滩，前后需要两到三小时的努力方告平安，而夜里没有任何指引，全靠船员经验技术，又几时能够过滩？

因水势凶险，民权轮终是被困在峡中一处不能动弹。眼看情况危急，祁胜从外面轻轻走到大副身边说："大副，让我到甲板上试试。"

"找死啊浑蛋！我让你下船，你非跟着来，夜航好玩？你看到了吧？这一船人的命都悬！"大副怒气冲冲地把祁胜狠狠一推，"滚一边去！"

祁胜从来没见过大副发火，更别说对他说这么重的话。他愣愣地站了一会儿，低声说："我想跟水手长去船头。"

"你去送死？"大副瞪着他，说。

"他们看不清楚……"祁胜说。

"你能？"大副不耐烦地说。

"我能听。"祁胜平静地说，"看不见的礁石，我可以听水流的声音。"

烦躁不安的大副一下不说话了。张连科在高凳上听到刚才的对话，不由得打量了一下这个少年。不知道为什么，看到这个少年的身形，张连科总不由得想到辅枢。

说话间，峡谷中似乎云雾渐散，天光也显明阔，大副似乎缓过神来，眼睛重重地看着眼前的祁胜，说：“回到你的屋里去。”祁胜嘴张了两下，却没有说出话来。

这时候，徐大海与五六名船员穿着救生衣回到驾驶舱来，后面进来的一个年轻职员脱下身上的救生衣，示意张连科穿上。张连科正准备推辞，徐大海低吼一句：“不穿就请出去！”张连科眼底一热，默默接过救生衣穿上。

蓄力已久的船员们在一声令下之后，各就各位，开始重整旗鼓，操舵起航。

张连科打量着江面上仍是一片漆黑，念及满船物资木箱，心中不禁忐忑，担心木箱在颠簸中侧翻落水，忍不住破例第一次开口提醒徐船长说：“安全第一，今次须更谨慎。”徐大海没有答话，眼睛几乎不眨地全神贯注盯住前方两岸。

“注意！左前方有块大石！”甲板上的水手长大喊着，手电筒左右摇晃起来。“中有大漩涡！小心！”船头正中，一个稚嫩的声音划破夜空传来。

徐大海瞬间做出反应：“加速、骑右上！”

“注意！有洄流右前方冲下！”船头又响起少年的声音。幸亏有了提前一秒的准备，船身被什么东西猛烈卷过，船头一偏，几下抖晃，所幸几秒钟就稳住船身继续抢进。

“祁胜！祁胜！”水手长趴在甲板边的栏杆嘶喊起来。驾驶舱里，大副手里端着的茶盅哐当掉在地上。张连科心里暗叫一声：不好！

拂晓前，民权轮历险万幸抵达巫县。驾驶舱里没有人说话，所有人面色严峻，悄无声息地配合着进港停泊。直至船身靠岸停稳，驾驶舱里没有一个人离开。徐大海默默脱下救生衣，大家也跟着慢慢取下。

“船长，您看……”舱门推开，老水手长站在门口，手里拿着一只钉胶皮的木板鞋。

“航空母舰？”张连科一眼看到水手长手里那只奇怪的鞋，失声喊道。那大副接过祁胜留下的一只手工鞋，蹲在驾驶舱地板上，狠狠敲了一下自己的脑袋。徐大海走过去扶起大副，说：“祁胜是个好孩子！但他不该拿生命作为回报。”

张连科的眼睛模糊了，耳边响起与孩子们的一次对话——“爸爸，你知道这是什么不？”铁栋指着辅枢脚上的胶皮木帮鞋问。张连科摇摇头。“它叫‘航空母舰’！辅枢哥的好朋友做的！”铁栋说：“爸爸，你见过真正的航空母舰？”“是的！”“太了不起了！”铁栋拍手喊道。张连科盯着旁边的辅枢问：“你取的名字？”辅枢小声说道：“是。以后中国也会有的。”

民权轮进港，在此值守的黄宪奇见到走下悬梯的张连科身形瘦了一圈，不禁大为惊讶地上前拉住他前后打量。细细一问，方知这半个月张连科竟瘦了近20斤。

为了赶着下宜接运，民权轮上的笨重货箱需要抓紧时间卸至岸上。黄宪奇却发现民权轮这批机器需要提舱，而巫县堆栈的50名工人都是码头扛抬工，对提舱不内行，把重件从船舱内提上舱面就无能为力。

张连科深知轮船不能耽误下行，让黄宪奇与领班孙头脑商量，抽出30人提舱。孙头脑也一时找不到提舱工，其工作非常困难。为了使船舶赶在第二天开出，黄宪奇带人上船亲自指挥，前舱工人特别努力，终于完成任务。可是后舱的货比前舱更难提卸，黄宪奇督促工人奋力吊运提作。忙碌之际，吊货绳子突然断裂，货件坠落压伤一名年轻工人的腰腿，情况非常危险，黄宪奇赶紧派人将其送往医务所治疗。

得知受伤消息，张连科立刻对努力提舱卸货的码头工人表示“酌给奖金”，并批示受伤工人“医疗费由钢迁会津贴”，以示关怀。他同时部署钢迁会职员组织提舱的绳索及跳板、马灯、汽灯等工具，尽快带到巫山来，以便速开夜工完成民权轮卸货工作。

尝试夜航之后，宜昌上行的轮船在巫山进出频繁。可是新辟巴、巫、奉小站卸载能力和设备跟不上，特别是接载驳船不足，这个问题严重影响抢运效率。张连科沿着数里崎岖山道，亲自来回察看了巫县码头上下游的地理状况，了解到上行疏运船只严重告急，同时木驳缺少，起货条件差。

他立刻致电报给卢先生说明情况，提请在民主、民康轮行驶巫山以前，一定加派驳船及40名小工到巫山驰援。当晚，卢先生从奉节调两艘驳船下行接运，仍派民康轮运兵工器材开往巫山。

张连科考虑到奉节两条驳船来巫山不足以承装民康轮全部货物，又向卢先生申请增派大驳船，同时建议在巫山驳船不足的情况下，民康轮直接开到万县去。

接到张连科的第二封电报后，卢作孚即电令民生重庆总部驰援巫山疏运器材。民生公司总部接到电令，很快报告卢作孚："重庆各驳都被军方占压，不能自由抽调；前经订约赶造，然不能应急。木驳苦于供不应求，恐慌异常；虽愿出高价，亦难租得。故放驳30只，已属竭尽全力，如欲再为多放，目前只感罗掘俱穷之势。"民生公司方面接着又提出，救急之法最好是促巫处多雇扛抬小工，将货赶速起栈，以免积压驳船；万处亦需就地设法。

卢作孚见此情形，略作考虑，决定改变之前只靠驳船倒载，不考虑改善13号驳泊位条件而采用货物直接上岸的做法，乃第二天电复巫山："请速觅13号驳较好停泊处，搭跳板上岸，康即傍13号驳卸货，如虑沙滩崩溃，可移泊较安全处。康仍续开巫。"

张连科明白卢作孚下令民康轮按计划开巫，意在迫使巫山改善卸船条件，促使后方的职员多动脑筋，多想办法，尽力适应船舶运输需要。

紧急时刻，张连科致电俞大维请求支援，杨庐逸协力同时向军事委员会申请，竟调集了4只军用驳船，配置于巫峡不远处的小青滩。加之新调巫山的民本轮上新装有15吨的起重机，为转运装卸发挥了很大作用。

张连科驻守指挥上下协调，巫山很快增加到15只驳船。设施加强后，重庆民生总部又调100人到巫山，使巫山装御工人增至200人，小青滩工人增至52名。

12月5日开始，每天有3000多吨器材运进巫山，南沱每天也有200多吨器材上运小青滩和巫山。

巫山沿江架起了电线杆，装上了一盏盏电灯，群山峻岭之间有了无尽的生机与希望……集中到巫山的器材也陆续向万县和重庆发运。

巫山刚刚理顺，张连科接到电报，黄陵店尚余500吨钢条急需运至巫山。他即刻请黄宪奇、王霖源带领船队下至黄陵店接运。

部署好船队接运钢条一事，张连科也没能放松心情。他刚获悉重庆窍角沱一艘普通船舶装汽油时发生意外爆炸，船身被焚沉没，而眼下堆存巫山的硫酸、传导管等危险品，与其他兵工单位的危险品一起正等待已经安排的民治、民福两艘普通船只前来疏运。张连科警觉起来，果断向卢先生反映了普通船运此批军用物资可能存在的危险。

卢作孚接到电报后，立刻下令由民政轮专程赶赴巫山装运危险品，直接送至重庆九龙坡。

此时黄宪奇与王霖源分别带领招商局的江顺、江安轮来回押运500吨钢条。上驶至拽滩之时，水面宽阔，分南北两个漕口。两岸悬崖间，黄宪奇远远望见陡峭江岸上距江水1丈多远，停泊着一条钢质的大趸船。

船上水手介绍说，这是新式的绞滩站。钢质趸船长80英尺，宽20英尺，深7英尺，是由民生公司民主轮由宜拖到泄滩后由王洸带队指挥改造，临滩而成新颖的绞机座船。改装后的绞机座船，甲板下分3个舱，分别为锅炉舱、锚链舱和绞滩员工的寝室，前舱与中舱的甲板上有办公室和机舱篷。甲板上还装有帆布篷，员工休息可以蔽骄阳之威。后舱甲板上装有蒸汽绞机和人力绞机各一部，以及钢绞架和铅丝等。

黄宪奇看到绞滩站已改变以前只靠人力的情况，安置了先进的机械绞机和蒸汽锅炉，船只上行有了保障，顿感欣慰。

不料江顺轮上驶时，泄滩水势陡然变化。施绞时，滩上水流过急，黄宪奇站在船舱里，眼见汽轮开足马力上滩与岸上绞机相接。岸上人力绞机与江顺轮绞缆机奋力对绞，也无法上移。几次奋力拉绞，一连3根3寸粗的钢丝缆被绞断。

突然之间，江顺轮船身被急流冲击而下滑。黄宪奇站立不稳，猛然伏倒在柜子上。黄宪奇努力站起来紧盯前方。在此千钧一发之际，如果不稳住船身，全力保持原有航向，就有倾覆的危险。

亏得江顺轮驾引人员协同配合，谨慎操作，船舶开始趋稳，慢慢地倒船退出滩头，所幸未发生事故。惊恐之中，江顺轮只得泊于泄滩之下的庙河。见此险状，王霖源带领的江安轮自然就不敢再上滩了，也停泊在滩下，等待时机再行上滩。

与此同时，黄宪奇注意到庙河水域因前面泄滩受阻，陆续上行的大轮被迫在此集中停泊，这样一旦遭遇日机来袭，必然损失严重。黄宪奇立刻向张连科报告紧急情况。

卢作孚得知泄滩之下大轮受阻的紧急情形，即令民生公司总部急派经验丰富的船长领江前去帮助指导。

正在泄滩上游巴东停泊的民权轮船长徐大海临危受命，即刻安排好民权轮驾引人员继续上行，自己带领两名舵工搭木船立刻返至庙河附近查看。

徐大海巡至泄滩下游不远，即见江顺、江安等轮停泊于荒山野岭间，船上人员也甚是可怜。徐大海遂上了江顺轮。

转至江顺轮的王霖源一下见到徐船长，不禁喜出望外地上前拥抱起来。

徐大海走进驾驶舱了解了江顺轮的动力及操舵情况，无私地分享出自己多年积累的行驶经验，帮助驾驶人员认真分析教训，以应用力学原理，修正完善其操舵技术。徐大海首先指导江顺轮成功过滩之后，又依次帮助江安等招商驳轮平稳渡险。招商局船长、大副一众感激万分，黄宪奇、王霖源和船上人员一阵欢呼，热烈地鼓起掌来。

张连科安排好装载危险品的民政轮从巫山直达重庆之后，马不停蹄赶到吒滩。

吒滩打捞队遵令整理好捞救上来的十余吨机件，虽然大曲柄轴永远残缺，张连科仍然当着所有人称赞陈式揖屡败屡战、决不放弃的执着。他还当场说要亲自陪同陈式揖押送这批失而复得的器材开往重庆。

“两岸猿声啼不住，轻舟已过万重山。”装载着马力机剩余器材和钢迁会职员的民权轮，劈波斩浪进入夔门。张连科心中仿佛那船头漩涡巨浪中有万千力量喷薄激昂，极力想要捋平翻滚的思绪，于是提笔给素琳写信道：

“亲爱的素琳，也不知你和孩子们走到哪了？甚念。此刻，我正经过巫山。对，你一定还记得我们一起聊过的那个古代传说中的美丽爱神，巫山神女。传说中，她是天帝的小女儿。相传战国时，巫山神女爱慕楚襄王，便私自下凡与其相会。襄王见她容貌美丽，气质非凡，想要和她结为秦晋之好，却因仙凡相隔，未能如愿以偿。回宫后仍对神女朝思暮想。巫山神女见他一片痴心，就在梦中与襄王相见，告诉他说：我就住在巫山的南面，早上化为云，晚上变成雨，朝朝暮暮，都能看到我。襄王醒来后，踏遍巫山，寻访佳人，却始终没能再续前缘，于是在巫山上为神女建了一座道观，寄托思念，称为‘朝云观’……其实，在我心里，所有的神女都比不上素琳你，还记得在景宁哥婚房里第一眼看到你怀抱琵琶的照片，真是美若神女……”

“厂长，厂长，快看！前面就是朝天门！”王霖源兴奋地推开船舱门喊道。“看，看！两江汇合的分界线！哈哈，前面就是重庆！”外面几个职员的声音吵闹起来，“不，不，我们器材停靠地点，是大渡口！新钢厂在大渡口！”

人随船行，过九龙坡，进罗中子，望着一片农田上正在挖掘建设的厂房、烟囱和高炉，张连科仿佛看到大后方的钢铁基地正如雨后春笋一般，于炮火硝烟中次第生长，巍峨挺立。

船靠在大渡口罗中子江湾，岸上搭建了几排新的职员棚屋。屋前忽然跑出几个相互追逐的孩童，熟悉的童音欢乐地嚷着：

“哦，航空母舰来啰！航空母舰来啰！”

“假的！我才不稀罕……”

“哼！妈妈说的，等爸爸运回很多很多大机器，以后中国人就能造出真正的航空母舰！”

张连科笑着走上坡岸，脸上淌满热泪。

完稿于2020年12月12日23时8分

你在为谁工作

Who are you Working for

摒弃你的“员工思维”

全球500强企业极力推崇的优秀员工思维理念

文　捷◎编著

中国華僑出版社

图书在版编目（CIP）数据

你在为谁工作 / 文捷编著. —北京 ：中国华侨出版社，2017.4

ISBN 978-7-5113-6746-4

Ⅰ. ①你… Ⅱ. ①文… Ⅲ. ①职工—职业道德—通俗读物 Ⅳ. ①F272.92-49

中国版本图书馆 CIP 数据核字（2017）第 067594 号

● **你在为谁工作**

编　　著 / 文　捷
责任编辑 / 文　蕾
责任校对 / 王京燕
装帧设计 / 环球互动
经　　销 / 新华书店
开　　本 / 710 毫米×1000 毫米 1/16　印张 /17　字数 /220 千字
印　　刷 / 香河利华文化发展有限公司
版　　次 / 2017 年 6 月第 1 版　2017 年 6 月第 1 次印刷
书　　号 / ISBN 978-7-5113-6746-4
定　　价 / 36.00 元

中国华侨出版社　北京市朝阳区静安里 26 号通成达大厦 3 层　邮编：100028
法律顾问：陈鹰律师事务所　编辑部：（010）64443056　64443979
发行部：（010）64443051　传　真：（010）64439708
网　址：www.oveaschin.com　E-mail：oveaschin@sina.com

前言
PREFACE

在企业或单位中，我们经常听到类似的抱怨："我只不过是在给老板打工。""一个月就给那点钱，我没义务去做这做那！""这项工作不在我的职责范围内，你找别人去做吧！""公司的事情，能推就推，因为做得越多，错得就越多。"……这样的人到处都有，他们最大的误区就是始终抱着"我不过是在给别人打工"的想法，他们认为，工作只是一种简单的雇佣关系，做多做少，做好做坏，和自己没有多大的利害关系。这样的工作观念让太多的年轻人错失了人生中一次又一次的宝贵机会，甚至等到头发都白了，依然不断地埋怨自己所在的企业或者自己的上司、领导。

我们究竟是在为谁工作呢？如果不尽快弄清楚这个问题，你就难以调整好心态，积极地面对工作，提升自我，今生也可能与成功无缘。其实，工作是一个施展自我能力的舞台，我们寒窗苦读来的知识，我们的应变能力，我们的决断力，我们的适应力以及我们的协调能力都将在这个舞台上得到展示。除了工作，没有哪项活动能提升如此高度的充实感、表达自我的机会、个人使命感以及活着的意义。可以说，工作的质量直接决定着你生活的质量。

一个人所做的工作是他人生态度的表现，一生的职业，就是他志向的表现、理想的所在。所以，了解一个人的工作态度，在某种程度上就是了解了那个人。因此，美国前教育部部长、著名教育家威廉·贝内特说：工作是我们要用生命去做的事。

在当下的社会环境中，我们要如何去重新点燃工作的激情，实现自我的价值？是耳提面命的空洞口号，还是触动心底的反思？如果我们能从内心深处承认并接受“我们在为老板创造利润的同时，也在为自己工作”这样一个朴素的人生理念，责任、忠诚、敬业、成就也将不再是个空洞的口号。

本书提出了每一位员工需要自我反思的人生或工作问题，并对这些问题进行了深刻细致的分析和解答。它有助于解除员工深藏在内心的困惑、疑问，从而调整心态，重燃工作的激情，使人生从平庸走向杰出。如果每一位员工都能从内心深处接受“我们在为他人工作的同时，也在为自己工作”这样一个朴素的理念，责任、忠诚、敬业等这些词汇将不会再是空洞的口号，它会转化为你的工作动力，成就不凡的自己。

《你在为谁工作》是提升企业凝聚力、建设企业文化的完美指导手册和员工培训读本！也是点燃个人工作热情，让你重新以积极的心态拥抱你的工作的书籍，希望本书能为你带来满满的正能量！

目录

CONTENTS

第一章｜多数人的“前途”毁于太过在意“薪水”

● 很多初入职场的年轻人，总是在意自己能拿多少薪水，而对一份工作所带来的个人成长“机会”却并不关注。于是，出现了心浮气躁、悲观抱怨、消极应付、频频跳槽等现象，他们丢失了机会，丧失了成长，最终与成功绝缘。可以说，多数年轻人的“前途”都是被“薪水”毁掉的。所以，真正有远见、有胸怀、有抱负的年轻人在刚入职场时，会将薪水放在一边，他们真正地懂得为老板工作就是为自己工作，注重个人在工作中的历练和成长，遇问题会积极寻求解决办法，兢兢业业，踏实努力，取得最终的成功。

01. 你的薪资＝月薪＋学习价值

好工作不见得薪水高，却能让你进步。在这样的工作中，你会被逼迫得不断上进和学习。即便现在难以体现，日后也会有展现的机会。相反，薪水高但学不到东西，就不能算作好工作。因为它不会催你学习，让你上进。十年后的你跟今天也不会有太大的差异，它非但不能给你前途，在原单位也可能被淘汰。所以，月薪加上学习的价值，才是你真正的薪资，这才是判断一份工作好与坏的砝码。

当你得到一份工作时，你更看中什么呢？是工作带来的薪水呢？还是工作带来的学习和成长的机会？

其实，把薪水看得重的人无非有两种：一类是生存压力大，必须要立即从工作中拿到高报酬；另一类是生存无太大压力，但却目光短浅。这两类人都是典型的“员工思维”：只顾当下，不能从长远考虑，所以他们最终只能给别人当员工。而那些更看重个人成长机会的，通常都是有大胸怀、大抱负的人。

把薪水看得重的人，最终都会因为“停止成长”而获得十分有限的薪水。相反，一份充满学习机会的工作，薪水会因为自身价值的增长而不断地攀升。我有两个朋友，几年前同时参加工作，一个选择了到一家知名公司做行政工作，一个选择了到一家不起眼的小公司做销售。做办公室主任的进公司时月薪 4700 元，而做销售的进公司时月薪只有 2000 元。销售工作比行政更具有挑战性，也更辛苦。几年过去，如今做行政的朋友月薪仍旧不到 5000 元，而做销售的那位朋友，因为积累了丰富的人际资源，自己开了一家小公司，每年获利至少有二十几万元。所以，当你一事无成的时候，重要的是想办法通过学习让自己值钱，而不是为了钱而“自断前程”。

李嘉诚当年在给人做学徒工的时候，看中的不是收入，而是那份工作带给他的历练。他不愿意为了钱而工作，更愿意为了微薄的薪水在茶楼给人当学徒。在此过程中，他通过与各种各样的客人打交道，学习了察言观色的能力和与人沟通的能力。在工作中，他心中想的不是这个月我得了多少钱，下个月我能得多少钱，这一年我能赚多少钱，他心中算计的是：我什么时候可以学到经营的本领，开创一份属于自己的事业。

一位朋友到悉尼留学，在上学之余，他去兼职做汉语家教。他做家教看中的不是一个小时能赚多少钱，更在意汉语教学带给他的创业机会。通过对不同人的辅导，他掌握了快速学汉语的基本要领和方法，通过一对一的教学，他掌握了针对不同个性采用不同教学的方法。同他一起的还有一位留学生，刚没做多久就嫌辛苦，不赚钱，就开始应付他的每一位学生。小孩子上课的时候想睡觉，他就会趴在桌子上一起睡，只为了蹭那一小时的课时费。

两年后，很努力的那位朋友已经与当地大学教授的课时费持平，找他学汉语的学生已经几乎挤破他家的门。等三年后他完成学业时，就在当地组建了他的汉语培训机构，学生爆满。而那位为了赚钱而应付的留学生，刚刚完成学业，就早早地因为生计问题被迫离开。

这便是差异！为了薪水而工作，前途总归是有限的。你的月薪加上其中的学习价值，才是你真正的薪资，我们切勿盲目因薪水的多寡去判定一份工作的好坏。

当下的许多毕业生找不到工作，其中一个极为重要的原因就是缺乏工作经验，到单位无法一下子接手工作，而诸多单位又不愿意充当人才培训基地。刚毕业的学生没工作经验，这是极正常的事。可令人遗憾的是，很多年轻人不愿意为了获得经验而从事收入较低的工作。你什么都做不了，却开口向用人单位漫天要价，谁会接收你呢？所以，如果你打算为养家糊口，为履行义务总去草率地应付你的工作，那你一辈子都只会给别人打工且要过一种难以出头的生活。你唯一出人头地的机会在于，你目光远大，你有抱负，你志不在小。如果不想一辈子只给人打工，靠微薄的收入过一辈子，那么，在刚开始就要端正你的心态，不谈薪水，选择一份能历练自己的工作，让自己先变得有价值，再去想如何赚钱。当你刚毕业就得到了一份工作，你真应该暗自庆幸：有人愿意给你机会让你积累工作经验，反过来还要给你钱。可惜，很多年轻人却看不到这机会中所包含的价值。

很多时候，“机会”总爱穿着“长远”的外衣，而只有智慧的人，才能够看到它究竟藏在哪里。

02. 抱怨赚钱少之前，先努力让自己有价值

年轻人抱怨自己赚钱少之前，先努力学着让自己有价值。如果你不相信努力和时光，那么，时光第一个就会辜负你。一个人如果总是幻想自己“有钱”，不懂得脚踏实地，最终会在幻想中“迷失自己”。

“我为老板干活儿，老板给我工资，我的努力足够对得起自己那点少得可怜的工资了。”

“一个月就给我这么一点钱，凭什么让我做这做那?!”

……

在很多场合，我们都能听到类似的抱怨。说这些话的多数是年轻人。他们本来有着丰富的知识、不错的能力，却因为生活在不断地抱怨中而常常必须面临如何找下一份工作的窘境。

多数年轻人不停地换工作，直接原因就在于嫌原来的老板“给得太少”。同时他们逢人便去抱怨老板是如何抠门、苛刻，从不去反思自己为何如此“廉价”。

其实，与其喋喋不休抱怨工资低、赚得少，不如埋头努力，先让自己

“值钱”。要“值钱”，就要懂得投资自己。就是说你可以先把能赚多少工资的事放在一边，想想如何才能得到一个能够让自我不断增值的机会。

你今天的工资可能是三四千块，如果为了多收入一两千块而频繁跳槽，你的生活现状会真正地改变吗？不会的，你照样买不起车子、房子。最终除了让自己不断在奔波中返回“原点”外，别无收获。

其实，刚刚步入社会的前十年，大家的工资是没有多大差距的。你的同学也许早你一年升个什么组长、什么领班、助理等，那也不重要。最重要的是你在第一个十年里要扎扎实实地投资自己。

当你人生奋斗的第一个十年走完了，如果你扎扎实实地把自己的基本功练好了，到第二个十年你可能才有机会成为一个部门主管。那时候，你的身价已经很高，你所掌握的资源、学到的各种技能，已经成为别人永远也盗不走的最大财富。那个时候，你可以拿着简历趾高气扬地跳槽，也可以理直气壮地要求现在的老板给你加薪、升职。

在人生的第二个十年，你可能会结婚，过着上有老，下有小的生活，如果你还够踏实勤奋，你能干到一个部门经理，你的收入还能勉强支撑一个家庭的开支。所以，你还得继续努力，在各种细节方面去积累经验，不断提升你的“身价”。

前面两个十年你如果走得够扎实，那么，你有可能会走入人生奋斗的第三个十年。如果说前面的十年是自我“身价”的提升阶段，那么，人生的第三个十年则是你财富积累的开始。那个时候，你可能会有一家自己的公司，你的收入会远大于你的生活所需，人生的财富也会在此期间暴涨。

可是很不幸，绝大部分的年轻人走不到第三个十年。他们往往在人生的第一个十年，常常因为计较多几百块钱的工资而放弃大好的学习机会。从此之后，其人生都在不断颠簸中度过。

事实证明，那些在刚开始就注重机会和自我成长的人，最终都能成为不凡者。

在美国西部，有个年轻的小伙子总梦想着自己能成为一名新闻记者，可他缺乏经验又没有熟人。他不知道如何才能得到一份报社的工作。有一天，他灵机一动，给报界名人马克·吐温先生写了一封求助信。

几天后，他就收到了这封改变他未来命运的信，信中说："假如你能按照我所说的去做，我可以帮助你在报界得到一个职位。你现在要告诉我的是，你想到哪家报社去工作?"

小伙子把这封信翻来覆去看了几遍，又异常兴奋地写了一封回信。信中说明了他所心仪报社的名称和地址，并向马克·吐温诚恳表态，表示愿意听从他的指示。

又过了几天，小伙子收到了马克·吐温的第二封信，信中说："如果你肯暂时只做工作而不拿薪水，你到任何一家报社，那么人家都不会拒绝你；至于薪水问题，你可以慢慢来。你可以对报社的人说，我非常热爱记者的工作，我可以从零做起，并且不需要任何的报酬。听我的，我保证你会找到一份你想要的工作。

"在你得到第一份工作后，不要以为不拿薪水就可以没有工作压力；正好相反，你一定要全力以赴。得到那家报社的重视以后，你再到各地去采写新闻。如果你所采写的新闻稿件确实符合编辑部的要求，报社自然就会陆续发表你的作品。当你正式成为一名外派记者或者编辑时，也就自然成为这个报社中的一员了。慢慢地，大家也会觉得离不开你，你自然也就不用为自己的薪水而担忧了。"

读完这封信，年轻人异常兴奋，但又有些担心，这的确是一个好办法，但问题是能否行得通。最终，他还是照做了。就这样，他到了一家向往已久的有名气的报社。在报社工作的第一个月里，他遵照马克·吐温的嘱咐，兢兢业业地去学习新闻写作，发掘新闻素材，做好每一件琐碎的小事情。不久他的采访稿终于被编辑部采用了。为此，他很受激励，更加努力，采写的新闻又频频出现在报纸上面。

慢慢地，小伙子的才气与名字已经在报社广为人知。几个月后，他收到了另外一家知名报社的聘书，表示愿意出高薪聘请他。他所在的报社听说此事以后，以双倍的薪水待遇将他留了下来。就这样，他在那里继续待了五年，五年后，他已经成为那家报社的主编了。

除了这位小伙子外，另外的几个年轻人在马克·吐温的指导下顺利找到了理想中的工作。这位世界顶级大师告诉年轻人，只要用心，走到哪里都不难找到工作；找对了平台，再付出努力，迅速晋升将不再是难事；自身的价值如果高，财富的积累都是轻而易举的事。当然，在此过程中，不要总想着老板能给你什么，而应该想着你能给老板带来什么，那些只知道向老板或单位索取的人，则一定会遭遇失败！人生也一定会是混乱不堪！

03. 成功是优秀的“副产品”

很多年轻人在找工作时都在意“薪资”，而仅少数人却在追求“自我成长”。走过一段历程后，我们会发现，其实当一个人踏实肯干、聪明灵活、内心强大、修养足够时，获得财富只是顺带的事儿，成功是优秀的“副产品”！

有这样一则寓言：

一棵苹果树，终于结果了。

第一年，它结了十个苹果，九个被拿走，自己得到一个。对此，苹果树愤愤不平，于是“自断经脉”，拒绝成长。第二年，它结了五个苹果，四个被拿走，自己得到一个。这时，它却很高兴地笑起来：“哈哈，去年我得到了10%，今年得到20%！翻了一番。”这棵苹果树的心理终于平衡了。

但是，它还可以这样：继续成长。譬如，第二年，它结了100个果子，被拿走90个，自己得到十个。

很可能，它被拿走99个，自己得到一个。但没关系，它还可以继续地成长，第三年结出了1000个果子……

对于苹果树而言，得到多少果子不是最为重要的，而最为重要的是，苹果树在成长！等苹果树长成参天大树的时候，那些曾经阻碍它成长的力量都会微弱到完全可以忽略的。所以，对于苹果树而言，最好的生长法则是：在任何时候都不要太过在乎能结出多少个果子，成长是最为重要的。

刚入职场时，你觉得才华横溢，于是意气风发，坚信“天生我才必有用”。但对于无经验且刚入社会的新人来说，一般情况下，企业或公司都会分配给你一些零碎的，看似无关紧要的工作：打印文件、端茶倒水、跑腿打杂，你苦闷难当，觉得自己的才华被埋没；或许，你刚开始能为单位做出贡献却没受到重视；或许，你只得到口头的重视但却得不到实惠；或许……总之，你觉得就像那棵苹果树，结出的果子自己只享受到了很小一部分，与你的期望相差甚远。于是，你便开始消沉、失落、愤怒、懊恼、牢骚满腹……最终，你决定不再那么努力，让自己的所做去匹配自己的所得。几年过去后，你一反省，便发现当下的你，完全已经没有当初的才华和激情了。

“看穿了，看透了，成熟了。”多数年轻人都习惯于这样自嘲。但是实际上，你已经完全停止成长了。

这样的故事，在我们身边比比皆是。许多年轻人之所以会犯这样的错误，是因为我们忘记了，生命本身就是一个历程，是一个整体，他们总觉得自己已经成长过了，现在是该到结果子的时候了。我们都太过在乎人生一时的得与失，而忘记了人生的成长是最为重要的。

成长是一个寻求自我的过程，是让自己的心灵和内在有一个空间去向某一个目标伸展的过程。成功在人生当中可能只是昙花一现，但是成长是一个持续的过程，成功很大程度上依靠外在和别人对你的评价，但是成长却是内在的，你可以很真实地感受到内心的愉悦，内在力量的强大。人在成功时，就会对未来患得患失，因为总担心失去，但如果你内在力量延伸了，自我得到了成长，那就没有任何人，没有任何力量可以剥夺。有时失去成功的速度可能比退潮还快，但是缓慢的成长却可以让你时刻地充满自信心。如果我们这个社会能把人生成长的过程作为一种成功的标志，那么我们每一个人都可以成为一个成功者。

所以，对于年轻人来说，如果你是一位打工族，在职场上遇到了难以忍受的人和事，那么，一定要懂得提醒自己一下，千万不要因为你的激愤和满腹牢骚而自断经脉，阻止自我成长。无论遇到什么事，都要做一颗永远成长的苹果树，因为你的成长要永远比你每个月要拿多少钱更重要。

04. 在获得前，先考虑“我为别人带来了什么”

不管你的工作看起来如何卑微，都不要对自己的工作表示轻视或厌恶。看低自己的工作，最终也会遭到别人的轻视。如果你因为自己负责打扫卫生而看不起自己，看轻自己的工作，那么管理者也会因此而轻视你的德行和工作业绩。所以，不管在什么样的情况下，都应当对自己的工作投入巨大的热情，并付之以敬业的精神去对待。

“我毕业于名牌大学，在公司混了这么多年，还只是拿着最低的薪水，老板简直太黑了！”

“我就是公司的一头老黄牛，吃的是草，产的是奶，什么时候我能够吃的是奶，产的是草就好了。”

“为何我这么努力，老板还不给加薪？”

凡此种种，不一而足。职场中，我们经常会听到类似于这样的抱怨。抱怨老板黑心，抱怨自己付出的多，得到的少。

努力了就一定要给加薪，付出了就一定要得到回报，工作久了就一定要得到升迁，这是多数人的惯性思维。他们的思维仅仅被禁锢在薪水、报酬上面，这样的抱怨，其实也是一种自卑的表现，也是对自我能力不足的心理的焦虑。要知道，一个公司或企业衡量一个人能力的重要标准就是你做出了多少业绩，而不是你付出了多少努力。对于老板来说，一个员工做什么，做多少其实并不是最重要的，重要的是你的成果是什么。有句话说：业绩给人重量，报酬给人光彩。多数人只看到了光彩，却不懂得去称重量。所以，在你抱怨老板不给你加薪时，先要问问自己做出了多少业绩。

衡量你自身价值的是业绩，要获得高报酬，就一定要借助公司这个平台不断地修炼自己的能力，并将能力转化为实实在在的业绩。不要总清高地认为自己有能力、有才华，进入一家公司后，横挑鼻子竖挑眼，总觉得自己大材小用，总想着老板该给自己更多的薪水，而从不考虑自己能为公司带来什么！

40 多年前，肯尼迪在就职典礼上说："不要问你的国家能为你做些什么，而应该问你能为国家做些什么。"

肯尼迪总统的这句话，道出了当今多数人无法取得事业成功的原因。在过去，我们更关注自身的利益，关心自己是否能够获得足够的支持。而现在我们发现，人人都在考虑自身利益，这使得一些职场工作变得举步维艰。在与家人、朋友的相处过程中，极少有人会考虑"我能为他们做些什么"，他们总是认为人是自私的，索取是天经地义的。但是，肯尼迪的话该让我们醒醒了。在商场上，我们应该提供物超所值的产品和服务给我们的客户，这是我们能为他们做的，也是他们所渴望的。如今，哪个个人或单位能否做到这一点，直接决定其一生的事业的高度。

同样，在职场上，你能否站在企业、主管、老板、同事、员工的立场上去想"我能为他们做什么"，也直接决定你的发展前途，同时，也关乎你能否会有愉快的工作环境和更高的工作效率。面对家人和朋友，“我能为你们做什么”的想法会使生活变得更加丰富而让人留恋。当你这样去想并去做时，你就会发现，你的人缘越来越好，工作越来越顺，职位也会越升越高。

那些时时在想“老板能给我什么”的员工，常常是怨气重，工作不顺，很容易将自我发展的道路给堵死；而相反，那些始终思考“我能为老板或企业做什么”的员工，根本不用担心没有出头的机会，更不用担心失业。因为他们想对了问题，做对了事情。

不要只想着老板会给你什么，企业能给你带来什么，而应该问你能为老板或企业做些什么。如果说那些在职场中取得巨大成就的员工有什么成功秘诀的话，深悟此言当是其中之一。

当然，对于那些还在为低薪酬而斤斤计较的员工，更应该先将你的“思维”搬离薪酬方面，把目光放得更长远一些，这样我们才会发现游离于金钱之外的更有价值的东西。薪酬是会变的，而决定薪酬高低的是我们的业绩。正如思科公司前总裁约翰·钱伯斯所说：“我们不能把工作看作是为了五斗米折腰的事情，我们必须从工作中获得更多的意义才行。”对于期待事业长远发展的人来说，无论薪水高低，他们都要热爱工作，在工作中都要尽职尽责、力创业绩，这往往是事业成功者与失败者之间的不同之处。

05. 频频跳槽的结果：你将“谁也不是”

有目标的人在奔跑，没目标的人在流浪；有目标的人在感恩，没目标的人在抱怨；有目标的人睡不着，没目标的人睡不醒；给人生一个梦，给梦一条路，给路一个方向！跌倒了要学会自己爬起来，受伤了要学会自己疗伤！生命只有干出来的精彩，没有等待出来的辉煌！

当下的年轻人在朋友中总会说这样一句口头禅，“我换了新工作了”，然后顺带告诉你，“我把原来的老板给炒了！”

其实，很多单位在招聘新员工的时候看简历，最先看的不是名字、学历，会先看其在第一家工作单位待了多久。当下的年轻人频频换工作是一件极为危险的事情。

频频换工作的年轻人给人的第一个信息便是：这个年轻人还不知道自己要干什么，所以他总是换。另外，新到一个岗位大概有两三个月的“蜜月”期，反正你是新人，大家对你的要求都不高。等干到半年以上，会遇到工作中的第一个难题，多数人会在这个时候选择离开。遇到困难，最容易决定的是我不干了，然后美其名曰：“我把老板开了”。这样的年轻人能开几个老板，最终也会把自己开了。因为到最后他的简历没有地方去。

在20多岁的时候如果总是频频跳槽，几年后，你也只能谁也不是！因为不断跳槽，不断换行业，最终会没有一项擅长或熟练的技能或本事，到中年，还要回到起点从一个初级职位开始干起，拿着最为基本的薪水，与一群刚刚起步的20多岁的年轻人在同一起跑线上！

李开复说，人生的起步阶段，资本积累是极为重要的事。当然了，这种资本的积累不仅仅包括你的工作技能和经验，还包括人际的积累，为人处世的能力、口碑，与人相处的能力，等等。如果你频繁跳槽，代表你每一个阶段的积累都付之东流了，一切都是从头开始。如果在工作的前 3 年中，你换了三个行业，3 年后，你等于只有一年的积累，而一个没有换行业，没有换工作的人，至少有了 3 年的积累。在同样的岗位上，谁会更占优势呢？

很多时候，一个人在一个岗位上工作两年左右，都会觉得工作没意义，不顺利，心情烦躁，很想辞职，换工作，到另一个行业中去寻找新鲜感和快乐感，觉得这样就可以将所有的烦恼都抛开。殊不知，你抛弃的只是暂时的烦恼。当你到了一个新的单位，新的岗位上后，一切都要从头开始，不久，你还会遇到同样或者类似的困难，烦恼同样也会如期而至。

其实，一些年轻人之所以会频繁换工作，其根本原因就在于他们不知道自己要干些什么。一个丧失了目标的人，他们的人生也会注定会像无头苍蝇一样横飞乱撞了。

林涵，大学念的是经济学，因为从小对数字不敏感，她对这一科毫无兴趣，也不知道毕业后能做什么。

当表哥找她一起到校区卖凉皮、凉面，她便一口答应，梦想有一天能把自己研制的调凉皮秘方卖遍全世界。这个工作并不浪漫，天气炎热，在凉皮下锅时，经常会被蒸汽烫到手，贴满了创可贴，天气渐渐转凉，生意差了……耗了大半年，表哥收摊了，她也跟着失业。

林涵左思右想，想出一个点子来。她决定凭借小时候的绘画功底，进军包装设计行业，却因为缺乏创意而不断碰壁。求职不顺，让她觉得自己已无法适应民营企业，那么也许适合当公务员，于是念头一转，便跟爸妈拿钱补习，准备考公职，一年后毫不意外地没考上，家里人再劝她去找工作，而这时离毕业已经两年了，她对自己要做什么事，一点想法也没有！

朋友曾经劝她，尝试不同的工作是对的，可是也不能像无头苍蝇一样瞎混嘛！你要理清楚你的兴趣、能力，以及人格特质，你所找的工作中至少要和其中一项相符合。

可她并没有将这样的劝告听进去。

最后，她在同学的推荐下，进了一家小公司，做文职工作：负责接待外加收发文书。不甘不愿去上班，她感到窝囊透了，好歹自己是经济学本科毕业，这样琐碎的工作本应该是初中毕业的小妹妹做的。这样一次刻骨铭心的经历，又让她推论出：之所以无法找到好工作，是因为自己缺少一张硕士文凭，于是她一边工作便一边准备考研究生。

因为发奋努力，她还是考上了，现在是经济学研三，几个月后即将毕业，她再度回到几年前刚毕业时的原点，并不知道自己毕业后要做什么，而这时她已经27岁了……如果她再找与经济相关的工作，她过去的工作经历并不会为她加分，甚至还会为之减分，如果她不想做与经济相关的工作，那她为何要念研究生？

林涵就这样随意晃掉了五年的黄金时间！

由此可见，在人生的起步阶段，首要的就是给自己树立目标，给自己以科学的定位，从自身的职业属性、职业技能与职业经验值等多方位去确定个人的核心竞争力。这样才不致使自己有个糊里糊涂的人生。

06. 你是在“挑水”，还是在“挖井”

如果你是一个愿意“挖井”并勤勤恳恳地去奋斗、去努力，而不是整天满腹牢骚，寻找各种美丽的借口，“挑水”应付工作的员工，即便你的起点为零，也同样能够成就伟大的事业。

有这样一个故事：

在相邻的两座山上住着两位行者，一个叫一休，一个叫二休。这两座山上都没有水，因此两个人都要到山下面的一条小溪中去挑水，因为经常遇到，所以很快就成了好朋友。

就这样，五年过去了。有一天，二休像往常一样到小溪中去挑水，发现一休竟然没有出现。二休想，一休大概是睡过头了。第二天，二休再去挑水，还是没有见到一休。就这样，一周过去了，一个月过去了，一休仍旧没出现。二休很担心，心想：“我的朋友可能生病了，我要去拜访一下他，看能帮上什么忙。”

当他上山找到一休所在的房子，却发现一休和尚正在屋里打坐冥想，而且精神焕发，一点都不像生病的样子。他吃惊地问：“一休，你已经一个月没有下山挑水了，为何你没有挑水还有水喝呢?”一休笑着带他到后院，指着一口井说：“这五年来，我每天挑完水后，都会利用零碎时间来挖井，即便有时候很忙，也总会坚持挖一点儿。现在我已经挖好一口井，井水源源不断地涌出，从今以后我再也不用下山挑水了！我还可以省下许多时间来做我自己喜欢做的事情，比如打坐、冥想等!”

因此，一休从此不再辛苦劳累花时间去挑水了，而二休却依然每天都要下山，没得休息。

其实，在现实的职场中，也有两种员工：“挑水”喝的和“挖井”的人。两者的区别在于其眼光的不同。前者自认为工作是为老板，于是当一天和尚撞一天钟，每天都以“挑水者”的心态应对工作，而“挖井人”则把工作真实地当成个人的事业去奋斗，于是他们会积极主动，用智慧的头脑，勤劳的双手去挖一口属于自己的“财富”之井，让自己受用一生。

“挑水喝”的员工因为觉得自己在给别人打工，所以，对工作总会消极应付。他们总喜欢与其他人比谁的工资高，若比别人多就会沾沾自喜，若比别人少就牢骚满腹。而“挖井”的员工，则总是和别人比谁在工作中学到的东西更多，他们看重的是个人经验的积累，看重的是企业能否为自己提供更为广阔的施展才华的平台，以及自己能否在这个平台上将个人的能力发挥到极致。

“挑水喝”的员工总以工作清闲为荣，他们只愿意在自己的岗位上尽责，对其他的事总是持冷漠态度。如果涉及一点点，他便会怨声载道；而“挖井”的员工总会把自己的工作延伸到本职工作外，只要事关单位的声誉或者利益的问题，都会积极主动地解决，无怨无悔地付出自己的精力和智慧。

可以说，“挑水喝”的员工从来不愿意吃半点亏，为此，他们爱精打细算，表现得很“精明”；而“挖井”的员工把工作当成学习和磨炼自己的机会，为此，他们总会积极主动地去解决难题，但挖出的井却足以受用一生。

其实，在一个人的职业生涯中，只要我们愿意以“挖井”的精神去工作，愿意脚踏实地地付出自己的全部努力，愿意把工作当成自己的事业去做，抱着为企业工作就是为自己工作的态度，那么，每个人都是在最大限度上实现自己的职业理想。

出生于美国某乡村的济瓦格，因为家庭贫穷，未受过高等教育。15 岁那年，他为补贴家用，就到一家农场做了马夫。

三年后，一个偶然的机会，济瓦格到钢铁大王卡内基公司属下的一个建筑工地打工。从踏入工地的第一天起，他就抱定了要做同事中最优秀的人的决心。每当加班时，其他工人都在抱怨活儿累、挣钱少且消极怠工，而济瓦格却仍旧兢兢业业，他独自热火朝天地干着，并在工作中默默地积累经验。他还利用工作之余学习建筑知识。

一天，工友们都在喝酒、闲聊，而只有济瓦格躲在一个角落里一边看书，一边拿笔在笔记本上写着什么。那天恰巧经理到工地检查工作，经理看了看济瓦格手中的书，又翻开他的笔记本，就弯下腰微笑着问他：“你学那些东西干什么呢?”

“我想公司并不缺少建筑工人，而是缺少既有工作经验又有专业知识的技术人员或管理者。”济瓦格说，“再说，我坚持学习，就算做不了技术工或管理者，至少也能成为同事中最优秀的。事实上，通过这段时间的学习，我觉得我比他们优秀许多了，很多建筑方面的知识，我可以信手拈来！”

经理看着他点了点头，瞬间被济瓦格的认真精神所感动了。不久，济瓦格就被升任为技师，然后他又凭借自己的努力一步步升到了总工程师的职位上。25岁那年，济瓦格就当上了那家建筑公司的总经理。

对此，济瓦格说：“一个打工者欲想成功，就要立志做一个优秀的人——起码要立志做同事中最优秀的人。如此一来，在没有超过自己身边的人之前，就会严于律己，时时提醒自己不要懒散。”

济瓦格是这样说的，也是这样做的。他勤奋敬业、积极主动，因而也获得了比别人更多的发展机会。卡内基钢铁公司的工程师兼合伙人，在筹建公司最大的布德钢铁厂时，发现了济瓦格超人的工作热情和管理才能。当时，身为总经理的济瓦格，每天都是极早就到工地，当琼斯问他为何来得如此早的时候，他回答说：“只有这样，当有什么急事的时候，才不至于被耽搁。”

工厂建好后，琼斯毫不犹豫地提拔济瓦格做自己的副手，主管全厂的事务。两年后，琼斯在一次事故中丧生，济瓦格就接任了厂长一职。因为济瓦格天才的管理艺术以及虔诚的敬业态度，布拉德钢铁厂成为卡内基钢铁公司的灵魂。几年后，济瓦格得到了卡内基钢铁公司的股份，并被任命为子公司的董事长。

济瓦格在担任董事长职务后的第七年，当时控制着美国铁路命脉的大财阀摩根，提出了与卡内基联合经营钢铁的要求。开始的时候，卡内基并没有理会。于是，摩根便放出风声，说如果卡内基拒绝，他就找当时位居美国钢铁业第二位的贝斯列赫姆钢铁公司联合。卡内基意识到问题的严重性，他知道，如果贝斯列赫姆与摩根联合，就会对自己的发展构成重大的威胁。于是，卡内基便全权委托济瓦格与摩根谈判，并取得了对卡内基有绝对优势的联合条件。

后来，济瓦格终于建立了自己的伯利恒钢铁公司，并创下了非凡的业绩，真正地完成了他从一个普通建筑工人到卓越领导者再到一个世界闻名的大企业家的成功飞跃。

济瓦格的经历告诉我们：以“挖井”的精神去对待你的工作，最终你会获得丰厚的回报。但在我们周围，有很多只知道“挑水喝”的年轻人，在职场中，他们为了争一点工资而频频跳槽。几年下来，他们会忽然发现，自己不仅没有做出什么业绩，反而沦落在被社会淘汰的边缘。这的确让人感到惋惜。

别把工作当成个人谋生的手段，而应该将其当成自己为之奋斗一生的事业去经营。对于一个有抱负的员工来说，应该利用各种工作机会去增强自己的才干，把工作机会当成自身学习、锻炼的平台，对自己要求越严格，能力就增长得越快。要想把看不见的梦想变成看得见的事实，便要懂得在工作中兢兢业业，把工作当成事业去经营。强烈的敬业精神会将你推上成长的良性轨道，并积极引导你实现自己的人生梦想。

07. 弄清楚一件事：你究竟在为谁工作

一个有抱负的年轻人，总会把工作当成自己的事业去经营，把工作看成是自己的事情，无论老板在不在，无论主管在不在，无论企业遇到什么样的困境或挫折，他都会全力以赴、积极主动地去完成任何事情。

职场中，经常会有年轻人这样抱怨：

“我不过是在给老板卖命，给企业打工，我做的已经对得起那点工资了！”

“给多少工资就干多少活儿，凭什么还要让我干其他的工作！”

“这不是我负责的事，你还是去找该找的人吧！”

“这是单位的事，我管那么多干吗！”

……

讲这类话的，多数是年轻人，他们都有着丰富的知识、不错的能力，却因为生活在滔滔不绝的抱怨中而常常面临如何找下一份工作的窘境。

很多人之所以会推卸责任、抱怨连连、叫苦连天，根本是因为他们始终抱着“在给老板卖力，帮企业赚钱”的思想。他们认为，工作就是一种简单的雇佣关系，做多做少，做好做坏，和自己的关系不是很大。这样的观念让年轻人失去了进取心，也丧失了主动学习的激情，从而错失人生一次又一次机会。甚至一生都生活在无休止的埋怨中，得不到一丝的轻松和快乐。

肯尼森是美国硅谷一家软件公司的经理人，他上任一年时间，付出了艰辛的努力，让公司的业绩翻了两番。一个朋友开玩笑说：“干吗那么拼命呢？你今天让其翻一番，明年再翻一番，不就可以在完成任务的情况下，混两年了吗？你白天黑夜不分地辛苦工作，把赚来的大把的钱都装进老板的口袋里去了。你却只能拿到一丁点儿的提成，最终的受益人还是老板啊！”

肯尼森微笑着告诉朋友：“你工作不只是为追求一份薪水，虽然我是职业经理人，但也要把工作当成自己的事业去做。我不仅希望它翻两番还希望它能跳得更远。尽管利益是老板的，但同时也最大地体现了我的价值。”

所以，从某种意义上说，一个有远见的员工认为工作是为自己。只是把企业的事情当成自己的事情好好做，自己才有成就感，也才能够不断地提升自己的价值，完备自身的各方面能力，使自己越来越成熟。

英特尔总裁安迪·葛洛夫在一次演讲中说过：“不管你在哪里工作，都别把自己人当成员工——应该把公司看作是自己开的一样。”事实上，只有如此，你才能激发出你的潜力，才能学到真正的本领，成为最终的受益者。

杰克和弟弟杰瑞都在一个码头的仓库里给人家缝补篷布。兄弟两人都很能干，做的活儿也很精细。但杰克与弟弟不同的是，当他看到丢弃的线头碎布也会随手拾起来，留做备用，就像给自己家做事一样。

有天夜里，杰克被暴风雨惊醒，他想都没想就从床上爬起来，拿起手电筒冲了出去。弟弟怎么也拦不住他，直在后面骂他是个大傻瓜。杰克跑到露天仓库中，仔细检查了一个又一个货堆，并顺手把被风掀起的篷布重新盖好。没想到，老板也不放心这些货物，就开着车过来看一下，正好遇到了已经被淋成落汤鸡的杰克。

杰克的诚实和负责得到了老板的信任，他被直接晋升为公司的总经理。分公司的大小事情都是杰克一个人说了算，杰瑞不止一次地对他说："给我弄个好差事干干。"杰克都没有同意，虽然这对他来说只是举手之劳，但他深知弟弟的能力是不能胜任其职的。弟弟骂他六亲不认，说："你个傻瓜，这又不是你自己的公司！"

杰克并不理会这些，他深知，干事业只能认认真真，实事求是，无论是给别人干还是给自己干。正是因为他的诚实和执着，短短几年后，杰克成立了自己的公司。这时，杰克的弟弟还在码头替人缝补篷布，也许他永远也不明白，谁才是真正的傻瓜。

对于每个年轻人来说，在职场上都应该弄明白一件事：你究竟在为谁工作？为什么工作？难道工作就仅仅是让老板看，然后从他那里换取每个月的工资吗？

你不是在为老板赚钱，也不是在为企业打工，而是在为自己工作。因为工作不仅让你获得薪水，更重要的是，它还教给你经验、知识，通过工作，能够提升你的能力，使你变得更有价值。

每个人的工作其实都是为了自己，为了自己的事业和自己的幸福。为实现和提升自己的价值。只有对自己的工作目的有正确的认识，才能以饱满的热情、自发自动的工作态度、积极向上的进取精神、顽强拼搏的斗志投身到工作中去，才能真正实现自己的人生梦想和职业目标。

08. “我在为老板打工”的心态让多数人与成功无缘

你少承担责任，逃避工作，确实能够躲避眼前的劳累和风险，在短时间内可能占到一些便宜。但时间一长，必然不被重用，失去机会。

“我只拿这点钱，凭什么去做那么多工作，我傻呀。”

“我为公司干活，公司付我一份报酬，等价交换而已，我不欠谁的。”

“我只要对得起这份薪水就行了，多一点我都不干，做了也白做。”

“工作嘛，又不是为自己干，说得过去就行了，干吗那么认真。”

……

这种“我不过是在为老板打工”的想法很普遍。在许多人眼里，工作只是一种简单的雇佣关系，做多做少，做好做坏，对自己的意义不大。因此，工作的质量、标准都不高。我们究竟在为谁工作呢？每个工作者都应该仔细地问问自己。如果不在年轻的时候弄清楚这个问题，不调整好自己的工作态度，那么我们很可能与成功无缘。

记得石油大王洛克菲勒在给他儿子的信中说了一个故事：

三个石匠在一起雕塑石头，有人问他们：“你们在这里做什么？”

第一位石匠回答说：“我在雕凿石头，凿完这块石头我就可以回家了。”

第二位石匠回答说：“我在雕凿石头，你看我做的雕像，虽然很是辛苦，但是却收入颇高。”

第三位石匠手中仍旧拿着工具，热情地回答说：“快来看看，我在做一件工艺品。”

第一种人是将工作当成惩罚，在他们嘴中说得最多的就是一个“累”字。

第二种人是视工作为负担，他们嘴里说得最多的一句话就是“养家糊口”。

第三种人视工作为一种骄傲，在他们嘴里说得最多的一句话就是“这一定是我做得最好的一件艺术品，我可以做得更好一些！”这种人永远会视工作是一种享受。

不同的心态，造就了不同的结果，成就了不同的人生。如果你赋予工作以实际的意义，那么无论工作大、小，再辛苦，再劳累你也会感到快乐的。如果你将工作当成自己的一项事业，那么，你就能够迸发出无尽的热情与活力，自己的潜能也会得到最大程度的发挥。你的每一次进步，都会收获巨大的成就感和满足感，你的一生将会是快乐的一生。

如果你视工作是一份工作，是一种义务，你的人生就会在地狱中度过；如果你视工作为一种事业，一种乐趣，那么你的人生则会在天堂中度过。

有这么一个故事，说的是有个叫迈克的人，在一家贸易公司工作了一年，因为不满意自己的工作，总是愤愤不平地对朋友说：“我在公司里的工资是最低的，老板也不把我放在眼里，如果再这样下去，总有一天我要跟他拍桌子，然后辞职走人。”

有一位朋友听了后，就问他说：“你把现在这家贸易公司的业务都弄清楚了吗？弄懂了吗？”他老老实实地回答：“还没有！”这时他朋友又说：“君子报仇十年不晚！我建议你先静下心来，认认真真地工作，把他们的一切贸易技巧、商业文书和公司组织完全搞通，甚至包括如何书写合同等具体细节都弄懂了之后，再一走了之，这样做岂不是既出了气，又有许多收获吗？”

迈克听从了这位朋友的建议，一改往日工作的散漫习惯，开始认认真真地工作起来，甚至下班之后，还常常加班加点地留在办公室里研究商业文书的写法。

一年之后，那位朋友偶然遇到他，就问：“现在你大概都学会了，可以准备拍桌子不干了吧？”迈克说：“可是，我发现近半年来，老板对我是刮目相看了，最近更是委以重任，不但升职而且又加薪。说实话，不仅仅是老板，公司里的其他人都开始敬重我、羡慕我了！”

从迈克的经历中，我们可以意识到为他人工作的同时，也是在为自己工作。人生离不开工作，工作不仅能赚到养家糊口的薪水，同时，也能锻炼我们的意志，新的任务能开拓我们的才能，与同事的合作能培养我们的人格，与客户的交流能磨炼我们的品性。从某种意义上说，工作就是为了自己，而不是为了他人。很多年轻人之所以一事无成，多是常抱着“我在为老板打工”的心态

只有抱着“为自己工作”的心态，承认并接受“为他人工作的同时，也是在为自己工作”这个朴素的人生理念，才能心平气和地将手中的事情做好，也才能最终获得丰厚的物质报酬，赢得同事的尊重，实现自身的价值。

09. 当下的工作，是成就事业的基础

今天的成就是昨天的积累，明天的成功则有赖于今天的努力。如果一个人愿意像经营自己的事业一样去经营自己的工作，那么成功便离你不远了。

时下，很多年轻人都把工作当成一种谋生的工具，他们仅把目光停留在工作本身，那么工作对他们来说无疑是苦役，即使所干的是自己最喜欢的事，也不能保持持久的工作热情，这样就很容易在工作中得过且过，难

有大的作为。

但是，如果我们把工作当成事业去做，情况则完全不同。事业是一种积极的、主动的、创造性的劳动，即便在工作中有什么不如意，事业的荣誉感和使命感也会将其很快地消融掉。而且，任何一个人，一旦有了自己的奋斗目标，找到了追求的方向，就会有极好的精神状态和永不枯竭的工作动力，就能排除万难、锐意进取，直到做出一番让自己满意的业绩来。

我们必须要懂得一个道理：工作绝对不仅仅是为了养家糊口，而是一种实现自我的方式。为我们提供一个岗位的企业，是我们施展才华、迈向成功的平台，明白了这一点，我们就能够像经营自己的事业一样去经营自己的工作。每个人都应该将这个信念注入自己的灵魂深处，因为它会让我们受益终生。

麦当劳快餐连锁店的老板查利·贝尔，其职业生涯始于15岁。当时，麦当劳打入澳大利亚餐饮市场时，贝尔的家正巧离这家麦当劳店不远，他上学放学都要经过那里。贝尔的家境不太富裕，许多同学都有钱购买文具和日用品，他却不能。1976年，15岁的贝尔无奈之中走进了这家麦当劳店。作为学生，他从没想过在那里发展，只想找工作挣点钱。因为他态度诚恳，最终被录用了，工作就是打扫厕所。

虽说厕所的活儿又脏又累，贝尔却干得踏踏实实。他是个眼里有活儿的孩子。他常常是扫完厕所，接着就擦地板；地板擦干净了，又去帮着翻翻烘烤中的汉堡包。一件接一件，他细心学，认真做。店老板看到这个勤奋积极的少年，心中暗自喜欢。没多久，老板就说服贝尔签署了一份员工培训协议，把贝尔引向正规职业培训。培训结束后，老板又把贝尔放在店内各个岗位“全面摔打”。虽然只是做钟点工，但悟性出众的贝尔不负老板的一片苦心。经过几年的锻炼，他全面掌握了麦当劳的生产、服务、管理等一系列工作。19岁那年，贝尔被提升为澳大利亚最年轻的麦当劳店面经理。

贝尔的经历告诉我们，你当下的工作，是成就你个人事业的基础。你只有脚踏实地、精益求精，才能深度地了解你工作的全部流程以及需要的各种技能和要注意的细节问题，才能使你的人生上升到新的高度。

可是，生活中却有很多总在斤斤计较薪水而对自己的工作一无所知的员工，他们总觉得自己是被逼无奈才不得不工作的，工作对他们来说似一场劳役。这样的员工是可悲的，也是最可怜的。真正聪明的员工都会正确地对待自己目前正在从事的工作，用成就事业的态度去做好每一件小事。工作是基础，事业是发展，我们只有用对待自己的事业的态度去对待自己的工作，才能不断取得进步，从而超越自我，达成事业规划，实现自己的人生理想。

亚洲销售女神徐鹤宁，很多人都很熟悉，她被安东尼罗宾称为“中国的乔·吉拉德”。徐鹤宁之所以能获得现在的成就，就是她时刻能将工作当成自己的事业去奋斗。

当徐鹤宁在安之机构工作的时候，她曾经给自己定下每个月卖出500套安之教材的目标。当她的老师陈安之看到鹤宁的目标时，很温婉地说：“鹤宁，你的年轻气盛和老师当年一模一样，但是凡事一定要从实际出发啊，你的目标确定不改了吗？这样的目标连我都不敢设立啊。”徐鹤宁知道老师的意思，但徐鹤宁自己知道，这份工作是自己事业的一部分，必须不断“逼”自己去努力，才能打好事业基础。于是，她并没有因为老师的一番话改变自己的目标。

要知道，每个月卖出500套教材对很多的员工来说真的是比登天还难，但是徐鹤宁却始终没有放弃过，她一遍遍地告诉自己：“我是徐鹤宁，是独一无二的徐鹤宁，我的身体里流的是第一名的血液，我必须要为我未来的事业加油。”就是这样疯狂的目标逼迫着徐鹤宁每天起早贪黑，也是自我激励法支撑着不到23岁的徐鹤宁艰难地走在自己通往成功的道路上。

为了完成自己设下的大目标，徐鹤宁每天都会给自己设定小目标，如果完不成她就不允许自己回家休息。有一次，她就是因为没有完成目标，垂头丧气地走在马路上，正在她苦思冥想的时候，一辆大奔开了过来，徐鹤宁想都不想，直接冲上去将其拦下。车上的老板以为这位小姑娘遇到了麻烦，于是让其先上车，上车后，徐鹤宁才说明了自己的来意。那位老板就问："那你就不怕我拒绝吗?"这时候徐鹤宁坦然自若地说："这个工作就是我未来的事业，为了这份事业，我连死都不怕，还怕你拒绝?"就这样，那位老板冲着徐鹤宁的那股执着劲买下了一套教材。一个月下来，徐鹤宁完成了自己的目标，这令她的老师都敬佩不已。

就是凭借一个又一个销售佳绩，徐鹤宁最终成为新天地控股集团的总裁，成就了属于自己的事业。

所以，在任何时候，我们都不要把自己的无能归罪于自己的工作。当徐鹤宁在向别人一套套地推销教材的时候，肯定没人会想到，这正是她登上"总裁"宝座的阶梯。

你今天的成就就是昨天的积累，明天的成功则有赖于今天的努力。如果一个人愿意像经营自己的事业一样去经营自己的工作，那么成功就离他不远了。把工作和自己的职业生涯联系起来，以事业的眼光和态度去做好自己的本职工作，事业的成功才会有坚实的根基。

10. 你再有能力，也得找到一个展示的平台

公司和员工原本是一个共生体，公司的成长，要依靠员工的个人成长来实现；员工的成功，又要依靠公司这个平台。公司兴，员工兴；公司衰，员工衰。微软是这样，IBM 是这样，所有公司都是这样。

一个年轻人自恃很有才华，总是对一般的工作单位很不屑。一次，他到一家实力非凡的公司去面试。老板问他："你有什么要求?"

“我是名牌院校的高才生，只有五万以上的月薪才能配得上我的才华，并且一年至少要有一次公费出国的机会，公司还要给我租房子。”高才生说。

“我一个月给你薪水100万元。一年有两个月让你公费出国；还有公司还会送你一幢房子。”老板说道。

“您不会是在跟我开玩笑吧?”高才生心中窃喜。

“你难道不是在跟我开玩笑吗?”老板说。

其实在生活中，诸如此类的事情数不胜数。很多年轻人自恃有才华，总是向用人单位提出这样那样的苛刻要求，从来不去想自己的价值在哪里，能为用人单位带来什么。要知道，工作是你个人能力展示的平台，如果没有这个平台，你本人再有能力，也无法使能力得到有效的发挥。所以，对于初入职场的年轻人来说，切记不要过分地考虑你的薪水，而应该注重工作所带给你的隐性报酬，抓住机会提升自我的能力，把公司当成自己生存和发展的平台。

有这样一个故事：

山上的一户人家有一头驴，每天都在磨房里辛苦拉磨，天长日久，驴便开始厌倦了这种平淡的生活。它每天都在寻思，要是能出去见见外面的世界，不再拉磨，该有多好呀！

不久，机会终于来了，主人带着驴下山去驮东西。没想到，路上行人看到驴时，都会虔诚地跪在两旁，并对它顶礼膜拜。

一开始，驴大惑不解，不知道人们为何要对自己叩头跪拜，慌忙躲闪。可一路上都是如此，驴不禁飘飘然起来，原来人们如此崇拜我。当它再看见有人路过时，就会趾高气扬地停在马路中间，心安理得地接受人们的跪拜。

回到家中，驴自认为自己的身份高贵，死活也不肯拉磨了。主人无奈，只好放它下山。

驴刚下山时，就远远地看见一伙人敲锣打鼓地迎面而来，心想，一定是人们前来欢迎我，于是便大摇大摆地站在人群的最前面。原来，那是一队迎亲队伍，现在突然被一头驴拦住了去路，人们愤怒不已，棍棒交加……驴便仓皇逃回到主人家。等它跑到时，已经奄奄一息，临死前，它告诉主人："原来人心易变，我第一次下山时，人们对我顶礼膜拜，可是今天他们竟然对我下如此狠手！"

主人叹息一声道："果然是一头蠢驴呀！那天，人们跪拜的只是你背上驮着的神像呀！"

其实，职场中的许多年轻人何尝不是故事中的驴，他们总自以为是，觉得自己很有才华，所以动不动就抱怨连连，稍遇到麻烦就消极地撂挑子。直到离开后才明白：原来自己的光环都是公司给的，离开公司自己什么也不是。从某种意义上说，公司好比是驴身上驮的"神像"，个人所受到的尊重，很大程度上是因为我们背后的公司。尤其是那些跨国公司或知名公司的员工乃至经理人，他们的名声、社会地位以及荣耀其实都归功于他们背后的"神像"，公司的光芒照亮了他们的人生。

人生最大的不幸，就是一辈子认不清自己。有时，离开平台，你有可能什么都不是！所以，身为员工的我们要时刻记住：公司是员工学习的平台、发展的跳板，是个人实现理想的舞台，它为个人的发展铺平了道路。所以，在任何时候都应该感激公司给我们的平台，并保持良好的心态，做好本职工作。

既然你觉得自己有能力，那么首先要懂得珍惜给你发挥个人能力的平台。只有在这个平台上踏实努力，你的个人才华才能产生价值，才能让你拥有自信感、自豪感，也才能提升你的社会地位。

第二章 | 摒弃“员工思维”：下一个升职的会是你吗

● 在职场中，大概有这样几种人：一是工作很努力，但却迟迟得不到领导器重；二是一遇到困难就抱怨不停，一遇到难题就退缩，不愿承担责任，上班对他们来说就是“混日子”；三是能力强，但情商却很低，事事都爱找茬，不仅与老板为敌，与同事也合不来。所以，升职、加薪总是绕着他们走。这三种人其实都有典型的“员工思维”，他们根本不知道老板在想什么，要什么，所以升职、加薪总是绕着他们，职场前途也是极为渺茫。如果在职场中你总觉得自己加薪无望，升职无门，那就先学着反思自我吧，学会摒弃你的“员工思维”。

01. 你符合老板的“选才”标准吗

你要想“被重用”的一个首要的条件就是“才能”，你能否为公司带来切实的利润或利益。在职场中，如果你有“才能”，那么，就能赢得老板在第一时间喜欢你，愿意为你提供更大的发展舞台。否则，一切皆是枉然，终会被淘汰出局。另外，还要修炼好一些最基本的“本事”，有智慧的老板，都会重用或提拔那种性价比相对较高的员工。

在职场中，每个人都希望自己能够“被重用”。在现代社会，市场提供的就业岗位远远少于日益增长的求职大军，在人才供需严重不平衡的状态之下，能够获得老板的青睐，能够升职，被重用，也就意味着提升了社会地位，获得了成功。

那么，在职场中，你是一个即将“被重用”的人吗？或者说，在不远的将来，你有“被重用”的可能吗？

要回答这个问题，就首先要问问自己：身上具备老板的“选才”标准吗？

在现代职场中，一个人能否“被重用”，主要取决于两个因素：

第一，你是否符合公司或老板的需求。要知道，任何公司都是一个营利性的组织，公司或老板的需求，就是你能否为他带来更大的利益或利润。一个聪明的老板是不会把职位交给一个工作能力平平的人，正如没有人愿意花1000块钱去买一个十块钱的地摊货一样。当你自身的“工作才能”满足公司或者老板的需要时，你就具备了交换的价值。老板或公司就会把更好的职位给你。千万不要认为这是赤裸裸的交易，公司与劳动者之间，本质上就是一种劳动价值的交易。试想一下，如果没有这种交易，每顿晚餐都是免费的，谁还愿意做厨子呢？

所以说，要想被“重用”，被“升职”，首先要锻炼好自己的工作能力，这是最为重要的一项才能。

刘邦与项羽争天下的时候，陈平主动投降刘邦，后来经魏无知的推荐，被任命为丞相。当时，刘邦的旧将周勃和灌婴，心中很是恼怒，很不服气，于是就找刘邦告状，说陈平“盗嫂受金”，意思是说，陈平这个人品德太坏，在家的时候，曾经跟自己的嫂子偷情，生活作风有问题。当了官之后，收受下属的金钱，送得多的就给对方好处，送得少的就打击，是个不折不扣的大贪官。这样品行败坏的人，是不能重用的。刘邦听罢，也感觉有道理，就对陈平起了疑心。而魏无知却这样对刘邦说道：我推荐陈平，完全是因为他有才能，而大王却过于去关注他的私行，这是不对的。陈平这个人品德确实有问题，但是当下大王正是用人之际，即便是其他方面有点瑕疵的人才，也应该使用。刘邦一听，茅塞顿开，于是就重用陈平。

刘邦之所以会重用陈平，是因为刘邦正与项羽争夺天下，能成事，有才能的人最为重要。用无德的人或许成不了事，但用无才的人却一定会吃败仗，从而失去争天下的机会。善用人者，看重才能，善用人之长，抑人之短。韩信贪婪，英布最后造反，而刘邦却能重用这些人来帮助自己成事，最重要的是这些人都有“才能”，能给自己带来最大的利益。

其实，现代企业都在争市场，对于老板来说，最需要的就是所用之人的“工作才能”，这是帮他们成事的最重要的一个方面。为此，要想得到重用，一定要锻炼和提高自身的工作才能，这是你获得“被重用”的基础。

第二，与潜在的职位竞争者的实力对比，你是否是最好的。也就是说，在更高一层的职位上，你能否比别人做得更好，比其他人更适合那个职位。

怎样才算“更适合”呢？除了有工作才能，能胜任那个职位的工作之外，还要具备其他的一些“才能”。

在现实中，我们经常见到这样的现象：

部门中那个能力最强的没有获得晋升，尤其是那些“老黄牛”式的兢兢业业工作的员工，尽管他们很卖力，工作业绩也不错，但是却迟迟得不到晋升。而那些工作能力不是最好，但却善于表达的员工，却能得到老板或公司的赏识。

在职场中，有些员工工作能力未必最强，但是综合素质却是最高的，这样的员工更能获得老板或公司的青睐。记住：一个智慧的领导都懂得选择最适合的人，而不是选择最有工作才能的人。所以，在职场中，除了注重提高自己的工作能力之外，还要把更多的精力放在提高自己的忠诚度、口才、交际能力等与要晋升职位相匹配的各种才能。具体来说，以下这几种“能力”是必备的：

第一，要让老板觉得你信得过，靠得住。

这是首要的一个条件，每个老板都喜欢重用一个“自己人”。我们常说：机会面前，人人平等，但是机会不会被平均的分配，如果你能够成为老板的心腹，就会获得更多提拔和成长的机会，这也意味着你已离“被重用”不远了。

第二，要有大局观念。

公司是一个整体，在任何时候，老板都会考虑整体利益。所以，你的任何行为都要符合大局利益。有时候还要适当地牺牲个人的利益去服从公司的整体利益。

第三，要有进取心。

在实际中，很多老板都喜欢有上进心，进取心强的人，这样的人积极好学，肯主动进步，工作积极性强。同时，最重要的是要肯于吃苦，因为在老板心中，吃过苦的人都是有斗志的人，一切都会以个人事业为导向，成长的潜力也是巨大的。

第四，嘴巴要严。

每个公司都有秘密，每个老板都有禁忌，所以，多数老板都不喜欢爱说三道四的长舌妇。雍正帝曾说：“慎密二字，最为要紧，君不密，则失臣；臣不密，则失身。可不畏乎？”如果你领悟了这段话，你就学会了职场的做人之道，这也是你不可忽视的“大本事”！

第五，要有良好的人际关系。

职场是一个团队，你不可避免要与同事交往、处事，良好的处事能力决定你能否被提拔，被重用。为此，你要与周围的人搞好关系，即便是一个竞争对手。获得好人缘其实并不难，只要你付出热心，就会获得别人的热心；付出真诚，就能收获别人的真诚。与同事搞好关系，成为良好的朋友，能获得他们的支持，这会为你得到重用加分。

以上这些才能是最基本的，具体如何去做，关键要看你所处的位置，要根据事实，学会变通，灵活运用。

02. 要有“同理心”：能时刻站在老板的角度考虑问题

能时刻站在老板的角度去考虑问题，会让你受益匪浅。老板之所以能成为老板，自然有其过人之处。向优秀的人学习，揣摩优秀的人是怎么想的，以老板的心态去对待工作，你就会去考虑企业的成长，就会知道什么是自己应该做的，什么是自己不应该做的，就会像老板一样去思考、去行动。

要想被老板重用，就要有点“同理心”，即时刻能站在当事人的角度和位置上，客观地理解当事人的内心感受，且把这种理解传达给当事人的一种沟通交流方式。

说简单点儿，同理心就是将心比心，也就是设身处地去感受和体谅他人。说得专业点，同理心就是“情商”。说得具体点，同理心就是，老板交给你一项任务，你首先要读懂他的目的、明白他的意图，然后再按照他的意思去圆满完成。

职场中，我们经常遇到此类的情况：给团队成员安排工作时，一再询问“你理解我的意思吗”、“你听明白了没有”等，老板再三确认后，员工提交上来的东西仍然答非所问。所以，一个聪明的有心的员工在接受任务时，总会向领导或老板确认：你想要的是什么？你的目的是什么？了解了这个问题后，你就可以站在对方的角度去考虑问题，有效地做出老板或领导所要的结果。如果你总是能依老板或领导的意图去圆满完成工作任务，那么，你在老板心中的印象也就完美了，升职加薪还不是迟早的事。

当然了，我们主张像老板那样去考虑问题，并不是让你曲意逢迎老板，而是强调要树立一种主人翁的意识，以老板的态度去解决各种工作难题，这会使你受益匪浅。

英特尔总裁安迪·葛洛夫在加州大学演讲时，曾这样告诫毕业生：“无论你在哪里工作，都别把自己当成员工——应该把公司看作是自己开的一样。”当然，这番话的真正用意并非建议你对公司的事务指手画脚，横加干涉，而是希望你能时刻以老板的心态去对待你的工作，积极主动地解决遇到的每一个难题。

有的年轻人认为，公司是老板的，我只是打工的，承担再多责任，做得再出色，得到的好处还是老板的，于我何干？抱着这样的想法，很多员工工作只按部就班，一到下班时间连一秒钟都不愿意耽搁，率先冲出办公室或者车间，有的甚至趁老板不在没完没了地打私人电话或闲聊。其实，这种想法和做法，无异是在浪费自己的生命和自毁前程。一个在事业上获得成功的经理人说：“现实中，绝大多数老板都是从打工做起来的，而一个人打工时的心态是决定这个人日后能否成为老板的一个关键。”

如果你认为老板只不过是天天打打电话，聚餐吃饭而已。那你就错了，实际上，老板头脑中时时都在思考着公司的行动方向和远景计划。有时候，他们不妨来一下换位思考，也就是要员工站在老板的角度去思考问题。在工作中，他们应该具有一种老板心态。经常问一问自己：“假如公司是自己的，我会怎么去想事，怎么去做？”

不可否认，几乎所有的老板都不会青睐那些只是每天耗够八小时在公司得过且过的员工，他们渴望的是那些能够真正把公司的事情当成自己的事情去做的员工。因为这样的员工在任何时候都敢作敢当，而且能够为公司积极地出谋划策。这样的人能深入思考，积极行动，很容易成为杰出者。

大凡有所成就的老板，都具备一些优秀品质。比如他们有着积极主动的工作习惯，不是事事被人推着走，而是自己决定前进的方向和路线；他们从来不消沉，从不轻易放弃，在遇事时总是充满热情地迎接每一天。很多时候，他们的成功都源于这些优秀的品质，是值得每个有雄心的员工去学习的。

张勋毕业于国内某知名的管理学院，有几家大公司都有接纳他的意愿。最终他却选择了一家规模较小的公司去做老板助理。面对这样的选择，很多同学都表示不解：在实力强的公司工作，起点不是更高吗？干吗要自讨苦吃呢？再说，助理的工作不就是打杂吗，说好听点儿就是收发文件，做做会议记录。

几年过去了，张勋从一个初出茅庐的小伙子成长为一家年盈利过百万元的公司老总。当有人称赞他的非凡能力时，他总会说：“其实，我的所有经验和能力的积累都源于刚参加工作时所做的老板助理工作。正是因为每天接触公司的各种文件、资料，才使我了解了作为一个老板的管理思路。也正是一场场的会议记录，让我清楚了企业是如何经营、如何决策的。我做的虽然只是一件小事情，但如果从老板的角度去看待，就能看出价值的所在。”

由此可见，你想要拥有卓越的能力和在未来拥有属于自己的事业，那就先端正你的态度，树立“同理心”，为人处世都以老板的思维去约束和克制自己，遇到问题像老板那样去考虑，像关爱自己的事业一样关心公司的经营和发展。当你以老板的心态去对待你的工作时，你就会完全改变你的工作态度，你的业绩也会得到提升，你的价值就能得到最大限度的发挥。企业也会因为你的努力而变得不一样，你也可以通过你的带动作用去改变自己身边的人。

03. 好员工的标准：服从、执行

要做一个好员工，是一定要具备很多种素质的，比如忠诚、负责任等，但是对老板来说，好员工的最根本的标准便是服从、执行。服从，即在明白老板意图的基础上，按指令完成；执行，即圆满完成工作任务，甚至能超预期地完成需要去做但老板还未想到的事。

很多入职多年的年轻人总有一个疑惑：在老板心中，究竟什么样的员工才算是好员工。其实，做老板心中的好员工特简单，就四个字：服从、执行。

服从主要表现在对上级下达的指令和任务欣然接受，毫无怨言，并全力以赴地贯彻执行，就是不讲条件，不问原因，不计较报酬，不折不扣地落实完成；还表现在无论遇到什么样的困难，遇到多大的阻力，都会恪尽职守，想尽一切办法达到目标。可以说，在职场中，服从是不折不扣、有效执行的前提。服从的员工会让领导或老板觉得这个员工好管理，用着顺自己的心意。

当然了，服从并不是盲目的、闭着眼睛鲁莽瞎撞，老板或领导说什么就是什么，更不是被动地逆来顺受，而主要是指能欣然地接受命令，勇于承担责任，认真评估各种状况，找出解决的方案，克服一切障碍，正确及时地完成任务。

有的员工可能会说，我有能力，我比领导的水平高，我就不听领导的。但是要知道，你的领导或老板之所以站的位置比你高，说明他肯定会有比你强的地方。比如：他比你更有大局观念，他掌握的信息肯定比你更全面、判断得更准确，他的眼光比你精准，运筹帷幄的能力更强等，因为老板或领导更容易接触到更高层，更了解更高层的意图，他知道的你不知道，你在自己的角度上认为“这么做对”，但是领导在更高的层面，并不一定会这么看。所以，你要让老板或领导觉得你是一个“好管理，用着放心、顺心”的员工，那就先学着服从吧！

当然了，一些人觉得领导分明就是瞎指挥，明摆着不对，我干吗要听他的？这是另外的问题，如果你觉得你发展的环境无法让你增知识、增经验，无法让你再进步，那就考虑辞职吧！

好员工的第二点就是执行，即领导或老板给你的工作，你必须得按时完成并且汇报总结。如果这个工作要持续较长的时间，那么你就需要阶段性地给领导进行反馈，让领导觉得“你做事，他放心”。

小徐是某家生产型企业营销部门的一员，尽管毕业时间不长，也欠缺经验和阅历，但却具备了好员工的潜质。

小徐工作中有一个特点，也就是当部门主管交代他一项工作时，无论难度有多大，决不在做之前为自己找任何借口，或是推脱给别人执行。

近日，上级老板给他安排了一项工作任务：协同采购部门人员，到郑州为展厅模特购买配套的服饰或装饰性用品。接到任务后，小徐立即安排行程，赶往郑州去工作。

7 月份的郑州气温很高。加之当天即将要下雨，不仅没有雨滴的光顾，而且也变得闷热起来。

小徐到郑州之前，因为深知安排他协同采购的目的就是为了风格方面的把关。所以，到达郑州后，小徐东奔西走，穿梭于各大服饰广场。尽管忙碌了一天，腿酸背痛，饥肠辘辘，甚至连早饭都没能吃上一口，但为了使工作完成得更出色，他可谓是精益求精。直到晚上市场纷纷关门时，还有两项采购任务未完成。

其实，一整天下来，一同而来的采购人员早已经疲倦不堪，当晚即驱车返回了。返回前，采购人员要求小徐一同返回。但小徐认为，工作未执行完毕，故临时决定多停留一天，继续比较和选择，并就自己的决定向部门主管通了电话。对于小徐的决定，部门主管是认同的。

次日，通过近一天的奔波，小徐完成了工作任务，并如期赶上了公司的布置。这让几个公司部门主管都很满意。随后，采购部向老板汇报工作时，顺便将些事说了，老板对小徐产生了良好的印象，也将他作为下一次升职的重点候选人之一。

其实，对于小徐来说，他当天完全可以同采购人员一同返回的，部门主管不会指责小徐什么，毕竟也忙了一整天，而且原本安排的出差时间也就是一天。所以，小徐当天回去，也无可厚非。但结果却是，小徐适时地调整了计划，并全力以赴地完成领导交付的任务。在这期间，他完全做到了两点：服从、执行，所以以后得到领导的重视也是自然的事情。

关于执行，很多年轻人都会犯这样一个错误：领导安排的工作，他只要不问，你就不主动去说，总觉得那事儿老板一定是算过去了。真的过去了吗？哪有那么容易过去，领导都记着呢，只不过他不提罢了，他在观察你是否有自觉性和积极性，是否有较强的执行能力，你的能力是否能胜任那项工作。如果你不主动提，当有一天，老板主动来问你时——“小刘，上次安排你做的那件事儿怎么样了？”这个时候，他在心里就已经给你贴上了“不靠谱”、“不负责任”的标签。这个标签一旦被贴上，那也意味着你距升职、加薪的距离变得遥远多了。要知道，一个“不靠谱”、“不负责任”是需要你用十个“靠谱”、“负责任”来扭转的，如果你有两个“不靠谱”，那么你在老板心中的不良印象就极难转变了；如果有三个“不靠谱”，那也基本意味着升迁和加薪与你无关了。

04. “低头拉车”还要“抬头看路”

人生需要方向，职场也需要导航，漫长而艰辛的职场道路上，忠于职守、坚持不懈、埋头苦干固然很重要，但能认清楚形势、灵活变通，找准目标亦是成功的关键！

苏格拉底年轻时，曾在草地上给弟子们上课。

苏格拉底问：“如何才能将地里的这些杂草铲除干净？”

大徒弟说：“用铲子夜以继日地铲！”

二徒弟说：“用火烧。”

三徒弟说：“撒上石灰。”

四徒弟说：“连根拔去。”

苏格拉底说：“按照你们各自的方法都试一下。如果没有除掉，一年后再来此相会。”

一年后，徒弟们都又来了，唯独苏格拉底自己没有来。但他的弟子们看到满地生机盎然的庄稼，却没有一根杂草，终于悟到了这样一个道理：欲无杂草，必须先种上庄稼再说。

这个故事告诉我们，在职场中，很多人总是犹豫不决、踌躇不前，并不是在想着怎么努力工作，把事情做好，而是在想，怎么才能不出事。他们天天都在想着如何“除草”，却压根儿没有想过如何去种“庄稼”。这种类型的员工，他们表面看起来极听话，老板说东，他就朝东；老板说西，他们就向西。他们做事，总是想着自己的小九九，给自己留退路，怕承担风险。这样的人是职场中的庸才，不堪大用。

职场中，还有第二种，他们天天都在想着如何才能升职加薪，不过他们的精力主要用在如何去迎合老板，讨得老板欢心，如何让其他的同事得不到机会上。对他们而言，“除草”就是抢先于竞争对手得到机会。这一类员工，在职场中既不琢磨事，只琢磨人，他们有着非同寻常的人际敏感和权谋能力，如果公关能力又强，他们就会像花蝴蝶一般扑来扑去，这类员工如果用错了地方，就是职场中的小人。

职场中，还有第三种人，他们本性善良，为人真诚，做事踏实，他们有着极为勤奋的务实精神，只考虑如何把工作做好，“低头拉车”，却很少抬头看前面的“路”，不知道公司的发展前景是怎样的，公司的大目标是怎样的，他们是职场中的多数人。

当然，还有第四种人，他们既“低头拉车”还“抬头看路”，既能为人忠诚、勤奋踏实地工作，又有着极高的眼界，他们既关心今天的工作是否做到位，还关心企业未来的发展前景。这类人属于职场中的翘楚，因为眼界极高，所以很容易成为领导者，或者高管，甚至是老板。

身为职场员工，很多人都想做第四种人，但是多数人却很难成为第四种人。因为多数人只懂得如何“低头拉车”，却会忘了“抬头看路”。他们缺乏第四种人的眼界、格局、胆略和魄力，更重要的是，他们只懂得踏实做事，但是头脑却不够灵光，做事也不够灵活。用简单的话说，就是情商不够高。

有这样一个故事：

一名技师在退休的时候反复告诫自己的小徒弟：“无论在何时，都要少说话，多做事，凡是靠技能吃饭的人，都得有一手过硬的本领。”小徒弟听了点了点头。

遵照师父的嘱咐，五年后，小徒弟果然成了一名出色的技师。一天，他找到师父苦着脸说道：“师父，我一直都是按你教的去做的，不管做什么事，从来不多说一句话，只懂得埋头苦干，不但为工厂做出了许多实在的业绩，而且还练就了一身过硬的本领。可是，令我不明白的是，那些技术不如我的，很多资历低的人都升职、加薪了，可我还是拿着过去的薪水。”

师父说：“你确信你在工厂的地位已经无人取代了吗？”他坚定地点了点头。

师父说：“既然这样，你得找个理由请一天假。因为一盏灯如果总是亮着，那么就没人会注意到它，只有熄上一次，才会引起他人的注意……”

徒弟明白了师父的意思，请了一天假。没想到，第二天上班时，部门经理就当场宣布，升他为全厂的高级技师，薪水翻两倍。原来，就在他请假的当天，经理才发现，工厂是离不开他的，因为平时很多故障只有他能处理得很好。

徒弟很高兴，也暗暗佩服师父的高明。只要自己对上司不满或经济出现了危机，就会请上一天假，前几次请假，经理都会给他加薪。可是，直到有一天，当他在请假的第二天到工厂上班时，便被门卫挡在了门外。门卫告诉他：“经理交代过，让你不用再去上班了。”

对此，他又苦恼地去找师父，师父说：“那一天，我的话还没有说完呢，你就迫不及待地去请假了。要知道，一盏灯如果一直亮着，确实没有人会注意到它，只有熄灭一次才能引起他人的注意，可是如果它总是熄灭，那么就一定会有被人取代的危险，谁会需要一盏时亮时熄的灯呢？”

这则故事告诉我们，做事太死板，头脑不灵活，也是阻碍职业生涯发展的大忌。其实，职场所谓的“低头拉车”就是不折不扣的执行力。脚踏实地地工作，像《把信送给加西亚》中的年轻中尉罗文，不讲任何条件、历尽艰难险阻，走过危机四伏，最终把信送给了加西亚；像《士兵突击》中的许三多，不放弃，不抛弃，敢于挑战自己，在挑战中不断地超越自己……老板都会喜欢“低头拉车”的员工，却不怎么会重用他们，因为他们缺乏大局观。

有这样一则故事：

在加利福尼亚海岸的浓雾中，海岸以西21英里的卡塔林纳岛上，一个34岁的妇女涉水进入太平洋，开始向加州海岸游去。时间一小时一小时地去过，千千万万观众在电视上关注着她，15个小时过去了，海水冻得她身体发麻，她朝加州海岸望去，除了浓雾，什么也看不见……她绝望了，放弃了！人们把她拉上了船。而拉她上船的地点，离加州海岸只有半英里。从寒冷中慢慢复苏的她非常沮丧，她告诉记者，真正令她半途而废的不是疲劳，也不是寒冷，而是因为在浓雾中看不到目标。

因此，我们作为企业的员工，不但要认真干好手中的每一件事，还要明确企业的发展战略、前进方向，了解企业所处的国际、国内环境，明白我们自己要在企业的发展中应做出什么样的努力，企业的发展需要我们在哪些方面拓展视野、提升素质？我们要做好自己的职业规划，成为企业需要的人才，为企业的发展做出更多更大的贡献，在企业给我们提供的平台上，实现我们自己的人生价值！

只寻求梦想，而不付出努力是迷梦；只知道前进，而不认清方向是徒劳。想要最终达到胜利的顶峰，目标与付出必不可少。记住："低头拉车"的同时，不要忘了"抬头看路"！

05. 为什么幸运的人总幸运，倒霉的人总倒霉

美国《时代》周刊曾这样评论人们的抱怨："'抱怨'真的就是口臭，它会传染，而习惯抱怨的人，就是在向自己的鞋子里倒水。"生活中，那些幸运的人总幸运，而倒霉的人总倒霉，就在于前者善于靠行动去解决难题，而后者则善于靠嘴巴去抱怨命运。

现实生活中，有这样一种现象：幸运的人总是走运，倒霉的人却总是

倒霉，屋漏偏逢连夜雨。两种人两种不同的状态，是因为命运或机遇偏爱前者而亏待后者吗？

绝对不是！如果你仔细观察职场中的那些“幸运儿”，就会发现他们都有一个共同的特点：遇到困难，从不会去怀疑和抱怨，而是坚信方法总比困难多，总是想着去如何改变现状，战胜困难。他们总是能安身于困难的环境，乐于迎接工作中的每一次挑战。他们乐观、积极，总能得到人们的喜爱和信赖，所以，都愿意把机会给他们。而相反，生活中的“倒霉鬼”，遇到困难或事情，则总是消极、悲观，先会滔滔不绝地抱怨自己的命不好，认为生活对他太过不公，于是，就自我放弃，于是倒霉总是如影随形。

刘东和赵展同时毕业于一所普通大学的经济系，并同时进了一家外贸公司做销售员。刘东是个积极的人，入职三个月后，就针对公司部门的实际职位构成，给自己做了极为详尽的职业发展规划。同时，在工作上刘东也表现积极，遇到苛刻的客户，总是会耐心去分析客户的个性特点，并整理有效的素材，想办法去说服。一年下来，刘东取得了“部门销售冠军”的良好业绩，正式被领导考虑为公司的支柱型人才。两年后，刘东正式擢升至销售部门经理的位置，随后，他又被一个客户挖走，到一家有实力的大公司做主要负责人，好运不断。

而赵展却不同，其生性悲观，对工作总是消极应付，上班时也提不起兴趣。遇到难题，他总是抱怨连连，怪自己倒霉。领导每次找他谈话，他总是抱怨说，工资少，环境差，任务重，压力大……或者是领导没有指示，不知道该怎么办，再者就是推卸责任说，这件事不归我管……总之，遇事首先去怪别人，从不反思自己。就这样，不到半年时间，他就被公司辞退。接下来，又开始找工作，再换工作……不到三年时间，他换了五次工作，成就没有，却积聚了满腹的牢骚，逢人就抱怨。

刘东和赵展的经历，恰巧就说明了“幸运的人总幸运，倒霉的人总倒霉”的内在原因。前者遇到问题，总想着改变，而后者则总是埋怨。可以说，抱怨犹如生活中氤氲的一种倒霉气息，随时就会为你招来“不幸”。所以，那些牢骚满腹，遇事总爱抱怨不停的人，还是尽快终止你的抱怨吧，它是招致你人生不幸的重要原因之一。

06. 将解决问题当成自身的义务

诸葛亮从来不问刘备：为什么我们的箭那么少？但却有了“草船借箭”；关羽从来不问刘备：为什么我们的士兵那么少？但却有了过五关斩六将；张飞从来不问刘备：兵临城下时我该怎么办？但却有了据水断桥吓退曹兵……赵子龙接到进攻命令时手上只有很少的兵，最后却收复了几座城池，手上又多了几万兵，增了几千匹马。军令只是写着：攻下城池！如若万事俱备，你的价值又何在？

要做一个好员工，还需要具备一项素质，那就是在接到领导安排的任务时，最好不要说“我做不了”、“我做不到”。要知道，老板请你来工作，是为了让你帮他解决难题的，如果一遇到难题你便说“做不到”、“那太难”之类的话，那说明你对他是无价值的。试想，谁会重用或提拔一个无价值的员工呢？

在工作推进过程中遇到困难，无法继续进行，这是极为正常的事情，我们需要做的就是主动寻求解决问题的答案或方法，哪怕你的办法不妥，哪怕你去向别人请教，但无论如何也不要对你的老板说，我不会。

在职场中，要想发挥你的最大价值，就要把解决问题当成自己的义务。当出现问题时，你要清楚为何会出现这样的问题，出现此类问题的危害，问题的严重程度，等等。这时，你还应该针对问题找出解决的方法，当事情超出你个人权限范围的时候，你可以将解决办法上报，然后由老板来拍板决定选择什么样的方法。

如果你只是将问题提出来，等着老板拿方法，自己在一旁却束手无策，这就表明你将本该自己要完成的事情甩给了老板，也就是说，你失职了。

如果你只是向老板提出问题，然后等着他去做决策，无论老板怎么做都是错误的；如果他去了解信息然后决策，那是在做你应该做的工作，如果他不去了解信息直接拍板，那是从自己的经验出发，没有考虑到实际情况，很容易拍错。即便他拍板对了，那也是错，因为他代替你思考，剥夺了你成长的机会。

一个真正聪明的员工在找老板汇报工作时，应该这么说：“老板，您看，我现在遇到问题了，有以下的几种解决方案，一是……二是……三是……我个人比较倾向于第三点，您怎么看呢?”然后，老板可能同意，那就直接去执行你的想法；如果老板有不同意见，那就积极和老板商量，最终提出最佳的解决方案。而不能直接上来就说：“老板，我遇到了问题，您看怎么办呢?”老板哪里知道怎么办，你是最了解信息的人，你最应该懂得怎么去办，该如何去尽员工的义务。

那种将问题直接甩给老板的做法，是在逃避自己的责任。当事情出现了差错或者没有完成，他们就会很自然地为自己开脱：“决策不是我做出的，事情是按照老板的办法进行的，是老板的方案不对，而不是我执行得不到位。”

其实，这种做法和想法都是不对的。要知道，老板花钱请你来就是让你解决问题完成工作的，问题解决不了，工作完不成，没有出现良好的结果，这是你的责任而不是老板的责任。老板只是给你提供机会，然后给你提供建议，并不负责完成你该做的工作！

惠普管理层员工高建华曾讲过这样一个他亲身经历过的故事：他在加入惠普后，遇到了一个问题，不知道该怎么去做，然后去找自己的上司请教，请求上司给自己提供一个良好的解决方法。没想到上司听完高建华的叙述后说："我不会给你提供解决办法，你自己去想吧！"对此，高建华说，我当时感觉很不平，觉得这位上司太不懂得体谅下属了。但是现在，高建华却对上司很是感激。因为上司不给他解决问题，他就必须自己去想办法解决难题。几天后，当高建华带着自己的解决方案再去找上司沟通的时候，他已经对这个问题有了全面的了解，也有了充足的解决问题的信心。上司对高建华的表现也极为满意，并对他的方案提出了自己的一些修改意见。

解决问题的能力是员工最关键的能力，没有之一。在工作中遇到困难是正常的事，在这时，如你能将解决问题当成自身的一项义务去履行，不仅能给老板留下"很靠谱"的良好印象，而且还能在无形中提升自己的能力，何乐而不为呢？

07. 要想出类拔萃，必须背地里多付出

让你做更多的事，是因为足够重视你；让你承担更多的责任，是因为足够地信任你。工作中，如果你遇到这样的机会，那就意味着你得到了最大的奖赏，而奖品就是锻炼的机会。

马云曾这样训诫员工："在公司里上班，大家的智商都差不多，谁也不比谁强多少，拼的都是努力和用心的程度。只要你下功夫了，就会比别人做得好，机会也自然会比别人多。如果你本来就不比别人聪明，别人下班你也下班，别人偷懒你也偷懒，老板凭什么会给你加薪或升职呢？"

其实，"要想出类拔萃，必要背地里多付出"的道理人人都懂，但是真到受苦的时候多数人就含糊了。对此，马云说过，这个世界上没有优秀的人，只有脚踏实地努力的人。李敖也说过，不怕苦，吃苦半辈子；怕吃

苦，吃苦一辈子。这两句话值得每个不愿意吃苦的人深思。

对于一件工作，只要你花心思去做了，领导一眼就能看出来。而如果你想胡乱应付，对方也一眼就能看出，所以，每个想偷闲、应付的人，都别抱有侥幸心理。其实，领导要判断你对工作是否用心的标准也很简单：我想到的，你却没有想到，你一定没怎么用心；我想得很周到，而你只想了一部分，这是用心不够；我没有想到的，你却想得周周到到，这一定是用心了，而且会给领导以惊喜！如果你次次都能给你老板惊喜，那你一定就是个好员工，对于这样的员工，如果本身道德没问题，升职、加薪也是迟早的事。

小王在一家公司做老总助理。一天，公司接到一个请柬，受邀请参加一个本市的行业内部交流会。老总对于这样的交流会不怎么感兴趣，但是，如果拒绝，以后在行业界的口碑就会受到影响，于是老总折中了一下，就随便指派了他去参加。

小王知道这个会议并不是很“重要”，尽管如此，他还是决定认真准备。他查阅了业内的许多资料，根据公司的情况，熬了通宵在家精心准备了一些很有实用价值的建议。于是，当会议主席让小王发言的时候，他随即拿出了自己的建议来，并被那次会议制定的新的行业章程采用了。同时，那天他还特意带了公司的许多宣传资料，为公司在行业内树立了极好的形象。

半个月后，在一次大型商业会议上，几家同行业的老总都向小王的老总夸奖，说他们公司提的建议极为有建设性。老总仔细了解情况后，才知道是助理在暗地里下功夫，不由得对他心生敬意。

公司每隔一阶段都会聚餐，因为以前负责这项工作的人调到其他部门，小王的工作就包含了预订公司聚餐的饭店。以前都是随便打个电话预约一下就行了，而自从他接手这项工作后，居然利用业余时间对公司附近的一些大饭店进行考察，最后会选择味道好、价值又比较便宜的作为公司的定点饭店。因为公司的员工来自不同的地方，每次聚餐，小王都会根据大家口味的不同，点不同的菜系，令大家极为满意，都夸奖他考虑问题周到细致，而这些都被老总看在眼里，并开始将公司一些重要的事情交给他去处理，小王每次都能以“小题大做”的精神，出色地完成。

一年后，老总要在另一个城市开一家分公司，小王便顺理成章地得到了提拔，成为分公司的总负责人。

俞敏洪曾说过这样一句话，那些一辈子被埋没的人，要么的确只是一块不能发光的泥土，要么虽然是一块金子但忘记了发光。在职场中，要做一块会发光的金子，就要学会对工作用心，并能在背地里下功夫，能不断地给你的老板或上司制造“惊喜”。

其实，工作很多时候不是为别人，而是为自己，如果你把工作当成工作，你基本上一辈子就是做一天和尚撞一天钟了。如果你把工作当成事业去奋斗，付出心力去完成，你得到的一定会比你所预期的要高得多。

08. 承受住压力，化压力为动力

如果说逃避责任可以保护自己一段时间，那么，承担责任则可以长久地保护自己。因为承担责任固然有被处罚的风险，但不承担责任，倒可能遭遇更大的风险——丢掉饭碗、丢掉前程的风险。

所谓的“员工思维”，多数是指那些典型的小格局以及利己主义。工作中，一遇到难题，很多人就会撂挑子，嚷嚷道：“大不了辞职走人、不干了！”这种人多数不容易有成就。就是说，很容易情绪化和轻易就言放弃的人，是不可能有大做为的。也许你会说，工作压力那么大，自己也只是随便说说而已！但这并不是因为压力大，是因为扛不住压力而已！你扛不住压力，所以只配做一个员工。

在承受压力时的个人状态，是判断一个老板和员工的标准。员工不用承受压力或者说承受不住压力，只要有一点点压力就会到处嚷嚷，恨不得全公司的人都知道自己加班了，遇到难题了。遇事总爱打自己的小算盘，老板让你多干活儿就开始算计：你给我开多少钱啊！你让我多干，给我加钱么！这样的员工往往是加了班，还不落好儿。而老板在遇到问题时，只会想着如何去解决，而不想着如何去退缩。在受了委屈时，除了默默承受外，还要压抑自己的负面情绪，尽可能地释放正能量，传播给周围的员工。

为什么一个领导无论遇到多大的困难，都不会轻易言败，而一个员工遇到一点不顺的事就想逃避？为何一对夫妻有再大的矛盾，也不会轻易离婚，而一对情侣却经常为一些细小的事情就分开了？说到底，你在一件事，一段关系上投入的多少，直接决定你能承受多大的压力，能坚守多长时间，能取得多大的成功。

曾在一家著名企业工作的员工，诉说了他的经历：一天加班到很晚，回到家已经凌晨三点钟了。刚想睡觉，突然收到一份邮件，是老板发来的，说我工作中出现了很明显的纰漏，并批评我工作做得不到位。我收到邮件后很是崩溃，委屈得很。于是当即奋笔疾书，给老板回邮件诉说我对工作是如何地用心，如何地努力出业绩……洋洋洒洒地写了两千多字。

写完了，我突然有些冷静了，就开始琢磨：如果我是老板，我对一个员工工作不满意，于是给他写了邮件批评他，最终看到他洋洋洒洒的解释和辩解会是什么感觉？遇到处处为自己开脱责任的员工，我会重用他吗？显然不会。突然间，我明白了这样一个道理，于是就把那封邮件给删了，只是简单地回复了一句话：对于大意所出的错误，我会尽快修正。同时，我也会反思我的工作，尽快做出调整。

两个月后我晋升了。在晋升仪式上，我对老板说起此事，他对我说，我知道你当时满心地委屈，我就是想看看你面对委屈和压力时，会有怎样的反映，这体现了一个人的成熟程度。

冯仑说，伟大都是熬出来的。为什么用“熬”？因为普通人承受不了的委屈你得承受，普通人需要别人理解安慰鼓励，但你没有；普通人用对抗消极指责来发泄情绪，但你必须看到爱和光，在任何事情上学会转化消化；普通人需要一个肩膀在脆弱的时候靠一靠，而你就是别人依靠的肩膀。

心理学家认为，人的三大精神能源：创造的驱动力，爱情的驱动力，受屈辱的反作用驱动力。受到屈辱就是一个人在精神上受压迫，它像一根鞭子，鞭策你鼓足勇气，奋然前行。一位哲人说，无论怎样学习，都不如他在受到屈辱时学得迅速、深刻、持久，屈辱使人学会思考，体验到顺境中无法体会的东西；它使人更深入地去接触实际，去了解现实，促使人的思想得以升华，并由此开出一条广阔的成功之路。当然，要做到这点的前提就是要有在受到屈辱时积极正面的心态。

09. 责任的最高境界是忠诚

拥抱责任的人，实际上是抓取机会的人；逃避责任的人，看似世事通达，实际上是放弃机会的人。当你觉得自己没有机会或职业道路不顺畅时，不要抱怨他人，而应该问问自己是否承担了责任。而责任的最高境界是忠诚。

职场中总听到类似于这样的抱怨：我资历高、能力强，可最终升职的为什么不是我？我能力也不差，老板为何总把重要的项目交给别人去做……有此类困惑的员工，多半是你的“忠诚度”出了问题。也就是说，至少在老板心中，你并不是一个可靠的人。

其实，对忠诚的理解不外乎两点：一是忠于职守，二是忠于企业。对工作恪尽职守，这体现出一个人的能力和态度，也是决定你能否被提拔的关键问题。或许你的能力经不起考验，但是你的忠诚却不需要考验，那么，你的升迁之路就变得不那么难了。以前晋商做生意，在用人方面有一条根本原则：对不起东家的人，坚决不用。

可以试想：如果身为老板的你要投资一个1000万元的新项目，有两个人选，王三和刘四。王三能力突出，有非常骄人的职业履历，有极强的业务手段。但是他可能对本职工作不够专心，经常在外接私活。刘四是一路随公司成长起来的干将，能力不很高，但却很可靠，最能让人放心。这两个人你会怎么用？大部分老板会选择让刘四做一把手，王三做副手。选择靠得住的人，是任何一个老板用人的核心原则。如果有一天，你的老板在你不在场的情况下，对别人说，你是个靠得住的人，那么你离提拔或重用便会不远了。

当然，在职场中，要做一个让老板觉得你是一个可靠的人，那至少要做到：不出卖企业的利益，不做损害公司或老板利益的事，不会为了自己人的私利去牺牲公司的利益。忠诚可靠，意味着不会做吃里爬外的事情，不会利用企业的平台、老板的资源去跟企业或公司的竞争对手做交易。这是基础，接下来，你还要用“过人的能力”、“踏实的做事态度”、“不违背原则的忠诚”等，塑造你在老板心目中的“可靠”形象。同时，“可靠”更重要的需要在行动上体现出来，而不仅仅在口头上说说而已。在职场中，“可靠”还体现为一种承诺——答应的事一定做到。这便是“信”，值得信任，可以托付，行为可以被稳定预期。

胡雪岩在钱庄做学徒时，就是依靠自己的“可靠形象”，很快由一个普通的学徒升级为跑街，到外面去替老板收账。老板为了考验他，曾经故意将钱扔在地上，然后躲在旁边观察胡雪岩，前后共九次。而每次，胡雪岩都能将钱捡起来，恭敬地交给老板。经过了这道测试后，老板才最终决定委派胡雪岩出去跑街。

而胡雪岩自己也没有辜负老板的期望，很多账目都能够很快地收回，并且能够将款项如数交给老板。后来，老板辞世的时候，将自己的全部家产都交给了胡雪岩，让胡雪岩拥有了自己的第一桶金，使他有实力开始扩张自己的事业，成就自己的梦想。

可见，要想让老板觉得你是一个“靠得住”的人，首先要做的就是诚信。

通用电气前CEO杰克·韦尔奇在通用主政期间，通过企业文化和能力两个维度，将员工分成了四类，分别是：接受企业文化而能力强的人、接受企业文化而能力弱的人、不接受企业文化而能力强的人、不接受企业文化而能力弱的人。

对于接受企业文化而能力强的人，通用公司会对其加以重用，提供更多的机会，给予更多的培训，让他们在企业中更快地成长。

对于接受企业文化而能力弱的人，通过提供一定的培训，提高他们的能力，让他们能够更好地胜任自己的工作。

对于不接受企业文化而能力强的人，通用公司也会毫不犹豫地给予解聘，无论他的业绩有多么突出，无论他的能力有多强。曾经有一位员工，业绩是其他员工的四倍，但是因为不接受企业文化，在私下里动不动就向其他员工抱怨企业的管理有多不健全，领导的决策有多糟。对于这样的人，企业是决不会留用的。

对于不接受企业文化而能力弱的人，是确定淘汰的对象。曾经在国内风行一时的末位淘汰制，就是通用公司发明的。通过考核，将这部分人加以裁撤。

可见，时刻让老板或企业管理者觉得你是个可靠的人，也是你个人立足的基础，也是赢得个人未来可持续发展的关键。所以，在职场中一定要小心谨慎，为人处世要遵循职业底线。

10. 你有被重用的“潜质”吗

被重用，除了工作能力强外，还需要其他的一些“软实力”，比如良好的人缘，务实的工作作风、准确的判断力、良好的情绪管理能力等。

职场中，你所从事的任何一个职位，都要涉入到与它相关联的人和事，你要把工作做好，就必须要按照业务的需求，熟悉与自己职位相近的一些工作。比如，你是一个做业务的，一定要懂一点产品知识，做管理的要懂点财务知识，做研发的还需要懂一点市场营销知识，只有这样，你才能在工作中如鱼得水、如虎添翼。

为此，在工作中，你就要通过培训、学习等方法去弥补自己的职业短板了。

除此之外，要想被领导或老板重用，你还需要注重修炼以下的几种“潜质”：

第一，准确的判断力。

这是一个干大事的人所必须要具备的能力。准确的判断力，就是对事物的发展趋势的掌控和把握能力，说白了，就是透过现象看本质的能力，在事情还未发生之前，就提前预知事物的发展前景。判断力包括：敏锐的感知能力、良好的推理分析能力、认清局势的能力，区分主流与支流的能力。一个做大事的人，往往能够通过一个不起眼的细节，得到一个整体的判断。你只要通过磨炼拥有了这种特质，就能运筹帷幄，掌控事物发生发展的大局。

刘强是一位从事快速消费品行业的经营商，在一次谈坛上，他听到一位专家提出了这样一个观点：中国快速消费品最容易做成个人品牌的是那些“哑巴行业”，比如袜子、餐具、毛巾、清洁液等，因为这些行业还未发现消费者认同的品牌，谁做广告谁就能火。听到这样的消息后，刘强回到公司中开始大刀阔斧地进行公司结构调整，而且还专门组建了品牌公关部。

一年之后，他的清洁液品牌已经做得小有成色了，几年之后，他所经营的产品，已经成为大众所青睐的品牌。

拥有准确的判断力可以让你抓住一切稍纵即逝的机遇，从而干出一番大事业来。为此，在生活中，你一定要练就这种能力。

那么，具体如何练就准确的判断能力呢？

要练就准确的判断力，最好的方法就是回到现场去。每个岗位都有自己的现场，研发部门有研发部门的现场，业务部门有业务部门的现场，只有到现场中才能提取到最有效、最真实的信息，然后通过不断地分析细节并且总结，在不断地积累之中，才能让自己拥有准确的判断力。

第二，要有责任心，能够承担压力。

现实中，当我们没有按时完成工作或者是工作出问题时，我们往往会找很多理由来搪塞。“这件事可以缓一缓”、“这件事明天再做吧”、“这件事情还是以后再想吧”……诸如此类的话，是拖延的表现。

但是我们要知道，搪塞并不能解决问题，借口是办事拖延的温床，很容易消磨人的意志，使人对自己失去信心，久而久之，就会打消你工作的积极性，更会影响你的职业前途。只有有责任心，能够承担重大压力，才能做成事情，才能在不断地挑战中练就自己的真本事，这是一个做大事的人极为重要的一种素质。

第三，务实的工作作风。

成大事者，也需要有一种不浮躁的心态与扎实、务实的工作作风。不务实就总会抱怨，抱怨就会浮躁，而浮躁就会对工作疲于应付，很难深入钻研去做出成绩来。

现实中的许多年轻人都缺乏务实的工作作风，他们总是幻想自己能尽快地成为企业家，希望自己未来的年薪可超千万，这样的人每天都活在幻想之中，是无法安心工作的。这样的人，会让人觉得不踏实而失去发展的机会。响得最厉害的轮子，不一定最先被上油，更有可能最先被换掉。为此，我们在工作中一定要扎实工作，求真务实，要不唯书、不唯上，只唯实，这样才更容易沉下心，练出真本事来。

第四，良好的情绪管理能力。

情绪管理能力即为情商，它比智商更为重要。一个人的情商取决于他的心态，不同的心态就会产生不同的情绪，不同的情绪在处理问题时，就能够产生出不同的结果来。

歌德说：“谁不能主宰自己，谁就永远是一个奴隶。”主宰自己，主要指主宰自己的情绪，这是干大事者所必备的能力。可以试想：你早上上班，如果你是一脸怒气，对谁都是阴着脸，其他的同事一定会认为你是不是和老婆吵架了，或者是遇到什么不顺心的事了。有了诸如此类的心理暗示，谁还敢与你说话呢，工作中出现问题，谁还敢去向你请教呢？久而久之，大家就自动对你产生畏惧感，做事畏手畏脚，有了问题，推卸责任，生怕惹你恼怒，那么，这样的团队怎么做出好的业绩来！

一个人不成功，并非是他们缺乏机遇，更不是因为他们资历浅薄，更不是他们能力不行，而是他们没能够掌握好自己的情绪，喜怒形于色，不能很好地将工作和生活分开来，连自己个人的情绪都管理不好，如何去管理别人，甚至带好一个团队呢？

当然，要成为真正的“能人”，除了要修炼以上的几种能力外，还需要修炼其他的一些才能，比如高效的执行力、团结协作能力等，具体要根据你自身的岗位需求去不断地修炼，这样才能让自己脱颖而出，在不断地积累中干出一番大事业。

11. 摒弃“小团体主义”：主动与优秀者为伍

有句话说得好：你是谁并不重要，重要的是你和谁在一起！人生就是如此，和智慧的人在一起，你就会变得智慧；和优秀的人在一起，你就变得优秀。善于发现别人的优点，并把它转化为自己的长处，你就会成为智者；善于把握人生的机遇，并将它转化为自己的机遇，你就能成为优秀者。

职场中，多数员工都有这样一种“小团体主义思维”，具体表现在：一群人总爱聚在一起，臭味相投、彼此说老板或者上司的坏话，好似人家这样做了就是“战友”，而只要有一个人不这样做，就会被“隔离”在小团队之外。

不可否认，每个人都讨厌被管理，讨厌被约束，所以，大家聚在一起组成一个“小团体”，看似是一群非常铁的好哥们儿，好姐妹。可事实上却不是这样。这样无非是几个失败者聚在一起，彼此互相吐槽消磨唯一那么点儿对工作或生活的热情而已。所以，大家才会集体不快乐。

其实，真正成熟理智的高情商者，都会不自觉地去接近领导或者老板。这样做不是为了讨好，而是为了从他们身上学到优秀的技能、处事能力、眼光韬略或者优秀品质而已。同时，也是为了积极去了解他们的思维方法和内心的真实想法，以此有目的性地去顺利展开自己的工作。同时，在和优秀者在一起的过程也会逐渐地褪掉自己的“员工思维”，这对自己以后的成长有益而无害。

现实中，一些人不愿意和老板或者优秀者为伍，大都因为某些心理原因，比如羡慕、忌妒等。其实，这是一种不成熟的缺乏理智的表现，只要你敢于正视你的这种心理，你就会发现，其实他们并没有你想象的那么讨厌。

刘涛在一家外贸公司工作有三年了，他的上司是一个和他年龄相仿的“海归”。平时除工作上，私下里同事们都爱凑在一起讨论领导的种种不是。其实，刘涛本人并不是一个爱说闲话的人，但为了与大家打成一片，刘涛只好在大家聚群闲聊的时候，附和说上几句上司的坏话。时间久了，他就真的也越来越厌恶自己的上司了。在接受任务时，他总是忍不住会抱怨几句；工作压力大时，也会向其他同事吐槽上司是如何的不近人情等，与初到单位相比，工作积极性也大大降低，人也变得悲观、消极起来。

三年下来，刘涛几乎没有做出什么成绩，只是在原职位上应付各种差事。突然有一天，他开始反思自己。他问自己：为什么会讨厌上司。他发现自己居然答不出来，同时，他也不否认，上司是个办事稳妥、细致认真的年轻人。他终于明白，他对他的所有的讨厌，都源于内心的各种忌妒：忌妒他比自己外语好；忌妒他有一个良好的家庭环境，可以送他出国留学；忌妒他年轻有为，忌妒他没有吃过什么苦就能安然地享受当下的一切……刘涛也开始承认，自己之所以总躲着上司，是因为觉得站在他身边自己会自惭形秽。

终于，刘涛发现了问题的症结所在，全面地剖析了自己的内心世界。也就是在那一刹那，他开始真实地面对自己的内心，认清现实——承认自己的不足。

随即，刘涛变得和其他同事不一样了。他不再是那个经常带头说领导坏话，唯恐天下不乱的人了。他也不再是那个整天唉声叹气传播负能量的人。在领导分配任务时，他也不再喜欢和大众站在一条线上，和领导唱反调。

第二天中午，刘涛主动端着餐盘坐在上司的对面，并主动与他搭话。上司看到他面带笑容，便愣住了，问道：“你怎么没和他们一起吃呀？”刘涛笑了，“我这不是要利用一切机会和您多多学习吗，本来就有差距，更得努力提升自己了！”正说着，他们后面的一群同事就在隔几排的位置，依然在小声嘀咕着……

很多时候，我们之所以不愿意与优秀的同事或老板为伍，多是因为忌妒心理在作怪。因为忌妒会让人内心产生不平衡感，进而会产生一种怨恨的心理。当你真正地剖开自己的内心，认识到这些的时候，你就能真正地接纳对方，重新定位自我。

再者，每个优秀者身上都有了不起的地方，你接近他们，也会在不自觉间变得优秀起来。

据说，给李嘉诚开了三十多年车的司机，因为年龄大了，准备要辞职离去。李嘉诚看他兢兢业业干了这么多年，为了能让他安度晚年，拿了200万元的支票给他。

司机说不用了，一两千万自己还是拿得出来的。李嘉诚很是诧异，问：“你每个月只有五六千元的收入，怎能存下这么多钱呢？”

司机回答说：“我在开车的时候您在后面打电话说买哪个地方的地皮，我也会去买一点；您说买哪只股票，我也会跟着买一点，到现在已经有一两千万的资产了。”

这个简短的故事告诉我们：跟着百万赚十万，跟着千万赚百万，跟着亿万赚千万。一根稻草不值钱，绑在白菜上就是白菜的价钱，绑在大闸蟹上就是大闸蟹的价格。跟着苍蝇进厕所，跟着蜂蜜找花朵，跟积极的人在一起，你就是积极的，跟消极的人在一起，你的内心也会变得阴暗不堪。

所以，无论在职场中，还是在现实生活中，你和谁在一起的确很重要，甚至能改变你的成长轨迹，决定你的人生成败。和什么样的人在一起，就会有什么样的人生。和勤奋的人在一起，你不会懒惰；和积极的人在一起，你不会消沉；与智者同行，你会不同凡响；与高人为伍，你能登上巅峰。

和优者为伍，你对他的成功就会像对待自己的成功一般充满热情。随着时间的推移，你会在心中塑造出自己以及那些和你相似的人的形象。你会采取和这些人相同的价值、态度、行为、思想、意识形态以及信仰。学最好的别人，做最好的自己，学智人之智，成就自我，这也是一条职场成功之道。

12. 管好嘴巴也是关键：有些话最好不要说

人际关系就仿若前行路上的一把把锁，而语言是开启这些锁的金钥匙，主要看你如何运用和掌握了。如何跟领导更有效地沟通是一个人职业管理的一项重要内容之一。也许我们忘了自己跟领导说过什么话，但领导的记忆力是超人的，往往一句不起眼的话可能透露出更多的说话者压根儿就想不到的重要的信息。

置身于职场之中，如何与上司更有效地合作是自我职业发展的重要内容之一。也许我们已经忘记自己在与老板说话，也许是老板的记忆力超人，很多时候，一句不起眼的话可能透露出更多说话者压根儿就想不到的重要信息。美国《读者文摘》最新刊出了由加拿大职业培训公司 Axmith 事业导师斯科特和“TMP 全球管理人员搜索公司”的克伦提出的“职场大忌”：

第一，“我觉得这不是我的错”。当公司与团队中出现问题时，即便真的与你毫不相干，也千万别说“这不是我的错”、“我觉得我没有犯错”等话语。这个问题肯定关乎公司里的上司或老板。这个时候，你应该尽快帮助对方出主意，而不是推卸责任。要知道，在这个时候提出解决方法正是表现你自身能力的一个重要的机会。

第二，“这事没法做”或“这事一直就是这么做的”。工作中，面对难以应付的工作，我们应该多努力去寻找新的处理途径，帮助老板理清思路，而非固执己见，给老板或上司留下不好的印象。

第三，“目前境况令我很高兴”，这句话的潜台词是“我不愿意尝试新的任务”。

第四，“我需要一个更大的头衔”，在现代职场中，头衔不能够直接体现出你对公司的贡献与价值。“做出业绩”应该摆在首位，寻求自身位置应该放在最后，这样才能赢得老板的青睐。

第五，“我效率很高，从不加班”。在职场中，你尽量要表现得从来不计较投入的时间，并且埋头工作，了解公司和客户，熟悉业务，做出业绩才最为重要。很多极为重要的信息以及策划通常都是在“非上班”时间内发生的。

第六，“我只认识本部门的人”。要记住，在职场中，永远不要做一座“孤岛”。要务必了解公司各部门的负责人以及其理念、做事的方法，还有你的团队与其他部门的关系。

第七，“这次该轮到我晋升了”。在现代职场中，“资格”是最为值钱的“古董”。你贡献能力的大小，特殊技能与公司各个部门的协调能力等，才是个人进步和成功的关键。

第八，“我没什么新的工作内容要汇报”。要知道，对自己所从事的工作沉默或者言语不多，往往会给老板这样的信号：你工作不够投入。老板或者上司都欣赏那些有创新能力和工作讲求效率的员工。

第九，“技术我不在行”。说这句话的时候，一定要明白：“科学技术能让我们提升工作效率”的道理。一方面，一定要保持强烈的求知欲，加强学习；另一方面，过分的谦虚便是骄傲。工作中，一定要积极地表现自己，随时与同事们较量一下。

最后，还需要注意，面对老板时，一言不发也不会有任何的裨益，因为老板期待的是信息、观点和想法。

第三章 | 与老板站在同一立场，你是在为自己工作

● 员工与老板间的关系是什么？有人说是雇佣与被雇佣关系，员工为老板创造利润，老板给员工发薪水；有人说是合作关系，员工给老板创造价值，老板让员工实现价值。但是优秀的员工一定会认识到：我们在给老板打工，却是在为自己工作。员工和老板间的关系，永远是老板成就员工，而非员工成就老板。所以，在工作中，与老板站在同一立场，也就是站在公司发展的立场，也等于是站在个人前途的立场上。这不仅能使你学到知识，成长自我，而且还能收获人生中不可多得的机会。

01. 了解领导意图，改进自己的工作

一个总是带着“混日子”心态工作的人，是无法走出平庸的生活模式的，“人生有限责任公司”的经营要有更大的目标和梦想。目标和梦想是我们的工作热情得以持续的动力，是比金钱欲望更为高尚的事业理想。

在职场中，有一些人总不愿意与老板多接触，甚至还躲着老板，尽量少跟老板说话，就连走路时也绕着老板走。因为跟老板走近了，事儿就会多。如果不跟老板接触，是为了躲避麻烦，躲清闲。其实，这是“一叶障目，不见泰山”的想法。

要知道，你的老板掌握着公司最核心的资源，他清楚地知道公司的发展方向、战略目标、工作重点、人事调配等，所以，与老板多接触，你至少可以了解这些，这对你的工作具有方向性的指导，也更快速地做出一些成绩，能让你抓住最有利的机会。

有上进心的员工，都会在私下里抽时间和老板沟通、增加私人交流的机会：一起吃饭、一起上下班，甚至一起打球 K 歌……通过这样的机会，你可以了解老板对你的看法、对于工作的观点，这些都有益于你调整自己的工作方式。

有人可能会担心这样会引起老板的反感，其实在不打扰对方的情况下，是不会的。老板多是孤独的，如果他发现有一个员工肯私下里向他虚心请教、积极分享工作的思考，是非常开心的。

有的人可能会说，我不想给自己找累，我只是想混混日子。即便是这样，你最好也要主动和领导沟通、主动汇报。你追着他，你是主动的一方，所以你并不会感到劳累。等到他追你的时候，你就被动了，不仅会感到累不说，而且很有可能会被扫地出门。

老黄是个腼腆，不大爱说话的人，见陌生人总爱躲着。虽然在单位一年多了，但很多同事都和他不熟悉，而且他每次见到领导也会轻手轻脚地低头过去，从来不和他人多说一句话。这样做老黄没有感到有什么不妥，因为在他看来，只要在自己的岗位上把工作做好就可以了，其他比如人际关系类的也不是那么重要。但是，等到第二年年终裁员的时候，老板就将人力资源部领导叫到跟前说："单位里好似有个很孤僻的人，也说不上名字，也不知道他平时都做了什么，像这样的闲人就先裁了再说吧！"于是，老黄就丢掉了工作。

要知道，公司是一个盈利性组织，任何一个老板都不会养闲人。而如果你不能及时与老板沟通你的想法，你的工作，就会让他觉得你是个不求上进、不思进取的"闲人"。那么接下来，他不裁你又会裁谁呢？所以，在单位中无论你在什么样的岗位，处于怎样的职位上，都要主动跟你的老板，尤其是顶头上司及时沟通，让他明白你在做什么，你的工作进行到哪一步了，你对工作的想法或建议是什么，你对工作的具体规划是什么……这是你获得机会的良好方法。

同时，你要明白，老板的立场就代表了公司的利益，你要学着从公司的角度看问题，这就要主动找你的上司或老板，了解他们的真实需求，明白他们最希望你做些什么。积极主动地改进你的工作，你会发现你的工作效率提升了，业绩也会有，同事、上司或老板对你的看法也会随即改变，时间一长，你的机会就来了。

当然了，沟通时，无须向你的老板一而再，再而三地告诉他要做些什么，你可以主动调整你的工作，在完成本职工作的基础上，向更高的工作目标挑战，熟悉更多其他的工作。当你完全能够胜任更好的工作时，你就获得了成功。当你的工作态度改变，你对于老板的重要性也就改变了，接下来，你的人生也会随之而改变！

02. 老板与员工：不是对立，而是合作

在一个制度完善的公司或企业中，每位员工的晋升或加薪都来自于个人的努力，老板所做的只是考察哪些人有资格获得奖励和晋升。有实力的员工都有公平竞争的机会，也正因为如此，员工才能感觉到自己与公司是一个整体。可见，员工和老板是否对立，既取决于员工的心态，也取决于老板的做法。聪明的老板会给员工以公平的待遇，而员工也会以自己的忠诚予以回报。

在公司，很多员工认为，老板和自己是利益的对立体。所以，职场中经常听到此类的抱怨：派这么多活儿给我，不是摆明着剥削吗；每年赚那么多利润，就给这么点儿工资，可真是抠门呀；制定如此严格的制度，真是让人受不了……即便是老板是出于真心，偶尔表达一下他对你的关爱之情，也会被你以为是假惺惺地“收买人心”。在现实中，人们经常呼吁老板要主动去关心员工，是出于有利于公司发展的意愿去考虑的，但员工似乎很少有理由去主动关心一下其老板。

要知道，员工和老板之间，并不是对立的关系，而是同一平台上的合作关系。从社会分工上来说，也是一种互惠共生的关系。

何为互惠共生？这就要追溯到自然界中去。自然界中有许多互惠共生现象，比如说豆科植物的根瘤菌，它本身具有固氮的功能，为豆科植物提供了丰富的营养，同时它又可以借助豆科植物获得生存的空间；再比如非洲热带雨林中的大象、犀牛等，它们身体表面往往会有一些寄生虫，一些鸟类等小动物也栖息在它们身上，以这些小寄生虫为食，同时，大象、犀牛也避免了寄生虫对它们的侵害，可谓是互惠互利。这种现象在自然界中不胜枚举，在生物学中统称为共生现象。

其实，在一个单位中，员工与老板也属于典型的共生关系：没有老板，员工就失去了赖以生存的就业机会；没有了员工，老板想追求利润最大化也是不可能的。对于老板而言，公司的生存和发展需要员工的敬业和服从；对于员工来说，他们需要的是丰厚的物质报酬和精神上的成就感。从利润分成上来说，两者是和谐统一的。只有员工努力工作才能创造大的利润，老板也才有能力支付给员工更多的薪水。所以，在一些有着卓越企业文化和完善的激励机制的企业中，员工在享受着老板提供的优厚待遇的同时，也会为老板着想，积极为企业未来的发展出谋划策，积极工作。即便企业一时遇到困难，员工也会与老板同舟共济，共渡难关。每个人都明白，只有上下齐心协力，才能使企业在激烈的竞争中立于不败之地，在老板赚取利润的同时，员工的利益才能得到持久的保障。

在实际工作中，一些员工总是会抱怨：老板每天的工作无非就是看看报纸、喝喝咖啡而已，觉得公司的利润都是自己创造的，而与老板无关。为此，本来你与老板之间是和谐共赢的关系变得紧张起来。实际上，老板并不像我们想象的那般轻松潇洒，作为公司的经营者，他们承担着巨大的压力与风险，他们只要头脑清醒时，就会思虑公司未来的发展计划和行动方案，一天十几个小时的工作时间并不少见。一到下班时间就率先冲出去的员工不会得到老板的喜爱，所以不要吝啬自己的私人时间。即便你的付出得不到什么回报，也不要斤斤计较，你的付出最终会转变为经验、能力等软实力，它是一种比金钱更值钱的价值。

同时，斤斤计较一开始只是为了争取个人利益，但久而久之，当它变成一种习惯时，为利益而利益，为计较而计较，就会使人变得心胸狭隘、自私自利。这不仅会给公司带来损失，也能削弱你个人的创造力和责任心，对以后的发展极为不利。

其实，企业或公司的成功也是老板的成功，更是员工的成功。也就是说，身为员工的你必须认识到，只有老板成功了，你才能够成功。老板和员工的关系就是“一荣俱荣，一损俱损”，只有认识到这一点，主动去做事，全心全意辅助老板，帮老板排忧解难，让老板快速地成功，你才能更快地在工作中赢得老板的青睐和提拔。

艾丽丝是某学院的行政管理经理的助理，她的上司安德烈主要负责管理学生和教职员工。学校中极为糟糕的签到系统使得学生们常常还未上课的时候就被记名；许多班级拥挤不堪；一些班级却又太小，面临被注销的危险。意识到安德烈承受着改进学生签到系统的压力，艾丽丝自告奋勇组织攻关开发一个新的系统，老板高兴地同意了她的建议。于是，这个攻关小组开发了一个卓有成效的系统。在此之后的一次组织机构改组中，艾丽丝被提升为副主任，实现了她的职业发展目标。

艾丽丝的经历告诉我们：员工和老板的关系不是对立，而是一种合作，只有你的老板发展好了，你个人的才华才能得到发挥，你的前途才会更加光明。所以，在工作中，千万别与老板做冤家，而是主动把他当成一个合作者，齐心协力，让公司或部门向更好的方向发展，你也才有更好的出路，得到更好的发展机会。

03. 其实，老板也在为我们打工

在一个企业中，老板也是员工，员工也是老板，老板和员工一样，都在为企业的发展做出努力。企业的成功也离不开每一个人的努力。员工知道老板也在为我们工作，就应当保持正确的心态，主动与老板站在同一个立场上，把自己当成企业的主人，对老板多一些支持和理解。这无论对公司，还是对自己的发展，都是有好处的。

“做老板真是轻松，什么也不用干，只会坐在那里指手画脚。”

“做职员就是在为老板服务，我们忙得团团转，老板却坐在那里游手好闲！”

“老板只要动一下口，下一个命令，却能让我们忙得团团转。”

“老板是一项轻松活儿，如果让我做，我也一定能做得更好。”

……

无论是在办公室，在出差途中，还是在休息场合，只要有员工聚集的地方，就能听到类似的对老板不好的评价。其实，身为一个员工有这样的心态也是正常的，但是千万别带着这样的心态去对待你的工作。要知道，你和老板是一种合作的关系，你在工作，老板也没闲着，他也在为我们打工。员工之所以会生出许多抱怨，主要是因为太过轻视老板，既而将其所做的事情也看轻或否定了，这样很容易使自己陷入一种思维误区。

事实上，一个企业的发展，起主导作用的是老板，他要把握公司发展的大局，他在评估一个项目的投入和产出，他还要承担各种风险，比如市场风险、投入风险、资金风险等，因为要承担风险，所以做事就会小心谨慎得多。而这些都是极为劳神费力的事情，而员工却根本不需要考虑这些，所以，从这个意义上来说，老板要比员工辛苦得多。

其实，一个企业要更好地发展，除了老板要努力外，员工也是需要付出努力的。老板和员工之间应该互存感恩之心，因为双方都是互为存在的前提。老板应该明白，自己的指令要得到落实，主要靠员工去努力，所以老板要为员工提供良好的福利、好的工作环境和更大的发展机会。这样，员工就会为企业带来更大的利润。员工也应该明白，老板为自己提供了发挥才能和提升个人价值的空间和舞台，所以员工应该更加努力，在实现自身价值的同时为企业创造更大的财富。

如果老板和员工都这样想，公司想不赚钱都难。同样，如果员工都能这样想，想找不到好的出路也难！但现实中，能这样想问题的人却并不多。表面上看，这个问题很简单，但是有一点复杂的问题，就是这种互相感恩的关系没有先后顺序，没有任何条件。如果你说，我要先看看老板对我怎么样，我再决定自己付出多大的努力，这样想的结果一定不会很妙。

多数员工都认为老板只是公司的投资人而已，是一个最有“说话权的闲人”，在这种心态的支配下，多数员工尤其是年轻员工都有“净赚薪水”的心态，认为“你给多少钱，我就出几分力”是理所当然、互不拖欠的，有的甚至还对老板产生了敌对的情绪。其实，这是一种极为错误的认识。别看有些老板平日里若无其事、一副轻松悠闲的样子，其实他们大都承担着不为人知的责任、压力甚至是痛苦。很多人都把老板称为企业家、领导者，其实，老板只是员工事业上的伙伴。老板在为公司工作的同时，也为员工搭建了一个实现自我价值的平台，所以，从这个意义上说，老板也在为员工打工。

一位老板曾感慨：这几年，自己辛苦忙碌，只不过是交了点税，解决了几十个就业机会，最终自己欠了一身的债务。但是台子已经搭起来了，还得硬着头皮继续干下去。而他手底下的几个员工在公司发展困难的时候，嫌待遇差，毫无留恋地离开了他，另谋高就，扔下一个烂摊子。这可苦了这位老板，钱没赚到是小事情，不仅把父母的钱全赔光了，最后还把公司所有的家当都处理掉了还不够还债的。

这就是老板和员工的不同，与员工要承担的那点责任相比，老板的压力要大很多。所以，从这个方面去考虑，老板也不过是拿资金在为员工搭“台子”，也是在为员工打工而已。他们冒着极大的风险经营生意，为员工营造“谋生”的平台，不是在为员工打工是什么呢？与老板相比，如果你只是一个打工者，那你只需要面对老板和自己从事的工作。给多给少自有他的“价值观”，合适就上，不合适就算。许多人一与老板发生矛盾或摩擦就怪老板不讲情义，但是自己却从来没想过问题出在哪里，从来不懂得换位思考，站在老板的角度想一想。

要知道，很多时候老板开公司、办实业，客观上也是帮助他人的一种形式。他们冒着风险，处心积虑地经营，从公司的运转中获得收入，他们获得这些收入都是十分合理的，无论这些收入有多少。

张泉刚毕业时，遇到一个微胖型的老板，与他年龄不相上下。但是，看上去要比张泉大十岁左右。在一次双休日加班时，张泉凑过去问老板："刘总，你在没有事的时候都干什么？也带夫人孩子去逛公园吗？"他说："没有时间，你们加班，我在；你们不加班，我还在。我女儿都三岁多了，从来没带她出去玩过。"张泉感慨道："那你不累啊？"

"当然累了！"他说，"我没别的爱好，就是很是喜欢睡觉，可是我半夜想着公司的事情就是睡不着，一个人到客厅把电视打开，音量调到最小，自己瞪着电视发呆。我父亲从小就知道我很贪睡，但是看到我大半夜还看电视很是不理解。公司怎么发展，我能跟他们商量呀！"张泉听了觉得很是惭愧。张泉注意到，老板每天穿的也就是那套西服，吃饭和普通员工一样都是五六块钱的快餐，然后就是公司聚餐的时候会和大家一起改善改善。

但是，在公司投入上，在扩大公司规模上，在招贤纳士上，老板从来都是大手笔，有时候胆大得令人瞠目，让人禁不住替他捏一把汗。这时候你看到的是一个率性而为的汉子，而不是一个鸡毛蒜皮都在乎，处处斤斤计较的守财奴。

其实，现实生活中像张泉老板这样的人有很多，付出的要比员工大得多，为了给员工搭建良好的发展平台，他们可谓是呕心沥血。他们肩负着极大的责任，从投资企业，从生产到销售拉动多少相关行业更是无法计算，所以，从某种意义上来说，他们多数时候也是在为我们打工，我们该向他们致敬才是，而不是牢骚满腹，在私下里说他的不是，轻视他为员工的发展所做出的各种努力。

04. 以“老板心态”对待你的工作

每一位有事业心的员工都会以“老板心态”对待自己的工作。拿破仑说过，看一个人有没有出息，不是看他当下处于什么样的境遇，干什么工作，而是要看以怎样的心态对待环境，对待工作。如果你时刻以“老板心态”来对待你的工作，那么你做事时会时时站在公司的利益考虑问题，会将自己的工作做得更出色、更圆满。

职场中，一些员工总有这样的心态，自己只是公司的一颗“螺丝钉”，所以只做与自己职责相关，并与自己所得薪水相称的那点工作，其他的事一概不做。其实，这是一种“心态定位”，使他们只盯着眼前的那一点儿活儿，不想额外多做一点儿，甚至经常抱怨老板太过苛刻，牢骚满腹。结果几年后，除了在公司拿到了一点糊口的工资外，毫无其他的收获。甚至还会因为工作不积极，而被开除。然后你再找下一家，也是如此混日子，如此反复，永远脱不了贫穷的帽子，永远只能在单位的最低层挣扎。

而如果你总以“老板心态”去要求自己，那么就不会因为老板给你额外的任务而抱怨，而只会觉得老板是在重用自己，给自己机会而欣喜。你会认为，老板是在给自己表现的机会，锻炼自己的才能，有了这样的心态，你就会因为工作做得出色而使薪水得到提升，即使没有，你的能力也会提升，从而为迎来更好的机会而做准备。

拿破仑·希尔是一位著名的成功学专家，他的助手是一位年轻漂亮的女士，主要工作是帮拿破仑拆阅、分类及回复他的大部分私人信件。同时，还要听拿破仑口述，并记下信的全部内容。当时，她的薪水和其他助理的薪水大致是相同的，做的也只是些杂乱的小事情。

有一天，拿破仑口述了下面的这句格言，并要求她用打字机快速地将之打出来：“记住，你唯一的限制就是你自己脑海中所设立的那个限制。”

她把打好的纸张交给拿破仑说：“你的格言使我有了一个想法，这对我很有价值。”其实，这件事情并未在拿破仑心中留下特别的记忆。但也就是从那天起，拿破仑可以看得出来，这件事在助手心中留下了深刻的印象。她开始每天都在用完餐后回到办公室中来，并且从事不是她分内的而且没有任何报酬的工作。她开始把写好的信件主动送到拿破仑的办公桌上。

她已经研究过拿破仑的风格，因此，这些信回复得跟拿破仑自己所能写的一样好，有时甚至更好。她一直保持着这个习惯，直到拿破仑的私人秘书辞职为止。当拿破仑开始找人来填补他的男秘书的空缺时，他很自然地想到了自己的助手。在拿破仑还未正式给她这项职位之前，她已经主动接收了它。因为她在下班后，以及没有支领加班费的情况下，对自己已经严加训练，终于使自己有资格出任拿破仑的秘书。

不仅如此，这位年轻小姐高效的办事效率还引起了其他人的注意，有很多人为她提供更好的职务请她担任。她的薪水也多次得到提升，现在已经是她当初作为普通速记员薪水的4倍。她使自己变得对拿破仑极有价值，因此，拿破仑自始至终都不能失去她这个助手。

拿破仑女助理的经历告诉我们，以老板的心态对待工作，既是为了得到那份薪水，也是为自己独立创业做准备，更是为发展自己的事业做准备。作为一名渴望在未来有所发展的年轻人，应该时刻提醒自己要以老板的心态去工作，这样，不仅能把自己分内的工作干好，而且对自己的综合能力也是一种有力的提升。

05. 树立任务意识：别把问题留给老板

有理想、有抱负的员工内心都有着极强的任务意识和使命感。他们做事目标清晰，方向明确，具有把远见转化为现实的能力。他们无论做什么都能把个人目标和团队目标紧密地联系在一起，他们从来不把问题留给老板。在任何时候，他们都明白自己的使命，他们认为，每个人都可以使公司有所改变，公司的每一个变化，每一个进步，都与他密切相关。

一个真正优秀的员工，对企业或公司的发展是有使命感的，这种使命感会促使他们拥有极强的“任务意识”，即工作于他们，就是解决那些妨碍他们实现目标的林林总总的问题，从来不会想着把问题留给老板。

美国钢铁大王安德鲁·卡内基在还未成功前，曾在宾夕法尼亚州匹兹堡铁道公民事务管理部担任小职员。一天早晨，他在上班的途中看到一列火车在城外发生了事故。此时，情况极为危险，但其他人还未上班，一时间，他不知道怎么办才好。于是就赶忙给上司打电话，但却未能接通。

怎么办？怎么办？卡内基在心中盘算着。在这种十分危急的情况下，他明白只要多耽误一分钟，都将会对铁路造成极为巨大的损失。尽管负责人还没有赶来，但他也不能眼睁睁地看着悲剧发生。于是，卡内基便以上司的名义，发电报给列车长，要求他根据自己的方案快速处理这件事，并且在电报上面签下了自己的名字。他知道这样做严重违反了公司的规定，将会受到十分严厉的惩罚，甚至有可能被辞退。

几个小时后，上司来到自己的办公室，发现了卡内基的辞呈及其今天处理事故的详细情状报告。但是，一天过去了，两天过去了，上司一直没有批准卡内基的辞职请求。卡内基以为上司没有看到他的辞呈，于是，第三天的时候，他亲自跑到上司那里，说明原委。

“小伙子，其实你的辞呈我早已看到了，但是我觉得没有辞退你的必要。因为你是一个具有最优秀的职业精神的员工。你的所作所为证明了你是一个主动做事的人，因此对于能得到这样的员工是我的荣幸！”

这完全出乎卡内基的意料，他万万没有想到对于那件事上司不但没有辞退他，反而还让他升了职。

你把工作当成自己的一种使命，一种责任，会无时无刻以解决难题为己任。最终也能得到意想不到的收获。

职场中，我们经常看到这样一种现象：老板交给员工一项任务，过不了多久，这个员工就去敲老板办公室的门，征求老板的意见，甚至告诉老板一个难题无法解决。这样的员工在问题面前不是想方法去解决，而是想方设法去逃避。在他们眼中，问题就是地雷，谁踩到了，谁就要倒霉。因此，当问题出现时，他们就唯恐避之不及，总是找借口推脱。而更“聪明”的员工就会直接推到老板身上，他们总以为只有老板解决的问题才是没有问题的。但是，你要明白，如果问题都被老板解决了，你的价值何在呢？老板雇你来干吗呢？

在任何时候，都不要忘记，老板不是你的救世主，也不是让你来发现问题的，而是来解决问题的。你与他的关系很是简单：一个出劳动力，一个出资本，双方资源整合，齐心协力，共同为公司的发展而努力。所以，在工作中要认清楚自己的任务就是想方设法去解决问题，而不是推托问题，甚至制造问题。

相反，工作中那些积极主动，能排除万难为公司创造巨大业绩的员工，才是老板最喜欢的员工。而昔日那种只被动地“听命行事”不再是优秀员工的典范，那些遇到问题后反复推脱的员工更不为时代所选择。

树立问题意识，别把问题留给老板，是一种积极主动的职业精神。这样的员工明白公司的事情就是自己的事情，他的职责就是要分担老板的任务，而不是给老板制造问题。这样的人总是在想：“我能为老板带来什么？”而不是“老板能给我什么？”正是两种不同的想法，造就了两种不同的员工——事业有成与一事无成。

06. 主动工作，不推卸责任

没有人能够取代你，没有人能够掩盖你。要活出自己的精彩，就要在工作岗位上展示自己的才华和忠诚。

忠诚，不仅是一种受雇于企业所必须具备的品德，更是一种能力，一种统帅其他能力的核心。只有怀有忠诚之心的人，才有被雇佣的资格，才有被器重的根基，才有在企业立足的根本。有句话说，一个缺乏医德的医生不是一个好医生，那么一个缺乏职业道德的员工也不会成为好员工。忠诚作为一种重要的职业道德，就是告诉我们要维护公司的利益，无论在何时何地，你都应该加强自觉性，把工作变被动为主动。

老板不在的时候，你就是老板，你就是公司的主人，一切都应该以大局为重。只有公司的利益存在，才会有我们个人利益的延续。老板不在的时候，更应该忘我地工作，严格地要求自己，尽职尽责、爱岗敬业。要认真地完成自己每一项工作任务，只有这样才能够体现出一个员工的敬业精神和忠诚的态度，体现出老板在与不在一个样的职业道德准绳。

欣凝是一家公司的销售部经理。为了能够让公司最新出品的洗涤用品能够在市场上占有大部分的份额，他决定在媒体大量宣传之前，同一些信誉比较好的经销商敲定首批的定量。就在她联系业务的过程中，恰巧有两家公司的老板不在，而两家公司的员工却做出了截然不同的态度。

第一家公司负责接待的女员工王贝听到欣凝是来推销新产品的，立马冷着脸说："我们老板不在，我可做不了这个主。"欣凝继续把厂家准备如何做该款的宣传，需要经销商如何配合进行渠道开拓的设想向王贝讲解，希望她能够理解和回应。结果王贝只是用"老板不在"这样简单的话就搪塞了欣凝，没有办法，欣凝只能悻悻而回。后来，这家公司的员工王贝因为老板不在而丧失了很好的商机，等再要求补货的时候，第二家公司已经卖得火爆了，而且没有赶上厂家促销期的优惠待遇，利润自然大打折扣。

第二家公司的老板也不在，有了前一家的失败经历，欣凝显得有些紧张，但是她还是将这一次的商机和这家的员工李兰说了。李兰通过自己刚刚学到的营销知识，敏锐地感觉到这是一个不错的商机，无论如何不能因为老板不在就让它白白溜走。于是她主动要求第二天就为他们公司送货，其他具体事宜等老板回来以后再由老板定夺。结果这家公司的员工在老板不在的时候，谈成了一桩生意，这款产品在整个城市市场上只有这一家经营，不到一个月就销售一空，连续火爆三个月，为老板净赚十万多元。老板将李兰提升为部门经理，并给她加了薪水。

很多员工都可以用“老板不在”着四个字来推卸责任，但是一个优秀的员工永远都不会让自己缺乏主动工作的精神，而且永远保持自动自发的精神，不仅仅懂得为自己负责，也懂得为老板负责，为公司负责。其实，当老板不在的时候，你就是老板。不管老板在不在，也不管别人有没有看到，一定让自己努力，因为收获最大的是自己。你要知道任何努力都是为成长和进步积累资本。尽管表面上是为老板的公司工作，实际却是为自己工作。不仅工资和奖金要靠自己的工作业绩来换取，个人在公司的地位升迁、人格的提升和品行锻造无一不是自身努力的结果。

07. “超预期”完成你的工作

一名有抱负的员工，不仅要像老板那样敬业工作，尽职尽责，以老板的心态对待工作，还要比别人做得更多，更彻底。他们经常会留神一些额外的责任，关注一些本职工作以外的事情，他们的行为总是远远地超出老板的“预期”，他们始终是老板心中放心的员工。

那些优秀人士之所以会成功，其中有一点就是他们比其他人做得更多，更为彻底。

如果你只是在自己的岗位上处理自己分内的工作，那你将无法争取到人们对你的有利评价。但是，当你从事超过你报酬价值的工作时，你的行动将会促使你与你的工作有关的人对你做出良好的评价：一个业务员要成功，必须要拜访非常多的客户，如果他不知道最顶尖的业务员一天拜访多少个客户，那么他根本没有成功的机会；如果他无法付出顶尖业务员所做的劳动，他就无法提升自己的业绩。

职场中，经常听到一些年轻人的抱怨，他们认为只要把自己的本职工作做好就行了，对于老板安排的额外的工作，视而不见。这样的员工，自然不会得到加薪或升职的机会。

小金是一家传媒公司的编辑，一天晚上，公司因为有一个加急项目，需要编辑配合策划部的员工加班完成。小金因为早已经与朋友约好晚上见面，一听到通知说要加班，气就不打一处来，于是，就气急败坏地抱怨道："天天加班，而工资却始终涨不起来。更何况，这明摆着是策划的事，与我何干呀?"这话刚好被办公室里刚走出来的老板听到了。于是，老板就愤怒了，但是仍旧十分平静地说："既然这件事不是你分内的事，那你就另谋高就吧!"

可见，要想在职场上找到好的出路，除了尽心尽力做好自己的本职工作外，一定要做一些额外的工作。这样，不仅能锻炼你的个人能力，还可以让你时刻保持很高的斗志。当然，分外的工作，也会让你拥有更多的表现机会，让你把自己的才华适时地表现出来，引起别人的注意，得到老板的认同和重视。

美国一位年轻的铁路邮递员，和其他邮递员一样，用陈旧的方法分发着信封。大部分的信件都是这些邮递员凭借不太准确的记忆拣选后发送的。因此，许多信件往往会因为记忆出现差错而无谓地耽误几天甚至几个星期。于是，这位年轻的邮递员开始寻求新的方法。他发明了一种把寄往某一地点去的信件统一汇集起来的制度。就这样一件看似简单的事情，成了他一生中极有意义的一件事情。他的图表和计划引起了上司们的广泛关注，很快，他获得了升迁的机会。五年以后，他成了铁路邮政总局的副局长，不久又被升为局长，从此踏上了通向美国电话电报公司总经理职位的路途。他的名字叫西奥多·韦尔。

做出一些人们意料之外的成绩来，尤其是留神一些额外的责任，关注一些本职工作之外的事情——这就是韦尔成功的主要原因。所以，身为一名员工，千万不要抱着“我必须为老板做什么”的想法，而应该多想“我能为老板做什么样?”

一般人认为，忠诚可靠、尽职尽责就算对得起老板了，但这还远远不够，尤其是对于那些刚刚踏入社会的年轻人来说更是如此。要想取得成功，必须做得更多更好。正如著名的企业家彭尼所说：“除非你在工作中超过一般人的平均水平，否则你便不具备在高层工作的能力。”成功者除了做好自己的本职工作外，还需要做一些分外的、不同寻常的事情来培养自己的能力，引起人们的关注。当你在工作中坚持做得比别人更多更彻底时，而不是一味地逃避责任，为了薪水而工作时，你就会发现自己在老板的眼中显得越来越重要，而且，这样做对你能力的提升也是有帮助的。首先，比别人做得更多更深入，将使你更容易赢得他人的认同和尊重，不管你从事什么行业，将有很多人喜欢与你共事。其次，你的能力也会在一次次的实践中得到提升。

超过别人所期望你做的，你将会如愿以偿。这种额外的工作可以使你对本行业有一种宽广的眼界，与此同时你也将会获得更多的机会。

08. 服从即是一种合作

合作是职场中一种重要的优秀品质，懂得合作的人，才会在职场中有大的发展，懂得合作的员工，才是一个优秀的员工。

在职场中，服从是一种美德，也是一种合作。有句话说：“服从是你对老板最高的赞美。”作为员工就是忠实地执行老板的命令，不要挑战老板的权威。能够服从老板，也是间接地接受与老板之间的合作。合作是职场中一种重要的优秀品质，懂得合作的人，才会在职场中有大的发展，懂得合作的员工，才是一个优秀的员工。现在的年轻人，大多充满了个性，对于老板的指令总是喜欢抗争，丝毫没有合作的品质体现。这些人最后让自己吃尽了苦头，同时还不能顺利地完成工作。

其实有的时候，老板的某一项决定表面上看是错误的，实际上则有可能是从更加高远的角度考虑，仔细抉择后方才做出的决定。老板没有必要和每一个人解释他做出某一项决定的原因与理由。要知道，老板都不是傻子。

因此，当我们对某些事情有异议的时候，可以提出自己的观点，但是对于老板的命令，却一定要懂得服从。服从命令是对老板的尊重、对老板的信任、对老板的赞誉、对老板的理解。一个团队只有信任和理解它的领导者，才可能团结、有效率

很多年轻人都忽视了合作的重要性，服从就是合作中的一种。为什么要服从老板的命令，不仅仅是因为你在他的手下做事，你是公司里面的一员。如果企业里面每个人都不听从老板的指挥，每个人都有自己的想法，那么管理制度形同虚设，大家的劲也不会往一处使。一个没有严格遵守规章制度和严明纪律的企业，就好比一盘散沙，永远都不可能兴起什么大风

浪。如果一个下属不服从上级，那么企业就会溃不成军，更谈不上竞争和生存。一个企业的领导在下达了命令之后，没有任何员工会对领导下达的命令找借口，他们唯一要做的就是服从。服从就是事业成功的保障。

张宇是一家公司的经理助理，负责给老板提供一些会议稿件。有一次，领导按照自己的意思弄了一张会议的演讲稿，然后让张宇给组织起来一篇好的演讲稿。当张宇在大会之前送到领导手里时，领导大略地看了一下，然后拿着稿子点点头。

开会的时候，领导一个人在会上慷慨激昂地念着演讲稿，会议进行得很好，所有人都在安静地听着。忽然，老板发现演讲稿中的某个环节和自己想象中的不一样，便叫来张宇询问，然后让她马上改。虽然很多人都知道这件事领导之前就是这样通知张宇做的，但是张宇并没有为自己辩解，而是马上进行了修改。但是改完之后，老板还是不满意，脸上露出了不愉快，狠狠地用语言教训了张宇。很多同事和员工听了之后，都听不下去了。但是，张宇什么也没说，只是按照老板的命令去行事。

会议上的很多人都在心里暗自地想："明明刚刚开始时的稿子就很好，改了之后的就差很多。"很多人从心里面佩服张宇。后来，过了几年后，张宇成为了公司的副总裁。有的同事想起了当年的事情问她："你当时为什么不为自己辩解呢?"张宇笑着说："因为我是员工，首要的任务就是执行老板的命令，理解了就去马上执行，不理解就在执行中慢慢地理解。而且，就算是有什么疑问，我也可以在事后和老板说明，当面对老板的命令不服从，是对老板的不尊重。而且老板后来和我说了，他那次那样做，也是有原因的。"同事听了才恍然大悟。

文中的张宇之所以能够做到副总裁的位置，原因就是她懂得服从领导的命令，每一个在职场中打拼的年轻人都应该有这种"理解了就马上去执行，不理解就在执行中慢慢地理解"的态度去应对自己的老板。当老板问询你的意见时，你可以有所发挥，如果你对一项决议有建议时，也可以有所保留。当一项决定成为命令时，那么唯一的选择就是服从并执行。如果说服从命令是军人的天职，对于企业员工来讲，服从领导的命令就是一种美德。在职场中，老板的命令就是军令，聪明的员工知道，老板的命令是不可违抗的，你的看法和你的主张不能用来对抗老板的权威，只要老板正式发出了命令，你所要做的就是执行。

老板发出的命令就是这个团队中的指向标，大家都往这一个方向去，而你偏要去往其他的方向，其实就是间接地在耽搁大家的时间。你要知道作为一个员工，你需要做的就是服从对方的命令，虽然有想法、有见解也很重要，但是对于服从来说，领导会觉得更重要。服从上级指令不仅是在战场上、政坛上，同样在组织中。在公司里，不能与上司保持友好合作关系，只会带来失望的结果。要忠于公司，这当然不是说你一定得同意上司的见解。在公司中，必须要保持上级指挥下级，下级服从上级的制度。若是不注意这一点，不但会给本人和上司造成麻烦，公司的业务进展也会不顺利。

因此，我们需要拥有显著的能力，更要拥有服从的品质。这样才能够让自己成为公司这台大机器中的和谐部分，和老板团结在一起，成为公司的中坚力量！

09. 别怀疑，苛刻的老板是个好老板

有一句话叫“爱之深责之切”，其实在职场中，那些对你百般挑剔的苛刻老板，才是真正的好老板，正是他们的严厉、挑剔提升了你的工作能力，增强了你的意志，让你变得越来越优秀，也让你的未来越来越光明。

在职场现实中，我们常常看到这样的现象：员工抱怨老板不近人情、太过苛刻，总是对自己有这样那样的不满意和不理解，对老板牢骚满腹、

指责不止……

殊不知，苛刻的老板是个好老板，是可遇不可求的。苛刻是一种精益求精的追求，是一种对工作的热爱。苛刻的老板有着其他老板没有的特质，他们善于发现员工的能力，并且加以运用，让员工迅速成长起来，进而为公司创造更大的价值。

公司和企业中，上级对下级的要求本来就是非常严格的。人在职场，每个人不可能都把你当宝，尤其是你的老板，大多数的时候，他们只会根据你的能力展现的价值来判断你是不是一个好员工。

如果你还在为老板的苛刻而不满，以为在职场上受委屈是没个性、没血性的表现。经常会以“做人太窝囊了，何必要委曲求全”、“合则聚，不合则散”、“此处不留爷，自有留爷处”等话来发牢骚，说明你将不会在职场的道路上走多远。

事实上，一个老板是好是坏，其实并不在于他在平时对你怎么样，而在于他是否愿意给你施展自己才能的机会，并给你相对宽松的条件来规划自己的职业生涯，这是一个人成才成功的必要条件。

从更理性的角度来讲，如果你的老板能够给你发展的空间的话，那么他平时对你越坏，实际上便对你越有利。我们要感谢那些折磨我们的老板，因为他们折磨我们，是为让我们尽快成长起来。

从北京某名牌大学毕业后，常倩在一家广告公司找到了走出校门的第一份工作。她年轻漂亮，活泼开朗，做起工作来又积极认真，到公司没几天就和同事们玩到了一起，相处得非常愉快。

但是，这种好日子没过几天。原来公司老板是个不苟言笑，对工作又认真的人，他认为常倩初来就锋芒毕露，担心她日后会禁不起事情，所以，决定考验她一番，让常倩写一份广告策划方案出来。

毕竟刚来，常倩对公司业务还不熟，更别说写广告策划方案了，她感到这是老板对自己的一种刁难，非常恼火，甚至想到了要放弃这份工作。

不过，很快她转变心态，她想："这个工作任务很难，我要感谢老板给了我锻炼自己的机会。"

想到这里，常倩开始马不停蹄地开始查看客户产品的详细资料，认真地请教有经验的同事们等。苦战了整整两天后，常倩终于写好了策划方案。先得到了同事们的肯定后，常倩才上交了任务。

老板审阅完策划后，惊诧于常倩与众不同的创意、缜密的思维，可仍旧东涂西抹，不留情面，并严厉地要求常倩要再认真修改一遍。常倩虽有些委屈，但没说什么，依然很谦虚地感谢老板的指点。常倩前前后后一共修改了三遍，老板这才满意。

有同事替常倩抱不平，抱怨和指责老板的专制和挑剔，常倩却笑笑说："不，我要感激老板给我带来的成长、进步的机会。"事实也证明了这一点，常倩确实得到了能力和职位的提升，如今她已经是公司策划部的经理，工作如鱼得水。

由此可见，老板的苛刻并非坏事。就算老板批评、刁难你，你也不必抱怨，将之变成一种动力吧！那么，你无穷的智慧将被源源不断地挖掘出来，老板每一次的苛刻都将变成你学习经验、提高能力的好机会。

我们知道，公司是以获得利润为经营目标的，老板出于对公司发展的考虑，会督促员工们充分地发挥自己的聪明才智，并且全力以赴地对公司做贡献。换作你是老板也不例外，如此你就不难理解老板所谓的"不近人情"和"苛刻"。

正如一位当了老板的员工在回忆时所说的："过去我曾经为他人工作，现在则为自己工作。以前总是认为老板太苛刻，现在却觉得员工太懒惰，太缺乏主动性。其实，什么都没有改变，自己的立场改变了罢了。"

需要注意的是，老板不是尽善尽美的，他也是普通人，有自己的喜怒哀乐，有自己的缺陷，试着多替老板着想，多考虑老板的难处，关心老板的需要，给老板多一些理解，你身上就会散发出一种善意，影响和感染包括老板在内的周围人，进而使双方之间得以顺畅地进行感情交流，实现人际和谐。

办公室里，尹诺被自己那个脾气暴躁的老板一顿痛骂，原因是离新加盟的连锁店开业还有不到十天时间，而尹诺具体负责落实连锁店会员卡制作一事，到现在竟然八字还没一撇。事情到了火烧眉毛的阶段，下面还不见动静，向来暴脾气的老板自然要大发雷霆。然而，尹诺自己也是一肚子委屈，她还没处找人撒气去呢。

原来并非尹诺办事不力，早在任务交代之初，她就积极去联系制作厂商，以做到货比三家，达到性价比最优。在最终确定一家制作单位之后，尹诺便及时将报价及各类相关信息资料，按程序上报到了主管领导那儿。结果没承想，主管这事儿的行政经理二话不说就把尹诺的方案给否定了。他没用尹诺找好的厂商，而是用了一家跟自己关系比较密切的广告制作商。

于是，既然经理亲自出面，尹诺也就乐得落得个清静了。可没想到的是，不知什么原因，经理与那广告商谈崩了。广告商得知公司赶时间，于是故意拖延时间，等到时机差不多了，便突然变卦找借口“坐地起价”。

制作成本价格底线是老板“钦定”的，行政经理无权做主，加上此事原本他就不该插手，所以见势不妙，行政经理便来了个鞋底抹油，把这个被自己搞砸了的烂摊子丢回给了尹诺。他的理由倒也简单，事情由尹诺一手操办，自己并不负责具体事宜。只有尹诺有要求时，自己才会关注。因此，事情弄成这样，尹诺需要深刻检讨一下自己的工作方法与办事效率。

行政经理明明是以势压人，自己想占公司便宜，急功近利，结果反倒让别人拿住了软肋，弄成了现在骑虎难下的情形。但老板并不明白其中的内情，在经理和尹诺之间，他自然要支持自己一手提拔的中层干部。

尹诺这下可惨了，面对着老板的满腔怒火，她憋了一肚子的委屈就是没办法说。总不至于当着老板的面，揭自己顶头上司的老底吧？纵有千般委屈，尹诺也只有硬扛下来。不过扛事归扛事，同时她也很委婉地提出要求特事特办，让老板答应她由自己全权处理这次的事情，不必再按以往的正常程序，事事汇报后再等上级领导处理结果。

当下事情已经是万分紧急，老板自然是一口应允。得了“尚方宝剑”的尹诺，立刻展开了“救火”行动。幸好尹诺前期工作做得比较到位，经过连续几天的奋战，终于赶在最后期限前，将会员卡发到了加盟商的手中，好歹算是没耽误事。

事后，老板经过其他途径了解到事情的原委，对尹诺更是刮目相看，觉得她是个可造之才。这不仅因为她临危受命圆满解决了问题，更因为她懂得隐忍个人委屈，顾全大局，不曾因自己受到委屈而消极怠工，而是尽心尽责地去解决紧急难题。同时，她的工作方法也很巧妙，知道如何为自己创造最有利的条件，同时还保全上级主管领导的颜面。所有这些，都显示尹诺有能力做好一个管理者。

一个月后，老板对这件事做出了处理决定，原行政经理因“公司另有工作安排”而除职，尹诺则被正式任命为新的部门经理。

面对老板的怒火和有失偏颇的苛责，尹诺没有爆发内心敌对的情绪，没有进行任何抱怨，而是忍气吞声地扛了下来。而事情最终的结果有目共睹，事情得到了解决，她本人也得到了老板的重用。

试想，如果尹诺当时没能控制好自己的脾气，去和老板据理力争，或者一味地抱怨的话，那么最终的结果很明显：尹诺被迫辞职，笑到最后的，是那个以权谋私而且不负责任的项目经理。

既然老板把我们招致麾下了，就表示认可我们了，就等于给我们提供了一个可以发挥自己才能、实现理想的平台，而我们要做的，就是用对工作的热情，用百分之二百的努力来回报老板。

总之，河蚌只有忍受住沙砾的磨砺，才能孕育成绝美的珍珠；铁剑只有经过烈火的淬炼，才能练就锋利的宝剑。好的经验也是如此，我们只有在忍受老板的严苛之后，才能获得能力和经验的提升，一步一步走向成功。

第四章 | 你的前途在哪里:责任与机会同在

- 职场中，多数人都会问：“我的前途在哪里?”可以这么说，前途其实就存在于责任之中。承担了责任就意味着得到了机会，承担责任的人不一定马上会见到成效，但终会得到回报。所以，你想成为公司的核心员工，想得到更多的提升机会，那就先从勇于承担责任开始。可以说，不愿意承担责任，是职场最大的风险。你少承担责任，逃避责任，虽然能够躲避眼前的劳累、风险，短时间内可能占到一些便宜，但是时间一长，必然不会被重用，失去机会。那些不愿承担责任，不敢承担责任，承担不了责任的人，特别是不能承担管理责任的管理者，必然会被管理层列入淘汰名单。

01. 得不到机会，要先从自己身上找原因

人最难的是面对真实的自己。面对自己的缺点和不足时，很多人总是像鸵鸟，把头深深地埋下去，假装看不到外面的世界。

“老板有点可恶，他就是不重用我!”“老板真不是东西，就是不给我机会!”“老板真的不懂识人，像我这么有才华的不重用，却去重用能力平平的!”“老板简直太苛刻了，天天要求我做这个做那个!”……职场中我们经常会听到此类的抱怨，这些员工总是习惯把自己失败的责任推到老板身上，却从来不去反思自己。这是职场中的多数人，他们愿意的是“什么事都不做，但是老板却能天天给自己加工资”，总是抱着“不劳而获”的心态对待工作，难免会经常推卸责任，所以，也只能沦为平庸之人。

而职场上，还有约2%的人，很懂得去反思自我，这2%的人最终会成为职场精英，拿着高额的年薪，开着豪车，住着漂亮的洋房。这些人都在反思什么呢？诸如“老板为何不重用我？我哪里没有做好？我的哪个工作环节做得还不够完美？老板为何偏偏把机会留给别人，而不愿意考虑我呢？老板要求的，我为何总做不到呢？老板总是对我提这样那样的要求，我为何不能积极主动呢?”……这样的优秀者总是很清楚地明白这样一个道理：老板聘我是来做事的，他手中握着的机会，总是要放出来的。至于机会给谁，肯定有他自己的判断，而不会胡乱地给，也不会仅凭个人感情来给。得不到老板的器重，原因肯定不在老板身上，而在自己身上，要么是你自己根本没能力，做不了事情，老板把机会交给你，他不放心；要么就是你虽然有本事，但却没能展示出来，老板对你没有信心。所以，你得不到机会，根本是怪不到老板头上的。既然怪不着老板，那就要先做好自己，而做好自己的前提就是要懂得反思自己。

无论在职场上还是在生活中，一个懂得时刻反思自己的人，是无敌的。一个人要成就大事，先要懂得从自己身上找问题。要知道，会责怪人的责怪自己，不会责怪的人总是会责怪别人。

有这样一个故事：

在美国军队中，一次，一名军官到下属部队去视察并看望士兵。在军营中，这位军官看到一位士兵戴的帽子很大，大得都快把眼睛给遮住了。于是，他走过去问这个士兵："你的帽子为什么会这么大?"这位士兵马上立正并大声说："报告长官，不是我的帽子太大，而是因为我的头太小了。"军官听了忍不住大笑起来，并说道："头太小不就是帽子太大吗?"士兵马上又说："一个军人，如果遇到点什么，应该先从自己身上找原因，而不是从别的方面找问题。"军官点点头，似有所悟。几年后，这位士兵成了一位伟大的少将。

职场中，如果每位员工，都能像这位士兵那样，首先从自己身上找原因，哪会有做不好的工作呢？哪会有时间去埋怨老板呢？他们只会充满激情地埋头苦干。在你满怀激情工作时，你的上司、老板，都会看在眼里的。当他们经过观察和考察，认识了你的能力，觉得你是一个值得重用的人时，他们一定会把机会给你的。而相反，如果你只懂得抱怨，遇到问题只懂得推卸责任，那么，机会一定会绕着你走。

一家公司刚搞完一次元旦促销活动，效果不是很理想。于是，老总开会，让管理层分析原因。

市场部老板说：元旦促销不理想，我们也有责任，但主要是我们的新产品开发速度太慢，研发部门难辞其咎。

研发部老总说：我们推出的新产品少，那是因为财务部给的预算太少了，我们的设计师都没钱去德国参加科技展览会。更何况，没钱员工怎么能研发新产品呢?

财务部老总说：我们的预算太少了，原因是公司今年产品的成本迅速攀升，销量也直线下滑。各个部门都要削减预算成本，我们也是响应老板的号召啊！

老板看了三个部门老总，淡淡地说：“看来，这是我的责任了。”

不久，这三位员工都被老板炒了鱿鱼。

一个人，在其位而不谋其政，做什么事，都找借口，不敢于承担责任，这样的人不能胜任工作，不仅不能得到提拔，还可能会被扫地出门。而一个人是否懂得认真反思自我，是其是否愿意承担责任的前提。所以，在任何时候都不要抱怨机会不垂青于你，老板对你有偏见，而是要静下心去反思自己的行为，你是否对工作尽职尽责了，是否把工作做得完美无缺了，是否去反思老板为何不够看重你了……等你静下心去仔细反思自我的时候，就能发现大多数时候问题都是出在自己身上。要想在职场有一个好的前途，这是第一步，也是最重要的一步。

02. 你可以没能力，但不能没责任心

只有真正聪明的人才能够看到：责任等于机会。责任的正面是压力重重，但责任的背面则是机会多多。当你认清楚了责任的本质，就是机会光临的时候，你就会感到多承担责任是一件非常值得和快乐的事情，就会主动寻找责任。

有这样一个经典故事：

工作多年的老木匠有一天向老板告假，他要退休，回家与妻子儿女享受天伦之乐。老板问他，是否在临走前能够帮忙再建一座房子，老木匠答应了。这时候老木匠在想，反正这是最后一座房子了，以后也不用对它的质量负责了。于是，就在建造的过程中心不在焉，房子的很多地方建得很是粗糙。当房子建好的时候，老板便把大门的钥匙给他了，并对他说：

“这是你的房子，是我送给你的退休礼物。”这时，木匠顿时惊得目瞪口呆，羞愧得无地自容。

如果老木匠早知道是给自己建房子，他还会这样吗？因为他的不负责任，最终只能住在一幢粗制滥造的房子里了。因此，责任心是一种善始善终的精神和态度，没有这种精神和态度，只会给人留下“虎头蛇尾”的印象。

在职场中，你可以没有能力，但一定不能没有责任心。如果说，机灵和踏实像金子一样珍贵的话，那还有一样东西更为珍贵，那便是责任心。一位伟人说过，人生所有履历都必须排在勇于负责的精神之后。很多时候，职场的机会就存在于责任中。也就是说，如果你缺乏责任心，就等于丧失了机会。

万塞尼和班杰明都是一家快递公司的快递员，他们俩是工作搭档，工作一直很认真，也很尽心尽力，老板对这两名员工很是满意，然而后来发生的一件事情却改变了两人的命运。

一次，万塞尼和班杰明负责把一件极重的玻璃饰品送到码头，老板一再叮嘱他们路上要小心，没想到送货车开到半路却抛锚了。如果不按规定时间送到，他们要被扣掉半个月的奖金。于是，万塞尼和班杰明两人抬着那件饰品，一路小跑，终于在规定时间赶到了码头。

这时，万塞尼说：“我来背吧，你去叫货主。”他心中暗想：“如果客户看到我背着邮件，把这件事情告诉老板，说不定老板会给我加薪呢。”他只顾打着自己的小算盘，当班杰明把邮包递给他的时候，他一下没接住，邮包掉在地上，“哗啦”一声，饰品碎了。“你怎么搞的，我没接你就放手。”万塞尼喊道。“你明明伸出手了，我递给你，你却没接住啊。”班杰明解释道。

他们都知道这件极为昂贵的饰品打碎意味着什么，没了工作不说，可能还要加倍赔偿，自己会因此背上沉重的债务。果然，老板对他俩进行了十分严厉的批评。

“老板，不是我的错，是班杰明不小心摔碎的。”万塞尼趁班杰明不注意，偷偷跑到老板办公室对老板说。老板听了，平静地说：“谢谢你，万塞尼，我知道了。”老板把班杰明叫到了办公室。班杰明把事情的经过告诉了老板，最后说：“这件事情是我的错，我愿意承担错误。另外，万塞尼的家境不好，他的责任我也愿意承担。我一定会弥补我们所造成的损失。”万塞尼和班杰明一直等待着处理结果。

第二天，老板就把他们叫到了办公室，对他们说：“公司一直对你俩很器重，想从你们两个人中选择一个担任客户部经理，没想到出了这样一件事。不过也好，这会让我们更清楚哪一个是合适的人选。我们决定请班杰明担任公司的客户部经理。因为，一个能勇于承担责任的人是最值得信任的。万塞尼，从明天开始你不用来上班了。”“老板，为什么？”万塞尼不解地问。“其实，饰品的主人已经看到了你们俩在递物品时的动作，他跟我说了他看见的情况，还有，我看见了问题出现后你们两个人的反应。”老板最后这样说道。

职场中，一个老板可以容忍一个能力低下的职员，但绝对无法容忍一个不负责任的员工。一位社会学家说，如果你放弃了责任，就意味着你放弃了自身在这个社会中更好地生存的机会。同样地，如果你放弃了自己对工作的责任，也就意味着你放弃了单位里更好发展的机会。一个缺乏责任心的人，任何工作都难做好，也永远难以获得成功。因此，当你觉得自己缺乏机会，或者职业道路不顺时，不要一味地悲观抱怨，而是应该问问自己是否承担了工作该承担的责任。

何为责任？一位写代码的职员一连工作十几年，对工作从来都是细致、认真，从来没有出过任何错误，这就是责任；一位在主人家待了十几年的保姆，她第一次给主人请假一周，主人回到家后发现她给厨房的垃圾桶认真地套上了七层垃圾袋，这就是责任；一位珠宝店的销售人员始终如一地热情地对待顾客，哪怕对面来的是一位衣衫褴褛的大妈，他也会热情地示以微笑，仔细地给她介绍产品，这就是责任……正直的责任是全身心地能投入自己的工作，专注于自己的职责领域，无关这工作是写代码还是扫大街。不为任何人，自己就是最大的理由，不苟且、不应付、不推诿，把自己正在做的事情当作与世界呼吸吐纳的接口。这就是责任！

03. 责任心往往都藏在“细节”中

俗话说，一滴水可以折射出整个太阳的光辉，一件小事可以看出一个人的内心世界。要想知道一个员工对企业有没有责任感，并不需要用大是大非的问题来考验，通过一些细微的小事，也同样可以得到合理的答案。

张海和朋友一起到青海旅行，包车时认识一位司机，仅有小学文化程度，但是每天都穿着笔挺的西装、衬衫，永远都是提前十分钟到门口等，车子每天擦，座套每天换，车上免费准备垃圾桶、矿泉水、湿纸巾和睡觉盖的薄行毯。同时，他还自带单反相机一台，到好的地方会默默地拍下客人观景时的背影或者远景，分别时送给客人。

其实，这位司机虽然文化程度不高，但从细节处可以看出，他是一个对工作极富有责任心的人。在职场中，多数人都认为责任表现在对工作认真负责的态度方面，但是，真正的负责任的态度，都是需要从小处着手，从细节着手的。俗话说：“千里之行，始于足下。”任何伟大的工程都始于一砖一瓦的堆积，任何耀眼的成功也都是从一跬一步中开始的。但是，正是这些一砖一瓦的小事最容易让人产生厌倦之情。如果一个人能将这一砖一瓦的积累过程，以认真负责的精神去完成，那么就是负责任。

一家世界500强企业在招聘高层管理人员时，在通过了各种考试后，有三个人进入到最终的复试阶段。这三个人都是精挑细选出来的，看起来充满智慧、大度、干练，很是符合公司的人才需求。复试主要由公司的一位副总裁亲自主持，大家看起来都胸有成竹。面试只有一道题，就是谈谈你对责任的理解。对于这样一个问题，很多人都认为简单得不能再简单。

但结果却出人意料——没有一个人被录取。

末了，在结束时，副总裁说了这样一段话："其实各位都很优秀，但对于这样的结果我也感到很是遗憾。各位的才华，我都欣赏，你们对于问题的看法都很深入，说话也极富水平，让我感到很满意。但是，这次考试不是一道题，而是两道。遗憾的是，另外一道你们没有回答。"

三个人都感到不解，说道："两道题？你明明只提问了一个问题呀！"

"是这样的，你们看到躺在门边的那个笤帚了吗？有人从上面跨过去，有的甚至往旁边踢了一下，但却没有一个人把它扶起来。

"对责任的深刻理解远不如做一件体现责任心的小事，后者更能显现出你的责任感。"副总裁最后说。

可见，责任多数时候都藏于"细节"之中，这也说明了，一个人如果从心底都热爱他的工作的话，那么，其任何细节都会在乎，任何时候也都会对工作持认真的态度。

据统计称，温哥华邮局的退信部门每年都会收到500万封无法投递的信件。在这些信中，有几百万封信连地址也没有写清楚。很多信都是来自商务写字楼的。你认为，这些失误的职员们会得到升迁的机会吗？芝加哥一家银行的客户经理说，他不得不在商行中安排很多的纠察员，以及时能解决那些不求精确、马虎的习惯所带来的问题。不负责任的员工会在工作过程中一味地追求数量，而忽视质量的重要性。他们想做的很多，但往往却因为动手能力差而完成的质量不高。他们没有根本认识到，哪怕只做好一件事情，其意义也大于做成千上万件半途而废的工作。

多数人的事业都是从职场生涯开始的，要想极早地奠定自己的事业基础，那就要勇于丢掉脑中消极懒散的思想，以全部的身心投入到自己的工作中去，以勇于负责的精神去面对自己的工作，时时处处为企业着想，对投资人承担风险的勇气报以钦佩，为企业的长远发展和老板所承受的压力考虑。那么，你将会改变自己的工作和生活作风，主动清除自己头脑中消极的思想，成长为一个真正具备勇于负责精神的员工。唯有如此，你才能被企业所重视和信任，从而获得重要的职位，拥有更为广阔的事业平台。

其实，生活中的失败者，多数都是不负责任的人。同样，生活也会以各种方式来回报那些负责任的人。如果你不想成为失败者，那就先从转变自己的思想和认识开始，努力培养自己勇于负责的工作精神。一个人只有具备了勇于负责的精神之后，才会产生一切的力量，也才能从根本上避免失败。

如果你是一个负责任的人，那么你会从心底去热爱你的工作，所有的细节都会做得完美无缺，那么成功也就距你不远了。生活中，很多人一生都一事无成，都是因为他的思想和认识中，缺乏对勇于负责这种精神的理解和掌握。他们常常以自由享乐、消极散漫、不负责任、不受约束的态度对待自己的工作和生活。最后，却不得不沦为生活中的失败者，这是十分可悲的。如果你渴望成功，渴望在最短的时间内取得成功，那么，请赶紧培养自己勇于负责的精神吧。

04. 借口越圆满，成功离你越远

借口是制造失败的根源，一个人越是成功，越不会找借口。99%的失败都是因为人们惯于找寻借口。

最佳的员工工作的状态就是以饱满的热情全身心地投入，以最佳的精神状态应对，保证自己认真并努力地完成自己的工作。但是工作中，我们也总是能够遇到另外的一种员工，在还没有进行工作的时候，就已经给自己找好了失败的借口。找借口的目的只是为了自己不积极地面对工作而失败的准备。曾有专家认为，一旦形成了这种在工作中寻找借口的习惯，将会让你的工作变得拖沓而没有效率，会让你变得消极而一事无成。习惯找借口的人，从来都不会审视自己，只知道抱怨自己的公司，抱怨自己的同事没有好好地配合自己。

其实我们无论做什么事情，都要记住自己的责任，无论在什么样的工作岗位上，都要对自己的工作负责，不要用任何借口来为自己开脱或搪塞。完美地执行是不需要任何借口的。如果我们不是仅仅把工作当成一份获得薪水的职业，而是把工作当成是用生命去做的事情，我们就可能获得自己所期望的成功。借口时间久了就会成为顺理成章的事情，成为推诿与迟延的理由，很多人都是在以种种借口欺骗公司，欺骗别人，也欺骗自己中在为自己工作。慢慢地，这些借口就悄悄地拿走了自己的斗志，夺走了自己的机会。

借口是推卸责任的表现，也是转嫁责任的行为。找个借口来安慰自己，固然能让自己轻松一些，舒服一些，但在一定程度上因为抱怨和找借口而懒于行动，最终凡事都做不好，做不成功。借口就是一张敷衍别人、原谅自己的挡箭牌，就是一副掩饰弱点、推卸责任的万能器。有多少人把宝贵的时间和精力放在了如何寻找一个合适的借口上，而忘记了自己的职责和责任。更为可怕的是，借口常常还是一张敷衍别人、原谅自己的“挡箭牌”，容易扼杀人的创新精神，让人消极颓废。

小明是一家私立学校的语文老师，平时喜欢上网打游戏，白天的时候教完学生课，晚上下班回家已经很晚了，因为孩子的作业本四个班级堆在一起有将近100本，第二天上课的时候要发给孩子，所以每一次批改完作业都到了大半夜，但是为了保证第二天上班的质量，游戏就玩不成了，只能乖乖地去睡觉。

时间久了，这种压抑的生活让小明有些无法忍受，于是他开始给学生留很少的作业，有的时候甚至不留作业。这样他的生活就轻松多了，每天下班回家吃过饭后，就可以玩游戏了。但是有一次，他不给学生留家庭作业这件事被校长知道了，校长找到小明，给他提出了严厉的批评，并对他说："孩子的家庭作业是为了巩固旧知识的，同时也是为了检验学生是不是真的听懂了你讲的课。现在你不给孩子留作业，回家以后就是玩，本来小孩子的自我约束力就很差，你怎么让他自发性地巩固学过的知识？"听了校长的话，小明狡辩道："有的时候家庭作业对于孩子来说就是负担，现在教育部都在说给孩子减负，我们去要给孩子负负得正。"

校长很生气地说："减负不等于不留家庭作业。"小明什么都没有说，回到办公室里面，又想到了办法对付校长。他每天只给孩子留一点作业，一小会儿就批改完毕。校长检查作业的时候很生气，但是没有当面再和小明说，而是举行了一个会议说："下个月每个教师开始考勤，检查教学能力，以班级孩子的成绩为依据，排在后三名的老师将被扣掉一个月的工资，两次都排在后三名，你就可以回家种地了。"

结果，考核结果小明班上的成绩果然排在了最后一名。同事王老师排在了倒数第二名，在大会上，他主动承认错误，是自己平时的疏忽和教学方法有问题了，从第二天起，去一些优秀的老师班上听课，争取下次一定赶上来，耽误了自己不要紧，要负起责任，不能耽误了孩子的学习。而小明则说："我觉得这一次的题对于我们班的孩子都偏难，有点超纲。"听到他的话，同事们都唏嘘不已。校长说："我看游戏对于小明老师来说就不超纲。"说完这句话的时候，很多人都偷偷地在桌子底下偷笑。

其实在每一个借口的背后，都隐藏着丰富的潜台词，只是我们不好说出来，甚至我们根本就不愿意说出来。有多少人把宝贵的时间和精力都放在了如何找一个合适的借口上，而忘记了自己的职责和责任。在工作中，很多人都被自己的借口包围了。不仅习惯了常说这些"借口"，而且也习惯了别人向我们用"借口"来解释。比如上班迟到了就是因为堵车，工作没有做好就是说自己没有经过这方面的培训。在工作中，老板缺少的是那种想尽办法去完成任务，而不是寻找任何借口的员工。

05. 主动承担错误，拿起“问题皮球”

凯文机器公司董事长保罗·查莱普曾说：“我警告我们公司的每一个人，假如有人说那不是他的错，那是同事的责任，如果被我听到的话，我一定开除他，因为这么说话的人明显是对我们公司没有足够的兴趣，如果你愿意站在那儿眼睁睁地看着一个醉鬼坐进车子里去开车，或者没有穿救生衣的小孩单独在码头玩耍，我绝不允许我的员工这样做，你必须去保护那个小孩才行。”

有很多员工都想问一个问题，那就是老板到底会喜欢什么样的员工？其实每一个老板在心里面都十分地清楚自己最需要什么样的员工，即便你是公司里面最不起眼的普通人，但是只要你在工作上担当起你自己的责任，你就是老板需要的员工。社会学家戴维斯说：“自己放弃了对社会的责任，就意味着放弃了自身在这个社会中更好生存的机会。”同样，如果一个员工放弃了对公司的责任，也就放弃了在公司中获得更好发展的机会。在工作中，放弃了责任就相当于放弃了成功。

在社会的生活中，每个人都有着自己的社会责任和家庭的责任，而在企业中，每个人也都有着工作中的责任。每一个人都扮演了不同的角色，也都让自己承担了不同的责任。其实，从某种意义上来说，每个人完成自己角色的饰演，也是对责任的完成。坚守责任是每一个人都应该完成的人生义务。承担责任是不分大小的，只论需要。在你的工作中，无论出现的责任是谁应该承担的，你都不可能完全的没有瓜葛。如果有需要承担责任的时候，不应该是相互推脱和指责，挑起自己应该承担的那部分责任，尽量地去弥补，把损失降到最低。

小李是一家公司主管过磅的称重人员，公司的计量工具前一段时间出现了点小问题，小李也没有管，因为做计量工作，修理的事情的确不归自己管。而公司里面拉称重后的做油料的汽车漏油，拉车的司机也没有管。因为他觉得自己赚的钱只是给公司开车运料，修理的事情不归自己管。公司的管理人员小张看到了汽车漏油和维修部的老王打了招呼，但是老王只是答应了，也没有主动去管，因为他觉得自己只负责维修，但是汽车坏了，自己也不会开车，运料的司机应该自己开着车过来。就这样互相推脱，大家谁都没有及时处理这件事。

一天中午吃饭的时候，业务部联系提供原料的卖家李元看到计量工具不准了，自己动手修好了它。这个计量工具和李元没有任何的关系，因为李元既不负责承重，也不负责修理维护，他完全可以睁一只眼闭一只眼，反正也不会对他的工资造成影响。但是他并没有听之任之，不管不问，而是本着对公司负责的态度，修好了计量工具，公司在这方面节省了巨大的费用。在这件事发生的同时，老板在食堂的门外恰好看到了漏油的汽车看到地面上有一大摊油迹，他顿时火冒三丈下令以这件事为典型教材，召开一个全体管理人员的会议。

会议上，根据徐秘书的反应，老板知道了李元主动修好计量工具这件事，对全体管理人员大发怒火："汽车漏油，洒在地上那么大一摊，几百个工人和十几个管理人员都看到了，居然没有一个人主动去修理，公司就是你们赚钱的地方，浪费的事情和你们无关是不是？"听到老板的问话，所有的管理人员都低下了头。老板要求全公司都要向李元学习，全公司需要集体认真做个反思。

一个没有责任感的员工绝对不会是优秀的员工。在企业中发生了事情的时候，优秀的员工会主动站出来揽起责任，而另一些相反的人则会躲在一边开始推卸责任。如果你在企业中没有责任感，你将永远是老板冷落的普通员工。没有勇气承担责任的人，是不可能被赋予更多的使命的。在企业中责任感能够帮助一些有责任的人获得更多展示自己的机会，获得更多信任与尊重。有句话说："人可以不伟大，可以清贫，但是不可以没有责任。"如果在企业中，你想成为一名优秀的员工，你就需要像老板那样去承担责任。

在职场中，一个人所承担的责任越大，证明他的价值就越大。任何一家企业的老板都不会将一些重要的任务和职位交给一个没有责任感的人。如果你现在在公司里面承担着过重的工作任务，你应该为自己的一切感到自豪。一个人想证明自己最好的方式就是去承担责任，如果你能担当起来，不仅向自己证明了自己存在的价值，你还向老板证明你能行，你很出色。责任感对于一些优秀的员工而言，并不是一种沉重的压力，而是一种幸福和欢乐。因为这证明着对于企业的老板而言，自己是真正可以让他放心的员工。

06. 多加一盎司，责任引领卓越

责任越多，锻炼磨炼得就越多，能力就越强。锻炼可以造就平常的人才，磨炼则可以造就杰出的人才。合理的责任就是锻炼，不合理的责任就是磨炼。

火再加一把，热水就会沸腾；杆再抬高一点点，记录就会刷新。成功不是最好，而是更好，比别人多做一点点，负担起比别人多一点的工作责任，就意味着你要告别平庸，迈向人生的辉煌了。

那些最知名、最出类拔萃的人与普通人的区别在哪里？其实，他们是就比别人多做了一点点，比别人多做了一盎司。事实上，谁能使自己多加一盎司，坚持比别人多做一点点，谁就能得到千倍的回报。盎司原本是英美制重量单位，一盎司只相当于1/16磅。国外著名投资专家约翰·坦普尔顿，在实践中通过大量的观察和研究，得出了“一盎司定律”：即某些人之所以取得了突出成就，仅仅因为比别人多做了一盎司。

杰瑞和雷丝同是一家菜店的伙计，原本他们拿着同样的薪水。但是一段时间之后，杰瑞青云直上，又是升职又是加薪，而雷丝却仍在原地踏步，甚至面临被裁的危险。雷丝觉得自己每天都将工作做得很好，很不满意老板如此对待自己，便到老板那儿发牢骚了。

老板耐心地听完雷丝的抱怨，沉默了一会儿，说道：“你现在到集市上去一下，看看有卖什么的？”

一会儿工夫，雷丝便从集市上回来了，他汇报道：“集市上只有一个老头拉着一车白菜在卖。”

“有多少斤白菜？”老板问道。

见雷丝摇摇头，老板又问：“价格呢？”

“您只是让我去看看有卖什么的，又没有叫我打听别的。”雷丝委屈地申明。

“好吧，”老板接着说，“现在你到里屋去，别出声，看看杰瑞怎么说。”于是老板把杰瑞叫来，吩咐他去集市上看看有卖什么的。

很快，杰瑞就从集市上回来了，他一口气向老板汇报说：“今天集市上只有一个老头在卖白菜，目前共200斤，价格是六毛一斤。我看了一下，这些白菜质量不错，价格也低，我猜想您估计会喜欢，所以我把那人带来了，他现在正在外面等您回话呢。”

此时，老板叫出雷丝，语重心长地说：“现在你知道为什么杰瑞的薪水比你高了吧？”雷丝无语。

英国首相温斯顿·丘吉尔曾说：“一个人之所以伟大，是因为他承受了比别人更多的责任。”如果事业舞台是一个圆的话，那么责任心便是这个圆的半径，是事业的核心部分。责任心越强，承担的责任越大，那么事业就做得越大。

很多人成功的秘诀就在于比别人多做了“一点点而已”!

16岁的玛瑞是一家脚踏车店的小学徒，他每次在为车主修好车之后，都会把车子擦得漂亮如新。其他的学徒就笑他说：“前来修车的人只付给了你修车的钱，你擦车子又没有任何报酬，何必要做无用功呢?”然而，玛瑞并不理会，始终坚持帮车主擦车。久而久之，他的服务得到了更多车主的认可和赞扬。

有一次，他又为一位车主修好车并擦拭干净之后，就被一家公司挖走了，车主是一家大型修理厂的老板。从此，玛瑞就有了一份更好的工作，工资也翻了一倍。而同他一同进店的伙计，仍旧在原来的小店铺干着又脏又累的活，拿着微薄的工资。

玛瑞的经历告诉我们：要想能够挣到钱、增加收入并被人赏识其实很简单，只要比别人多一点点责任心和决心，多付出一点点劳动，多做一点点就可以了。

要知道，工作每天都在给你选择的机会，每天都在给你改变自己人生的机会，你可以选择无所事事，疲于应付，也可以选择专心致志，迎难而上。当然这些选择的结果不能够立竿见影，是需要长时间的积累。就像农民可以选择经常去浇地，也可以选择坐以等待，诚然，他今天浇水下去禾苗不见得今天马上就能长出来，但是常常浇水，大部分禾苗终究是会长出来的，而如果他不浇，收成就一定会很糟糕。所以，从现在开始，就学着热爱你的工作吧，坚持“多加一盎司”，每天多给客户打一个电话，多做一点额外的工作，经过日积月累后，你就会发现，你得到的远远比付出的要多。同时，工作中，也要经常这样问自己：“我已经竭尽全力了吗？或许我还有一盎司可加？或许我还可以坚持比别人多做一点点?”经常这样，你将受益匪浅，卓越和成功迟早会主动找上门来。

07. 责任背后是机遇

在竞争日益激烈的职场上，仅仅做一名“合格”的员工，会让你丧失竞争力。重要的职位、优厚的回报，以及职业荣誉，只会给予那些超越“合格”达到“优秀”的员工。

两个年轻人到一家公司应聘，公司同意两个人同时试用。试用期间，两人都非常努力，但在试用期最后一天的中午，他们还是被告知明天不用来上班了，剩下的半天是他们工作的最后半天。

其中一个得知这个消息后，对着办公室墙上“认真负责”的标语轻蔑地哼了一声，马上把手头的工作放下来，中午饭都来不及吃，就直接到财务部要工资去了。

另一个则想：明天就走？可我手头的事情还没有做完呢！做了一半的工作停下来太可惜了，我要在离开之前办好移交。他同样中午饭都来不及吃，总算在下午下班之前完成了一份工作总结，交给老板。老板微笑着说：“这项工作以后就由你负责。”年轻人问：“可我没有通过试用啊？”老板拍拍他的肩膀，笑着说：“我只是想知道，相比之下谁真正有责任心，你为自己赢得了机会。”

在职场中，机遇往往都藏在责任中，但是能得到它的人却是少数。当责任来临时，绝大多数人都会采取退缩的态度。前进一步还是后退一步，这短短的一步，却是成功与失败、杰出与平庸的分水岭。

其实，在职场中，任何一份责任，都是值得我们去承担的。当某件事情别人都不愿意去做时，你主动去做，那么你就为自己赢得了一次脱颖而出的机会。要知道，职场中的机会是极难得的。海尔总裁张瑞敏说：“机会是开在生活中的鲜花，它钟情于勇者和智者，没有能力拨开的人，充其量只能远远地观望一番而已。”所以，要为自己赢得更多的机会，那就先学会去承担责任吧，遇到难题不畏惧，遇到小事不敷衍，遇到额外的工作不退缩，永远不说不可能，只要你能履行了工作的职责，一切就有可能！

著名的实战型管理培训专家余世雄，曾有这样的一段经历：

他年轻时有一次接到一个陌生电话打到他办公室来，对方是找他同事的。可是，同事因外出办事不在，但对方的口气又很急迫，对方是他同事负责联系的客户。因那个时代还没有手机和传呼机，对方留下了电话要求同事一回来马上回电话。可是到了下班时间，他的同事还没有回来。在下班的时候，余世雄给那位客户打了一个电话，说明同事并没有回来，并询问是否需要晚上同事给对方回电，对方说可以。余世雄马上去寻找这位同事，三个小时后在他同事的家里找到了同事。晚上余世雄又给那位客户打电话询问是否接到他同事的电话，对方很满意并仔细询问了余世雄的姓名。第二天一上班领导就把余世雄叫到办公室说有笔大订单客户指定余世雄去签订，他很迷惑但还是按照地址来到对方公司，这才发现对方就是昨天给他打电话寻找他同事的客户。原来这个客户有笔很大的订单正犹豫着交给谁做合适，是余世雄的责任心感动了这位客户。正如这位客户所说，优秀的员工第一标签就是责任心。

余世雄的经历给我们这样的启示：不能忽略身边的小事，看一个人，往往从小事看起，责任心，会将小事做成大事，责任就是对别人和自己负责，有了这责任心，必将会承担更大的任务，相信把工作交给这样的人公司会很放心。

很多时候，我们固然不能决定风的方向，但我们却能够调整风帆，将责任视为机会，积极、热情地对待你的工作，你会发现，没有任何东西可以阻挡态度积极的人达到他的目的。

微软总裁比尔·盖茨说：“人可以不伟大，但绝不能没有责任心。”可见，公司对员工责任的重视。事实上，无论是像微软那样的知名企业还是名不见经传的小企业，都将是否拥有责任心作为衡量和考核员工是否优秀的标准。

一个无责任心的员工一定不会是一位优秀的员工，每个企业、每位老板都很清楚自己需要什么样的员工。哪怕是最普通的员工，做着最普通的工作，只要能够担起责任来，那么他就是企业最受欢迎的人，也是老板最能喜欢的员工。

无论在任何行业，任何人都喜欢勇于负责任的人。哪怕一个普通的员工，只要他具备了勇于负责的精神后，他的能力就能得到充分的发挥，他的潜力便能够不断地得到挖掘。在为企业创造出巨大效益的同时，也能为自己的事业或未来的人生创造更多的机会或者可能。

勇于负责是一种积极进取的生活态度。当一个人要实现自己的梦想，下定决心改变自己的生活境况或者人生境遇时，首先要改变的是自己的思想和认识。要学会从责任的角度入手，对自己所从事的事业保持一个清醒的认识，努力培养自己勇于负责的精神，因为这才是成功的最佳方法。

08. 要负责任，首先要坚持你的“职业操守”

一个职业该有怎样的操守，就如同一个人该拥有怎样的价值观，一个人选择怎样做人一样。职场中，我们要求的负责任，大都是“勤奋、积极做事”的一种工作态度，但是，踏踏实实做人却是负责任的基础。

在职场中，要对工作负起责任，首先要遵循最基本的一点，那就是无论在怎样的情况下，都要守住你的“职业操守”。

一个人要在职场中立足、发展，一定不要触及自己的职业底线，违反自己的职业操守。何为职业操守和职业底线？就是明白什么事可以做，什么事不可以做，比如守信、遵守职业道德等，有操守和底线的人，更容易赢得他人的信赖和支持，在奋斗的过程中，他也会得到更多朋友的帮助，他的成功之路就会越走越畅通。相反，如果一个人不懂得遵守职业操守，那么，可能会把自己的发展之路“堵”死！

马良是深圳一家电子公司的技术部经理，在线路板技术领域有很高的威望和成就，而且做事果断，为人实诚，深受领导的器重。

有一天，马良的一个同行业的朋友打电话，约他到酒吧喝酒。马良也想放松一下，就到了相约的酒吧！

对方先上了几杯上好的鸡尾酒，几杯酒下肚，朋友对马良说：“兄弟，我有一个忙想请你帮！咱们可是老乡，一同从家里出来打拼的，你一定得帮我哟！”

马良问道：“什么忙，我能帮上的一定会帮你，凭咱们的交情，还用这么客气吗？”

朋友说：“我们公司最近和你们公司在洽谈一个合作项目，如果你能把你们公司相关的技术资料给我提供一份，我一定会在谈判中占据主要地位！”

“什么，你这不是让我泄露公司机密吗？这可是犯法的事情呀！”马良皱了皱眉头。

朋友压低声音说：“这事你知我知，根本不会有第三个人知道。再说了，这事办成功了，我们也会不亏待你，至少会给你20万左右的报酬，这可够你在这里打几年工了！你可要想好呀！”

听了这样的话，马良有些动心。心想，自己辛苦出来打拼不就是为了钱吗？于是，就暗暗地默许了朋友开出的条件。

几天后，马良就按朋友所说，把公司的技术资料复印好，就递给了朋友。朋友也按约，把20万元的支票给了马良。

接下来的事情可想而知，公司在与对方公司谈判的过程中，就是因为技术资料被泄密，一直处于被动的地位，最终损失额高达几百万元。这让公司老总大为恼火，于是派人专门彻查此事，最终，事情大白以后，马良被辞退，那20万元也自然被退回！

马良的经历给我们这样的启示：在任何诱惑面前都要坚守住底线，守住做人的基本原则，否则，一定会搬起石头砸到自己的脚，会自食恶果。

底线是做人的标尺，守住底线是做人最为起码的要求。很多人彻底失败，就是因为守不住做人的底线，最终使自己身败名裂。

09. 没有做不好的工作，只有不负责任的人

爱默生说："责任具有至高无上的价值，它是一种伟大的品格，在所有价值中它处于最高的位置。"科尔顿说："人生中只有一种追求，一种至高无上的追求，就是对责任的追求。"

在工作中，没有做不好的工作，只有不负责任的人。因为一个人的责任感承载着这个人的能力，有责任感的人接到了一份工作之后，首先想到的就是我一定要做好它。所以在职场中，只有那些充满责任感的人才有机会充分地展现自己的能力。能够将自己手上的工作做到最佳状态的人，这种员工都是强烈的责任感在支配着自己必须要履行好自己的责任。而一个不负责任的人，缺乏责任感的员工，在工作中永远都缺乏主动和热情，似乎一件工作做好与否与他无关。

一个有责任心的员工，一定是一个敬业、主动、忠诚的人，因为在责任感的驱使下，他总是积极地挖掘自己的潜能，让自己充满激情地勤奋工作。在任何一家公司，只要你努力工作，认真、负责地对待每一件事情，你就会受到重用。大多数的工作并不是人的能力不够而没有达到高质量的按时完成，而是人们缺乏责任心造成的。对于一个员工来说，责任就是最基本的职业精神，是一个人做事的基本准则。没有责任感的员工不是好员工，工作好坏很大程度取决于个人的责任心，一旦踏上了一个岗位，便是选择了一份责任，拥有了一份使命。

大连市414路公交车女司机庞淑霞在驾车运输乘客时突然发病，当时

车上有三四十名乘客，若司机犯病后公交车失去控制，后果不堪设想，会危及每一名乘客的安全。女司机觉得身体不适，下车吐了一会儿，上车打算把乘客送到终点站，然后去医院检查，没想到开出一段距离，就坚持不下去了。当时正是下班时间，大家都着急回家，女司机也不能说自己开不了，把乘客都扔在路边，但是过了一会儿还真的病情严重了，她在双脚无力踩刹车停车的情况下，用尽全身力气将手刹车拉起，尽最大努力将车平稳停在路边，保证了全车乘客的安全，但她却昏倒在方向盘上。

有乘客回忆说："司机脸色很白，捂着胸口，趴在方向盘上。""应是心脏病犯了，这样窝着不好，大家快把她抬到车下。"有乘客提出这样的倡议。于是，几名乘客上前，将庞淑霞抬到路边的草坪上，让其平躺着。场面让人很温暖，有人拨打 120，一位乘客应是医院的工作人员，懂得一些急救常识，为女司机做紧急抢救。还有乘客去找来附近的交警，交警得知情况后，立刻开车去附近的市第二人民医院找医生。很多乘客都说："司机真是好样的，自己觉得不舒服，平稳地把车停在路边，然后就趴在方向盘上。"大家跑着将患者抬到医院，每个人脸上都写着关切和焦急。

很多人也许并不能深刻地理解什么才是真正的责任，但是女司机庞淑霞的此种壮举就是富有责任的表现。因为她具有强烈的职业感和责任感，得到了所有人的赞许，同时也得到了大家的帮助和认同。女司机在身体不适的同时想到的不是自身安危，而是全车乘客的乘车安全，这点不得不让人敬佩。一个人的工作做得好坏，最关键的一点就在于有没有责任感，也许这位女司机并不是公交司机中开车技术最好的，但是却是最富有责任的。所以她在所有公交司机中脱颖而出，得到了大家的赞许。

在这个世界上，每个人都扮演着不同的角色，每个角色都承担着不同的责任，在家庭中，责任让家庭充满了爱的关怀；在企业中，因为有责任才有了凝聚力和战斗力，有了这些才能拥有竞争力，一个企业才能在众多的行业中屹立不倒。责任决定成败，对于一个员工来说，责任心是他一辈子中能够有所成就的重要砝码。责任是企业制胜的精神堡垒，是企业能够在激烈的竞争中岿然不倒的坚实根基。

10. 即使是1%的平凡事，也要投入100%的专注

著名影星周星驰曾经说过："我相信要做好一件事情，专注和投入是首要条件。就像我，我喜欢演戏，我就全力投入，我相信穷尽我一生的精力和时间，一定可以把演戏这事做好。"

什么是责任，责任就是即便这件事情看起来是小事，也能够投入自己100%的精力，这不仅仅代表着你对工作的一种热爱，更代表着你拥有比能力更重要的优秀品质。周星驰由一个演员发展到导演和制片人，就是一个在岗位上创业的过程。他热爱自己的工作，因此全身心地投入工作，到最后成就了自己的事业。一个人倘若要在自己的岗位上取得成功，首先就要先热爱工作，专注工作。只有你对自己的工作投入了大量的精力，你才可能获得别人难以企及的成功。

歌德说过："一个人不能骑两匹马，骑上这匹，就要丢掉那匹。聪明人会把凡是分散精力的要求置之度外，只专心致志地去学一门。"成功的秘诀其实很简单，就是需要专注。专注本身并不神奇，只是控制注意力而已。一个人只要能够集中注意力，就能够摒弃外界的干扰和困惑，专注地做好一件事，这样才更加地容易取得成功。专注于某件事情上，哪怕再小，努力做好，也会有不寻常的收获。

陆小芬是一个电脑公司里的人事部职员，负责公司的招聘。公司的氛围很轻松，每天的工作量很少，有很多机会可以做一些别的事情，但是就是这样的一个工作，陆小芬觉得自己学不到什么东西，况且薪水很低，基本上不能解决自己的衣食住行。

后来听同事说档案科的工资高，但是工作任务很乏味。但是想到工资高的诱惑，于是陆小芬很开心地主动请缨要去档案科工作，老板也是经过审批，才将她调过去。可是没到半个月的时间，由于每天面对着枯燥无味的简单工作内容，她觉得自己应该学一些东西，于是她再次去找老板诉苦，老板说："其实薪酬部的工作很锻炼人，工资很好。"于是陆小芬经过反复几次找老板谈话，老板终于答应她去薪酬部工作了。

可是还没到半个月，陆小芬就嫌弃算薪酬制作表格的工作过于烦琐，自己应付不来，然后经过了一些努力后，她又回到了原本的位置上。将近两个月的离开，让她在自己本来熟悉的岗位上陷入了陌生。慢慢摸索却依然跟不上大家的进度，完不成任务导致她一直被老板批评，这个时候她的心思又开始活跃起来，老板看出了她的不安分和不够专注，于是找了一个理由将陆小芬辞退了。

正如一句话所说："生活中有一件明智的事，就是精神集中；有一件坏事，就是精力涣散。"每个人的时间和精力都是有限的，企图去控制超出自己权限和能力范围的事情是没有意义的，最行之有效的就是集中精力做你能够控制的事情，不要浪费时间。特别是做重大事情的时候，切勿一心两用。无论从事什么工作，都要用心去做，在工作中学会去专注地做事，以一种敬业的精神对待自己的工作，无论是大的方向还是小的细节，都要给予同样的重视，争取把自己训练培养成一个适合岗位的人。

如果你不甘于在岗位上平庸，那你就要时刻去鞭策自己："无论从事何种工作，一定要全力以赴，一丝不苟。能做到这一点，就不会为自己的前途操心。因为世界上散漫粗心的人总是大多数，那些专心致志的人总是供不应求。"在一个企业里，如果我们真正专心地工作了，工作的成果能够体现出来，无论这个成果是大是小，是简单而重复的制造，还是高新技术的创新。老板不会对这些成果视而不见的，久而久之，你专注工作的态度就能提升自己在老板心目中的地位，得到老板的更多肯定和信任，随之而来的是更好的职业发展空间。

第五章 | 不局限于当下的工作，敢于挑战自己的能力极限

● 很多人，尤其是年轻人之所以在职场几年仍旧一无所成，很大原因就在于缺乏挑战自我的决心和胆识，他们仅仅满足于当下的工作，老板交代什么，他们就做什么，从不考虑本职工作以外的工作，或者去挑战自己的能力极限。这样的人缺乏主动性，所以，终不会成为老板考虑的升职对象。

老子说："知人者智，自知者明。胜人者有力，自胜者强。"一个人，能了解别人，慧眼识人，是聪明人，但能够认识自己、了解自己的人，才是真正有智慧的人；能够战胜别人的人，是有力量的勇士，但能够战胜自己的人，才是真正的强者。所以，要想在职场中做出不凡的成就来，就要以积极主动的态度面对工作，勇于去挑战自己的能力极限。

01. 别满足于“尚可”的工作表现

职场中，那些最出色的、能力强的员工是那些永远不知满足的员工。因为永远不满足，所以，他们才能在工作中始终做出积极的努力，永远向前的奋斗精神，也才能够超越自我、完善自我，创造更为辉煌的成就。

“干的这些活儿真的对得起那点工资了，何必那么辛苦呢？”这句话似乎已经成为许多职场年轻人当下的流行语。不信你也可以随便问问你身边的朋友——“你工作怎样？”得到的答案定是千篇一律——“还可以”。里面剔除种种谦虚的因素，我们就能清晰地知道多数人只是满足于尚可的工作表现。

对于普通人来说，工作表现尚可，只够维持自我生计就可以了。但对于一个有理想、有抱负的员工来说，这无疑会让你的职业理想破灭。

一个有追求的优秀的员工，首先是一个不满足于尚可表现的员工。因为他们有急于探索未知领域的渴求，有学习的激情，有不断追求上进和不断提升自我能力的决心，所以会成为老板心目中不可或缺的人物。

不可否认，没有人可以把工作做到尽善尽美，但我们必须要清楚地明白，当一个人想增强自身的力量、提升自我能力时，他对自己的要求标准就会越来越高，能力也会越来越强，这种要求上进的心态本身就是一种极大的收获。

身为一名员工，如果你总是渴望得到公司的重用，如果你希望你要在老板心中树立不可取代的地位时，那就一定要有把业绩做上去的决心。只有这样，你的能力才能得到绝对的提升，你的信心也会增强，你的个性也会逐渐地成熟起来。

如果你在单位总是得过且过，混日子，从来不想着去如何提升自己的工作能力，认为自己所做的工作只要不被领导批评就可以，这样的员工是不会被领导所看重的。升职和加薪也是不大可能的事。

不满足于尚可的工作表现是一个优秀员工必备的一种精神素质，也是一种强大的软实力的表现。拥有这样工作心态的员工一定会把自己的工作带到最完美的境界，也一定能创造出卓越的业绩来，成为公司的中流砥柱。

追求卓越、勇于挑战自我的员工，他们的成功主要源于不断追求，来自积极努力地把每一项工作做到尽善尽美。他们比一般的员工更愿意付出，更能吃苦，更勤奋，最终他们取得的成就也就越大。而甘于平庸的员工，总是表现得满足现状，不思进取，他们会为了薪水而应付工作，所以，最终只能沦为平庸。

也许你一开始只是一名不起眼的实习生，后来因为不甘平庸，努力工作，靠不凡的业绩成为了小组组长，后来又当上了部门主管，而这一切最先都源于你不断追求、不甘平庸的基础之上。只要拥有了这样一种精神品质，总有一天你自己也会成为老板。

职场中，那些最出色的员工都是永不满足、永远上进的员工，因为不满足于当下，所以他们会在工作中始终坚持积极进取、努力奋斗的精神，也才能够不断超越自我、完善自我，创造更加辉煌的成就。

伦敦《泰晤士报》的老板诺斯克利夫爵士被誉为新闻界的“拿破仑”。最初在他每月只拿到20美元时，他对自己当下的处境很是不满。后来，《伦敦晚报》和《每日邮报》都为他所有，但他还是感到不满足，直到他得到了伦敦《泰晤士报》后，他才稍稍满足于当下的成就。即便他已经成为新闻界的大巨头，诺斯克利夫爵士永远不肯“善罢甘休”，他要利用《泰晤士报》去揭露官僚政府的腐败，打倒了几个内阁，推翻或拥护几个内阁总理，而且不顾一切地攻击昏迷不醒的政府。因为他的不断努力，提高了国家机关的办事效率，在某一种程度上改变了整个英国的政府制度。

诺斯克利夫爵士对那些在职场上自我满足的人是极为反感的。一次，他在一个他从未见过的助理编辑的办公桌前停下来，和那个助理编辑聊了起来：“你到这里有多久了？”

“将近半年了。”那位助理答道。

“你感觉这里如何？你干的是你自己所喜欢的工作吗？这半年来你对这里的办事流程都熟悉了吗？”

“这里特别好，我特别喜欢我当下的工作，因为我还未接触到核心部门，所以对这里的办事流程还暂不熟悉。”

“你现在的薪水是多少？”

“一星期 4 英镑。”

“你对现在的状况满意吗？”

“特别满足，谢谢您。”

“只做一个助理就感到满足，这可不是个好现象，我不希望我手下的员工一周只拿 4 英镑就感到满足。”

如果你总是满足于现状，你只能沦为普通人；如果你取得一点成绩就感到满足，那你自身的能力会一直停滞，你的事业也将裹足不前。诗人格斯特说：“现在的自己是永远有待完善的。”永远不知满足的卓越员工清醒而深刻地认识到了这一点，所以他们积极寻求完美自我、提升自我的方法，并且为了促进自身进步，不断做出努力。最终他们取得了卓著的成就，超越了平庸，改变了现状，完善了自我，最终成为竞争中的优胜者。

而一些平庸、在竞争中处于劣势地位的员工之所以最终被淘汰，其根本就在于他们太过于满足现状，不懂得挑战自我。从事一份悠闲的工作，终其一生也就是总拿那么一点儿薪水，每天重复着同样的工作，一直到被淘汰为止。可见，太容易满足只会让人安于现状、不思进取。但是，公司的发展和进取却需要更多积极进取、敢于挑战自我的员工来实现，更多的成就和业绩需要那些愿意不断提升自我的员工来创造。所以，要想在职场中做出一番成就来，那就在工作中多挑战自我吧！

02. 目标再目标，量化再量化

没有目标的，都不叫工作；没有量化的，都不叫目标。在接受一项工作时，先问目标是什么；在布置一项工作时，先交代目标是什么。这个不说清楚，最终可能什么也做不成。

要做一位出色的员工，除了要勇于挑战自我外，做任何工作都要有“目标”，并能将目标合理地分解到每一天，每一小时，即为将工作量化的能力。

与那些天天在职场“混日子”的平庸员工相比，有明确的职场目标和工作目标的员工，更容易成为优秀者。他们每做任何一件工作都带着极强的“目的性”，并且会为了完成最终的目标而全力以赴，取得成就。

一个缺乏目标的员工，虽然付出很大努力，但却永远只能在原地打转。下面一个简单的故事，却蕴含了极深的道理，这告诉我们：明确努力的方向是极为重要的。

唐僧骑着白龙马，踏上了西行取经之路。据说那匹马从前是住在长安城西的一家磨坊之中，它和一头驴子是很好的朋友。平日里，马在外面拉东西，驴子则只是在屋里推磨。没想到，当这匹马昂首西去之后，它与驴子的命运就迥然不同了。

14 年之后，这匹马就驮着佛经回到长安，来到磨坊会见它的驴子朋友。当老马谈起这次旅途的经历：浩瀚无边的沙漠，高入云霄的山岭，凌峰的冰雪，热海的波澜……让驴子听了极为惊异。驴子惊叹道：“你有这么多丰富的见闻呀！那么遥远的道路，我简直连想都不敢想啊！”于是，驴子就问白马道：“同样的时间，你为什么这么成功，而我为什么总是一无所获呢?”

而白马则谦虚地说道:“其实我去西天取经时,你们大家也没闲着,甚至比我还累,我走一步,你们也走一步。我与大家不同的地方就是,我因为心中有目标,所以会不断地向前看,所以走得更远一些。而你只是在磨坊里埋头苦干,所以只能原地踏步而已!”

这个故事告诉人们,一个没有正确人生方向的人,将永远在狭小的天地里折腾,尽管他也努力了,但努力的方向错了,一切都变得毫无意义。而目标就是帮助我们找准职场努力方向的“指南针”。

为此,要做一个有抱负的员工,一定要时刻明确自己努力的方向,向着自己的目标前进。另外,还要知道你所在的部门、你的公司的目标,最为关键的是,还要知道,你的工作在总体目标中处于什么样的地位,你扮演什么样的角色。如果你发现,你的工作目标和总体目标的关系极小,甚至毫无关系,那你就要努力了,提升自身的价值。否则,很容易就会被淘汰掉。

要知道,无论对于企业还是对于员工个人而言,目标是凝聚力产生的源泉,也是产生效益、利润的基本点。当然,个人在制定工作目标时,一定要遵循一个基本原则便是:明确。

工作中,我们也许都有这样的经验:当我们只有一块手表的时候,我们能很快确定时间,该干什么干什么;当我们有两块或更多手表的时候,我们会看看这块,又看看那块,时间上的不一致会让我们犹豫不决。拥有两块或更多手表并不能告诉我们更明确的时间,反而会让我们对时间的判断缺乏自信。

一位老猎人带着三个儿子去森林里猎野山鸡,一切准备工作做好之后,他们出发了。四个人来到了森林里,这时老猎人问三个儿子:“你们现在能看到什么?”

老大回答道:“我看到了我们手里的猎枪,森林里乱飞的野鸡。”

父亲摇摇头说："不对。"接着又要老二回答。

老二的回答是："我看到了爸爸、大哥、弟弟、猎枪、野山鸡，还有一大片的森林。"

父亲同样很失望，摇摇头说："不对。"

老三的回答只有一句话："我只看到了野鸡。"

这时父亲点点头说："很好，你答对了。"

结果，一天下来，老三的收获最多。

目光要坚定，目标也要坚定。对同一件事情，不能确定多种不同的目标；对于一个员工来说，不能为自己同时设立几个不同的目标，否则，一切都会陷入混乱之中，让自己不知所措，不知道该怎么办。

明确了自己的工作目标后，要想在一定时间内完成，就要把将目标进行分解，量化你的工作。量化主要包括一个方面的要素，即时量、数量和质量。"时量"主要指完成工作的时间量；"数量"是指完成工作的数量；"质量"是指完成工作的标准。三者相互依存，如同三维空间，确定一个点位置的三个坐标，缺一不可，否则在执行中必然会有影响，影响工作的质量。

每天量化你的工作，是一种负责任的表现，也是自我向更高目标挑战成功的一种保障。所以，在平时的工作中，学会制定工作目标，同时还要将其量化，是自我不断走向卓越的一种重要方法。

03. 牢记"要事第一"，给自己安排一个"优先表"

商业及电脑巨子艾丽丝·佩罗说："凡是优秀卓越的、值得称道的东西，每时每刻都会用在刀刃上面，要不断地努力才能够保持刀刃的锋利。要卓有成效地办成一件事情，一定要首先确定事情的轻重缓急，这是把事情做好的第一步，接着还要付出更大的努力，因为事情不会自动办好。"

要想挑战自我，除了有明确的工作目标以及懂得量化工作外，还要学会合理分配工作，即给自己的工作安排一个"优先表"。在职场中，每天都有一些事情等着你去处理，而且很多事情看起来显得十分的紧急。每个人都陷入了事务性的圈子中，让忙忙碌碌的情景成为了自己的必然。但是实际的情况并不是如此的，其实每个人一天所做的事情中，至少有80%是并不重要的。但是很多人不懂得合理地规划时间，所以一直持续这种危险的工作方法。一个优秀的员工懂得根据工作的轻重缓急来做事，比如有一天，卢浮宫突然起了大火，而当时的条件只允许从宫内众多艺术珍品中抢救出一件，请问：你会选择哪一件？这个问题是巴黎一家杂志曾刊登过的一个竞答题目。在数以万计的读者来信中，一位年轻画家的答案被认为是最好的。他的选择是离门口最近的那一件。

其实你只需要仔细地考虑一下，你就会发现这真的是一个令人拍案叫绝的答案。因为卢浮宫内的收藏品每一件都是举世无双的瑰宝，与其浪费时间去选择，不如抓紧时间能够抢救一件是一件。其实这和你在企业中工作是一个道理，如果你确定要完成一些工作，不要管哪一件是你最喜欢的，你最先要完成的不是最绚丽最诱人的那一个，而是离你最近的那一个。做工作的时候，想要完成的工作很多，但是那些都是重要非做不可的事情吗？正所谓"追两兔而一兔不可得"。真正的高效能人士都是明白轻重缓急的道理的，他们在处理一年或一个月、一天的事情之前，总是按分清主次的办法来安排自己的时间。

年轻的艾维利是一家公司的部门经理，做事不太会权衡轻重。平时做起事情来，虽然勤勤恳恳，但是却总是堆积过多的待办事项。有一天，公司的业务员凯拉尔拉来了一笔生意，可部门经理艾维利正忙着布置办公室的各种摆设。他煞费苦心地想："电脑应该放在哪里？垃圾桶放在什么地方更好？桌子怎么摆放？"他想先把手头的事情做完，再按部就班地处理这笔生意。结果，由于没及时处理，这笔生意泡汤了。

这件事被公司的总裁知道了，狠狠地训斥了艾维利一番，还扣除了他当月的奖金。艾维利很苦恼，不知道自己应该怎么办，这个时候总裁给他配备了一个聪明的秘书希瑞妮娜。希瑞妮娜给他呈递一天需要看的文件时，艾维利发现这些文件的文件夹上有各种颜色不同的标签。他问希瑞妮娜："这些是什么意思？看上去很漂亮哦！"希瑞妮娜说："这可不是为了装饰的，红色的代表特急，绿色的代表要立即批阅，橘色的代表这是今天必须注意的文件，黄色的则表示必须在一周内批阅的文件，白色的表示周末时须批阅的文件，黑色的则表示是必须由你签名的文件。请您根据这些颜色的标签来工作。"

听到希瑞妮娜的说法，艾维利很高兴。每一天工作起来再也没有那么忙碌了，而且无论什么时候，都不会影响到上级安排的工作，自己的办事效率也大大地提高了。

其实"要事第一"的原则还是时间管理的问题，把时间花在那些不是必须做的事情之上，你的工作效率就会降低。正确的做法则是找出最重要的一件事，然后去做，也就是说"重要的事先做"。很多人在工作中不分紧急的事情去做，就很容易出现那种"到处救火"的感觉，被这种感觉控制之后，就很容易转而去做那些"紧急但不重要的事"了。一般在企业中，工作效率高的人，是那些对无足轻重的事情无动于衷，却对那些较重要的事情无法无动于衷的人。一个人如果过于努力想把所有事情都做好，他就不会把最重要的事做好。这就是追求完美结果却不尽人意的重要原因之一。

工作是需要讲究章法的，而不能眉毛胡子一把抓，要懂得分清事物的轻重缓急。在工作中很多事情都是需要一步一步地把事情做得有节奏、有条理，避免拖延。工作的一个基本原则是，要把最重要的事情放在第一位。许多人在处理日常事务时，只知道把工作按重要性排队。他们以为每个任务都是一样的重要，只要时间被工作填得满满的，他们就会很高兴。然而懂得安排工作的人却不是这样，他们通常是会按优先顺序展开工作的，将要事摆在第一位。能够抓住主要事物的人，效率总是最高的，也是在企业中，最受领导喜欢的。

04. 效率：业绩的最好“证明书”

爱一个人，会让我们变得细心，变得冷静；同样，爱一份工作，也能让我们变得细心，变得高效。世界上只有想不到的事情，却没有做不到的事，只要我们认真努力去做，机会定会垂青于你。

我们常说，时间就是生命，效率就是金钱。职场中，我们要做的不是简简单单地努力工作，而是要学会有效率地工作。效率是业绩最好的“证明书”，是我们在职场中占据自己一席之地的重要保证。

如何做到高效率呢？这里是需要一定的方法的。把同样的工作分配到两个人手中，一个人效率很高，另一个人总是慢慢腾腾的，其最主要的原因就在于前者找对了正确的工作方式和方法。

时间对每个人都是公平的，不会因为我们是新员工就善待我们，如果我们的工作效率都不足以支持自己完成岗位上的本职工作的话，又谈何比别人多做一些事情呢？在岗位上创造更大的业绩也就只能是一句空谈了。

因此，身为员工的我们，很有必要找对工作方式和方法。只有热爱工作，我们才会表现出对工作的积极热情，才愿意去深入挖掘方式方法，也只有这样，我们才能在职场中展现出自己独特的能力，为提高工作效率打好基础。

这就需要我们分清主次，抓住工作中的主要事情。

我们先来看一个小故事，题目叫《把握生命中的鹅卵石》：

一位教授拿起一个烧杯，往里面放满了大鹅卵石，问下面的同学："这个杯子装满了吗？"

"没有！"同学们异口同声地答道。

随后，教授又往里面放进了一些小石子，鹅卵石间的缝儿就被填上了。教授又问："现在这个杯子是满的吗？"

"不是！"

"那该怎么做呢？"

"装沙子！"一个同学喊道。

"那么，现在是满的吗？"教授装完沙子问。

大多数同学小声说："满了。"然而一个小但很清晰的声音从一个角落传出："也许还应该加点水……"

教授往杯子里注入了水，微笑着对那个说话的孩子说道："很好！"

"现在，杯子是满的了。这告诉我们一个什么样的道理呢？"教授插着双手扫视着全班。

一个男生举了手说："我们应该珍惜时间。"

教授点了点头："你说得很对，但这并不是我要说的。"

见同学没有作声，教授便直了直身子，说："我想说，如果你不先把鹅卵石加进去，就没有机会放了，我们要把握住生命中的鹅卵石！现在我要你们想想，什么是你生命中的鹅卵石……"

是的，什么才是我们生命中的鹅卵石呢？并不一定要说出来，你心里所认为的重要的事情就是你生命中的鹅卵石！

在工作中也是一样，任何一个人的时间和精力都是有限的，如果我们能够先做最重要的事情，就可以使工作高效有序地得到落实，这对于提升我们的工作效率无疑具有非常显著的作用。

这里，涉及管理学上的“二八法则”，即意大利经济学家帕累托所提出的80/20法则，即要把80%的时间花在能出关键效益的20%的工作上，这是高效员工的必备法则，掌握了这个法则，工作效率就会大大地提高。

在这里，提供给你一种时间管理ABC法。所谓时间管理ABC法，即以工作的重要程度为依据，将待办工作按照轻重缓急划分为A、B、C三个等级，然后决定工作开展的先后顺序的一种统筹办事的重要方法。

一般来说，A级工作是与工作目标相关的关键工作，如大客户的约见，重要文件的签订，以及能带来领先优势或成功的机会；需要处理但又不要求立刻完成的，诸如各种规章制度的完善、售后服务等工作为中等价值的B级工作；那些不必要的应酬、关系不大的会议和一般性质的信件、聊天等，对工作目标影响不大，可将其划为C级工作。

总体来说，ABC三级工作在工作总量中所占的时间分配是这样的：

A级工作是必须在短期内完成，需要立刻行动起来去做。A级工作完成后，转入做B级工作。如果时间紧张，可以适当地推迟B级工作期限，也可以考虑授权给别人处理。对于C级工作，无论你多么感兴趣，都要尽量少在上面花费时间，或者将其安排在效率最低的时候进行。比如，有些会议内容与自己的工作没有什么关系，你大可利用此时间看一些与自己主要工作有关的材料，或者考虑与自己主要工作有关的问题。

利用ABC时间管理法去平衡你的时间，虽然方法看起来很麻烦，但根据事情的轻重缓急来决定工作顺序，可以避免你被工作牵着鼻子走。因为它能使你充分发挥主观能动性并很好地驾驭好你的工作，是非常重要的提高工作效率的手段。

管理顾问詹森就是一个ABC时间管理法的成功实践者，他总是能够高效地利用自己的时间，坚持用80％的时间做20％的事，他的成功看起来轻轻松松。让我们来看看他是如何做的，相信能够得到不少的启示。

詹森并不是工作狂，平时逍遥自在，却业绩斐然。

詹森的手上从未同时有三件以上的急事，通常一次只有一件，其他的则暂时摆在一旁，而且他会把大部分时间拿来思索那些工作是最具价值的，比如公司的总体发展规划、年度工作任务，行业发展前景等。

詹森只参加重要客户的会议，走访一些重要的顾客，然后，把所有精力拿来思考如何实现与重要客户的交易，以及公司如何能够获得最大利益。

詹森把产品的知识传授给下属，时常会观察公司谁是某项工作最合适的执行者，对象确定后，他会将该下属们叫到办公室，解释他对每一个人的要求，让他们放手去做，自己只需盯一下工作进度就可以了。

詹森的事例告诉我们，那些做事高效的人不会像老黄牛一样只知道一味地做事情，而是懂得把有限的时间放在最重要的事情上，而其他的小问题则会先暂时放在一边，或交由他人处理，从而利用有限的时间创造出最大的业绩。

因此，你若想做出出色的业绩，若想取得一定程度上的成功，就要分清工作的轻重缓急，先做关键效益的20％的事情，进而摆脱忙碌紧张的状态，使工作高效有序地得到落实，成为高效工作的受益者。

05. 厚积才能薄发：机会只留给有准备的人

太阳若没有黎明前的蓄势，就不会有喷薄而出的壮美。厚积才能薄发，坚持修炼自己的内功吧！当你积聚足够的力量、拥有足够的才能时，没有什么能够阻止你的爆发，成功只是迟早的事。

职场中，你是否会因为职务没有达到自己的预期而心浮气躁？你可曾因为付出太多而收获太少而备感失落与困惑？你可曾因为没被上司器重而牢骚满腹？你可曾在看到同等资历的同事或不如你的同事的晋升、加薪而气愤不已？

其实，每个人都遇到过同类的事情，你也大可不必为此而烦恼。要知道，你之所以付出了得不到回报，多是因为你的付出还不够多，你的那一点才华还不足够出色。所以，这个时候，你要耐心地等待，修炼自己的内功，终有一天你会获得“迟来的奖金”。

著名作家J. K. 罗琳在写《哈利·波特》的时候，是从火车上得来的灵感。从她写第一个故事起，她足足花了好几年才真正完稿。当时她在上班，因为花了太多时间在构思故事上，所以她被炒了鱿鱼，失去了秘书的工作职务。J. K. 罗琳在一次演讲时曾这样诉说她的经历：“我可以说，仅仅在我毕业七年后，就经历了一次巨大的失败。我结束了一场短暂的婚姻，失去了工作。作为一个单亲妈妈，而且在这个现代化的英国，除了不是无家可归，你可以说我有多穷就有多穷。”

尽管生活给了J. K. 罗琳无尽的磨难，但还是让她在接下来的几年时间里，把全部的精力都专注于她唯一的工作——写作上。离异后，她带着年幼的女儿靠政府的救济居住在爱丁堡的一间小公寓中。身为一个单亲妈妈，罗琳母女的生活极为艰辛。在开始构思和写作哈利·波特系列童话的

第一部《哈利·波特与魔法石》时，你能想象在寒冷的冬季，罗琳推着婴儿车跑到附近一家咖啡馆边取暖边写作，手头拮据的她只能点一杯廉价的咖啡，趁女儿午睡时，开始把故事写在小纸片上。

从未尝试过写作的罗琳，花了五年的时间才写好第一集，又花了一年时间才查找到出版社，但“哈利·波特”出版后，便在全世界引起了轰动。罗琳也受到了世界的赞誉。目前，她的身价已超过十亿。

与其说哈利·波特这一系列的书成就了J. K. 罗琳，还不如说是她自身的传奇经历和长时间的积累让她抵挡住了生活的磨难，在失败堆积而成的硬石般的基础上重筑自己的人生。很多时候，你付出的努力并不一定会得到回报，但是，只要你勤加修炼内功，一定会迎来人生中“迟到的奖金”。“迟到”并不意味着没有，当你沉得住气，耐得住寂寞，那迟来的奖金终会出乎你的意料。

在现实中，有些人看上去确实是一举登上成功之巅的，但如果你仔细研究他们的历史，你就会发现，他们在此之前就已经奠定了许多牢固的成功基础。凡成大事者，无不有过一个厚积薄发的过程。他们可能磨炼了许多，积累了许久，才最终赢得成功的那一刻的。

天上从来不会掉馅饼，世上没有空手可得的成功。你想要在职场上功成名就，就必须要经得起长久地付出与持续地努力。只要一个人的能力积累到一定程度，那么他就能水到渠成地获得应有的成功，这是毫无疑问的。

波卡翰是美国洛杉矶一家著名机械制造公司的员工，该公司在制造业领域有着极大的影响力，其技术已经达到了全球最高水平。很多科技人才都想到该公司发展，但都遭到了拒绝，因为该公司的技术部已经不需要人。越是如此，就越让人对该公司垂涎三尺。

同很多其他的求职者一样，波卡翰也在该公司每年一次的用人大测试上被拒绝申请。其实，这时的用人测试已经徒有虚名了。与诸多求职者不同的是，波卡翰并没有死心，他发誓一定要进入这家公司的技术部。于是，他采取了一个策略：假装自己一无所长。

打定主意后，波卡翰首先拜访了公司的人力资源主管，表达了自己对该公司的向往之情，“我愿意为贵公司提供无偿劳动，只要让我进入技术部，让我做什么都可以，我不会向该公司要任何报酬，并保证将工作做好。”波卡翰诚恳地说道。

人力资源主管起初感到有些不可思议，但考虑到不用任何花费，也用不着操心，于是便派他到车间去打扫车间的铁屑以及其他垃圾。一年来，波卡翰开始重复这简单且劳累的工作。这样做虽然得到公司领导以及工人们的好感，但仍没有一个人提到是否录用他的事情。

一天，公司的许多订单纷纷都被退回，理由均为产品质量出现小问题。眼看着公司将要面临巨大的损失。为了挽救不利的局面，公司董事会召开紧急会议要当场解决。当会议进行了很长时间却尚未见眉目时，波卡翰突然闯进办公室，说自己有办法解决这个问题。

在会议上，波卡翰把这一问题出现的原因做了令人信服的解释，并且就工程技术上的问题提出了自己的看法。随后，他意外地拿出了对产品设计的改造图。

波卡翰的设计非常先进，恰到好处地保留了原来机械的优点，同时也克服了已经出现的弊病。董事会的董事见到这个编外清洁工如此精明在行，便询问他的背景以及现状。波卡翰面对公司的最高决策者们，将自己的意图和盘托出。经董事会研究决定，将波卡翰收纳为公司技术部的一员。后来，通过自己的不断努力，波卡翰又做到了副总经理的位置。

原来，那将是因为波卡翰在清扫时，每天都会详细地观察技术部在各生产环节上的质量问题，并一一做了详细记录，发现了所存在的技术性问题并想出了解决方法。为此，他花了近一年的时间搞设计，做了大量的统计数据，为最后一鸣惊人奠定了坚实的基础。

波卡翰是一个极为聪明的人，他知道金子是会发光的。他在推销自己的过程中能够不显山不露水，锋芒内敛，为自己的发展做足了准备。因此，他最终获得了成功，笑到最后。

每个在职场打拼的人，都希望自己能够早日出人头地，但可悲的是，很多人，尤其是年轻人不愿意脚踏实地去做事。他们认为："要做那么多事，坚持那么久才能成功，多不划算呐！"他们经常会抱怨自己怀才不遇，因此多年下来，依然一事无成，甚至在四十多岁的时候，还不得不与刚毕业的年轻人抢饭碗。

所以，在你觉得付出得不到回报的时候，千万要沉住气，别心浮气躁，更不能急于求成，盲目地跳槽不利于你的个人成长。这个时候，更要静下心来修炼你的"内功"，等待厚积薄发时刻的来临。

06. 全力以赴还是尽力而为

欲在职场中创造奇迹，我们就要时常扪心自问：我今天是尽力而为追兔的猎狗，还是全力以赴逃命的兔子？

欲追求卓越，只能"全力以赴"，而不是"尽力而为"！开水烧到99度不会开，飞机在起飞之前，驾驶员如果没能将排挡杆推到极限，飞机就无法安全地在跑道距离内飞上蓝天。没有推到极限，没有全力以赴的人，其人生就好像机长没将飞机排档推到极限一般，飞机无论飞多久，永远都在机场打转。如果你希望自己在职场中尽早有成就，必须要全力以赴地对待你的工作，而非尽力而为。

有这样一个故事：

一天，一个猎人带着猎狗去打猎。

猎人一下子就击中一只兔子的后腿，为了逃命，受伤的兔子就开始拼命地往前奔跑，猎狗在猎人的指示之下，飞奔着去追赶兔子。

但是，追着追着，兔子就跑不见了，猎狗则只会悻悻地回到猎人的身边，猎人就开始不停骂猎狗了："你真是一点用都没有，连一只受伤的兔子都追不到！"猎狗听了极不舒服，哭丧着脸说道："我可是尽力而为了啊！"

而刚才猎人追赶的那只受伤的兔子跑回到洞中，把刚才自己经历的险情对兄弟们说了一遍，它的兄弟们全都围过来，极为惊讶地问道："那只猎狗很是凶狠啊，你又带着伤，怎么跑过它的呢？"

"它是尽力而为，我是全力以赴啊！它没能追上我，最多只是挨顿骂，而我如果不全力以赴地跑，我就会丧命的呀！"

尽力而为，只会差强人意，而全力以赴才能更为卓越！其实，生活中，每个人都是有很多的潜能的，但我们往往会对自己或对别人找借口："管它呢，我已经尽力而为了！"事实上，这是远远不够的，尤其是在这个处处充满竞争和危机的年代，你稍不努力，就有被淘汰的可能。为此，欲成就一番事业，一定要经常问问自己：我今天是尽力而为的猎狗，还是全力以赴的兔子呢？

威廉是美国推销界的顶尖高手，年收入高达百万美元。他在担任某公司的销售经理时，因为一些居心不良的人士到处散布该公司发生财务危机的谣言，使公司内部员工的士气大大地低落，工作热情大大地削减，最终导致整个公司的业绩也开始下滑。

因为情况极为严重，威廉为了挽救局面，不得不召开一次大会。在会议刚刚开始的时候，他首先请业绩最好的几位销售员站起来，要他们说明一下近来公司销售量下滑的原因。这些销售员一一都站起来，不是将原因归咎于经济不景气，就是不停地埋怨公司广告部的宣传不到位，再不就是近来市场上消费者对产品的需求量削减。

听完他们的抱怨之后，威廉就突然地站起来让大家肃静。然后接着说："停，会议暂停10分钟，我现在要把我的皮鞋擦得亮些！"

接下来，威廉就将公司附近一名小鞋匠带到会议室中来，开始给他擦皮鞋。所有在场的人员都不明白这是何意。

那位小鞋匠利索地仅用了2分钟时间就将他的皮鞋擦得铮亮，表现出了极为专业的擦鞋技巧。

等皮鞋完全擦亮后，威廉就递给了小鞋匠一美元钱，然后开始重新发表他的演说。他对所有的人说："我希望你们每个人好好看看这位小鞋匠，他每天都要擦上百双皮鞋，可以为自己赚取足够的生活费，并且每月还可以存下一些钱。他曾经告诉我，他将擦鞋的工作已经当成了一项艺术来做。同他在一起的还有另一位小男孩，年纪要比他大些。比他大一点的这个男孩每天都很尽力，但是，仍然无法赚取足够的生活费。现在，我想问你们一个问题，那个大男孩拉不到生意，是谁的错？他的错，还是顾客的错呢？"

"当然是那个孩子的错。"大家异口同声地说道。

"当然没错了！"威廉回答，"现在我要告诉你们，这个时候与一年前的情况是完全相同的，同样的地区，同样的对象以及同样的商业条件，你们的销售业绩却远远比不上去年，这到底是谁的错？是你们的错，还是顾客的错？"

全体推销员全部都站起来，又发出雷鸣般的回答："都是我们的错！"

威廉说："我极为高兴你们能够坦率地承认你们的错误，现在我要明确地告诉你们的错误在哪里。你们一定是听到了公司财务发生问题的谣言，才动摇了你们的销售理想，影响了自己的工作热情。不是由于市场不景气，而是你们的推销工作不如以前那样卖力了。现在，只要你们回到自己的销售区去，并保证在30天内提高自己的销售业绩，公司就绝对不会出现财务危机，你们能够做得到吗？"

"做得到！"几千名员工一起大声地喊起来。最终，他们果然办到了，还使公司的业绩突破了历年来的最高纪录。

一位哲学家说："人来到这个世界上，做任何事都要全力以赴。哪怕是最为卑微的职业，只要你全力赴，便能做得最好。"即便像故事中的小鞋匠那样，将擦鞋当作一项艺术来做，全身心地投入进去，内心便不会感到迷惘，也就能远离一些消极的情绪了。如果我们每个人都能够全身心地投入到自己的工作中去，即便你的能力再一般，也可以取得最好的成就的。

在任何时候，我们的热情是完全掌握在自己手中的，只要我们时刻用一颗热忱的心去面对生活，对待自己的事业，就能够发挥自己生命里的潜在能量，从而真正实现人生的成功一跃，拥有美好的未来。

07. 善于运用工作中的"加减乘除"

在个人发展过程中，只有做好"加减乘除"才能寻找到自己最佳的发展位置，才能最大限度地发挥你的个人能量或潜力，才能让你始终朝着正确的人生目标不断前进。

一个能成大事，会做事的人，在个人奋斗的进程中，是能够做好"加减乘除"的。他们深知自己的优劣势，并能利用一切机会去弥补自己的短处或缺陷，不断地做"加法"，让自己更具竞争力；他们知道哪些工作能够做，但是却又无法做到最好，就会适当去除，是在给自己的人生做"减法"；他们也明白自己擅长哪些方面，会发挥自己能力的极致，让自己的天赋锦上添花，将这方面的工作做到让所有人都称赞，就是做"乘法"；同时，他们也深知哪些工作是自己最不擅长的，无论自己如何努力，都难尽人意，于是就会果断地放弃，这是做"除法"。一个高明的职场达人，或者做事高手，都善于运用"加减乘除"四种方法，来锚定自己的职业和个人发展路径，最终获得巨大的成功。

那么，工作中，我们如何灵活地运用“加减乘除”来锚定自己的人生定位呢？

第一，做加法，就是“有所为”。

在工作过程中，一定要清楚自己的“职业短板”或者“经验缺陷”在哪里，哪些技能是妨碍你个人发展的重要阻碍，并想尽一切办法或者争取各种机会努力去突破它，这样才能让你的职业发展之路更为畅通。

有这样一个故事：

有一位农夫一大早上起来就告诉妻子说自己要去耕田，当他走到田边的时候，却发现耕田的机器没有油了。原本打算要去加油的，但是又想到自己家中的三四头猪还没有喂，于是就转回家去。经过仓库时，看到旁边有几棵玉米苗，就想起自家田里的玉米苗现在可能正在发芽，于是又到了玉米地中去；途中经过木材堆，又记起家中需要一些柴火；正当要去取柴的时候，看到了一只生病的鸡躺在地面上……就这样，来来回回地跑了好几趟，这个农夫一直到夕阳西下，油也没有加，猪也没有喂，田也没有耕。最终，什么事情也没有做好。

类似农夫这样的行为，工作中每天都在发生。更多人根本不清楚自己究竟应该做什么，应该把精力放在哪些方面，最终只是浑浑噩噩、碌碌无为地过日子，一生都一无所成。为此，我们一定要清楚自己的“职业短板”在哪里，然后找机会适当地加以弥补，才能让机会和成功垂青于你。

比如一个业务精英因为业务能力突出，被提升为公司的销售经理，这类人基层出身，业务纯熟，走上管理岗位之后，他的职业短板就是“管理”，即如何带领团队，所以，要想在自己的本职工作上做出成绩，就必须要弥补这一块“短板”！

第二，学会做减法，就是“有所少为”。

学会做减法，就是要少去做那些不太能胜任的工作。有些工作可以做，但是不一定要做到最好，不能够有效地发挥你的个人优势，类似这类的工作，能减则减。生活中，很多人都是怀着“将就”的心态去面对他的工作的，为了获得可观的薪水，做着自己并不喜欢的工作，这样会丧失掉自己原本的快乐，在一个不太能胜任的岗位上勉为其难，给自己带来的只有痛苦，所以，我们应该及时舍弃。

第三，学会做乘法，就是“有所多为”。

学会做乘法，就是有所多为，重点“做你最拿手的菜”，做你最擅长的工作，经营自己的长处，才能让自己成长得更快一些。比如有的人天生是谋略家，那就适合去做老板的助手；有的人天生是销售高手，那就应该到一线去拼杀，做业务；有的人属于工程师类型的，那就应该去搞研究。每一个职位都代表着专业上的优势，就需要不同的角色和岗位能力去匹配，一个人的事业规划，应该是向着能够发挥自己专业特长或者个人潜能的方向去不断地延伸。

有一个电视节目，讲的是老虎和狮子谁更厉害？狮子被人称为“非洲霸主”，老虎则号称“兽中之王”，都是大名鼎鼎的超级猛兽，它们居于食物链的上游，一个在草原，一个在森林，彼此不照面。让老虎和狮子相争，这个很难发生的场景，却很吸引人，两个“终极杀手”之间的竞争，谁会胜出呢？科学家们根据各种数据推测以及电脑模拟，如果在体能各方面相对同等条件下，老虎和狮子相争，狮子胜出的概率最高。为什么呢？原来，老虎喜欢单打独斗，它的突袭能力强，而狮子则是团队猎食，它们的实战经验多。在一个狮子兵团中，狮子能掌握更多的实战技巧，而老虎则要逊色一些。

群体协作是强大的象征，一个人要放大他的优势，最有效的办法就是在一个优秀的团队中获得足够多的实战经验。这也是为什么在一个大平台上，往往更能容易提升一个人的能力。我们要为自己的优势锦上添花，那我希望你尽快加入到一个优秀的团队中去。

第四，学会做除法，就是“有所不为”。

学会做除法，就是让你勇于剔除那些影响你向前奔跑的“赘肉”，就是要求你要勇于放弃不适合自己，自己不喜欢，或者给自己带来痛苦的工作或岗位，这些是你个人发展的拖累，要放弃。

毕业于北大中文系的刘忠，是一家电子公司的销售员，因为为人忠厚老实，而且业绩也做得极好，工作踏实，不久就被领导提拔做销售部主管。对于这样的职位，刘忠并不想去做，因为他自己并不善于管理他人，后来，耐不住领导的规劝，勉为其难当上了销售部部门主管。

在这个职位上，刘忠干得很是辛苦，但勉强称职。不久之后，上级领导就找他来谈话，要他出任销售部总监的职位。他当初很是犹豫，但还是答应了，因为销售部总监这个职位薪水很高。然而，几个月下来，刘忠简直苦不堪言，他自己根本不善于做管理，尤其是协调上下级关系，而同时，他自己的销售工作也没做好，离他熟悉和擅长的工作越来越远。不久后辞了工作，又到另一家公司开始从普通的销售员做起。

在奋斗的过程中，总有一些工作，是你根本无法胜任的，所以，我们一定要勇于放弃那些自己根本没有能力胜任或自己不喜欢的工作，要学会及时调整，及时调头，千万不要再留恋。

08. 工作不能“蜻蜓点水”，“深耕”才会出业绩

工作就好比烧开水，99℃就是99℃，如果不再持续加温，是永远不能沸腾的。所以，我们要以严谨、负责的态度对待工作，精益求精，烧好每一个平凡的1℃，以真正达到沸腾的效果。

成绩是一步步坚实地努力得来的，而不是“差不多”换来的。工作中不能“蜻蜓点水”，就是说在工作中，要有踏实的能力和力求做到完美的

性格。在企业中，很多人在工作的时候，总是用“差不多”、“已经不错了”这样的词作为自己的辩护词，因为这样的思想导致他们根本就没有拼业绩的优秀品质。所有的“差不多”都犹如蜻蜓点水一般，工作没有落到实处，最后因为一点点小问题，导致满盘皆输。虽然这个世界上没有完美的人，也没有完美无缺的工作，但是我们仍然有权利追求完美。

当一个员工热爱自己的工作，对自己的工作精益求精，努力地达到百分之百的合格的时候，那么最好的业绩就会在前方等着他。虽然人有的时候真的很难做到工作完美，但是我们可以努力地向完美靠近。有不少人在工作中不能够将事情做到位、不精细，这不仅仅是一种不热爱工作的表现，更说明了这位员工不具备成为这种优秀员工的品质。很多人在工作中蜻蜓点水，觉得“差不多”就可以了，实际上并不是“差不多”，而是“差很多”。要知道在工作中，即便是1%的差错也有可能带来100%的问题，致使公司蒙受不可挽回的损失。

龚涛是一家木材公司的老板，公司主要的经营项目就是成批地进口木材，然后在国内市场批发销售或零售。有一次，龚涛因为上了一个经销商的当，承接了一大批以次充好的木材，使得公司的流动资金呈现瘫痪状态。这个时候，这批木材的销售情况直接关系到公司的生存和发展。就在这个危急时刻，这笔生意的谈判过程中，这批木材的质量问题被公司的职员黄忠刚发现了。

黄忠刚是木材加工专业毕业的，他在木材的专业知识上比较不错。但是由于他平时工作不是很积极，对于自己的本职工作也是马马虎虎，而且觉得和自己岗位没关系的事情不闻不问。当黄忠刚看到这批木材的时候，他很快就发现了其中的问题。由于劣质木材与个别的好木材放在了一起，当他看到好木材占多数的时候，觉得对于坏的木材就可以忽略了。他觉得：“有点毛病不算什么事，还是可以用的，差不多就行啦！”就这样，他选择了沉默。

这笔生意最后还是成交了，当木材公司将这批木材在国内销售的时候，才发现木材有严重的质量问题，结果几乎卖不出去。这次的损失让木材公司几乎倒闭。事情发生后，黄忠刚不仅没有及时总结自己的问题，还在背后议论这件事："其实，我早就发现这批木材有问题，可是里面还是有没问题的，我也没仔细数哪个多哪个少，反正有能用的，差不多就行了。"

黄忠刚的议论传到了龚涛的耳朵里，龚涛非常气愤，虽然这次的损失不是由黄忠刚一个人造成的，但是他完全有能力阻止这件事情的发生，身为公司的一员，避免公司受到损失应该是一件义不容辞的事情。这样一个做事不认真，对公司的事情漠不关心的人，即使他在专业上很有能力，但是他的能力不能够为公司做出贡献，那么这些能力还有什么意义呢？因此，龚涛果断地解雇了黄忠刚。

在工作中，看看你周围的人群，再想一想自己过去在公司做事的点点滴滴，你就或多或少地能够从黄忠刚的身上找到自己的影子。对工作马马虎虎，得过且过，对一些深入的问题懒得思考，对隐患不去避免，总觉得问题"差不多"解决了就行，就算能够做得更好也不会去做。工作如果只是"蜻蜓点水"而不是去"深耕"，如何能够避免发生一些意外问题，又如何能够取得利益呢？想要获得业绩，必须得下苦功夫，一点一滴的失误都不能有。

所谓的100％合格，就是把工作做到最好，做到极致，杜绝一丝一毫的疏忽，没有任何理由和借口。工作上每个人的位置不同，职责也有所差别，但不同的位置对每个人都有一个最起码的做事要求，那就是摈弃"够好了"的工作态度，精益求精地做好自己的工作，追求——在自己的能力范围内做到最好。在工作中，没有打算"深耕"的精神，你永远都不可能获得出人意料的佳绩。

09. 在自我推动中成就辉煌人生

勇于挑战自我的人，绝不会坐失对自己有用的手段或机会，他会在任何时候，都能够最大限度地利用一切可调动的资源和条件，为自己所用。他会在看起来似乎毫无希望的时候发现生机，从而化险为夷、转逆为顺。每次陷入困境，都是生命的洗礼，都是迈向辉煌的另一个转折点！

思想意识是一个人跨越成功的主导力量，它就像人体的“软件”一样，对人的行动起主导作用。思想意识有两个主要的组成部分，就是显意识与潜意识。当意识做所有的决定时，潜意识则会做好所有的准备。换句话说，显意识决定了“做什么”，而潜意识便会将“如何做”整理出来。显意识就像是冰山浮出水平线上的一角，而潜意识则是埋藏在水平线下面极深的部分。

一个拥有挑战性格的员工，是有极大的勇气的，他一旦下决心做成某件事情，那么，他就会凭借自身的勇气和胆识的驱动与潜意识的力量，冲破重重的障碍，直达成功！

亨利·福特被称为现代新工业之父，他在年轻的时候，在一家电灯公司做普通的工人。但是，他是个勇于挑战自我的人，在车间中，他总是挑最难干的工作去尝试。有一天，他突发奇想，产生了要设计一款新型引擎的想法。在欢喜之余，他就把自己的想法告诉了他熟悉的一位朋友，这位朋友对此很是支持，还鼓励他说道：“天下无难事，你就试试吧！”

于是，他回到家里，把家里所有的旧电器都翻腾出来，就钻在自家的棚子之中，开始研究他的想法，这是一次伟大的自我挑战。

冬天，天气极为寒冷，他的手都冻得发紫了，牙齿也冻得在不停地“咯咯”响，但是，他觉得一定要将自己的想法变成现实，并不断地告诉自己："引擎的研究已经有了头绪，再坚持一下，就能成就全新的自我。"就这样，他用极大的勇气，克服了生活中的重重困难，在旧棚子中苦战了三年，终于将自己"异想天开"的想法变成了现实。

这一天，福特和他的朋友乘坐着一辆没有马的马车，满大街地晃悠，街上的人都被这一景象吓破了胆，有的还躲在远处偷偷地观望。也就是从这一天起，这个对整个世界都产生深远影响的新事物，就在亨利·福特勇于挑战自我的性格的驱使下产生了。

到后来，亨利·福特在这种性格的驱使下，一步步地迈向了成功。他决定制造 V8 型汽车时，他要求工程师们在一个引擎上面安装上一个完整的气缸。工程师们就摇了摇头，说道："这是绝对不可能的！"听了这话，福特自己立马怒气十足，命令道："谁认为不可能，就走人！"工程师们都不愿意自己失业，只好按照福特的想法去做。因为这些工程师都认为这是一件不可能的工作，于是，他们的潜意识中就认为是不可能的，所以，六个月后，还是没有一丝进展。亨利·福特就自己亲自出马去挑战这一难题。在这期间，他付出了巨大的努力，他认为，只要是自己认定的事，就没有不可能！他反复研究，在几个月后，终于获得了成功，成功地制造出了 V8 型汽车。

这就是挑战型性格的巨大推动作用。福特就是依靠着自己不寻常的勇气和胆识，一步步地迈向事业的巅峰的！

马克思说："成功的路上有许多条歧路，只有敢于挑战的人才能到达光辉的顶点。"成功之路坑坑洼洼，只有敢于挑战自我，挑战困难的人，才能不断超越自我，完善自我，更新自我，直达最后的成功。所以，在职场上，我们要挑战自我，创造极佳的业绩，就要练就自己勇于挑战困难的个性，脚踏实地，刻苦努力，终会成就不凡的职场业绩。

10. 做“不可替代”，而不是被“轻易取代”

NBA 总裁大卫·斯特恩说：“从本质上讲，乔丹打比赛，也是在为 NBA 联盟、为公牛队打工，这一点我们和他没有什么两样。但是有很多人因为乔丹而认识篮球，认识 NBA 的，这才是乔丹对于这项运动最大的贡献，也证明乔丹是一个不可替代的人，为别人创造了不可替代的价值。”

很多人都说，地球少了谁都会转，没有任何一个人是不可替代的。那么为什么你不能做企业中难以替代的那个人呢？如果你是企业中那个业绩最高的，平时效率也最高的，企业即便是裁员也和你没有任何的关系，这个时候你不就是那个“不可替代的员工”了。在企业中，你要记得重要的是你有多么难以替代，而不是有多么的勤奋。现在很多人都很勤奋，勤奋能不能出成绩，才是评判一个员工是否优秀的标准。

如何让自己成为不可替代的员工，首先你需要具备危机意识。很多人以为自己有各类文凭和证书就可以高枕无忧了，有这样意识的员工感受不到危机，自然不会想着去提升自己的成绩。在企业中没有业绩说话，任何时候都是被淘汰者。只有时刻具有危机意识才能获得职业生涯的可持续发展。曾有对跨国公司高层的调查，如果他们可以在一夜之间将公司中所有“无用”的员工裁掉，那么他们将裁掉多少？结果出人意料的高，居然这一比例在 60%～90%。看到这个数据，你还在自欺欺人地在公司扮演着举足轻重、不可替代的角色吗？

“二战”以后，受经济危机的影响，日本工人大量失业。其中一家食品公司的效益大幅度地下降，濒临倒闭。为了能够渡过难关，这家食品公司的老板决定裁员三分之一。当时，在公司里面，有三种人进入了裁员的名单，即清洁工、司机和仓库保管员，这三种人加起来有三十多名。于是经理找这些人谈话，说明了裁员的意图。

当清洁工听说自己要被裁掉的时候，他淡定地说：“其实食品公司非常需要清洁工，我们的存在很有必要，老板你可以想想，如果没有人打扫卫生，没有清洁、健康的工作环境，全公司的员工怎么能够全身心地投入到工作之中呢?”听到清洁工的话，老板觉得他们说的很有道理，于是他决定还是先裁掉司机。

当食品公司的司机听到老板说自己要被裁掉的时候，他们也淡定地对老板说：“老板，司机对于咱们食品公司不能缺少，我们是必须存在的。您可以想想，如果公司没有我们，咱们公司的产品怎么能迅速地销往各地的市场呢?”老板再一次陷入了为难的境地，他觉得司机说的也很有道理，自己应该先去找仓库保管员，他们应该被裁掉。

当仓库保管员听说自己要被裁掉的时候，他们叹息说：“老板，战争才刚刚结束，现在的社会秩序还很乱，假如没有我们仓库保管员，咱们公司里面的食品岂不要被饥饿的流浪汉偷光了吗？我们很重要，如果您要裁掉我们，我们也无话可说了。”

老板回到办公室后，仔细地想了想，他认为他们的话很有道理，通过再三考虑，公司最后决定不裁员，而是重新制定了管理策略，在其他方面降低成本。老板还让人在公司门口悬挂一块大匾，上面写着：“我很重要”。从此后，员工们来上班，首先看到的便是“我很重要”。这句话调动了全体员工的积极性。一年后，公司迅速崛起，成为日本最著名的公司之一。

我们都知道黄金在人们心中的崇高地位，它被视为财富的象征。人类货币史上经历了贝壳、铜币、铁币还有纸币，然而纸币的作用现在也被“电子货币”所削弱。唯独黄金仍然是世界各国公认的国际货币，因为黄金“不可替代”。如果你是公司中“不可替代”的员工，你一定是具备像乔丹那种精神的员工。在职场中，不仅仅要有能力，还要有不服输、进取的精神。你要重视自己的业绩，重视自己的工作。如果你是公司中那个“很重要”的员工，那么任何时候，你都不是应该被裁掉的那一个。

第六章｜你为何而工作：找出工作的“原动力”

- “我为何而工作?”是每个职场人都应该回答的问题。这是找到你工作的原动力，激发你工作热情和积极性的一个重问题。职场中，很多人之所以一生都碌碌无为，或平庸无奇，其根本原因就在于他不清楚自己“为何要工作?”或者说，根本不知道自己工作的意义在哪里。所以，你要成为职场上的不凡者，那就先好好回答这个问题，然后再一步步地实现自己的职业梦想。

01. 弄清楚："我为何而工作"

别以为不工作就是安逸，是福气。实际上它所给你的是无聊，是倦怠，是消沉；它剥夺你对前途的希望，割断你和别人之间的友情，使你心胸日渐狭窄，对人生也越来越怀疑。

"我为何而工作"是每个职场人都应该回答的一个问题，这是激发我们工作积极性的重要原因。

"我已经毕业了，参加工作是理所当然的事。""我要养活我自己，要养家糊口，所以必须出去工作。""我要赚更多的钱，让自己以及家人过上更为幸福的生活，因此我要工作。""我会工作，有工作能力，为何不去工作呢？""工作实现了自己的梦想和追求，因此，我要工作。"……各种各样的回答，貌似都有一定的道理，但他们的回答都有一个极大的弊端，那就是他们都爱以自我为中心，认为工作是为了满足自身的需要。当然不可否认工作确实是为了满足自身的某些需求，但工作的最终目的是什么？难道工作仅仅是为了满足自身的需要吗？如果我们能够站在公司的角度想问题，站在社会的角度想问题，站在企业整体运营角度想问题，站在上级的角度想问题，就会使自己变得极为有价值。工作的终极目标是为了创造价值。每个人在进入职场前，首先都要弄清楚这个问题。如果你不弄清楚这个问题，不调整好自己的工作心态，就可能得不到工作所带给你的愉悦感，以及收入，更谈不上自我价值的实现，与成功更是无缘。

某个医院的病房中，住着两位同患绝症的患者，他们在患病前都曾在公司上班，一位来自乡下，一位生活在距医院不远的市区。生活在市区的病人，他的亲朋好友来探望他时总是安慰他说："家里的事情你就放心吧，单位上的事，我们都替你安排好了，你现在的工作就是养病。"来自乡下农村的患者，他的家人——妻子和一个12岁的小男孩儿来看望他时，妻子总是不停地说这说那，“家里还有很多事情，需要你拿主意呢，你赶紧好起来出院吧！”他的老板和同事来看望他时也说：“你是公司的顶梁柱，离开你，公司运转起来好困难！”几个月后，情况发生了戏剧性的转变。

原来，生活在城里的那位病人，在亲人、朋友、老板和同事的一声声“你放心、安心养病”的宽慰声中，意识到自己已经失去了价值，对身边的人来说都是毫无意义的，于是就失去了战胜病魔的信心和勇气，于是在孤独、寂寞与病魔的吞噬声中慢慢地死去。而来自乡下的患者，在妻子、老板、同事的“你要活着，我们离不开你”的声音中，感到自己无论是对家庭还是对公司，都是重要的一分子，都是有价值的，所以，就产生了与病魔作战的坚强的信心和决心，于是病就奇迹般地好了。

可见，“被别人需要”是人的一种天性，也能体现出一个人的价值来。一个人如果不被别人需要，生存也就失去了意义。工作，也是如此。

其实，我们工作的目的正是为了将自己的能力转换成价值。用工作所创造的价值去换取自己所需要的东西，同时你所创造的价值，也在无形中推动了社会的发展和进步，从而创造了更好的生活条件和事业条件，让现有的生活更加美好和丰富。

比尔·盖茨的财产净值大约是466亿美元。如果他和他太太每年用掉一亿美元也要466年才能用完这些钱——这还没有计算这笔钱带来的巨大利息。那他为何还要每天坚持不停地工作呢？

史蒂文·斯皮尔伯格的财产净值估计为十亿美元，不像比尔·盖茨那么多，不过也足以让他在余生享受优裕的生活了，但他为什么还要不停地拍片呢？

美国Viacom公司董事长萨默·莱德斯通在63岁时开始着手建立一个庞大的娱乐商业帝国。63岁，在多数人看来是尽享天年的时候，他却在此时做了很重大的决定，让自己重新回到工作中去，而且，他总是一切围绕工作打转，工作日和休息日，个人生活与公司之间没有任何界限，有时甚至一天工作 24 小时。他为何还要工作呢？

其实，诸如此类的事例有很多，那些拥有了巨额“薪水”的人们，不但每天工作，而且工作还相当地卖力。如果你跟着他们工作，一定会因为工作时间太长而感到精疲力竭。其实，对于他们来说，工作的目的从来不是为了钱，而是实现自我价值的一种重要方式，在这种方式中，他们能体味到满足感和成就感所带来的灵魂的愉悦。

的确，工作是需要每个人用生命去做的一件事情。工作不但是大多数人生活的来源，而且是许多人安身立命的基础。工作是生命的一部分，没有工作的生活，是一种苍白的生活。生命的意义在于在工作中实现自我价值，而不是一个关于做什么事和得到多少报酬的问题。所以，重视自己的工作，就是重视自己的生命。

一个迟暮之年的事业有成的人，在冬日的暖阳中散步，遇到一位海边晒太阳的渔夫。他问渔夫：“你为什么不去捕鱼赚钱呢？”渔夫回答道：“为什么要赚钱？”

“赚钱可以住大的房子，可以享受美味佳肴，可以和一家人享受天伦之乐。”成功人士说。

“然后呢？”渔夫问。

“当你老了，可以衣食无忧，像我一样每天晒太阳呀！”成功人士回答。

“我现在就是在晒太阳啊！”渔夫说道。

渔夫的回答看似很有道理，但是你别忘了，他们同样是在晒太阳，但他们享受阳光的心境却是完全不同的：成功人士是价值被认可之后的喜悦，而渔夫是无所事事的虚妄，他不晒太阳，又能干什么呢？

可见，工作对于每个人来说都是一种精神寄托。每个人活在世界上，都需要精神寄托，否则就会像失了魂一般，生活无规律，心也没有方向，每天过得空虚寂寞。一个没有精神支柱的人，做任何事情，都不会尽心尽力，也永远难做好。他们往往游戏人生，最终却被人生所游戏。只要用心就可以发现，身边那些不上班的要比上班的人累得多。

可以说，工作是一种人生信念，是人的生活中，最能吸引人的力量，最能激发人经久不衰的热情的东西就是由工作带来的成绩，它就像栏杆一般，让你扶着它走向人生的顶峰，让你在满足感和成就中获得一种精神的愉悦。

02. 工作是为了什么？找到你工作的原动力

李嘉诚说：“无论未来从事何种工作，一定要全力以赴、一丝不苟。能做到这一点，就不会为自己的前途操心。”

曾经有人问，我们工作是为了什么？答案可谓是千奇百怪，有人说，工作是为了生活；有人说，工作是为了赚钱；有人说，工作是为了实现梦想；有人则说，工作是天经地义的事情……

简单地将这些答案分析一下，我们就会得出一个本质的结论，那就是：工作就是为了满足我们自己的需求。这种需求可以是实现自己的价值，也可以是得到别人的认可，等等。

1960 年，美国加州哈佛大学的博士罗森塔尔做过这样一个著名的实验：

新学期伊始，罗森塔尔将三名老师叫进了自己的办公室，对他们说：“经过我们对你们一年工作的评定，我们发现你们三位是我们学校最优秀的教师。所以，我们特意挑选了 100 名学生，这 100 名学生是全校最聪明的学生，他们的智商都非常高。我把这 100 名学生分到你们所教的三个班里，希望你们能好好地教导他们，争取让他们取得更大的成绩。”

三位老师听了非常高兴。最后，罗森塔尔还特意叮嘱这三名老师：“教导这些孩子要像教育普通的孩子那样，不要让他们知道自己是被挑选出来的高智商学生。”三位老师欣然答应了。

一年之后，这100名学生所在的三个班级果然名列全校之首。这时，罗森塔尔和三位教师说出了真相：其实，这100名学生都是随机挑选出来的普通学生，并不是特意挑选出来的高智商学生。

三位老师听完，纷纷愕然，随即想到，那我们三个人的教学水平真是太高了，无愧于“全校最优秀的教师”的称号。

接下来，罗森塔尔又说出了另一个真相：“其实，你们三个的教学水平并不高，你们也只是被随机抽调出来的老师而已。”

由此可见，只要自己的工作得到了认同，自身的价值得到了肯定，我们才能热爱自己的工作，才能把工作当成分内的事，才能拥有源源不绝的动力，才能一步步实现自己的人生价值，这即是工作的原动力。

这是因为，虽然我们是为了满足自己的需求才去工作的，但这不是我们工作的全部，这并不是我们工作的最终目标。要知道，自我们踏上工作岗位的那一天开始，我们就在为社会创造一定的价值。如果我们能创造价值，并且得到别人的认可，我们也就能得到自己想要的回报，而这就是我们工作的原因。如果有一天，我们无法提供这样的价值，那么，我们的工作也就变得无意义了。

而我们工作的价值不是由自己评说，而是由我们身边的人去分析鉴定的。为了能够创造出价值，得到别人的认可，我们就需要为工作付出一定的努力，而不是单单地只停留在索取方面上。

俗话说“一分耕耘，一分收获”、“付出才会有回报”，只有在工作中学会付出，我们才能得到工作给我们的回馈，才能享受到工作为我们带来的愉悦和成就感，而这正是我们奋斗下去的源泉和动力。

美国总统肯尼迪在总统就职典礼上曾说：“不要问你的国家能为你做

些什么，而应该问你能为国家做些什么。”事实上，这句话也同样适用于职场。职场是一个大的舞台，如果我们总在计较自己得到了什么，就会变得太过个人主义，但是当我们过于去计较自己付出什么了之后，我们就能清楚自己的人生价值是什么。

蒋伟去应聘一家做玩具出口的公司，经过一番面试，获得了面试官的认可。蒋伟认为自己的人生已经起步，接下来，自己一定要努力，不仅要对自己负责，更要对公司负责。

第二天，蒋伟精神饱满地来到公司上班，迅速投入到了工作中，再加上老员工对他的指点，蒋伟完成的工作让上司非常满意。

但是好景不长，很快蒋伟就对自己工作丧失了激情，因为他发现自己的学历是最高的，而工资却是最低的，这让他心里很不平衡。

老板发现蒋伟的情绪变化后，就把他找来谈话，并且告诉他，只要把工作做好，升职加薪是早晚的事，蒋伟只是沉默以对，并没有说什么。

可刚刚过了一天，蒋伟就主动找到老板，直截了当地要求老板提高他的月薪。但是老板认为，公司有严格的工资管理制度，不能因为蒋伟一个人的要求而破坏制度，而且蒋伟还是新人，刚来公司，对公司的很多业务还不是很了解，需要老员工对他进行指导。在蒋伟为公司真正创造利益之前，公司是无法给他提高薪酬的。

蒋伟表示理解，但是他也只是表面说说，工作的时候依然我行我素，每天对工作只是消极应付。

一个月之后，老板实在忍受不了蒋伟的这种消极怠工，于是就解雇了他。

蒋伟的失败在于他没有付出意识，工作还没多久就要求加薪，丝毫没有认识到自己所处的位置，不思考如何去为公司多付出一些，只是盲目地拿自己的文凭说事，最后只能为自己的失败买单。

因此，作为一名员工，在工作之前，我们就应该先考虑一下，自己是为了什么而工作？为了实现自己的价值，得到别人的认可，在工作中我们要及时调整自己的心态，不能单单只停留在索取方面上，要学会付出。

在工作中，只要好好表现，做最好的自己，一切才会在你的意料之中。

03. 找到工作的价值和意义

认清工作的意义是焕发一个人内心工作热情的前提，一个人只有充分认识到自己工作的价值，才能够拥有使命感，才能够体会到工作最深层次的乐趣。

一个人要焕发出个人的工作热情和责任，首先要懂得主动找到工作的价值和意义。其实，任何一份工作，都是极具社会意义的，当你从内心真正认识到你因为工作而承担起的社会价值时，你就会从内心感到自豪和光荣，从而会因此而爱上你的工作，并焕发出你的热情和积极性。

“终生成就奖”是日本设立的一项国家级的奖项。这个奖项也是无数的社会精英一辈子努力奋斗的目标。但其中有一届的“终生成就奖”却颁给了一位“小人物”——清水龟之助。他原来是一名橡胶厂工人，后来转行做了邮差。在最初的日子里，他没有尝到多少工作的乐趣和甜头，于是在满一年后，就觉得很厌倦，很想辞职。这天，他看到自己的自行车信袋里只剩下一封还未送出去的信。便心想：我把这最后的一封信送完，就马上去递交辞呈。然而，这封信因为被雨水打湿而地址模糊不清楚，清水花费了好几个小时的时间，还是没有把信送到收信人的手中。因为这将是他邮差生涯中送出的最后一封信，所以清水发誓无论如何也要圆满完成任务。他耐心地穿过大街小巷，东打听西打听，好不容易才把这封信送到收信人的手中。原来这是一封录取通知书，被录取的年轻人已经等待了好几天了。当他终于拿到通知书的那一刻，他激动地与父母拥抱在了一起。看到这感人的一幕，清水深深地体会到自己工作的重要性。

“因为即便是简单的几行字，也可能给收信人带来莫大的安慰和喜悦。这是多么有意义的一份工作啊！我怎么能够辞职呢？”从此之后，清水更多地体会了工作的意义，他不再觉得乏味与厌倦，他深深地领悟到了职业的价值和尊严，他一干就是 25 年。从 30 岁当邮差到 55 岁，清水创下了 25 年全勤的空前纪录。他在得到人们普遍的尊重的同时，也于 1963 年得到了日本天皇的召见和嘉奖。

有敬业精神，带着使命感去工作，不仅是对工作的负责，更是对自己的投资。如果你觉得你的工作枯燥无味时，那就像清水龟之助一样，先从中发掘其社会意义吧。它是激发你工作热情的重要动力之一。

“我们不能把工作看作是为了五斗米折腰的事情，我们必须从工作中获得更多的意义才行。”我们不要简单地认为工作只是为了安身立命、养家糊口，而应该找出自己的职业价值并且尊重它。

有这样一句话：“当别人看不起你的时候，你一定要看得起自己；当别人看得起你的时候，你千万别把自己太当回事。”就是说，当别人因为你的工作而看不起你的时候，你更得主动去发掘工作的价值，始终如一地热爱工作，学会用爱给自己找回信心，让自己永远保持前进的动力。

要知道，没有平凡的岗位，只有平庸的员工。无论工作多么平凡，无论岗位多么低微，只要我们能够主动地热爱工作，也照样能做出一番不错的成绩，得到公司的重视，获得工作上的成功。

有位清洁工在世界著名的希尔顿饭店工作了将近 20 年，一直在洗手间做保洁工作。他总是会把洗手间打扫得干干净净，甚至还会自己破费在洗手间放上一瓶高级香水，客人进来都能闻到一股芳香的味道，这使他赢得了许多赞扬。

曾有朋友劝他换份工作，他却骄傲地说：“我为什么要换工作呢？做洗手间保洁工作有什么不好的，我相信我是世界上将保洁工作做得最好的员工之一，我是优秀的。而且我每天都能认识不同的人，有机会学习不同国家的语言，现在我的朋友遍布五湖四海，这些都是我最大的幸福。”

后来，不少客人冲着这位清洁工专门入住希尔顿，他也因此被提拔为后勤主管。

这位清洁工之所以取得了成功，在于他对这份在别人看来很卑微的工作充满了爱，力争把当前岗位上的工作做好。当他尽心尽力地完成属于自己的职责后，新的机会和新的岗位自然就向他走来。

对工作抱以持之以恒的热爱之情，积极地去营造自己的工作环境。如此，你总会发现这是启迪智慧的场所，历练能力的机遇，那么任何的困难都不会把你打倒，你的工作必然会更愉快，更有效率！还用愁不能有所作为吗？

04. 工作不仅是工作，还是你的事业

台湾企业家王永庆先说：“一个人把工作当成是职业，他会全力应付；一个人把工作当成事业，他就会全力以赴。”“全力应付”和“全力以赴”虽然只有一字之差，但意义却有天壤之别。前者会让一个天才变成庸才，而后者则会让一个庸才变成天才！

在职场上，总有一些员工不够重视工作，缺少对工作的热情，把工作仅仅当成是工作，每天像例行公事一样只是机械性地重复同样的事情，对待工作敷衍了事，三心二意，不求有功，但求无过，每天只是得过且过……

如果我们每天都以这样的心态工作，等到对工作失去新鲜感后，就可能会感到非常厌倦，就会忘记自己工作是为了什么，长此以往，我们就会

丢掉自己当初的梦想，最终，你也是不会得到公司任何嘉奖和升迁的，到头来只会一事无成，后悔莫及！

殊不知，工作对我们有多重要！它为我们提供重要的物质保证，是我们施展个人才华的平台，也是提升自己的支点。而且它能让我们在不同程度上获得归属感、成就感和荣誉感，让我们安心为自己的未来打拼。

从这个意义上讲，工作就是我们一份重之又重的事业，尤其是我们还没有能力去创业的时候，只要依靠工作，我们就能够实现自己心中的种种愿望。将工作看得重要一些，学着将它当成你的事业吧。

在实际工作中，每一个人都会遇到各种各样的困难，唯有把工作当成自己的事业，心中怀有对工作的热爱，我们才会时刻激励自己去战胜困难，提醒自己不计得失地努力工作，进而创造出属于自己的一番成就。

美国纽约大都会街区铁路公司的总裁弗兰克就是循着这一条不变的途径取得成功的。

50年前，弗兰克还是一个13岁的少年。由于家境贫困，他没有上过几天学便提早进入了社会，他要求自己一定要有所作为。那时候，他的人生梦想是当上纽约大都会街区铁路公司的总裁。

15岁开始，弗兰克就与一伙人一起为城市运送冰块，不断地利用闲暇时间学习，并想方设法向铁路行业靠拢。18岁那年，经人介绍，他进入了铁路行业，在长岛铁路公司的夜行货车上当装卸工。尽管每天又苦又累，但弗兰克始终都以积极的心态对待自己的工作，他也因此受到赏识，被安排到纽约大都会街区铁路公司干铁路扳道工的工作。

弗兰克感觉到自己正在向铁路公司总裁的职位迈进。在这里，他依然勤奋工作，加班加点，并利用空闲帮主管做一些统计工作，他觉得只有这样才可以学到一些更有价值的东西。后来，弗兰克回忆说：“不知道有多少次，我不得不工作到午夜十一二点才能统计出各种关于火车的赢利与支出、发动机耗量与运转情况、货物与旅客的数量等数据。做了这些工作后，我得到的最大收获就是迅速掌握了铁路各个部门具体运作细节的第一手资料。而这一点，没有几个铁路经理能够真正做到。通过这种途径，我已经对这一行业所有部门的情况了如指掌。”

但是，扳道员工作只是与铁路大建设有关联的暂时性的工作，工作一结束，弗兰克就面临着离职的危险。于是，他主动找到了公司的一位主管，告诉他，自己希望能继续留在公司做事，只要能留下，做什么样的工作都可以。对方被他的诚挚所感动，调他到另一个部门去清洁那些满是灰尘的车厢。不久，他通过自己的实干精神，成为通往海姆基迪德的早期邮政列车上的刹车手。

在以后的岁月里，弗兰克始终记着自己的梦想，这促使着他将工作当作自己的事业，在不断地补充自己的铁路知识，废寝忘食地工作着，他每天负责运送100万名乘客，却从没有发生过一次重大的交通事故，最终弗兰克终于实现了自己成为总裁的梦想。

面对困难，我们要时时刻刻以梦想去激励自己，看重工作，将工作视为我们的事业，只有这样，我们才能对工作充满热情，工作才会给我们带来无形的财富，而我们也将会在未来，创造出属于自己的一番成就。

即便是当别人不认可自己，甚至诋毁自己的时候，也一定不要对工作失去热情。这时候，我们要发挥自我激励法的力量。这种力量可以给你无穷大的动力和勇气，让你继续前行在你的人生旅途上，为你的人生谱写更加美丽的篇章。

一位年轻的人取得博士学位后，自愿到一家制造燃油机的企业担任质检员，刚开始薪水与普通工作相同。工作半个月后，他发现该公司生产成本极高，产品质量很差，于是便不遗余力地说服公司老板推行改革以占领市场。身边的同事对他说：“老板给你的薪水也不高呀，你为什么要这么卖命呢?”他笑着说：“因为这已经是我的事业了。”一年后，这位年轻人被晋升为副总经理，薪水翻了几倍。

职业就是事业，这应该是我们永远持有的人生观和价值观。有了这样的认识，你对工作就会投入激情。有句话说得好：“今天的成就是昨天的积累，而明天的成功则有赖于今天的努力。”把工作和自己的职业生涯联系起来，对自己未来的事业负责，你就会容忍工作中的一切压力和枯燥，会觉得自己所从事的是一份有价值、有意义的工作，并且从中可以感受到工作的使命感和成就感。

为事业打拼，还是为工作奔波，已经成为成功人生的重要分水岭。把工作当成养家糊口的来源，还是把工作当成自己一份事业去打拼，其结果是天壤之别。把职业当成自己事业的人，一个典型的表现就是充满信心，时刻明白自己在做什么，熟悉行业的情况并且会对自己的工作负责任。而只是为工作奔波的人则总是担忧失业，考虑“35 岁后该怎么办”的问题。

所以，既然选择了这份工作，就应该选择认同，然后把工作当成事业，只有这样，我们才能端正态度，为自己的未来积蓄力量。岂能尽如人意，但求无愧我心，做好自己的本职工作，做最好的自己，才能最终成就我们的事业。

05. 别太过于计较眼前的利益

要想在某一个领域做出成绩，首先必须要接近它、参与它、琢磨它。眼前的利益并不重要，重要的是你完全获得了一次通往成功大道的机会。

职场中，很多员工总是会抱怨工资少，待遇低，于是对工作总是消极应付。这种太过计较眼前利益的员工，是难以得到发展机会的。一个有理想、有抱负的员工，总是会从长远打算，不会太过注重眼前的利益。在职场上，他们更注重的是锻炼和提升自我的机会，个人发展的平台，而不会太过在意眼前利益的得与失。

即便是一份不起眼的工作，也应放弃眼前的得失，尽心尽力把它做到最好。在职场上，你要实现自己的梦想，首要的一点就是不要计较眼前利益，不在意个人得失，在逆境中让自己不断成长，成就最好的自己。

莎莉·拉斐尔是美国著名电台的主持人，她曾在自己的职业生涯中有过 18 次被辞退的遭遇，有人曾把她的主持风格贬得一无是处。

刚开始时，莎莉·拉斐尔很想到美国大陆无线电台工作。可是，电台负责人因她是女性，不能吸引听众，很自然地就把她给拒绝了。

后来，莎莉·拉斐尔又来到波多黎各，她多希望自己能有个好运气。可由于她对西班牙语不太懂，为了能让语言更为娴熟，她足足用了三年的时间，但她始终得不到重用。

在此后的几年时间里，虽然莎莉·拉斐尔自己不停地工作，同时也在不停地被辞退，甚至有的电视台指责她根本不清楚什么是主持。她在 1981 年，又来到了纽约的一家电台，可是，她很快被告知：她与这个时代有距离。为此，莎莉·拉斐尔失业了一年多的时间。

一天，莎莉·拉斐尔把自己的倾谈节目策划向一位国家广播公司的职员进行推销，得到了充分的肯定。可是，此人不久就离开了广播公司，她不得不向另一位职员推销自己的节目策划。但是这并没有引起对方的兴趣。最终对方虽然答应雇用她，但是对她搞倾谈节目却不同意，让她改为主持一个政治性节目。

她对政治一窍不通，可是莎莉·拉斐尔太想得到这份工作了，因此，她开始“恶补”政治知识。

终于在 1982 年，莎莉·拉斐尔以政治为内容的节目开播了。她那娴熟的主持技巧和独具的亲和力吸引了不少听众，她也让观众打进电话参与讨论国家的政治活动，甚至包括总统大选。这种主持风格与策略，在先前的美国电台史上是绝无仅有的。

由此，她一夜之间成为名人，她的政治节目也因此成了全美国最受欢迎的节目。莎莉·拉斐尔如今已经成为美国一家自办电视台的节目主持人，她曾经两度获得全美主持人奖。她主持的节目每天都会有800万观众在收看。她在美国传媒界中就是一座金矿，任何一家电视台、电台为了请到她，都会提供丰厚的回报。

“我被人辞退的时间平均每一年半一次，那时，我认为自己这一生算是没希望了。可我坚信。上帝只掌握了我一半的命运，我只要坚持努力，掌握在自己手中的那一半就会越来越大，最终会把上帝掌握的那一半赢回来。有一天，我终于赢得了上帝。”莎莉·拉斐尔说。

要想在某个领域做出成绩，首先要接近它、参与它。眼前的利益并不重要，重要的是你获得了一次通往成功大道的机会。

但遗憾的是，在现实生活中，许多员工只看中眼前的利益，他们的全部工作的目的就是为了能够暂时得到更多的薪水。这些员工表面上看好似很“聪明”，但从长远来看，他们却会损失“惨重”：他们逃避工作、推卸责任，整天为眼前的工资伤透脑筋，却忘了薪水后面深藏的更为珍贵的东西，比如工作所给予他的锻炼的机会，能力提升的机会，丰富的经验，在工作中逐渐建立起来的品格、完美的职业道德等，所有这一切所蕴含的是他将来提高薪水和提高职位的基础。

那些觉得“给多少工资就干多少活”，将工作和工资看成是“等价交换”的员工都是短视的。一个人，一旦有了“等价交换”的心理，那就意味着他要错失很多成长的机会。这其实是现实版的“买椟还珠”，拿到了薪水，却失去了自己的前途和信心。当这种人正在为少干一些工作而沾沾自喜时，也许别人已经因为努力而争取到了加薪升职的锻炼机会。

我们周围，很多人都在以薪水的多少来作为衡量一个人是否成功，能力的大小的标准。在这些人的眼里，暂时的高薪水就等同于一切，只要能够拥有丰厚的薪水，包括知识、经验、兴趣、修养、快乐等，都会随之而来。这些人认为，薪水就是身价，薪水的多少就是一个人成功的标志，他们对此都有着十分远大的理想，刚出校门就希望有企业愿意以几十万的年薪聘用自己。这显然是一种极为幼稚的不成熟的心态。

每个人都有美好的希望，但必须要贴合实际，并且具有现实的可操作性，并对自己的发展是积极的、有益的。因此，刚开始工作时，就必须树立价值而不是为薪水工作的意识与理念，唯有这样，才能将自己的踏实、努力和汗水导向成功的坦途，才能缩短到达成功的距离和时间。

06. 今天工作不努力，明天努力找工作

有人说："我永远相信只要永不放弃，我们还是有机会的。最后，我们还是坚信一点，这世界上只要有梦想，只要不断努力，只要不断学习，不管你长得如何，不管是这样，还是那样，男人的长相往往和他的才华成反比。今天很残酷，明天更残酷，后天很美好，但绝大部分是死在明天晚上，所以每个人不要放弃今天。"

有人说，一个人的工作态度折射着一个人的人生态度，而一个人的人生态度决定了一个人一生的成就。很多人在工作中整天唉声叹气，因为觉得自己的能力很强，但是却得不到老板的重用。为什么呢？其实，重要的是你缺少了一点点敬业精神。很多人在工作中并不知道尊重自己的工作，因为工作在他们的眼里是取得面包、奶酪的一种讨厌"需要"。有了这种心理，工作是无论如何也激发不出他们内在的优秀品质的。网络上有句名言："今天工作不努力，明天努力找工作。"不愿意为自己的工作付出，工作怎么可能回报给你惊喜呢？

敬业是一种责任精神的体现，只有拥有这种优秀品质的人，才能够赢得所有人的尊重。一个有敬业精神的人，才能够真正地为企业的发展做出贡献，让自己在工作中获得乐趣。敬业的员工之所以要尽量地做好自己的

工作，不仅仅是为了给老板一个交代，更重要的是这是一个职业人必须具备的职业道德。如果我们具有敬业精神，并且能够将敬业作为自己的职业习惯，那么我们也能够从中获益。

无论你今天站在哪一个位置，其实这些都不重要，但是下一步要迈向哪里却是非常关键的。不管我们现在从事的工作多么的辛苦，只要有强烈的进取心和敬业精神，只要不局限于狭小的圈子，只要我们强烈地渴望攀登成功的巅峰并愿意为此付出艰辛的努力，那么任何障碍都阻挡不了成功的步伐。为自己的人生工作，为自己的理想而工作。为自己的将来，为自己的成功而奋斗！

一个随时以公司利益为重的人，必然是个敬业的人，他明白自己不光为别人打工，同时更是为了自己而努力工作。在职场中，最大的财富就是敬业，敬业最大的受益者就是我们自己。当一个人对事业高度的责任感和忠诚感一旦养成之后，你就会成为一个值得信赖的人，可以被委以重任的人。而如果一个人不具备敬业品质，就容易养成闲散、推诿、浪费、不认真、不负责的做事态度，这样就很难在职业中付出全部的努力来完成任务，当然这样的人想要成功是不可能的。

07. 工作只是实现梦想的“工具”

“经营之神”稻盛和夫说：“即使才能不足，但只要有热情、孜孜以求，成绩一样可以不亚于人。但我认为，比才能和热情更重要的是人的心态。抱着作为人应该有的正确的想法，朝着目标不懈地努力，你的理解就一定能实现。就是说，你的人生会像你内心描绘的蓝图一样美好。”

职场中，你是不是经常认为自己只是一名员工，认为只要做好自己的本职工作就足够了，认为这份工作只要能养活自己就足够了。如果你这么想的话，那么你需要好好地问问自己：难道我的目标就是这样打工一辈子吗？难道我没有梦想吗？

这是因为，没有目标，没有忧患意识，每天只是得过且过，为我们带来的将会是意志的消磨，激情的消退，长此下去，等待我们的将会是现实最无情的打击，我们当初的梦想也会被现实撞击得支离破碎。

我们要记住，工作只是一个躯壳，我们不仅仅是一名打工者，因为我们的梦想要远比这个伟大得多。著名将领拿破仑说过："不想当将军的士兵不是好士兵。"如果我们没有忧患意识，恐怕一辈子都无法获得成功。

有一个朋友去旅游，因为没有相熟的人，就住在了一户牧民的家里。因为是第一次来，这位朋友对四周的环境感到非常好奇。

经过一番走访，这位朋友发现牧民家里养的骆驼非常奇怪，明明身边就有新鲜的青草，而它却选择去吃枯萎而干涩了的草，这位朋友非常奇怪，就向牧民提出了这个疑问。

牧民笑着说，骆驼是一种非常有忧患意识的动物，它担心明天主人就会带它穿越沙漠，如果胃中没有足够的食物储备，是走不出沙漠的，它知道，干草比青草要更耐饥，所以它才只吃干草，而不吃青草，一头成年骆驼一天能吃下几十斤干草进行储备。

我们常常会看到"沙漠之舟"骆驼穿越沙漠的壮举，却很少有人知道它们在穿越沙漠之前所做的准备工作。骆驼有着很强的忧患意识，它们知道，也许下一秒钟就要面对沙漠大风沙的考验，所以它们会时时准备着储备食物，以此来应对沙漠里没有食物的艰难考验。

人生中也是如此，不可能处处都是坦途，更不可能每一次都能发现生命的绿洲。我们需要的就是像骆驼一样，时时要有忧患意识，并不断地充实自己，不断地完善自己，让自己在顺境中看到逆境，时时告诫自己，不能掉以轻心，否则将会尝到失败的苦果。

职场中的我们更是如此，我们不是一呼百应的将军统帅，而是企业里的普通员工，在自己的岗位上创造着人生价值。不能客观分析形势，对“忧患”二字弃之不顾，让自己滋养出了安于现状的心理，最后只能接受失败的惨痛结局。

徐星是一家家电公司的销售经理，想当年他与老板白手起家，辛辛苦苦奋斗了四五年才创办了这家公司。为了表达自己的感激之情，老板曾经许诺给徐星：“只要你愿意留在公司，销售经理的位子就一直是你的。”

但是，这个诺言很快就被老板毁弃了。原来，在经济危机的影响下，公司的效益一日不如一日，老板决定要裁员了。徐星自凭对公司忠心耿耿，与经理是“铁哥们”，认为自己是不会被裁的，但是结果却让他大跌眼镜。

徐星又羞又怒地找到老板，努力说自己对工作是如何忠诚，对老板是如何的忠诚，又有怎样的销售经验，怎么能够如此不公地对待自己。“难道您不认可我对工作的忠诚和销售经验吗?”他质疑道。

老板沉默了一会儿，直视着徐星回答：“我认可你对工作的忠诚和销售经验，我承认那是非常宝贵的，但你想过没有，这一年来你总是第一个下班，最后一个来上班，上班期间你还经常做自己的事情，没有丝毫的紧张感，你的业绩也日渐下滑，甚至有些新员工都一个个地超过了你！而公司需要发展，是不会让任何人拖后腿的。”

听了这样的话，徐星还能说什么呢？他也只有黯然地离开了公司。

徐星的失败在于他没有忧患意识，只是盲目地拿着自己以前的功劳说事，迟到早退，对工作没有激情，更缺乏紧张感，这样的结果只能是导致业绩下滑，而公司又不会白养人，他被开除是意料之中的事情。

诚然，面对每天千篇一律的工作，我们每个人都会感到枯燥、乏味。但越是如此，我们就越应该调整好自己的心态，铭记工作是我们奋斗的动力，是我们实现理想的重要保障，不要让自己的梦想遗落在机械地重复之中。

是鹰，就应该搏击长空，是鱼，就应该遨游大海。我们要记住，我们不是普通的打工者，我们是有梦想的人，不要把“梦想”两个字从我们生命中抹去，我们也需要一个更大舞台来供我们发光发热。

在梦想的道路上，继续努力，继续前进，你才能成为命运的强者。

08. 把自己当成主人才能成为主人

一个把企业的事当成自己的家事一样对待的员工，事事都会为企业利益着想。这样的员工，无论走到哪里，都会得到提拔和重用。因为，所有的企业、所有的老板，都愿意得到这样的员工，并放心将企业的事务交给他们来管理。

一位公司总裁曾这样说：“无论你到哪里工作，都别把自己当成一名打工者，而应该把公司当成自己开的一样，这样才能尽职尽责，倾力而为，才更容易取得成就。”这告诉我们，以主人翁的心态去经营你的事业，对待你的公司，那么，取得成就是早晚的事情，甚至在强大的推动力下，让你真正成为所在企业的主人。

每个人的梦想与所取得的成就，以及从工作中获得的成就感和幸福感，都掌握在自己的手中。我们每个人其实都是自己的老板，因此，我们要不断地向自我发起挑战，为了成功全力以赴，激发自己的工作原动力，勇于向自己的梦想进发。

工作中，要做一个有理想有抱负的年轻人，我们都应该以主人翁的心态去做事情，如果这样做了，就会在工作中有新的发现，新的想法，新的思路。这无论是对企业的发展还是对个人的发展，都是十分有益的事情。

如果将自己与企业脱离开来，把自己看成一个“打工者”，做起工作来就会像孩子一般依赖别人，缺乏独立工作、自主判断的能力。当领导就某件事情向大家征询意见时，不把自己当成企业主人的人通常都是消极的，对工作也是持应付的态度，很难提供有益的见解或意见，这种不负责的表现，很难得到领导的赏识或者重用。

身为企业的一员，把自己当作企业的主人是做好一切工作的基础。因为只有以主人翁的心态去工作，才能维持企业的利益，才能顾全大局，维护部门的利益。一个有着主人翁精神的员工不但是企业物质利益的维护者，更应该是一个企业形象的宣传者和保护者。一个没有主人翁精神的员工也不会成为一个好员工，他会因此而丧失很多发展机会，使自己的生存空间越来越狭窄。这与能力和文凭都没有关系。

绍波在一家大型的商场上班，他自认为自己是一个好员工，总在做自己应该做的事情——记录顾客的购物款。然而有一天，当绍波正和一位同事闲聊时，经理走了进来。经理环顾四周，然后示意绍波跟他走。经理一句话也没有说就开始动手整理那些订出去的商品，然后走到食品区，开始清理柜台，并将购物车清空。

绍波惊讶地看着这一切，过了很久才明白：经理是在以自己的行动告诉他，他应该像经理一样工作。经理见绍波仍旧在发呆，就告诉他：“你是商场的主人，你的工作应该是积极主动的。”

当然，这些可能不是绍波的本职工作，但也是公司的一员，就应该以主人翁的精神对待自己的工作，对待自己的公司。主人翁精神固然有着“奉献”的一面，但其实在“奉献”的同时，不仅对企业有正面的帮助，而且收获最大的还是自己。因为这是你的一种对待人生的态度，也是一种最有效的工作方法，你积累的将是你一生的财富，是实实在在的收获。

把自己当成企业的主人，受益最大的不是企业，而是自己。琼斯就是靠着把自己当作企业主人的责任感，一步一个脚印地从一个普通的勤杂工，最终当上了企业总务部的负责人。

刚进入企业时，琼斯只是一个普通的勤杂工，做的是琐碎的杂务工作，打扫卫生、清理垃圾、递交文件等。工作虽然琐碎辛苦，但琼斯从来没有怨言，总是尽职尽责地做好每件事。琼斯唯一的交通工具是一辆自行车，不管目的地在哪里，不管晴天还是雨天，她都坚持骑车，理由是骑车工作不但环保，而且还能为企业节省交通费用。

连续五年，无论刮风下雨，琼斯都从不迟到或早退，一直保持上班全勤。工作努力、乐于助人的琼斯，年年都被企业评为优秀员工。她自动放弃每两周一次的周六休假，也从未填报过加班费。琼斯所到之处，你不会看到地上有一片纸屑、一个烟头，不会看到不该亮的灯、滴水的水龙头。她似乎比老板还要珍惜和爱护企业，而且在工作中力求节约与环保。

在清理垃圾时，琼斯总是坚持将垃圾分类，看到印坏的纸张或是一些背面空白的废纸，琼斯会将其裁成小张分给同事当便条纸用；其他可以回收的废纸，都一律摊平后与废纸箱捆绑在一起卖给收废纸的，所得钱款全部捐给工会。琼斯对企业无比热爱，她已经把企业当成了自己的家。她的这种工作境界，赢得了所有同事的尊重。

当那些拥有高学位、高职位的员工在抱怨工作不顺时，琼斯依然认真地做事，任劳任怨，自得其乐。很快，在众人的艳羡中，琼斯被破格提升为企业的总务部主任，进入了管理阶层。

一个把企业的事当成自己的家事一样对待的员工，事事都会为企业利益着想。这样的员工，无论走到哪里，都会得到提拔和重用。因为，所有的企业、所有的老板，都愿意得到这样的员工，并放心将企业的事务交给他们来管理。

主人翁精神是优秀员工必须具备的一种职业精神，拥有这种精神的人，不但能在工作中磨炼自己，还能充分展露自己的才华。这样的人，想不被提拔、重用都难。没有这种精神的人，每天只会冷漠地对待工作，他们的全部收获，除去那点微薄的薪水，再无其他。

第七章 心态调整：随时随地"拥抱"你的工作

● 工作任务重压力大、遭到上司的批评、工作进行得不顺利、与同事发生矛盾等，都是职场中极为常见的事情。遇到此类事情，人总会有情绪，消极、抱怨、痛苦、烦恼、焦虑、沮丧等便也接踵而来。人受负面情绪的控制时，必然会对工作产生十分不利的影响，有时甚至还会断送你的职场前途。所以，一个人要想在职场中获得发展，最重要的一点还是要学会调整心态，及时将不良情绪赶走，或者将负面情绪转化为前进的动力，真正实现心态的转变，随时随地地“拥抱”你的工作。

01. 学会改变自我，主动适应变化

“优胜劣汰，适者生存”是自然界遵循的重要法则之一，同样，这一法则也适用于现代职场。就是说，一个人要想在职场中更好地发展，就必须随时更新自己的观念，勇于接纳新的事物，及时给自己充电，这样才不会为竞争越来越激烈的现代社会所淘汰。

同社会大环境一样，职场的环境也是在不断地变化中的。为此，要想在职场中更好地谋发展，首要的一点就是要不断适应各种变化。即为在生存的基础上不断学习，谋求发展。

其实，在惠普工作25年后功成身退的大中华区总裁孙振耀先生，就是一个适应性极强的人。25年的惠普生涯，他经历了七次重大的变革，其中包括惠普康柏合并这样被称为具有里程碑意义的事件，每一次重大的变革，都成为孙振耀职业生涯的契机，使他的职业生涯不断地达到新的高峰。

在孙振耀任职的25年中，他经历了4任全球CEO，有过19任来自不同地区、性格各异的上司，然而每一任上司对孙振耀的表现都感到极为满意。

在这个“唯一不变的就是变化”的世界中，作为职业经理人的孙振耀能纵横职场的“秘密武器”就是“明白优胜劣汰，适者生存”的法则，并接受变化。作为一名职业经理人，平庸和伟大的区别就在于后者能够把自己不愿意改变的东西尽量降到最低，并认识到改变本身就是生活方式。

其实，在惠普公司曾经流传着这样的一句话：在惠普中国里，没有人比孙振耀更能适应新环境，他的例子最具有说服力。

实际上确实是这样，那些只坚持一种做事方法而不愿意改变的人都走

了；留下来的人就是能够往前走的人，一定是能很快掌握变化重点，然后调整自己的人。孙振耀就是这样的一个人，因此他在惠普待了25年，并不断地在改变中完善自我，成就最完美的自己。

在职场中，面对变化，抗拒是我们每个人的反应，孙振耀也不例外，关键是他懂得如何去处理这些变化。改变意味着对固有生存状态的否定。在职业环境逐渐变化的过程中，要么咬紧牙关，通过全面改变来提升自我以适应环境，要么被环境所淘汰。相信我们会像孙振耀一样选择前者，因为唯有这样，我们才能在职场中很好地生存下来。在职场中，改变必然要经过一系列生理、心理的阵痛，如果能够主动地考察出自己应该在哪些方面去改变，则可以把阵痛的程序降到最低。

王恒是北京一家电子厂生产部经理助理，在位三年多，兢兢业业，勤奋努力地帮助经理抓生产，推进生产工艺的改革，还经常陪经理加班、加点，使企业内部的生活达到了历史新高。王恒的表现是有目共睹的，经理也曾告诉他只要自己升职就会力荐他做自己的职位，王恒自然十分高兴，于是工作也更为努力了。

两年后，由于表现出色，王恒的经理就自然升了职，被调进分公司做厂长。本来经理临升职之前也向上司力荐王恒接任自己的位子，但是厂内部考虑到王恒没有什么生产管理经验，就先建议让他再积累两年经验之后委以重任。这时候，厂里又聘用了一位“空降兵”成为了王恒的新上司，同时，新上司还带来了一位助理，与王恒平级。对此，王恒心中十分不快。一方面因在这次人事调动中自己没被重用而感到委屈；另一方面，自己与新上司素不相识，担心自己在其手下得不到重用。自己与上司带来的助理是平级，必然会得到他的排挤，想到此，他顿时感觉自己的前途一片渺茫，工作也丧失了激情，陷入极度失落的状态。他也曾想提起精神，把自己当初的干劲使出来与新来的助手一比高低，但是，看到上司对他的那位老助手信赖的样子，精神就又低落了起来。他十分苦恼，不知道如何应对。

“空降兵”上司与其带来的新助理，的确会给王恒带来巨大的精神压力。但是，这也并不意味着王恒自身就一定得不到重用了，他本来是优秀的，只要把自己原来的聪明才智在新上司面前适当地慢慢地展示出来，他的前途还是十分可喜的。其实，职场中，我们每个人都会遇到类似于王恒的变化，面对变化，我们与其消极悲观，不如积极面对，摆正心态。你可以从这几方面去调整自我：

第一，要有勇于改变自我的胆量。

“胆”代表敢于而勇于尝试、有智慧。在遇到危机的时候，只要你理性、冷静，便可以清晰地观察出来龙去脉。先入为主、坚持自己的观念和态度，便难与人客观、平静地沟通。除此之外，拟定策略时，必须要有效。策略有效，才能适应变化，才能化危机为转机。

第二，要有“屈居人下”的气度。

要想成就一番大事业，单靠自己一方面的力量是不够的。在力量不够强大时，要懂得和接受一切变化。这样才能借助他方的力量，扛起有名望或有实力一方的大旗，在他方的大树下开辟一片新天地，这不仅仅是策略，也是一种成功经验的智慧产物。

第三，要有“如履薄冰”的心态。

成功不是一蹴而就的，“不经一番寒彻骨，哪得梅花扑鼻香?”成大功、立大业者，都得经过艰苦卓绝的奋斗，志向远大者仅以受磨难而论是不够的，因为受磨难与受得了磨难的人相当多，不一定个个都成英雄，有成就，其事业更不是在粗心大意和侥幸中完成和取得的，要抱着“战战兢兢、如临深渊、如履薄冰”的心态，成功才能在变化中一点一滴地积累起来。

02. 只有企业发展了，个人才有大的发展

企业就好比是一条船，而员工则好比是“划船”的人。船载着划船者，划船者也在努力地向前，促使船只不断向前。只有船前行了，员工才能向前。所以，企业和员工的关系就是“一荣俱荣，一损俱损”。只有企业发展壮大了，员工也才能得到更大的发展。

在职场中，员工总是关心自我的发展，但是你要知道，你的个人发展时刻都离不开企业的发展。只有企业发展了，员工才能得到更大的发展空间。只有企业赢利了，员工的薪水、奖金也才能兑现和提升。否则，员工的利益不仅得不到保证，个人发展更是无从谈起了。

所以，很多时候，企业的命运就是员工的命运。很多员工总认为自己在为企业工作，企业为自己发薪水，这是一种“等价交换”。至于企业的发展与否，跟我没无关。如果哪天企业倒闭了，我换家企业就行了，抱有这种观念的员工，是极为可怕的。他们没有意识到企业的命运与个人的命运有着千丝万缕的联系。

举个简单的例子：那些从破产企业出来的员工很不受人待见，而那些从名企出来的员工，总是让人刮目相看，会成为很多企业的“抢手货”。你要选择做哪一种人，相信你自己已经有答案了。

身为员工，你不妨扪心自问一下：作为企业的一员，我给企业带来了什么？别总是想着老板“剥削”了你多少钱，而应该先问问自己你为企业创造了多少价值。别总是时刻想着自己在为老板打工，而应该把企业当成自己的，努力帮助老板处理好一切事务。这对你只有好处，而没有坏处。

墨非之前是一家五金工具店的员工，其每周薪酬只有可怜的两美元。墨非刚进店时，老板就对他说：“你应该尽快熟悉工作中的所有细节，这

样才能把你的工作做好。一旦你能发挥自己的才能，我就会在认可你业绩的基础上，给你加薪。”

细心的墨非对待工作极其认真，他发现老板总是会仔细地查看他进口商品的清单。这些产品是从德国和法国进口的。墨非便开始研究货物清单，从而认识了法国和德国的一些商人。有一天，墨非的老板工作非常紧张，于是便让墨非帮助整理货物清单。墨非干得很是出色，老板很高兴，就将清单检查工作交给他把关了。

大约在一个多月后，墨非就被老板叫到办公室，商行的两位主要人物会见了他，与他进行了谈话。年长的一位说道：“在这一行干了几十年，你是第一个看到这个机会的小伙子，并巧妙地握住了这个机会。在威廉到来前，我一直在从事这项工作。他之所以能成为商行中的一员，就在于他能关注这一方面的工作。我们希望你来主管商品进口的工作。这是所有工作环节中最重要的一个职位，必须要一位可靠的有能力的人来负责。在我们这二十多个员工中，只有你一个看到了这项工作的重要性，并且有能力胜任它。”

随即，墨非的工资被随之提高，涨到了每周十美元。又过了 4 年，他的月薪就达到了 1000 美元。再到后来，他便被派往法国和德国工作。他的老板说：“等到墨非 30 岁时，可能会成为商行合伙人中的一员。他是一个把商行的命运视作自己命运的人，并愿意为此付出自己的全部努力，使自己能够为商行做得更多。一个愿意付出的人，最终必有丰厚的回报。”

任何一名员工，只要能时刻与老板保持一致，并帮助老板取得成功，通常都会成为企业的中坚力量。多数成功人士，也都经由此途径达到了个人事业的巅峰。

有一家运营状况良好的公司，但突然有一天，他们被工商局告知他们的产品质量出现了问题，对消费者的健康造成了极大的危害，所以要停业整顿。如果停业整顿，也就意味着这家公司将在 24 小时内宣告破产。公司老板焦急万分，立即召开会议商讨如何解决问题。

在会议上，研发部的几位经理见老板无计可施，便一起向老板辞职。其他部门的经理见状，也都表示了要离开的意思。

恰在此时，一个员工走了进来，他很坚毅地说：“我们的公司只是暂时出现了状况，只要尽快收回不合格的产品，并通过媒体诚恳地向消费者道歉，同时主动赔偿受害者的损失。”

这位员工说完后，就马上给媒体打电话，紧接着又把其他的员工号召起来，鼓舞他们的士气。最后，经过全体员工的努力，终于想出了一个让公司起死回生的好办法，公司的信任危机得到了顺利解决，几天后，公司也很快恢复了正常的运转。那位员工，自然也成了公司的英雄，被提拔到副总裁的位置。

无论是你自己选择了目前所在的这家企业，还是这家企业选择了你，既然你已经成为这家企业的一员，就应该时刻竭尽全力为企业的发展做贡献。应当把公司当成自己的公司，否则，如果公司发展状况不好，你的前程也会被毁于一旦。

其实，身为职场人，我们每个人都应该明白这样的道理：公司和员工个人的关系就是“一荣俱荣，一损俱损”的。只有企业发展壮大了，员工才能得到更大的发展。唯有认识到这一点，我们也才能在工作中赢得老板的赏识和尊重，才能为个人的事业铺平道路。

03. 遇事先冷静，避免“脾气败”

命运有一半在你手里，另一半在“情绪”手里。在你被情绪控制的时候，别忘了自己还拥有一半的命运；在你得意忘形的时候，别忘了“情绪”手里还有你的一半命运。你一生的努力就是：用自己的一半去获取“情绪”手里的另一半，这就是人一生的命运。

人生失败的原因有很多种，其中较为常见的一种就叫作“脾气败”，即遇事无法控制自我情绪，因为意气用事而导致的失败。这同样适用于职场上：下属犯了错误，上司会大发雷霆，一怒之下将其赶出公司；上司说员工没做好工作，刚说几句，下属就大发脾气，一气之下一走了之……其实，遇到糟糕的事情，谁都会有火气，但是你在发脾气的时候是否想过：发脾气能解决问题，还是冷静下来想办法挽救更能解决问题呢？

有一次，索尼公司在日本的一家分厂的产品出了问题，这家工厂的产品是销售到东南亚的，总公司不断地收到来自东南亚的投诉，给公司造成了巨额损失。后来经过调查，发现原来是这种电子产品的质量出了一些小问题。该项目的重要负责人羞愧难当地随即向董事长提出了辞职，以示谢罪。

面对这些，索尼董事长盛田昭夫很是冷静。他没有像其他普通人那样顿时火冒三丈，严厉指责负责人的过失，并做出开除他的决定，以消除内心的怒火。他清楚地明白，这样做的结果于事无补，因为损失已经成为定局无法挽回。

该负责人立即被盛田昭夫叫到办公室，要求对这一次错误做出陈述。事后，他又当着对方的面把辞职信一撕两半，扔进了垃圾桶，并笑着对他说道：“你在开什么玩笑？公司刚刚在你身上花了巨额的培训费，你不把钱挣回来就别想离开。”

该负责人闻听此言，大出意外，立即化羞愧为奋发，变压力为动力。在随后的一年时间内，为公司创造了远远超过1000万日元的利润。

盛田昭夫是个极为明智的人，面对下属的失误，他既看到了公司的损失，也看到了他事业方面发展的潜力，于是压住自己的情绪，用思想工作来挖掘这种潜力。如果说盛田昭夫是转败为胜，那么意气用事的“脾气败”便会使人一败再败。如何避免“脾气败”呢？这是一门极深的学问。

一个人在心澜难平，或者怒涛汹涌时，是极难做出理性的判断，极难采取明智的行动的。这就造成了“脾气败”。富兰克林也说：“事情常常从愤怒开始，以羞辱结束。”人之心理就像一面湖水。浪花起伏的湖面无法映出任何面貌，但是静止的水，却犹如一面镜子，不但能映出周围的高山、树林，甚至连天空中飘动的浮云也能看得一清二楚。如何保持心静如水是一种极高的修养，这种修养会使一个人时刻避免“脾气败”，从而踏平坎坷，消除灾祸，转败为胜，走向辉煌。

当然，提升个人修养是一件长时间的事，在个人心理修养还不够的时候，就要学会管理自己的坏情绪，以避免“脾气败”。要管理好自我情绪，应从以下几点出发：

第一，在生气前，先搞清楚自己为什么会有这种情绪。

“我为什么生气，为什么发脾气？为什么情绪不好？”弄清楚发脾气的原因后，再冷静地想自己的坏情绪是否能解决问题，再对症下药，从而根治自己的坏脾气。

第二，面对这些坏情绪自己该怎么办。

遇到坏情绪上来了，先想想做什么事情能让自己平静下来？或许是运动、独处、听音乐、到郊外走走、倾诉……无论什么方式，只要能够改善自己的坏心情，让自己恢复冷静，都是极好的办法，就该努力去尝试。

04. 以“热情”来拥抱你的工作

伍罗·威尔森说：“没有热情，世间便无进步。”热情的性格犹如胶水，在你遇到困难，梦想摇摇欲坠的时候，它能够让你有足够的信心再次坚持下去。当周围的人在大声喊叫“不，你做不了”的时候，它就会轻轻地在你耳边对你说：“我早晚能够做到！”

“工作只是为了养家糊口，无所谓喜欢不喜欢”、“上班是一种对生活的无奈选择”……职场中，很多员工都是带着这样的思想工作的。以这种态度应对你的工作，你极难做出成绩的，而且这种态度很容易让人产生消极的思想，对工作充满抱怨。

卡耐基认为，正确的思想，会使任何工作都不那么厌烦。一个人只有从心底真正地热爱自己的工作，才能在工作中感受到快乐，也才能激发其积极性。所以，无论你从事的是什么样的工作，都要在平时不断地提醒自己：爱上自己的工作，而不是抱怨，可以将你的思想从忧虑上移开，到最后，还可能带来晋升和加薪。即便是这样，也可以将疲劳感减到最少，并让你在享受中完成自己的工作。

桑巴恩是美国著名的演说家，一天，他乔迁新居不久，有一位邮差来敲他的门。“上午好！桑巴恩先生！我叫意尔德，是这里的邮差。我顺道来看看，并向您表示自己的欢迎，同时也希望对您有所了解！”他说起话来总是表现出兴高采烈的样子，他的真诚和热情溢于言表，并且他的这种真诚和热情让桑巴恩感到又惊讶又温暖。于是，他告诉意尔德，自己是一位演说家。“既然你是一位演说家，那您一定经常要出差旅行了？”意尔德微笑着继续说，“窃贼会经常窥视住户的邮箱，如果发现是满的，就表明主人不在家，那您可能要身受其害了。”

桑巴恩心想，这个邮差比我自己还关心我的邮箱，不过，毕竟这方面他才是专家，应该相信他才好。意尔德接着说：“不如这样，只要邮箱的盖子还能盖上，我就把信件和报刊放到里面，别人就不会看出您不在家。塞不进邮箱的邮件，我就搁在您房门和屏栅门之间，从外面看不见。如果那里也放满了，我就把其他的留着，等您回来。”意尔德的这种工作热情以及这种认真负责的态度着实让桑巴恩深受感动。

两周后，桑巴恩出差回到家，突然发现门口的擦鞋垫跑到门廊的角落里了，下面还遮着什么东西。原来在桑巴恩出差时候，联邦快运公司把他的一个包裹送错了地方，幸运的是意尔德把它捡起来，放到桑巴恩的住处藏好，还在上面留了一张纸条，解释了一下事情的经过，这让桑巴恩深受感动。意尔德是一个普通的邮差，然而他对自己工作所付出的热情已经传为一段佳话。

工作有趣与否，不在于工作本身是否有趣味，而在于你对之付出了多少的热情。再枯燥无味的工作，只要你肯付出热情，就会觉得充满了趣味性。

弗雷德里克·威廉森说：“我活得愈久，便愈确定热情是所有特性或质性中最重要的。通常，一个成功者和一个失败者的技艺、能力和才智差异并不很大。假使有两个人，以同等的能力、才智、体力与其他的重要质性开始，会出人头地的是那个满腔热忱的人。同时，一个能力平平却抱持着热忱的人，往往能超越一个能力强却毫无热忱的人。”一个人带着热情去对待他的工作，无论多大的年纪，都仍旧充满青春活力，就是因为他们始终能保持一颗赤子之心。大提琴家卡隆尔斯在 90 岁时，每天早晨都会先拉奏一下尼哈的乐曲，乐声从他的指间飘过时，他会把弯曲的腰背挺直，两眼再度流露出欢欣的神色。

对卡隆尔斯来说，音乐是长生不老的灵丹妙药，使人生变成永无止境的探险。正如作家兼诗人欧尔曼所写的那样：“岁月使皮肤添加皱纹，失去热忱性格却令心灵发皱。”

在职场中，热情是一股伟大的力量，它可以补充你的精力，不断地为你充电，并形成一种坚强的个性，激发你的潜能，让你充分发挥自身的优势和潜力去应对你的工作，达到最终的成功。

一个拥有热忱性格的人，是不会以金钱、地位和权力为目的去工作的，他们从内心真正地热爱他们所从事的职业，甚至会将工作当成他们生命的一部分，全身心地投入，所以更容易做出成就。有一次，一位记者问比尔·盖茨：“你成功的秘诀是什么？”盖茨答道：“对工作的热情！”

对方又问：“你的热情主要来自哪里？”

比尔·盖茨回答道：“我在很早的时候就听过一句话，是说‘在我不再以金钱为目的而工作之前，我连一个铜板也赚不到’。”

总之，热情可以用来补充你的精力，激发你的积极性，并形成一种坚强的个性。可以说，热情是一个人在职场获得成就的源泉。一个人意志力和追求成功的热情越强烈，那么，成功的概率就愈大。

05. 能与企业同甘共苦、风雨同舟

那些一旦听到企业遇到什么危机就打退堂鼓的员工，是难以获得成功的。这样的员工，也许能够找到一份工作，但是，永远也无法获得卓越的成功。因为每家企业真正需要的是那些能与企业生死与共的人。一个能够时刻与企业同生死、共命运的员工，才能获得最多。退一步说，即便企业不幸倒闭，你的品质也会得到他人的欣赏，为你赢得巨大的财富。

一个好的员工一定是能与企业同甘共苦、风雨同舟的。即为能与企业一起同甘苦、共患难。对每个员工来说，企业是我们赖以生存的“家园”，是我们实现个人价值的基础，无论什么时候都要能跟企业同甘共苦。

当然了，同甘共苦，首先强调的是“共苦”的精神。任何一个企业在发展过程中都不可能一帆风顺，都会遇到各种各样的困难和挑战，条件艰苦，环境制约，产品因素，市场影响，运转压力等，还会遇到出乎人意料的挫折等。这个时候，如果我们能时刻站在企业的一边，为其发展出一份力，帮企业渡过危机。

其实，在企业遇到困难的时候，愿意与企业同甘共苦的员工，通常都能够得到老板的赏识，得到最大的回报。

有一位叫瑞安的年轻人，在美国纽约的一家有名的广告公司工作。瑞安的工作很普通，就是帮公司签单、拉客户。在开展工作的过程中，瑞安的谈吐和能力，令许多客户称赞。

在瑞安刚进入公司时，公司运营状况良好，瑞安自己工作起来都是得心应手。后来，公司承担了一个大的项目策划——在城市的各条街道上去做广告。全体员工对此惊喜万分，都全身心地投入到工作中。因为这将给公司和员工带来巨大的经济利益和发展前景。

约翰逊是公司的总裁，是个极为精明的商人。他为人亲和，赢得了许多员工的尊重。在接到项目的那个月末，约翰逊总裁在发工资那天召集全体员工开会：“大家都知道我们公司承担了这个大的项目，仅仅准备工作就要耗资好几百万美元，所以现在我们公司的资金状况比较紧张。我是这样想的，我们这个月的工资，就放到下个月一起发放，还请你们能够谅解一下公司的处境。工资早晚都会给你们的，只要我们能把项目做好，大家一起共享利润。”所有的员工都对总裁的话表示赞同。

出乎人意料的是，半年后却风云突变。经过公司业务人员的辛苦奔波，全套审批手续批下来的时候，因为估计不足，公司因资金缺乏，业务全面陷入停顿的状态，别说给员工发工资了，就连日常的费用也只有向银行伸出求援之手。因款项数目巨大，银行也不愿意伸出援手，公司前景一片黯淡。

在这个极为艰难的时刻，瑞安打算号召全体员工集资，以帮助公司渡过难关。总裁笑笑，无奈地拍拍瑞安的肩膀：“就算所有的员工都同意，又能筹到多少钱呢？公司不是几十万就能脱离困境的，集资只是杯水车薪，连一个缺口都堵不住。”

当约翰逊总裁召集全体员工，向他们陈述公司的状况时，一下子人心涣散，人员所剩无几。拿不到工资的员工将总裁办公室围得水泄不通，见总裁实在无钱支付工资，他们就各取所需，将公司的东西分得一无所有。对此，瑞安很不理解，但仍旧没有放弃。

一周后，公司就剩下几个人，这时，一家公司高薪来挖瑞安。瑞安对他们说：“公司发展良好的时候，给了我很多。现在公司有困难，我应该与公司共渡难关。让我在公司出现这种困难的关头甩手离去，我不会做那样的缺德之事。只要约翰逊总裁没有宣布公司倒闭，总裁留在这里，我就不会离开公司，哪怕最后只剩下我一个人，我也会坚持到底。”

又过了一段时间，瑞安真的成了公司唯一一名员工了。总裁歉疚地问他为何要留下来，瑞安微笑地说了一句话：“公司就是我的船，既然我已经上了船，而船又遇到了惊涛骇浪，我更应该与公司站在一起，共渡难关。”

因为街道广告属于城市规划的重要项目，他们停顿下来后，在政府的催促下，公司只有将这来之不易的项目转交给另一家大公司。但是在签订合同的时候，约翰逊总裁提出了一个条件，那就是让瑞安在该公司里担任项目开发经理，否则就是不与之合作。约翰逊总裁握着瑞安的手向那家公司推荐说：“瑞安是一个难得的人才，更是一个值得信赖的人。只要他上了你的船，就一定会和你及你的公司风雨同舟。”

那家公司的总裁握着约翰逊的手微笑着说：“在这个世界上，能够不计个人得失而与公司共命运的人才十分难得。或许以后，我的公司也会遇到各种各样的困难，我当然也希望那时能有人愿意与我和我的公司一起同舟共济。”

在此后的几十年的时间里，瑞安一直没有离天过那家公司。在他的努力下，公司得到了飞速的发展，现在他已经成为了那家公司的重要领导。

能与企业风雨同舟的员工，说明其是一个高度负责任，是值得老板信赖的人，这样的人很容易被机遇所垂青，也注定会有一个美好的前程。

其实，很多时候，公司就是你的船，你不是乘客，而是主人，船的命运就是你的命运。所以，你必须能够对公司承担起应有的责任，才能求得更好的发展，同时这也是对自己负责任。

06. 与其抱怨不止，不如流汗改变

喜欢抱怨，就像搬起石头砸自己的脚，于人无益，于己不利。抱怨并不能令你糟糕的现状有任何的改变。与其抱怨不如收拾自己的情绪，让自己做一些有意义的改变。

在职场中，总能听到各种各样的抱怨：工作不如意，遭上司批评，与同事搞不好关系，工作压力大，工作分配不合理……其实，职场中会抱怨，无非就对自己的现状感到不满。其实，当工作不顺时，抱怨除了让自己更生气外，不会对你的现状有任何的改变。该做的工作照样得做，上司的吩咐照样得执行。如果真的想要让自己的现状一切顺遂，不如停止抱怨，然后改变自己。很多年轻人觉得自己的人生比较坎坷，埋怨自己的职场生涯过于曲折。其实一个过于曲折的人生并不是真正地想要打倒一个人，只是因为这个人过于缺乏生存的能力，上帝帮助你的生活出现了一位严师。他能够帮你在碌碌无为中找到机遇，不断地挖掘自己。上帝舍不得浪费任何一位人才，如果你的生活不够顺遂，那是因为上帝在想方设法地挖掘你的才能。

有句话说："你看到他家的草坪更绿，那么他家的水费也一定更高。"这就是说很多人的抱怨都是因为只看到了令人惊羡的收获，却没有看到他人流汗地付出。很多时候，一个人并不是败给天大的困难，只是在困难面前，自己从来都没有想要翻过去，只是停留在那里不停地抱怨，为什么自己的路途中会出现这样一个困难。明智的人不会只停留在原地抱怨哀叹，而是真正意义上的做些什么，因为他们知道抱怨会让自己的开心越来越少，烦恼越来越多。抱怨就像诅咒，越抱怨越退步。

清韵是一家文化公司的编辑，虽然她一直辛苦地工作着，但是工资却少得可怜。眼看着大学里的好姐妹们都升职的升职，涨工资的涨工资，她却原地不动。她每天只会和同事小周抱怨自己的运气差，没有像同学一样，得到老板的重用，得到满意的薪水。除此之外，她依旧没有任何的改变。工作了两年多，没有升职的空间，也没有涨薪水的消息。抱怨让清韵无心工作，她每天心不在焉，工作的效率开始慢慢地变低。由于工作效率变低了，她的薪水是多劳多得的，所以，她的薪水更加低了，她的抱怨也越来越重了，一系列的恶性循环就开始了。

后来她的同事小周也忍受不了在公司里面没有任何的前途和薪资上面的满足，于是辞职离开了。临走的时候还劝她改变自己的生活和工作状态，但是清韵只是点点头，并没有做出实质上的改变。不久后，她因为工作上的不满，渐渐地变得有些抑郁了。就在她还保持原样的时候，她的同事小周在另一家公司做得风生水起，不仅仅由一个普通的组稿人员升级为策划稿件人员，薪资也高出以前的数倍。

小周后来找时间和清韵吃了饭，并在席间和清韵说："清韵，如果抱怨能够改变你糟糕的境遇，那么世界上的人都愿意做一个只会抱怨的怨妇。我也曾经为自己的生活和工作的不如意抱怨过，但是我抱怨之后并没有发生任何的改变。我现在不用像你一样再忍受那些自己不愿意忍受的工作和微薄的待遇，是因为我总是想着改变。"清韵听完小周的这一番话后，终于明白自己为什么会活得越来越不开心了。根源所在就是自己只会抱怨，却不曾对自己不满的生活状况做任何的改变。

也许你到今天还置身于不如意的职场环境之中，还在满世界地抱怨世界有多么的不公平，老天对你是如何的不公正，但是在你发出这句牢骚时，请你看看那些比你生活得还要痛苦，还要悲惨的人，看看他们面对命运的不公平，如何改变自己的命运，如何用自己的汗水获得人生中的成功。很多事情需要我们换位思考，当我们的想法改变了的时候，你就会知道，没有什么值得抱怨的，很多事情都不是注定的，都是靠自己的努力慢慢改变的。

07. 抱怨怀才不遇，不如主动去创造机会

苏岑说：“如果你总抱怨怀才不遇，那是因为你的能力还不能撑起你的梦想！多少好苗子都败在了眼高手低上。别总是羡慕人家有我行我素的资格，咱得先像傻子一样苦干，才能像疯子一样任性！”

一个人的方向在哪里，他的机会就在哪里。职场中，我们在抱怨机会不垂青于自己，与其给自己徒增烦恼，不如主动出击去为自己创造一个机会。

清代作家彭端淑在《为学》一文中讲了一个故事：

蜀国有两个和尚，一个穷和尚，一个富和尚。穷和尚对富和尚说：“我要去南海，你认为怎么样？”

富和尚说：“你凭什么去？”

穷和尚说：“我一瓶一钵足够了。”

富和尚说：“我数年来想买舟去都不能去，你怎么可能到达？等时机成熟的时候再说吧！”

到了第二年，穷和尚从南海回来，并告诉了富和尚自己在路上是如何创造机会，到达南海的。而富和尚感到很惭愧。从西蜀去南海，有几千里远，穷和尚可以到达，而富和尚不能到达。

富和尚总是等待，最终没能够到达南海，而穷和尚则只需一瓶一钵，在路上不断给自己创造机会，最终到达南海。

在生活中，有很多人，尤其是年轻人，总是埋怨自己怀才不遇，埋怨职场环境不如自己的意，埋怨自己缺乏机会等，其实，与其埋怨机会，让自己消极郁闷，不如主动出击去创造机会。否则，只能在埋怨和消极中度过。

风景其实在任何高度都可以美丽，人生其实在任何位置都会有奇迹！前提是要积极行动去创造机会，而不是消极地坐等机会。比尔·盖茨说："你能够使成功成为你生活中的组成部分，你能够使昨日的理想成为今天的现实。但是，靠愿望和祈祷是不行的，必须动手去做，去主动创造机会，才能让你的理想变为现实。"

刚从传媒大学毕业的刘靖，最近被某家电视公司邀请去主持个特别的节目，那节目的导播看她文章写得不错，又让她兼职做编剧。

可做完节目，领酬劳的时候，导播不但不给刘靖算编剧费，还扣掉她一半的主持费。他把收据交给刘靖时说："你签收 1600，但我只能给你 800，因为节目透支了。"

刘靖当时没吭声，但心里却很憋屈，觉得自己怀才不遇。但谁让自己是刚出道的新人呢，只好在收据单上签字。在接下来的几个月，刘靖并没有松懈，而是每天晚上加班练习发声，坚持写新闻稿，希望有朝一日能出人头地，不再忍气吞声。

后来那导播又找到刘靖，她照样还是帮他做了几次。最后一次，他没有扣她的钱，变得对她客气十足。因为那时她已经被那家电视公司的新闻部看上，一下子成为了电视记者兼新闻主播。

后来，刘靖和那位主播成了同事，每次见面都有些尴尬。她曾想去指责他，但又一想：如果当初没有他，自己又怎会努力奋发成为今天受人景仰的女主播呢？机会是他给的，他是自己的贵人，更何况他已知错，自己又何必去报复他呢？

居里夫人说：“弱者等待时机，强者创造时机。”在职场中，当你抱怨自己被人冷落、不被人重视时，与其抱怨，不如积极努力，主动去创造机会。一个人要想实现自己的职业梦想，是需要机遇的，但是偶然的机会被发现、被抓住和被创造出来，却不是绝对的偶然。

当然，要创造机会，要靠自身的实力。没有实力，机会被创造出来了，又能如何呢？实力靠的是自己，机会靠的也同样是自己。机会是给懂得如何创造它的人准备的。

08. 有时间去生气，不如努力去争气

在面对他人的诋毁或者是嘲笑的时候，我们要有这样的气度：他人看不起自己，就越要努力活出个样子来给他们看看。怒发冲冠、以牙还牙有什么用呢？你还是你，你的境况没有任何的改变，别人照样还是瞧不起你！

《辣妈正传》中，当员工夏冰被上司李木子重用时，办公室里其他不服气的员工便开始对她进行冷嘲热讽，漫天的流言蜚语便向她袭来。

对此，夏冰很是气恼，上司李木子了解到情况后，这样劝解她道：“你好了，总有人会眼红说闲话的。只有你让自己更好，所有的闲话才会不攻自破。其实你应当谢谢那些曾经或者正在看低你的人，他们才是你进步的阶梯。对此，你大可以不管不问，更加努力地投入工作，当你再回头时，他们也只能仰望你了。”

夏冰说道："说得容易，可是办公室里没有本科文凭的大概只有扫地阿姨和我了。"

李木子说道："我刚到丽人杂志社那会儿，扫地阿姨都有上海户口，我没有。可现在呢？你看这外面一屋子的上海姑娘，我是你们的职场榜样。"

有时间去生气，不如努力去争气！只有愚蠢的人才会一味地去生气，拿他人的错误来惩罚自己。与其这样，不如将自己的精力用在工作、学习和事业上面，拓宽自己的知识领域，让自己变得睿智起来，这样才会增强自身的实力。生气没有用，只有为自己赌口气，努力去为自己争气，才是唯一的出路。

张俪是一家娱乐公司的小歌手，因为个子矮小，所以一直没能得到发展的机会。然而，她却并没有放弃，毕竟身高不是她所能控制的。

有一次，在一个小城市举办了一场青年歌手演唱比赛，张俪便参加了，她很希望自己能够通过参加比赛证明自己的实力。在之前，她为这场比赛做了精心的准备，然而在面试的时候，面试的人看了看她，竟然说道："你还想成名吗？小女孩，你先回家自己照照镜子看看吧！"

在大家的嘲笑声中，张俪便被推出了门外。她心里很不服气，很是生气，为自己感到委屈。她便握紧了拳头，然后对着评委大声地喊道："你们不要小瞧人，总有一天，我会成为一个明星的，不信你们等着瞧吧。"张俪的声音很大，但是大家却都笑了。在他们的眼中，小歌手就像一个小傻子一般。张俪并没有生气，她明白，只有等自己真正地强大起来之后，他们才会认识到他们今天的错误。

这样的情况连续发生了很多次，但是张俪始终没有放弃。她告诉自己："生气不如争气，自己一定要活出个样子给那些瞧不起自己的人来看看！"因为她对音乐有着执着的追求，奇迹终于出现了，她的才华打动了一个非常出色的制作人，并跟她签了约，不久之后，张俪便一举成名，最终实现了自己的梦想。

生活中，有许多像张俪这样的人，虽然他们一时没有成功，但他们却从来没有放弃过自己的梦想。面对他人的嘲笑和讽刺，他们只会用自己的行动去证明：他们时时刻刻都在等待，他们总有一天会达成自己的梦想，他们是可以经受住一切打击的强者。

所以，我们千万不要小看了“争气”，尽管它与“生气”仅有一字之差，但其蕴含的道理却有着天壤之别。我们一定要认清自己，争气并不是情绪的一种表现，而是我们对目标的一种追求。争气并不是说有就有的，而是需要我们靠自身去努力，才能实现。争气值得喝彩，争气值得鼓励，争气也是值得我们每个人应该学习的。

人们常说：“人争一口气，佛争一炷香。”有时间去生气，不如努力去争气！只有愚蠢的人才会一味地去生气，拿他人的错误来惩罚自己，不如将自己的精力用在工作、学习和事业上面，拓宽自己的知识领域，让自己变得睿智起来，这样才会增强自身的实力。生气没有用，只有为自己赌口气，努力去为自己争气，才是唯一的出路。要知道，人与人之间并没有本质的区别，既然别人可以功成名就，你同样也可以。千万不要去抱怨别人的命有多好，其实，只要你比别人更努力、更争气，一定也可以达到自己的梦想。记住：鸡和雄鹰的祖先是一样的，但是一个在土中刨食，一个在天空中畅游，之所以它们的命运不同，完全就在心中的那口气。

09. 不要生气抱怨，积极面对困境

人受了委屈通常会以“生气”了事，但是要知道，生气时没人会理睬你，你生气惩罚了自己后，你还是你，处境没有丝毫的转变。而如果在委屈后能奋力拼搏，努力为自己争气，自然能改变你的处境，到那时自然就会有人来抬举你。

美国成功哲学演说家金·洛恩说：“成功不是追求得来的，而是被改变后的自己主动吸引过来的。”的确，在工作中，总有很多人和事让我们感到郁闷，这种郁闷可能是因为他们不欣赏你，可能是他们不喜欢你，可能是他们不重视你，但是，与其闷头生气，不如学着去改变自己。很多时候，生气时没人会在乎你，但当你奋力争气时就会有人主动来帮助你。

张怡大学毕业后，到一家广告公司的策划部上班。因为她文笔好，所以，很快就受到策划经理的重视，公司的一些活动方案都会交给她去起草。

一次，公司要开展送温暖下基层活动，起草方案的活儿自然就落到张怡的头上。因为时间紧急，大家都在紧张地忙碌着。可是，就在这次活动启程的前一天凌晨一点钟，张怡被经理秘书的电话吵醒说要商量调整方案的事情。这让正在睡梦中的张怡心中恼怒万分，心中十万个不愿意地拿起件外衣就往外走，心中一直抱怨公司领导的不近人情，完全不顾员工的感受，还说什么以人为本。张怡到公司后，经理也都在。虽然她很快就完成了方案的修改，但大家都觉察出她不愉悦的情绪，她在为加班而生气。

自从这件事后，张怡的心理发生了微妙的变化，她的不悦情绪多了起

来，一点小事都会让她斤斤计较，慢慢地，抱怨和不愉快的情绪逐渐地占据了她的内心。久而久之，同事们便开始对她另眼相看，甚至慢慢地疏远了她。经理也不再让她承担主要工作，而是叫她配合其他同事。

苦恼之下，张怡就向好朋友苏力抱怨自己当下的境遇。苏力入职场比张怡早一些，她现在是一家公司的副总，她听后，淡淡一笑对张怡说：“有句话说得好，如果不能改变环境，可以改变心情。你一直都生气，别说公司领导了，就连同事也不会理你吧！你在这里干生气，还不如努力工作为自己争口气呢！”听了这话，张怡豁然开朗：如果一味地让生气、抱怨缠绕自己，会对自己的工作不利的。

转眼间到了年末，因为几个客户的新年活动，策划部的工作显得异常地忙碌，经理心急如焚，另外的几个同事因为加班，也不由得抱怨起来。这时，张怡主动承担了策划工作的大部分任务，不仅亲自与客户沟通专心写好策划案，还把其他两位同事的工作也接了过来。为此，她每天都加班到凌晨一点钟左右。经过一番忙碌后，终于顺利按客户的要求完成了工作任务，这让经理很受感动。事后，还专门在年终大会上，对张怡提出了书面表扬。

从这件事之后，张怡便学会了管理自己的情绪，遇到临时变故的情况发生，都克服困难想办法去完成。经理也恢复了对她的信任，又把一些重要的方案交给她起草。因为她变得积极、乐观，敢于承担责任了，她与同事们的关系又融洽了起来。一年后，张怡幸运地荣升为策划部的副总。

张怡的经历告诉我们：遇到问题一味地抱怨、生气，除了能增加你的痛苦，让人觉得你无能外，并不能从实质上改变什么。同时，你生气时，没人会在乎，而只有奋力向前，积极向上，努力解决问题，才有人会主动去帮助你，让你站到更高的位置上。所以，遇事我们一定要先消除自己的消极心态及理念，努力去改变自己的处境，而不是消极去生气、抱怨。

要知道，办法总比困难多，面对不如意的境遇或难题，与其满腹牢骚地抱怨，不如用积极的心态去面对，想尽办法加以解决。况且，处理这些难题或改变那些不好的境遇，也可以锻炼你自己的能力，为个人的人生历练积累经验，何乐而不为呢？

第八章 | 团队合作:从优秀到卓越的蜕变

● “学科交叉，知识融会，技术集成”的现实告诉职场人，“孤胆英雄”的时代已经过去，个人的作用在下降，群体的作用在上升。为此，团队协作精神已经成为当今社会企业发展的必备要求。一位企业家曾这样说，“跑单帮”难成气候，“抱成团”才能打出一片天地。所以，在实现职业理想，在职场中仅靠你一个人是不行的，而是要把自己融入团队中，共同协作，共同奋斗，不断学习，完善自我，成就完美的自己。

01. 团队协作是你必备的素质之一

一头狮子是狮子，一群狮子凑在一起就会变成“狮子狗”。忘掉自己曾经是头狮子，做一只狼、一只蜜蜂、一只蚂蚁。狼团队、蜜蜂团队和蚂蚁团队比“狮子狗”团队更有战斗力。

华为技术有限公司总裁任正非曾经给新员工写了这样一封公开信，这封信可以代表大多数优秀企业家对年轻人的期待和担忧，也凝结了很多过来人的智慧，值得一读：

您有幸进入了华为公司。

我们也有幸获得了与您的合作。

我们将在共同信任和相互理解的基础上，度过您在公司的岁月。这种理解和信任是我们愉快奋斗的桥梁和纽带。

华为公司是一个以高技术为起点，着眼于大市场、大系统、大结构的新兴的高科技企业。公司要求每一位员工，要热爱自己的祖国，任何时候、任何地点都不要做对不起祖国、对不起民族的事情。

相信我们将跨入世界优秀企业的行列，会在世界通信舞台上，占据一个重要的位置。我们的历史使命，要求所有的员工必须坚持团结协作，走集体奋斗的道路。没有这种平台，您的聪明才智是很难发挥并有所成就的。因此，没有责任心，不善于合作，不能集体奋斗的人，等于丧失了在华为进步的机会。那样您会空耗宝贵的光阴，还不如在试用期中，重新决定您的选择。

进入华为并不就意味着高待遇，公司是以贡献定报酬，凭责任定待遇的，对新来员工，因为没有记录，晋升较慢，为此，我们十分歉意。但如果您是一个开放系统，善于汲取别人经验，善于与人合作，借别人提供的基础，可能进步就会很快。如果封闭自己，总是担心淹没自己的成果，就会延误很长时间，也许到那时，你的工作成果已没有什么意义了。

……

从任正非的信中可以看出，团队协作精神已经成为当代职业人必备的素质之一，也成为评判一个员工是否合作和优秀的标准之一。所以，要实现个人的职业理想，要想在职场中迅速地脱颖而出，培养自己的团队精神是必不可少的。

马云曾经说，成功就是成就自己帮助别人。帮助别人是团队协作精神的要点。在一家公司，如果你发现自己的工作不用任何人协助就能独立完成，那你多半就是个打杂的。相反，你的工作需要很多人去协助，你所从事的工作也就越复杂、越高级。所以，在平时的工作中，在帮助别人时不要吝啬。

可以说，在现代职场，团队合作已经成为一家公司或企业成功的保证，也是一个人成功的前提，即便你是一个天才，如果团队协作能力差，也难以受到公司的欢迎。以 IT 业为例，中国有很多这方面的人才，聪明才智都没有问题，但是团队精神却不够，他们编单个的简单程序都能编得很好，但编大程序就不行了。美国微软公司开发 WINDOWS XP 时，500名工程师共同奋斗了两年，有 5000 万行编码。软件开发需要协调不同类型、不同性格的人共同奋斗，缺乏合作精神是难以成功的。现在多数企业或公司已经把团队协作能力的强弱作为衡量一个员工是否合格的重要标准。不能与同事友好地合作、没有团队意识的人，是极难在职场中立足的。

当然了，团队协作精神除了主动帮助别人，还包括大局观和协作精神。

大局观即是一个前提，先有大局观，后有协作精神。所谓的大局观，就是把团队的利益、集体的利益和公司的利益放在个人利益之上。成功的人往往都是大局意识非常强的人，能够为了集体利益而牺牲自己的小利益。

个人利益并不是不重要，没有个人利益就没有整体利益，没有局部利益就没有全局利益。但是，在一定程度上，为了大局的利益，优秀的员工必须能够做到放弃个人利益。团队利益和个人利益是捆绑在一起的，公司好了大家都好，公司赔了，个人也拿不到多少的薪水。那些“只顾自己，不顾集体”的员工是不受老板和同事欢迎的。团队精神要求当个人利益与集团利益发生矛盾时，员工能以大局为重，而不是以自我为中心。所以在平时的工作中一定要练就这两种精神或眼光，这是你实现个人职业理想的重要保证。

02. 团队中没有“超人”只有“众人”

李嘉诚说：“你们不要老提我，我算什么超人，是大家同心协力的结果。我身边有300员虎将，其中100人是外国人，200人是年富力强的香港人。”

古希腊曾有人说过一句话：“你有一个苹果，我有一个苹果，我们两个人交换，每人还是只有一个苹果；你有一种思想，我有一种思想，我们两个人交换，每人就有两种思想。”这充分地说明了学习中合作的重要性。其实在工作中，合作仍然是最重要的。一个人如果想在职场中做出一番成绩，干出一番事业，一定要有团队精神。一个人的力量再大，大不过集体。就像歌词中唱的那样“一双筷子轻轻被折断，十双筷子牢牢抱成团”。一个人的能力在众多人能力相加的面前是非常微弱的。

一个人再能干，不可能单独完成一次团队的任务，一个人不懂得与他人合作，永远都不会做成什么大的事业。要想做到最好，仅仅靠自己是不行的。只有不断地取长补短，才会不断地进步。一个人的智慧是有限的，在许多事物上，我们并不能做到事事都如意，滴水不漏。当我们借助团队的时候，这些问题就不会存在了。所以，在职场中，没有超人，只有众人。一个优秀的员工，一定是具备合作这种优秀的品质的。

想在工作之中做超人的人，往往会认为自己的能力水平突出，却忽视了重要的一点：没有其他人的帮助，一个人是无法做任何事的。即使是流落荒岛的鲁滨逊，也要依靠别人制造的工具、传授的技能才能够让自己活下去。

在工作之中，可以说每一个人都是不可或缺的，只有大家各自分工，相互协力，才能够让公司像一台机器一样正常运转。缺了任何一个零件都不行，单靠“零件”更是不会有任何大作为。但在工作中也可以说每一个人都不是不可替代的。一台机器零件坏了，完全可以换个零件。一个人如果在工作之中认为自己作用突出，想成为“超人”，因而影响了整个公司的运作，那么他就即将要面临被“换掉”的命运了。

在工作中，纵使一个人再怎么强大，也是有脆弱的地方，想要把事情做到尽善尽美，就不得不向那些在某一方面比我们强的人学习，我们要学会与他人建立良好的合作关系，并尽力地营造和谐的气氛，善于集众人的智慧于一身的人，才能更好地借助团队的力量，才更易于成就大事。如果一个善于广采博纳的人，拥有一颗坦诚谦虚的心，那么凡人也可以变成超人的。一个组织的组成是由队员组成的，每个人手上都有不同的信息和看法，这就是众人力量的厉害之处。

集体合作的力量是从每一个个体中获得的，要想让木桶能够装更多的水，应该不仅仅是只加长一根木条，而是应该加长所有的木条才能装更多的水。如果集体的力量想要更加强大，那么在集体中的每个人都应该共同努力，大家互相取长补短，通力合作。在工作中，懂得与他人建立良好的合作关系，不仅仅能够让大家一起获得成功，同时也能让自己在团队中得到益处。

因此，一个拥有凝聚力的团体胜于任何个人，拥有团结合作的品质的人更胜于拥有突出能力却不能够与人合作的人。想要有所成就，需要的是明白如何能够让自己所在的集体能够发挥更大的能量，而不是一味地寻求让自己成为所谓的“一枝独秀”。

03. 遵循团队交往原则，做最受欢迎的员工

遇到人际交往障碍时，要懂得转换角度去想问题，能时刻站在对方的角度去考虑问题是解决矛盾的捷径。不把同事当作阻碍自己前途的障碍，否则，这种心态恰恰会成为你真正的障碍。

要做团队中最受欢迎的员工，我们要尽力做到以下几点：

第一，不要窝里斗。同事之间不是你死我活的“斗争”、“竞争”关系，而是相互合作的关系。不受欢迎的员工常常会对同事抱有成见，把同事当作阻挡自己前途的重要障碍。这样的员工极难在团队中立足，更难以发展。而聪明的员工则会全面地融入团队，其前提会做到对团队成员放弃敌意，并坚持互惠互利的交际原则。

第二，主动放弃个人的好恶。团队中每个人都有个性，有自己的价值观，对很多事情都有自己的看法和见解，有自己的好恶爱憎。但是，我们千万不要带着诸如此类的情绪与同事交往。要知道，在一个团队中，有些人可能与你的好恶一致，但也有人会对你的行为或好恶有看法或抵触。对于与自己想法不一致的同事，你可以保持沉默，但切勿妄加评论，更不能以此来划分同类和异己。在一个团队中，没有同类，也没有异己。想找寻同类，就会被划分为异己；想排除异己，最终只会被团队所抛弃。放弃个人好恶，实际上就是放弃以自我为中心的做事方式，敞开心胸，与团队的

同事交流，这样才能赢得同事的尊重和团队的认可。

第三，要积极参加团队活动。

多数人都喜欢把工作的同事圈子与生活的朋友圈子分开，营造两个交往空间。将工作与生活隔离开来自然有其道理，但是要成为一名优秀的员工，在工作之外的生活时间里，也要尽量增加与同事交往的频率。集体的娱乐活动是一定要参加的，其实要在闲暇时，也可以与同事一起出去参加各种娱乐活动，如唱歌、郊游、跳舞等，可以借此增强彼此间的了解，更有利于沟通和交流，增加你与团队的凝聚度。

第四，做事讲话都要讲究分寸。与同事交往讲究分寸是极为重要的事情，讲究分寸就是不要口无遮拦，不能太过随意。说话时要分清楚场合，该说的说，不该说的绝不说。该做的就做，不该做的一定不要做。在处理与同事交往过程中所发生的事情时，要三思而后行。

第五，为人要大度一些。小气者小成，大气者大成。小气的人基本上都是那些性格上有缺损的人，他们因为心胸狭窄，所以很容易成为大家眼中的异己。当然了，小气表现在很多方面，比如吝啬、爱发脾气、爱斤斤计较、喜欢抱怨、特立独行、心胸狭窄，这些特征绝对不是个性，而不是受人欢迎的一些习性。在团队中，大家更愿意和那些豁达大气的人交往。何谓大气，即为宽容，能容人，能“忍己”，更能“容人”。

第六，做人做事要低调。团队精神说得通俗一点就是低调做人。只有你自己先放下姿态，你才会真正地尊重别人、配合团队的工作。在一个团队中，老板选择员工不是看他个人能力如何，而是看他能否适应团队这个集体，能否和同事们融为一个整体。如果因为某个人的原因而破坏了整个团队的氛围，那这个人离被“炒”可能也就不远了。在公司的团队中，大家基本上都愿意与那些能力强、具有强烈的团队精神，同时又为人低调的人相处。

第七，始终保持一颗“公心”。一个私心过重的人，会引起身边同事的反感。谁也不比谁傻，大家都是聪明人，而太过聪明的人其实就是“傻”。“傻”不是智力有问题，而是有一颗“公心”。有“公心”的人眼光是长远的，不会计较眼前的利益得失，不会因为一点利益与同事吵闹、与老板纠缠，也不会推卸责任，而是会知难而进，在工作中主动承担责任。这样的员工不仅会赢得大家的认可，成为团队所倚重的核心人物，也容易得到老板的信任和重视，在职场上无往而不利。

04. 听从分配，认清自己的位置

20世纪最伟大的实验物理学家欧内斯特·卢瑟福说：“科学家不是依赖于个人的思想，而是综合了几千人的智慧，所有的人想一个问题，并且每人做它的部分工作，添加到正建立起来的伟大知识大厦之中。”

在工作中，团队的合作精神是非常重要的精神品质。很多事情的成功都不是一个人的努力，在任何时候，你取得的成绩都有大家的一份功劳。重视与同事和老板之间的合作，能够帮助你在事业上取得更大的成就。任何人在工作中都不要好大喜功，擅自将自己自封为“先锋狼”，在功劳面前，每个人心里都清楚，成功是大家努力的结果，不是因为一个人如何的突出或者优秀的结果。李嘉诚说过：“如果一单生意只有自己赚，而对方一点不赚，这样的生意绝对不能干。”这个意思很明显，人与人之间一起做任何事情都应该利益均沾，这样才能保持永久的合作关系。

同样，在工作之中也要学会与同事工作同做、责任同担、利益同分、功劳同享。无论是抢着别人的工作，拼命展现自己的风头，还是推卸自己的责任，把自己的活推给别人干，都是不可取的。

一个自封“独占头功”的人在团体中是最不受欢迎的人。为人要谦卑，团队中出现了难以攻克的问题时，要和大家拧成一股绳，不分彼此。

在利益分享的时候，一定要慷慨，这样才能赢得好的人缘，才会赢得自己的支持者，这样在职场中才能越做越好，路才能越走越顺。与他人分享好处就是给对方服用“定心丸”，这个和你在路上遇到一只饿狼是一个道理，一边跑的时候，一边往狼的旁边扔点肉，如果你不习惯这样做，狼会将你变成自己的口中食。

同样，一个在工作之中推卸责任，偷懒耍滑的人，一样是最不受欢迎的。做人要勤奋，身为一名员工，就要在该出现的时间，出现在合适的位置上，做着本分的工作，并且拿出相应的绩效。无论给你的任务是不是让你满意，符不符合你的专业，你都要从整体出发考虑，尽最大的能力完成这份工作。

因此，在工作之中，最重要的是要能够认清和摆正自己的位置，明白自己在集体中的作用。要知道一个人强大只能算是能力，没有发挥的空间依然枉然，集体强大才是真的实力，才能够让个人能力得到更好的发挥。因此要学会一切以集体为主，听从集体安排，努力让自己在自身位置为整体的进步发挥最大效用。没有这种品质，能力再高都是枉然。

萧瑶是一个能力非常强的女孩子，同时又是一家出版社的编辑。因为公司有个专题的杂志，同时又任命萧瑶做该杂志的主编。平日里萧瑶和同事之间的感情都不错，而且总是喜欢和大家处在一起，玩玩扑克，写写稿子。

一次，出版社有一个很好的选题，社长让大家来选题，萧瑶当仁不让地第一个拿到了选题，结果她的书大卖，但是同事们似乎并没有几个人去恭喜她。又过了一段时间，她主编的杂志在一次评选中获了大奖，她更加开心了，经常在出版社里开心地说自己得奖的事情，有的时候又向大家说自己的书如何畅销，当然，同事们也都象征性地向她祝贺。

但是这两件好事过去没到三个月，萧瑶却再也难以乐呵起来了，她发现自己和单位的同事谈话，很多人都以忙为借口不理自己，有的时候，上司和属下都对她敬而远之，让她感觉到自己在出版社很孤独，很多人总是和自己过不去，找找她的小毛病。以前一起玩过扑克的同事，现在也开始回避萧瑶了。

每一个人的成功都有其他人在背后或多或少的支持，萧瑶的成功也同样离不开自己的那些同事，自己身为主编，但是杂志能够拿到奖，其他的编辑也有这份荣誉，而不是自己一个人的功劳。主编的贡献很大，但是其他人的贡献也不小，总是想着荣誉独享就会给其他人不舒服的感觉。没有集体合作意识的员工，在职场中的路不会走得太远。其实，人与人之间是双项选择题，可以双赢的。并不是很多人以为的那种单选题，有你没我，有我没他。任何人都需要他人的帮助，都需要集体合作的力量。

05. 爱的放大：团结协作，土变金

生物学家研究发现，任何一个物种必须具备三个条件，才可能发展：第一，群居，或者形成一个团队，而不是独自行动；第二，团队中某些个体富有创新精神或者发明能力；第三，有直接沟通的学习机制。这告诉我们，在职场中：一个企业要发展，必须靠团结，而一个人要想发展，必须要靠团队。

公司企业内部是一个集体，更多的时候是团队合作关系。团结协作是一种爱的放大，只有学会团结，我们才能同心协力，只有人心齐，才能泰山移，让公司快速发展。

相传，一个智者问弟子：“一滴水怎样才能不干涸?”弟子们面面相觑，回答不出。智者说：“把它放到大海里去。”个人再完美，也就是一滴水；而团队是大海，是个人生存发展的基础。

自古以来，我们就知道“众人拾柴火焰高”、“一个篱笆三个桩，一个

好汉三个帮”……这些耳熟能详的俗语都在告诉我们：唯有依靠团队的力量，依靠他人的智慧，才能成就自己，即使是土都有可能变成黄金。

我们知道，每一个人的智慧和才能都是有限的，但只要在团队中与大众优势互补、团结协作，就能让自己的价值得到最大的体现，这是一种对工作的爱的放大。

微软前总裁比尔·盖茨就曾这样说过：“在社会上做事情，不靠集体或团队的力量，是不可能获得真正成功的。这毕竟是一个竞争的时代，如果我们懂得用大家的能力和知识的汇合来面对任何一项工作，我们将无往不胜。”

那些在平时的工作中，善于与别人合作，依靠他人智慧的人，总是能够顺利地将自己的工作执行下去，努力地将工作做到最好。这样，既可以给团队带来帮助，又能够让自己走向成功。

下面，我们来看一个真实的例子。

井深大刚加入索尼时，索尼老板盛田昭夫将他安排在最重要的岗位上，全权负责新产品的研发。虽然井深大对自己的能力充满信心，但他深知这项工作绝不是靠一个人的力量就能做好的。

见到井深大的犹豫，盛田昭夫很自信地道：“我知道单靠你一个人来研发新产品是不现实的，不过我们有一个成熟而和谐的团队，这是我们的优势。如果你能充分地融入进来，利用好我们的优势，还有什么困难不能战胜呢？”

听了盛田昭夫的这番话，井深大一下子豁然开朗：“对呀，我怎么光想自己？不是还有二十多个员工吗，为什么不融入这个集体，虚心向他们求教，为了公司和自己的前途跟他们一起奋斗呢？”

随后，井深大找到销售部的同事，请教公司产品销路不畅的原因。同事告诉他：“我们的磁带录音机之所以不好销，一是太笨重，二是价钱太贵。如果能克服这些缺点的话，那情况一定会转好。”井深大点头称是。

紧接着，井深大又来到技术部，同事告诉他："目前美国已经开始采用先进的晶体管技术作为生产收音机的核心技术，这种新技术不仅可以极大地降低成本，而且可以让产品非常轻便而且耐用。我们建议您在这方面下功夫。"听到这里，井深大大喜。

在研制新产品的过程中，井深大又和生产工人团结起来，精诚合作，终于攻克了一道道难关，成功研制出日本最早的晶体管收音机，并一举成功！而井深大本人也被任命为索尼公司的副总裁。

的确，团队和个人的关系就好像是水和鱼的关系。我们每个人都是鱼，而我们的团队就是水。任何一个人的成功，绝对离不开他所身处的那个团队；任何一个企业的成功，也都有赖于员工们亲密无间地团结协作。

因此，在工作中，我们要学会及时地融入团队，在团队中找到属于自己的位置，利用团队的智慧武装自己的大脑，壮大自己的力量。这是做好工作的前提，也是企业对每一个员工的最基本要求。

合作，是个人或群体、组织之间为达到某一确定目标，通过彼此的协调作用，获得更大意义或价值的联合行动。我们只有与大家协同合作，不断进步，才能做出最大的成绩来，才能在和谐的气氛中实现共赢。

合作是一种对公司的爱，因为公司有成就，我们才会有成就感。独木难成林，一人难成功，只有众人心思齐，我们才能在团队中迅速提高能力，迅速成长起来。而让整个团队取得胜利，那才是真正的成功。

袁政海是一个班组的组长，在他的组里，每个人每时每刻都能感受到一种浓烈的团队意识和归属感，大家都觉得这里有一种特别的温暖。这个班组拥有了很多积极的元素，团结合作、竞争创新、充满朝气的精神，让每一个在这里工作的人都感到无比自豪。

虽然大家平时里也不忘暗地"较劲"，但只要遇到需要解决问题时，团队的每一个人都会毫不保留地抛出自己的"锦囊妙计"，没有人会小肚鸡肠地将自己的想法藏着掖着，所以，他所在的团队解决了一个又一个问题。

“合作至关重要。”这是班长袁政海时刻对自己和班组的成员说的，“每个成员才智、能力各有千秋，你可能在这方面存在优势，但是他有可能在那方面的优势比你还要明显。只有取长补短，让每个人的能力得到最大限度的发挥，才能够让团队走得更快更稳健。”

有不少人把袁政海班组的分享与合作模式比作生产一辆车，这辆汽车要想生产成功，那就需要有各种各样的零件，把各个零件组装起来，每个零件的质量都可以得到最好的保证，这一辆汽车才算完成，才能够稳健地飞驰。

我们可以很清楚地看到，许多大的工程，大多成果都是合作的结果。比如火箭、宇宙飞船、城市建设和管理，各种现代化的工具……这些现代科技的所有成果，无一不是团结合作的结晶，无一不是精诚合作的结果。

所以，在企业里，不管是企业的管理者还是一名普通的员工，都要时刻明白一个问题，合作才能出成效，合作才能取得辉煌的成就。有合作就力大无穷，有合作就无坚不摧，有合作就战无不胜，有合作就能创造一切，有合作就能诞生奇迹。

聪明的员工都懂得，认真对待自己身边的每一个人，尤其是团队中的成员，并且毫无保留地与他们协作，学会在团队中锻炼自己，帮助自己赢得团队的信任，让工作变得愉快，让工作更有效率，进而才能收获真正的成功。

06. 别成为团队中的“短板”

西班牙的智者巴尔塔·葛拉西安在其《智慧书》中曾经告诫人们：“不断地完善自己，使自己变得不可替代，让别人离了你就无法正常工作。这样你的地位就会大大提高。”

作为一名员工，有谁愿意当集体中的“最短板”？集体中的“最短板”意味着你是集体中最差的员工，你不仅会因为自己的平庸而得不到公司的任何奖励，同时你也会影响其他和你在一个团队中的员工成绩。任何一个有团队精神的员工，都不会让自己成为团队中的最短板，不让自己成为集体进步的“绊脚石”。在企业中，如果想要让自己成为不可替代的那个人，你应该想着如何让自己卓越而不是破罐子破摔。

企业中“最短板”的人，不仅仅会遭到同事们的鄙视和嘲弄，成为大家的负担和撒气筒，而且在企业中还会永远被人瞧不起，永远没有升职的希望，永远没有成就自我事业的机会。企业中的老板培训员工，提高团队的整体素质。力图消灭公司中最差的员工，一旦发现你就是那个不求上进的人，你将会被毫不留情地淘汰掉。具备合作这种优秀品质的员工，一定不会允许自己成为团队中的“最短板”，而是努力地让自己成为一个全面的职业人。

张志文是一家公司的仓库管理员，平时负责清点仓库中的库存货物。小刘是公司的出货员，每一次出货都需要和张志文交接，然后将货物送到送货员李娜那里，再将单子转交给张志文，提示他货物的出售情况，张志文在做货物的剩余统计，将货物出售的情况做表交给销售部的主管张颖。张颖每天负责统计和检查各销售部的货物单子，然后评比出优秀的小组，再将结果交给财务部，财务部根据各组的表现分发基本工资和绩效奖金。

李娜是新来的员工，平时懒散习惯了。进入公司以后，每天悠闲地上班，从来都没有任何的紧迫感。赚着正常的工资，她觉得很好，正好够自己花，没有必要拼命地忙碌拼业绩。当张志文将出仓货物登记后交给小刘时，小刘却怎么都找不到送货员李娜。李娜跑去公司的资料部，打着查资料的幌子去上网聊天，结果货物在那儿存了一天。

第二天，李娜去送货，又因为张志文和小刘说了自己，心情不好，送货的时候也不是很积极，尽管张志文和小刘再怎么积极，货物的运输量总是低得可怜。月底算薪酬，开员工大会的时候，张志文他们这一组的员工全部都受到了公司的点名批评，李娜却不以为然。看到李娜的表现，小刘和张志文向领导反映情况，最后，李娜被公司开除了。

“木桶理论”不仅仅适用于不同的个人，还可以用到同一个人的身上。一个优秀的员工绝不是那种仅仅在某一方面具有出色能力的人，只有综合能力强，才不会让你的能力大打折扣。一个组织和一个人，都不是凭借某一方面在团队中立于不败之地的。一个人是否具备强有力的竞争力往往取决于他是否具有突出的薄弱环节。所以一个人应该注重自己的薄弱环节，努力让自己成为一个称职的职业人，让自己跟上团队的步伐，找到自己的短处，迅速地跟上团队的脚步，让自己的短板变长，让团队因为自己而更加的骄傲。

如果把企业比作一台机器，那么这台机器随时会把不合格的零件换掉，如果把企业比喻成一个木桶，那么这个木桶随时会把最短的木板换掉。想要在企业中与大家合作无间，首先一定要拥有自己不可或缺的价值。没有价值的人没有资格谈合作！

暖姨是一家公司里负责整理材料存档的员工。然而随着全球经济危机的加深，公司内部忽然传开一个消息：因为近期效益不高，公司很可能面临大规模地裁员换血。这个消息让暖姨十分震惊。她自己学历不高，在这个工作岗位上工作也不够出色，十分缺乏竞争力。经过一番思想斗争，暖姨决定提升自己一项能力，让自己成为公司里有用的人。她开始拼命练习打字。

暖姨年纪大了，而且以前对电脑一窍不通，但是她凭借着巨大的毅力，迅速练出了快速打字的本领，而且甚至可以省去了校对这一环节。这一能力让许多年轻人都望尘莫及。最终，暖姨本来的工作被一名档案管理专业的大学生所代替，而暖姨成为公司最好的一名打字员。原来的打字员则被辞退了。

职场有时候是残酷的，当一个人无法为集体尽力，甚至成为集体的拖累时，往往就面临着被淘汰。不要成为企业的拖累，不要成为团队的负担，只有找到自己的价值，才能真正地实现自我。拥有这种品质的人，也远胜于偷懒耍滑，或者有能力却总为团队找麻烦的人。

07. 沟通是促进合作最有效的手段

前微软中国研发中心的总经理张湘辉说："就招聘员工而言，我们有一套很严格的标准，最主要的就是团队精神。如果一个人是天才，但是缺乏团队精神，这样的人我们不要。因为软件开发需要协调不同类型、不同性格的人员共同奋斗，缺乏合作精神的人很难成功。"

沟通是每一个职场中的人都要面临的问题，没有一个流畅的沟通就很难促成一个完美的合作，个人与团队不能合作，那么便不会成功。每一个职场中的人都要把沟通作为应该学习的课程，提高自己的沟通技能和战略的高度。从团队的角度对待沟通，从沟通的方式连结团队，唯有如此，才能真正地把自己打造成一个沟通良好、具有团队精神，深得老板信任的好员工。团队之所以称之为团队，就是需要个体之间的互动，需要员工彼此之间不断地沟通交流，互换工作心得和解决问题的技巧。沟通是与人合作的开始，是具有团队精神的表现。

作为企业的一名优秀员工，也必须是一名善于沟通的员工，只有这样才更容易得到企业的重用，发挥自身最大的价值。沟通也是职场中必备的一种优秀品质，它在团队合作的过程中，起着疏导作用。团结就是力量，团结也离不开彼此之间的交流，否则也无所谓团结。沟通是双方的事情，如果任何一方积极主动，而另一方消极应对，那么沟通就不会成功。沟通不能成功，又如何继续团队之间的彼此合作呢？

有一家生活用品公司要招聘3名高级管理人员。经过公司的层层选拔，最终有9名优秀的应聘者从上百名应聘者中脱颖而出，进入由公司老总把关的最终考核。

考核的时候，老总看了这9个人的详细资料和初试复试成绩，露出了非常满意的表情。但是这一次的招聘只录取3个人，所以，必须对这9个人再进行一次考核，于是老总给大家出了最后一道考题。老总说："我们录取的人是用来开发市场的，所以，你们必须对市场考察具有敏锐的判断力。"然后，老总将这9个人随机分成了甲、乙、丙三组，并指派甲组的3个人去调查婴儿用品市场，乙组3个人调查妇女用品市场，丙组3个人调查老年用品市场。

老总补充说："让大家调查这些行业，就是想看看大家对一个新行业的适应能力。希望每个小组的成员都能够全力以赴，3天后圆满完成任务。而且，为了避免大家盲目调查，我已经让秘书准备了一份相关的行业资料，一会儿走的时候，到秘书那儿各自领一份。"

三天的期限很快就到了，9个人都按时把自己的市场分析报告送到了老总的手里。老总看完后，走向了乙组的3个人，与他们握手之后说："恭喜三位，从今天开始，你们就正式成为本公司的员工了。"其他的6个人面面相觑，不解其中之意。老总呵呵一笑说："请大家互相看看我让秘书给你们的资料。"看完之后，大家终于明白了，原来每个人的资料都是不一样的。

老总接着说："乙组的3个人很聪明，互相借用彼此的资料，充实了自己的报告内容。而且两组的成员却抛开了队友，分别行事，自己做自己的事。其实我出题的意图很简单，就是想看看大家的沟通交流能力以及团队的合作意识。甲组和丙组之所以失败，就是因为没有进行有效的沟通和不懂得合作，忽视了队友的力量，团队的力量。沟通和合作是公司壮大和发展的保障。"

职场中沟通是彼此合作的关键，沟通也要掌握一定的技巧和方法。沟通之前要先确立沟通的目的，掌握好沟通的时间，明确沟通的对象，只有这样才能够进行有效的沟通。在职场中，要尽快学会与人巧妙地沟通，不断培养自己的团结协作意识。每个人的发展道路上，都需要与人合作，在合作的过程中，彼此共同面临问题。

08. 激励你的同事，让团队结成"兄弟式的友情"

约翰·沃尔夫冈·冯·歌德说："不管努力的目标是什么，不管做什么，单枪匹马总是没有力量的。团结，永远是一切具有善良思想的人的最高需要。"

在工作中，你真正的对手不是你的同事，而是你自己。同事作为团队中你的伙伴，是和你共同为团队创造业绩的"兄弟"。在同事遇到困难的时候，你需要拿出自己的热情去激励你的同事。你们在团队中，拥有着共同的利益、共同的目标，你们需要结成一股绳，共同前进。做任何的工作都不可能是一帆风顺的，遇到困难和打击也是在所难免的。这个时候每个人都希望能够得来一些鼓励，更何况你们是每天生活在一起的同事。

对于一个合作要求性很高的团队来说，如果同事之间不懂得相互激励，不懂得相互携手，那么，这个团队的凝聚力就会随之削减，凝聚力小了工作成效自然就低，工作热情也就降低了，如此就形成了一个恶性循环。团队需要彼此互相爱戴、互相鼓励、互相给对方力量，同事不经意的一句鼓励，就足以让备受工作折磨的我们不再迷茫，让我们看到前方的曙光。优秀的员工一定要重视与同事之间的鼓励。要明白，激励和鼓舞不仅能够拉近彼此之间的关系，在工作中携手同行，还可以让受挫者和自卑者找回自信，从阴影中尽快摆脱，只有这样，大家才能共同进步。

李岩是一家广告公司的设计师，由于他平时工作认真踏实，公司的老板也很看好他，但老板分给他一个任务，让他在十天之内把一个广告的具体策划以及蓝图完成，并且一再强调这个项目的重要性。本来得到老板的重托是一件很开心的事情，但是正当李岩全身心地投入自己的工作期间，母亲打来电话，说他妻子要生了，让他赶紧回家看看。

李岩一接到电话，心就乱了，放下手头的工作立马赶回了家，经过一天的焦急等待，妻子在妇产室内疼痛的叫声，让本来就精力有限的李岩完全没有了工作的思路。等他在回到办公室忙碌的时候，只能匆匆地完成任务，连他自己都不知道自己做的什么。当这份蓝图交到老板手中的时候，老板勃然大怒："这么重要的策划，你居然做成这样？这个月的工资是不是不想拿了？你看看，这就是你的成果，给你三天时间，你拿回去重新改。"老板的批评，让李岩一整天都闷闷不乐。

于庆峰是李岩的同事，他的忌妒心很强，早就对李岩有看法了。这次正好有了机会，他讽刺李岩说："哎呦，李岩，你怎么这么马虎呢？枉费老板对你的器重啊，做事一点都不认真，还做设计？"听了于庆峰的话，李岩开始怀疑自己的能力，自己一个人躲到厕所"反省"自己，并偷偷流泪，决定不做这个策划了。既然李岩不做了，领导便把任务交给于庆峰，于庆峰自然非常开心。但是，因为于庆峰能力有限，在策划过程中遇到了很多的难题，他必须去问李岩。但于庆峰讽刺的话语依然在李岩的耳边萦绕，他最后拒绝了于庆峰。于庆峰最终没有完成任务，被老板训斥了一番，李岩和于庆峰在老板心中的印象也因此变差了。

激励对于一个人来说是非常重要的，如果于庆峰能够在李岩遭受打击的时候，多一些激励和鼓舞，而不是一味地打击和讽刺。那么，李岩也不会因此而失去自信，最后两个人在老板心中的地位都下降了。其实，在工作中，不去鼓励自己的同事，反而讽刺挖苦，这种行为既不利己，也不利人，团队的协调性和团结性都会遭到破坏。

无论在任何时候，团队的合作精神是不可少的。哪怕你的同事在某一些项目上看似你的对手，但是为公司创造收益是你们共同的目标，你需要学会激励一路同行的同事。同事之间只有通过不断地赞美和激励，才能加深彼此间的感情，才能够在工作中相互帮助，共同进步，这样，我们才能做出更加出色的成绩。

当你与同事同时去完成一个任务的时候，更要学着激励同事。你的肯定很可能会成为同事巨大的动力，同时会使得你们的感情进一步增加。相反，如果两个人互相隔阂嘲讽，或者只会一起抱怨，那么任何任务都难以更好地完成。拥有能够激励同事的优秀品质的人，胜于任何起内讧、打击同事的天才，学会与同事结成“兄弟式的友谊”，最终会让你拥有效率最高的工作交际圈。

09. 忠诚于团队，不独占团队成果

忠诚于团队，最大的受益者还是你自己。正如漂亮的“蚁球”，每一只蚂蚁忠诚于团队，使团队得以漂流成功，而这种忠诚是确保自己不被洪水卷走的唯一办法。

团队是一个集体，有功是大家的，有过也是大家的。我们不能有了苦

难就推脱，有了功劳就去抢，这样，我们很容易给别人留下自私、自利的坏印象，不能受到众人的欢迎，也就会很容易和团队脱节。

成果是大家的，我们不能否定任何一个人对团队的贡献，要学会站在集体角度思考问题，不独占团队成果，我们才能看到团队中人心齐的一面，才能更加爱工作，才能将自己的心态调整到最好。

忠诚于你的团队吧！

如果把公司比作一个人的话，那么，每一名员工都是活跃其中的一个个细胞。我们要做的就是在自己的岗位上持续跳动，而不是去抢占成果。对待名利，要淡而视之。关键时刻，即使是功劳，我们也要学会谦让，只有这样，我们才能避免危机，才能让自己“任凭风浪起，稳坐钓鱼台”。

我们先来看一个事例。

汉朝时期，周勃与陈平同朝为官。身为宰相联合同谋，诛灭吕氏一族后，把名不见经传的刘恒扶上皇位，即汉文帝。汉文帝继位后，请求与父亲一起打下江山的丞相陈平和太尉周勃两位开国功臣辅佐自己，一起振兴大汉王朝。

这天上早朝的时候，汉文帝想找陈平诉说他的想法。可满朝文武齐齐立于殿下，唯独没有见到陈平，于是就问道：“为何不见丞相呢？”

站在一旁的内侍回答道：“丞相告病不来了，请皇上见谅。”

退朝以后，汉文帝觉得陈平是开国重臣，必须要亲自去陈平家慰问。于是，就让人准备车马，前往探望。

谁知，汉文帝到了陈平家之后，发现陈平正坐在椅子上津津有味地读书。汉文帝的突然驾临让陈平先是一愣，然后马上起身要下跪行礼。汉文帝赶忙把他扶起来，说道：“丞相有病在身，就不必行此大礼了。”接着又说：“丞相现在感觉如何？朕马上派人请御医过来，为你诊治。您年纪大了，千万不能再耽搁了。”

陈平原本是谎称生病，现在见汉文帝如此体恤自己，心里非常感动，觉得自己托病不上朝，内心有愧，就小心翼翼地对汉文帝说：“陛下如此关心臣下，让臣下愧不敢当，臣犯了死罪啊！”

汉文帝感到非常奇怪，就问陈平：“丞相为人廉明公正、热爱百姓，对汉室一直忠心耿耿，怎么会犯下死罪呢？”

陈平坦言道：“臣犯了欺君之罪，臣并没有得病，却故意托病不上早朝。”

他见汉文帝没有责怪自己的意思，接着说：“其实，这次能够顺利铲除诸吕，最大的功臣并非是我陈平，而是太尉周勃。如果没有周太尉，就不可能一举诛灭吕氏。现在皇上继位，必定会论功行赏，丞相之位只会在我和周勃之间选出来。我自认功劳不如周勃，可是又怕周勃不愿意接受，便假称有病，不能上朝，那样他就没有拒绝丞相之位的理由了。先皇在世时，周勃的功劳不如我；诛灭诸吕时，我的功劳不如他。所以周勃担任丞相一职是众望所归，请皇上恩准。”

汉文帝听了陈平的话，明白了他托病不上朝的原因，心里十分佩服陈平深明大义、谦让宰相之位的做法。次日早朝上，汉文帝颁布旨意，任周勃为右丞相，位居第一；任陈平为左丞相，位居第二。

陈平本来已经为汉朝社稷立下了大功，但他忠诚于国家的利益，心系整个国家的安定和谐，认为周勃比自己的贡献大，是做宰相的最合适人选，于是推让了丞相之位。这种忠诚来源自他对国家的爱，对人民的爱。

这是因为，只有热爱团队的人，才能产生与团队休戚相关、荣辱与共的真感情，真心实意地与团队同甘共苦，始终站在团队的立场克服个人的利己思想，事事处处以团队利益为重，自觉维护团队的社会形象。

在这里，我们还要列举世界篮球巨星迈克尔·乔丹的事例。

在结束自己的篮球生涯时，迈克尔·乔丹说：“在别人看来，我站在篮球世界的顶端，但是我明白自己所取得的任何成绩都是和队友们以及教练一起努力的结果，还有赞助商和每一个支持、鼓励我们的球迷们，荣誉属于你们每一个人，我只是幸运地作为代表，一次次地领取奖杯。”

乔丹在每一场比赛时都和队友团结一致，争取胜利，和大家一起分享胜利的喜悦。他的打球技术是超强的，几乎每一个人都想知道他的练习方法。对于此，乔丹从来不曾对队友们故意隐瞒，他发现某种方法确实有效时就会拿出来与大家一起分享，互相切磋球技。

正是乔丹这种无私的分享精神，皮蓬、罗德曼等一大批 NBA 巨星的球技日渐提高，他们紧紧地团结在乔丹周围，为公牛队取得了一个又一个冠军。乔丹则毫无争议地成为公牛队的进攻核心和精神领袖。

这个事例告诉我们：任何成功都是群体团结劳动的结果，团队是一个整体，任何一个人都无法从中抽离开。我们要做的就是忠诚于团队，与他人共享资源、荣誉和机会等成功，这样就能在团结互助的氛围下合作共赢。

单赢不是赢，只有共赢才是真正的赢。有一句话是这样说的：“你手上有一个苹果，我手上也有一个苹果，两个苹果交换后每人还是一个苹果。如果你有一种能力，我也有一种能力，两种能力交换后就不再是一种能力了。”

忠诚于团队，学会分享，当你把好的思想、方法、经验拿出来的时候，其他人也会“投桃报李”，将自己的所得所想分享给你，每个员工就等于拥有了无数个好的东西，我们不会损失什么，还是最终的受益者。

第九章 | 行动超越:业绩是职场永久有效的“通行证”

- 要知道，任何企业或公司都是以获得价值为目的的，老板不会白养闲人。即使你是学者、教授，老板也会因为没看到你的工作业绩而对你亮红牌。在职场上，业绩是你升职、加薪，获得上司欣赏的“通行证”。在任何时候，都要把业绩放在第一位，别希望借助自身的其他优势来“遮罩”老板对业绩的追求，只要你身在其位，业绩就是你必然的选择。

01. 拿业绩说话，别做职场“隐形人”

不论你在哪个企业或者何种职位，老板关注的始终是你的业绩。所以，聪明的职场人都会用业绩说话，用突出的业绩去赢得老板的赞许，换取你职业生涯中的更上一层楼。

小唐来单位工作已经两年了，有一天，他在电梯里遇到上司，看到小唐后，竟然微笑地问他说：“你是刚来的吧，对工作还适应吧？”小唐顿时有种说不出的感觉，他意识到自己这两年的辛苦是白费了，在上司眼中，他就是名副其实的“隐形人”。

其实，在单位中，类似于小唐这样的员工还有许多，因为默默无闻，因为业绩不突出，所以经常会被上司当作“隐形人”，升职加薪是极难的。俗话说“人往高处走”，踏入职场后，加薪、升职，成为我们新的奋斗目标，但如果你的努力和业绩从来没有进入过上司的视线，那么你的职场目标恐怕是极难实现的。

去年，小白和小邓同时被一家电子公司销售店聘为销售员，两人的表现却大相径庭：小白每天都跟在销售前辈身后，留心记下别人的销售技巧，没有顾客的时候就坐在一边翻看并默记不同电子产品的型号和用途。而小邓则把心思放在了如何讨好老板上，掐算好时间，每到老板进门时，他都会装模作样地拿起包装袋看产品的型号。

一年过去了，小白的潜心业务终于得到了回报，不仅在新人中销售业绩遥遥领先，而且还在整个公司的业务中累计也名列前茅，并在年底顺利地被提升为销售顾问。而小邓却因为连续几个月业绩不达标，惨遭淘汰。

在职场中，要获得上司的重视，业绩这个硬件是千万不能忽视的。无论平时你在领导面前把自己包装得有多完美，但是在关键时刻，业绩才是职场人最权威的“发言人”。

既然业绩如此重要，那么如何才能取得理想的业绩，让自己的职业生涯一片光明呢？

第一，积极改进。很多人因为对工作不太熟悉，只是一味地盲目地服从老板的命令。优秀员工不会这样做。他们在接到老板的工作指令后，会主动请示老板，勤于动脑，积极寻求改进的方法，最终出乎意料地完成任务，给老板带来惊喜。

第二，主动请愿。老板有时候会被公司的事业缠得焦头烂额，甚至会手足无措，优秀员工能够明察秋毫，并且在适当的时候主动站出来，为老板排忧解难。尤其是在公司事业一筹莫展，老板迫切需要帮手的时候，他们不会像胆小者那样袖手旁观，而是积极地挺身而出，危难时刻施以援手。

第三，主动进取。当下是个充满机遇与挑战的时代，在各种压力下，每个公司只有时刻以业绩的增长、竞争力的增加为目标才能生存。而要达到这样的目标，公司的员工就必须要与时俱进，勤于学习，增强自身的核心竞争力，才能为公司创造利润，也才能得到重用。

第四，要制定富有挑战性的绩效目标。要不断地提升自己的业绩，最重要的还要制定有挑战性的绩效目标，它是你前进和不断超越自我的重要动力。

第五，每天的自我反省和自我检查也至关重要。工作中经常会遇到类似的情况，一直在忙碌却忘记了目标，结果时间没有了，等发现时间却已接近最后的期限，目标自然无法达成。为了保证目标的顺利完成，就要善于自省，每天检验自己的工作完成情况，扬长避短，提升工作效率，改进工作方法，以保持高效的“战斗力”。

古语说，“英雄不问出身，用才只问成就”，所有的公司或企业都是依据一个人在工作中的业绩的高低来衡量其工作能力的。在当今社会，高学历、高职称已经不是衡量人才的唯一标准，而真正有才之人也不是这二者的简单相加。如果一个人不能为企业带来经济效益，创造出色的业绩，就算再拥有博士学历，也只不过是赚得企业更多的工资或头衔而已。企业竞争越来越激烈，而其核心还在于人才的竞争，而业绩则是衡量人才的价值的重要标杆。进入职场后，我们一定要认清楚这一点，在坚持脚踏实地的基础上，勇于挑战与创新，为企业不断地创造利润，这是你实现职场目标的捷径之一。

02. 能力是让你一生无忧的“铁饭碗”

一个富有的人，即便你把他的全部财产都拿走，他也不会像乞丐一样生活。他知道自己的财富是如何来的，他没有了几千万，那么他还可以再赚几千万，这就是能力。所以，无论在什么样的情况下，能力是让你一生无忧的“铁饭碗”。

在职场上行走，最重要的就是你的能力。你懒惰拖延就意味着你之后要做的事情越多。有的时候，你遇到的不顺其实不是因为你运气不好也不是因为你没有机会，有时候机会就在你面前经过，只是你还不够优秀地去抓住它，因为你不够有能力。

现实生活中，一些刚刚毕业没多久的年轻人总会尝试得到一个“铁饭碗”的位置，然后安于现状。这样的人即便目标实现，其实谈不上幸福或者幸运，因为他将要错过多次自我发展的机会。一个人拥有实力，就不愁没有用武之地，因为一个真正的成功者，他本身就是一个“铁饭碗”。

对于年轻人来说，自由、宽裕是一种很好的状态。就像很多三四十岁的封面人物看起来那种状态。但现在你要明白，让他们看起来很棒的不是那些服装和排场，而是他们身上的能力。有了这种能力，无论他们被挑战多少次，他们都会坚强地走到成功的那一步。

1989年，史玉柱从深圳大学研究生学院毕业，开始下海创业。那一年的夏天，史玉柱自认为自己耗费九个月开发的M—6401桌面文字处理系统作为产品已经成熟，便用当时仅有的4000元家当承包下天津大学深圳电脑部。四个月后，他成功地赚到了100万元。拿着这笔钱，他以“蓝色巨人”IBM为目标，创办了巨人公司。经过几年的努力，在1995年，史玉柱被《福布斯》列为大陆富豪第八位。

然而，就在1996年，巨人大厦资金告急，史玉柱将保健品方面的全部资金调往巨人大厦，结果保健品业务因资金“抽血”过量，再加上管理不善，迅速盛极而衰。到1997年初，巨人大厦未按期完工，媒体地毯式报道巨人的财务危机，债主纷纷上门，巨人现金流彻底地断裂，只建至地面三层的大厦停工，“巨人倒下”，负债2.5亿元的史玉柱黯然离开广东，“北上”隐姓埋名。

然而很快，史玉柱就开始卷土重来。1998年，史玉柱找朋友借了50万元，开始运作脑白金。推出了家喻户晓的脑白金广告。依靠成功的广告营销，在短短几年时间里，到2000年，公司创下了13亿元的销售奇迹，成为保健品状元。史玉柱还清了所有的债务，又重新站了起来。

2003年，史玉柱拥有脑白金和黄金搭档两个“下金蛋的母鸡”，销售额惊人。但把所有鸡蛋都放在同一个篮子里非常危险。于是，史玉柱开始了他人生下半场的第二件事——资本布局。近年来，“史式帝国”的投资路线更是为人们所津津乐道，史玉柱也成了退而不休的富贵闲人。2013年以来，史玉柱增持民生银行，入股辽宁成大，投资华数传媒，私有化巨人网络……其在资本市场一系列的资本运作，搅动了A股“一池春水”，相关股票更成为了市场追随的热点。

从创业的顶峰到负债的低谷，起起伏伏，却没能改变他好胜的性格，哪怕他被打倒100次，他依然还会东山再起，这就是他的精彩之处。所以，在职场中，我们一定要不断地修炼和提升自身的能力，它是你游走职场的“铁饭碗”，只要有了能力，无论你跌倒多少次，依然还能坚强地站起来，因为谁也偷不走你的“价值”。

03. 业绩源于效率

比尔·盖茨说：“能为公司赚钱的人，才是公司最需要的人。”的确如此，在公司中，你的薪水都源于企业利润。所以，一个无法为企业创造业绩和利润的员工，无论做得多么辛苦忙碌，都不会受到重用和青睐。而业绩很多时候都源于方法和效率，所以，真正聪明的职场人，会注重工作的方法和效率，而不会蛮干。

张欣和柳眉是大学同班同学，毕业后两人一起进了一家贸易公司。张欣青云直上，而柳眉则总比张欣低一级。柳眉很不满意老板对自己的不公待遇。

终于有一天，柳眉到老板那里去发牢骚：“老板，你每天交代的事情，我都拼了努力去完成。几乎每天，我都把做不完的工作带回家去做，即便是牺牲睡眠时间，我也在所不惜。我为公司出那么多力，为什么总是提拔张欣而不重用我？”

“小柳，恕我直言。”老板向她解释道，“同样是朝九晚五，同样性质的工作，张欣能在下班前就把工作做完。她能做到‘今日事，今日毕’。我感激你付出的辛劳，但我更欣赏她的功劳！”

柳眉顿时哑口无言，她终于明白原来是自己输在效率上了。

这是一个高效的时代，人们事事都讲求效率，那些平时在职场中只知道苦干、盲干，瞎忙的人，越来越难以得到老板的认可。老板和企业也越来越欣赏那些事事都讲求效率和效益的人。

职场上，有些人认为，工作时间越长，越能够显示自己的勤奋。其实，工作效率和工作业绩是最重要的，每天忙忙碌碌却不出效果，并不是一个好员工。

一位企业家在致公司全国管理者的报告中这样说道：“多少管理者兢兢业业，任劳任怨，但身心疲惫，部门工作只是流于应付日常事务或以没有功劳还有苦劳，没有苦劳还有疲劳来自我安慰。”但是在当下的效率社会，市场只承认功劳，不认苦劳和疲劳。没有效率和效益的苦劳和疲劳只是在无尽地消耗公司的资源，是公司向前发展的重要阻力。

商业时代以效率为先，凭业绩说话；企业中员工不管多么辛苦劳碌，如果缺乏效率，没有业绩，那么一切辛苦皆是白费，一切付出均无价值。

“拿业绩来说话”不仅是公司对员工的基本要求，更是市场对企业的要求，市场不关心你是否忙碌。如果员工取得的业绩微乎其微，给企业创造的利润极少，或者不时还给公司造成损失，那么即使是整天在公司忙得团团转，又有何意义而言呢？

现实生活中，多数人都在不停地“忙碌”。他们每天急急忙忙地上班，急急忙忙地干活，到月底一盘算，却发现自己并没有做成几件像样的事情。他们往往以一个“忙”字给自己穿上漂亮的外衣，却没有想到，这种忙只是“穷忙”、“瞎忙”，没有给自己和单位带来多少的效益。

当然，要有效益地为企业做事，我们要对自己的工作做一个有序的规划。将当天或当阶段要做的事情分出一个轻重缓急。

如果你想有效地管理时间和利用时间，在自己的职业生涯中创造辉煌，那么一个行之有效的方法便是：培养自己根据工作的轻重缓急来组织和行事的习惯。

施瓦伯是美国伯利恒钢铁公司的总裁，他曾向效率专家艾维·利请教更好地提升工作效率的方法。

艾维·利声称自己可以在十分钟内就给施瓦伯一样东西，这东西能让公司的业绩提升一半以上。然后就递给施瓦伯一张空白纸，说："请在这张纸上写下你明天要做的六件最重要的事情。"

施瓦伯用了五分钟时间写完。艾维·利接着说："现在用数字标明每件事情对于你和你公司的重要性次序。"

施瓦伯又花了三分钟时间完成。艾维·利说："好了，把这张纸放进你的口袋中，明天早上起来第一件事情就是把纸条拿出来，做纸上第一项最重要的事情。要不看其他的，只看第一项。着手办第一件事情，直到完成为止。然后用同样的方法对待第二件事情，并以此类推，直到你下班为止。如果只做完第一件事情，那不要紧，你总是在做最重要的事情。"

艾维·利最后说："每一天都要这样做——你刚才看见了，只用十分钟时间，你对这种方法的价值深信不疑之后，叫你公司的人也这样干。这个实验你爱做多久就做多久，然后给我寄支票来，你认为值多少就给我多少。"

一个月后，施瓦伯给艾维·利寄去一张25万美元的支票，还有一封信，写道："那是我一生中最有价值的一堂课。"

五年之后，这家当年不为人知的小钢铁厂一跃成为世界上最大的独立钢铁厂。人们普遍认为这与艾维·利提出的方法不无相关。

职场中，我们都有不按顺序办事的倾向，这样只会大大地降低工作效率。其实，职场中没有比把事情分出轻、重、缓、急更能提升你的工作效率了。

如果你养成了根据工作轻重缓急来组织你的行事的习惯，那么你就把工作逐一归类，合理地支配你的工作时间，做最该做的工作。按这个方法去做，你就将不再为繁忙的工作所累，还能少花时间把重要的事情迅速地做好。

04. 别让“拖延症”毁掉你的机会

拖延者最大的思想毒瘤就是“先放一下，等会儿再做”，“时间还早，明天再做也不迟”，在他们看来，迈出第一步总是那么艰难和沉重，即使被逼到了最后的时刻，他们还在幻想和内疚之间千回百转，这种反反复复的纠结又是何等折磨人。

在职场中，很多员工常患一种“病症”——拖延。因为它会拖掉你成功的机会。不要把拖延看成是一种无所谓的耽搁，有时候，一个企业家会因为没能及时做出关键性的决定，错过了最佳时机而惨遭失败。一个病人延误了看病时间，会给生命带来无法挽回的损失。“拖延”这个坏习惯本身无伤大碍，但却是一个能让你个人抱负和业绩落空的“恶棍”。

在现代职场中，很多员工都常抱怨：“今天实在是太辛苦了，明天再做吧。”殊不知，明天还有明天的工作，如果这样下去，那么积累下的工作就会越来越多，以这样的状态去工作，是难以出业绩的，更别说完成自己的职业目标了。

在工作中，做事总是拖拖拉拉的员工绝对是不称职的。假如你答应给客户回电话，但因为你拖延的习惯，你没有及时打这个电话，客户可能会因此而觉得你不是一个可靠的合作伙伴，你的公司可能会因此而蒙受损失。在职场中，拖延需求都是一种恶习，它是阻碍个人业绩提升的“绊脚石”。

很多时候，拖延是自我调节失败的一种表现，在能预料有害后果的情况下，仍把目前要做的事向后推迟的一种行为，它反映在各种细微的事情上。拖延属于心理范畴，在职场上，拖延行为日积月累会极大地影响我们的个人发展，严重时还可能毁掉我们的整个人生，所以我们一定要对它重视起来。

赵鹏是一家集团企业旗下的中层管理者，因为有做事拖延的毛病影响了个人前程。一天，公司召开盛大的会议，要求所有分公司的各层级管理人员必须按时到场，而且每个人都必须穿正装。除了赵鹏外，所有的管理人员都按时赶到了会场，当天姗姗来迟的赵鹏在众目睽睽之下急匆匆地走进了会议中心，手里拎着装有会议材料的纸袋。

会议召开完毕后，赵鹏所在的分公司的总经理要求自己分管的管理人员全体留下，声称有事要讲。他环顾了在座的所有人员之后说："迟到不是小事，它反映的是工作拖延，今天的会议很重要，在这么重要的场合迟到就更不应该了，以前我就发现某些人对于手头的工作能拖就拖，执行力非常差，这会影响整个公司的发展，以后我绝不姑息这样的行为。我多次向你们强调过，做事不但要及时，还要未雨绸缪，做工作应尽早做好准备，而不是临时手忙脚乱，自己完不成任务还得拖累大家一起加班。"

赵鹏一听，马上明白了总经理所说的"某些人"其实就是专指自己，其实他也想及时完成工作任务，但是不知为何工作一再被拖后，结果总得带领手下员工陪着自己加班，下属抱怨、上级批评，他心里很不好过，可是就是改不了爱拖延的毛病。最后，总经理对他进行了降职处理，每天辛辛苦苦加班，换来的却是这样的结果，他的心情更加沮丧了。

据一项调查显示，86%的职场人士和80%以上的大学生都有拖延症，在这些人当中，50%的人表示总会把事情或工作拖到最后一刻才去做，13%的人表示如果不是被一催再催，他们根本没有办法按时完成任务。很多时候，人们不知不觉就陷进了拖延症的旋涡，反复重复着拖延的行为模式。拖延虽然在严格意义上将不属于某类疾病，可是拖起来也要命，严重的拖延症会对人们的身心健康带来非常大的负面影响，比如产生自责和负罪感，自信心丧失，并伴有各种不适心理症状，进而引发多种心理疾病，毁掉个人幸福和大好前程，所以一定不能任由自己的拖延行为进一步发展和恶化，而要及时悬崖勒马，纠正自己的心理和行为偏差。

05. 勇于创新，创造一个业绩奇迹

马云说：“我觉得最大的经验就是千万不要放弃，要勇往直前，而且不断地创新和突破，突破自己，直到找到一个方向为止。”要想在职场中创造惊人的业绩奇迹，除了要有脚踏实地的工作态度外，还要勇于创新，找对方法，定会事半功倍。

在工作中，成功都是阶段性的。要想持续地将成功进行到底，要笑到最后，就必须要时刻求变、时刻总结，即要拥有创新精神。只有勇于创新，才能不断地创造业绩上的“奇迹”，才能推动自己，推动一个组织不断向前进。

美国著名的企业家哈默说：“天下没有坏买卖，只有蹩脚的买卖人。”工作中能够创造出多少价值，做出多少业绩，关键要看你愿意融入多少智慧。创新是一项极为重要的智慧，要想创造更多的业绩奇迹，就要多主动去观察，开动自己的新思路，新思维，在用全新的视觉去思考当前的问题，这是让自己脱颖而出、获得至高价值的重要捷径。

杰克是一家珠宝公司的设计师，主要设计戒指。他很明白，要想让自己的产品在市场上足够抢眼，就必须要打造自己的特色。

杰克想到，象征着爱情的首饰多数以心形构图，这已经受到广大消费者的认可和接受。为此，他依旧沿用此传统，不过，他的设计却不同于一般的设计，而是将宝石雕成两颗心互相拥抱状，以此表现出“心心相连”的浪漫。接着，为了表现爱情的纯洁，他又用白金穗铸成两朵花托住宝石。

这个创意，令所有人都很满意。

不过，杰克却还没有满足，他在两个白金穗中，又设计出了一个男婴

和一个女婴。女婴手里，牵着挂在宝石上的银丝线，以此来祝福新郎新娘未来美满幸福的家庭。那条男女婴儿牵的银丝线更是独具特色，那银丝线上有很多手工镂刻出的皱纹，皱纹的数目能够随意增减。这个设计，杰克是为了方便购买者，让他们可以利用皱纹来做记号，比如男女双方的生日、订婚日期、结婚年龄及其他私人秘密。

杰克的创意设计，令这款戒指非常受欢迎，几乎每对新婚夫妇都会对它赞不绝口。就这样，杰克公司的生意越来越兴隆，他的产品很快成为市场的亮点。这个别具匠新的创意为他掘到第一桶金之后，他并没有停步，而是不断地总结，求变，探索新的生产工艺。经过不断努力，他又发明了镶嵌戒指的“内锁法”。

一天，一位富商慕名而来，他拿出一颗硕大的漂亮蓝宝石，要杰克镶嵌出一个与众不同的戒指，并且最好能使蓝宝石得到很好的体现，商人想将这枚特殊的戒指送给自己的女友。

杰克明白，这个图案在设计上并没有什么惊人的举动，而是在宝石的镶嵌方式上进行了创新。他用金属将宝石包托起来，这样宝石有近一半被遮盖，而商人的要求就是尽量体现出宝石来。这个创意被富商认可了之后，杰克再次名气远扬了。

这种内锁法一经上市，立刻得到了消费者的喜爱。这一项发明很快便获得了专利，珠宝商们竞相购买，杰克赚到了一笔可观的技术转让费。

后来，杰克又发明了一种“联钻镶嵌法”，采用这种方法将两块宝石合二为一做成的首饰，能够使一克拉的钻石看来像两克拉那样大。这种轰动效应，使人们到处抢购这种戒指，而珠宝商们也纷纷争相抢购这项专利。

就这样，利用自己聪明的头脑与大胆的设想，杰克最终成为“钻石大王”。

杰克之所以能够令自己的戒指大卖，达到了凝聚财富、取得成功的目的，其中的奥秘就是创新意识，这就是创新的力量。拥有了创新的思维，可以让看似难以逾越的困难迎刃而解，可以让看似难以完成的工作顺利进行。

《创新的挑战》一书中，戴维·赫西曾写道：“创新是工作中的新思想，它可能是一个流程的简单的改变，也可能是复杂的全新市场的进入。”创新是灵魂，它能指引我们向着成功不断迈进。

在今天这个特立独行的世界中，每个人都崇尚个性，都在追求与众不同，因此，标新立异更是符合了这个时代的潮流。精明的你只要能抓住这一点，就一定能创造出一定的业绩，开拓一条新的财富之路。

然而，在现实中，很多人总认为创新是一件很难的事情，其实，创新并不像我们想象的那么困难，你只需每天改变一点点，每天进步一点点，及时总结自己工作上的失败得失，哪些需要继续保持，哪些需要及时调整，哪些需要重点开拓，哪些需要重新规划。经过日积月累，你可能就会有脱胎换骨的大变化。

06. 把最简单的事情做好就是不简单

“不积跬步，无以至千里；不积小流，无以成江海。”大凡成功者，多数是从小事做起。无论是“塔”的高度，还是“裘”的厚度，都是在沉下气后潜心积累而成。只有平时做事认真精细，在规划大业时才能精益求精，成就卓越。

“什么叫作不简单？能够把简单的事情天天做好，就是不简单；什么叫作不容易？大家公认的、非常容易的事情。非常认真地做好它，就是不容易。”这是海尔集团总裁张瑞敏的一些精彩语录，仔细去揣摩，这句话蕴涵着深刻的道理。能把简单的事情做好，需要的仅仅是毅力，能把复杂的事情做得很简单，绝对是天才！

所谓的职场高手，就是能够将重复的、简单的日常的工作做精细、做专业，并恒久地坚持下去。中电科技总裁穆世强说：“评价一个人能力的强和弱，不能仅以一次举起200斤的杠铃来衡量，如果下定决心，很多人都可以做到。但是，要将一件简单的事坚持不懈、始终如一地做好就不易了！比如拿一根绣花针，没有人办不到，但是如果要求你以一个姿势拿着，走上几公里或者保持几个小时，有几个人可以做到?”最优秀的人是想方设法完成任务的人，最优秀的人是不达到目的誓不罢休的人，最优秀的人是“为了一个简单而坚定的想法，不断地重复，最终使之成为现实”的人。

一天，城中最大的演讲堂中座无虚席，一位著名的推销大师要在这里做告别自己职业生涯的演讲。大幕拉开的时候，舞台上搭着一个十分高大的铁架，铁架上面支着一个巨大的铁球。

推销大师告诉大家，今天的目标就是用这个铁锤去敲打那个吊着的铁球，直到它荡起来为止，所有的人都可以参加。

很多年轻人自告奋勇拿起铁锤，拉开了架势，抡起大锤，奋力地向那个吊着的铁球砸过去，发出了震耳的响声，而那个吊球仍旧没能动。接下来，一个年轻人就用大铁锤接二连三地砸向吊球，很快就气喘吁吁，铁球仍旧没动一下。另一个人也不甘示弱，把那个大铁锤敲得叮当响，但铁球仍旧纹丝不动。

台下立即平静了下来，观众好像认定那是没用的，就等推销大师做解释。

然而，推销大师的举动让在场所有的人都难解：他从口袋中掏出一个小锤，然后认真地对铁球“咚”敲了一下，然后停顿一下，再一次用小锤“咚”敲了一下。人们都奇怪地看着，老人就那样“咚”地敲一下，然后再停顿一下，就这样持续不断地做。

十分钟过去了，20 分钟过去了，会场早已开始骚动。推销大师仍然用小锤不停地工作着，他好像根本没有听见人们在喊叫什么。

推销大师就是这样做，忽然一位听讲者尖叫一声：“球动了！”会场立即鸦雀无声，人们聚精会神地看着那个铁球。那球以很小的摆度动了起来，不仔细看很难察觉。老人仍旧用小锤一下一下地敲着，吊球在一锤一锤的敲打中越荡越高，它的巨大威力强烈地震撼着在场的每一个人。

老人开口讲话了，他只说了一句话：“我成功的秘诀就是简单的事情重复做、认真做，以百倍的恒心和耐心等待着成功的到来。”

无论是职场还是其他领域，要想获得成功，就是把简单的事情重复地做，要成功其实不难，只要重复简单的事情，养成习惯，“一旦你产生了一个简单而坚定的想法，只要你不停地重复它，终会使之变成现实”。

把一件简单的事情重复做，认真做，就是一种卓越！一件事情的结果，取决于你采取了什么样的行动，你的行动取决于你的思维。人的任何改变首先取决于思维，正确的思维主宰着行动与结果。

有位年轻人在一家制丝厂工作，制丝是流水线作业，每一个环节出了问题就会影响到整个工艺。一个岗位一个人，一个萝卜一个坑，每天面对的都是相同的工作，单调而又枯燥，平凡而又简单，但是他知道，只要忍受枯燥，把平凡的事情一千遍，一万遍做好就是不平凡。几年来，因为他所在的工序是犯错误最少的，他被提拔为生产部门主管。

所以，要想让人刮目相看，要想引人注目，那就请从现在开始做好你手中最平凡、最细小的工作吧，哪怕这个工作不需要什么技巧与能力，也要持之以恒，少出差错，最终，你会发现成功一直在前方向你招手。

07. 切勿眼高手低

一位首席执行官曾经有过这样的一番精辟论断：“所有的 MBA 进入公司之后，首先都要从最基层的销售员做起，如果在六个月之后能够留下来，就可以继续留任。因为我想给他们更多的时间进行历练，只有沉得低，才能够跳得高。”

要成就一番大事业，需要一个漫长的过程，就像是参加一场马拉松比赛，有初赛、复赛和决赛。初赛的时候，大家都刚刚进入社会，实力一般，这个时候，你一定要摆正心态，稍微努力、认真一点就可以让自己脱颖而出，所以，很多人在二十多岁就做了经理。要想成为这一群人中的一员，最为重要的就是要能够从小事做起，做他人不愿意做，做别人认为最低下、最卑微的事情，千万不能眼高手低，做好每一件小事是你赢得初赛的资本。

生活中，经常看到这样一群人，他们在任何一家公司待的时间都很短，他们的年纪不小，但永远是职场上的新人。他们总是觉得自己能力超群，不能受到重用，无可奈何之下，就离开再跳槽到另一家。几年下来，没有练就一项专业特长或技能，没有积累任何经验，最终一事无成。这些人在工作的时候，往往瞧不起那些小工作，即便是做了，也不是心甘情愿，总觉得自己被屈才了，受委屈了。结果大事没做好，小事也干不了，什么成就都没有。这种人往往自认为自己身怀雄才大略，却因为缺乏踏实、肯干的心态无法受到领导的器重。然而，可以试想，一屋不扫，何以扫天下？小事情做不好，如何做成大事情呢？想做大事，就一定要有做大事的能力和心态，而这种能力则是经过一点一滴的不断积累而成的，并非学到什么就可以马上用到工作中来。如果你每天总是想着一些不切实际的“大事”，不仅实现不了你的雄心壮志，连自己的饭碗都有可能保不住。

饭要一口一口地吃，仗也要一场一场地打。即便你想受到重用，也要从小事情做起。如果总是眼高手低，最终只能以失败告终。

曾经有记者采访李嘉诚时问道：“您的企业在选用和启用年轻人的标准是什么？什么样的人是你最喜欢的？什么样的人您不敢用？”

李嘉诚语重心长地回答：“不脚踏实地的人，是一定要当心的。我看人并不保守，但是我认为，一个根本不好的人，还不懂得脚踏实地，这样的人信用就有问题，无论你如何有才，都是第二位的。”

天上不会掉下馅饼，从来不需要付出任何辛苦努力地工作，也没有唾手可得的收获。工作需要你付出体力、智慧和时间。只有乐意主动吃苦，锻炼自己，才有可能得到应得的利益。你的吃苦耐劳带给企业的是业绩的提升与利润的增长，而带给你自己的则是知识、技能、才干、技能和经验的积累和增长，还有源源不断的机会。当然，还有源源不断的财富的增长。

高奋是一家大型机械生产公司的董事长，在过去十几年的经验积累之中，他将自己规模不大的厂子发展成为当下的上市公司。在接受媒体采访时，他深有感触地说起了自己的成长经历：

在刚刚毕业上班的时候，我只是一个车间实习生。公司从原材料、制浆、再生产到出厂，所有的生产流程一共有25个车间，我被安排到其中的十个重点车间去实习。主要目的是进一步了解公司的情况，熟悉公司的设备运作与生产流程，同时还要与职工交流沟通，参加各种体力劳动，经受各种酷暑和体力劳动的考验以磨炼自己的意志。我豪情万丈地开始了学习，因为我觉得我需要这样的一个锻炼和接受考验的机会，这是我在公司站稳脚跟的基础。

我在车间开始一丝不苟地工作，十分注意观察和了解公司的工艺流程、掌握生产原理，并与员工聊天不断地拉近与他们之间的距离，遇到体力活动，我会动手去做搬运、推车、打件等这些极为细微的工作。我实习车间的温度高达50摄氏度，每天早上六点多钟就进车间，不到几分钟，我的衣服就会被浸透，一天要换几件衣服。但是我觉得正是那一个月的辛苦，才让我更彻底、更详细地了解了公司的运作流程以及各个部门的生产细节，这为我以后改进生产工艺奠定了坚实的基础，也是我将企业做大做强的基础。

由此可见，一个人的才能和经验都是从基层的各种细节工作做起的，只有脚踏实地，一点一滴不断积累，才能够一步一步地迈向成功。

其实，这个世界上从来就没有什么“世外桃源”，任何工作都不如自己想象的那么完美，也都有不尽如人意的地方，作为一个有责任的人，要正确地对待工作中出现的一些问题、挑战，勇于从小事做起，敢于吃苦，在小事中不断地提升自己的能力，才能迎来更加美好的职业前景，最终的理想才能得以实现。

08. 守得住寂寞，坐得了“冷板凳”

只要心中有梦想，就要坐得了“冷板凳”。肯坐“冷板凳”的人多数都有着极为强烈的社会责任感，不会计较一时的得与失，而更看重远的事业发展。坐“冷板凳”并不代表是赋闲，相反是在潜心修炼，默默积蓄。一旦时机成熟，定会龙卷风云。

职场中，很多人尤其是年轻人都渴望“机遇”垂青于自己，然后做出巨大的业绩来，令人刮目相看。但很多时候，机遇是需要人去熬的，机会出现之前都是一段磨人难熬的日子。所以，在成就自己的职业理想之前，坐“冷板凳”是必须的，也是必要的。“冷板凳”就是我们给自己充电，可以有很多时间完善自己，补充自己。只有坐得了“冷板凳”，将来才有可能做大事情。

“冷板凳”既硬又凉，长时间坐会经常感到不舒服，但也可以考验一个人的耐力与意志力。人们对待“冷板凳”的态度大抵可以分为两种：一为坐不了多长时间就受不了不干了，决然离开送他“板凳”坐的人；另一种是极富耐心的人，他们一直能将“冷板凳”坐热，忍辱负重。相比较而言，前一种人则最终会一事无成。而后一种则是属于临危受命、大器晚成的人，他们的成功之路可能走得有些艰辛，但最终往往能取得比较惊人的成就，并且更容易受到人们的尊敬。

麦森是德国的一个不起眼的小镇，但却有“欧洲瓷都”的美誉，这里的陶瓷制品闻名世界。莫洛特是这座小镇上有名的制陶人。其实，30 年前，莫洛特只是麦森陶瓷厂中的一名普通的垃圾清运工。

莫洛特刚刚来到这座小镇上的时候，有一名叫塞斯的意大利人是那里有名的制陶人。麦森陶瓷厂的生意完全依靠塞斯的几个徒弟去支撑。有一天，厂方因为与塞斯意见不合而发生了争执。塞斯一怒之下便回到了意大利。

而麦森陶瓷厂因为找不到更好的技师而被迫停产。厂内的高层领导急得犹如热锅上的蚂蚁。就在这时，清洁工出身的莫洛特站出来向厂方领导请示：“我能不能去试试？”

厂领导的头摇成了拨浪鼓：“就你？一个垃圾清运工，能做得了这种高级技师的活吗？一边待着去吧！”

莫洛特为了证实自己不是在开玩笑，就从自己家中拿来自己烧制的一个花瓶，一本正经地对领导说道：“您看一下这个花瓶，它与咱们厂的产品相比如何？”

所有的领导看过之后，个个都目瞪口呆，不约而同地问：“它真的是你烧制的？”

莫洛特坚定地点点头说：“是的。”

原来，这个在厂里干了近十年的垃圾清运工，他每天都在偷偷地学习塞斯的手艺，就连厂方委派去正式跟着塞斯学习的技术人员都没学到真东西，而莫洛特却都学会了。

于是，厂领导就问莫洛特道：“你有什么要求，尽管提。”

莫洛特淡淡地说道：“我现在的工资是每月十欧元，能不能多给我二十欧元？”莫洛特领导有些迟疑，他赶忙解释说：“我依然还在做我的垃圾清洁工，我当然也可以兼职做技师，因为我的母亲患有极为严重的哮喘病，每个月需要二十欧元的医药费，而我现在的工资只够勉强维持我家人的生活。”

原来，莫洛特非常地羡慕那些学徒工，因为他们每月可以拿到20欧元的工资，而自己则只能拿到十欧元。为了向学徒们看齐，更为了能让母亲每个月都能吃上药，于是就偷偷地学起了烧制陶瓷的手艺。

领导听了莫洛特的解释，马上说：“只要你能做得跟塞斯一样好，你不但可以不再干运垃圾的活儿，而且从现在开始，你的月薪跟塞斯一样，每月会给你1000欧元的薪水。”

在莫洛特的技术指导之下，麦森陶瓷厂终于又开始运转了。莫洛特，这位当初的垃圾清运工，连做梦也没有想到自己能拿这么高的工资。现在的麦森已成德国陶器重镇，而莫洛特的名气也远远地超过了任何一位顶级的技师。

显然，莫洛特就是一位将“冷板凳”坐热的人，他用了整整30年的刻苦学习与耐心等待，终于缔造了属于自己的神话，同时也得到了公司领导与同事的认可与尊敬。为此，对于每一位奋斗中的人来说，在成功到来之前，一定要拥有甘坐“冷板凳”的精神，这是成就职业理想的基础。

主角也是从配角做起，甚至是从跑龙套做起的。人在默默无名的时候，要耐得住寂寞，要放低姿态，平和心情，等待或者寻找机会，要有把“冷板凳”坐热的耐心。

一个重点大学经济系的女大学生，毕业后在一家外贸公司里面当职员。这个大学生专业知识很扎实，本身也很有才学，而且人长得也很漂亮。进公司没多长时间，人际关系处理得也很到位，同事都很喜欢她。

但是不知是为什么，进公司快一年了，老板从未过问过她的情况，也不交给她重要的工作，更没有与她有过什么沟通，每天只是让她做一些无足轻重的事情，对于公司来说她简直是可有可无。

这个女孩并没有怨天尤人，更没有因为自己是专业上的高才生，而向领导讨个说法，她认为自己是个新员工，做不起眼的工作，坐“冷板凳”是应该的。一年后的一天，老板终于找她谈话了，一方面肯定了她在这一年中的任劳任怨，另一方面表扬了她做出很多成绩，最后依据她的实际能力为她晋升了职位，她的耐心等待总算得到了回报。

女大学生的经历验证了这句话：坚持就是胜利。没有耐心坐“冷板凳”，就没有机会获得领导的赏识，一年后也就不会有领导的肯定与提升。“冷板凳”不一定都那么难坐，一旦把“冷板凳”坐热了，机会很可能也就来了。

球场上的替补队员可能是“冷板凳”的代表了。看着队友们在场上拚搏，替补队员可谓难熬之极。在一场比赛中，有些板凳队员只能上场几分钟，有的连上场的机会都没有。可是就在等待的时候，机会随时会降临。如果没有随时做好上场的准备，即使有机会上场，发挥的情况也就可想而知了。

其实，坐“冷板凳”考验我们的不仅是屁股的承受力，更重要的是在考验我们的心，一颗在孤独和寂寞的煎熬下依然奋勇拼搏的雄心。要知道，职场中的多数机会都是“熬”出来的，是靠忍耐之心等出来的。无论哪种情况，机会出现之前都是一段磨人难熬的日子。坐“冷板凳”是必须的，也是必要的，它是促使我们走向成功所必备的一种精神！

第十章 | 懂得感恩，以感激的心态去工作

- 我们时常感到工作枯燥、劳累，感到工作难做，觉得老板不够宽容，多是因为缺乏一颗感恩的心。在职场中，感恩是一个人的基本道德修养，也是一种积极的良好心态，它能最大限度地激发个人能力，富足我们的心灵，让我们以最大的热情去投入工作。同时还能让我们少一些负面情绪的烦扰。一个人想在事业上有所成就，首要的就是学会感恩，不懂感恩就等于遗弃了无数的幸运。心怀感恩投入工作的人，是最容易得到成功机会的人。

01. 用感恩的心对待你的工作

工作的追求，情感的冲撞，进取的热情，可以隐匿却不可贫乏，可以泄然而不可以清淡。

我们时常会对平淡无味的工作心生埋怨，会为工作中的琐碎繁重而心烦，会因为工作中的小小失败而气馁。可是，如果你能以感恩的心去对待你的工作，便能够从平凡中寻到精彩，从失败中汲取教训，你就会发现，工作历练了我们的能力，精彩了我们的生命，启迪了我们的智慧，它是上天赐予我们的最珍贵的礼物。

杰端是美国一家麦当劳的一名普通的职员，他每天的工作就是不停地做很多相同的汉堡，没有任何的新意。但是，他依然每天都很快乐，从来都是用满怀善意的微笑来面对他的顾客，几年来一直都是如此。

杰端的这种真挚的快乐，感染了他身边每天都垂头丧气、牢骚满腹的同事。有的同事问他，为什么对这样一件毫无乐趣的工作充满了激情？杰端说道，我每做出一个汉堡，就能感受到顾客因为它的美味而感到快乐，而我也感受到了我的作品所带给我的成功，那是多么美妙的事情啊。我每天都会感谢上天赐予我的如此好的工作。

因为杰端快乐的心情，这家店的生意异常地好，名气也越来越大，最终传到了麦当劳总管的耳朵中，杰端就得到了一个高层管理的职位。

在工作中，如果你总是将冤屈、不满和愤怒装于内心，就会成为全世界最为悲惨的人。而如果能够对你的工作心存感恩，懂得珍惜，那么，你的每一天都将是快乐和充满激情的。就像故事中的杰端一样，总是以享受、积极、乐观的心态去对待他的工作，最终成为主动进取、敬业乐群的人。

莱德是一家汽车修理厂的修理工，从进厂子的第一天起，他就不停地抱怨：修理这活真是太脏了，每天都弄得身上脏兮兮的，而且还领不到高额的薪水，真是太扫兴了。每天，他都在这种不满的情绪中度过，认为自己干的只是奴隶的工作。他每时每刻都在窥视着师父的眼神与行动，稍有空隙，就会伺机偷懒，对手中的工作只是疲于应付，并且总是期待下班时间能够快点到来。

转眼几年过去了，一起和他进厂的几个工友，各自凭自己精湛的手艺，开起了自家的维修厂，还有的被公司送进大学进修，独有莱德自己，仍旧做着令他讨厌的修理工作，仍旧沉浸在无法升迁的痛苦之中，碌碌无为地应付每一天。原来，不快乐地疲于应付工作，最大的受害者是他自己。

正如余秋雨所言："工作的追求，情感的冲撞，进取的热情，可以隐匿却不可贫乏，可以泄然而不可以清淡。"当一个人以感恩的心态面对工作，就能将自己全身心地融入工作之中，将积极和热情变为自身的一种习惯，便能够获得令人可喜的业绩，个人的职业生涯也因此会圆满，事业就能有所成就。

如此这样，你就可以感受到双重的乐趣：工作不仅仅只是一种职业，更成了一种享受。快乐也是一种态度，这种态度可以化枯燥为享受，化琐碎为乐趣，那么，你将会获得无比的快乐，就能为自己的人生画上炫彩的一笔。

"用感恩的心对待工作"，这不仅仅是一句漂亮话，而是真情的迸发。岗位为你展示了较为广阔的发展空间，工作为你提供了施展才华的平台，为我们的聪明才智找到了萌芽的土壤，我们应该学会感恩，感恩老板给我们提供的工作机会，感谢老板给我们施展才华的舞台，这样，我们就会热情奔放，激情洋溢，满腔热忱地对待你手头的每一项工作，将会使你的人生焕发出最为精彩的光芒。

02. 用感恩唤醒内在的“驱动力”

拿破仑·希尔说：“真正的成功者都怀着一颗感恩之心，他们比别人更具智慧。”工作是上天赐予我们的礼物，有了这些礼物，我们就会由衷地感觉到：工作是一种愉悦的生命体验，它带给我们的是生命的精彩和充实。

“今天这个职位、位置和状态都不是我想要的，我要的不是这样的工作，等我调整好之后，精彩的人生才会真正开始。”“这种枯燥无味的工作我是早就不想做了，等时机成熟我一定先辞职。”……职场中，很多人都有这样的心态，他们对工作充满了厌倦，甚至想马上逃离。人之所以会这样，就是缺乏一种感恩的心态。你要知道，你当下的职务虽然微不足道，也不是你自己真正想做的，但它仍旧是你人生走向卓越的“传送带”，也是引领你走向成功的“导航灯”。正是因为那个不起眼的小职位，拉开了你未来人生的精彩序幕。俞敏洪说：“我们的生命中，有一种美好又极其珍贵的馈赠，那就是工作。”

一位六十多岁的牧羊人遇到了天使，就请求天使满足他三个愿望。天使看他可怜的样子，就马上答应了他的请求。

牧羊人说：“我的第一个愿望就是要变成有钱人！”

天使就马上让牧羊人变成了有钱人。牧羊人对天使说：“我希望自己能回到20岁！”

天使挥了挥手，牧羊人马上变成了一个20岁的小伙子。

牧羊人高兴极了，接着便说出了自己的第三个愿望：“我一辈子都不要工作……”

天使自然是有求必应，马上就答应了，于是牧羊人又变回了路旁边那个又老又脏的牧羊者。

牧羊人很是不解，急忙问天使：“这是为什么呢？我怎么一无所有了？”

天使很诚恳地说：“工作是我所给你的最大的祝福了。你想想，如果你不工作，整天都无所事事，那该多可怕啊！一个人只有投入到工作中，生命也才有活力。现在，你把我给你的最大的恩赐都扔了，自然就一无所有了！”

从这里，我们就可以领悟到工作对于生命的价值和意义。工作为我们提供了稳定的薪水，解决了衣、食、住、行等生存所需，它使我们实现了经济上的安全感，有了稳定的工作，让我们才能安定下心来，驱除心灵上的漂泊感，找到属于自己的安全感。

同时，你也要明白，你在工作中获得和享受到的一切，不是平白无故得到的，而是许多人共同创造和奉献的，其中就包括你的老板。老板给了你一个机会、一个平台，给你提供了良好的工作环境和各种福利待遇，成就了你的个人事业，成就了你的价值，成就了你的人生。所以，我们要对其心存感恩，没有他们，你的人生将会是一片枯萎。

同时，在工作这个平台上面，你有可爱可敬的同事，与你一起合作完成某项任务，创造某项价值。正是因为同事的配合，你的价值才能得以实现。为此，你的老板、同事、合作伙伴、客户，他们对你都是有恩的。因此，无论你取得了多大的成就，都应该培养自己的感恩之心，感谢老板和同事给予你的支持和帮助，并以更加努力工作来回报他们！

当然，真正的感恩应该是发自内心的，真诚的，而不是为了某种目的而迎合他们，时常怀有感恩之心，你就会变得更为谦和、可敬且高尚。每天都用几分钟的时间来反思你的工作，为自己有幸成为公司的一员而感恩，为自己能遇到那样的老板而感恩吧，以特别的方式表达你的感谢之意，付出你的才华和精力，为公司更为努力地工作，这比任何礼物都可贵。

要知道，一个人越努力，也就越幸运。这是职场一条永恒的法则。请相信，努力工作一定会给你带来更多更好的工作机会和成功的机会。感恩是一种深刻的生命体验，能够增强个人的魅力，开启神奇的力量之门，发掘出你无穷的智能。感恩也像其他受人欢迎的特质一样，是一种值得大力提倡的习惯和态度。

03. 别身在福中不觉“福”

一个人总是碌碌无为，养成享乐的心态，其内心是极难得到真正的快乐的。物质的享乐，只能给自己一时的满足，而心灵上却依然是空虚的。人生在世不过几十年，碌碌无为的一生，只会让生命失去价值，让灵魂空洞，让生活失去色彩。

如果你现在拥有一份自食其力的工作，并为之付出精力和激情，那就意味着你生活在天堂之中，是有福之人。生活中，很多人认为在职场中无所事事，安享清闲是一种莫大的幸福。殊不知，这其实是人生的灾难，过上这样的生活，说明你已经生活在“地狱”之中了。

一个贫穷的人，平生极为懒惰，却总是梦想自己能过上富贵无忧的生活。

有一天夜里，他做了一个梦：自己到了一个极为美妙的地方。那里有花园美景，有绝色美女，有令人眩晕的娱乐节目，还有享用不尽的华丽的服饰和美食。

里面还有大批的奴仆，一位奴仆过来告诉他说：“从此之后，你就是这里的主人，这里的一切都是你的，想吃什么就吃什么，想玩什么就玩什么，奴仆也可任由你支配！”这个人极为庆幸：这种日子一直是自己梦寐以求的，终于实现了目标。于是，他每天都将自己沉浸在美色与美食之中，得到了前所未有的快乐。

就这样，日子一天天地过去，他发现美食不再那么可口了，游戏也越来越乏味了，那些曾经让他感觉天仙般美丽的女人们再也提不起他的兴趣来了。他每天早晨醒来以后，也不知道如何打发时间，于是就对仆人说道："这样的生活真是太过无聊了，我需要做一点事情，你能给我一份工作做吗？"

让他感到意外的是，这个要求被拒绝了。仆人说道："很是抱歉，这里没有工作可以给您做。"在沮丧之余，他愤怒地说道："这里真是太无聊了，早知道这样，您还是送我去地狱好了！"听了他的抱怨，仆人温和地对他说道："先生，您以为这里是什么地方呢？这里就是地狱啊！"

由此可见，拥有一份能够自食其力的工作，是多么幸福的一件事情！生活中，我们经常会听到这样的抱怨：工作太紧张，每天早起晚归，疲于奔命，不知何时是个头；如果来世，我希望自己变成一头猪，吃了睡，睡了吃，什么都不操心；什么时候可以不用工作，就能住上大房子，开上名车……要知道，人活着就要思考，就要劳动，如果你整天置自己于安逸之中，每天衣食无忧，表面上看似在享受，实则是生活在地狱之中。长时间将自己沉浸在安逸之中，人也无异成了行尸走肉。

早期的太空英雄巴兹·奥尔德林在自己成功地登陆月球后不久就精神崩溃，他的亲朋好友都对他的遭遇感到极为困惑，因为奥尔德林在登月之后，其感情和家庭方面都很春风得意。

几年后，奥尔德林在他撰写的一本书上回答了周围人对他遭遇的这种疑问。奥尔德林这样写道："导致我精神崩溃的原因很简单，因为我忘了自己在登月之后，自己以后该做些什么！自己如何才能继续生活下去。"

这就是说，奥尔德林除了登月这件工作之外，在其他方面没有任何的生活目标，对自己的人生从来没有做过计划。所以，他一回到地球，便无法在现实中找到一个属于自己的生活方向，最终使自己的精神处于崩溃的边缘。

在生活中，有些人在前进的道路上步步向前，极为充实；而有的人则止于中途，让心灵感到忧愁、焦虑，其主要原因就在于，后者没有为让自己的生命焕发出价值来。卡耐基说过：“我非常相信，及时地为自己的人生做个规划，是获得心理平静的最大的秘密，因为我心中时刻充满了信念。而我也相信，只要我们能定出个人规划来，什么样的事情都是值得我去做的。并且我能够清楚地知道自己的下一步该去做什么，我需要过一种什么样的生活。如此一来，至少可以消除掉我50%的忧虑!”

可见，一个人最可悲的行为，就是丧失了理想，没有了进取心，一味地去享受安逸。这样会让你的人生苍白无力，使你越来越堕落，不懂得珍惜你得到的东西，也不会对周围的事物心存感激，更不容易找到满足感。而通过工作来实现自我价值，通过个人努力来获得成就，你会体会到收获的快乐，珍惜自己所拥有的，对周围的一切心存感激，那么，你将会获得长期的快乐和幸福。所以，无论你是腰缠万贯的富豪，还是一贫如洗的穷困人，都要记住，只有工作才能让你在充实中体会到生命的本质意义，才能让你获得快乐和满足，才能让你在奋斗中感受到生命的真精彩。

04. 面对工作机会，存一颗感恩的心

选择工作是双方向的，不单单是我们喜欢就可以去做，而是需要得到公司领导的认可，同事之间的亲密配合，只有这样，我们才能在自己的岗位上发光发热，也才能在工作中实现自己的理想，所以，如果我们手中有一份我们喜欢的工作，就不仅要以感恩的心态对待它，更要去感谢你的领导和同事。

美国总统林肯出身贫寒，有人问他为什么他能当上总统，林肯说："每一次获得工作的机会，我都会怀着感恩的心情加倍地去工作，我能干好每一个我干过的职位，所以我也能干好总统这个职位。"由此可见，你当下干的工作也许无法完全符合你的心意，但每一份工作都存在着许多宝贵的经验和资源。能否从中获益，并非取决于你是否喜欢你当下的工作，而在于你是否对你的工作心存感恩之心，能否脚踏实地地干下去。

职场中，一个不知感恩的人，从不去想自己得到了什么，对自己得到的不知感恩，只是一味地抱怨自己的需求没有得到满足，只懂得索取，不懂回报，永远都得不到重用，也永远无法获得成功。

感恩是一种积极的心态，也是一种知恩图报的良好品质。懂得感恩的人永远比那些不懂感恩的员工更值得尊重和敬佩。现实生活中，无论是哪家企业，都乐意去接纳一个心怀感恩的员工。

一段时间，西门子公司要招聘一位市场部经理，因为该公司实力雄厚，所以为员工提供的待遇也是极为丰厚、诱人的。为此，前来应聘者是成千上万，最终经过层层选拔，两个年轻人脱颖而出，得到了最终的面试机会。

主考官对这两位智慧的年轻人进行了严格的测试和面试，发现这两个年轻人能力不相上下，但公司部门经理的职位只有一个，只能二选一。于是，在面试结束前，面试官问了最后一个问题："你们觉得以前你工作的那个公司怎么样？"

"糟透了，"一个面试者抱怨说，"同事像一群吵闹的母鸡，主管简直就是一头号叫的驴子！真难以想象我在那里是怎么度过了两年！这也正是为什么我选择跳槽，前来贵公司应聘的原因之一！"

另一位面试者说道："虽然我原来工作公司的是一家极小的公司，管理也不是很规范，不过在我工作的那段时间里，学到了很多东西。正因为如此，我现在才有勇气坐在这儿，我很感激原来工作的公司。"

最后录取的，毫无疑问，是后者！

是否懂得感恩，已经成为评判一个人道德的标准之一，也成为许多企业用人的标准之一。懂得感恩的员工，会感激其身边的一切，如果你每天都带着一颗感恩的心去工作，你就会发现工作中的各种困难、自我成长的过程、温馨的工作伙伴，甚至是失败的沮丧，这些都是工作过程中值得拥有的财富。

一位成功的职业人士曾说：“是一种感恩的心情改变了我的人生。当我清楚地意识到我无任何权利要求别人时，我对周围的点滴关怀都怀抱强烈的感恩之情。我竭力要回报他们，我竭力要让他们快乐。结果，我不仅工作得更加愉快，所获帮助也更多，工作也更出色。我很快获得了公司加薪升职的机会。”因此，我们不仅要感恩工作，也要感恩公司、领导以及同事等。感谢公司给你提供了发展自己的平台，感谢领导给你锻炼自己能力的机会，感谢同事对自己的支持与付出，相信你将得到意想不到的收获。

在微软，有这样一个故事一直被人们所津津乐道：

在微软总部的办公楼里中有一位临时雇来的清洁女工，在整个办公楼几百个雇员里，她是唯一没有任何学历的人，也是每天工作量最大、薪水拿得最少的人。可她却是整个办公楼里最快乐的人！

她每天都快乐地工作着，每一天，甚至是每一分钟，都在快乐地工作着，对任何一个人和任何一件事情都是面带微笑。即便是她刚拖过的地被员工踏脏了，她也会笑着去重新将其擦干净。

愉悦是会传递的，周围的同事完全被她所感染了，有很多人和她都成为了好朋友，甚至包括那些一向冷漠或高傲的人！没有人会在意她的工作性质和地位。慢慢地，整个办公楼里的员工在她的感染下都心情变得阳光了起来。

比尔·盖茨得知后，感到很惊异，忍不住问这位女清洁工：“我很好奇，是什么让您能如此开心地面对每一天的工作？”

“因为我在为世界上最伟大的企业工作！”女清洁工极为自豪地说“我没有什么学历和知识，我很感激公司能给我这份工作，可以让我与一群如此优秀的同事共同生活，而且，我能在工作的闲暇时间跟您们学习计算机知识，一想到这些我就非常开心。”

比尔·盖茨也被女清洁工那种感恩的情绪深深打动了，他动情地说：“我想，微软是最需要你这种员工的，我决定聘用您为微软的正式雇员。以后您可以像他们所有人一样坐在办公室里工作了。”

从此之后，这位女清洁工真的成为微软的一员，通过不断地学习，做上了令人羡慕的工作。

可见，懂得感恩的人，更能得到机会的垂青。就像这位女清洁工一样，并不是每天想着“我应该得到什么”，“领导什么时候给我涨工资”，或者“我干那么辛苦的活儿，才给我那么一点儿工资”等，而是永远怀着一颗感恩的心，快乐地工作着、热情地对待身边的每一位同事。她的热情最终也为她的人生敞开了机遇的大门。

感恩心态就是这么神奇。它让我们怀着火焰般的热忱去投入工作，珍惜并重视自己的公司和同事们。如此一来，周围的人也会受到这种心态的感染，而变得愉悦起来，从而增进双方的感情与合作，让你的工作进行得更为顺畅。所以，心怀感恩是一项只赚不赔的“买卖”，无论在怎样的际遇中，都能让你的人生充实和愉悦起来。

05. 感谢老板帮你验证了你的人生价值

一位成功人士曾说："是一种感恩的心情改变了我的人生，当我清楚地意识到我无任何权利要求别人时，我对周围的点滴关怀都怀抱强烈的感恩之情，我竭力要他们快乐。结果，我不仅工作得更加愉快，所获得的帮助也更多，工作也更出色。我很快获得了加薪升职的机会。"

感恩是每个企业员工都不能缺少的一种重要品质，现在很多员工总是对自己的老板不满，甚至抱怨。其实这种抱怨的员工，本身是不具备感恩这种优秀品质的。因为他从来都没有想过，即便是一个再有才华的人，也需要别人给你做事的机会，也需要他人对你或大或小的帮助。他们在老板的公司里施展了自己的才华，成功地验证了自己的人生价值。但是在这些都过去后，感恩却变得无影无踪。员工经常会对老板不满，却很少会对自己的老板感谢。

其实在职场中，我们根本没有必要去抱怨自己的老板，因为我们最重要的职责就是将自己的工作做好，无论自己在企业中是中层员工还是普通员工，你都没有任何的理由不把属于自己的职业范围内的工作做好。当你将你的工作做到尽善尽美的时候，那么你的老板一定将你奉为上宾，那么那个时候，你还会说他不好吗？这样看来，你抱怨老板要求苛刻，待遇刻薄，假如你真的薪水低微，没有获得能力和经验，那一定是你没有努力。

其实选择工作是双方向的，不单单是我们选择，同时也有公司的老板认可，还有同事之间的亲密配合。当你抱怨老板的时候，你有没有想过你当初能够进入公司，并做到现在的位置，能够自由地发挥自己的才能，难道不是老板给你的机会吗？对于自己的老板，不仅要以感恩的心态对待他，更要去感谢他。

韩梅梅是一家对外贸易公司的文员，本科修的是法学，毕业两年了，她却感觉在职场上几乎没有什么发展。她对自己的朋友小惠说："这家贸易公司没有什么前途，因为我们老板的水平不行，一个公司的老板都不行，那怎么可能还有什么发展呢？我决定参加考试，以后找个其他的工作。"

为了能够实现自己的目标，能够通过国家司法考试，韩梅梅在办公桌上摆着几大本复习资料，将自己"充电"的时间安排在工作的间隙中。韩梅梅"充电"准备考试的事情被老板看在眼里，老板不但没有生气，还对韩梅梅的行为很宽容，甚至还不时地给予她鼓励。还在公司里面对其他的员工说："企业和员工的合作边界是彼此为对方做好自己的事情，员工对自我的提升，并不意味着跳槽，公司为何不能宽容一些，让这样的员工在企业的内部也能够有广阔的发展空间呢？这种信任和务实的双边关系，在让职业人直接受益的同时，也是利于公司的长远发展的。"

韩梅梅对于老板的说法和行为感到很意外，并且也十分的感激。她对其他的同事说："我们老板人很好，能够这样地宽容一个员工，并让她去成长。即便是他的水平不高，公司也未必就没有发展。"韩梅梅开始考虑也许自己留下来是一个不错的选择呢。

当然，也许在你的工作中，你的老板并没有这样仁慈的表现，但是当你仔细地观察时，你就会发现他的身上有值得你学习的地方。在企业中，最聪明的员工不是爱抱怨的员工，而是能够从一些看似不如意的状况中找到其价值的员工。感恩是一种积极的心态，也是一种知恩图报的良好品质。懂得感恩的人永远比那些不懂感恩的人更加可亲、可敬，无论是哪一家企业都更乐意去接纳一个心怀感恩的员工。

06. 感谢上天的馈赠，尽情享受工作乐趣

将一小块明矾放入水中，可以沉淀所有污渍；在心中培育一种感恩的心态，能够沉淀很多的浮躁和不安，溶解更多的怨气和不安。

《圣经》里说：“任何事物都是上天赐予我们的礼物，有了这些礼物，我们的生命拥有了一种愉悦的身心体验。”那么，对我们来说什么是最美好、最宝贵的馈赠呢？答案就是——工作！

遗憾的是，在实际生活中，有些人总认为工作是一件费心费力、承受压力的苦差事，与自己所获得的一切都没有关系，对待工作缺乏热情，不懂得感恩，总是抱着当一天和尚撞一天钟的心态，得过且过。毫无疑问，这是非常错误的！

“工作不是一种惩罚，也不是人们经过思考后想干的事。工作是上天神圣的安排，是造物主用快乐和有意义的活动填补人类生命的一种方式。”美国作家比尔·海贝斯的这句话或许就是对工作最好的阐释。

你工作，并不单单是意味着你与公司之间是简单的被雇用与雇用的关系，而它是体现我们自身价值的平台，也是提升自己的支点。因此，对于工作我们应该心存感激，以满怀的激情去接受工作的全部，并且要用爱的行动去报答工作所赐予我们的一切。

可以说，工作是上天对我们的馈赠，对工作怀有感恩之情，你会发现工作充满活力和激情，你将能尽情地享受到工作中的乐趣，更好地表现自己，你会发现，机会总会与你不期而遇，命运之神也会特别地关照你。

在布鲁克眼里，工作是无趣的体力活，他一直浑浑噩噩、得过且过，结果他先后被多家公司开除。工作和生活都没有意思，心灰意冷的布鲁克离家出走了，他决定徒步爬到泰山，然后从泰山之巅坠崖自尽。

当布鲁克万念俱灰地攀上泰山的南天门时，遇到一个歇脚的挑夫。挑夫主动地和他打招呼，并且和蔼地告诉他：“年轻人，这山上有好多易燃树木，为了你的生命安全，请你不要抽烟啊。”

这个时候还有人关心自己，布鲁克有些感动，于是便和挑夫闲聊起来。挑夫笑着说：“你太幸运了，世界上游览过泰山的人连百分之一都没有。尽管我基本上每天都上泰山，但我从来也没像你这样以一个游者的身份空身而上过。”

“这样的工作不是很累人、很无聊吗?”布鲁克看了看挑夫肩上沉重的货物，耸了耸肩，既同情又无奈地说道。

“不!”挑夫回答道，“我很感谢我的工作，感谢这座山、感谢这6666级台阶，更感谢我肩上的扁担和沉重的货物，是它们给了我谋生的职业，给了我赡养老人、抚养孩子的生活保障。而我唯一可以回报的，就是尽一切可能把工作做好。”

听到这些话，布鲁克为之一震，他终于知道自己为什么觉得工作、生活，一切都索然寡味的原因，他真诚地谢过挑夫之后，轻快地走下山去。

通过故事中挑夫的话语，我们可以理解到，当对工作怀有一颗感恩的心时，我们会感到工作不是廉价的劳作，不是辛苦的奴役，而是赖以生存和发展的平台，是一份非常珍贵的恩赐，值得我们感恩。

感恩是一种能力，是发自内心的真诚态度，更是获得能量与能力的途径。对工作抱以持之以恒的感恩之情，以感恩的心投入到工作当中，你的工作必然会更愉快，更有效率！还用愁不能有所作为吗?

总之，感恩是由内而外地主动表达，当我们热爱、感激我们所做的工作时，就能够积极负责地投入工作，让能力得到最大限度的发挥。相信你的工作会出现一个崭新的局面，你的生活也会因此而改变很多。

07. 感谢工作中的“折磨”，是它成就了你

任何人的成长和骄人的成就，都是一次次磨炼的结果，唯有经历各种各样的折磨，才能使你在工作中学到真本事，也唯有工作中一次次的痛彻心扉的“折磨”，才是你个人成长的助推器！

一个人在生活中难免会受人折磨：上司的百般刁难、同事的冷嘲热讽、朋友的风言风语……一些人却对这些折磨心存抱怨，最终自怨自艾，悲观消极地去应付；而一些人却能够淡定地看待这些折磨，并时刻对折磨自己的人心存感激，最终走向成功。不同的心态造就了不同的结果，我们要成为什么样的人，也完全取决于我们对这些折磨我们的人的态度。

成功学大师卡耐基说：“一个人在饱受折磨的背后隐藏着未来的成功，折磨也是人生所需要的，它和成功一样有价值。”一位哲人也说过，任何的学习，都比不上一个人在受到屈辱和折磨时学得迅速、深刻和持久，因为它能使人更深入地了解社会，接触社会现实，使个人得到提升与锻炼，从而为自己铺就一条成功之路。如此说来，当我们在工作中遭受到批评、抱怨时，不但不要消极抱怨，以牙还牙，相反我们还要感激那些折磨过我们的人。正是因为他们的存在，才使得我们的生命充满了机遇和挑战，充满了转折和收获。如果你能够以感激的心态去对待那些折磨过你的人，那么，你就不再是一个悲观消极、面对苦难掩面而泣的人，而将成长为一个无往不胜的勇士。

美国独立企业联盟主席杰克·法里斯，他从13岁开始就在一家私人加油站工作。法里斯刚开始想学修车，但是店老板只让他在前台接待顾客，打打杂。

老板是个极为苛刻的人，每次都不让小法里斯闲着。每当有汽车开进

来时，老板都会让他去检查汽车的油量、蓄电池、传动带和水箱等。随后，老板又会让他去帮助顾客擦车身、挡风玻璃上的污渍。有一段时间，每周都有一位老太太开着她的车来清洗和打蜡。这个车的车内踏板凹得很深很难打扫，而且这位老太太极难说话。每次当法里斯给她把车清洗好后，她都要再仔细检查一遍，让法里斯重新打扫，直到清除掉车上的每一缕棉绒和灰尘，她才会满意。

终于有一次，小法里斯忍无可忍，不愿意再侍候她了。店老板却在一旁厉声斥责他说："你不愿干就赶快滚，这个月领不到任何报酬，你自己看着办吧！"小法里斯心中很是痛苦，回家后就将事情告诉了父亲，父亲却笑着告诉他："好孩子，你要记住，这是你的工作责任，不管顾客与老板说什么，你都要尽力做好你的工作，这会成为你的一笔人生财富。"

在以后的日子中，小法里斯谨记父亲的话，不管老板与顾客再怎么刁难他，他都会以微笑视之，并努力将事情做好。几年后，怎么就凭借自己的各种基本洗车技术以及其在顾客中的良好表现，开起了自己的店面，并最终取得了成功。

其实，法里斯的成功与他懂得感激那些折磨自己的人有着极大的关系。"吃一堑，长一智"，那些让你吃一堑的人正是给你一智的客观条件。你为什么不对其心存感激呢？学会感谢折磨你的人，就注定了你与成功结缘。

在生活中，你是否有这样的感受：你有一个很差劲的上司，你往往会因为他的一句批评或对你的错怪误解，就让你萌生了要去成功的念头；你的父母可能因为不够关心你而与你之间产生了隔阂，你会因为他们的一句批评从而萌生了要出去做一番事业的念头；从心理学上来说，当你受到的打击超过了你心灵所能承受的限度的时候，就可以爆发出一种力量，这股力量会驱使你要向他们证明，你能够成功，你可以做出个样子给他们看。所以说，这个世界上比经受折磨还痛苦的事情就是从来没有被人折磨过。

职场中，每个人几乎每天都会受到折磨，而每一次折磨都代表你又要进步了，所以，我们要对那些折磨我们的人和事心存感激，因为他们让你能够时刻检讨自己，哪些地方做得不好，哪些地方需要改进，让自己变得更坚强，更优秀。如果说，对你好的人是在“帮助你成功”，那么，折磨你的人则是在“逼迫你成功”。为此，我们从现在起，就应该时刻对折磨你的人心存感激，它让你能够得到更为迅捷的发展速度，只有这样，我们才能在折磨中体会到一种幸运和满足，才能使纷繁芜杂的世界变得更为鲜活、温馨和动人。

08. 感谢工作压力，是它激发了你的潜能

在远古时代，煤与钻石其实是同属于一种物质的，但是经过上亿年的时光，它们却成为了两种不同的物品。那么，是什么造成的呢？当然是压力的作用。因为所受的压力不同，各自的转化方向也不一样，受压力小的则变成了煤，而受压力大的，则变成了钻石。所以，你应该对工作中面临的压力心存感激，正是它们成就了不断趋于完美的你！

上天在给我们创造众多机会的同时，也给我们带来了更多的压力。在职场中，我们感到压力是无处不在的，它令我们焦虑、痛苦，但是同时它也是激发人的斗志与内在激情的重要因素。如果在生活中，我们能改变心态，将压力很好地转化为激发自己激情的内在动力的话，那么焦虑和痛苦也就不存在了。

在非洲中部较为干旱的大草原上，生活着一种短翅膀、短脖子的巨蜂。这种蜂体形肥胖臃肿，但是它却能够在非洲的大草原上连续飞行约250公里，而且，飞行高度也是一般蜂类所不能及的。它们极为聪明，平时就藏在草丛中或者岩石的缝隙中，一旦有了食物后就会立即振翅飞起来。尤其是当发现它们生活的地区将面临极度干旱的时候，它们就会成群

结队地迅速逃离，向一些水草丰富的地方飞行。

科学家们将这种飞行能力极为强健的蜂称为“非洲蜂”，并对其充满了好奇。因为根据生物学家们的理论，这种体形肥胖臃肿而且翅膀短小的蜂的飞行本能应该是最差的，甚至连鸡、鸭都不如；用流体力学来分析的话，它们的身体与翅膀的比例根本不能够起飞，即便将它们扔到天空中去，它们的翅膀也不可能产生承载肥胖身体的浮力，然后就会立即掉下来死掉。

但是，事实却证明，这种“非洲蜂”不仅能飞，而且还是蜂类动物中，飞行能力最为强健、飞得最远的物种之一。最终，哲学家对此给出了合理的解释：非洲蜂虽然天资低劣，但它们只有学会极为强健的飞行本领，才能够在气候极为恶劣的非洲大草原中生活下去。简单地说，非洲蜂如若不能飞行，它们面临的处境只有死路一条。

非洲蜂的故事告诉了我们什么叫作“置之死地而后生”。非洲蜂的飞行本领更让我们相信，在一个执着顽强的生命中，只有压力才能产生超强的能力。

科学家说，人在巨大的压力下，身体中会分泌出大量的肾上腺素，可以激发人无尽的潜能，可以促使人跑得更快，跳得更高，力量也会更强，从而做出惊人的壮举。当人处于顺境或宽松的情况下，是不可能突然爆发出这种惊人的潜能与做出惊人的成就的。所以，我们平时很多成绩都是压力作用下产生的结果。

要相信：多数人的成功都是压力“压”出来的，如果你想让自己变得更优秀，更早地迈向成功，那就试着享受并感谢压力吧！

李刚和刘涛是大学同班同学，两人都是班上的“才子”，都希望未来的自己在文学上有一番造诣。

毕业之后，李刚进了一家事业单位，收入稳定，生活无忧，而且仕途一帆风顺。而刘涛则不那么顺利，刚上班一年就下岗了，然后四处打工，吃尽了苦头，而且赚钱也不多，生活压力极大。于是，他迫切地希望改变自己的命运，于是就将所有的希望都寄托在文学上，渴望着有一天，能在这方面出人头地。于是，就不停地写，越写越好，发表的文章也越来越多，终于成了一名依靠文学养活自己的作家，实现了当初的梦想。而李刚自毕业后，再也没有写过文章，当初的梦想对于他来说，已经是一个"遥远的梦"了。

有一次，朋友聚会，在谈及刘涛的成功时，他不无感慨地说："是生活的压力让我成功的！"

在工作中，在时间紧迫的情况下，面对着大堆的工作任务，我们常会为此焦虑、担忧。但是，如果你能够转变观念，合理地规划时间，这种压力也是可以转化为工作的积极性的。

李萍在一家著名杂志社工作，两年多来，工作还算是舒心，但是最让人心焦的就是每周的写作任务，必须要在一周内交出一定数量的稿子来，这确实给她带来了巨大的精神压力。但是，后来她发现，这种压力竟然成为了自己工作的动力。

在很多情况下，她自己觉得：在规定的时间内创造的效率比自由散漫的情况下创造的效率要高得多。比如说，她本打算要用三天时间去完成一篇文章，在这期间，她可能会去查资料，搞写作，很是繁忙，但是最终写出来的也不一定能获得主编的认可。如果领导规定她必须要在一天时间内保质保量将文章交上去，否则将会被解雇。在这种情况下，压力尽管是巨大的，但她也能够写出一篇精品文章来，也无须去找资料，在极短的时间内反而能够激发出她的灵感来。

很多时候，在"绝境"之中，效率反而要比以前提高了很多。领导对她的要求高了，她的写作水平也自然提高了许多，先前的压力也自然就不存在了。

时间的紧迫原本给李萍带来了巨大的精神压力，但是，这种压力在她内心引起了波动，能够调集她脑海中所有的思想甚至潜意识的力量去完成工作任务，在这样的情况下，她的写作能力当然是要提高的了，这在心理学中被称之为“最后通牒效应”。

其实，人都是有潜能的，只是在平常的情况下发挥不出来而已，如果你能利用工作中的时间压力将自己的潜能激发出来，那么，压力则就会成为你工作中的动力。所以，当我们在生活或工作中因为压力而产生焦虑或痛苦的情绪时，一定要及时地更新观念，不要将压力仅仅看成是我们的仇人，将之看成是激发我们个人潜能的“恩人”，那么，压力就会迅速转化为你挑战自我的动力，最终让你以更为积极的心态去应对工作，最终做出惊人的壮举。

要知道，一个真正勇敢的人，是会将压力看成是练就自身意志的机会的，生活给我们的压力越大，就越能够激发出自身的潜能，练就自己的意志、品格、力量与决心，最终成为一个更为卓越的人。

09. 相互协作，感恩无处不在

可以留心一下你的周围，身边总有些人，喜欢向别人唠叨工作上不开心的事，时间一长，他们就变得越来越不开心，烦恼也越来越多。而那些喜欢跟别人分享快乐的人，却变得越来越乐观。为什么呢？因为懒惰是具有传染性的。其实，快乐和幸福是天然的，免费的，只要有感恩的心，就可以体会得到。

每一天都是崭新的一天，我们无法预知在这崭新的一天里会发生什么，多数时候，我们总在幻想，但是却想而不得，就像我们身边的人和事一样，我们总是希望他们能给我们带来好运。其实，与其如此，我们不如做好自己，珍惜身边的人，和他们相互协作，一起奋斗，这样我们才能体会到同事之间的恩情，也只有这样，我们才能把所有人的情绪都调动起来，进而养成感恩的好习惯，把感恩发挥到最大值。

《盲人挑灯》的故事大家都听说过：

在一个伸手不见五指的夜晚，一个大师走到一个荒僻的村落。

他看到远处有一盏昏黄的灯正在向他这个方向移过来，身边的一位村民说：“张瞎子过来了。”大师百思不得其解，一个双目失明的人，挑一盏灯笼岂不可笑？

当那个盲人走到跟前的时候，大师于是问：“敢问施主，既然你什么也看不见，为何还要挑一盏灯呢？”

盲人说：“我从外面回来的时候，听我的朋友说，现在的夜晚漆黑一片，根本看不清楚前方的路，所以我就点了一盏灯，不然满世界的人都和我一样是盲人。”

大师若有所悟地说：“原来你是为别人照明呀？”但那盲人却说：“不，我正是为了自己！”

“为你自己？”大师又愣住了。

盲人说：“如果我不带一盏灯的话，我就可能在这样漆黑的夜晚，被行人碰撞。但我挑了这盏灯笼，既为别人照亮了路，也让别人看到了我而不会碰撞我了。”

在职场，我们又何尝不是这样？有一些员工不愿意帮助对方，不愿意与人协作，他们总是认为，自己跟别人之间既然存在着竞争的关系，那么自己就完全没有理由去帮助别人。殊不知，当我们一心替别人着想时，受益的可能恰恰是自己。

这是因为，我们是一个集体，有着共同的目标，都希望公司能够越来越好。而互相帮助就像是一条无形的纽带，能够把我们每个人都串联到一起，一起解决困难，一起快乐，正因为如此，我们才能在公司中创造出一个又一个奇迹。

相反，如果我们不懂得相互协作，不懂得感恩别人，认为同事的事情是他自己的事情，与自己无关，那么，你的这种不知顾大局的行为是很难保住自己的小利益的，因为集体利益都没有了，个人利益从哪里来?!

我们要做的，就是主动协助对方，帮他们把工作顺利完成。

在一本书上曾看过这样一则故事：

罗布特在念大学的时候，有一天，教授给他们出了一套试题，试卷分数事关毕业成绩。罗布特一直很顺畅地回答试卷，可当看到最后一题时她愣住了。题目竟然是——请说出学校清洁工阿姨的名字。

罗布特当然见过这个清洁工阿姨，她每天早上六点就开始打扫，她会打扫学校的每一个角落，正因为有她，学校美丽了许多。有时，罗布特还会跟对方说上几句话，可是阿姨的名字她确实不知道，也没有想过要知道。

这道古怪的题目，几乎让所有的同学都感到了惊奇，因为他们中的很多人都没有问过清洁工阿姨的名字，他们窃窃私语。终于，有一位同学忍不住举起手来，问教授这题算不算分。教授的回答是“当然算”。

后来，教授这样告诉同学们：“你们马上就要毕业进入职场，在你们的职场生涯中，会碰到各种不同类型的人，也会跟形形色色的人打交道，而职场上的协作能力是非常重要的，这就需要你们对身边的每一个人都给予关心和注意。”

这次测试给罗布特留下了极其深刻的印象。她最终知道了清洁工阿姨的名字，但更重要的是，她明白了一个关于个人在职业生涯中如何获取成功的道理：与他人协作，协助他人成功，其实也是帮助自己成功。

任何一个公司都需要互相协作，我们可以想象一下，如果一个公司里的大多数人都有很好的协作能力，都愿意主动关心和帮助别人，那么即便是再难的事情，也有可能在集体的力量下得以解决。

这也就进一步说明了，协助别人是非常重要的，它可以让我们学会感恩，令人更愉快，还能够帮助我们在无形中积攒到良好的人脉，而正因如此，我们就能够取得更多的进步，成功自然也就会到来了。